PAUL SCHÜLER
1942 – DAS LABOR

aufbau taschenbuch

PAUL SCHÜLER, Jahrgang 1986, studierte in Hannover erst Architektur, später Physik und Mathematik. Nach einigen Jahren als Songschreiber, Sänger und Gitarrist der Band »Ich Kann Fliegen« und diversen journalistischen Tätigkeiten begann er, als Lehrer zu arbeiten. In seinem Debütroman verbindet er die Liebe zu Thrillern mit sprachlicher Präzision und physikalischem Fachwissen.

Die junge Physikerin Dr. Margarete von Brühl arbeitet an der Entwicklung der Uranmaschine, einem Vorläufer moderner Kernreaktoren. Ihre männlichen Kollegen nehmen sie nicht ernst, doch sie will sich beweisen – unbedingt. Kurz nachdem ihr Institutsleiter plötzlich verschwindet, kommt es zur Katastrophe: Die Uranmaschine explodiert. Ihr Assistent und heimlicher Geliebter Karl Leitner verliert in dem Inferno sein Leben, und sie selbst wird von der Gestapo gejagt. Und noch jemand hat es auf sie abgesehen: Für Karls Vater steht fest, dass Margarete die Schuld am Tod seines Sohnes trägt. Er macht sich auf, ihn zu rächen.

PAUL SCHÜLER

1942
DAS LABOR

THRILLER

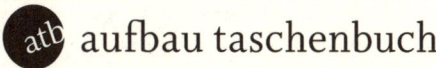 aufbau taschenbuch

MIX
Papier | Fördert
gute Waldnutzung
FSC® C083411
www.fsc.org

ISBN 978-3-7466-3920-8

Aufbau Taschenbuch ist eine Marke
der Aufbau Verlage GmbH & Co. KG

1. Auflage 2022
© Aufbau Verlage GmbH & Co. KG, Berlin 2022
Umschlaggestaltung www.buerosued.de, München
unter Verwendung eines Bildes von © Mark Owen / Trevillion Images
Satz LVD GmbH, Berlin
Druck und Binden CPI books GmbH, Leck, Germany
Printed in Germany

www.aufbau-verlage.de

Prolog

Langsam, ganz langsam bildeten sich Formen in der Schwärze, die ihn umschloss. Da, an der Kellerwand, stand das Fahrrad seines Vaters. Daneben lehnten in einer unordentlichen Reihe Schaufeln und Harken, die seine Mutter im Garten benutzte. Und dort stand der gewaltige Heizofen. Etwas abseits davon, in einem hüfthoch ummauerten Bereich, lag dunkel der Kohlenhaufen. Darüber gab es ein vergittertes Fenster, dessen Riegel sein Vater öffnete, wenn der Kohlenmann kam.

Gerald Schander, Kriminalrat bei der Leipziger Gestapo, wusste, dass er träumte. Er sah sich im Dunkeln sitzen, wieder einmal. Erneut war er der kleine Junge, gerade acht geworden, und verbüßte seine Strafe im Keller. Jedes Detail der Szenerie hatte sich in sein Gehirn eingebrannt. Doch wieso ihn sein Vater an diesem Abend in den Keller gesperrt hatte, das wusste er nicht mehr. Vielleicht hatte er es nie gewusst.

Im Haus war es bereits still geworden. Seine Eltern waren zu Bett gegangen, vielleicht vor einer Stunde, vielleicht auch schon früher. Gerald hatte keine Uhr, und wenn er eine gehabt hätte, dann hätte er das Zifferblatt im Dunkeln nicht erkennen können. Zuerst war er ängstlich gewesen, geradezu panisch. Die Finsternis hatte ihn Dinge sehen lassen, Monstrositäten, die auf ihn zugekrochen kamen und nach ihm griffen. Geflügelte Wesen, die ihn mit toten

Augen anstarrten und sich die Lippen leckten nach seinem Fleisch. Natürlich hätte er das vergitterte Fenster über dem Kohlenhaufen öffnen und hinausklettern können, so wie er es schon manches Mal getan hatte. Doch draußen, wo die Eulen heulten und es vielleicht sogar Wölfe gab, war es noch unheimlicher als im Keller. Und nachdem die Monster ihn während seiner letzten Aufenthalte in dem Verlies stets verschont hatten, hatte Gerald sich schließlich an sie gewöhnt.

Manchmal redeten sie sogar mit ihm.

»Nimm die Zündhölzer!« Das kleine Wesen mit den krummen Hörnern, das ihn stets am lautesten piesackte, funkelte ihn an. »Nun nimm sie schon, Feigling! Ich friere!«

Gerald schloss die Augen und hielt sich die Ohren zu.

»Denkst du, dass du mich so loswirst?« Die Stimme, die nun direkt in Geralds Kopf zu sein schien, lachte meckernd. »Nimm die Zündhölzer, du Ochse, sonst mach ich dir Beine!«

Gerald öffnete vorsichtig ein Auge und sah gerade noch, wie das Wesen hinter dem Kohlenhaufen verschwand. Davor lag, von einem Streifen Mondlicht erhellt, die Schachtel mit den Zündhölzern. Zögernd kroch er darauf zu, öffnete die Packung und nahm eins der Hölzer heraus.

»Zünd es an!«, zischte das Wesen.

Gerald blickte auf, doch er konnte das Wesen im Dunkeln nicht entdecken. Dann senkte er den Blick wieder und betrachtete das Zündholz in seiner Hand. Er hatte seinem Vater immer schon gern dabei zugesehen, wie er den Ofen anmachte. Man musste es an der rauen Seitenfläche der Schachtel reiben, dann gab es eine kleine Flamme. Und aus der kleinen Flamme wurde ein großes Feuer.

»Nun mach schon«, drängelte das Wesen. »Es ist so schrecklich kalt hier!«

Gerald rieb das Zündholz über die Schachtel. Nichts geschah.

»Fester!«, befahl die Stimme aus der Dunkelheit.

Gerald wiederholte die Bewegung, diesmal mit mehr Schwung.

Der Kopf des Zündholzes spie Funken und knisterte, dann züngelte eine Flamme hervor. Gerald betrachtete sie ganz genau. Sie sah aus wie ein Tropfen, wie die Träne eines Drachen vielleicht, und schimmerte in allen Farben des Regenbogens, unten blau, weiter oben eher rötlich. Sie war wunderschön.

Ein sengender Schmerz stach in seinem Finger. Gerald bemerkte, dass das Zündholz beinahe abgebrannt war, und ehe er sich versah, hatte er es in hohem Bogen von sich geworfen. Es landete irgendwo in dem Kohlenhaufen und verschwand. Er steckte den Finger in den Mund, um die Schmerzen zu lindern.

Einige Augenblicke lang passierte gar nichts. Doch dann sah er ein Flämmchen, das zwischen den Kohlen hervorlugte. Es war nur ein zartes Flackern, ein rotes Drachenauge, das in der Dunkelheit blinzelte.

Dann gab es ein Geräusch, als habe ihm jemand aufs Ohr gehauen, und mit einem Mal stand der Kohlenhaufen in Flammen. Für einige Sekunden war Gerald wie versteinert. Wie konnte das passieren? So etwas hatte er noch nie gesehen. Das Feuer wuchs vor ihm immer weiter in die Höhe. Fast erreichte es schon die Decke. Gerald starrte mit großen Augen in die tosenden Flammen. Immer wieder knallte es, Funken wurden daraus hervorgeschleudert und er schloss jedes Mal schnell die Augen, um sie gleich danach wieder aufzureißen. Schatten zuckten über die Kellerwände, wie tanzende Teufel.

Mit einem Mal spürte er die Hitze auf seinem Gesicht. Er realisierte in diesem Moment noch nicht, was er getan hatte, doch er spürte instinktiv, dass er in Gefahr war. Rauch sammelte sich unter der Decke. Er musste sich jetzt von diesem Anblick lösen, auch wenn es ihn unendlich viel Überwindung kostete. Sonst würde er in diesem Verlies sterben.

Gerald wollte nicht sterben. Er wollte auch nicht, dass seine Eltern starben, aber dieser Gedanke kam ihm erst, als es schon zu spät war.

Die Kellertür war verschlossen, das wusste er. Dennoch lief Gerald die paar Meter zur Tür hin, drückte die Klinke hinunter und rüttelte an ihr, ohne Erfolg. Es gab nur einen Ausweg. Er sah zu dem vergitterten Fenster hinauf, durch das müde der Mond hereinschien. Dann stand er auf und ging um den brennenden Kohlenhaufen herum. Seine Hose fing Feuer, doch das bemerkte er nicht. Es hätte auch keine Rolle gespielt, er hatte ja keine Wahl, es gab nur diesen einen Weg. Mit ausgestreckten Händen näherte er sich den Gitterstäben, um den Riegel zu öffnen und das Fenster aufzudrücken.

Die Flammen hatten zu diesem Zeitpunkt schon mehrere Minuten lang direkt unter dem metallenen Gitter gelodert. Es glühte, doch das konnte Gerald, geblendet von dem tosenden Feuer, nicht sehen. Entschlossen legte er den Riegel um, dann umgriff er mit beiden Händen die Metallstäbe und versuchte, das Gitter aufzustoßen. Es klemmte.

Gerald schrie nicht.

Er sah zu, wie das Fleisch an seinen Händen verbrannte.

Erst wurde es rot, dann platzte es auf und zischte. Graue Ascheränder bildeten sich und weiße Rauschwaden stiegen daraus hervor. Es roch nach dem Brathähnchen, das seine Mutter manchmal sonntags zubereitete.

Doch Gerald schrie nicht.

Er löste seine Finger von dem glühenden Gitter und registrierte kaum, dass Teile seiner Haut daran kleben blieben. Dann nahm er Anlauf und warf sich mit der Schulter gegen die Metallstreben. Wieder zischte es, Schmerzen durchzuckten seinen Arm. Doch das Fenster bewegte sich nicht. Gerald nahm erneut Anlauf und rannte gegen das Gitter an.

Und noch mal.

Und noch mal.

Schließlich gab es nach und er kletterte ins Freie. Er sackte auf die Knie und sog mit gierigen Atemzügen die kalte Novemberluft ein. Dann kroch er, auf seine Ellbogen gestützt, den Hügel hinter dem Haus hinauf und beobachtete das brennende Gebäude, in dessen ersten Stock seine Eltern schliefen.

Er sah niemanden hinauslaufen.

Kriminalrat Gerald Schander öffnete die Augen. Seine Hände juckten. Mechanisch knetete er das Gewebe der Brandnarben, bis das Gefühl nachließ.

Hatte er Angst?

Vielleicht.

War es seine Angst, die ihm diese Träume schickte?

Vermutlich.

Doch es gab keinen Grund, jetzt noch Angst zu haben. Er konnte ohnehin nicht mehr umkehren. Die Ereignisse, die er in Gang gesetzt hatte, nahmen ihren Lauf, und es gab keinen Grund, an seinem Plan zu zweifeln. Es war nur noch eine Frage der Zeit, bis er in die höchsten Führungs-zirkel des Reichs vorstoßen würde.

Und wenn nicht, nun … dann würde er untergehen, aber mit einem Knall.

Eine kühle Brise wehte durch das geöffnete Schlafzim-merfenster herein. Die Gaslampe auf dem Nachttisch fla-ckerte. Mit einer hektischen Bewegung drehte Schander das Ventil zu und die Flamme erlosch.

ERSTES KAPITEL

Die Uranmaschine lag stumm in ihrem Wasserbecken. Manchmal kam es Dr. Margarete von Brühl vor, als flimmere die Luft über der Wasseroberfläche. Vermutlich verursachte der gelbe Schein der Lampen, der sich auf der gekräuselten Trennlinie zwischen Luft- und Wassermolekülen spiegelte, diesen Eindruck. Doch Margarete ertappte sich schon seit Beginn der Versuchsreihe dabei, immer wieder zu dem quadratischen Bassin hinüberzuschauen und auf irgendetwas zu warten.

In dem Becken, das in einer eilig errichteten Laborbaracke auf dem Innenhof des Physikalischen Instituts in Leipzig lag, befand sich die siebzig Zentimeter durchmessende Aluminiumkugel, in deren Innern sich Schichten aus Uran und schwerem Wasser abwechselten. Die Uranmaschine. Von außen betrachtet lag sie ruhig da, doch Margarete wusste, dass in ihrem Innern die Hölle los war. An der Werkbank, an der sie stand, spürte sie lediglich die drückende Hitze, die die Maschine ausstrahlte. Margarete warf einen Blick auf die Nadel des Geigerzählers. Sie trudelte ruhig am unteren Ende der Skala. Kein Grund zur Besorgnis.

Karl Leitner, ihr Assistent, stand auf einer klapprigen

Holzkonstruktion, die über der Maschine errichtet worden war, und hantierte an verschiedenen Öffnungen an der Oberseite der Aluminiumkugel herum. Dann blickte er Margarete an, grinste und strich sich mit einer unbewussten Handbewegung die kupferroten Locken aus dem Gesicht. Eine Strähne seines wirren Seitenscheitels ragte in die Luft, was ihn aussehen ließ, als würde er jeden Moment vorschlagen wollen, beim Nachbarn Äpfel zu klauen. Seine Zähne strahlten, als wäre irgendwo im Labor eine ultraviolette Lampe angebracht worden. »Also, haben wir eine Verabredung, meine Teuerste?« Er machte eine Art Knicks, gefolgt von einer tiefen Verbeugung. Schelmisch blickte er sie an, während er in der tief vornüber geneigten Pose verharrte.

Margarete setzte einen säuerlichen Blick auf, um Karl daran zu erinnern, dass ihre Arbeit von höchster Wichtigkeit war und allergrößte Präzision erforderte. Seine Albernheiten hatten im Physikalischen Institut der Universität Leipzig nichts verloren. Doch sie konnte sich ein Lächeln nicht verkneifen. »Karl, ich werde heute Abend sehr beschäftigt sein. Wenn wir hier fertig sind, beginnt für mich erst die eigentliche Arbeit. Ich muss aus den Messwerten den Wirkungsgrad errechnen und mit den theoretisch vorhergesagten Werten vergleichen, und das Ganze auch noch schnell.« Das stimmte zwar, war aber nicht die ganze Wahrheit.

Offenbar wusste das auch Karl. Das Grinsen verschwand aus seinem Gesicht. Er zog die Stirn in Falten und sah sie an. »Hör zu, was vor vier Wochen passiert ist, tut mir leid. Du sollst nicht denken, dass ich …«

»Ach, Unsinn«, unterbrach sie ihn. »Was passiert ist, ist passiert. Ich bereue es nicht.« Wieder war es nicht die ganze Wahrheit. Wenn sie an diesen Abend dachte, begannen ihre Wangen immer noch zu glühen. Sie war über den armen Karl hergefallen, der gerade neu ans Institut gekommen war und wohl kaum gewusst hatte, wie ihm geschah. Sie hatte ihm keine Chance gegeben zu widersprechen. Nach einem Film im Kino am Bahnhof, mehreren sündhaft teuren Gläsern Wein und einem Blick in sein schüchternes Gesicht mit den graugrün blitzenden Augen hatte sie ihn geradeheraus gefragt, ob er noch mit zu ihr kommen wolle. Als er sie mit großen Augen angesehen hatte, hatte sie gezahlt und ihn hinter sich hergeschleift. Nein, sie hatte keinen Grund, Karl wegen dieses Abends böse zu sein. Sie war vielmehr wütend auf sich selbst.

Margarete schüttelte den Kopf. Sie hatte keine Lust, sich jetzt darüber Gedanken zu machen. Und keine Zeit. »Was machen die Indikatoren?«

»Wenn du eines Tages darüber reden willst ...«, begann er, brach seinen Satz dann aber ab.

Margarete zog die Augenbrauen zusammen und blickte zu ihm hinauf, sagte jedoch kein Wort.

Einige Sekunden lang hielt Karl ihrem Blick stand, doch schließlich seufzte er und zuckte mit den Schultern. Dann wandte er sich wieder den Öffnungen an der Oberseite der Uranmaschine zu. »Sieht alles gut aus hier oben.«

»Keine Blasen?«, fragte Margarete. Eine Blasenbildung im Wasserbecken hätte bedeutet, dass die Kugel undicht geworden war. Es durfte unter keinen Umständen Wasser in den Brenner eindringen. Die darin vorherrschende Hitze würde es schlagartig verdampfen lassen, was eine massive Explosion zur Folge haben würde. Dann hätten sie die Versuchsreihe vergessen können und vermutlich auch das halbe Institutsgebäude.

»Nein, keine Blasen«, antwortete Karl. »Was machen die Werte?«

Margarete blickte auf die Spannungsmessgeräte, die neben ihr auf der Tischplatte standen. Die Zeiger krochen träge die Skalen hinauf. »In Ordnung. Zwei Werte sind gleich beim Soll angelangt.« Sie sah auf die Uhr, die die Minuten seit Beginn des Experiments maß. Sechs Minuten, 34 Sekunden. Das war schnell. Sie spürte, wie ihr Puls anzog, hielt die Luft an und kniff die Augen zusammen. Ihr Blick schwenkte wieder auf das Messgerät. Einer der Zeiger hatte den Zielwert von 10 Volt fast erreicht. Das war das Zeichen dafür, dass einer der Indikatoren ein bestimmtes Maß an Strahlung aufgefangen hatte. Je schneller dieser Wert erreicht wurde, desto höher war der Wirkungsgrad der Maschine. »Noch ein paar Sekunden«, rief sie zu Karl hinauf, ohne sich zu ihm umzudrehen.

Hektisch suchte sie mit der Hand nach einem Bleistift, wobei ihr Blick fest auf die Skala des Spannungsmessgeräts geheftet blieb. Ihre Hand stieß gegen etwas Hartes, das scheppernd umfiel. Die Kaffeetasse, dachte sie, zum Glück war sie schon leer gewesen. Weiter hing ihr Blick an dem Zeiger, der langsam vorankroch. 9,5 Volt, 9,6 … Gleich würde er sein Ziel erreichen.

Endlich hatte Margarete den Bleistift gefunden, doch das Quietschen der Labortür ließ sie zusammenfahren. Konnten die Leute nicht lesen? Der Zutritt zum Labor war streng verboten, das stand in großen Lettern außen an der Tür. Die Messungen, die sie hier durchführten, waren sensibel. Außerdem lagen im ganzen Labor Kabel herum. Unbefugte Eindringlinge konnten großen Schaden anrichten, ohne es überhaupt zu bemerken. Zudem wusste niemand genau, wie lang und wie zuverlässig die Aluminiumhülle der Uranmaschine vor der darin freigesetzten Strahlung schützen würde. Der Versuchsaufbau, den sie hier verwendeten, war noch nirgendwo auf der Welt getestet worden. Sie befanden sich auf unbekanntem Terrain.

Margarete widerstand dem Impuls, sich umzudrehen und nachzusehen, wer sie bei der Arbeit störte. Stattdessen hielt sie den Blick auf die Anzeige des Messgeräts gerichtet. Nur noch ein paar Sekunden, dann würden die 10 Volt erreicht sein. Sie durfte den Augenblick nicht verpassen.

»Das Fräulein Brühl, emsig wie eh und je«, sagte eine bekannte Stimme hinter ihr. Sie gehörte zu Dr. Grambow, einem ihrer ausschließlich männlichen Kollegen am Institut.

Margarete presste die Lippen aufeinander und spürte, dass ihre Hand drohte, den Bleistift zu zerbrechen. »Dr. Grambow, ich würde es sehr begrüßen, wenn Sie mich mit meinem vollen Namen ansprächen. Ich habe mich nicht umsonst jahrelang mit Männern wie Ihnen an der Universität herumgeschlagen.«

»Ei, ei, ei«, sagte Grambow hinter ihr, und Margarete konnte sich vorstellen, wie er dabei zu Karl hinübergrinste und eine Geste machte, als habe er sich verbrannt. »Bitte um Verzeihung, Gnädigste. Ich meinte natürlich: Fräulein *von* Brühl.«

»Fräulein Doktor von Brühl«, presste Margarete hervor, ohne sich umzudrehen. Der Zeiger des Messgeräts hatte die 10-Volt-Marke erreicht. Margarete wirbelte herum, ihr Blick fand die Uhr. Sieben Minuten, zwölf Sekunden. Das war gut, sehr gut sogar. Ihr Gesicht entspannte sich und ließ ein Lächeln zu.

»Immer noch mit Ihren Dysprosium-Oxid-Indikatoren zugange, wie ich sehe?«, fragte Grambow hinter ihr. »Und

die Schwerwasserschichten haben Sie noch weiter einge-
schrumpft, wie ich hörte. Ob das mal gut geht … Sie wissen ja, diese Kernreaktionen können ganz schön … heikel
werden.«

Margarete hörte nicht mehr hin. Nach und nach erreichten die anderen Messwerte den Sollwert von 10 Volt. Sie
notierte die dazugehörenden Zeiten in einer Tabelle, die sie
vor dem Experiment angelegt hatte. Wenn sie sich nicht
irrte, dann waren die Werte dieses Mal besser als je zuvor.
Möglicherweise hatte der veränderte Aufbau mit den dün-
neren Absorberschichten innerhalb der Maschine den Absorptionskoeffizienten entscheidend verringert. Das würde
bedeuten, dass die von ihr entwickelte Maschine endlich die
Wirkung erzielte, die die Theoretiker mit ihren Berechnungen vorausgesagt hatten. Doch das würde sie erst noch überprüfen müssen, bevor sie Professor Braun über ihre Ergebnisse informieren konnte. Es würde noch eine lange Nacht
werden.

Plötzlich trat Grambow dicht hinter sie. Sie konnte seinen Atem hören und sein strenges Rasierwasser riechen.
»Ist es nicht schrecklich ernüchternd festzustellen, dass
Sie so hart arbeiten können, wie Sie wollen, und trotzdem
für die meisten hier immer nur das Fräulein Brühl bleiben
werden?«

Hitze schoss in Margaretes Gesicht. Sie wollte sich gerade umdrehen, um Grambow zurechtzuweisen, doch
dann ertönte erneut das Quietschen der Labortür. Professor Braun, erkennbar an seinem Schnauzbart, dem verbeulten braunen Cordanzug und dem bunten Seidenschal,
den er ständig trug, trat ein und hielt die Tür hinter sich
auf. Ihm folgte ein schmächtiger, aber kerzengerader
Mann in einer grauen Uniform mit blitzenden Rangabzei-

chen auf den Schultern. Er hielt einen schwarzen Aktenkoffer in der Hand und blickte sich prüfend um, als er das
Labor betrat. Margarete wunderte sich, dass der Mann
schwarze Lederhandschuhe trug, obwohl es draußen sicherlich 30 Grad im Schatten waren.

Grambow neben ihr schlug die Hacken zusammen und
zeigte einen zackigen Hitlergruß. Margarete hob ebenfalls
den Arm, jedoch weit weniger energisch. Braun winkte ihnen zu, der Uniformierte machte keine Anstalten, sie zu
grüßen.

»Fräulein Brühl, wie schön, dass ich Sie hier treffe«,
sagte Braun, wobei die letzten Worte in einem Hustenanfall mündeten, der ihn veranlasste, ein Stofftaschentuch
aus einer Tasche seines Sakkos zu fummeln. Der Uniformierte machte einen Schritt zur Seite. »Verzeihen Sie
bitte, ich habe mir wohl eine leichte Sommergrippe einge-
fangen.« Unschlüssig blickte der Professor hin und her,
bevor er seinen Begleiter vorstellte. »Gestatten, das ist Kriminalrat Schander von der Gestapo. Ich führe ihn ein wenig herum.«

»Heil Hitler, Fräulein Brühl.« Schander ließ seinen
Blick auf Margarete ruhen, einen Moment nur, dann sah er
sich weiter im Raum um. Stahlblaue wache Augen. Grambow und Karl würdigte er keines Blicks.

Margarete war zu überrascht, um etwas zu erwidern. Sie
hatten wenig Besuch im Institut und schon gar keinen in
Uniform. Ihre Forschung wurde der Öffentlichkeit gegenüber streng geheim gehalten, und die Reichsführung
schien sich nicht mehr sonderlich für sie zu interessieren,
seit sie den Plan zur militärischen Nutzung der Kernphysik
verworfen hatte. Sie wandte sich Professor Braun zu. »Wir
haben gerade unseren Testlauf beendet. Wenn Sie noch

einen Moment Ihrer Zeit entbehren wollen, können Sie gleich die aktuellen Werte erfahren.«

Brauns Gesicht hellte sich auf, dann schüttelte ihn ein erneuter Hustenanfall. »Das ist ja ein grandioser Zufall. Ich kann es kaum erwarten. Sehen Sie, Herr Schander, hier stehen Sie vor dem Zentrum unserer Arbeit, der Uranmaschine. Eines Tages wird sie alle Kraftwerke im Reich ersetzen. Was für ein Glück, dass wir gerade eine Messung mitbekommen. Haben Sie noch einen Moment?« Er blickte zu dem Gestapomann hinüber, der seinen Blick weiter durch den Raum schweifen ließ.

»Das wird nicht nötig sein.« Schander fixierte Margarete. »Haben Sie Dank für Ihre Zeit, Fräulein Brühl«, sagte er und verließ das Labor. Der Professor sah Margarete an, zuckte entschuldigend mit den Schultern und folgte ihm.

»Was war das denn?«, fragte Karl, nachdem die beiden Männer das Labor verlassen hatten.

Margarete blickte die Tür an, durch die sie gegangen waren, und schüttelte den Kopf. »Ich habe keine Ahnung.«

»Ist Ihnen etwas aufgefallen?« Grambow blickte sie an und grinste. »Auch diese beiden haben Sie nur Fräulein Brühl genannt.«

»Wohingegen *Sie* gar nicht erst bemerkt wurden.« Margarete verdrehte die Augen und wandte sich wieder ihrer Arbeit zu. Aus dem Augenwinkel konnte sie sehen, wie Grambow das Labor verließ. Sie wandte sich Karl zu und stemmte die Hände in die Hüften. »Weißt du was, ich habe mich anders entschieden. Lass uns heute Abend ausgehen.«

Schnaufend schleppte sich Oberwachtmeister Wilhelm Leitner die Stufen hoch, die in den ersten Stock der Leitstelle führten. Die johlende Stimme seines Kameraden

Max Türauf begrüßte ihn. »Da brat mir doch einer 'nen Storch! Willi, du hier und nicht am Tresen bei der dicken Bertha?«

Die Männer des zweiten Löschzugs der Leipziger Feuerschutzpolizei saßen im Aufenthaltsraum der Wache um einen Tisch herum und grölten vor Lachen. Doch Wilhelm ging nicht auf den Spruch ein, den Türauf, ein großer, drahtiger Endzwanziger mit einer markanten Zahnlücke, gemacht hatte. Seit Wilhelm seinen Männern mitgeteilt hatte, dass er dem Alkohol endgültig entsagt hatte, zogen sie ihn umso mehr mit seiner früheren Trinkfreudigkeit auf. Es war eine milde Form des Spotts, mit der er als Zugführer leben konnte. Sein kameradschaftlicher Führungsstil stieß jedoch nicht überall auf Begeisterung. Mehr als einmal hatte Hauptmann Fink ihn schon zum Gespräch gebeten und ihm eingebläut, dass es seine Pflicht war, unbedingten Gehorsam einzufordern. Doch Türauf, der Sprücheklopfer, war ein guter Feuerwehrmann. Wilhelm konnte sich auf ihn verlassen, deswegen vergab er ihm den einen oder anderen unangemessenen Spruch. Wer gut arbeitete, der erwarb sich mit den Jahren Sonderrechte, so hatte Wilhelm es immer gehandhabt. Es war wichtig, die Moral hochzuhalten. Meistens gelang ihm das, doch er wusste, dass es in der Feuerschutzpolizei Leipzig auch Männer gab, die mit seinen Einstellungen absolut nicht einverstanden waren.

Kopfschüttelnd setzte Wilhelm sich zwischen seine Kameraden in den grünen Uniformen und goss sich einen Kaffee ein. Schwarz. Zumindest so schwarz, wie der verdammte Getreidekaffee eben sein konnte. »Hat einer was zu rauchen?«, fragte er in die Runde, woraufhin ihm eine Packung Zigaretten gereicht wurde. Wilhelm hatte wieder einmal aufgehört. Aufgehört, sich selbst Zigaretten zu kaufen. Die waren eh nicht mehr so leicht zu bekommen und dementsprechend teuer. Außerdem hasste Ida es, wenn er rauchte. Aber welche Wahl hatte er schon? Seit er nicht mehr trank, kamen ihm die Abende endlos lang vor, und irgendein Laster musste ein Mann nun einmal haben.

»Liegt was an?« Wilhelm blickte in die Runde. »Hat die Tagschicht uns was dagelassen?«

Türauf schüttelte den Kopf. »Alles ruhig.« Dann entblößte er grinsend seine Zahnlücke. »So wie bei dir im Bett, hab ich recht?« Wieder brüllten die Männer vor Lachen.

Wilhelm schluckte. »Übertreib es nicht, Max.« Einige der Kameraden wechselten besorgte Blicke, als fürchteten sie, dass Wilhelm nun doch noch an die Decke gehen würde. Sprüche über sein Eheleben unterließ man besser, das hatte Wilhelm anhand einiger Tobsuchtsanfälle, teils mit körperlicher Komponente, klargemacht.

»Nichts für ungut, Willi.« Türauf klopfte ihm auf die Schulter. »Lass uns die Daumen drücken, dass es so ruhig bleibt, dann schicken wir Henning los, damit er uns ein paar Bier besorgt!« Erschrocken blickte er Wilhelm an. »Und eine Flasche Apfelsaft.«

Wilhelm wollte gerade etwas entgegnen, als plötzlich die Alarmglocke losschepperte. »Das Bier müsst ihr euch wohl erst noch verdienen.« Er kippte den Kaffee hinunter. Zum Glück war er schon fast kalt gewesen, sonst hätte er sich den Schlund verbrannt. Stolz beobachtete er, wie die Männer seines Löschzugs in eine professionelle Geschäftigkeit verfielen. Zigaretten wurden ausgedrückt. Dann ließen sie sich, einer nach dem anderen, die Rutschstange hinabgleiten, die hinter einer Schwingtür verborgen war und direkt in die Fahrzeughalle im Erdgeschoss führte.

Unten angekommen, führte ihr Weg sie im Laufschritt an einer Reihe Haken vorbei, an denen ihre Helme hingen. Wilhelm lief als Letzter, nachdem der Funker ihm den Einsatzort genannt hatte. Connewitz. Spitze, dachte Wilhelm. Die Häuser dort waren alt und morsch und brannten wie Zunder. Er nahm seinen Helm und hängte dafür seine Mütze an den Haken. Dann griff er nach dem Ledergürtel, an dem eine kleine Axt, eine Gasmaske und ein Seil hingen. Die Männer setzten sich seitlich auf den Löschwagen. Ihre Bewegungen zeugten von jahrelanger Routine. Zufrieden ging Wilhelm um das Fahrzeug herum, stieg in die Fahrerkabine und hievte sich auf den Beifahrersitz. »Fahr los!«, sagte er zu Türauf, der neben ihm auf dem Fahrersitz Platz genommen hatte.

Das Tor der Fahrzeughalle war schon geöffnet worden. Türauf schaltete die Alarmglocke des Löschfahrzeugs ein und drückte auf das Gaspedal. Auf der Straße erwartete sie eine Gruppe zerlumpter Kinder, die schreiend mit dem Wagen mitlief, bis sie nicht mehr Schritt halten konnte. Wilhelm tippte sich an den Helm und lächelte. An einer Kreuzung hielt ein Schutzpolizist den Verkehr für sie auf, sie kamen gut voran. Das Straßenbild verlor zusehends an Glanz, je weiter sie sich vom Stadtzentrum in Richtung Süden entfernten. Die Fassaden bestanden hier nicht mehr aus Sandstein, sondern aus den groben roten Ziegeln, aus denen auch das Haus gebaut war, in dem Wilhelm geboren war. Gar nicht so weit von hier, dachte er. Müll lag auf den Straßen. Wilhelm konnte Rauch riechen. »Wir sind gleich da, Männer, macht euch bereit!«

Sie bogen um eine weitere Ecke, dann konnte Wilhelm es sehen: eine Mietskaserne. Flammen schlugen aus dem zweiten Stock, schwarzbrauner Qualm hing zwischen den

Häuserzeilen. Die Straße lag im Dunkeln, obwohl die Juni-sonne noch am Himmel stand. Schaulustige hatten sich versammelt und stoben auseinander, als sie den Löschzug kommen hörten. Türauf trat auf die Bremse. Die Männer sprangen ab, formierten sich in einer Reihe und zeigten den Hitlergruß. Wilhelm erwiderte den Gruß nicht, auch wenn er dafür schon einmal offiziell von seinem Vorgesetzten gerügt worden war.

Er musterte seine Mannschaft. Ihre Gesichter wirkten ruhig. »Männer, ich weiß, wie ihr euch fühlt! Ihr habt Durst! Mann, ich wünsche mir selbst gerade nichts mehr als ein kühles Helles! Aber hier gibt es vielleicht Leben zu retten, also lasst uns die Sache durchziehen!« Die Männer brüllten ein lautes »Jawoll!«, dann ergriff Wilhelm wieder das Wort: »Schulze, Hellers: Schläuche ausrollen! Kranach, Meier: Wasserversorgung aufbauen! Lebert, Müller: Drehleiter ausfahren! Schaut, ob ihr von außen an die Wohnungen rankommt. Die anderen: Masken auf und mir folgen!«

Wilhelm nahm den Helm ab und zog die Gasmaske über. Er hasste die Dinger. Er bekam unter normalen Umständen schon schlecht Luft. Unter der Maske hatte er das Gefühl zu ersticken. Und die drückende Hitze, die seit Wochen über der Stadt lag, machte es nicht besser. Sein Atem rasselte. Im Laufschritt bewegte er sich zur Eingangstür und ließ den rechten Arm seitlich neben sich kreisen. Wegen der Masken musste die Kommunikation ab jetzt über Handzeichen erfolgen. Türauf, Menge und Walloschke sammelten sich hinter ihm und warteten auf weitere Befehle. Wilhelm nickte ihnen zu und hob den Arm. Dann stieß er ihn mehrmals hintereinander nach oben, der Marschbefehl. Die Männer liefen an ihm vorbei ins Treppenhaus der Mietskaserne.

Wilhelm wollte ihnen folgen, doch dann sah er Müller auf sich zu laufen, einen blutjungen Kerl, dem ein spärlicher Flaum unter dem Kinn wuchs. Verdammt, der sollte sich doch um die Leiter kümmern! Müller bewegte den Mund, er schien Wilhelm etwas zuzurufen, doch der konnte ihn nicht verstehen. »Scheiße!«, entfuhr es ihm. Er zog sich die Maske vom Gesicht. »Was ist los, warum bist du nicht auf dem Wagen und fährst die Leiter aus?«

»Wir haben neue Befehle erhalten.« Der junge Mann mit den blonden Bartstoppeln zuckte mit den Schultern und zeigte auf einen vielleicht vierzehnjährigen Bengel, der auf einem Fahrrad lümmelte. »Wir sollen den Einsatz abbrechen. Die Einsatzbereitschaft der Feuerschutzpolizei soll in Zeiten drohender Bombenangriffe nicht durch nachrangige Einsätze beeinträchtigt werden.«

Wilhelm traute seinen Ohren nicht. »Nachrangige Einsätze? Was redest du für einen Scheiß, Müller?«

»Ich sage nur, was *er* mir gesagt hat.« Müller zeigte wieder auf den Jungen auf dem Fahrrad. »Der kommt gerade aus der Wache und überbringt den Befehl direkt von Hauptmann Fink. Die Freiwillige aus Connewitz soll sich um das hier kümmern.« Er machte eine Geste zu dem brennenden Haus hin.

»Nachrangige Einsätze«, wiederholte Wilhelm. »Was zur Hölle soll das sein, wieso sollen wir hier nicht löschen?«

Müller sah sich um und zuckte wieder mit den Schultern. »Willi, schau dich mal um.«

Wilhelm tat, wie ihm geheißen, und schüttelte mit dem Kopf. Er konnte sich keinen Reim darauf machen. »Was? Nun sprich schon! Klär mich auf!«

Müller sah zu Boden. Dann blickte er Wilhelm direkt an.

»Wir sind hier mitten in Connewitz. Kommunisten! Du verstehst?«

»Einen Scheiß verstehe ich!« Wilhelm schrie beinahe. »Die wollen mir verbieten, die Wohnungen von ehrlichen Arbeitern zu löschen? Denen werde ich was erzählen. Ich habe gerade drei Männer in dieses Haus geschickt, und denen werde ich folgen!« Er stampfte mit dem Fuß auf. »Und du, Müller, wirst die Drehleiter ausfahren und das verdammte Ding hochklettern. Wir werden die Menschen, die in diesem Haus eingeschlossen sind, nicht im Stich lassen. Hast du mich verstanden?«

Müller nickte.

»Dann sieh zu, dass du auf die Leiter kommst!«

Müller drehte sich hastig um und lief zurück zum Wagen.

»Und du!« Wilhelm brüllte zu dem Jungen auf dem Fahrrad hinüber. »Fahr zurück zur Wache und bestell Hauptmann Fink einen schönen Gruß von Oberwachtmeister Leitner! Die Einsatzbereitschaft der Feuerschutzpolizei muss warten, bis ich hier fertig bin!« Der Junge trat in die Pedale und sah zu, dass er Land gewann.

Wilhelm schüttelte den Kopf, griff in die Tasche seines Mantels und fingerte seine Taschenuhr hervor. Er klappte sie auf, und sein Blick fiel auf die verblichene Fotografie, die in den Deckel eingelassen war. Ida und er, Arm in Arm. Er war damals noch dünner gewesen, seine blonden Haare, mit Pomade nach hinten gekämmt, hatten noch weniger graue Strähnen gezeigt. Doch Ida hatte sich kaum verändert, zumindest äußerlich. Ihre grauen Haare, die hellbraunen Augen. Ein Lächeln stahl sich auf sein Gesicht. Er küsste das Bild, wie er es vor jedem Einsatz machte. Dann verstaute er die Taschenuhr wieder, streifte sich die Maske über und betrat das Gebäude. Im Treppenhaus bröckelte der Putz von den Wänden.

Von oben konnte er Schreie hören.

»Ich brauche mehr Zeit.« Professor Braun hob abwehrend beide Hände, wobei sich sein alberner Seidenschal lockerte und ihm wie ein indisches Kleid über die Brust rutschte. »Wenn wir es jetzt überstürzen, dann riskieren wir die ganze Operation.«

Kriminalrat Gerald Schander saß in einem unbequemen Sessel in Brauns Büro und massierte seine Hände, die höllisch juckten und wie immer in schwarzen Lederhandschuhen steckten. Er ergötzte sich am Anblick des Professors, der sich vor Angst wand. Schander selbst verzog keine Miene, er blinzelte nicht einmal. »Zeit ist die einzige Ressource, von der wir nicht genügend haben«, erwiderte er. »Ich will es präziser formulieren: Zeit ist die Ressource, von der *Sie* nicht genügend haben. Nicht mehr.« Er starrte Braun an, immer noch, ohne zu blinzeln.

Der Professor stöhnte und fuhr sich mit der Hand durch die Haare, wobei sich der grellbunte Schal vollends löste und ihm auf den Schoß rutschte.

Schander verdrehte innerlich die Augen. Er hatte Braun im Laufe des vergangenen Jahres exakt 19 Mal getroffen. An 17 Tagen hatte der Professor diesen hässlichen Schal getragen. Schander vergaß nie etwas. Auch wenn er sich manchmal wünschte, es zu können. Diesen Schal zum Beispiel hätte er mit Freuden aus seinem Gedächtnis getilgt. »Unsere Operation muss jetzt in die nächste Phase übergehen. Mit jedem Tag, den wir vergeuden, steigt die Wahrscheinlichkeit, dass jemand Wind von der Sache bekommt.« Schander faltete die Hände vor der Brust. »Unsere Neuentwicklung muss getestet werden. Meine Kontaktleute bei der Wehrmacht scharren mit den Hufen. Wir haben bereits einen Testtermin vereinbart.«

Braun riss die Augen auf. »Was? Ohne mich einzubeziehen?«

Schander schwieg. Sollte Braun doch allein darauf kommen, was das bedeutete.

Der Professor legte den Seidenschal auf seinen Schreibtisch, dann erhob er sich und massierte mit der Hand sein Gesicht. »Wir sind am Institut gerade in einer sehr arbeitsreichen Phase. Sie haben es ja selbst gesehen. Mit der Uranmaschine stehen wir kurz vor dem Durchbruch.«

»Ihre Uranmaschine interessiert mich nicht.«

Braun sah ihn an und legte die Stirn in Falten. »Wenn ich jetzt aufbreche, wird das Fragen aufwerfen.«

»Sie werden eine gute Erklärung brauchen.« Schander nickte. »Ich bin sicher, dass Ihnen da etwas einfällt.«

Braun trat an seinen Schreibtisch und stützte sich mit den Armen darauf ab. Eine Zeit lang schien er nachzudenken, dann schüttelte er den Kopf und sah Schander an. »Es ist zu riskant. Das Produkt ist noch nicht ausgereift. Was, wenn der Test fehlschlägt?«

»Wird er das?« Schander zog eine Augenbraue hoch.

Braun schüttelte energisch den Kopf. »Natürlich nicht. Das heißt, ich hoffe es!« Er zögerte und fügte dann hinzu: »Deswegen nennt man es ja einen Test, nehme ich an.«

Diesmal musste sich Schander ein Grinsen verkneifen. Braun hatte tatsächlich einen gewissen Unterhaltungswert, wenn auch unfreiwillig. »Ich rate Ihnen, in dieser Sache nicht zu versagen, Braun!« Er griff mit der rechten Hand nach seinem linken Handschuh und begann, ihn von seiner Hand zu ziehen. Dann zog er auch den rechten Handschuh aus. Dabei beobachtete er, wie Brauns Gesichtszüge entgleisten. Offenbar hatte der Mann noch nie Brandnarben dritten Grades aus dieser Entfernung gesehen.

Schander rückte näher an Brauns Schreibtisch heran und faltete die Hände auf der Tischplatte. »Es darf keinen Fehlschlag geben. Die Operation ist zu weit fortgeschritten. Ich erwarte, dass der Test wie geplant in drei Tagen stattfinden kann. Sie fahren noch heute nach Ohrdruf und treffen die nötigen Vorbereitungen. Haben wir uns verstanden?«

Braun nickte. Er konnte den Blick nicht von Schanders Händen lösen. Zugegeben, sie waren kein schöner Anblick. Zwar waren alle zehn Finger vorhanden, doch waren sie teilweise kaum noch als solche zu erkennen. Die Brandnarben, die ihn schon fast sein ganzes Leben lang begleiteten, hatten seine Hände zu Klauen verformt. Klauen aus weißem Gewebe, das zu wuchern schien, wie es ihm beliebte. Früher war Schander oft dafür verspottet worden, weswegen er dazu übergegangen war, Handschuhe zu tragen. Doch bei bestimmten Menschen, solchen, die von ihren Gefühlen geleitet wurden, wirkte ihr Anblick Wunder. Er konnte Brauns Angst förmlich riechen. »Haben wir uns verstanden?«

Braun hob den Blick und sah ihn an. Dann nickte er. »Ja. Ich habe verstanden. Ich reise noch heute ab.«

»Gut.« Schander bückte sich und stellte den schwarzen Aktenkoffer, den er mitgebracht hatte, auf den Schreibtisch. »Für Ihre Auslagen.«

Braun nickte und reichte ihm zum Abschied die Hand hin.

Schander betrachtete sie. Bei dem Gedanken, sie zu ergreifen und zu schütteln, wurde ihm schlecht. Brauns

Hand glitzerte im Licht, das durch das Fenster hereinfiel, sie wirkte nass und klebrig. Nie im Leben würde er sie berühren. Langsam begann Schander, seine Handschuhe wieder anzuziehen. Dabei ließ er Braun nicht aus den Augen. Auch auf der Stirn des Professors sammelte sich Schweiß.

Schließlich hatte Schander die Handschuhe wieder angelegt. Doch anstatt Brauns Hand zu schütteln, hob er seine Rechte und sagte: »Heil Hitler!«

Braun wirkte verdutzt und beeilte sich, es ihm gleichzutun.

Dann wandte Schander sich zum Gehen. Kurz bevor er die Tür erreicht hatte, drehte er sich noch einmal um. »Sie erinnern sich, dass ich Ihnen das Leben gerettet habe?«

Braun sah ihn ausdruckslos an.

Schander wandte sich ab. Erst jetzt, als Braun sein Gesicht nicht mehr sehen konnte, gestattete er sich ein Lächeln. Es war ein leichter Sieg gewesen.

Die Uhr über der Labortür zeigte kurz nach sechs an. Karl war schon gegangen, doch Margarete war noch mit den Nachbereitungen des Testlaufs beschäftigt. Nachdenklich betrachtete sie die Uranmaschine, die sie an mehreren groben Stahlketten mithilfe eines modernen Elektromotors aus ihrem Wasserbecken gehoben hatten. So würde sie vor dem nächsten Testlauf einfacher zu warten sein.

Sie trat an das Wasserbecken heran und blickte hinab. Die Oberfläche lag jetzt ganz still da. Margarete konnte ihr Gesicht in der Spiegelung betrachten. Die dunklen Augen, die blasse Haut, den Leberfleck auf der Wange. Mit der Hand richtete sie behutsam ihre Frisur. Als sie endlich an die Universität gehen konnte, hatte sie begonnen, sich die rötlich-braunen Haare mit einem Marcel-Eisen in streng geformte Wellen zu legen – wie Marlene Dietrich. Damals hatte sie auch angefangen, Hosen zu tragen, und sich ihre geliebte schwarze Baskenmütze gekauft. Ihre männlichen Kommilitonen hatten Augen gemacht.

Margarete neigte den Kopf zur Seite und starrte ihrem Spiegelbild entschlossen entgegen. Diesmal würde sie allen beweisen, dass sie ihren Doktortitel zurecht trug.

Sie betrachtete die Zahlen, die sie auf dem Zettel in ihrer Hand notiert hatte. Die Zeiten, die die Spannungsmessgeräte benötigt hatten, um auf die vorher festgelegte Marke von 10 Volt zu klettern, sahen vielversprechend aus. Jetzt fehlte lediglich noch ein wenig Mathematik, um aus diesen Zeiten den Wirkungsgrad der Maschine zu berechnen. Ihrer Maschine. War es ihr diesmal gelungen, den Aufbau so zu optimieren, dass sich die Neutronen, die freigesetzt wurden, in den Uranschichten selbst vermehrten? Dann wäre es ihr zum ersten Mal in der Geschichte gelungen, eine Kettenreaktion in Gang zu bringen, die allein auf den Prinzipien der Kernspaltung beruhte! Margarete spürte das Kribbeln im Bauch, das immer dann auftrat, wenn sie vor einem Durchbruch stand. Diesmal würde es nicht ausreichen, dem Fräulein Brühl lobend auf die Schulter zu klopfen. Nein, diesmal wäre eine Beförderung fällig. Ehrliche Anerkennung. Ihr Gesicht, das sich auf der Wasseroberfläche spiegelte, lächelte.

Die Absätze ihrer hohen Schuhe erzeugten auf dem Betonboden des Labors ein Stakkato scharfer Geräusche, die von den rohen Wänden zurückgeworfen wurden. Als sie in der Tür stand, drehte sie sich noch einmal um und blickte zur Uranmaschine zurück. Schlaf gut, dachte sie, ich bin bald wieder da. Dann zog sie die Tür hinter sich zu und verriegelte sie mit mehreren Schlössern, zu denen verschiedene Schlüssel gehörten. Ihr Blick fiel auf die Aufschrift »Virushaus«, die Professor Braun darauf hatte anbringen lassen, um Schaulustige abzuhalten. Margarete schüttelte den Kopf. Der Professor hatte schon immer verrückte Ideen gehabt. Vermutlich war das eine hilfreiche Eigenschaft für einen theoretischen Physiker.

»Herein!«, hörte sie Braun wenig später rufen, nachdem sie an seine Bürotür geklopft hatte. Sie betrat das Büro. Es war viel zu klein und dunkel für einen so wichtigen Mann. Der Professor stand gebeugt hinter seinem klobigen Schreibtisch und hustete in ein Taschentuch. Vor ihm auf der Tischplatte verstreut lag ein Haufen Papiere, daneben stand seine helle Ledertasche. Seinen Schal hatte er abgelegt und zusammen mit einem schwarzen Aktenkoffer auf einen Stuhl in einer Ecke des Raums gelegt. Sein Haar stand ihm wirr vom Kopf ab, als er von seinen Aufzeichnungen aufblickte und Margarete anlächelte. »Fräulein Brühl, wie schön, sie so schnell wiederzusehen. Es ist so ein wundervoller Tag.« Er blickte aus dem Fenster zu seiner Rechten. Dabei verzog er die Nase, als würde sie ihn jucken.

Margarete beschlich für einen Moment ein seltsames Gefühl. Hatte Braun geweint? Da war ein Blitzen in seinen Augen, das sie so noch nie gesehen hatte. Sie verdrängte den Gedanken, straffte sich und schritt auf seinen Schreibtisch zu. Mit auffordernd hochgezogenen Augenbrauen legte sie die aufgezeichneten Messwerte auf das Durcheinander, das auf der Tischplatte herrschte. Braun zog seine Brille aus der Brusttasche seiner Weste und hielt den Zettel dicht vor seine Augen. »Ah, Ihre Ergebnisse.« Er legte die Notizen vor sich ab. Dann sah er Margarete an und rieb sich die Nase. »Stimmen die Messwerte mit den theoretischen Vorhersagen überein? Haben Sie sie schon überprüft?«

Margarete legte den Kopf schief. »Noch nicht. Ich komme gerade erst aus dem Labor, wie Sie wissen.«

»Ja, richtig.« Braun nickte. Sein Blick ging an Margarete vorbei.

»Ich werde mich gleich morgen früh an die Arbeit machen.«

Wieder nickte Braun. Dann sah er Margarete direkt in die Augen. »Das ist gut. Wir müssen absolut sicher sein, dass uns kein Fehler unterläuft. Es darf keine Fragezeichen mehr geben. Wenn auch nur der Hauch einer Unsicherheit besteht, möchte ich, dass Sie das Experiment morgen noch einmal wiederholen. Alles muss wasserdicht sein.«

Margarete schluckte. So bestimmt trat Braun selten auf. Er leitete das Institut eher wie ein gütiger Vater, der zufrieden mit seinen Kindern war, solange sie nicht das Porzellan zerschlugen und ihn ansonsten in Ruhe ließen. »Gibt es etwas, das ich wissen sollte?«

Der Professor zog einen Mundwinkel hoch. »Das Fräulein Brühl, blitzgescheit wie immer.« Er blickte kurz hinab zu ihren Aufzeichnungen, dann sah er Margarete direkt an. »Heisenberg kommt aus Berlin hierher. Schon Ende der Woche, am Freitag.«

Margarete japste. »*Der* Heisenberg?«

»Genau der.«

»Ende der Woche schon«, wiederholte Margarete. In ihrem Kopf ratterten die Gedanken. Professor Heisenberg war Nobelpreisträger, eine Koryphäe. Sie hatte ihn während ihres Studiums in Berlin bei einer Vorlesung erleben dürfen und war seit diesem Tag fest entschlossen, ihr

Glück in der Kernphysik zu suchen. Mittlerweile leitete Heisenberg das gesamte Kaiser-Wilhelm-Institut für Physik in Berlin. Und nun würde er *ihre* Maschine sehen und *ihren* Bericht lesen. Margarete schluckte und wischte sich eine Strähne aus dem Gesicht. »Ich werde mich heute Abend noch an die Berechnungen machen, das ist gar kein Problem. Dann können wir morgen früh die Ergebnisse besprechen und beraten, wie wir weiter vorgehen wollen.« Ihre Gedanken überschlugen sich. Sie würde Karl absagen müssen. Doch dies war ihre Chance! Sie musste bis Freitag vernünftige Werte produzieren, um sie Heisenberg präsentieren zu können. Wenn sie ihn überzeugen konnte, dann würden die Zweifler endlich verstummen. Wer konnte es schon wissen, vielleicht würde er sie mit nach Berlin nehmen, ans Kaiser-Wilhelm-Institut?

Braun trat ans Fenster und blickte hinaus in den auf der anderen Seite der Linnéstraße gelegenen Neuen Johannisfriedhof. Es schien, als würde er auf seiner Unterlippe herumkauen. »Ich muss einige Tage verreisen und bin schon so gut wie weg. Ich werde Sie mit Ihrer Arbeit leider allein lassen müssen.«

»Verreisen?« Margarete runzelte die Stirn. »Aber … Professor, ich könnte hier Ihre Hilfe gebrauchen!«

Braun lächelte Margarete an. »Meine Hilfe? Ich denke, Sie kommen schon ganz gut ohne mich zurecht.« Er nahm einige Papiere von seinem Schreibtisch, warf einen prüfenden Blick darauf und stopfte sie in die Ledertasche, die vor ihm stand. Dann schritt er an ihr vorbei und nahm ein Ölgemälde einer süddeutschen Landschaft von der Wand. Dahinter verbarg sich ein kleiner Tresor.

»Ist das alles?« Braun drehte sich um und musterte sie. »Ich habe noch zu tun.«

Margarete konnte seinen Blick nicht deuten. Warum verhielt er sich plötzlich so abweisend? Sie schüttelte den Kopf. »Ich ... ich weiß nicht, ich bin wohl nur überrascht, das ist alles.«

Der Professor seufzte. »Glauben Sie mir, Sie schaffen das auch ohne mich. Und vielleicht bin ich bis Ende der Woche schon wieder in Leipzig, wer weiß.« Er blickte wieder aus dem Fenster und legte die Stirn in Falten. »Wer weiß ...« Sein Blick richtete sich wieder auf Margarete. Er zwang ein Lächeln auf sein Gesicht. »Glauben Sie mir, alles wird gut werden.«

Wilhelm holte über die rechte Schulter aus und hieb die Axt in die Holztür, hinter der der Brand wütete. Helle Splitter klafften aus dem Holz, als er das Blatt der Axt löste und erneut ausholte. Er konnte den Rauch, der durch das Treppenhaus waberte, durch die Gasmaske hindurch riechen. Es war ein vertrauter Geruch. Wilhelm spürte keine Angst, dafür war er schon in zu viele brennende Wohnungen gestürmt. Doch eine vertraute Spannung pulsierte durch seine Adern. Pures Adrenalin, das seinen Blick schärfte und ihn die Schmerzen, die das Alter in seine Schultern und seinen Rücken entsandt hatte, ignorieren ließ. Diese Spannung durfte er niemals verlieren. Wer die Spannung verlor, der starb.

Wieder schlug er mit der Axt gegen die Wohnungstür. Dann löste er das Blatt und warf sich mit der Schulter gegen das, was von der Tür übrig geblieben war. Splitter flogen ihm entgegen, dann gab das Holz nach und machte den Weg in die Wohnung frei. Wilhelm achtete jetzt nicht mehr auf die Befehlskette, das Adrenalin übernahm die Kontrolle. Er stürmte voran, seine drei Kameraden folgten ihm. Linkerhand lag die Küche. Sie stand in Flammen. Vielleicht ein Fettbrand, dachte Wilhelm. Man sollte meinen, dass die hohen Butterpreise die Leute dazu brachten, gut auf ihr Bratfett aufzupassen.

Er drang weiter in die Wohnung vor. Offenbar war sie auch vor dem Brand schon in einem erbärmlichen Zustand gewesen. Wilhelm kannte solche Buden gut, er hatte den größten Teil seines Lebens in so einer gewohnt. Ein düsterer Flur, die Zimmer eher Löcher, doppelt und dreifach belegt, Klo und Wasser auf dem Hof.

Er gab seinen Kameraden ein Zeichen, die übrigen Räume zu durchsuchen, und lief weiter den Flur entlang, in einen Bereich, der zur Straße hinaus lag. Hier herrschte Chaos. Auf einem Bett lag ein geöffneter Koffer, im ganzen Zimmer stapelten sich Berge von Klamotten. Wilhelm stürzte zum Fenster, öffnete es und ließ das Seil hinab, das er am Gürtel getragen hatte. Unten wartete Schulze mit dem Schlauch. Schnell befestigte er das Seil an der Düse, und Wilhelm zog es wieder nach oben. Als er die Düse in den Händen hielt, sah er wieder aus dem Fenster, ließ den Arm über dem Kopf kreisen und stieß ihn dann nach oben. Wasser marsch! Schulze drehte den Hahn auf. Ein gewaltiger Druck baute sich im Schlauch auf, dann spritzte ein dicker Wasserstrahl aus der Düse. Wilhelm setzte sich in Bewegung, doch bevor er das Zimmer verlassen konnte, begann der Schlauch in seinen Händen zu beben. »O nein, verdammt!«, brüllte er. Luft in der Leitung. Der Wasserstrahl brach ab, wurde zu einem stotternden Spritzen. Dann stieg der Druck wieder, nur um gleich wieder abzubrechen. Wilhelm schüttelte den Kopf. Aber er hatte keine Wahl, er musste weiter.

In diesem Moment griff das Feuer auf den Holzboden im Flur über. »Scheiße!«, brüllte Wilhelm unter der Gasmaske. Menge und Walloschke kamen mit zwei ver-schreckten Kindern auf dem Arm auf ihn zugerannt. Sie schafften es gerade noch über den Flur, bevor die Tapeten Feuer fingen. Hinter ihnen brach ein Inferno los, die Flam-men leckten an ihren Stiefeln. Wo war Türauf? Wilhelm schwenkte den stockenden Wasserstrahl im Flur von links nach rechts. Wo das Wasser auf die Flammen traf, zischte es gewaltig und milchige Dunstschwaden stiegen auf. Doch kaum führte Wilhelm den Strahl weiter, loderten die Flammen wieder auf. Etwas in der Lackierung der Boden-dielen musste brennen wie Zunder. Und durch die Luft im Schlauch kam zu wenig Wasser am Brandherd an. Es war aussichtslos. So würden sie dieses Feuer nicht löschen können. Schlimmer noch: Durch diesen Flur und das da-hinter liegende Treppenhaus konnten sie die Wohnung nicht wieder verlassen!

»Wo ist Türauf?« Wilhelm riss sich die Gasmaske vom Kopf und brüllte den Namen seines Kameraden. Keine Antwort. Rauch flutete seine Lungen. Mühsam unter-drückte er einen Hustenanfall. Vor ihm toste das Feuer, wurde mit jeder Sekunde wilder. Durch das geöffnete Fenster hatte sich in Verbindung mit der geöffneten Woh-nungstür ein Kamineffekt eingestellt. Wilhelm fluchte. Am liebsten hätte er das Fenster geschlossen, damit die Zugluft die Flammen nicht noch weiter anheizen konnte. Doch es war der einzige Weg in die Freiheit.

Wilhelm blickte sich um. Hinter ihm machten sich Menge und Walloschke daran, die beiden Kinder, die be-wusstlos zu sein schienen, durch das Fenster hinaus abzu-seilen. Wo blieb die Drehleiter? Wilhelm machte ein paar Schritte auf seine Kameraden zu. »Wo ist die verdammte Leiter?«

Walloschke rief ihm etwas zu, das Wilhelm wegen der Gasmaske nicht verstand. Dann zuckte er mit den Schultern und hob den Jungen auf das Fensterbrett. Wilhelm hatte sein Seil um den Brustkorb des Jungen gelegt und dann um einen Haken an seinem Gürtel geschlungen. Er stemmte sich mit dem Fuß gegen die Wand, dann gab er dem Kind einen leichten Schubs. Für einen Moment fiel der Junge, der einen spitzen Schrei ausstieß, dann spannte sich das Seil und Walloschke ließ ihn zügig hinab. Währenddessen verschnürte Menge das Mädchen.

Wo blieb Türauf nur? Wilhelm dachte darüber nach, in den brennenden Flur zu rennen und die anderen Zimmer zu durchsuchen. Aber das wäre Selbstmord gewesen. »Wo ist Türauf?«, brüllte er Walloschke an. Erneut zuckte sein Kamerad nur mit den Schultern und schüttelte den Kopf. Wilhelm brach in lautes Husten aus. Er musste die Gasmaske wieder aufsetzen, sonst würde er nicht mehr lang durchhalten. »Wenn das Mädchen raus ist, lasse ich euch runter«, rief er noch, bevor er sich die Maske über das Gesicht zog.

Wilhelm lehnte sich aus dem Fenster und ließ die Hand über dem Kopf kreisen. Schulze verstand, und der Wasserstrahl verebbte. Es hatte keinen Sinn mehr. Diesen Brand würden sie mit ihren Mitteln nicht löschen können. Zumindest nicht, wenn sie überleben wollten. Die Flammen hatten mittlerweile schon auf das Wohnzimmer übergegriffen. Wilhelm spürte die Hitze durch den dicken Stoff der Uniform. Sie würden das Feuer später von außen bekämpfen müssen. Hoffentlich hatten seine Kameraden mittlerweile einen weiteren Leiterwagen angefordert.

Walloschke saß schon auf der Fensterbank, die Beine baumelten nach draußen. Menge band ihm das Seil um die

Brust, dann ließen Wilhelm und er den Kameraden Stück für Stück hinabsinken. Wilhelm keuchte. Er stemmte sich gegen den Zug des Seils. Plötzlich ließ die Spannung nach. Menge und Wilhelm stolperten zurück. Wilhelm deutete auf das Fenster, während Menge das Seil wieder hochzog. Er sollte der Nächste sein. Die Hitze war mittlerweile kaum noch auszuhalten. Menge machte Anstalten, Wilhelm das Seil umzulegen, doch der wehrte ihn mit den Händen ab. Er würde dieses Haus als Letzter verlassen. Er riss seinem Kameraden das Seil aus der Hand und warf ihm eine Schlaufe über den Kopf. Schnell war Menge verschnürt. Er nickte Wilhelm zu, bevor er sich über den Fenstersims gleiten ließ.

Das Seil straffte sich. Wilhelm lehnte sich gegen das Gewicht und spürte einen heftigen Schmerz im Rücken. So schwer hatte Menge gar nicht ausgesehen. Wilhelm wusste, dass er diese Belastung nicht lang aushalten würde. Er ließ das Seil ein wenig schneller durch die Hände laufen. Ohne Handschuhe hätte es ihm das Fleisch von den Knochen gerissen, so viel war sicher. Hinter sich konnte Wilhelm das Feuer toben hören. Er nahm sich nicht die Zeit, sich umzublicken. Als Menge endlich unten ankam, sackte Wilhelm für einen Moment auf die Knie.

Einatmen. Ausatmen. Diese verfluchte Gasmaske.

Er rappelte sich wieder auf und öffnete die kleine Ledertasche, die an seinem Gürtel hing. Die Hitze versengte seinen Nacken, er musste sich beeilen, wenn er diesen Einsatz überleben wollte. Wilhelm riss sich einen Handschuh von der Hand und fingerte den Notnagel aus der Tasche. Er blickte sich um, suchte einen Holzbalken. Irgendetwas, das Halt versprach. Er konnte nichts entdecken. Wilhelm setzte den Nagel unterhalb der Fensterbank an und schlug ihn mit der stumpfen Seite seiner Axt in die Wand. Putz rieselte ihm entgegen, ein faustgroßes Loch tat sich auf. Keine Chance, hier würde der Nagel nicht halten. Wilhelm warf einen Blick zurück. Die Flammenwand war jetzt nur noch zwei Meter entfernt. Höchstens.

Wilhelm versuchte es erneut, diesmal einen halben Meter weiter rechts. Drei Schläge, dann saß der Nagel. Er wackelte noch einmal daran. Das würde genügen müssen. Wilhelm führte das Seil durch die Öse an seinem Gürtel und band einen Knoten um den Notnagel. Er atmete noch einmal durch, dann stieg er auf das Fensterbrett. Wenn der Notnagel seinen Halt verlor, würde Wilhelm gute zwölf Meter in die Tiefe stürzen. Als er sich aus dem Fenster gleiten ließ, schloss er die Augen.

Der Nagel hielt. Wilhelm konnte über sich Flammen aus dem Fenster schlagen sehen. Lang würde das Seil nicht halten. Er ließ es zwischen seinen Händen hindurchgleiten. Er hätte sich den zweiten Handschuh wieder anziehen sollen, dachte er noch, doch dafür war es nun zu spät. Das Seil schnitt schmerzhaft ein, aber gleich hatte er es geschafft. Noch drei Meter, noch zwei …

Als Wilhelm auf dem Bürgersteig ankam, sank er auf die Knie. Sein Puls raste, und er hatte Schwierigkeiten, Luft zu bekommen. So knapp war es lange nicht mehr gewesen. Was war das für ein verflucht beschissener Einsatz? Erst die Ansage, dass sie sich zurückziehen sollten, dann die Luft im Schlauch, die Drehleiter, die nicht ausgefahren worden war … und Türauf, was war mit Türauf?

Wilhelm blickte auf. Menge und Walloschke standen einige Meter abseits und rangen ebenfalls um Fassung. Wilhelm riss sich die Gasmaske vom Gesicht und blickte sich um. Die beiden Kinder lagen schon auf Tragen, seine

Kameraden hatten ihnen Decken unter die Köpfe gelegt. Es schien ihnen einigermaßen gut zu gehen. Aus der Ferne konnte er mehrere Alarmklingeln hören. Offenbar war ein weiterer Löschzug im Anmarsch. Immerhin würde das Feuer wohl nicht den ganzen Straßenzug niederbrennen.

Dann erblickte er Türauf. Er schien wohlauf zu sein, seine Uniform sah tadellos aus. Da dämmerte es Wilhelm: Türauf war gar nicht in der Wohnung gewesen! Er richtete sich auf, taumelte für einen Moment und stolperte dann auf seinen Kameraden zu. »Wo warst du? Wir hätten dich gebraucht da oben!«

Türauf kam seinerseits auf Wilhelm zu. »Hätte ich mich etwa auch grillen lassen sollen?« Sein Gesicht war verzerrt vor Wut. »Es ist immer dasselbe mit dir, Willi! Stürmst einfach drauflos, ohne Plan! Und dann erwartest du, dass alle dir folgen und ihr Leben aufs Spiel setzen.« Wütend funkelte er Wilhelm an. Dann schüttelte er den Kopf. »Und wofür? Um so ein paar Kommunistenschweine zu retten?«

Wilhelm stockte der Atem. Er machte eine Geste zu den beiden Tragen, auf denen die Geretteten lagen. »Kommunistenschweine? Das sind Kinder!«

Türauf spuckte aus. »Die Kinder von Kommunistenschweinen.« Ein dicker weißlicher Speichelfleck breitete sich auf dem Bürgersteig aus und rann auf Wilhelms Stiefel zu.

Wilhelm stürzte auf seinen Kameraden zu und hämmerte ihm eine Faust ins Gesicht. Aus dem Augenwinkel konnte er sehen, dass Hellers und Müller von Kameraden zurückgehalten werden mussten, doch das war ihm gleichgültig. Diesem Arschloch würde er es zeigen!

Türauf spuckte erneut aus. Diesmal färbte der Fleck den Bürgersteig rot.

»Was für ein furchtbarer Film.« Margarete setzte ihre Baskenmütze auf und trat mit Karl in den immer noch heißen Juniabend vor dem Kino am Hauptbahnhof hinaus. Sie hatte noch einige Stunden lang am Schreibtisch in ihrem Büro gesessen und versucht, die Messwerte vom Nachmittag zu überprüfen. Doch in Wahrheit hatte sie sich den Kopf wegen des Verhaltens des Professors zerbrochen. Was war nur in ihn gefahren? Er schien ihr irgendetwas zu verschweigen. An effektives Arbeiten war jedenfalls nicht zu denken gewesen, dazu war sie zu verwirrt. Also hatte sie sich letztlich doch dazu entschlossen, Karl zu treffen. Wenn sie ihm diesen Abend schenkte, hätte sie für den Rest der Woche vielleicht Ruhe, um ihre Arbeit zu erledigen. Sie mochte ihn zwar, er war nett und lustig, aber sie wollte sich auf keinen Fall von ihm ablenken lassen. Nicht jetzt, wo sie mit der Uranmaschine so kurz vor dem Durchbruch stand.

Sie schüttelte den Kopf und sah Karl ins Gesicht. »Wie diese Hanna sich ihrem Paul an den Hals geworfen hat … widerlich! Und wie sie beide in der letzten Szene zum Horizont blicken und die Kampfflugzeuge über ihre Köpfe donnern …« Ihr Blick schweifte in die Ferne. »Und was ist das überhaupt für ein Titel, ›Die Große Liebe‹? Das soll Liebe sein? Die Unterwerfung der Frau durch den Mann und die Unterwerfung beider durch das Regime?« Margarete baute sich vor Karl auf und war kurz davor, ihn an den Schultern zu packen und zu schütteln. »Wie kann man nur so einen Dreck drehen?«

»Es freut mich, dass du so denkst«, flüsterte Karl ihr zu und lächelte, »aber vielleicht solltest du deinen Zorn noch für einen Moment zügeln.«

Margarete sah sich um. Karl hatte recht. Sie standen direkt vor dem Eingang des Kinos, an ihnen vorbei drängten die anderen Besucher der Vorstellung. Nicht wenige von ihnen trugen Uniformen. Und alle strahlten bis über beide Ohren und unterhielten sich vergnügt.

»Dieser Goebbels weiß schon, was er tut«, raunte Margarete Karl zu. »Tut mir leid, dass ich so ausfallend geworden bin, das ist eigentlich nicht meine Art.«

Er lächelte. »Mir tut's leid, dass dir der Film nicht gefallen hat. Du hast mir zwei Stunden deiner kostbaren Zeit geopfert, und ich schleppe dich in so einen Schmachtfetzen.«

Margarete zuckte mit den Schultern und zwinkerte ihm zu. »Mach dir keine Gedanken.« Sie hielt ihm ihren Arm hin. »Geleitest du mich noch zurück ins Institut? Ich denke, jetzt ist mein Kopf frei genug, um noch ein paar Stunden über den Zahlen von heute Nachmittag zu brüten.«

Karl machte große Augen. »Du willst jetzt noch arbeiten?«

»Was spricht dagegen? Ich habe einen Generalschlüssel für das Institut. Oder hattest du gehofft, ich würde dich wieder zu mir nach Hause entführen?« Sie grinste ihn an.

Karl hob die Hände. »Ich habe mich nicht entführt gefühlt, ich war höchstens überrascht!«

Margarete lachte auf. »Sagen wir, keiner von uns wollte das, was an diesem Abend passiert ist.«

Karl legte die Stirn in Falten. »So würde ich es nun auch nicht sagen.«

»Ich auch nicht.« Margarete küsste ihn auf die Wange.

Karl schüttelte den Kopf und grinste. Eine lockige Strähne strich über sein rechtes Auge. In diesem Moment fiel Margarete zum ersten Mal auf, wie sehr sie die Sommersprossen mochte, die links und rechts seiner schlanken Nase die helle Haut bedeckten.

Sie schlenderten Arm in Arm die Straße entlang, Richtung Süden. Bis zum Institut brauchte man zu Fuß etwa eine halbe Stunde. Karl pfiff eine Melodie, die Margarete bekannt vorkam. »Ist das aus dem Film?«

Er nickte und begann laut zu singen: »Ich weiß, es wird einmal ein Wunder gescheh'n, und dann werden tausend Märchen wahr.« Dabei tänzelte er mit weiten, federnden Schritten neben Margarete her und machte Gesten, die denen einer Operndiva glichen.

Margarete prustete vor Lachen.

»Wusstest du, dass der Komponist ein Homosexueller ist?«, fragte Karl.

»Er liebt Männer?«, fragte Margarete zurück und schüttelte den Kopf. »Der Arme! Wieso tut er sich das an?« Sie grinste Karl an. »Und woher weißt du so etwas?«

Karl zuckte mit den Schultern. »Ich habe es wohl irgendwo gelesen.«

Wenig später bogen sie in die Linnéstraße ein, in der das Physikalische Institut lag. Der Verkehr ruhte um diese Uhrzeit weitestgehend, also liefen sie in der Mitte der Straße auf dem Kopfsteinpflaster. Linkerhand lag dunkel der Friedhof. Vereinzelt stehende Straßenlaternen zeichneten gelbe Kreise auf den Bürgersteig.

Ein Schatten kam ihnen entgegen. Margarete löste ihren Arm, den sie bei Karl untergehakt hatte, und richtete ihre Frisur. Als der Schatten in einen der gelben Lichtkegel trat, erstarrte sie. Sie kannte diesen Mann! Aber was machte er hier in Leipzig?

»Fritze!«, rief sie, »Fritze Kowalski!«

Der Mann blieb stehen, blickte zu ihnen herüber und

beugte sich leicht nach vorn. »Grete? Dit ist ja mal ein Zufall.« Er schlenderte auf sie zu. Kein Zweifel, es war tatsächlich Fritze. Margarete erkannte die speckige Lederjacke, die er schon vor einem Jahr in Berlin getragen hatte, als sie ihn zum letzten Mal gesehen hatte. Und den Berliner Akzent, der sie so oft zum Lachen gebracht hatte. Einige Schritte vor ihnen blieb er stehen und sah Karl an. »Anjenehm, Kowalski.«

Karl nickte ihm zu, dann blickte er zu Margarete.

»Was machst du denn hier?«, fragte sie an Fritze gewandt. Durch ihren Kopf schossen Bilder aus einer anderen Zeit. Sie hatte ihn in Berlin kennengelernt, als sie in den letzten Zügen ihrer Doktorarbeit gelegen hatte. Einige Kommilitonen hatten sie dazu überredet, nach einer späten Vorlesung tanzen zu gehen. Auf der Tanzfläche war sie Fritze im wahrsten Sinne in die Arme gestolpert. Sie hatte seine Art gleich gemocht. Er sagte, was er dachte. Aber er sagte auch nicht zu viel. Erst später war ihr klar geworden, dass beide Eigenschaften miteinander zusammenhingen. Jedenfalls waren sie eine Zeit lang miteinander ausgegangen. Nach zwei Wochen jedoch fing er an, ihr auf die Nerven zu fallen. Sie befand sich mitten im Stress der bevorstehenden Abgabe und konnte keinen Mann gebrauchen, der sie jeden Tag ausführen wollte. »Ick wollt nur mal nach dir gesehen haben«, hatte er dann stets gesagt. Irgendwann war es ihr zu viel geworden.

»Ick bin nur auf der Durchreise«, sagte Fritze und trat von einem Fuß auf den anderen. »Was Geschäftliches.« Unschlüssig blickte er zwischen ihr und Karl hin und her.

Es war verrückt. Margarete hatte in den 28 Jahren ihres bisherigen Lebens lediglich mit zwei Männern das Bett geteilt. Beide standen sie nun hier, hatten die Hände in den

Hosentaschen vergraben und beäugten sich misstrauisch. Und beide bekamen den Mund nicht auf. »War schön, dich mal wiedergesehen zu haben«, sagte sie zu Fritze, um die unangenehme Situation aufzulösen. Sie lächelte ihm noch einmal zu, dann hakte sie sich wieder bei Karl unter und zog ihn mit sich. Beruhigt atmete sie auf, als sie hörte, wie Fritzes Schritte sich hinter ihnen entfernten.

»Hast du ihn auch entführt?«, fragte Karl, nachdem sie einige Sekunden lang schweigend nebeneinander hergegangen waren.

»Sei nicht albern«, erwiderte Margarete, und dabei beließ sie es. Das Letzte, was sie jetzt gebrauchen konnte, war ein Mann, der sich in seiner Ehre verletzt fühlte und sich in den Kopf setzte, um sie zu kämpfen. Eifersüchtige Männer verhielten sich wie kleine Kinder. Hielten die sich nicht eigentlich für das starke Geschlecht? Manchmal hatte sie das Gefühl, mehr männliche Attribute zu verkörpern als alle Männer in ihrem Umfeld zusammen.

Einige Minuten später standen sie vor dem Institut. Margarete sah, dass Karl immer noch über die Begegnung mit Fritze nachdachte, und plötzlich tat er ihr leid. »Wollen wir uns noch einen Moment lang auf eine Bank setzen?«

Er nickte. Sie überquerten die Linnéstraße und gingen durch ein schmiedeeisernes Tor, das auf den Friedhof führte. Vor ihnen lag ein kiesbedeckter Weg, und wenige Meter weiter fanden sie eine Bank, von der aus sie das Institutsgebäude sehen konnten.

Margarete seufzte. »Ich habe Fritze in Berlin kennengelernt. Aber glaub mir, ich habe seitdem nie wieder an ihn gedacht. Er ist ein Streuner.«

Karl sah sie an. »Danke, dass du das sagst.« Er dachte

einige Momente nach, dann ergänzte er: »Ich weiß überhaupt nichts über dich.«

»Was willst du denn wissen?« Margarete zuckte mit den Schultern. »Ich bin am 3. Februar 1914 in Berlin geboren. Mein Vater war Oskar von Brühl, Kriegsheld. Träger des Roten Adlerordens 1. Klasse mit Eichenlaub und Schwertern. Er ist zum Glück schon tot.«

Karl sah sie mit großen Augen an. »Sag so was nicht!«

Margarete schnaubte. »Glaub mir, wenn du die ganze Geschichte kennen würdest, würdest du auch so reden. Sagen wir es so: Meine Kindheit war nicht ohne Makel. Aber sie wurde besser, als ich zu meinem Onkel und meiner Tante kam.«

»Wie alt warst du da?«

»Fünfzehn.«

»Und das war, als dein Vater gestorben ist?«

Margarete schüttelte den Kopf. »Nein, da hat er noch gelebt. Aber für mich war er gestorben.«

Karl nickte bedächtig. »Es ist schon merkwürdig mit den Eltern. Meine leben beide noch, und trotzdem habe ich das Gefühl, ich hätte sie verloren.«

Als er nicht weitersprach, fuhr Margarete fort: »Mein Onkel, also der Mann, den ich Onkel nenne, hat gute Kontakte. Er hat an der Universität in Berlin ein gutes Wort für mich eingelegt. So bin ich dort als einzige Frau ans Physikalische Institut gekommen. Und habe als einzige Frau eine Doktorarbeit geschrieben.« Sie schüttelte den Kopf, als sie an diese schwierige Zeit zurückdachte. Ihre männlichen Kommilitonen hatten sie stets »Marie« genannt, in Anspielung auf Marie Curie. Offenbar war sie die einzige Naturwissenschaftlerin gewesen, die sie kannten. Margarete hatte sich stets gegen den Spitznamen gewehrt, obwohl sie sich insgeheim geehrt gefühlt hatte. Marie Curie war tatsächlich schon seit ihrer Jugend ein Vorbild gewesen.

»Worum ging es in deiner Arbeit?«

Margarete zog einen Mundwinkel hoch und legte den Kopf schief. »Um die Bombe.«

»Welche Bombe?«

»Na, *die* Bombe. Die Kernbombe.« Margarete ließ sich auf der Bank zurückfallen.

Karl sah sie an. »Davon habe ich gelesen. Sie haben das Projekt fallen gelassen, oder? Sie bauen jetzt doch lieber diese Rakete, oben in Peenemünde.«

Margarete nickte. »Die Vergeltungswaffe.«

»Bist du traurig deswegen?«

»Machst du Scherze? Ich wollte mit dieser Sache nie etwas zu tun haben. Aber als Frau kannst du an der Universität keine Forderungen stellen. Ich kann froh sein, dass sie mich überhaupt zur Promotion zugelassen haben.«

Karl nickte. Nach einer Weile fragte er: »Kann man diese Bombe wirklich bauen?«

Margarete schnaubte. »Nach allem, was ich weiß, nicht. Das war zumindest das Ergebnis meiner Arbeit. Es war ziemlich schnell klar, dass das Deutsche Reich nicht genügend angereichertes Uran und Schwerwasser zusammenbekommen würde, um damit Kernbomben zu bauen. Deswegen hat mein Doktorvater mir aufgetragen, die Möglichkeit der Verwendung von Hohlladungen zu untersuchen, um so irgendwie die Kettenreaktion in der Bombe in Gang zu kriegen.«

»Hohlladungen?« Karl schaute sie verwirrt an. »Und was ist ein Doktorvater?«

»Der Professor, der meine Doktorarbeit betreut hat«, sagte Margarete.

Karl schüttelte den Kopf. »Komisches Wort.«

»Da hast du wohl recht.« Margarete blickte auf den Boden zwischen ihren Füßen. »Hohlladungen sind eine bestimmte Art von Sprengkörpern. Mit ihnen kann man starke Panzerungen durchschlagen. Und dieses Prinzip sollte ich auf die Kernbomben anwenden. Aber dabei ist nichts herausgekommen. Meine Forschung verlief im Sande.«

»Wie man's sieht. Sie hat dir immerhin deinen Titel verschafft.« Karl lächelte sie an.

»Das stimmt wohl.« Margarete blickte in seine Augen. »Danke.«

Er erwiderte ihren Blick. »Ich danke *dir*.« Plötzlich führte er seine Hand vor ihr Gesicht. Darin hielt er eine zierliche Rose, die er wohl im Vorbeigehen von einem Strauch auf dem Friedhof gepflückt hatte.

Margarete schluckte. Irgendetwas verband sie mit diesem Mann, der fast noch ein Junge war. Dabei wusste sie so wenig über ihn. Wie hatte er die Anstellung am Institut erlangt, wo er doch augenscheinlich keinerlei physikalische Vorbildung hatte? Noch nicht einmal sein Alter kannte sie. Er war sicherlich einige Jahre jünger als sie. Aber spielte das alles eine Rolle? Sie mochte ihn, und er mochte sie, und das fühlte sich gut an. Plötzlich freute sie sich, dass sie das Institut noch einmal verlassen hatte. Es tat gut, bei Karl zu sein. »Danke«, brachte sie erneut hervor. Dann küsste sie ihn und spürte, wie seine Hände suchend über ihren Rücken tasteten.

Als sie sich voneinander lösten, lächelte er unsicher. Offenbar suchte er nach den richtigen Worten. Sie zerzauste mit der Hand seine Haare und erhob sich. »Wir sehen uns morgen im Labor«, sagte sie und warf ihm noch einen Kuss zu, bevor sie in Richtung des Instituts ging. Hinter sich hörte sie Karl leise singen. »Ich weiß, es wird einmal ein Wunder gescheh'n …«

Die Scheinwerfer seines geliebten Ford Taunus strichen über den hellen Putz der Häuser, als Wilhelm in die Siegfriedstraße einbog. Es war mitten in der Nacht, und der Rundling lag düster und verlassen vor ihm. Die moderne Wohnanlage im Leipziger Süden, vor gut zehn Jahren gebaut, war in drei konzentrischen Kreisen angelegt, in deren Mitte der Siegfriedplatz lag. Böse Zungen raunten sich hinter vorgehaltener Hand zu, dass das Ensemble aus der Luft wie ein Fadenkreuz aussehen müsse, was es den Briten einfacher machen würde, es mit ihren Bomben zu treffen. Wilhelm war mit seiner kleinen Familie vor acht Jahren in eine der beinahe tausend Wohnungen des Rundlings gezogen. Sein Sohn Karl war damals noch zur Schule gegangen. Seitdem hatte sich einiges verändert und wenig zum Guten. Vor den Kriegsjahren hatte es hauptsächlich junge Familien hierher verschlagen, und so hatte die Stadt mitten auf dem Platz in der Mitte ein Schwimmbecken für die Kinder angelegt. Rundherum hatten weitläufige Grünflächen gelegen. Nun war das Becken leer und verlassen, und in den Parks bauten die Bewohner Kartoffeln an, die sie durch den Winter bringen sollten.

Die meisten Anwohner konnten sich keinen Wagen leisten, und so fiel es Wilhelm nicht schwer, einen Parkplatz zu finden. Er stellte den Motor ab, legte die Hände auf das Lenkrad, starrte in die Dunkelheit und lauschte. Irgendwo zwitscherte schon eine Amsel, ein untrügliches Zeichen dafür, dass die Sonne bald aufgehen würde. Die Nachtschichten machten Wilhelm zu schaffen. Er würde nicht viel Schlaf bekommen und morgen unausstehlich sein. Noch unausstehlicher als sonst. Seine Hand schmerzte und blutete ein wenig. Er musste die Wunde desinfizieren und verbinden. Immerhin hatte er Türauf eine Lektion erteilt. Beim Gedanken an seinen sogenannten Kameraden verkrampften sich seine Finger, und das Leder des Lenkrads knarrte. Was war nur falsch gelaufen mit der Menschheit, dass sie sich so dämlich aufführte? Galt denn der Eid nichts mehr, den sie als Männer der Feuerschutzpolizei geleistet hatten? Schnaufend erhob er sich, schloss den Wagen ab und schleppte sich zum Eingang des Hauses, in dem seine Wohnung lag.

Wilhelm schloss auf und ging den kargen Flur im Erdgeschoss entlang. Mit spitzen Fingern fühlte er, ob etwas im Briefkasten auf ihn wartete. Fehlanzeige. Er wollte sich gerade an den Aufstieg in den zweiten Stock machen, da öffnete sich die Tür der Wohnung im Parterre, und ein zerfurchtes Gesicht blickte ihn an. Speckige Haare fielen dem Mann in die Stirn. Aus der Wohnung kroch ein Geruch nach Aschenbecher und Leichenhalle.

Alt geworden, dachte Wilhelm, verflucht alt. Das lag wohl am Suff. Er blieb stehen und lehnte sich an das Treppengeländer. »Herbert, altes Haus, warum bist du zu dieser gottlosen Zeit noch wach?«

Das faltige Gesicht kicherte und brach dann in einen Hustenanfall aus. »Noch wach? Oder schon? Wer weiß das schon.«

»Wie auch immer.« Wilhelm wandte sich zum Gehen. »Schlaf gut.«

»Warte!«, zischte Herbert. »Ich hab da grad was Neues reinbekommen. Feinster Stoff. Echter Scotch! Dachte nur, falls du es dir noch mal anders überlegt hast.«

Wilhelm schüttelte den Kopf. »Danke, nein. Ich hab's mir nicht anders überlegt.« Leider, ergänzte er in Gedanken und schleppte sich die Stufen zu seiner Wohnung im zweiten Stock hoch. Wenig später fiel die Tür hinter ihm ins Schloss. Das Linoleum, das er im letzten Herbst verlegt hatte, stank nach Chemie. Es war sicher ungesund, diesen Bodenbelag im Haus zu haben. Aber er ließ sich leicht sauber halten. Jede Entlastung, die er sich im Haushalt verschaffen konnte, war Gold wert.

Wilhelm ließ die Schlüssel auf den staubigen Schuhschrank fallen. Sie verursachten beim Aufprall ein lautes Geräusch, das ihm in den Ohren wehtat. »Bin wieder da«, rief er in die Wohnung. Er trat mit dem linken Stiefel auf den hölzernen Stiefelknecht, der neben der Eingangstür auf dem Boden lag, und verhakte den anderen im Einschnitt an der Schmalseite. Mit roher Gewalt zog er den Fuß heraus, dann wiederholte er die Prozedur mit dem anderen Stiefel. Sein Gesicht verzog sich zu einer Grimasse. Das Leder knarzte. Die Stiefel waren schon immer zu eng gewesen. Er hatte sich bei Hauptmann Fink darüber beschwert, doch der hatte ihm zu verstehen gegeben, dass in Kriegszeiten das Wunschkonzert leider ausfallen müsse.

»Was für ein Tag, mir tut alles weh«, rief Wilhelm in die Wohnung, so wie er es immer tat, wenn er von der Arbeit kam. Währenddessen versuchte er, seine Jacke auszuziehen. »In Connewitz hat's gebrannt. Da war was los!« Wilhelm schüttelte den Kopf und seufzte. Sein Körper schmerzte, seine Haare rochen nach Ruß. Energisch riss er am Ärmel, um seinen Arm zu befreien. Er schwitzte. In der Wohnung war es viel zu warm für die Uniform. Er war nach dem Einsatz direkt nach Hause gefahren, ohne sich vorher auf der Wache umzuziehen.

»Die Küche stand in Flammen, aber in der Wohnung waren nur zwei Kinder. Vielleicht wollten sie einen Kuchen backen.« Wilhelm schlurfte auf Socken in die Küche und säuberte seine lädierte Hand unter dem Wasserhahn. »Willst du auch ein Bier?« Er schnaubte. Niemand reagierte auf seine Witze, und ihm selbst war auch nicht nach Lachen zumute. Er hatte natürlich kein Bier im Haus. Er hatte sich das Trinken abgewöhnt, als es nicht mehr anders gegangen war. Es war eine rationale Entscheidung gewesen. Eines Morgens war er mit dröhnendem Schädel aufgewacht und hatte plötzlich gewusst, dass er nur zwei Möglichkeiten hatte. Entweder würde er mit dem Saufen aufhören oder er würde sich zu Tode trinken. Er hatte sich für das Leben entschieden.

Jetzt bereute er diese Entscheidung.

Er trat in die Küche, und sein Blick fiel auf ein Familienfoto, das mit Tesafilm an der Tür der Vorratskammer befestigt war. Für einen Moment schaute er in lächelnde Gesichter. Karl, Ida und er, im Hintergrund die Idylle von Traubra, wo sie früher oft mit der Bimmelbahn hingefahren waren. Wilhelm ließ die Tür aufschwingen und griff nach einem trockenen Kanten Brot. »Wie Türauf sich heute aufgeplustert hat … Ich hätte ihn tot schlagen können!« Wilhelm schlug die Tür der Vorratskammer zu, schwungvoller als beabsichtigt. Das Familienfoto wackelte. »Der Einsatzleiter gibt die Kommandos! Tausendmal habe ich ihm das gesagt. Im Einsatz muss sich einer auf den anderen verlassen können!«

Wilhelm zog die Besteckschublade auf und kramte mit seiner gesunden Hand darin herum, bis er das Brotmesser gefunden hatte. »Ich bin gespannt, ob der sich morgen auf die Wache traut. Wenn ich er wäre, könnte ich mir nicht mehr unter die Augen treten.« Wilhelm bezweifelte jedoch, dass Türauf klein beigeben würde. Er war einer von den Neuen, wie Wilhelm sie nannte. Emporkömmlinge, überzeugte Nationalsozialisten, die die Jugendorganisationen der Partei durchlaufen hatten, für den Führer brannten und die Karriereleiter schnell hinaufkletterten. Es gab viele von ihnen, und es wurden immer mehr. Wenn man es realistisch betrachtete, gehörte Wilhelm einer aussterbenden Spezies an. Seine Vorstellungen von Ehre und Pflicht entsprachen nicht mehr dem Zeitgeist. Die Neuen fühlten sich nur der Partei und deren Ideologie verpflichtet. Und ihrer Karriere.

Wilhelm sah sich in der Küche um. Hatte er nicht neulich ein Stück Butter auf dem Markt ergattert? Er öffnete einige Schranktüren, konnte jedoch nichts finden, und schließlich steckte er sich das trockene Brot ohne Butter in den Mund. Kauend trat er von der Küche ins Wohnzimmer.

Wie vom Blitz getroffen blieb er auf der Schwelle stehen. Der Teller mit den Brotscheiben entglitt seinen Händen und fiel klirrend zu Boden. Ida lag vor dem Sofa auf dem Bauch. Ihr Gesicht war tief in den Teppich vergraben, den ihre Eltern ihnen zur Hochzeit geschenkt hatten. Ihre langen grauen Haare fielen in alle Richtungen, wie Quecksilber.

»Was machst du denn?« Wilhelm eilte zum Sofa, hockte sich nieder und drehte Ida auf den Rücken. Ihr Körper war schlaff, ihr Kopf rollte zur Seite. Er schob einen Arm unter ihren Nacken, den anderen unter ihre Kniekehlen. Als er sie anhob, spürte er einen Stich in der Wirbelsäule. »Scheiße!«, entfuhr es ihm, und er biss sich auf die Lippen. Er wollte sich das Fluchen abgewöhnen. Ida konnte es nicht ausstehen. Als er sie auf dem Sofa abgelegt hatte, sank er auf die Knie. Sein Herz pochte. Er hatte schrecklichen Durst. »Wieso tust du das nur immer? Gefällt dir das Sofa nicht?« Seine Frau lag auf dem Rücken und blickte an die Decke.

Wilhelm nickte. »Mir auch nicht.« Er spürte, dass gleich die Tränen kommen würden. Und obwohl ihn hier niemand sehen konnte und Ida es wohl gleichgültig war, kämpfte er dagegen an. Wie lang ging das jetzt schon so? Beinahe zwei Jahre mussten es schon sein. »Akinetischer Mutismus«, hatte der Arzt gesagt. Wilhelm sprach lieber von »ihrem Zustand«. Er war aus dem Nichts gekommen. Von einem Tag auf den anderen hatte Ida nicht mehr gesprochen, nicht mehr auf seine Worte reagiert. Sie war nicht mehr aufgestanden, hatte sich nicht mehr die Haare gekämmt, nicht mehr gegessen. Sie hatte eigentlich gar nichts mehr gemacht. Seit diesem Tag musste sie gefüttert, gewaschen und ins Bett gebracht werden. Anfangs hatte Karl ihm noch dabei geholfen, doch seit er ausgezogen war, kümmerte Wilhelm sich allein um seine Frau.

»Da kann man nicht viel machen«, hatte der Arzt damals gesagt und vorgeschlagen, Ida in ein Sanatorium einzuweisen. Wilhelm hatte sie ohne ein weiteres Wort an der Hand aus der Praxis geschleift und in seinen Wagen gesetzt. Niemand würde ihm seine Frau wegnehmen. Er würde sich selbst um sie kümmern, bis es ihr besser ginge.

Er betrachtete ihre weichen Gesichtszüge, ihre wässrigen hellbraunen Augen, die ohne Ziel an die Decke starrten. Was Ida wohl zu dem Schlamassel sagen würde, in dem er jetzt steckte? Sicherlich hätte sie mit ihm geschimpft. Sie hätte ihn einen Esel genannt und den Kopf geschüttelt. Er hätte darauf bestanden, dass Türauf es verdient habe. Und Ida hätte ihm geantwortet, dass er da vielleicht recht habe, wer wolle das schon entscheiden, das könne höchstens der Herrgott und der sitze oben im Himmel und bekomme halt auch nicht alles mit. Auf jeden Fall solle er sich zusammenreißen, bei Türauf entschuldigen und zusehen, dass er seine Anstellung nicht verliere, denn wovon sollten sie sonst leben? Und natürlich hätte sie damit recht.

»Scheiße«, flüsterte Wilhelm und erhob sich, um die Reste seines kargen Nachtmahls vom Boden zu klauben.

Margarete legte den Stift beiseite und rieb sich mit dem Handrücken die Augen. Sie war über der Tischplatte zusammengesunken, richtete sich jetzt jedoch auf, indem sie den Rücken streckte und die Ellbogen zurückzog. Die Uhr, die auf ihrem Schreibtisch stand, zeigte ihr, dass es schon weit nach Mitternacht war.

Es war zum Verrücktwerden. Sie konnte sich nicht auf die Arbeit konzentrieren. Drei Mal hatte sie versucht, ihre Messwerte vom Nachmittag mithilfe der Gleichung, die den Absorptionskoeffizienten beschrieb, zu bestätigen. Doch es war ihr nicht gelungen. So oft sie die Rechnung auch wiederholte, stets blieben die errechneten Werte weit hinter den gemessenen zurück. Das konnte einfach nicht stimmen! Wenn doch, dann wäre es ihr gelungen, die theoretischen Vorhersagen mit der neu konzipierten Uranmaschine weit zu übertreffen. Das klang zwar gut, stellte sie aber vor das Problem, dass sie ihre Messwerte nicht erklären konnte. Werte, die nicht mit der Theorie übereinstimmten, konnten leicht angezweifelt werden. Damit konnte sie nicht vor Professor Heisenberg treten. Vermutlich hatte sie sich lediglich verrechnet. Das wäre kein Wunder, sie war hundemüde. Sie hätte sich nicht mit Karl treffen sollen, so viel stand fest.

Mit einem tiefen Seufzer stand Margarete auf und stützte sich dabei mit beiden Armen auf der Tischplatte ab. Mit dem Zeigefinger der linken Hand wickelte sie eine Locke ihres Haars auf, dabei blickte sie auf die schwarze Fläche des Fensters. Tagsüber hatte sie einen schönen Blick auf den gegenübergelegenen Friedhof, doch jetzt sah sie lediglich ihre eigene Figur und die Umrisse ihres Büros, die sich auf der Glasscheibe spiegelten.

Plötzlich zuckte sie zusammen. Verdunklungspflicht, schoss es ihr durch den Kopf. Sie konnte sich einfach nicht daran gewöhnen, auch wenn die Regelung nun schon seit einigen Monaten bestand. Nach den Bombenangriffen auf Köln, die die Innenstadt völlig zerstört hatten, waren die Anweisungen mehrmals verschärft worden. Bisher war der Fliegeralarm in Leipzig jedoch erst wenige Male ausgelöst worden, und zum Glück war der Angriff immer ausgeblieben. Bis jetzt.

Mit schnellen Schritten eilte Margarete zum Fenster und zog die schweren dunkelgrünen Vorhänge zu. Sie wandte den Kopf einmal weit nach links und rechts und lauschte dem Knacken in ihrem Genick. Dann ging sie zur Tür und verließ ihr Arbeitszimmer. Vielleicht hatte sie Glück und Professor Braun hatte seine Abreise noch einmal verschoben. Möglicherweise konnte er ihr einen Rat geben. Sie hatte ihn schon des Öfteren spät abends noch in seinem Büro angetroffen, wie er über seinen Aufzeichnungen brütete, dabei eine Oper auf dem Grammofon abspielte und ein Glas Rotwein trank. Oder auch mehrere Gläser. Margarete ging den spärlich beleuchteten Korridor entlang und lauschte. Doch es war kein Operngesang zu hören, und als sie die Tür zu Brauns Büro erreichte, fand sie sie verschlossen vor.

Sie seufzte und das Seufzen ging in ein tiefes Gähnen über. Vielleicht sollte sie für heute die Segel streichen. Doch das würde sich so anfühlen, als kapituliere sie vor der Aufgabe. Am Freitag würde Professor Heisenberg in ihrem Labor stehen. Sie hatte nur noch fünf Tage, um die Zahlen in den Griff zu bekommen und ein vorzeigbares Ergebnis zu produzieren. Margarete sah auf und bemerkte, dass sie immer noch auf dem Flur vor Brauns Büro stand. Sie ließ einige Male die Schultern kreisen und traf eine Entscheidung. Einmal würde sie die Rechnung noch wiederholen, dann würde sie Feierabend machen. Wenn sie ihre Werte dann bestätigen konnte, schön. Und falls nicht, dann würde sie sich morgen darum kümmern. Entschlossen ging sie den Korridor entlang, betrat ihr Büro, schloss die Tür hinter sich und setzte sich an ihren Schreibtisch. Sekunden später war sie wieder in die Berechnungen vertieft.

Ein leises Geräusch ließ sie aufblicken. Es klang, als wäre etwas von der Tischplatte auf den Holzboden gefallen, eine Büroklammer vielleicht. Sie bückte sich über die Armlehne ihres Stuhls, um nachzusehen, doch sie konnte nichts erkennen. Sie sorgte stets dafür, dass ihr Arbeitsplatz tadellos sauber und aufgeräumt war. Unordnung konnte sie nicht leiden. Mehr noch, sie konnte sie nicht ertragen.

Wieder ertönte das Geräusch. Diesmal schien es aus der Richtung des Fensters zu kommen. Einen Moment lang starrte Margarete den grünen Vorhang an und wartete, ob sie es erneut hören würde. Da war es! Ein helles, hartes Geräusch. Als würde jemand von außen Steinchen gegen die Fensterscheibe werfen. Margarete erhob sich und merkte, dass sich Gänsehaut auf ihren Armen bildete. Sei nicht albern, dachte sie, was soll denn schon sein? Wahrscheinlich hatte Karl wieder einen seiner verrückten Einfälle bekommen und war noch einmal zurückgelaufen, um sie zu necken. Oder hatte er etwa die ganze Zeit über auf der Friedhofsbank gesessen? Sie warf einen Blick auf die Rose, die er ihr geschenkt hatte und die jetzt auf ihrem Schreibtisch lag.

Mit einem energischen Ruck zog Margarete den Vorhang zur Seite. Wieder sah sie ihr Spiegelbild auf der Fensterscheibe. Sie kniff die Augen zusammen, um durch die Reflexionen hindurchblicken zu können, doch sie konnte draußen nichts als Schwärze erkennen. Kein Wunder, dachte sie. Die Straßenbeleuchtung wurde am späteren Abend ausgeschaltet, auch das diente dem Schutz vor Fliegerangriffen.

Margarete lief zur Tür und drehte das Licht aus. Sie würde draußen mehr erkennen können, wenn ihr Büro im Dunkeln lag und ihre Sicht nicht mehr durch die Spiegelungen beeinträchtigt würde. Sie schlich zurück zum Fenster, wobei sie mit den Händen tastete, um nicht gegen den Stuhl oder den Schreibtisch zu stoßen. Als sie es erreichte, wurde sie enttäuscht. Immer noch konnte sie nur wenig sehen. Sie gewährte ihren Augen einige Sekunden, um sich an die Dunkelheit zu gewöhnen, und schließlich schälten sich nach und nach Umrisse aus der Schwärze. Da war die Friedhofsmauer, und dort stand eine Straßenlaterne. Nach einiger Zeit konnte sie sogar das Tor erkennen, durch das sie vor einigen Stunden mit Karl gegangen war. Doch den vermeintlichen Steinewerfer konnte sie nicht entdecken. Sie schüttelte den Kopf. Vielleicht war es doch nur Einbildung gewesen. Sie sollte wirklich langsam nach Hause gehen.

Vorsichtig suchte Margarete ihren Weg zurück zum Lichtschalter. Als sie das Licht wieder andrehte, entfuhr ihr ein Schrei. Vor ihren Füßen lag eine schmale braune Akte. Jemand musste sie unter der Tür hindurchgeschoben haben. Margarete reagierte blitzschnell und riss die Tür auf. Mit einem Satz stand sie auf dem Korridor und blickte sich nach beiden Seiten um.

Sie war allein.

Margarete hielt die Luft an und lauschte. Vielleicht konnte sie den Eindringling noch fliehen hören. Doch das Institutsgebäude lag still da. Margarete schüttelte den Kopf. Was ging hier nur vor sich? Mit in Falten gelegter Stirn ging sie zurück in ihr Büro und bückte sich, um die Akte aufzuheben. Mit einem Füller hatte jemand etwas auf den Deckel geschrieben. »Die Erde, ein glühender Stern« stand dort in einer schwungvollen Schreibschrift. Margarete klappte den Deckel auf und musterte das Deckblatt. Dann riss sie die Augen auf. »Zur Möglichkeit der Atomzertrümmerung mithilfe von Hohlladungen« stand dort in Schreibmaschinenschrift. Und darunter: »Dissertation zur Erlangung des akademischen Grades doctor rerum naturalium, eingereicht von Margarete von Brühl«.

Margarete starrte ihre eigene Doktorarbeit an und verstand die Welt nicht mehr.

Vor Sewastopol, Halbinsel Krim,
4. Juni 1942

Mein Herz,
du kannst dir nicht vorstellen, wie es hier zugeht, und welche Spannungen mein armer Geist ertragen muss. Am Himmel lacht die Sonne, doch sie kommt mir vor wie eine Fratze, wenn ich sehe, worauf ihr ach so helles Licht fällt. Tod und Verder-

ben! Am Boden kriechen die Verwundeten mit den Maden um die Wette.

Es tut mir leid, wenn ich dir Kummer mache, aber es kann einem nur angst und bange werden bei dem, was hier vor sich geht. Versteh mich nicht falsch, ich weiß, wieso ich hier bin, und es mag ein guter Grund sein, wer weiß. Doch gleichzeitig sehnt sich mein ganzer Körper weg von hier, weg aus diesem wüsten Land, hin zu dir! Die Melodien in meinem Kopf sind seit Wochen verstummt, undenkbar, hier auch nur eine Note zu schreiben.

Den ganzen Tag lang donnert die Artillerie, und nachts wird es noch schlimmer. Bald soll auch der Schwere Gustav eintreffen und den Sowjets den Garaus machen. Ich für meinen Teil kann auf noch mehr Krach gut verzichten.

Ich weiß nicht, ob sie diesen Brief aufreißen und lesen werden. Vielleicht wird er dich nie erreichen. Aber ich würde es nicht übers Herz bringen, dich anzulügen. Deswegen schreibe ich die Dinge auf, wie sie nun einmal sind.

Ich denke oft an dich. Bald schon werde ich eine Woche Urlaub bekommen. Dann sehen wir uns wieder. Und, wie singt die Leander? Dann werden tausend Märchen wahr!

Ich küsse dich.

Anton

Leipzig, 22. Juni 1942

Ida saß in ihrem geblümten Nachthemd auf der Bettkante. Ihr Blick ging an Wilhelm vorbei. Er konnte keinerlei Emotionen daraus ablesen. Scheiße, er wusste ja nicht einmal, ob sie verstand, wo sie war. Oder ob sie ihn erkannte. Sie war tatsächlich der Welt abhandengekommen. So hatte

Karl ihren Zustand einmal beschrieben. Weiß der Geier, wo er diesen Ausdruck herhatte. Er hatte schon immer ein Faible für romantische Sprüche gehabt. Von Wilhelm hatte er das sicher nicht.

Er tauchte den Waschlappen in den Zuber, den er ins Schlafzimmer geschleppt hatte, und führte ihn dann an Idas Gesicht, um es abzutupfen. Der Anblick aus der Nacht zuvor, ihr auf dem Boden liegender Körper, hatte ihm ein schlechtes Gewissen bereitet. Er hatte Idas Pflege in letzter Zeit vernachlässigt. So konnte es nicht weitergehen. Er sollte für sie da sein, das war seine verdammte Pflicht. Aber er musste auch seiner Dienstpflicht nachkommen.

Wilhelm strich ihr eine Strähne aus dem Gesicht und streichelte ihre Wange. »Kein Angst, Ida, ich mache die Sache von gestern wieder gut. Ich gehe zum Fußballtraining, und da rede ich mit Türauf. Du wirst sehen, heute Abend auf der Spätschicht werden wir wieder beste Freunde sein.« Dann führte er seine Frau an der Hand in die Küche. Sie folgte ihm anstandslos. Sie war nicht gelähmt, ihre Muskeln funktionierten noch, auch wenn sie natürlich vom vielen Liegen geschwächt waren. Sie kam jedoch nicht mehr auf die Idee, sie einzusetzen. Wilhelm war beinahe daran verzweifelt, seinen Bekannten ihren Zustand zu erklären. Sie schien eine mehr oder weniger einmalige Patientin zu sein. Und obwohl der Arzt gleich mit einem Fachbegriff für ihre Krankheit um die Ecke gekommen war, einen Heilungsweg hatte er nicht gekannt.

Nachdem er Ida gefüttert hatte, Haferschleim mit einem geriebenen Apfel, und sie danach wieder auf das Sofa gebettet hatte, packte Wilhelm seine Sportsachen und die Stollenschuhe in einen Beutel und verließ die Wohnung. Der Rundling lag in der strahlenden Sonne wie eine Parkanlage. Grün belaubte Bäume rauschten in einer warmen Brise, und viele seiner Nachbarn arbeiteten in den wild angelegten Gemüsebeeten. Vom Zeitungsjungen, einem Burschen mit einer Hasenscharte, kaufte er für 25 Pfennige die Neue Leipziger Tageszeitung. »Danke, Herr Leitner«, sagte der, und Wilhelm zwinkerte ihm zu. Ihm war klar, dass der Zeitung nicht zu trauen war. Jeden Tag brachten sie neue Erfolgsmeldungen, dabei musste doch selbst ein Blinder merken, dass es mit dem Reich bergab ging. Die Leute hatten immer weniger zu kauen, und dann auch noch die Luftangriffe auf Lübeck, Rostock und zuletzt Köln.

Er blieb einen Moment lang stehen und betrachtete die Titelseite. »Sturm auf Sewastopol steht kurz bevor! Schwerer Gustav ist einsatzbereit!«, verkündete sie in schreienden Lettern. Darunter prangte eine Fotografie, die ein gewaltiges Geschütz zeigte, das auf Schienen stand. Es musste sicherlich 15 Meter hoch sein und hatte die Ausmaße eines ganzen Wohnblocks. Wilhelm schüttelte den Kopf. Was für ein Wahnsinn, eine Kanone, groß wie ein Haus. Und hier in Leipzig hatten sie nicht mal einen funktionstüchtigen Leiterwagen. Wie groß wohl die Granaten waren, die dieses Ding verschoss? Auf der nächsten Seite fand er die Antwort. Ein weiteres Foto zeigte eine der 80-Zentimeter-Granaten. Daneben stand ein Soldat. Das Geschoss überragte ihn mindestens um zwei Meter. »Wahnsinn«, murmelte Wilhelm, klemmte sich die zusammengefaltete Zeitung unter den Arm und schlenderte zu seinem Taunus.

Eine halbe Stunde später stand er im Trikot des SC Wacker auf dem löchrigen Bolzplatz im Norden der Stadt, wärmte sich mit einigen Dehnübungen auf und registrierte das Knacken in seinem Rücken. Er war eingerostet in den letzten Jahren. Umso mehr freute er sich auf die Übungseinheit und pfiff eine Melodie, die in seinem Kopf herumschwirrte. Die Alten Herren des SC Wacker trainierten zu verschiedenen Tageszeiten, um möglichst vielen Mitgliedern die Teilnahme zu ermöglichen. Jetzt, am Morgen, standen hauptsächlich Fabrikarbeiter und einige Beamte der Sicherheitsorgane auf dem Platz. Wilhelm sah sich um, konnte Türauf jedoch nicht entdecken. Der Trainer, ein ehemaliger Bäckermeister, ließ die Trillerpfeife ertönen und verdonnerte die Mannschaft zu drei Runden um den Platz. »Erst mal munter werden, ihr Saftsäcke!«

Wilhelm setzte sich in Bewegung. Schon nach wenigen Metern spürte er, wie die Adern an seinen Schläfen zu pochen begannen, und verfiel in einen leichten Trab. Er würde sich seine Kräfte einteilen müssen, wenn er nicht schon vor dem eigentlichen Training vor Erschöpfung zusammenklappen wollte. Verstohlen blickte er sich um und entdeckte in der Ferne schließlich Türauf, der gerade auf den Platz getrottet kam. Zielstrebig ging er auf den Trainer zu, der sich zu ihm umdrehte und ihm auf die Schulter klopfte. Die beiden steckten die Köpfe zusammen, dann drehten sie sich in Wilhelms Richtung um. Sahen sie ihn an? Aus der Entfernung konnte Wilhelm es nicht genau erkennen. Jetzt fingen sie an zu lachen. Was ging da vor sich? In Wilhelms Kopf ratterte es. Hatte Türauf dem Trainer von ihrem gestrigen Streit erzählt? Wieso sollte er das tun? Das hatte nichts mit dem Verein zu tun, das gehörte nicht hierher! Wilhelm verspürte den Drang, hinüberzulaufen und Türauf zur Rede zu stellen. Doch dann dachte er an das Versprechen, das er Ida gegeben hatte. Ob sie es nun gehört hatte oder nicht. Diesmal würde er die Fassung nicht verlieren.

Nach einer gefühlten Ewigkeit schallte die erlösende Trillerpfeife über den Platz. Wilhelm stützte sich mit den Händen auf den Knien ab und keuchte. Anderthalb Runden hatte er geschafft, doch viel weiter hätte er nicht mehr laufen können. Er war klitschnass geschwitzt. Keuchend trottete er zum Mittelkreis, wo sich die Mannschaft versammelte. Türauf wich seinem Blick aus, doch Wilhelm ging geradewegs auf ihn zu. »Max, hör zu ...«, begann er, doch Türauf hob drohend einen Finger.

»Treib es nicht zu weit, Willi!«

»Ich will nur reden. Das gestern war wirklich nicht ...«, sagte er, doch Türauf starrte ihn so finster an, dass Wilhelm nicht wagte weiterzusprechen.

Als Nächstes stand ein Trainingsspiel auf dem Programm. Wilhelm hoffte, mit Türauf in eine Mannschaft eingeteilt zu werden, doch sein Wunsch wurde nicht erhört. Widerwillig reihte er sich in die aus drei Mann bestehende Verteidigungslinie ein. Er war schon immer Innenverteidiger gewesen. Da musste man nicht so viel laufen und er konnte seinen ganzen Körper einsetzen. Heute jedoch würde er sich zurückhalten. Türauf war Stürmer, und er würde ihm direkt gegenüberstehen.

Der Anpfiff ertönte und das Spiel begann mit dem üblichen Geharke im Mittelfeld. Wilhelm war nicht traurig darüber, denn so konnte er noch einen Moment verschnaufen. Das Aufwärmprogramm hatte ihn an seine Grenzen gebracht. Er begnügte sich damit, erst einige Schritte nach links und dann nach rechts zu trotten, um halbwegs auf Höhe des Spielgeschehens zu bleiben.

Doch dann ging alles ganz schnell. Die gegnerische Mannschaft schickte Türauf mit einem langen Pass auf die Reise, die Außenverteidiger auf Wilhelms Seite pennten.

Türauf kam geradewegs auf ihn zugestürmt. Er legte sich den Ball ein Stück zu weit vor. Jetzt oder nie, dachte Wilhelm und setzte sich in Bewegung. Er versuchte, den Ball wegzugrätschen, wobei er darauf achtete, Türauf nicht zu nahe zu kommen. Um keinen Preis wollte er ein Foul riskieren. Aber sein Gegner war schneller. Bevor Wilhelms Fuß den Ball berührte, zirkelte Türauf ihn an seinem Bein vorbei. Wilhelm konnte nur noch auf dem Boden liegend hinterherschauen. Sekunden später zappelte der Ball im Netz.

Wilhelm rappelte sich hoch, während Türauf auf ihn zugetrabt kam. »Du bist zu langsam, alter Mann.« Er sprach so leise, dass ihn niemand außer Wilhelm verstehen konnte. Wilhelm spürte wieder die Ader an seiner Schläfe pochen, doch er biss sich auf die Lippen. Nein, er würde sich nicht provozieren lassen.

Keine fünf Minuten später wiederholte sich das Ganze. Diesmal verhedderte sich Wilhelm beim Abwehrversuch mit seinen eigenen Beinen und ging unsanft zu Boden. Als er wieder auf die Beine kam und sich die schmerzende Schulter rieb, zischte Türauf: »Du und deinesgleichen, ihr gehört ins Lager!« Wilhelm hatte nur einen entgeisterten Blick für ihn übrig. Waren sie nicht Teamkameraden? Und mehr noch: Kameraden der Feuerschutzpolizei? Wen meinte er mit »seinesgleichen«? Wilhelm hatte einen Ariernachweis, wie es sich gehörte. Wie weit war es gekommen, dass dieser Mann ihn so verachtete?

Nach zwanzig Minuten ordnete der Trainer eine Pause an. Es stand zwei zu null für die Gegenmannschaft und die Stimmung in Wilhelms Team war dementsprechend bedrückt. Beide Tore hatte Türauf erzielt und beide hätte Wilhelm verhindern müssen. Die Männer tranken Wasser und unterhielten sich. Türauf war mitten unter ihnen und schien sich bestens zu amüsieren. Wilhelm kochte vor Wut und hielt sich abseits. Was bildete dieses Arschloch sich eigentlich ein? Immerhin war Wilhelm sein Vorgesetzter! Doch das schien hier nichts zu zählen. Hier war er nur ein alter Mann, der zu schwach war, um ein Tor zu verhindern. Nein, dies war sicherlich kein guter Moment, um mit seinem Kollegen ins Gespräch zu kommen.

Schließlich begann die zweite Halbzeit. Wilhelm hatte seine Außenverteidiger instruiert, Türauf nicht so viel Raum zu geben, doch die hatten nur mit den Schultern gezuckt. Von denen konnte er sich keine Hilfe erhoffen. Er war auf sich gestellt, wie so oft. Es dauerte keine zwei Minuten, bis Türauf erneut auf ihn zugestürmt kam. Wilhelms Körper straffte sich, er kniff die Augen zusammen und wartete auf den perfekten Augenblick für sein Abfangmanöver. Da hörte er Türauf brüllen: »Bist du im Bett auch so langsam, Willi? Oder klappt das auch nicht mehr mit deiner Alten?«

Wilhelm schrie auf, rannte los und setzte seine ganze Energie in eine Grätsche. Leichtfüßig schob Türauf den Ball an ihm vorbei, doch anstatt selbst über Wilhelm hinwegzuspringen, ließ er sich treffen. Wilhelm rauschte voll in ihn hinein und Türauf ging mit einem jähen Aufschrei zu Boden.

Wilhelm sprang auf und drehte sich zu Türauf um, der ihn angrinste und sich mit einem Finger über den Hals fuhr. Kopf ab. Wilhelm blickte zum Trainer, der mit einer heftigen Geste zu verstehen gab, dass das Spiel für ihn zu Ende war, und schlug die Hände über dem Kopf zusammen.

Margarete spuckte aus, sie würgte, doch es kam nichts. Sie hockte auf den grünen Fliesen vor der Toilettenschüssel aus Email und hielt sich die Haare mit der rechten Hand zurück. Vor wenigen Sekunden noch war ihr furchtbar übel gewesen, doch nun ging es schon wieder. Einige Atemzüge lang wartete sie ab, ob die Übelkeit sich noch einmal heranschleichen würde, dann erhob sie sich und betätigte die Spülung. Vielleicht hatte sie einfach nur Hunger. Bevor sie die Toilette verließ, lauschte sie an der Tür. Sie konnte keine Geräusche ausmachen, daher schloss sie auf und trat ins Treppenhaus ihres Wohnblocks. Das Außenklo war auf der halben Treppe untergebracht und verfügte über ein Fenster zum Hof. Allerdings lief man Gefahr, den Nachbarn über den Weg zu laufen. Privatsphäre sah anders aus.

Einige Augenblicke später stand Margarete vor der Wohnungstür, die sie nur angelehnt hatte, als sie vorhin ins Treppenhaus gestürzt war. Hoffentlich hatte ihre Vermieterin, in deren Wohnung sie ein kleines Zimmer bewohnte, nichts mitbekommen, sonst würde sie wohl einige Fragen beantworten müssen. Sie öffnete die Tür einen Spalt breit und lauschte in den Flur, dann schlich sie hinein.

»Wo kommen Sie denn her?« Frau Lorenz schob sich in gebückter Haltung durch die Küchentür. Ihre Brille hatte so dicke Gläser, dass es wirkte, als halte sie sich zwei Lupen vor das Gesicht. Schlaff und wulstig hingen ihre Wangen hinab. Die Fülle ihres Körpers steckte in einem grauen Kittel, über den sie eine Schürze gebunden hatte.

Margarete legte den Kopf schief und versuchte zu lächeln. »Na, raten Sie mal!«

Frau Lorenz stemmte die Hände auf den Rettungsring, der sich um ihre Hüften spannte. »Wohl einen über den

Durst getrunken? Schon wieder?« Sie schob ihre Brille mit einem Finger hoch. »Es ist schon nach elfe!«

»Ich habe lang gearbeitet.« Margarete huschte über den Flur zu ihrem Zimmer. Als sie die Tür hinter sich geschlossen hatte, atmete sie auf. Es war eine Herausforderung, mit Frau Lorenz unter einem Dach zu wohnen. Doch das spärliche Gehalt, das sie für ihre Arbeit im Institut bekam, ermöglichte ihr keine andere Unterkunft. Und von ihrem Onkel wollte sie kein Geld mehr annehmen.

Ihr Blick fiel auf die Biografie von Marie Curie, die deren Tochter Ève einige Jahre nach dem Tod der Mutter veröffentlicht hatte. Wie sehr hatte diese Physikerin für ihren Erfolg kämpfen müssen! Sie hatte nie die Universität besuchen dürfen und selbst als Nobelpreisträgerin hatte man ihr die Aufnahme in die französische Akademie der Wissenschaft verweigert. Margarete nahm das Buch in die Hand und betrachtete die Fotografie Curies auf dem Deckel. Die Forscherin sah traurig aus.

Als sie das Buch zurücklegen wollte, entdeckte sie den braunen Aktendeckel, der neben ihrem Bett auf dem Boden lag. Nachdem sie ihn in der Nacht auf dem Boden ihres Büros gefunden hatte, war an konzentriertes Arbeiten nicht mehr zu denken gewesen. Also hatte sie sich die Akte unter den Arm geklemmt, ihr Büro abgeschlossen und war nach Hause gegangen. Sie hatte vorgehabt, vor dem Schlafengehen noch einige Seiten ihrer Doktorarbeit zu lesen, der alten Zeiten wegen, doch sie war sofort eingeschlafen. Am nächsten Morgen nahm sie die Akte in die Hand und begutachtete erneut den Titel, den jemand auf die Vorderseite geschrieben hatte: »Die Erde, ein glühender Stern«. Was es damit wohl auf sich hatte? Sie klappte die Akte auf und blätterte durch die Seiten. Es schien nicht ihre ganze

Doktorarbeit enthalten zu sein. Diese hatte etwa 150 Seiten umfasst, wohingegen in der Akte nur etwa 30 lose Blätter lagen.

Ihr Blick blieb an einer Notiz hängen, die jemand mit blauer Tinte an den Rand der Schreibmaschinenzeilen gekritzelt hatte. Margarete kniff beim Versuch, das Geschriebene zu entziffern, die Augen zusammen. »Interessant!«, las sie und zog die Augenbrauen hoch. Es freute sie, dass ihre Arbeit auch jetzt noch Leser fand. Gleichzeitig spürte sie ein Kribbeln in der Magengegend. Ihr Verhältnis zu diesem Text war schon immer zwiespältig gewesen. Auf der einen Seite war sie stolz auf ihre Arbeit. Sie war wissenschaftlich sauber angefertigt und zeigte ihren wachen Geist und ihren Erfindungsreichtum. Das zumindest hatten ihr die Prüfer bescheinigt. Auf der anderen Seite widerte sie das Thema des Textes an. »Zur Möglichkeit der Atomzertrümmerung mithilfe von Hohlladungen« war sicherlich nicht der Titel gewesen, den sie sich ausgesucht hätte, wenn sie eine Wahl gehabt hätte. Alles, was mit Krieg und Militär zu tun hatte, war ihr ein Graus. Dafür hatten ihr Vater und ihre Brüder gesorgt. Doch vor drei Jahren, als sie mit der Arbeit begann, war die Wehrmacht noch sehr daran interessiert gewesen, die Spaltung des Atoms und die unvorstellbare Energie, die dabei frei wurde, militärisch zu nutzen. Und diesem Willen musste sich jede Forschung unterordnen. Zum Glück war die Heeresleitung mittlerweile von ihrem Vorhaben abgerückt, so dass Margarete sich wieder der zivilen Nutzbarmachung der Kernenergie widmen konnte.

Ein Blick auf ihren Wecker ließ sie aufschrecken. Es war schon halb zwölf, sie würde zu spät zu ihrer Verabredung kommen. Ihr Onkel hatte vor einigen Tagen angerufen. Er sagte, er habe demnächst geschäftlich in Leipzig zu tun

und hatte sie für heute um 12 Uhr zum Mittagessen eingeladen. Margarete fühlte sich unwohl, wenn sie an den Termin dachte. Sie hatte ihrem Onkel viel zu verdanken, keine
Frage. Aber sie waren in vielen Punkten völlig gegensätz-
licher Meinung. Schon oft waren sie aneinandergeraten,
wenn es um Politik ging oder um Margaretes persönliche
Pläne. Ihr Onkel war ein altmodischer Mensch. Einer, der
Frauen wie ihr nichts zutraute. Trotzdem hatte er sie letzten Endes immer unterstützt.

Sie trat vor den Standspiegel mit den gedrechselten Füßen, den sie so mochte. Er war ein Geschenk ihrer Tante,
die eigentlich gar nicht ihre Tante war. Margarete hatte ihn
erhalten, als sie zum Studieren nach Berlin gezogen war.
Konzentriert begann sie, ihr Gesicht zu pudern.

»Hören Sie mich?« Die näselnde Stimme von Frau Lorenz drang durch die Zimmertür. Margarete hörte ihre
schnellen Schritte auf den Dielen im Flur und stellte sich
vor, wie ihre Vermieterin auf und ab lief. Der Gedanke ließ
sie lächeln.

Die Schritte kamen erneut näher, dann öffnete sich die
Tür einen Spalt breit. Margarete zuckte zusammen, als
Frau Lorenz den Kopf ins Zimmer steckte. »Können Sie
nicht antworten?«

»Ich bin in Eile!« Margarete riss ihre Augen weit auf,
um Wimperntusche aufzutragen. Aus dem Augenwinkel
konnte sie sehen, dass Frau Lorenz den Kopf schüttelte. Sie
hasste es, wenn Margarete sich schminkte.

»Ich habe die ganze Nacht beim Fleischer angestanden.
Musste mich regelrecht prügeln um die letzten Bratwürste.
Das Sauerkraut ist schon auf dem Herd, um eins wird ge-
gessen.«

In diesem Moment kroch der Geruch des Krauts in Margaretes Nase, und sie hatte das Gefühl, gleich wieder ins Treppenhaus rennen zu müssen, um sich über die Emaille zu beugen. »Nett, dass Sie an mich denken. Ich bin allerdings verabredet, im Fischers.« Margarete griff nach ihrer Baskenmütze, die sie auf der Kommode abgelegt hatte, und entdeckte dabei die Rose, die Karl ihr am Vorabend geschenkt hatte. Sie war schon etwas welk geworden. Margarete legte sie auf die Fensterbank in die Sonne. So würde sie zumindest als Trockenblume noch hübsch aussehen. Karls Gesicht tauchte in ihrem Kopf auf, seine Augen, die verträumt wirkten, aber zugleich auch klar. Er war so … verständnisvoll. Zum ersten Mal in ihrem Leben hatte sich ein Gespräch mit einem Mann nicht wie ein Kampf angefühlt. Sie lächelte.

»Im Fischers, so, so … Edel geht die Welt zugrunde.« Frau Lorenz sah Margarete einen Moment lang mit leerem Blick an. »Wer ist denn der Glückliche, der Sie heute zum Essen ausführen darf, noch dazu so piekfein?« Seit Margarete sich vor einem halben Jahr bei ihrer Vermieterin vorgestellt hatte, war diese davon überzeugt gewesen, dass sie sich für etwas Besseres hielt. Vermutlich machte sie das an Margaretes Nachnamen und ihren guten Manieren fest. Dass Margarete selbst nichts auf ihre Abstammung gab, wollte ihre Vermieterin einfach nicht wahrhaben.

»Das lassen Sie mal schön meine Sorge sein.« Margarete schob sich an ihrer Vermieterin vorbei auf den Flur und hielt sich die Nase zu, um der Sauerkrautwolke zu entgehen, die aus der Küche herüberwaberte.

Frau Lorenz sah ihr nach. »Es geht mich ja nichts an, aber Sie werden auch nicht jünger!«

»Danke für den Hinweis!«, rief Margarete, ohne ihre Schritte zu verlangsamen.

Frau Lorenz folgte ihr auf den Flur. »Sie sollten sich einen Mann suchen! Haben Sie meinen Rat befolgt und sich für das Eiserne Sparen angemeldet?«

Margarete seufzte, blieb stehen und drehte sich um. »Ich habe es wirklich ganz furchtbar eilig, Frau Lorenz.«

»Das Angebot ist tadellos. Blockwart Müller hat mir davon erzählt. Jeden Monat zahle ich zwanzig Mark ein, und am Tag der Auszahlung kriege ich alles wieder und noch 20 Prozent obendrauf.«

Margarete nickte anerkennend. »20 Prozent? Das ist wirklich ein gutes Angebot. Klingt aber so, als müssten sie lang auf das Geld verzichten.«

»Ach, i wo. So lang kann es doch nun nicht mehr dauern bis zum Endsieg. Und dann wird abgerechnet.«

Margarete schluckte. Endsieg war eines der Wörter, die sie an ihren Vater erinnerten. Endsieg. Schützengraben. Gasmaske. Der Veteran hatte viel vom Krieg gesprochen und alle verachtet, die nicht dabei gewesen waren. Sie atmete langsam aus und wandte sich wieder zum Gehen. »Ich muss jetzt wirklich los.« Als sie nur noch einen Meter von der Wohnungstür entfernt war, ertönte erneut die Stimme ihrer Vermieterin. »Kennen Sie das?«

Genervt wirbelte Margarete herum. Frau Lorenz streckte ihr ein bunt bedrucktes Blatt Papier entgegen. Margarete seufzte und nahm es entgegen. Es war ein politisches Flugblatt. »Wehrt euch!«, stand in großen roten Lettern darauf, und: »Glaubt nicht ihre Lügen!« Möglicherweise stammte es von einer dieser kommunistischen Untergrundgruppen, von denen man in der Zeitung las.

»Für wen halten Sie mich denn?« Margarete lachte. »Damit möchte ich nichts zu tun haben! Ihre Umsturzabsichten können Sie schön allein verfolgen.«

Frau Lorenz riss die Augen auf. Ihr Kinn klappte nach unten, und sie rang nach Worten. »Also, da hört sich ja wohl alles auf.« Sie stemmte die Fäuste in die Hüften. »Dieser Dreck steckte heute Morgen im Briefkasten. Hoffentlich hat mich niemand damit gesehen. Am besten wird wohl sein, ich gehe gleich zum Blockwart Müller und gebe es bei ihm ab. Er wird wissen, was zu tun ist.«

»Blockwart Müller hier, Blockwart Müller dort. Der Mann scheint Sie ja in Ihren Träumen zu verfolgen.« Margarete musste kichern. Es war schrecklich einfach, Frau Lorenz in Rage zu bringen.

Auch diesmal zeigten ihre Worte Wirkung. Das Gesicht ihrer Vermieterin nahm einen dunkelroten Ton an. »Ich bin eine anständige, verwitwete Frau«, fing sie an zu zetern. »Ich habe drei anständige Söhne in die Welt gesetzt, die tapfer für unser Vaterland kämpfen.«

»Dann fehlt ja nur noch einer, dann bekommen Sie das Mutterkreuz!«, entfuhr es Margarete.

Frau Lorenz hatte sich in Rage geredet, so dass sie die Bemerkung überhörte. »Sie geben in Russland ihr Leben, damit wir es gut haben. Damit wir in Freiheit leben können und genug Butter auf dem Tisch haben.«

Genug Butter haben wir schon lang nicht mehr auf dem Tisch, dachte Margarete. Und von Freiheit konnte keine Rede sein. »Grüßen Sie Ihren Blockwart Müller von mir«, sagte sie und öffnete die Wohnungstür. Plötzlich fiel ihr ihre Doktorarbeit mit den seltsamen Anmerkungen wieder ein. Konnte sie die Papiere einfach so offen herumliegen lassen? Oder sollte sie sie lieber mitnehmen? Sie seufzte und kehrte um, lief den Korridor entlang, wieder an Frau Lorenz vorbei, die sie überrascht und etwas empört ansah. In ihrem Zimmer angekommen, griff sie sich die Mappe mit ihrer Arbeit und versuchte, sie in ihre Handtasche zu stopfen. Es gelang ihr nicht, das Format der Mappe war zu groß. Unschlüssig sah Margarete sich im Zimmer um, um die Arbeit dann kurzentschlossen unter ihren Kleiderschrank zu schieben, der auf niedrigen Füßen stand. Mein Gott, ich mache mich ja lächerlich, dachte sie. Wer sollte schon ein Interesse an dieser Akte haben? Aber die Umstände, wie sie in Margaretes Hände gelangt war, waren einfach zu merkwürdig. Und was sollte es schon schaden, sie zu verstecken?

Als Margarete sich gerade wieder aufrichtete und ihr Zimmer verlassen wollte, zuckte sie zusammen. Frau Lorenz stand in der Tür und beobachtete sie mit zusammengekniffenen Augen. »Ich dachte, Sie hätten es eilig?«

»Habe ich auch«, entgegnete Margarete, schob sich erneut an ihrer Vermieterin vorbei und verließ die Wohnung.

Wilhelm lehnte sich aus dem Küchenfenster seiner Wohnung im Rundling und kratzte mit einer Drahtbürste den Dreck aus seinen Stollen. Die angetrockneten Erdklumpen rieselten auf das vielleicht acht Meter unter ihm liegende Blechdach des Schuppens hinter dem Haus und erzeugten beim Aufprall ein metallisches Scheppern.

Wütend kaute Wilhelm auf seiner Unterlippe herum. Sein Plan war grandios gescheitert. Er hatte die Situation mit Türauf in keiner Weise klären können. Im Gegenteil: Er war gedemütigt worden. Wilhelm schüttelte den Kopf und schloss das Fenster. Die Junisonne stand schon hoch am Himmel und die Hitze wurde langsam unerträglich.

Als er die Stollenschuhe im Flur abstellte, hörte er Schritte hinter der Wohnungstür. Jemand kam die Treppe hinauf. Dieser Jemand pfiff ein Lied, das Wilhelm zwar nicht kannte, ihn aber sofort faszinierte. Die Melodie klang irgendwie schief, aber auch wunderschön. Wilhelm stand lauschend im Flur, als die Wohnungstür von außen aufgeschlossen und geöffnet wurde.

»Vater«, begrüßte ihn sein Sohn Karl, wobei er unbeholfen auf der Türschwelle stehen blieb. Er trug ein braunes Sakko aus einem groben Stoff und eine schmale Fliege, die etwas schief saß. Seine schmächtige Figur füllte seine Kleidung kaum aus, seine rotblonden Locken fielen ihm ins Gesicht.

»Nun steh da nicht so rum wie bestellt und nicht abgeholt.« Wilhelm schritt auf Karl zu, um ihn in die Arme zu schließen. »Ich freu mich, dich zu sehen.«

Karl entwand sich seinem Griff. »Ich mich auch.« Dann zeigte er auf die Tür zum Wohnzimmer. »Ist Mutter da drin?«

»Ja, aber willst du nicht erst mal etwas trinken?«

»Es geht schon.« Karl drückte sich an ihm vorbei und verschwand im Wohnzimmer, wobei er die Tür hinter sich zuzog.

Wilhelm seufzte. Es war immer dasselbe. Er versuchte, nett zu Karl zu sein, Interesse an seinem Leben zu zeigen, wie Ida es ihm aufgetragen hatte. Doch er biss auf Granit. Der Junge wollte einfach nichts mehr von ihm wissen. Stattdessen schloss er sich mit Ida im Wohnzimmer ein und schnitt ihr die Haare. Jede Woche. Auf Wilhelm kam hinterher lediglich die Aufgabe zu, die ergrauten Locken auf dem Boden zusammenzufegen.

Wilhelm setzte sich auf einen Küchenstuhl und schlug die Zeitung auf, die er am Morgen gekauft hatte. Nachdem er sich durch die Erfolgsmeldungen von den verschiedenen Kriegsschauplätzen gekämpft hatte, sah Wilhelm auf die Uhr, die über dem Küchentisch an der Wand hing. Zwanzig Minuten lang saß er nun schon hier und schlug die Zeit tot. Er blickte zur Wohnzimmertür. Leise konnte er Karls Stimme hören. Er sprach mit Ida. Nein, er sprach zu Ida. Natürlich antwortete sie nicht. Wilhelm konnte sich noch genau an den Klang ihrer Stimme erinnern. Fast konnte er sie hören: tief und warm. Er bekam eine Gänsehaut.

Für einige Sekunden lauschte er dem Gemurmel aus dem Wohnzimmer. Worüber Karl wohl sprach? Wilhelm hielt die Luft an. In seinem Kopf tobte ein heftiger Kampf zwischen Neugier und Vernunft, der jedoch schnell entschieden wurde. Er stand auf, schlich zur Wohnzimmertür und legte ein Ohr daran. Dumpf konnte er Karls Stimme hören: »... und die Messungen zeigen alle, dass wir richtig liegen. Diese Maschine, von der ich dir neulich erzählt habe, sie funktioniert!« Seine Stimme überschlug sich, er schien völlig aus dem Häuschen zu sein. Wilhelm lächelte. So kannte er seinen Sohn. Immer Feuer und Flamme. Er dachte an das Steckenpferd, das er ihm vor fünfzehn Jahren geschenkt hatte. Karl war tagelang durch die Wohnung geritten und hatte jedem verkündet, er wolle Raubritter werden. Raubritter, das Wort gefiel Wilhelm. Es klang nach Abenteuer, nach Ruhm und Ehre. Wilhelm konnte verstehen, was sein Sohn daran fand.

Dann zuckte er zusammen. Karls Stimme war verstummt, stattdessen hörte Wilhelm Schritte. Vor Schreck stieß er mit dem Ellbogen gegen eine Kommode und verfluchte sich im selben Moment. Er musste leise sein! Vorsichtig setzte er einen Fuß vor den anderen und schlich zurück zum Küchentisch.

Die Tür zum Wohnzimmer blieb geschlossen.

Wilhelm atmete aus und lauschte. Karls Gemurmel setzte wieder ein. Vielleicht war er lediglich zum Fenster gegangen, um es zu öffnen. Wilhelm schlich wieder zur Wohnzimmertür zurück und legte sein Ohr an die weiße Lackierung, die bereits an einigen Stellen absplitterte.

»… es ist wirklich ein Jammer, aber es muss sein«, hörte er Karl sagen. Was war ein Jammer? Was musste sein? Wilhelm hatte den Anfang verpasst.

»Du solltest Grete sehen, sie ist gestern regelrecht durch das Labor geschwebt, als sie die Daten in den Händen hielt. Ihre Arbeit bedeutet ihr wirklich viel«, fuhr Karl fort. »Habe ich dir schon erzählt, dass der Professor unser Labor das ›Virushaus‹ genannt hat, um Schaulustige abzuhalten?« Karl kicherte. »Und jedes Mal, wenn wir die Maschine öffnen, müssen wir unsere Gesichter und Hände mit Vaseline einschmieren, wegen der Strahlen. Grete kann furchtbar wütend werden, wenn man es vergisst.«

Wilhelm legte die Stirn in Falten. Was tat sein Sohn eigentlich in diesem Labor? Karl hatte einmal versucht, es ihm zu erklären, aber er konnte sich nicht mehr so recht daran erinnern. Nur eins wusste er noch: Es hatte gefährlich geklungen.

»Ich wünschte, ich könnte sie dir vorstellen«, hörte er Karl sagen. »Sie würde dir gefallen, Mama.« Wer? Diese Grete? Hatte Karl schon einmal von ihr gesprochen? Wilhelm konnte sich nicht erinnern. Hatte sein Sohn eine Frau gefunden? Wilhelm grinste.

»Sie ist sehr schlau und gut erzogen. Sie muss mich für einen Idioten halten.« Karl lachte auf. »Sie hat einen Doktor in Physik, kannst du das glauben? Ich habe trotzdem das Gefühl, dass sie mich mag.« Wieder kicherte er. »Und sie hat einen Adelstitel. Von Brühl. Klingt das nicht nobel?

Sie wollte ihn mir erst verschweigen! Mittlerweile lachen wir darüber.« Eine Pause entstand, dann fuhr Karl fort: »Aber etwas anderes finde ich gar nicht zum Lachen ...«

In diesem Moment spürte Wilhelm einen plötzlichen Luftzug, dann blendete ihn Licht.

Die Tür hatte sich geöffnet.

Karl stand vor ihm.

Margarete eilte über den Platz vor dem riesigen Gebäude des Hauptbahnhofs. Ihr Blick suchte das Zifferblatt, das über dem Haupteingang prangte. Sie war bereits einige Minuten zu spät. Schnelles Schrittes überquerte sie die Schienen der verschiedenen Tramlinien, die vor dem Bahnhofsgebäude verkehrten. Ein grelles Klingeln ließ sie zusammenfahren. Sie riss den Kopf zur Seite, sah die heranbrausende Straßenbahn und konnte sich mit einem Sprung gerade noch auf die gegenüberliegende Seite retten. Der Tramfahrer schien sie aus dem Fahrstand heraus zu beschimpfen, doch wegen der Glasscheiben konnte sie nicht verstehen, was er sagte.

Margarete drehte sich um und wollte gerade ihren Weg fortsetzen, als sie mit jemandem zusammenstieß. »Entschuldigen Sie«, stieß sie hervor und drehte sich um. Die Person, mit der sie kollidiert war, reichte ihr nur bis zur Brust. Eine lange Reihe junger Mädchen in braunen Jacken und schwarzen Röcken lief in Reih und Glied an ihr vorbei. Sie sangen »Nun lasst die Fahnen fliegen«, an ihren Armen prangten die rot-weißen Schärpen mit dem Hakenkreuz. Offensichtlich waren sie Mitglieder des Bundes deutscher Mädel.

Margarete hörte die Stimme ihres Bruders in ihrem Kopf: »BdM, Bald deutsche Mütter«, gefolgt von seinem meckernden Lachen. Sie war selbst beim Bund gewesen, natürlich. Ihr Vater war glühender Anhänger der Nationalsozialisten gewesen, die dem Reich nach der Schmach des verlorenen Kriegs zu neuem Glanz verhelfen sollten. Da war es selbstverständlich gewesen, dass er seine Kinder in die Parteiorgane schickte. Margarete hatte die Treffen gehasst, zu denen sie mehrmals die Woche gehen musste. Und sie hatte ihre Kameradinnen dort verachtet, die nicht für sich selbst denken konnten oder wollten, sondern sich nur auf ihre kommende Mutterrolle vorzubereiten schienen wie Legehennen. Beim Gedanken an ihren Vater und ihren Bruder spürte Margarete, wie heiße Wut von ihr Besitz ergriff. Seit jenem schicksalhaften Abend im Juli 1929 spürte sie dieselbe Wut. Erst ihr Umzug hatte Abhilfe geschaffen.

Sie drängte die Gedanken daran zurück und blickte erneut zur Uhr, die über dem Portal des Hauptbahnhofs hing. Es war schon zehn nach zwölf. Margarete straffte sich, zog ihre Handtasche vor die Brust und verfiel in einen leichten Laufschritt.

Wenig später schob sie die tiefroten Samtvorhänge zur Seite, die den Eingangsbereich des Fischers vom Lärm und Staub der Straße trennten. Sie spürte, wie ihr Puls anstieg. Gleich würde sie ihren Onkel treffen. »Sei einfach nett zu ihm«, sagte sie sich in Gedanken. Ein Kellner im Frack kam ihr entgegen und deutete eine Verbeugung an. Für einen Moment verharrte sein Blick auf ihrer dunklen, weit geschnittenen Hose. Kurz beschlich Margarete das Gefühl, nicht angemessen gekleidet zu sein. Gleich darauf ärgerte sie sich über diesen Gedanken. Was kümmerte es sie, welche Garderobe man hier für angemessen hielt?

»Bienvenue, Madame, zu Ihren Diensten«, begrüßte sie der Kellner in radebrechendem Französisch.

Margarete zog die Augenbrauen hoch, dann fiel ihr wieder ein, dass sich das Fischers seit einigen Monaten auf französische Küche spezialisiert hatte. Très chic. Seitdem wurden die Kellner offenbar dazu angehalten, die Gäste auf Französisch anzusprechen. Sie reichte ihm ihre Jacke. »Ich werde von Herrn Vogt erwartet.«

Die Miene des Mannes hellte sich auf. »Bien sur«, flötete er, verbeugte sich erneut und ging voraus. Sie folgte ihm an einer langen Bar und einigen Stehtischen vorbei, die wohl als eine Art Wartebereich fungierten, und gelangte dann in den eigentlichen Speisesaal. Bodentiefe Fenster fluteten den Raum mit Tageslicht. Auf einer niedrigen Bühne spielte ein Trio aus Piano, Bass und Schlagzeug zurückhaltenden Swing. Die Gäste saßen an kleinen runden Holztischen. Dafür, dass das Fischers astronomische Preise aufrief, wirkte die Einrichtung erstaunlich spartanisch. Dennoch genossen die Anwesenden ihren Reichtum in vollen Zügen. An vielen Tischen standen silberne, mit Eis gefüllte Weinkühler, in denen Champagnerflaschen lagen.

Der Kellner blieb stehen, drehte sich halb zu ihr um, wies ihr mit den Armen den Weg in eine Ecke des Raums und verbeugte sich ein weiteres Mal. »Voilà, Madame.«

»Merci beaucoup.« Margarete musste den Kopf schütteln, weil sie so schnell in das Schauspiel des Kellners eingestiegen war. Sie ging an ihm vorbei und sah Onkel Albrecht an einem kleinen Tisch sitzen. Er strahlte sie an, erhob sich und breitete die Arme aus. Das Parteiabzeichen am Revers seines Anzugs glänzte in der Sonne. Mit seinem schmalen Oberlippenbart sah er ein bisschen aus wie ein italienischer Mafioso. Er war schon über 60 Jahre alt, doch bisher war das Alter wohlmeinend mit ihm umgegangen. Seine Haare, zu einem strengen Seitenscheitel gelegt, leuchteten immer noch blond wie eh und je.

»Grete, wie schön ist es, dich zu sehen.« Er umarmte sie heftig.

Margarete schob ihren Onkel von sich weg. »Tut mir leid, dass ich zu spät bin, Onkel Albrecht.«

»Ach, Schwamm drüber. Ich wusste ja, worauf ich mich einlasse.« Er zwinkerte ihr zu und setzte sich wieder, um die Karte zu studieren. Dann winkte er den Kellner heran und bestellte zwei Dutzend Austern sowie eine Flasche Dom Pérignon.

»Oui, Monsieur. Merci, Monsieur.« Der Kellner nahm die Karte entgegen.

»Mein Gott, sprechen Sie deutsch mit mir!«, schnauzte Albrecht den Mann an, der zusammenfuhr und sich dann katzbuckelnd entfernte.

Albrecht sah ihm hinterher und schüttelte mit dem Kopf. Dann wandte er den Blick zu Margarete. »Ich soll dich von Martha grüßen. Sie vermisst dich. Andauernd darf ich mir die alten Fotos ansehen. Grete auf dem Fahrrad, Grete beim Backen, Grete beim Wandern in Oberammergau. Du weißt ja, wie sie ist.«

Margarete atmete tief ein.

Als Albrecht ihren Blick sah, hob er abwehrend die Hände. »Jetzt sieh mich nicht wieder an wie ein weidwundes Reh. Ich werde dich nicht fragen, ob du zu uns zurückkommen willst. Und ich werde auch nicht nachhaken, ob du mittlerweile einen Mann kennengelernt hast. Ich habe schon verstanden: Du bist eine selbstständige Frau, stehst auf eigenen Beinen …«

Margarete schürzte die Lippen und musste sich zusammenreißen, um nicht aufzuspringen. »Weidwundes Reh« war ein Begriff, den ihr Vater oft benutzt hatte. Er war Jäger gewesen, genau wie ihr Bruder.

Albrecht sah sich im Speiseraum um. »Wo bleibt denn dieser Champagner? Ich verdurste hier!« Sein Blick wanderte zu den Musikern auf der kleinen Bühne. »Ich wünschte, die Kapelle würde endlich aufhören, diese Negermusik zu spielen. Das Fischers ist wirklich nicht mehr das, was es einmal war.«

Margarete betrachtete ihn und fragte sich, was wohl in ihm vorgehen mochte. »Albrecht, versteh mich bitte nicht falsch. Ich bin euch dankbar für alles, was ihr getan habt.«

Er sah sie an und sein Oberlippenbart zuckte nervös.

»Ich bin nicht naiv«, fuhr sie fort. »Mir ist schon klar, dass du bei meiner Immatrikulation nachgeholfen hast. Ich hatte wirklich die besten Startbedingungen, dank dir.« Und ich werde bis ans Ende meines Lebens daran erinnert werden, dass ich es ohne dich nicht geschafft hätte, ergänzte sie in Gedanken.

Er winkte ab. »Das ist doch selbstverständlich. Oskar war mein Kamerad und du bist seine Tochter. Das hätte doch jeder gemacht. Es gab für Martha und mich überhaupt keine Diskussion, dass wir dich aufnehmen würden, nach dieser Sache damals ...«

Margarete richtete sich in ihrem Stuhl auf und wollte gerade etwas erwidern, doch Albrecht machte eine besänftigende Geste. »Mäßige dich! Du weißt, dass dein Bruder sein Leben für uns gegeben hat. Man sollte die Vergangenheit ruhen lassen und nicht schlecht über die reden, die für ihr Volk das größte Opfer gebracht haben. Wir alle sind fehlbar.«

»Manche mehr als andere.« Margarete verschränkte die Arme vor dem Körper und blickte durch das Fenster auf die Straße. Albrecht war noch nie jemand gewesen, der Meinungsverschiedenheiten gern ausdiskutierte. Hatte es früher Streit gegeben, war Margarete auf ihr Zimmer geschickt worden, und schon war das Gespräch beendet gewesen.

Einige Minuten lang schwiegen sie beide und lauschten der Musik, dann kam der Kellner und servierte die Austern, die auf einem silbernen Tablett und einem Bett aus zerstoßenem Eis angerichtet waren. Einige Streifen Seetang sollten wohl die Frische der Muscheln bezeugen. Daneben stellte er einen Korb mit Scheiben von französischem Baguette, dann entfernte er sich wieder.

»Was macht die Arbeit im Institut? Wie geht es Professor Braun?« Albrecht nahm eine Auster und blickte suchend auf dem Tablett umher. »Wo hat dieser Kretin nur die Zitrone gelassen?«

Margarete zuckte mit den Schultern. Sie hatte keine Lust, Albrecht von ihrem Beinahe-Durchbruch zu erzählen. Seine Aufmerksamkeit ließ schnell nach, wenn sie die technischen und physikalischen Details ihrer Arbeit ausführte. Er hatte es durch seine Gerissenheit und mithilfe eines ererbten Finanzpolsters an der Börse weit gebracht, doch von Mathematik und Naturwissenschaften schien er wenig zu halten. »Der Professor ist verreist. Und am Institut geht alles seinen gewohnten Gang.«

Albrecht hatte auf dem Tablett ein kleines silbernes Kännchen entdeckt, hob es vor das Gesicht und roch daran. Angewidert verzog er das Gesicht. »Wollen die uns hier tatsächlich mit Essig abspeisen?«

Margarete blickte ihn durchdringend an. »Albrecht, was willst du eigentlich von mir? Warum bist du hier?«

Er sah sie entgeistert an. »Darf ein Mann nicht mit seinem Patenkind zu Mittag essen?« Er sah sich im Speiseraum um, dann brüllte er: »Garçon, es fehlt Zitrone! Und wo bleibt der Champagner?«

Wilhelm blinzelte und sah nach oben.

Vor ihm stand Karl und starrte ihn an, die Stirn in Falten gelegt. »Was denkst du dir nur dabei?« Hinter ihm im Wohnzimmer saß Ida auf einem Stuhl. Auf dem Boden um sie herum lagen graue Strähnen verteilt.

»Ich ...«, begann Wilhelm, doch er musste sich erst sammeln, um seinen Satz zu beenden. Dann räusperte er sich. »Ich werde doch wohl noch erfahren dürfen, was in meinem Haus vor sich geht.«

»Und deswegen lauschst du an der Tür? Ich fasse es nicht!« Karls Stimme klang brüchig, sein Gesicht war rot angelaufen. Er wandte den Blick von einer Ecke des Raums zur nächsten, ohne Wilhelm anzusehen. »Was denkst du dir nur? Reicht es dir nicht, was du deiner Familie bis jetzt angetan hast?«

Wilhelm erhob sich und fasste ihn an den Schultern. Karl wand sich in seinen Händen, doch eher reflexartig, nicht, um sich wirklich loszureißen. »Karl, ich ... Alles, was ich will, ist, unsere Familie zusammenzuhalten. Aber ich habe das Gefühl, dich verloren zu haben.« Er schüttelte mit dem Kopf. »Du kommst hierher und schließt dich ein, und ich bin dazu verdammt, auf dem Flur zu sitzen.«

»Du hast nie gesagt, dass dich das stört.« Karl funkelte ihn an.

Wilhelm zuckte mit den Schultern. »Muss ein Vater das erst sagen?«

»Es wäre auf jeden Fall eine Möglichkeit gewesen, oder?«

»Tut mir leid.« Wilhelm schüttelte langsam den Kopf. »Seit Ida in diesem Zustand ist, bin ich nicht mehr …«

»Wage es nicht!«, unterbrach ihn Karl. »Wage es nicht, jetzt Mutter vorzuschieben!«

»Ich wollte dir doch nur erklären …«, begann Wilhelm, doch er wurde wieder unterbrochen.

»*Du* bist doch schuld daran, dass es ihr so schlecht geht!«

»Das sagst du nicht noch mal!«, presste Wilhelm zwischen den Zähnen hervor. »Ich habe Ida immer geliebt.«

Karl legte den Kopf in den Nacken. »Ach ja? Hast du Mutter auch geliebt, als du bei der Frau aus Nummer 14 warst?«

Wilhelm erstarrte. Er hatte sich große Mühe gegeben, diesen Vorfall zu vergessen. Er hatte ihn so konsequent aus seinen Gedanken verbannt, dass er manchmal selbst nicht mehr wusste, ob er real gewesen war. Es war nur ein einziges Mal passiert. Marianne aus Nummer 14 hatte ihn auf ein Bier eingeladen, er war betrunken gewesen, und dann … Plötzlich durchfuhr es Wilhelm wie ein Blitz: Wieso wusste Karl davon?

Karl schien seine Gedanken zu erraten, denn er nickte heftig. »Ja, ganz recht, ich weiß es. Und soll ich dir etwas sagen?« Er machte eine kurze Pause und starrte Wilhelm an. »Ich weiß es von Mutter.«

Wilhelm stöhnte auf. Ida hatte es auch gewusst? Er war wie versteinert. Seine Sicht verschwamm und in seinen Ohren klirrte ein schriller Ton. Er musste sich am Türrahmen abstützen, um nicht umzukippen. Nur ganz am Rande bekam er mit, dass Karl sich an ihm vorbeidrückte, sein Sakko von der Garderobe nahm und die Wohnung verließ.

Erst das Knallen der Wohnungstür riss Wilhelm aus der Trance. Mit offenem Mund stand er auf der Türschwelle zum Wohnzimmer, sein Blick suchte Ida. Sie saß mit dem Rücken zu ihm und rührte sich nicht. Ob sie ihren Streit mit angehört hatte? Er tapste auf seine Frau zu, legte ihr eine Hand auf die Schulter und rechnete damit, dass sie sie wegschlagen würde. Doch sie rührte sich nicht.

Wilhelm hockte sich vor ihr hin und umschloss ihre Hände mit seinen. »Ida, Liebes …«, begann er, doch er fand keine passenden Worte. Er schluckte. »Ich weiß nicht, was du gehört hast. Und ich weiß nicht, woher du von dieser Frau weißt. Aber ich will, dass dir klar ist, dass ich nie …« Ein Schluchzen unterbrach seine Worte. Er spürte, wie Tränen seine Wangen hinabliefen, legte den Kopf auf Idas Schoß und gab sich seinem Kummer hin.

Als er wieder sprechen konnte, sah er sie an. »Warum hast du nichts gesagt? Wir hätten darüber reden können. Ich hätte dir erklären können, dass es nichts bedeutet hat.« Er stockte. »Ida, ich war betrunken!« Wieder kamen die Tränen, und Wilhelm schnäuzte ausgiebig in ein Stofftaschentuch, das er aus seiner Hosentasche zog. »Ich wollte das nicht, dass es geschieht. Das musst du mir glauben.«

Doch Ida antwortete nicht. Ihre haselnussbraunen Augen blickten streng an ihm vorbei. Ganz langsam formte sich ein Gedanke in Wilhelms Geist und wurde schließlich beinahe zu einer Gewissheit: Was, wenn sein Verhalten Schuld war an Idas Zustand? Was, wenn es sie so gegrämt hatte, dass ein Teil von ihr schließlich beschloss, der Welt den Rücken zuzukehren?

»Bitte, sag mir, dass es nicht so ist«, flehte er Ida an. »Ich wollte dir nie schaden!« Er schluchzte. »Seit du weg bist, ist hier gar nichts …« Wilhelm konnte nicht weitersprechen. Wieder vergrub er sein Gesicht in Idas Schoß.

Doch dann kam ihm ein neuer Gedanke. Und diesmal kam er mit der Wucht eines Güterzugs. Wenn tatsächlich sein Fehltritt der Auslöser für Idas Zustand gewesen war und sie an einem gebrochenen Herzen litt, dann musste es möglich sein, sie auf dieselbe Art auch wieder zu heilen! Mit einem Mal wurde ihm alles klar. *Deswegen* konnten die Ärzte ihr nicht helfen! Ida brauchte keinen Arzt! Sie brauchte *ihn*, Wilhelm, ihren Ehemann! Und sie brauchte Karl. Sie mussten wieder eine Familie werden. Er hob den Kopf und sah Ida an. Es musste ihm gelingen, ihr Vertrauen wiederzugewinnen.

Zum ersten Mal an diesem Tag sah Wilhelm so etwas wie einen Hoffnungsschimmer am Horizont und er hatte das Gefühl, etwas Entscheidendes verstanden zu haben.

Mann, wie gut jetzt ein Bier schmecken würde, dachte er.

Ein seltsamer Geruch lag in der Luft, als Margarete den Hof vor der Laborbaracke betrat. Sie rümpfte die Nase und sog die Juniluft ein. Hoffentlich war das der Duft eines nahenden Sommergewitters, das endlich die erhoffte Abkühlung brachte nach über zwei Wochen brütender Hitze. Eine Abkühlung konnte Margarete jetzt gut gebrauchen. Ihr Gesicht war nach dem Treffen mit ihrem Onkel immer noch verkrampft. Doch was nutzte es, sich über ihn zu ärgern?

Sie schloss die Tür zum »Virushaus« auf und suchte tastend den Lichtschalter an der Wand rechts der Eingangstür. Widerwillig flackerte die gelbliche Deckenbeleuchtung auf. Eine der Lampen weiter hinten im Labor verlosch direkt nach dem Aufflammen mit einem dumpfen Knall. Margarete verzog das Gesicht. Sie würde dem Hausmeister Bescheid geben müssen. Ihr Blick fiel auf die zwei Meter durchmessende Kugel des Uranbrenners an ihren Ketten aus Stahl. Darunter lag das dunkle Wasserbecken.

Margarete war allein im Labor, offenbar verspätete sich Karl wieder einmal. »Auf ein Neues«, sagte sie zu sich selbst, als sie den Mechanismus zum Herablassen der Maschine in das Becken betätigte. Der Motor sprang stotternd an und der Brenner sank in das Wasserbecken hinab. Margarete beobachtete genau, ob sich irgendwo Blasen bildeten, die auf eine undichte Stelle hindeuteten. Doch sie konnte nichts entdecken, alles schien in Ordnung zu sein. Ein kurzer Blick auf den Geigerzähler zeigte ihr, dass die Strahlungswerte die ständig vorhandene Hintergrundstrahlung nicht überschritten.

Sie schob die auf Rollen stehende Holzbrücke über das Becken. Mit zitternden Knien kletterte sie die Treppe hinauf, bis sie auf der schmalen Holzbrücke stand, die nun quer über dem Wasserbecken verlief. Sie hielt sich am Geländer fest, das allerdings so nachlässig angebracht war, dass es ihr Zittern nur noch verstärkte. Langsam tastete sie sich voran, bis sie mittig über der Aluminiumkugel des Brenners stand. Von der Oberseite der Kugel aus führte eine schmale Öffnung bis ins Zentrum der Kugel. In diesen Schacht führte Margarete nun die Neutronenquelle ein. Sie beeilte sich dabei, denn nahe der Strahlungsquelle fühlte sie sich immer ein wenig unwohl. Dieses Präparat aus Radium und Beryllium von der Größe einer Kastanie war das Herz der Maschine. Es sandte Millionen der nahezu lichtschnellen ungeladenen Teilchen aus. Diese Teilchen sollten die Atomkerne des Urans spalten, was eine große Menge an Wärme und zudem weitere Neutronen freisetzen würde. Damit dies gelingen konnte, musste die Strahlung aus der Quelle jedoch zuerst abgebremst werden. Das war die Aufgabe des schweren Wassers, eines bestimmten Wasserisotops, das als sogenannter Moderator fungierte und die Geschwindigkeit des Prozesses steuerte. Uran und schweres Wasser waren im Innern der Kugel in Schichten übereinander angeordnet, getrennt durch dünne Aluminiumwände.

Margarete hatte in den letzten Monaten versucht, eine Anordnung von Uran und Moderatormaterial zu finden, mit der dieser Prozess möglichst effektiv verlief. In diesem Fall sollten durch die Spaltung des Urans mehr Neutronen entstehen, als durch die Wände der Kugel entwichen. Die Gesamtzahl der Neutronen würde steigen und immer mehr Energie würde freigesetzt werden. Ein Kraftwerk ohne Verbrennung, ohne Kohle, ohne Gas. Der Weg dorthin war noch weit, das war Margarete bewusst. Doch ihre Grundlagenforschung war essenziell. Soweit sie wusste, war ihre Abteilung am Leipziger Institut eine von höchstens einer Handvoll Gruppen weltweit, die an dieser Art von Reaktor forschte.

Der positive Absorptionskoeffizient, den sie nach dem letzten Experiment errechnet hatte, deutete darauf hin, dass ihr Uranbrenner funktionierte! Er schien mehr Neutronen zu erzeugen, als er verlor. Eine erste, zaghafte Ahnung der gewaltigen Kettenreaktion, die man mit dieser Maschine erzeugen könnte, wenn man sie größer baute und höher angereichertes Uran verwendete. Wenn ihre Messwerte vom Vortag stimmten, dann hatte sie den Durchbruch geschafft! Doch sie legte großen Wert auf korrekte wissenschaftliche Arbeitsweise. Nur ein Experiment, das auch bei mehrmaliger Wiederholung dieselben Werte lieferte, war verlässlich. Und dann musste sie noch das Problem mit der Abweichung von der theoretisch hergeleiteten Gleichung lösen, die auch heute, beim nochmaligen Nachrechnen, die falschen Werte ergeben hatte. Ihr stand eine arbeitsreiche Woche bevor.

Die Eingangstür quietschte. »Tut mir leid, dass ich so spät bin«, hörte sie Karls Stimme von unten. Sie blickte in Richtung Tür und erschrak. Karls Gesicht war gerötet, seine Augen wirkten glasig. »Was ist los? Du siehst niedergeschlagen aus. Bist du krank?«

Karl winkte ab und kam auf das Holzgerüst zu. »Schon gut. Wie weit bist du?«

»Versuch LIV, Durchgang 19, ist so gut wie startklar. Ich habe die Neutronenquelle schon eingeführt.«

»Soll ich die Indikatoren platzieren?«, fragte Karl.

»Warte noch einen Moment. Wir müssen der Maschine bei jedem Durchgang dieselbe Zeit geben, um in Gang zu kommen.« Margarete blickte auf die Uhr, die über der Werkbank an der Wand hing. »In acht Minuten.«

Margarete musterte Karl im fahlgelben Licht der Laborbeleuchtung, während sie die Holztreppe wieder hinabstieg. Er ließ die Schultern hängen, seine Stirn war in Falten gelegt. Sie legte eine Hand auf seinen Arm. »Was ist mit dir?«

Er entzog sich ihrer Berührung. »Es ist nichts.«

»Ich sehe doch, dass dich etwas beschäftigt. Hat es etwas mit mir zu tun?«

»Nein, nein.« Karl sah an ihr vorbei und schüttelte den Kopf.

»Falls du dich fragst, wie es mit uns weitergeht: Ich weiß es nicht.« Es war am besten, Klartext zu reden. »Ich mag dich sehr, Karl. Weißt du das?«

Er nickte.

»Gut. Aber ich brauche meine Zeit. Wenn du mich besser kennen würdest, könntest du das verstehen.«

Karl blickte sie direkt an. »Ich verstehe das, Grete. Es ist nichts.«

Sie blickten sich noch einen Moment lang in die Augen.

»Gut«, brach Margarete das Schweigen, drehte sich um und begann, einige Zettel auf einem Schreibtisch hinter ihr zu ordnen, die bereits in perfekter Ordnung waren. Es tat ihr weh, Karl so zu sehen, und sie wünschte, sie hätte andere Worte finden können für das, was sie empfand. Doch ihr fehlte wohl einfach die Übung.

Immer wieder blickte sie zu der Uhr hinüber, bis sie schließlich sagte: »Wir können jetzt mit der Messung beginnen.«

Karl nickte, sprang auf die Stufen der Holzbrücke und griff sich den ersten der Indikatorstäbe aus Dysprosium-oxid, um ihn in einen der Messschächte zu schieben, die ins Innere der Maschine führten. Dann ließ er den Stab sinken und beugte sich über das Geländer.

»Was ist los?«, fragte Margarete.

»Ist das normal?«, fragte Karl zurück.

»Was meinst du?«

»Da kommen Blasen aus dem Brenner.«

Margarete legte die Stirn in Falten. »Das kann nicht sein. Ich habe vorhin alles überprüft.«

Karl richtete sich auf und sah Margarete an. Seine Stimme wurde lauter. »Wenn ich es dir doch sage! Da kommt ein steter Strom von Gasblasen. Und sie werden immer größer!«

Margarete warf einen Blick auf das Geiger-Müller-Zählrohr.

Sie erstarrte.

Dann schlug sie mit der flachen Hand auf den Alarmknopf, der über der Werkbank angebracht war.

Als Wilhelm am Nachmittag das Backsteingebäude der Feuerschutzpolizei betrat, hatte er die seltsame Melodie auf den
Lippen, die Karl am Mittag gepfiffen hatte, als er das Treppenhaus hinaufgekommen war. Der Pförtner nickte ihm
freundlich zu und Wilhelm spürte, wie die unerfreulichen
Ereignisse, die ihn zuletzt ins Grübeln gebracht hatten, ihren Schrecken verloren. Er war schließlich kein Grünschnabel mehr! Er hatte auch früher schon mit Widerständen zu
kämpfen gehabt. Und er war immer noch hier. Der Konflikt
mit Türauf würde sich in Luft auflösen, wenn er nur die
richtigen Worte fand. Ein Großteil seiner Männer hielt
nach wie vor zu ihm. Sicherlich würden sie ihm beipflich-
ten, dass Türauf in der letzten Nacht eine Grenze überschritten hatte. Wilhelm trabte die Treppe in den ersten
Stock hinauf, wo sich die Mannschaften der verschiedenen
Löschzüge zwischen ihren Einsätzen aufhalten konnten.

Seine gute Laune verflog, als er den Aufenthaltsraum betrat, in dem seine Männer an mehreren Tischen saßen. Es
herrschte eine tropische Hitze, das Schweigen jedoch war
eisig. Die Männer schwitzten in ihren Uniformen, obwohl
die meisten ihre Mützen und Jacken abgelegt hatten. Die
Fenster standen weit offen, doch von draußen drang nur
noch mehr warme Luft herein. Wilhelm sah sich um. Seine
Mannschaft schien vollständig zu sein. Nur einer fehlte.
»Wo ist Türauf?«

»Er hat sich krankgemeldet«, antwortete Müller. In dem
Flaum unter seinem Kinn, den er stolz zur Schau trug, hingen noch einige Krümel vom Mittagessen.

»Das will ich ihm auch geraten haben.« Wilhelm ärgerte sich über seine Worte, sobald er sie ausgesprochen hatte. Hatte er sich nicht vorgenommen, die Wogen zu glätten? »Ich meine, wer krank ist, der sollte zu Hause bleiben. Wir können uns nicht erlauben, dass der ganze Zug ausfällt, weil sich alle bei Türauf mit der Scheißerei anstecken.« Er setzte ein schiefes Grinsen auf.

Die Männer sahen sich verstohlen an. Irgendetwas stimmte hier ganz und gar nicht. Wilhelm ließ sich auf einen Stuhl fallen. »Bekomme ich jetzt eine Zigarette oder was?« Müller hielt ihm eine Packung hin. Wilhelm fischte zwei Zigaretten heraus, steckte eine in den Mund und klemmte sich die andere hinter das linke Ohr. »Für später«, sagte er und reichte Müller die Packung zurück. Der schüttelte nur mit dem Kopf. Dann steckte er die Schachtel wieder in die Brusttasche seiner Uniform und reichte Wilhelm ein Feuerzeug. Als er den ersten Zug nahm und der Rauch in seine Lunge strömte, spürte er, wie das Nikotin bis in seine Fingerspitzen hineinkribbelte. Genüsslich stieß er den Rauch aus und ließ seinen Blick über die Gesichter der Männer schweifen. Einige wichen ihm aus, richteten ihre Augen auf ihre Schuhe oder ihre Hände, andere funkelten ihn feindselig an. Ganz so einfach, wie er es sich vorgestellt hatte, würde diese Geschichte wohl doch nicht zu beenden sein.

Er atmete tief ein und ließ die Luft mit einem Seufzer entweichen. »Wisst ihr, Leute«, begann er schließlich, »eigentlich wollte ich diese Sache mit Türauf direkt klären, von Mann zu Mann. Aber offenbar möchte er nicht mit mir reden.« Er zuckte mit den Schultern. »Das ist schade, aber so ist es nun mal.«

»Du wirst mit deinem Verhalten nicht durchkommen«,

zischte Hellers. Er übernahm gern die Rolle des Oppositionsführers, wenn Türauf nicht in der Nähe war. Als Einziger im Raum trug er trotz der Bullenhitze Mütze und Jacke.

»Welches Verhalten meinst du?« Wilhelm sah ihn an und legte die Stirn in Falten.

»Das weißt du genau«, entgegnete Hellers.

Wilhelm blickte in die Runde und setzte einen verwirrten Gesichtsausdruck auf. »Wisst ihr, wovon er redet?«

Lebert, auch so ein Krachmacher, sprang so überhastet auf, dass sein Stuhl nach hinten umkippte. »Du missachtest die Befehlskette, Willi!«

Wilhelm fuhr in seinem Schauspiel fort und nickte übertrieben. »Ach so, das meint ihr, na jetzt wird mir alles klar.« Dann stand auch er auf, sammelte sich einen Moment lang und sagte dann: »Wenn hier einer die Befehlskette missachtet hat, dann war das Türauf!« Er spürte wieder die Ader an seiner Schläfe pochen. »Ich habe ihm einen klaren Befehl gegeben und er hat ihn verweigert. Damit hat er das Leben von zwei Kindern und wer weiß wie vielen Nachbarn gefährdet. Noch dazu das von Menge und Walloschke!« Er zeigte mit dem Finger auf die beiden Männer, die betreten zu Boden schauten. »Und ganz nebenbei auch meins.«

»Die Befehlskette beginnt aber nicht bei dir!«, brüllte Lebert.

In diesem Moment klopfte jemand an die Tür zum Aufenthaltsraum. Wilhelm starrte Lebert noch einige Sekunden lang an, dann wandte er sich der Tür zu. »Herein!«

Ein junger Kerl mit pickligem Gesicht, an dessen Namen sich Wilhelm nicht erinnern konnte, trat ein und salutierte. »Heil Hitler!«

Wilhelm nickte und sah den Jungen an.

Der Uniformierte schaute ein wenig irritiert und sagte dann: »Nachricht von Hauptmann Fink! Der Oberwachtmeister Leitner wird zum Gespräch erwartet!«

Alle Augen wandten sich Wilhelm zu. Er konnte sehen, wie Lebert und Hellers sich triumphierende Blicke zuwarfen. »Danke«, sagte er zu dem Jungen, der nicht reagierte und in seiner Pose verharrte, die Hand immer noch an die Stirn gelegt. Einige Sekunden verstrichen. Wilhelms Männer blickten stumm zu ihrem Zugführer. Dann sagte er: »Du kannst jetzt gehen!«

»Heil Hitler!«, rief der Junge erneut, dann drehte er sich in einer zackigen Bewegung um, verließ den Raum und zog die Tür hinter sich zu.

Wilhelm setzte sich und zog die Zigarette hinter seinem Ohr hervor. Mit leerem Blick ließ er sie zwischen seinen Fingern hindurchgleiten. Dann blickte er auf und sagte: »Fink kann mich mal gernhaben.«

Gespräche brandeten auf. »Willi, du musst vor Fink zu Kreuze kriechen«, sagte Walloschke und Müller nickte. »Wenn du jetzt hingehst, belässt er es vielleicht bei einer Rüge.«

Wilhelm blickte stumm zum Fenster und wiegte den Kopf. »Gernhaben kann er mich.«

Für einen Moment verstummten die Stimmen seiner Kameraden, und ratlose Stille trat ein. Dann ließ das schrille Klingeln der Alarmglocke sie zusammenfahren. Nach einer Schrecksekunde sprangen die Männer auf, griffen ihre Mützen und Jacken und trabten in Richtung der Rutschstange. Keiner sagte ein Wort. Wilhelm blieb sitzen und beobachtete, wie sie einer nach dem anderen im Loch am Boden verschwanden. »Das ist dein Ende, Kommunistensau«, zischte eine Stimme von der Seite. Wilhelm sah sich um und erblickte das gehässige Grinsen in Leberts Gesicht. Er biss sich auf die Unterlippe, um nicht aufzuspringen und ihm eine zu verpassen. Er war kein Kommunist. Sein Vater nannte sich selbst einen Kommunisten, aber zum Glück nicht öffentlich. Wilhelm hatte seine Eltern zu Kriegsbeginn aufs Land ausquartiert, wo sie hoffentlich sicherer waren als in der Stadt. Er schüttelte den Kopf und drückte die Zigarette aus. Es waren verrückte Zeiten.

Wenige Sekunden später stand er in der Fahrzeughalle und entdeckte den jungen Mann, der Finks Botschaft überbracht hatte. »Wo brennt's denn?«

Der Junge konnte wohl nicht abschätzen, ob der Oberwachtmeister einen Scherz gemacht hatte, und zögerte mit seiner Antwort. »In der Universität wurde ein Feueralarm ausgelöst. Es brennt im Physikalischen Institut.«

Margarete klopfte mit der Hand auf die Anzeige des Strahlungsmessgeräts. Der Zeiger zitterte, kehrte dann jedoch auf den ursprünglichen Wert zurück.

50 Röntgen.

Zu viel.

Margarete spürte, wie ihr Körper glühte. Schweiß trat ihr auf die Stirn, sie konnte ihren Puls in den Ohren klopfen hören. Ihr Atem ging stoßweise in kurzen flachen Schüben. Für einen Moment musste sie sich an der Tischplatte festhalten, um nicht umzufallen. Eine Panikattacke, dachte sie. Ich habe eine Panikattacke.

Sie musste sich konzentrieren. Sie musste die Maschine ausschalten, die Kernreaktion beenden. Margarete biss sich auf die Unterlippe. Ein heftiger Schmerz zuckte auf, sie schmeckte Blut. Aus der Ferne drang ein zunehmender

Lärmpegel an ihre Ohren, doch sie nahm ihn kaum wahr. Ihr Blick war fest auf die Anzeige des Geiger-Müller-Zählrohrs gerichtet.

55 Röntgen.

Dann wusste sie, was zu tun war. Sie musste die Neutronenquelle aus der Reaktorkugel entfernen, dann würde die Reaktion zum Erliegen kommen.

Sie drehte sich herum. Wo war Karl? Er stand nicht mehr auf dem Holzgerüst. Im Kühlbecken brodelte das Wasser, milchige Schwaden stiegen auf. In der Luft lag ein stechender Geruch, der sich beim Einatmen bitter auf der Zunge niederschlug. Metallisch, verbrannt. Die Szenerie, erhellt vom gelblich-trüben Licht der Laborbeleuchtung, ließ Margarete an das Bühnenbild einer Opernaufführung denken, die sie vor einigen Wochen besucht hatte: *Orpheus in der Unterwelt*.

Dann entdeckte sie Karl. Er stand neben dem Becken, an der Steuervorrichtung des Krans. Was hatte er vor?

»Karl, wir müssen die Neutronenquelle aus dem Brenner entfernen! Damit stoppen wir die Reaktion!« Sie musste schreien, so laut war das Tosen des Kühlwassers bereits geworden.

Karl schien sie nicht zu verstehen. Er blickte kurz zu ihr hinüber, dann machte er sich wieder an der Steuerkonsole zu schaffen. Seine Augen waren geweitet. Er war in Panik. Margarete stöhnte auf. Was hatte er nur vor?

Sie lief zu ihm hinüber, doch nach wenigen Schritten stürzte sie über etwas, das am Boden lag. Mühsam rappelte sie sich wieder auf und rannte weiter. Als sie Karl fast erreicht hatte, setzte ein holpriges Motorengeräusch ein.

Und dann verstand sie.

Karl wollte den Brenner aus dem Becken heben. Wusste er denn nicht, dass er damit alles nur noch schlimmer machen würde? Hatte er ihr etwa nie zugehört, als sie ihm die Funktionsweise der Maschine erklärt hatte?

»Halt! Bist du wahnsinnig?« Margarete brüllte Karl an und warf sich gegen ihn, so dass er einige Schritte zur Seite machen musste, um nicht hinzufallen.

Die Seilwinde ratterte, gleich würde die Stahlkugel die Wasseroberfläche durchbrechen. Und dann würden ihre Probleme erst richtig beginnen.

Karl hob empört die Hände. »Was ist denn? Ich will doch nur dieses Ding ausschalten!«

»Das will ich auch«, schrie Margarete. »Aber wenn der Brenner nicht mehr vom Wasser gekühlt wird, dann wird er explodieren!«

Karl starrte sie mit großen Augen an. »O Gott«, stammelte er, trat wieder an das Steuerpult und suchte nach dem passenden Hebel.

Das Kühlbecken glich mittlerweile einem brodelnden Vulkan. Das Wasser toste wie bei einem Sturm auf hoher See und spritzte in alle Richtungen über den Beckenrand. Gleichzeitig ging von dem Becken eine Hitze aus, die Margarete an ein Osterfeuer erinnerte. Ihre Kleidung klebte nass an ihrem Körper. Und dann sah sie die metallene Oberseite des Brenners. Sie mussten sich beeilen, gleich würde es zu spät sein!

»Nun mach schon«, brüllte sie.

»Ich versuche es ja!« Karl sah sie entsetzt an. »Die Maschine reagiert nicht!«

Margarete trat an seine Seite und legte den entsprechenden Hebel auf dem Pult um.

Nichts geschah.

»Die Schaltung muss nass geworden sein.« Margarete rüttelte an dem Hebel. »Es lässt sich nicht stoppen.«

Mittlerweile konnte sie deutlich die Rundung der Stahlkugel erkennen, die aus dem Becken ragte. Rauch stieg auf.

Karl blickte sie an. »Ich klettere auf das Gerüst und versuche, die Neutronenquelle zu entfernen.«

»Vergiss es. Dafür bleibt keine Zeit. Wir müssen hier raus. Jetzt!« Margarete packte Karl am Arm und zog ihn mit sich. Weg von dem Pult, weg von dem brodelnden Kühlbecken. Sie mussten schnellstmöglich raus aus dem Labor!

Sie hielt Karl an der Hand und lief los in Richtung der einzigen Tür, die aus dem Labor führte. Nach wenigen Schritten spürte sie, wie Karls Hand sich ihrem Griff entzog. Sie blieb stehen und drehte sich um. Karl sah sie mit angstgeweiteten Augen an und brüllte etwas, das sie nicht verstand. Wild gestikulierte er in Richtung des Ausgangs. Er wollte, dass sie weiterlief. »Was hast du vor?«, brüllte sie, doch Karl schien sie nicht zu verstehen. Er nickte nur, dann drehte er sich um und trat wieder an das Steuerpult.

»Neeeiiin!« Margarete wollte zu ihm laufen, um ihm klarzumachen, dass es keinen Zweck mehr hatte. Sie mussten hier raus! Doch dann verschwand das Labor vor ihren Augen in einem gleißenden Blitz. Hitze. Sie fühlte, wie sich ihre Haare knisternd in Rauch auflösten. Dann hörte sie einen ohrenbetäubenden Knall. Eine gewaltige Druckwelle erfasste sie, ihre Füße verloren den Kontakt zum Boden.

Sie flog in Richtung der Tür, dann wurde alles dunkel.

Wilhelm saß im Führerhaus des Leiterwagens und starrte auf die Straße vor ihm, auf der die Schatten immer länger wurden. Die Sonne stand als roter Ball knapp über dem

Horizont. In Wilhelms Kopf hallten die Worte des jungen Beamten wider: ein Brand im Physikalischen Institut. Das war der Ort, an dem Karl arbeitete! Aber das bedeutete nicht zwangsläufig, dass er in Gefahr war. Das Institut war sicherlich ein großer Bau. Vermutlich bestand es aus mehreren Gebäuden. Wilhelm wusste noch nicht einmal, ob Karl zu dieser Tageszeit überhaupt noch arbeitete. Es gab keinen Grund, sich Sorgen zu machen. Wilhelm atmete tief ein, dann stieß er die Luft zischend durch die geschlossenen Zähne aus.

Müller, der neben ihm auf dem Fahrersitz saß und den Leiterwagen lenkte, wandte ihm den Kopf zu. »Machst du dir noch Sorgen wegen Fink?«

Wilhelm brauchte einen Moment, um Müllers Frage zu verstehen. Dann schüttelte er den Kopf. »Ach was! Alles wird gut werden. Alles gut.«

Das Erste, was Wilhelm sah, als der Löschzug in die Linnéstraße vor dem Physikalischen Institut einbog, war Karls rostiges Fahrrad, das an einer Mauer lehnte.

Wilhelm schluckte. Karl war also hier. Er hatte Ida einmal erzählt, in welchem Labor er arbeitete, doch Wilhelm konnte sich nicht erinnern. Er hoffte nur, dass ein anderer Teil des Instituts von dem Brand betroffen war. Sie hatten auf der Wache keinerlei brauchbare Informationen bekommen. Wilhelm wusste nichts über mögliche Verletzte.

Der Löschzug, bestehend aus zwei Löschfahrzeugen und dem Leiterwagen, bog in die Zufahrtsstraße ein, die auf den Hof hinter dem Institutsgebäude führte. Der Pförtner hatte das Eisentor geöffnet und winkte mit beiden Armen, als er sie kommen sah. Wilhelm lehnte sich aus dem Fenster auf der Beifahrerseite und warf einen Blick zurück. Seine Männer, die seitlich auf dem hinteren Teil des Wagens saßen, wirkten ruhig und konzentriert. Einige steckten die Köpfe zusammen und unterhielten sich, doch die meisten blickten stumm in die Gegend. Wilhelm wischte sich mit dem Handrücken den Schweiß von der Stirn. Hoffentlich bemerkten die anderen seine Angst nicht.

Links von ihnen rückte ein eingeschossiges Gebäude in den Blick. Es war teilweise eingestürzt. Am hinteren Ende stiegen Rauch und Flammen empor. Funken sprühten. Über der Szenerie lag ein bläulich-violetter Schimmer, der in Wilhelms Magengegend ein mulmiges Gefühl verursachte. Die drei Wagen hielten an, die Männer sprangen ab und formierten sich. Wilhelm blickte sich kurz auf dem Hof um, dann teilte er ihnen verschiedene Aufgaben zu. Er selbst würde mit Müller und Kranach ins Gebäude vorstoßen und die Lage sondieren, während die anderen alles für den eigentlichen Löschvorgang vorbereiten sollten.

Wilhelm verzichtete auf die Atemmaske. Die Rauchentwicklung war überschaubar, und da die Decke des Gebäudes eingestürzt war, konnten die dunklen Schwaden ungehindert abziehen. Fasziniert beobachtete er den Widerschein des Feuers auf den Mauern der umliegenden Gebäude. Was war das? Das Flackern wechselte beständig die Farbe, war mal leuchtend rot, dann wieder violett, um dann ein dunkles Blau anzunehmen. So etwas hatte er noch nie gesehen.

Vor der Labortür warteten Müller und Kranach auf ihn. Wilhelm wollte an ihnen vorbeigehen, doch dann blieb er abrupt stehen. Jemand hatte mit roter Farbe das Wort »Virushaus« auf die Tür gepinselt.

Wilhelm keuchte und musste sich an der Wand neben der Tür abstützen, um nicht umzukippen. Er kannte dieses Wort. Karl hatte Ida noch am Mittag davon erzählt.

Die Forscher hatten das Labor »Virushaus« genannt, um Schaulustige abzuhalten. Dies war das Gebäude, in dem sein Sohn arbeitete.

Müller sah ihn besorgt an. »Geht es dir gut?«

Wilhelm machte eine abwehrende Handbewegung und nahm wieder Haltung an. »Ich gehe vor«, sagte er und versuchte, die Tür zu öffnen. Sie schwang einige Zentimeter auf, krachte dann jedoch gegen etwas Schweres, das im Innern des Labors lag. »Packt mal mit an«, wies Wilhelm seine Kameraden an. Müller und Kranach positionierten sich rechts und links von ihm. »Auf mein Kommando! Zu-gleich!« Zu dritt warfen sie sich gegen die Tür, die sich einige Zentimeter weiter öffnete. »Zu-gleich! Zu-gleich!« Beim dritten Anlauf löste sich die Blockade. Die Tür schwang auf und die Männer stolperten in das Laborgebäude.

Wilhelm erschauderte. Das Innere des Labors sah aus wie ein Schlachtfeld. Die Beleuchtung war ausgefallen, vermutlich hatte es einen Kurzschluss gegeben. Im Halbdunkel konnte Wilhelm Balken und Stahlträger der Dachkonstruktion erkennen, die wie Spielzeug umhergeschleudert worden waren. Die Szenerie wurde lediglich von den schillernden Flammen erhellt, die im hinteren Teil des Labors loderten. Ab und an blitzten Funken auf. In der Luft lag ein chemischer Geruch. Wilhelm hustete. »Setzt lieber die Masken auf, wer weiß, woran hier gearbeitet wurde«, sagte er zu Müller und Kranach und versuchte, das Zittern in seiner Stimme zu verbergen. »Wir sehen uns hier erst mal um. Vielleicht gibt es Verletzte.« Die Sicherung von Menschen hatte Vorrang. Der Brand an sich sah nicht so aus, als könnte er auf die benachbarten Gebäude übergreifen. »Müller, du gehst links rum, Kranach, du rechts. Ich gehe geradeaus auf den Brand zu.«

Wilhelms Puls dröhnte in seinen Ohren. Er zog die Atemmaske über sein Gesicht, schaltete seine Taschenlampe an und rückte vor. Dabei achtete er sehr genau darauf, wohin er seine Schritte setzte. Wer wusste schon, was ihn hier erwartete? Er konnte sich kaum noch an das erinnern, was Karl von seiner neuen Anstellung erzählt hatte. Es ging um irgendeine große Maschine. Aber was sie damit machen wollten, wusste Wilhelm nicht mehr. Hatte Karl nicht auch etwas von einem seltenen Metall erzählt? Uran vielleicht?

Wilhelm sah sich um. Müller wandte sich etwas weiter nach links, Kranach steuerte die rechte Seite des Labors an. Wilhelm ging geradeaus. Die drei Lichtkegel der Taschenlampen streiften suchend über Schutt und Trümmer. Offenbar hatte es eine Explosion gegeben, die so heftig gewesen war, dass selbst die Stahlträger geborsten waren, die die Decke des Gebäudes gehalten hatten.

Etwas Weißes blitzte im Kegel seiner Taschenlampe auf, halb begraben unter einem Schutthaufen. Wilhelm kniff die Augen zusammen, konnte aber nichts erkennen. Seine Maske war von innen beschlagen. Erst jetzt merkte er, dass er stark schwitzte. Sein Atem ging rasselnd und viel zu schnell. Egal. Er musste wissen, was dort vorn lag.

Oder wer.

»Karl!«, brüllte er in die Dunkelheit. Er machte einige Schritte, dann konnte er es sehen. Es war nicht Karl, der dort lag, sondern eine Frau in einem weißen Kittel. Sie regte sich nicht. Ihre Haare waren etwa schulterlang und teils verbrannt.

Wilhelm bückte sich zu ihr hinunter. War das vielleicht die Kollegin, von der Karl am Mittag gesprochen hatte? Der Brustkorb der Frau hob und senkte sich. Sie lebte. Wilhelm sah wieder hoch, entdeckte Müller und richtete seine Taschenlampe auf ihn. Dann knipste er sie einige Male aus und wieder an, bis Müller sich zu ihm umdrehte und auf ihn zukam. Als er die Frau entdeckte, beschleunigte er seine Schritte. Gemeinsam befreiten die Männer sie von den Trümmern. Wilhelm konnte, abgesehen von dem verbrannten Haar und einigen Schürfwunden, keine größeren äußeren Verletzungen erkennen. Er zeigte auf ihre Füße. Müller verstand und positionierte sich hinter der Frau. Wilhelm ergriff ihre Handgelenke und gemeinsam trugen sie die Frau in Richtung der Tür.

Vor der Laborhalle hatten Wilhelms Männer die Wasserversorgung aufgebaut. Schulze und Hellers warteten an den Schläuchen auf sein Zeichen. Wilhelm ließ den Arm über dem Kopf kreisen und stieß ihn dann mehrmals nach oben. Die Männer verstanden und liefen in die Halle. Wasser marsch!

Mehrere Rettungswagen standen bereit. Als die Sanitäter Wilhelm und Müller sahen, die die bewusstlose Frau vorsichtig ablegten, liefen sie mit einer Trage auf sie zu. Ohne die beiden Feuerschutzpolizisten zu beachten, begannen sie mit ihrer Ersthelferroutine.

Wilhelm wandte sich ab und riss sich die Atemmaske vom Kopf. Er hustete und würgte. Was war bloß los mit ihm? Er fühlte sich elend.

Ein Zivilist kam auf ihn zu. Er trug einen braunen Anzug und eine dicke Brille. Seinen Kopf zierte eine Halbglatze. »Sind Sie hier der Einsatzleiter?«

Wilhelm nickte.

»Gut, gut. Dr. Gernlich mein Name. Ich arbeite hier am Institut.« Der Mann hielt Wilhelm eine Hand hin. Wilhelm hob seine Hände in die Luft, um Gernlich seine rußigen Handschuhe zu zeigen. Der Mann zuckte zurück, sein Gesicht zeigte Angst. »Wissen Sie, womit Sie es hier zu tun haben?«

Wilhelm hustete. »Wir kommen zurecht. Kennen Sie einen Karl Leitner?«

Gernlich nickte.

»Hat er hier drin gearbeitet, als es geschah?«

»Das kann ich Ihnen nicht sagen.« Gernlich schüttelte den Kopf.

Wilhelm hatte genug gehört. Er drehte sich um und ging wieder auf den Eingang der Halle zu. Er hatte nicht vor, sich von dieser Brillenschlange aufhalten zu lassen. Er musste Karl finden.

»Warten Sie!« Der Mann lief ihm hinterher. »In dieser Halle werden Experimente mit Uran durchgeführt. Wenn die Maschine wirklich explodiert ist, und danach sieht es für mich aus, dann ist das Uran hier überall in der Luft.«

Wilhelm drehte sich nicht um, sondern ging weiter auf das Labor zu und hob lediglich eine Hand, um dem Mann zu signalisieren, dass er ihn gehört hatte.

»Es könnte gefährlich sein!«, rief der Wissenschaftler hinter ihm. »Sie sollten wenigstens Atemmasken tragen, wenn sie das Gebäude betreten! Hatten Sie schon einmal mit einem Uranbrand zu tun?«

Wilhelm reckte einen Daumen seiner Hand in die Höhe, ohne stehen zu bleiben. Natürlich hatte er noch nie einen Uranbrand gelöscht, er hatte noch nicht einmal davon gehört, dass Uran überhaupt brennen konnte. Aber das spielte jetzt keine Rolle.

Dann hörte er den Mann hinter sich aufschreien.

Wilhelm zuckte zusammen und drehte sich nun doch um.

Der Mann hatte die junge Frau entdeckt, die sie aus dem

Labor getragen hatten. Er kniete sich neben sie und legte ihr eine Hand auf die Wange. »Fräulein Brühl, geht es Ihnen gut?«

Brühl, wo hatte Wilhelm den Namen schon einmal gehört?

»Fräulein Brühl, können Sie mich hören?« Der Institutsangestellte hatte einen Arm der Frau angehoben und schüttelte ihn, bis er von den Sanitätern zur Seite geschoben wurde. Die Angesprochene reagierte nicht.

Wilhelm straffte sich und ging auf den Mann mit der Brille zu. »Kennen Sie diese Frau?«

»Das ist Fräulein Dr. Von Brühl. Sie hat den Versuch geleitet.«

»Heißt das, dass sie für dieses … Ding verantwortlich war?« Er zeigte mit dem Finger auf das eingestürzte Laborgebäude.

Der Mann zuckte mit den Schultern, dann nickte er. »Sie meinen, für die Uranmaschine? Ja, sicher.«

Wilhelm hob das Kinn. »Was passiert jetzt mit ihr?«

»Wir bringen sie ins Universitätsklinikum«, antwortete einer der Sanitäter.

Wilhelm drehte sich um und ging auf das Labor zu, ohne ein weiteres Wort zu verlieren. Er hatte genug gehört. Er musste Karl suchen.

Die blank polierte Messingkugel rollte beinahe geräuschlos die abschüssige Bahn entlang. Die beiden parallelen Aluminiumstangen waren in einem Abstand von 8,5 Millimetern an der Wand der Bibliothek montiert. Es kam auf absolute Genauigkeit an, damit die Kugel, die einen Durchmesser von 11 Millimetern aufwies, nahezu reibungslos hinabrollen konnte.

Kriminalrat Gerald Schander betrachtete den Lauf der Kugel. Sie nahm an Geschwindigkeit zu, physikalischen Gesetzen folgend, die so alt waren wie das Universum selbst. Dann erreichte sie das Ende der Bahn, stieß gegen ein Hindernis, wurde abrupt abgebremst und fiel einige Zentimeter in die Tiefe, um auf der nächsten Schiene zu landen, die in die entgegengesetzte Richtung verlief.

Schander hasste es, wenn Gäste von seiner Konstruktion, die eine ganze Wand der Bibliothek einnahm, als Murmelbahn sprachen. Sie war so viel mehr als das. Er folgte dem Verlauf der Bahn, die er in jahrelanger Handarbeit konstruiert hatte, und musterte die Hürden und Schikanen, die er für die Kugel vorbereitet hatte. Schrauben, Loopings, Treppen, sogar Wippen und mechanisch bewegte Aufzüge hatte er in seine Konstruktion eingebaut und im Laufe der Monate optimiert, bis die Messingkugel sicher und gleichmäßig ihr Ziel erreichte.

Jedes Mal.

Schander spreizte die Finger und betrachtete das Narbengewebe, das seine Hände bedeckte. Er hasste seine Hände, diese weiß-rote Kraterlandschaft, die ihm zu fast nichts mehr von Nutzen war. Es hatte ihm unmenschliche Mühen abverlangt, seinen Entwurf mit diesen Händen in die Realität umzusetzen. Doch nun war die Konstruktion perfekt. Nichts konnte ihn aufhalten, wenn er sich etwas vorgenommen hatte. Nicht einmal sein eigener, makelbehafteter Körper.

Das Telefon klingelte.

Schander seufzte, wendete den Blick aber nicht von der Messingkugel ab, die gerade Anlauf nahm, um Schwung für einen Looping zu sammeln.

Wieder klingelte es.

Schander blickte auf die Standuhr, die in einer Ecke des Raums stand. Halb elf. Wer jetzt noch anrief, hatte besser einen guten Grund. Er ging zu einem Ohrensessel, der in einer anderen Ecke des Raums stand, und setzte sich. Auf einem Beistelltisch stand das Telefon mit Wählscheibe. Er hob den Hörer von der Gabel. »Ja?«

»Herr Kriminalrat, hier ... hier ist Ricken. Entschuldigen Sie die späte Störung.«

Schander schwieg.

Nachdem sein Assistent einige Sekunden lang auf eine Reaktion gewartet hatte, fuhr er fort: »Ich hätte Sie ... Also, unter anderen Umständen hätte ich Sie um diese Uhrzeit nicht mehr gestört, aber ich dachte, es sei wichtig.«

Wieder gab Schander keinen Laut von sich.

»Es ... es hat einen Brand im Physikalischen Institut gegeben. Mehrere Verletzte, so heißt es.«

»Kommen Sie zum Punkt, Ricken.«

»Diese Maschine ... Die Uranmaschine ist explodiert.«

Schander glaubte nicht an Zufälle. Gestern noch hatte er das Labor besichtigt und Professor Braun hatte ihm mit der Uranmaschine in den Ohren gelegen. Und nun flog sie in die Luft? Was hatte das zu bedeuten? »Wie ist die Lage vor Ort?«

Sein Assistent zögerte. »Hier ist alles sehr unübersichtlich. Die Feuerschutzpolizei versucht, den Brand zu löschen.«

Schander rieb seine linke Hand an der gepolsterten Armlehne des Sessels. »Ich will, dass das Gelände geräumt wird. Sobald der Brand gelöscht ist, möchte ich nur noch unsere Männer im Institut haben. Sie wissen, was das bedeutet.«

»Selbstverständlich, Herr Kriminalrat«, sagte Ricken am anderen Ende der Leitung.

Er würde sich selbst darum kümmern müssen, dachte Schander. Nur er selbst wusste, wer zu der Handvoll Männer gehörte, die in die Operation eingeweiht war. Der Großteil der Gestapo hatte keine Ahnung, dass er seine eigenen Pläne verfolgte. Ein gefährliches Unterfangen, ohne Zweifel. Der Führer hatte sich seinerzeit klar ausgedrückt, und auch der General, den Schander von seinen Plänen zu überzeugen versucht hatte, hatte sie einen potenziellen Landesverrat genannt. Nein, er musste seine Operation im Geheimen durchführen und konnte sich erst offenbaren, wenn das Produkt einsatzbereit war. Es war riskant, aber er hatte nicht vor, den Ruhm zu teilen, wenn er am Ziel war.

»Die Operation darf nicht gefährdet werden.«

»Jawohl, Herr Kriminalrat.«

»Wer hatte heute Abend Dienst im Labor? Gab es Zeugen?«

»Eine Frau ... Moment, ich habe mir den Namen notiert.« Ricken schien durch seine Notizen zu blättern. »Fräulein Dr. von ...« Die Stimme seines Assistenten brach ab. Stattdessen drangen Geräusche aus dem Hörer, die Schander glauben ließen, Ricken ersticke. Dann hörte er ihn laut niesen.

Schander verdrehte die Augen.

»Von Brühl«, fuhr Ricken fort. »Fräulein von Brühl. Verzeihen Sie, der Heuschnupfen. Sie wurde bewusstlos geborgen und ist auf dem Weg ins Universitätsklinikum.«

Von Brühl. Immer wieder dieser Name. Konnte das ein Zufall sein? Möglicherweise konnte sie ihm gefährlich werden. Er würde sich um dieses Fräulein kümmern müssen. »Wird sie es schaffen?«

»Die Sanitäter waren sich nicht sicher.«

»Lassen Sie die Frau bewachen. Keine Besuche. Ich will, dass der ganze Gang, nein, die ganze Etage, auf der sie liegt, abgeriegelt wird.«

»Ver … verstanden.«

»Ist der Professor noch da?«

»Nein, er …« Wieder brach Ricken mitten im Satz ab und gab Geräusche von sich, als ringe er um Luft. Doch diesmal blieb der Nieser aus. »Er ist gestern abgereist.«

»Gut. Ich will nicht, dass irgendwelche Gerüchte entstehen. Verscheuchen Sie um jeden Preis die Presse. Ich werde Ihnen eine Mitteilung zukommen lassen, die wir veröffentlichen werden. Wir können jetzt keine Aufmerksamkeit gebrauchen.«

»Verstanden.«

Schander hängte den Hörer auf die Gabel und ließ die Luft aus seinen Lungen entweichen. Wer profitierte von dieser Entwicklung? Er hatte sie nicht vorausgesehen, und das gab ihm zu denken. Arbeitete Professor Braun im Geheimen gegen ihn? Hatte er die Nerven verloren und sein eigenes Labor in die Luft gesprengt, um die Aufmerksamkeit auf das Institut und ihre geheime Operation zu lenken? Wenn ja, dann hatte er sich vermutlich abgesetzt und Schander würde das Produkt allein fertigstellen müssen. Das würde seinen Zeitplan ruinieren.

Eine andere Möglichkeit war, dass Fräulein von Brühl ihre eigene Maschine sabotiert und dann nicht schnell genug das Weite gesucht hatte. Aber warum sollte sie das tun? Wusste sie vielleicht etwas? Oder war am Ende doch alles bloß ein Zufall gewesen?

Schander blickte auf seine Hände, ballte sie zu Fäusten und öffnete sie wieder. Dann ging er zu der Bahn hinüber, hob die Messingkugel auf, die mittlerweile am Endpunkt angekommen war, und setzte sie wieder auf die oberste Schiene. Lautlos rollte sie hinab.

Wilhelm setzte die Atemmaske auf und rannte auf die Tür zu, die ins Virushaus führte. Zwei dicke Schläuche verliefen durch den Eingang. Dort, wo das Wasser auf die Flammen traf, zischte es, und dichte Schwaden von Wasserdampf stiegen auf. Über den Trümmern im Innern der Halle waberte ein undurchsichtiger Dunstschleier. Wilhelms Männer versuchten, die Flammen zu löschen, doch wenn der Wasserstrahl weiterschwenkte, loderten die seltsam gefärbten Flammen jedes Mal noch höher auf. Seine Kameraden blieben im vorderen Bereich der Halle, in der Nähe des Ausgangs, als fürchteten sie, von dem Inferno vor ihnen verschlungen zu werden.

»Willi, wo willst du hin?«, schrie Müller ihm zu, als er an ihm vorbeiging, um das Labor erneut zu durchsuchen. Seine Stimme klang ängstlich und überdreht. Wilhelm konnte es ihm nicht verdenken. Das seltsame bunte Flackern machte auch ihm Sorgen. Doch er konnte nicht warten, bis der Brand gelöscht war. Er musste sicher sein, dass Karl nicht irgendwo unter den Trümmern lag.

»Bleib hier!«, rief er Müller zu, dann schaltete er seine Taschenlampe an und lief los. Dabei ließ er den Lichtkegel von links nach rechts schweifen. Gespenstische Schatten zuckten durch das Trümmerfeld. Nebelschwaden behinderten Wilhelms Sicht, immer wieder kam er ins Straucheln, weil er kleinere Trümmerteile übersah und darüberstolperte. Seine Uniform klebte an Armen und Beinen, in seiner Atemmaske bildeten sich Tropfen. Er konnte kaum noch die Hand vor Augen sehen.

Dann geriet er ins Straucheln und stürzte hart auf den Boden. Er spürte einen stechenden Schmerz in der linken Schulter und stieß einen Schrei aus, der nahtlos in einen Hustenkrampf überging. Energisch riss er sich die Maske vom Gesicht und schleuderte sie fort. »Scheiße!«, brüllte er und blickte sich um. Hinter ihm lag ein Betonbrocken auf dem Boden. Als Wilhelm mit der rechten Hand seinen Arm befühlte, zuckte er vor Schmerz zusammen. Dann führte er sie vor die Augen. Sie war blutüberströmt. Er musste auf irgendeinen scharfkantigen Gegenstand gefallen sein.

Die Wunde musste versorgt werden, doch das musste warten. Wilhelm wälzte sich auf die Seite, stützte sich mit dem rechten Arm ab und stellte erst den einen Fuß auf, dann den anderen. Ein weiterer Hustenanfall schüttelte ihn. Wilhelm wuchtete seinen Körper hoch und kämpfte für einen Augenblick um seine Balance. Er wankte, und die Welt um ihn herum begann sich zu drehen.

Er taumelte weiter voran. Mittlerweile konnte er in den Schatten vor sich eine Konstruktion erkennen, die einer Brücke ähnelte. Davon war allerdings nicht viel übrig geblieben. Darunter entdeckte er eine Art Grube. Die Flammen schossen drei, vier Meter hoch daraus hervor.

Wilhelm lief der Schweiß in die Augen. Er versuchte, das brennende Gefühl wegzublinzeln, doch schließlich wischte er sich mit dem Ärmel über das Gesicht. Die Hitze stand nun wie eine Wand vor ihm. Viel näher würde er nicht an diese Höllenmaschine herankommen, zumindest nicht, ehe der Brand unter Kontrolle war.

Plötzlich schoss eine gewaltige Stichflamme vor ihm in die Höhe. Sie musste auch außerhalb des Gebäudes zu sehen sein, denn sie überragte die Mauern und züngelte durch das zerstörte Dach in den dunklen Nachthimmel hinein. Funken rieselten auf Wilhelm nieder, der sich abwendete und sein Gesicht mit den Armen abschirmte.

Als er nach einigen Sekunden wagte, seine Arme wieder zu senken, sah er, dass seine Männer schnell reagiert hatten. Die beiden mächtigen Wasserstrahlen zielten jetzt auf die Stelle, von der die Stichflamme gekommen war. Die Hitze ließ für einen Moment nach.

Wilhelm schöpfte Hoffnung. Er machte einige Schritte nach vorn und ließ den Lichtkegel der Taschenlampe über die Ziegelsteine und Stahlträger schweifen, die links und rechts von ihm lagen.

Denn explodierte etwas vor ihm. Ein Knall ertönte, und eine sengend heiße Druckwelle warf ihn auf den Rücken. Die Taschenlampe fiel aus seiner Hand und blieb einige Meter entfernt liegen. Das Licht der Lampe strahlte in sein Gesicht und blendete ihn.

Einen Moment lang blieb Wilhelm liegen und spürte in seinen Körper hinein. Es schien nichts gebrochen zu sein, doch die Kraft verließ ihn immer mehr. Er atmete mehrmals tief ein und aus. Das Wasser, schoss es ihm durch den Kopf. Es half nicht, im Gegenteil, es machte alles nur noch schlimmer! Was hatte die Brillenschlange vor der Tür über diese Maschine gesagt? Dass sie mit Uran lief? Wer wusste schon, wie ein Uranbrand auf Wasser reagierte? Wilhelm jedenfalls nicht. Wahrscheinlich wussten das nicht mal diese verfluchten Forscher! Wenn Karl hier irgendwo lag und ihm auch nur ein Haar gekrümmt worden war, dann würden diese Kittelträger es mit ihm zu tun bekommen! Aber dafür musste er seinen Sohn erst mal finden.

Wieder kam er schwankend auf die Füße. Er drehte sich zu seinen Männern um und winkte mit beiden Händen über dem Kopf. »Wasser halt!«, brüllte er, doch die beiden Wasserstrahlen hämmerten unvermindert in die Flammen. Wilhelm musste sich entscheiden. Entweder würde er sich zu seinen Männern zurückkämpfen müssen, um das Wasser abzudrehen, oder er ging das Risiko ein und suchte weiter in den Trümmern. Erneut blickte er sich in dem eingestürzten Gebäude um. Wenn Karl die Explosion miterlebt hatte, dann lag er vielleicht unter einem dieser Stahlträger. Und dann käme es auf jede Sekunde an. Wilhelm wandte sich nach rechts, wo er eine Art Schalttafel erkennen konnte. Vielleicht wurde diese Höllenmaschine damit bedient.

Er kämpfte sich einige Schritte durch die immer dichter werdenden Dampfschwaden, dann brachte ihn ein harter Stoß erneut zu Fall.

Diesmal durchströmte ihn eisige Kälte, und er spürte, dass er von einer Sekunde auf die nächste völlig durchnässt war. Seine Schulter fühlte sich an, als wäre sie mit glühenden Nägeln gespickt. Wilhelm brüllte, halb vor Schmerz, halb vor Wut. Einer der Wasserstrahlen musste ihn getroffen und von den Beinen gerissen haben.

Erneut kämpfte er sich hoch, blieb diesmal jedoch auf allen vieren. Keuchend kroch er auf die Schalttafel zu. Der Lichtkegel der Taschenlampe zuckte über die Umgebung. Dann sah er vor sich etwas Helles auf dem Betonboden liegen. Darüber thronte ein Gewirr aus Balken und Metallteilen. Es sah aus wie ein abgestürztes Flugzeug. Wilhelm kroch auf den Haufen zu.

Und dann sah er ihn.

Dort lag Karl. Dort lag sein Sohn, in einem weißen Laborkittel. Karls Gesicht war ihm zugewandt, seine Augen geschlossen. Es sah so aus, als schliefe er.

Wilhelm ließ die Taschenlampe fallen und stürzte auf Karl zu. Er nahm sein Gesicht zwischen die Hände und streichelte sein Haar. Er konnte nicht sagen, ob Karls Gesicht warm war oder kalt, seine Sinne spielten verrückt.

Er hatte ihn gefunden, das war alles, was zählte!

Dann ließ er den Blick von Karls Gesicht aus abwärts wandern. Tränen füllten seine Augen. Karls schmächtiger Körper war zertrümmert. Ein Stahlträger hatte seine Brust eingedrückt. Seine Arme und Beine schauten in absurden Winkeln darunter hervor.

»Ich habe dich gefunden!«, war das Letzte, was Wilhelm dachte, dann wurde alles schwarz vor seinen Augen.

Leipzig, 23. Juni 1942

Das hölzerne Puppenhaus stand unter der Dachschräge ihres Kinderzimmers im ersten Stock der Stadtvilla in Berlin-Köpenick. Durch das Giebelfenster fiel goldenes Licht in den Raum und zeichnete ein Schattenmuster auf den Dielenboden. Staubpartikel schwebten durch die Luft und verwandelten sich im Sonnenlicht in kleine Glühwürmchen. Margarete saß im Schneidersitz auf den Dielen und lauschte. Als sie sicher war, dass niemand an ihrer Zimmertür lauschte, fuhr sie mit ihrem Spiel fort. Vater gefiel nicht, dass sie immer noch mit ihren Puppen spielte, obwohl sie doch schon dreizehn war.

Ihre Lieblingspuppe Paula hatte zum Tee geladen und alle ihre Freunde waren gekommen. Der Bär Balthazar, der Indianer Rote Hand und auch Herr Laubfrosch, dem leider seit einigen Monaten ein Auge fehlte.

Als Margarete gerade Tee nachschenken wollte, flog die Tür zu ihrem Zimmer mit einem Knall auf.

Margarete schreckte hoch und ließ Paula fallen. Schnell griff sie nach einem Buch, das sie in der Nähe platziert hatte, und tat so, als würde sie darin lesen.

»Was habe ich euch gesagt? Das Baby spielt noch mit seinen Puppen«, sagte Ben, ihr großer Bruder, der schon 19 war. Er torkelte in den Raum, gefolgt von drei Freunden. Sie hatten rote Gesichter und glasige Augen, offenbar hatten sie wieder mal Vaters Weinkeller geplündert.

»Sie sieht aber gar nicht mehr aus wie ein Baby«, sagte einer von ihnen und grinste. »Sie hat ja schon richtige Titten bekommen!«

Margarete schoss das Blut ins Gesicht. Sie schlang die Arme um ihren Körper. »Haut ab!« Ihre Stimme klang, als würde sie gleich anfangen zu heulen.

»Du hast recht«, pflichtete Ben seinem Freund bei, »sie sieht langsam richtig nach was aus. Wenn sie nicht meine Schwester wäre ...« Er grinste die anderen schief an.

Seine Freunde begannen zu johlen. »Sie ist aber nicht *meine* Schwester«, sagte einer von ihnen und kam auf Margarete zu. »Meinst du, sie weiß, wie es funktioniert?« Dann sah er sie an. »Hast du schon mal einen richtigen Schwanz gesehen?« Er begann seine Hose zu öffnen.

Margarete legte eine Hand vor die Augen und robbte auf dem Hintern zurück. Plötzlich spürte sie, wie raue Hände ihr Kleid nach oben schoben. Sie strampelte mit den Beinen, doch ein zweites Paar Hände hielt sie fest, so dass sich ihre Muskeln schmerzhaft streckten und zusammenzogen, ohne eine Bewegung auszuführen. Margarete drehte den Kopf zur Seite, ihre Augen panisch aufgerissen. Sie suchte etwas, das sie den Rüpeln über den Kopf ziehen konnte.

Etwas entfernt saß Paula auf dem Dielenboden und grinste sie an.

»Das Baby möchte seine Puppe«, hörte sie ihren Bruder sagen, dann trat er in ihr Blickfeld und griff nach Paula. Ungelenk hielt er die Puppe auf Höhe seiner Knie und trat dann gegen sie, wie gegen einen Fußball, so dass Paula in hohem Bogen aus Margaretes Blickfeld flog.

Ein Kreischen ertönte, das durch Mark und Bein fuhr. Margarete sah sich auf dem Rücken liegen, ihr Gesicht war schmerzverzerrt, ihr Mund geöffnet. Sie war es, die kreischte! Sie konnte sehen, wie sich ihre Muskeln anspannten, wie ihre Gliedmaßen zitterten und sich ihr Oberkörper aufbäumte.

Dann hockte ihr Bruder sich neben ihren Kopf und verschloss ihren Mund mit seiner Hand. Sie war kalt und nass, wie ein toter Fisch. Margarete sah, wie sie den Mund öffnete und herzhaft hineinbiss.

Ihr Bruder heulte auf und führte seine Hand an die Lippen, um das Blut abzulutschen, das aus der Wunde troff. Margarete konnte den Abdruck ihrer Zähne erkennen, ein dünner Halbmond, ein schiefes Grinsen, das rot und blutend auf der Hand ihres Bruders leuchtete. Wieder begann sie zu schreien. »Lulu! Lulu! Hilf mir!«

Sie sah, wie einer der Jungen ihr Höschen herunterzog. Wieder strampelte sie mit den Beinen, ihre Muskeln schmerzten schon, doch diesmal gelang es ihr, ein Bein aus dem Griff der Jungen zu befreien. Sie traf etwas Weiches und hörte, wie einer von Bens Freunden aufbrüllte.

»Lulu!«, brüllte sie wieder. »Lulu! Wo bist du?«

Dann hörte sie eine andere Stimme. Es war die Stimme eines Mannes, der freundlich und ruhig mit ihr sprach. »Fräulein von Brühl, Sie sind wach, wie schön!«

Margarete traute sich nicht, die Augen zu öffnen. Ihr Atem ging stoßweise, sie keuchte und bemerkte einen stechenden chemischen Geruch, der in der Luft lag. Sie tastete mit den Händen umher und stellte fest, dass sie unter einer Leinenbettdecke lag, die sich angenehm kühl anfühlte. Dies war nicht ihr Kinderzimmer, sie war nicht in Berlin, sie war nicht zu Hause ... Wo war sie?

Ihr ganzer Körper schien aus Schmerzen zu bestehen. Sie dröhnten in ihrem Kopf und pochten in den Armen und Beinen. Margarete versuchte, sich auf die Seite zu drehen, und stöhnte auf, als eine neue Welle aus Nadelstichen ihren Körper überspülte.

»Wer ist Lulu?«, fragte der Mann.

Margarete konnte die Stimme nicht zuordnen. Sie gehörte definitiv nicht ihrem Bruder oder einem seiner Freunde. Sie hatte geträumt. Sie war wieder in ihrem Kinderzimmer gewesen, an diesem verfluchten Tag vor fünfzehn Jahren. Dem letzten Tag, den sie im Hause ihres Vaters verbracht hatte. Doch es war nur ein Traum gewesen.

Und dann fiel es ihr mit einem Schlag ein. Das Labor, die Maschine, die Explosion! Karl ... Noch immer wagte sie nicht, die Augen zu öffnen, aus Angst davor, der Wahrheit ins Gesicht zu blicken. Wie mochte es um ihren Körper stehen? Würde sie es merken, wenn ihr ein Bein fehlte? Sie hatte davon gelesen, dass Amputierte oft das Gefühl hatten, noch über alle Gliedmaßen zu verfügen.

Wieder sprach der Mann zu ihr. »Können Sie mich hören? Nicken Sie einfach, wenn Sie mich verstehen können.«

Seine Stimme klang nicht unfreundlich. Margarete schätzte ihn auf dreißig, vielleicht vierzig Jahre.

»Fräulein von Brühl?«

Sie nickte.

»Na, sehen Sie. Falls Sie sich das fragen: Sie liegen im Universitätskrankenhaus. Es geht Ihnen den Umständen entsprechend gut.« Der Mann lachte leise. »Sie haben Glück gehabt.«

Margarete versuchte, etwas zu sagen, konnte aber nur krächzen.

Der Mann hielt ihr ein Glas Wasser an die Lippen. Sie trank gierig, verschluckte sich, hustete und trank weiter. Danach funktionierte das Sprechen besser. »Mein Assistent ... Karl, wo ist er?«

Der Mann zögerte. »Dazu kann ich Ihnen nichts sagen. Ich werde mich erkundigen. Wie war noch mal der Name?«

»Karl Leitner. Er war mit mir im Labor, als ... es passierte.« Margarete konnte kaum ein Schluchzen unterdrücken.

Der Mann brummte. »Es ist alles noch etwas chaotisch. Die Feuerwehr ist immer noch damit beschäftigt, den Brand zu löschen.«

Endlich wagte Margarete, die Augen zu öffnen. Gleißendes Licht blendete sie, so dass sie anfing, heftig zu blinzeln. Tränen liefen ihr über die Wangen. »Wasser kann den Brand nicht löschen. Es ist das Uran, das brennt. Sie sollen es mit Sand versuchen.« Sie kniff die Augen einen Moment lang zusammen, dann öffnete sie sie wieder.

Langsam zeichneten sich die Konturen eines kleinen Zimmers ab. Es war ein typisches Krankenhauszimmer. Sie lag in einem Bett, das in der Nähe der einzigen Tür stand. Links von ihr stand ein zweites Bett, dazwischen sollte ein Vorhang für Privatsphäre sorgen. Das andere Bett schien jedoch ohnehin leer zu sein. Margarete drehte den Kopf nach rechts. Dort saß der Mann, mit dem sie gesprochen hatte, auf einem Stuhl. Er trug einen weißen Kittel und hatte einen ungepflegten Bart. In den Händen hielt er ein Klemmbrett. Mit der Schätzung seines Alters schien sie ungefähr richtig gelegen zu haben. »Wie ist Ihr Name?«

Der Mann setzte ein Lächeln auf. »Doktor Schlenk, ich bin hier der Oberarzt. Ich werde mich um Sie kümmern. Aber wie ich sehe, geht es Ihnen schon viel besser, was mich außerordentlich freut.«

»Was ist eigentlich passiert?«, fragte Margarete.

»Man sagte mir, es habe eine Explosion gegeben. Aber wenn Sie wissen wollen, wie es dazu kam, dann fragen Sie den Falschen.« Der Mann zuckte mit den Schultern und schüttelte den Kopf. »Davon verstehe ich nichts. Ich weiß aber, dass die Gestapo Ermittlungen eingeleitet hat. Die Herren waren schon vor einigen Stunden hier, um mit Ihnen zu reden.« Er lächelte. »Ich habe Sie nicht eingelassen. Wer mit meinen Patienten sprechen will, der muss erst an mir vorbei. Und das erlaube ich nur, wenn es Ihnen wieder besser geht.«

Margarete legte die Stirn in Falten. »Ich erinnere mich an ... Blasen. Es sind Blasen aus der Maschine ausgetreten. Es muss irgendwo ein Leck gegeben haben. Ja, das könnte es sein. Ein Leck ... Dadurch ist Wasser in die Maschine eingetreten und verdampft. Und als Karl dann ...« Sie stockte. Auf keinen Fall wollte sie den Verdacht auf Karl lenken. Sicher, seine Idee, die Maschine aus dem Becken zu heben, war schlecht gewesen. Möglicherweise sogar verheerend. Aber woher hätte er das wissen sollen? Sie schüttelte den Kopf. »Ich ... ich kann mich nicht erinnern. In meinem Kopf herrscht ein großes Durcheinander.«

Der Arzt nickte. »Keine Sorge. Das wird schon wieder. Ich bin immer in Ihrer Nähe.«

Margarete seufzte. Tausend Fragen hämmerten in ihrem Kopf. Wieso ermittelte die Gestapo, was wollte die Polizei von ihr? Wurde sie etwa verdächtigt? Hatte sie etwas falsch gemacht? War sie verantwortlich für diesen Albtraum? Und wo war Karl? Ging es ihm gut?

Schlenk räusperte sich und nickte dann. »Ich würde gern noch den Vater darüber informieren, dass Sie hier sind. Können Sie mir den Namen nennen?«

Margarete zuckte zusammen. Sie überlegte, was ihr Vater gesagt hätte, wenn er von dieser Angelegenheit erfahren hätte. Er hätte sie wohl nur angeschaut wie ein kleines Mädchen, und mit dem Kopf geschüttelt. »Mein Vater ist vor acht Jahren verstorben. Sie brauchen ihn also nicht mehr zu informieren.«

Schlenk lächelte. »Ich meinte den Vater Ihres Kindes.«

»Ich habe kein Kind.«

Die Augen des Arztes weiteten sich. »Sie wissen es nicht?« Er zögerte, dann blickte er ihr fest in die Augen. »Sie sind schwanger. Ich gratuliere.«

Wilhelms Blick ruhte auf den Modellautos aus Metall, die in einer Glasvitrine in Finks Dienststube standen. Ihr Detailgrad beeindruckte ihn. Er erkannte die Fahrzeuge wieder, die er und seine Männer täglich benutzten. Den Wagen mit der Drehleiter und das schwere Löschgruppenfahrzeug, beide tannengrün lackiert. Bei der Vorstellung, diese winzigen Modelle in mühsamer Handarbeit zusammenkleben zu müssen, brach Wilhelm der Schweiß aus.

Die letzten Stunden kamen ihm wie ein böser Traum vor, und er war immer noch nicht daraus erwacht. Irgendjemand hatte ihn in der vergangenen Nacht wohl aus dem

brennenden Labor gezogen, nachdem er zusammengebro-
chen war. Er konnte sich erinnern, auf einer Trage aufgewacht zu sein. Er hatte in Müllers besorgtes Gesicht ge-
blickt und sich einige Sekunden lang gefragt, wo er war.
Dann war die Erinnerung wie ein Schock zurückgekehrt.
Er war aufgesprungen, hatte wegen der Schmerzen in seiner Schulter aufgebrüllt, Müller zur Seite geschoben und
war losgehumpelt, zurück in das brennende Labor. Er hatte
den Namen seines Sohns geschrien, dann war er erneut
gestürzt. Müller war gleich wieder bei ihm gewesen. »Wir
bringen dich jetzt erst mal nach Hause, Willi. Morgen
kannst du dich verabschieden.«

Als Müllers Wagen endlich am Rundling gehalten hatte,
war Wilhelm in apathisches Schweigen verfallen. Sein
Kopf war leer. Vielleicht hatte ihm jemand ein Schmerz-
mittel gegeben, er konnte jedenfalls keinen klaren Gedanken fassen.

»Ich bringe dich noch hoch«, sagte Müller.

Jemand hatte Anna angerufen, Idas Schwester. Wilhelm
hatte sich nie sonderlich für sie interessiert, für ihn war sie
eine mausgraue Person, die halt nun mal da war. Anna erwartete ihn mit verheultem Gesicht in der Wohnungstür.
Sie hatte Ida bereits ins Bett gebracht. Als Wilhelm im Flur
stand und Müller ihm den Mantel abnehmen wollte,
schlug er Müllers Arm zur Seite.

Müller schüttelte den Kopf und sagte: »Seine ... Er
kommt in die Gerichtsmedizin. Du kannst morgen zu
ihm.« Er sah Wilhelm an. Seine Mundwinkel zuckten.
»Wenn du willst, komme ich mit.« Dann nickte er Anna zu
und verschwand durch die Wohnungstür, nur um auf dem
Absatz kehrtzumachen. »Du solltest dich morgen unbedingt bei Fink melden, Willi.«

Wenig später saß Anna Wilhelm gegenüber am Küchentisch. »Du musst es ihr sagen.«

Er stützte die Ellbogen auf die Tischplatte und musterte die vielen kleinen Kratzer und Kerben darin. Stumm schüttelte er den Kopf. Ein Teil von ihm, ein hässlicher Teil, den er schon lange hinter sich gelassen glaubte, wünschte sich nichts mehr, als aus dem Haus zu rennen und sich zu besaufen. Er seufzte.

»Ich lege mich einen Moment lang hin«, sagte Anna und ging ins Wohnzimmer.

Wilhelms Blick folgte weiter den wirren Furchen auf der Tischplatte. Es war eine trostlose Nacht, und irgendwann fielen die ersten rötlichen Sonnenstrahlen in die Küche.

Das war nicht mal eine Stunde her. Wilhelm hatte auf seine Taschenuhr geschaut. Die Frühschicht musste schon im Dienst sein. Er hatte Ida geweckt, gewaschen und gefüttert, dann hatte er die Wohnung verlassen, war zu seinem Wagen gegangen und auf die Wache gefahren. Bevor er irgendjemanden fragen konnte, wo Karl jetzt lag, hatte ihn der Bengel vom Vortag in Finks Stube gelotst. Kopfschüttelnd hatte Wilhelm sich gefügt.

Jetzt stand er in Finks Büro auf dem dicken Teppich, der alle Geräusche schluckte, und fühlte bis auf ein dumpfes Pochen in der Schulter gar nichts mehr. Es war so still, dass er nicht sicher war, ob er nicht vielleicht taub geworden war. Er tippte mit einem Finger gegen das Glas der Vitrine, in der die Modelle standen. Das trockene Geräusch, das an sein Ohr drang, beruhigte ihn und machte ihm gleichzeitig Angst. Das alles war real. Er spürte, dass Fink ihn anstarrte.

»Beeindruckend, nicht wahr? Diese Detailtreue, diese Perfektion. Es dauert Wochen und Monate, ein so präzises

Modell zu bauen.« Fink war hinter seinem Schreibtisch hervorgekommen und hatte sich hinter Wilhelm gestellt. »Das sollten Sie auch mal probieren, Leitner. Es beruhigt das Temperament.«

Wilhelm drehte sich zu seinem Vorgesetzten um, nickte, verzog aber keine Miene. »Aber deswegen haben Sie mich nicht hergerufen.«

Hauptmann Fink lächelte und strich mit der Hand über den Ärmel seiner tadellos sitzenden Uniform. Dann sah er Wilhelm an. »Sehen Sie, das schätze ich an Ihnen, Leitner. Immer geradeaus. Immer ehrlich.«

»Kommen Sie zur Sache.«

»Wir müssen uns von Ihnen trennen, Leitner.«

Das war noch nicht mal eine Überraschung, und trotzdem fühlte sich Wilhelm so, als hätte ihm jemand in den Bauch getreten. Er spürte, dass er kurz davor war, etwas Unüberlegtes zu sagen, und biss die Zähne aufeinander. Mit einem Mal wurde ihm klar, dass er dabei war, innerhalb von zwölf Stunden beinahe alles zu verlieren. Erst seinen Sohn und nun auch noch seine Anstellung. Wie sollte er für Ida sorgen, wenn er keinen Lohn mehr bekam?

Von irgendwo weit weg hörte er, dass Fink noch mit ihm sprach: »… haben uns gute Dienste geleistet. Aber die Zeiten haben sich nun mal geändert …«

Wovon sollten sie leben? Vielleicht wäre es am besten, die Stadt zu verlassen und zu seinen Eltern aufs Land zu gehen. Dort konnte man immerhin die Kartoffeln essen, die im eigenen Garten wuchsen.

Immer noch sprach Fink mit monotoner Stimme: »… das sicher verstehen. Unbedingter Gehorsam ist oberste Pflicht. Ein Mann mit Ihrer Erfahrung …«

»Das geht nicht.« Wilhelm war aus seinen Gedanken erwacht. »Ich brauche das Geld. Sie können mich nicht feuern.«

Fink lächelte und schüttelte den Kopf. »Leitner, der Entschluss ist gefallen. Ich würde ja sagen, dass es mir leid für Sie tut, aber das wäre gelogen.« Das Lächeln verschwand. »Jemanden wie Sie hätte man nie in den Dienst am Reich lassen dürfen. Sie sind eine Schande für unsere Einheit.«

Wilhelm spürte, wie Zorn in ihm aufwallte. »Ich habe jeden Tag meinen Arsch aufs Spiel gesetzt für diese Einheit, und Sie wissen das!« Wilhelm kniff die Augenbrauen zusammen. »Ich will ehrlich mit Ihnen sein: Ich teile nicht alle Ideale, die die Partei uns vorgibt. Aber ich bin ein guter Feuerwehrmann. Immer gewesen …« Er wusste nicht weiter. Fink hatte sein Lächeln wieder aufgesetzt. Mit einem Mal wurde Wilhelm klar, dass er seinen Vorgesetzten nicht überzeugen würde. Er machte sich nur lächerlich.

»Mit Ehrlichkeit kommt man heutzutage nicht weit, Leitner. Und mit Idealen auch nicht.« Wieder verschwand das Lächeln so plötzlich, wie es gekommen war. »Verlassen Sie meine Wache. Sofort.«

Wilhelm schüttelte den Kopf. Er wollte noch etwas erwidern, biss sich jedoch auf die Zunge. Er hatte sich zu Genüge selbst erniedrigt. Mit solchen Menschen konnte man nicht reden. Er ging auf die Tür zu, die auf den Korridor führte.

Dann hörte er Finks Stimme hinter sich. »Mein Beileid zu der Sache mit Ihrem Sohn. Mir wurde gesagt, dass er ein freundlicher junger Mann war. Etwas wunderlich vielleicht …«

Wilhelm blieb abrupt stehen. Sein Körper straffte sich, sein Blick wurde wieder klar. Er drehte sich um, ohne ein

Wort zu sagen, und ging an Fink vorbei zu der Glasvitrine. Mit beiden Händen packte er das Möbelstück, in dem die bescheuerten Modellautos standen, und kippte es um. Mit einem gewaltigen Scheppern donnerte es auf den Parkettboden.

Fink legte stumm den Kopf in den Nacken, dann sah er Wilhelm an. Langsam zog er seine Pistole aus dem Holster und richtete sie auf Wilhelm. »Das war ein Fehler, Leitner.«

Der Arzt hatte das Zimmer schon vor einiger Zeit verlassen, doch Margarete lag noch immer wie versteinert auf dem Krankenbett und starrte an die Decke.

Schwanger?

Auf einmal ergab alles Sinn: die morgendliche Übelkeit, die Mattigkeit und das Ausbleiben ihrer Tage. Sie hatte es nicht wahrhaben wollen. Sie war schwanger, und das als unverheiratete Frau. Gut, dass ihre Eltern das nicht mehr erleben mussten. Der Gedanke ließ sie laut auflachen. Die plötzliche Bewegung verursachte ihr Schmerzen, doch sie konnte nicht anders. Die Situation war einfach zu absurd. Wie hatte ihr das passieren können? Sie erwartete ein Kind von Karl, und der Staat wusste davon. Es war offiziell, aktenkundig. Dr. Margarete von Brühl, unverheiratete Mutter, würde es in Zukunft heißen. Es sei denn … Margarete lachte erneut auf. Es sei denn, sie heiratete Karl. Sie ertappte sich dabei, wie sie mit dem Kopf schüttelte.

Sie war nicht mehr Herrin der Lage, ihre Gedanken überschlugen sich. Eins nach dem anderen. Wie sollte es nun weitergehen? Sie musste herausfinden, wie es Karl ging, und ihm von dem Kind erzählen. Das war das Wichtigste. Danach würde sie sich um die Aufräumarbeiten im

Labor kümmern und um die Ursachenforschung. Offenbar war eine der vielen Schweißnähte an der Außenhülle der Maschine undicht geworden. Irgendjemand musste beim Zusammenbau der Uranmaschine gepfuscht haben. Und sie würde denjenigen finden. Aber erst mal musste sie hier raus.

Sie biss die Zähne zusammen und richtete ihren Oberkörper auf. Eine neue Welle aus Schmerzen überrollte sie, doch Margarete ließ in ihrer Anstrengung nicht nach. Schließlich schaffte sie es, sich mit den Händen abzustützen und aufrecht im Bett zu sitzen. Das Zimmer drehte sich vor ihren Augen, als sie sich umblickte. Sie blinzelte mehrmals, dann schlug sie die Bettdecke zur Seite und schwang die Beine über die Bettkante.

Als sie ihr Gewicht auf die Füße verlagerte, sackte sie zusammen. Ihre Muskeln gehorchten ihr nicht, sie ging in die Knie und schlug mit den Armen auf das grüne Linoleum. Mühsam rappelte sie sich auf, drückte sich Stück für Stück nach oben, bis es ihr gelang, einen Fuß auf den Boden zu setzen und sich am Bett hochzuziehen. Wackelig lehnte sie an der Bettkante, die eine Hand krallte sich in das Laken, die andere tastete nach der Zimmerwand, um sich abzustützen. Die ersten Schritte waren die Hölle, doch danach wurde es besser. Langsam bewegte sie sich auf die Zimmertür zu, wobei sie die Arme zu den Seiten ausstreckte, um ihr Gleichgewicht zu halten. Als sie die Zimmertür erreicht hatte, lehnte sie sich dagegen und lauschte. Sie konnte nichts hören, also drückte sie die Klinke herunter und öffnete die Tür.

Auf dem Gang saß ein Uniformierter und blätterte im »Stürmer«. Er ließ die Zeitung sinken und blickte sie fragend an.

»Ich …«, begann Margarete und wusste plötzlich nicht mehr weiter.

Der Uniformierte erhob sich, faltete die Zeitung zusammen und ließ sie auf den Stuhl fallen, auf dem er gesessen hatte. »Sie wünschen?« Margarete konnte sehen, dass er eine Pistole in einem Holster trug.

»Ich wollte mich nach meinem Kollegen erkundigen, Karl Leitner. Können Sie mir sagen, ob er auch in diesem Krankenhaus liegt?«

»Bedaure, ich bin nicht befugt, Ihnen Auskünfte zu erteilen. Ich muss Sie nun bitten, wieder in Ihr Zimmer zu gehen.« Er wies mit dem Arm in Richtung ihrer Zimmertür.

Margarete war zu verwirrt, um sich zu widersetzen. Wie in Trance drehte sie sich um und ging zurück in ihr Zimmer. Der Uniformierte schloss die Tür hinter ihr.

Margarete blickte in den Spiegel, der neben der Tür über einem kleinen Waschbecken hing. Sie war eine Gefangene. Ihre Hände umklammerten den Rand des Waschbeckens und drückten immer fester, bis ihre Knöchel weiß hervortraten. Ihr Gesicht im Spiegel verfärbte sich, wurde immer röter. Wieso wurde sie hier festgehalten? Wurde sie verdächtigt? Dachte die Polizei, dass sie an der Explosion schuld war? Hielt man sie vielleicht für eine Saboteurin? Tränen rollten über ihre Wangen. Plötzlich bemerkte sie, dass sie aufgehört hatte zu atmen. Keuchend schnappte sie nach Luft. Sie spürte, wie ihre Lungen sich vollsogen, dann atmete sie wieder aus. Das hieß, sie versuchte es. Doch es ging nicht. Die Luft wollte nicht aus ihren Lungen entweichen.

Eine Panikattacke, schon wieder! Sie trat einen Schritt zurück und beugte sich tief über das Waschbecken. Dann spitzte sie die Lippen und pustete gegen den Wasserhahn. So hatte sie es als Kind gelernt. »Eins, zwei, drei, vier, fünf …«, zählte sie in ihrem Kopf.

Nach einigen Minuten hatte sich Margaretes Atmung normalisiert. Sie hatte sich gerade auf der Kante ihres Krankenbetts niedergelassen, als jemand energisch an die Tür klopfte und unmittelbar danach eintrat. Es war ein sehr schlanker Mann mit grauen Haaren, der eine graue Uniform unter einem langen Mantel trug. Am linken Arm die Hakenkreuz-Banderole, in den Händen eine Mütze.

»Gestatten, Schander, Kriminalrat. Ich grüße Sie, Fräulein von Brühl.« Der Mann hielt ihr eine Hand hin, die in einem schwarzen Lederhandschuh steckte.

Margarete erkannte den Mann und ein Schauer jagte ihren Rücken hinunter. Das magere Gesicht mit der dünnen Haut, die wie Papier wirkte, die Handschuhe. Das war der Gestapooffizier, den Professor Braun vorgestern durch das Labor geführt hatte. Ohne wirklich zu merken, was sie tat, ergriff sie Schanders Hand. Sein Händedruck war seltsam kraftlos, so als mäße der Polizist ihm keine Bedeutung zu.

Er setzte sich auf den Stuhl, auf dem vorher der Arzt gesessen hatte, und musterte sie.

Margarete schlang ihre Arme um den Oberkörper. »Kann ich Ihnen helfen?«, fragte sie und zog den Saum ihres Nachthemds über die Knie nach unten.

Schander lächelte. »Vielleicht erinnern Sie sich an mich, wir wurden uns neulich vorgestellt. Es hat mich sehr betrübt zu erfahren, was Ihnen widerfahren ist. Ich hoffe, es geht Ihnen den Umständen entsprechend gut.«

Margarete nickte. »Danke.«

»Ich muss Ihnen einige Fragen stellen.«

»Natürlich.«

Margarete hatte erwartet, dass Schander einen Notizblock hervorholen würde, doch er faltete lediglich die behandschuhten Hände in seinem Schoß. »Was ist Ihrer Meinung nach gestern Nacht passiert? Beschreiben Sie die Geschehnisse aus Ihrer Sicht bitte so genau wie möglich.«

Margarete zögerte. Verdächtigte Schander sie? Sie musste ihre Worte vorsichtig wählen. »Wir haben einen Messdurchlauf mit der Uranmaschine vorgenommen. Hat der Professor Ihnen erklärt, worum es dabei geht?«

»Ja, ja. Nur weiter.«

»Es lief alles nach Plan, bis plötzlich Blasen aus der Maschine austraten. Wir haben dann versucht, die Kettenreaktion zu stoppen ...«

Schander unterbrach sie. »Mit ›wir‹ meinen Sie ...«

»Meinen Assistenten und mich. Karl Leitner. Wissen Sie etwas über ihn?«

Schander schüttelte den Kopf. »Erzählen Sie weiter.«

Margarete überlegte. Wenn sie beschrieb, dass Karl die Maschine aus dem Becken gehoben hatte, würde es womöglich so aussehen, als sei er schuld an dem Unfall. »Wir versuchten, die Neutronenquelle aus der Maschine zu entfernen. Wenn keine weiteren Neutronen auf das Uran treffen, kommt die Kettenreaktion zum Erliegen. Das hätte die Maschine abgekühlt. Es ging jedoch alles viel zu schnell. Wir wollten uns gerade in Sicherheit bringen, als sie explodierte.«

»Haben Sie irgendetwas bemerkt, als Sie gestern in das Labor kamen? War etwas anders als sonst?«

Margarete dachte einen Moment lang nach, dann zuckte sie mit den Schultern. »Mir ist nichts aufgefallen. Ich denke, es war alles so, wie ich es zurückgelassen hatte.«

Schander nickte. »Hatte außer Ihnen sonst noch jemand Zugang zu dem Gebäude?«

»Neben mir und Professor Braun haben noch drei weitere Institutsmitarbeiter einen Schlüssel für die Versuchshalle. Das sind Dr. Gernlich, Dr. Hold und Prof. Haber.«

»Was ist mit Ihrem Assistenten, Karl ...«

»Leitner«, unterbrach Margarete ihr Gegenüber. »Was soll mit ihm sein?«

Schander zog eine Augenbraue hoch.

Margarete erschrak. Sie durfte sich nicht anmerken lassen, dass sie ihm etwas verheimlichte. Sie musste ruhig wirken. »Er ist noch nicht so lang bei uns, aber er ist sehr tüchtig. Er hilft bei den Messungen. Es ist sehr umständlich, die Messstäbe einzuführen und wieder aus der Maschine zu holen. Man muss auf das Gerüst klettern ...«

Schander runzelte die Stirn und nickte langsam. »Wo war Professor Braun in der letzten Nacht, haben Sie ihn im Institut gesehen?«

»Er ist verreist, vorgestern schon.«

»Hat er gesagt, wohin?«

»Nein. Ich war sehr überrascht, dass er so plötzlich aufbrach. Und das ausgerechnet so kurz vor dem Durchbruch!«

Schander blickte auf. »Durchbruch?«

»Hat Ihnen der Professor denn nicht davon berichtet? Wir arbeiten schon seit Jahren daran, die Uranmaschine zum Laufen zu bringen, und vorgestern sah es zum ersten Mal so aus, als wäre uns ein entscheidender Schritt gelungen. Aber jetzt ist alles hin.«

Schander musterte sie aufmerksam. Eine Pause entstand.

Margarete räusperte sich. »Ich würde gern einige Verwandte informieren. Könnte ich wohl unten im Foyer einige Anrufe tätigen?«

»Das kann ich leider nicht erlauben.« Schander erhob sich. »Ärzte, Sie wissen schon. Sie wollen erst einmal abwarten, bis es Ihnen wieder besser geht. Man ist besorgt um Ihre Gesundheit, Sie verstehen ...«

Margarete verstand genau. Der freundliche Arzt, der sie vorher besucht hatte, hatte nicht so gewirkt, als würde er ihr einen Anruf verwehren. Nein, die Gestapo steckte hinter dieser Vorgabe. Schander wollte nicht, dass sie telefonierte.

Der junge Mann kam ihr wieder in den Sinn, von dem ihre Vermieterin erzählt hatte. Er hatte eine Woche lang in einem Foltergefängnis der Gestapo verbracht, wegen irgendeiner Lappalie. Als er wieder nach Hause kam, hatte er zwei gebrochene Beine gehabt. Noch immer ging er an Krücken. Margarete konnte sich nicht mehr erinnern, was ihm vorgeworfen wurde. Aber sie wusste noch, dass sie die Vorwürfe lachhaft gefunden hatte. War sie jetzt auch ins Fadenkreuz der Gestapo geraten?

Wenn sie doch nur Onkel Albrecht anrufen könnte! Er würde schon wissen, was in einer solchen Situation zu tun wäre. Schließlich verkehrte er in den angesehensten Kreisen. Womöglich saß er just in diesem Moment am fein gedeckten Tisch irgendeines Nobelrestaurants und aß mit dem Chef der Gestapo zu Mittag. Oder mit dem Reichsminister für Sicherheit.

Schander riss sie aus ihren Gedanken. »Danke für Ihre Zeit.« Er wandte sich um und verließ das Zimmer.

Margaretes Blick ruhte noch auf der weiß lackierten Tür, lange nachdem Schander sie hinter sich geschlossen und der Schlüssel sich mehrmals im Schloss gedreht hatte.

Sie würde nicht abwarten, bis man ihr erlaubte zu gehen. Etwas in Schanders Blick hatte Margarete eine Gänsehaut bereitet. Sie war in Gefahr.

Ihr Blick fiel auf das Fenster. Sie musste an ein Telefon kommen. Und dafür musste sie hier raus.

Schander verließ das Krankenzimmer und betrat den Korridor. Er wurde bereits von Kommissar Ricken erwartet. Sein Assistent lehnte sich über die Schulter des Wachmanns, der auf dem Gang saß, und versuchte, in der Zeitung zu lesen, die dieser hielt. Als die beiden Uniformierten hörten, wie die Tür ins Schloss fiel, beeilten sie sich, Haltung anzunehmen und vor Schander zu salutieren.

Er nickte ihnen zu und wandte sich an den Wachmann: »Lassen Sie Fräulein von Brühl nicht aus den Augen. Kein Besuch, kein Ausgang. Nicht mal auf die Toilette. Sie soll den Nachttopf benutzen.«

Der Wachmann schlug die Hacken zusammen und salutierte erneut. »Jawohl, Herr Kriminalrat!«

Schander bedeutete Ricken mit einer Kopfbewegung, ihm zu folgen. »Ich brauche ein Telefon.« Am Ende des Gangs hatte er ein kleines verglastes Büro gesehen, in dem normalerweise die Schwestern sich aufhielten. Es war geräumt worden, als die Gestapo die Etage übernommen hatte. Dort würde er finden, was er suchte.

Während sie den Gang entlanggingen, sprach Schander weiter: »Von Brühl scheint ahnungslos zu sein, aber ich will kein Risiko eingehen. Sie soll unverzüglich in unsere eigenen Räumlichkeiten überführt werden. Einzelhaft. Wenn die Ärzte Einwände erheben, grüßen Sie sie bitte von mir.« Er sah zu Ricken hinüber, um sicherzugehen, dass er alles verstanden hatte.

Ricken nickte heftig. »Verstanden.«

»Ich werde Professor Braun fragen, ob er von Brühl noch braucht«, fuhr Schander fort. »Ich informiere Sie dann.« Er blieb stehen und sah Ricken direkt in die Augen. »Sie wissen, was zu tun ist, falls wir sie nicht mehr benötigen.«

Ricken nickte erneut, dann kniff er die Augen zusammen und zog eine groteske Grimasse. Er legte den Kopf in den Nacken und nieste mehrmals hintereinander in beide Handflächen. Lautstark zog er die Nase hoch, dann wischte er sich die Hände an seinen Hosenbeinen ab.

Schander blickte ihn angewidert an und trat einen Schritt zur Seite.

»Verzeihen Sie, der Heuschnupfen«, sagte Ricken.

Schander schüttelte den Kopf und ging weiter den Flur entlang.

Ricken folgte.

»Es hat den Anschein, als sei die Explosion lediglich ein Unfall gewesen«, sagte Schander, obwohl er davon alles andere als überzeugt war. Aber das würde er niemandem verraten. Er würde seine eigenen Nachforschungen anstellen, damit war er immer am besten gefahren. »Ich möchte, dass das gesamte Institutsgelände abgeriegelt wird. Achten Sie darauf, dass nur noch unsere Leute Zugang bekommen. Ich will keine Schupos mehr sehen, die in meinem Institut herumstöbern.«

Ricken nickte. »Verstanden.«

»Sie wissen, was auf dem Spiel steht.«

»Selbstverständlich.«

Sie kamen zu dem kleinen Büro, in dem zwei Schwestern offenbar ihre Pause verbracht hatten, bevor die Gestapos sie verscheucht hatten. Auf dem Tisch standen zwei

Becher mit kaltem Getreidekaffee sowie ein Teller mit halbierten Radieschen, die mittlerweile trocken und verschrumpelt waren. Schander setzte sich auf einen Stuhl und scheuchte Ricken mit einer Handbewegung aus dem Raum. Er wartete, bis sein Assistent die Tür hinter sich geschlossen hatte, dann ergriff er den Hörer des beigefarbenen Telefons.

Nachdem er verbunden worden war, meldete sich eine energische Stimme: »Truppenübungsplatz Ohrdruf, Feldwebel Bode, wer spricht?«

Schander sagte in ruhigem Tonfall: »Der Freund soll dem Freunde Freundschaft bewähren.«

Eine kurze Pause entstand. Dann antwortete Bode: »Aber des Feindes Freunden soll niemand sich gewogen erweisen.«

»Ist Braun bei Ihnen angekommen?«

»Letzte Nacht schon. Ich hole ihn.«

»Tun Sie das.« Einige Minuten vergingen. Schander massierte seine juckenden Finger durch die schwarzen Lederhandschuhe. Braun war in Ohrdruf, das war gut. Der Professor hatte sich also nicht abgesetzt. Vielleicht war die Explosion wirklich nur ein Unfall gewesen.

»Hier Braun«, tönte es schließlich aus dem Hörer.

»Braun, hier Schander. Es hat einige kleinere Komplikationen gegeben …«, begann er, brach dann jedoch ab, um Brauns Reaktion abzuwarten.

»Komplikationen? Was meinen Sie damit?«

Brauns Stimme klang überrascht. Überrascht und leicht genervt, fand Schander, so als sei er gerade sehr beschäftigt gewesen und ärgere sich über die Störung. Schander war einigermaßen beruhigt. Hätte der Professor etwas mit der Explosion zu tun gehabt, dann hätte seine Reaktion wohl anders geklungen, ängstlicher. Braun war kein großer Schauspieler. Schander glaubte nicht, dass der Professor ihm etwas vormachen konnte. »Ihre Maschine ist in die Luft geflogen«, sagte er.

Der Professor stammelte: »Die Maschine ... Sie meinen die Uranmaschine? Aber, das ist eine Katastrophe! Wie konnte das passieren? Ist jemandem etwas zugestoßen? Wie geht es Fräulein von Brühl?«

»Den Umständen entsprechend. Sind Sie sicher, dass sie nichts ahnt?«

»Ich ... Also, ja, absolut«, sagte Braun. »Sie ist sehr beschäftigt mit den Messungen zur Neutronenvermehrung. Sie kann momentan an gar nichts anderes denken.«

»Nun, in diesem Labor wird so schnell niemand mehr Messungen durchführen«, sagte Schander. Immer noch nagten Zweifel an ihm. Konnte diese Explosion so kurz vor dem Abschluss der Operation wirklich ein Zufall sein? Er würde wegen des Fräuleins kein Risiko eingehen, sondern sie schleunigst loswerden. Darum würde er sich persönlich kümmern.

»Hören Sie, Braun. Wir haben hier eine Menge Aufmerksamkeit, die mir nicht gefällt. Halb Leipzig rennt gerade über das Institutsgelände. Ich gehe doch richtig in der Annahme, dass Sie alle Aufzeichnungen, die mit der Operation in Zusammenhang stehen, mit sich führen, Braun? Kann ich mich darauf verlassen, dass Ihr Büro in Leipzig sauber ist?«

»Selbstverständlich!«

»Wie laufen die Vorbereitungen in Ohrdruf?«

»Alles planmäßig. Morgen bei Sonnenaufgang können wir mit dem Test beginnen.«

»Gut. Ich breche noch heute Abend auf.« Schander legte den Hörer auf die Gabel. Das Gespräch hatte nicht zu seiner Beruhigung beigetragen. Wenn der Professor nichts mit der Explosion zu tun hatte, wer war dann dafür verantwortlich? Oder war alles doch nur ein großer Zufall?

Schander glaubte nicht an Zufälle.

Er verließ das Büro und winkte Ricken zu sich.

Wilhelm ließ zum tausendsten Mal den Blick durch die winzige Arrestzelle im Keller der Feuerwache schweifen, in der er seit vielleicht zwei Stunden hockte. Der Eimer, der neben der nackten Holzpritsche stand, stank wie der Arsch eines Straßenköters. Die massive Tür, die hinter ihm ins Schloss gefallen war, hatte sich nicht wieder geöffnet. Gleiches galt für die beiden schmalen Schlitze darin, einer auf Augenhöhe und einer auf Höhe des Bodens.

Wilhelm war mit seinen Gedanken allein, wie so oft in letzter Zeit. Seine Schulter pochte. Er musste die Wunde dringend einem Arzt zeigen, sonst würde er sich eine Blutvergiftung holen. Er hatte es in der letzten Nacht gerade so geschafft, sie ein wenig auszuspülen.

Nein, Wilhelm war nicht auf die Wache gefahren, um sich bei Fink oder Türauf zu entschuldigen. Er hatte lediglich herausfinden wollen, wo Karl hingebracht worden war. Bei dem Gedanken an seinen Sohn verkrampften sich seine Hände. Er spürte, wie die dumpfe Trauer nach und nach einem schärferen Gefühl wich. Zorn. Wilhelm konnte fühlen, wie er in der Magengegend rumorte und dafür sorgte, dass sich seine Nackenhaare aufstellten. Irgendjemand musste für den Unfall verantwortlich sein. Wilhelm hatte auch eine Idee, wer das sein könnte. Diese Forscherin, diese Brühl. Sie hatte den Versuch geleitet. Ihr würde er als Erstes einen Besuch abstatten.

Aber vorher wollte er sich von Karl verabschieden und

Ida die Gelegenheit geben, dasselbe zu tun. Dafür musste er ihr jedoch erst vom Tod ihres Sohns berichten.

Und dafür musste er hier raus.

»He, jemand da? Wärter!« Wilhelm lauschte. Keine Antwort, nicht einmal Schritte auf dem Gang.

Wieder schrie er in die Stille: »Hallo? Hört mich jemand? Hallo!«

Eine Tür quietschte, dann ertönten harte Schritte auf dem Korridor. Wilhelm erkannte das Geräusch, das Stiefel auf Beton machen. Der Sichtschlitz in der Tür öffnete sich, dahinter erschien ein Gesicht. Wilhelm erkannte es sofort. Es war der junge Mann, der ihn gestern Abend zu Finks Büro zitiert hatte. Ziemlich schmächtig, pickliges Gesicht.

»Sie wünschen?« In der Stimme des Jungen lag Nervosität. Er versuchte mit aller Macht, einen entschlossenen Gesichtsausdruck aufzusetzen. Wilhelm schöpfte Hoffnung.

Er stand auf, klopfte seine Uniform ab und strich sie glatt. »Ich wünsche, sofort entlassen zu werden. Es ist nicht rechtens, mich hier festzuhalten, und das weißt du auch. Mach die Tür auf, dann lege ich ein gutes Wort für dich ein, wenn dieser Fall von der Aufsicht aufgerollt wird.«

Der Grünschnabel kniff die Augen zusammen und schüttelte den Kopf. »Ich habe meine Befehle direkt vom Hauptmann. Alles Weitere können Sie mit ihm besprechen, wenn Sie entlassen werden.«

Wilhelm schnaubte. Einen Versuch war es wert gewesen. »Hast du wenigstens eine Zigarette?«

»Bedaure, ich rauche nicht.«

»Ich auch nicht, wie es scheint.« Wilhelm ließ sich wieder auf die Pritsche fallen und starrte die gegenüberliegende Wand an.

Nach einer Weile räusperte sich der Junge. »Darf ich fragen, warum Sie sich in diese Lage gebracht haben?«

»Weil ich Prinzipien habe.« Wilhelm starrte den Jungen an. Wieder entstand eine Pause. »Wie alt bist du?«

»Einundzwanzig, Herr Oberwachtmeister.«

Wilhelm nickte. »Weißt du, mein Sohn war siebenundzwanzig, als er starb. Das ist keine zwölf Stunden her.«

Der Junge riss die Augen auf. »Das tut mir leid. Wie ist er gestorben? Also, wenn Sie die Frage gestatten. War er an der Front?«

»Nein. Hier in Leipzig.«

»Dann war er … krank?«

Wilhelm schnaubte. »Karl war ständig krank. Aber das hat ihn nicht umgebracht.«

»Ein Unfall?«, fragte der Junge.

»Kann sein«, sagte Wilhelm. »Ja, vielleicht war es nur ein Unfall.«

»Sie sind sich nicht sicher?«

Wilhelm sah ihn direkt an. »Ich werde es herausfinden. Aber dafür muss ich hier raus.«

»Was … was würden Sie tun, wenn jemand … wenn ihn jemand ermordet hätte?«

»Ich weiß nicht.« Und das stimmte auch. Was würde er tun, wenn er herausfand, dass diese Brühl Karl auf dem Gewissen hatte? Vielleicht hatte sie ihre eigene Maschine sabotiert, oder sie hatte einfach nur Mist gebaut.

»Ich weiß, was ich tun würde«, sagte der Junge, formte mit den Fingern seiner rechten Hand eine Pistole und zielte damit auf Wilhelm. »Übrigens, Ihre Schulter sieht überhaupt nicht gut aus. Das sollte sich mal ein Arzt ansehen.«

Wilhelm setzte ein schiefes Grinsen auf, doch bevor er

etwas sagen konnte, schloss der Junge den Sichtschlitz. Wilhelm konnte hören, wie sich die Stiefelschritte entfernten.

Er war wieder allein mit seinen Gedanken. Es tat gut, ein Ziel vor Augen zu haben. Zuerst musste er aus dieser schäbigen Zelle kommen. Und dann würde er sich um diese Brühl kümmern. Aber wie sollte er dann weitermachen? Wovon sollten Ida und er leben? Ohne seinen Lohn würden sie sich die Miete im Rundling nicht leisten können. Vielleicht würde er doch mit Ida aufs Land ziehen müssen, zu seinen Eltern. Langsam fing der Gedanke an, ihm zu gefallen. Ehrliche Arbeit auf dem Feld, keine Vorgesetzten, die idiotische Befehle erteilten. Ein Leben von der Hand in den Mund. Viel frische Luft. Das würde Ida gefallen.

Das Schloss der Zellentür knirschte und Wilhelm schreckte auf. Der Junge steckte den Kopf durch den Türspalt. »Sie können gehen, Herr Oberwachtmeister. Ich habe Hauptmann Fink von Ihrer Schulterverletzung berichtet. Er sagt, Sie sollen ihm nicht seine Zelle vollbluten. Und er will Sie hier nie mehr sehen.«

Wilhelm rappelte sich hoch und ächzte, als der Schmerz seine Schulter durchzuckte. »Danke, Junge.« Der Raum begann, sich vor seinen Augen zu drehen. Einen Moment hatte er das Gefühl, sich übergeben zu müssen. Zweimal atmete er tief ein und aus, dann folgte er dem Jungen mit wankenden Schritten.

Als Wilhelm schließlich mit dem Grünschnabel auf dem spärlich beleuchteten Korridor stand, reichte der Junge ihm seinen Gürtel, an dem die Axt und die Gasmaske hingen. Außerdem das Lederetui mit dem Notnagel, der ihm einen Tag zuvor noch das Leben gerettet hatte. Wilhelm zog einen Mundwinkel nach oben. Das war ein heißer Ritt gewesen.

»Danke.« Er nickte dem Grünschnabel zu. »Bist ein guter Junge.« Dann ging er an dem Jungen vorbei, auf die Treppe zu, die hoch ins Erdgeschoss führte. Er begann zu pfeifen. Die Melodie, die Karl am Vortag gepfiffen hatte, ging ihm nicht mehr aus dem Kopf. Er musste unbedingt herausfinden, zu welchem Lied sie gehörte.

»Ich habe gehört, Sie hätten Befehle verweigert.« Die Stimme des Grünschnabels hinter ihm klang auf einmal hart.

Wilhelm blieb stehen. Dann seufzte er und drehte sich um. »Das stimmt, Junge.«

»War es das, was Sie vorhin meinten? Also … mit den Prinzipien?« Der Junge trat von einem Bein auf das andere und hantierte mit den Händen hinter seinem Rücken herum.

»Ich habe immer nur das getan, was ich für richtig hielt«, sagte Wilhelm. »Ich habe Menschen das Leben gerettet. Das ist meine Aufgabe. Das habe ich geschworen, als ich in den Dienst getreten bin. Aber das waren andere Zeiten damals.« Wilhelm schüttelte den Kopf und blickte zu Boden. Als er den Blick wieder hob, erstarrte er.

Der Grünschnabel richtete einen Revolver auf ihn. »Nicht alle hier halten Sie für einen Verräter.« Seine Stimme zitterte. »Meine Mutter wohnt direkt neben dem Haus in Connewitz, in das Sie gestern reingestürmt sind. Sie hat den Brand verschlafen, aber am nächsten Morgen hat sie einen Mordsschreck bekommen, als sie die rauchenden Trümmer gesehen hat.« Ein Lächeln stahl sich auf sein Gesicht. »Wenn Sie nicht so hartnäckig gewesen wären, hätte sich das Feuer ausgebreitet. Und meine Mutter wäre jetzt wahrscheinlich tot.«

Wilhelm atmete hörbar aus. »Ich dachte schon, du willst mich erschießen.«

Der Junge lachte auf. »Ich will Ihnen helfen«, sagte er, ging auf Wilhelm zu und drückte ihm den Revolver in die Hände. »Ich habe mich nach Ihrem Sohn erkundigt. Sie können sich ab drei Uhr heute Nachmittag von ihm verabschieden.«

Margarete zählte im Kopf bis zehn, so wie sie es immer tat, wenn sie sich beruhigen musste. Dann erhob sie sich. Ihre Beine spielten immer noch nicht richtig mit, doch es wurde langsam besser. Mit kleinen Schritten ging sie auf das Fenster zu und zog die halbdurchsichtige Gardine zur Seite.

Sie befand sich zwar ziemlich weit oben, schätzungsweise im fünften Stock, doch immerhin ging ihr Zimmer nach hinten raus, so dass sie vermutlich unbeobachtet hinausschlüpfen konnte. Und sie war schon seit ihrer Kindheit ein ausgezeichneter Kletterer. Direkt neben dem Fenster führte ein Rohr hinab, das Regenwasser vom Dach ableitete. Margarete lächelte. Das würde ihr Weg in die Freiheit sein!

Sie tastete mit der Hand nach der Klinke des Fensters, doch sie fasste ins Leere. Als sie den Blick nach unten wendete, sah sie – nichts. Die Klinke war abmontiert worden, stattdessen zierte den Rahmen lediglich eine rechteckige Metallplatte. Sie würde das Glas einschlagen müssen, um zu entkommen.

Plötzlich flog mit einem Schwung die Zimmertür auf.

Margarete wirbelte herum. Ein Mann in einem weißen Kittel und mit einer Atemschutzmaske über Mund und Nase trat ein. Vor sich her schob er ein weiteres Krankenbett in das Zimmer. Darin lag ein bärtiger Mann, der zu schlafen schien. Wo sollte in diesem engen Zimmer noch Platz für ein drittes Bett sein? Und wieso wurde überhaupt noch jemand in ihre provisorische Arrestzelle gebracht? Wurde diese Person auch verdächtigt? Margarete verschränkte die Arme vor dem Körper und betrachtete den Mann in dem Bett genauer. Er schien kein Krankenhemd zu tragen wie Margarete, sondern eine dunkle Jacke mit Kragen. Es war eine Uniform!

Margarete riss die Augen auf. Vor ihr lag der Wachmann, der bis eben ihre Zimmertür bewacht hatte. Sie blickte den Arzt an, der das Bett hereingeschoben hatte. Er strahlte sie an, aus blauen Augen. Sie kannte diese Augen.

Der Mann war Fritze.

»Was guckste denn so?« Er stemmte die Hände in die Hüften. »Denkste, ick lass dich hier versauern?«

»Fritze, was machst du …?« Margarete zeigte auf den Wachmann in dem Krankenbett. »Ist er …?«

Fritze zog dem Mann die Decke über den Kopf. »Der pennt 'ne Weile.« Dann machte er mit den Armen eine Geste in Richtung von Margaretes Bett. »Darf ick bitten?«

Margarete war zu perplex, um zu protestieren. Sie ging zu ihrem Bett, legte sich auf die Matratze und zog die Decke bis ans Kinn.

Fritze zwinkerte ihr zu, dann gab er dem Metallrahmen des Betts einen Schubs, so dass sie mitsamt ihres fahrbaren Untersatzes in die Mitte des Zimmers rollte. »Jetzt schauen wir erst mal, dass wir hier rauskommen.«

Margarete bekam den Mund nicht mehr zu. »Wie hast du mich gefunden? Woher wusstest du …?«

»Alles zu seiner Zeit, Grete.« Fritze schob das Bett mit dem Wachmann an die Stelle, an der Margaretes Bett gestanden hatte. »Nun leg dich erst mal hin und zieh die Decke übers Gesicht, damit war dich hier unerkannt über den Flur geschoben bekommen.«

»Was ist mit Karl?«

Fritze schüttelte den Kopf. »Ist nicht hier. Komm, wir müssen los. Jetze!«

Margarete zog sich die Decke über das Gesicht. Einen Augenblick später spürte sie, wie Fritze das Bett in Bewegung setzte. Ihr Atem staute sich unter der dünnen Decke, ihr Gesicht fühlte sich heiß und feucht an.

»Und keinen Mucks, hörste? Wenn wir uns verlieren, denn tauchste irgendwo unter, wo dich keiner kennt. Ab jetze geht es um Leben und Tod, verstehste?« Fritzes Stimme klang dumpf durch die Bettdecke.

Was hatte er gerade gesagt? Um Leben und Tod? Der Drang, die Bettdecke zur Seite zu ziehen und Fritze mit Fragen zu löchern, war kaum auszuhalten. Doch Margarete biss sich auf die Lippe und lag wie erstarrt da. Sie traute sich kaum zu atmen.

Das Bett prallte gegen ein Hindernis und erzitterte. Offenbar hatte Fritze Probleme dabei, die Tür zu passieren, die von selbst immer wieder zufiel. Als er diese Hürde endlich hinter sich gelassen hatte, wendete er das Bett nach links. Die Geräusche, die durch die Bettdecke drangen, änderten sich etwas, was vermutlich an der hallenden Raumakustik des nackten Krankenhausflurs lag. Es ging nun immer geradeaus. Fritze legte ein ruhiges, aber stetes Tempo vor. Er wollte wohl um jeden Preis vermeiden aufzufallen.

Dann näherten sich Schritte. Margarete malte sich aus, wie ihnen ein Arzt auf dem Gang entgegenkam. Er musste Fritze nur einmal genau ins Gesicht schauen, um zu merken, dass er nicht zum Personal gehörte! Hatte Fritze sich auf seine Rolle vorbereitet? Soweit Margarete sich erinnern konnte, hatte er kein besonderes medizinisches Fachwissen.

Doch die Schritte wurden wieder leiser. Der Drang, kurz die Decke beiseitezuziehen oder Fritze zu fragen, was dort draußen vor sich ging, wurde übermächtig. Margarete biss sich auf die Unterlippe.

Dann hielten sie an. Für einige Momente tat sich gar nichts. Hatte Fritze irgendetwas bemerkt? Wusste er nicht weiter? Hatte er sich verlaufen? Das war in einem so großen Krankenhaus wie der Universitätsklinik sicher möglich.

Ein leisen Klingeln ertönte, gefolgt von einem mechanischen Geräusch. Dann setzte sich das Bett wieder in Bewegung. Zweimal holperte es leicht, als es über eine Art Schwelle im Boden fuhr, dann stand es wieder still. Erneut ertönte das mechanische Geräusch.

Im nächsten Moment zuckte Margarete zusammen. Sie hatte das Gefühl zu fallen.

»Keine Angst. Das ist bloß der Aufzug.« Fritzes Stimme hatte eine beruhigende Wirkung. »Sechs Etagen. Danach müssen wir nur noch durch die Eingangshalle, dann sind wir draußen.«

Der Aufzug blieb stehen und Fritze verstummte. Wieder ertönte das helle Klingeln, gefolgt von dem mechanischen Öffnen der Türen. Jemand betrat den Fahrstuhl.

»Heil Hitler«, sagte ein männliche Stimme.

Fritze erwiderte den Gruß.

Margarete hielt die Luft an. Sie hörte, wie die Türen sich wieder schlossen. Zu gern hätte sie kurz geschaut, wer den Aufzug betreten hatte. Sie hoffte, dass es niemand vom medizinischen Personal war.

»Es tut mir leid, dass wir Ihnen heute Nacht so viele Umstände bereiten«, sagte die Stimme. »Ich bin mir sicher, dass es Ihre Abläufe hier stört, wenn ein ganzer Flur gesperrt wird. Noch dazu ohne Erklärungen. Das muss frustrierend sein.«

Fritze machte ein zustimmendes Geräusch. Margarete war sich sicher, dass sie die Person kannte. Es schien sich nicht um einen Arzt zu handeln. Wo hatte sie diese Stimme nur schon einmal gehört?

»Ach, verzeihen Sie, ich habe mich gar nicht vorgestellt. Kriminalrat Schander, ich habe Ihnen das alles hier eingebrockt. Und Sie sind?«

Margarete biss die Zähne aufeinander. Es war Schander. Der unheimliche Gestapooffizier, der sie eben noch verhört hatte. Der Mann, der dafür verantwortlich war, dass sie hier festgehalten wurde.

»Assmann, Assistenzarzt Max Assmann«, stotterte Fritze.

»Assmann, so so.« Schander klang nicht überzeugt. »Nun, wir werden Sie nicht mehr lang behelligen. Ich habe bereits Anordnung gegeben, die Gefangene zu verlegen. Sie scheint körperlich wohlauf zu sein, so dass wir sie in unsere eigenen Einrichtungen überführen können.«

»Was hat se denn ausgefressen?«

»Ihr wird Sabotage vorgeworfen. Ob sie willentlich geschah oder lediglich durch persönliches Versagen ausgelöst wurde, das werden die weiteren Ermittlungen ergeben. Außerdem vermuten wir, dass es Komplizen gibt.«

Der Fahrstuhl blieb stehen. Das leise Klingeln ertönte, die Türen gingen auf.

»Ich wünsche Ihnen noch einen angenehmen Tag.« Schander verließ den Aufzug.

Wenig später setzte sich auch das Krankenbett, in dem Margarete lag, wieder in Bewegung. Sie spürte, wie Tränen ihre Wangen hinabliefen.

Wilhelm hatte seinen Wagen auf dem Bürgersteig vor dem Haupteingang des Universitätsklinikums zum Stehen gebracht. Da die Gerichtsmedizin erst um drei Uhr öffnen würde, hatte er beschlossen, zunächst dem Fräulein von Brühl einen Besuch abzustatten. Er warf einen Blick durch das Beifahrerfenster. Durch die verglasten Eingangstüren konnte er sehen, dass sich in der Eingangshalle des Krankenhauses eine Menge Leute tummelten. Vermutlich würde ihn niemand beachten, obwohl er immer noch in seiner verdreckten Uniform steckte. Vielleicht konnte sie ihm sogar noch nützlich werden. Er durfte sie eigentlich nicht mehr tragen, doch hier würde ihn niemand erkennen, der ihn verpfeifen könnte. Nein, hier würde er nur auffallen, wenn er von der Waffe Gebrauch machte, die ihm der Grünschnabel in die Hand gedrückt hatte.

Wilhelm drehte den Revolver in den Händen und versuchte, sein Gewicht abzuschätzen. Es war eine ungewöhnliche Waffe. Die Wehrmacht verwendete ausschließlich Pistolen mit Stangenmagazinen, die Walter und die Sauer. Dieses Schießeisen dagegen hätte eher in einen Western von Karl May gepasst. Wilhelms letzte Schießübung lag viele Jahre zurück, doch gewisse Handgriffe verlernte man einfach nicht. Er ließ die Trommel aufklappen und zählte sieben Patronen. Wilhelm ließ die Trommel wieder einklappen und suchte nach einer Beschriftung. »Nagant M 1895« stand an der Seite des Laufs, daneben das Wort »Ischmasch«. Das klang russisch. Wussten die Götter, wo der Bursche diese Waffe aufgetrieben hatte.

Vielleicht lag sie schon seit Jahren in der Asservatenkammer, als hätte sie dort auf Wilhelm gewartet. Er hatte natürlich nicht vor dieses Fräulein Brühl zu erschießen. Er war kein Mörder, verdammt noch mal. Er wollte nur reden, nur sichergehen. Ja, das war es: Er wollte Gewissheit.

Wilhelm seufzte und ließ die Waffe in seiner Manteltasche verschwinden. Dann öffnete er die Fahrertür und wuchtete seinen Körper aus dem Ford Taunus. Er hatte sich bisher keine Gedanken gemacht, wie er das Fräulein Brühl in dem riesigen Klinikgebäude finden sollte. Angesichts des Gewimmels von Menschen im Foyer blieb er kurz stehen und dachte nach. Dann wandte er sich nach links und reihte sich in eine Schlange ein, die zu einem Schalter führte, an dem eine vielleicht fünfzigjährige Dame in einem weißen Kittel saß. Ein junger Mann, in Tränen aufgelöst, redete wild gestikulierend auf sie ein, woraufhin sie erst mitfühlend nickte, dann jedoch den Kopf schüttelte.

Einige Minuten später war Wilhelm an der Reihe. Er nickte der Empfangsdame zu und registrierte, wie sie interessiert seine Uniform musterte. »Guten Morgen. Ich suche ein Fräulein Brühl, das in der Nacht eingeliefert wurde.«

Die Dame nickte und ging mit der Hand die Kärtchen in einem länglichen Karteikasten durch. Dann sah sie zu Wilhelm hoch und schüttelte den Kopf. »Tut mir leid, ich habe hier niemanden mit Namen Brühl.«

»Könnte sie in einem anderen Krankenhaus gelandet sein?«

»Das kann ich Ihnen nicht sagen. Da müssen Sie schon selbst vorbeifahren und fragen.« Sie sah an Wilhelm vorbei und rief: »Der Nächste!«

»Danke«, murmelte Wilhelm, entfernte sich einige Schritte von dem Empfangsschalter und ließ den Blick erneut durch das Foyer wandern. Wenn diese Brühl wirklich Dreck am Stecken hatte, dann wurde sie vielleicht bewacht. Vielleicht hatte die Empfangsdame die Weisung erhalten, niemanden zu ihr durchzulassen. Es war nicht ausgeschlossen, dass sie hier war. Doch wo sollte er seine Suche beginnen? Ziemlich sicher würde die Polizei so wenige Schaulustige wie möglich haben wollen. Je abgelegener das Zimmer wäre, desto besser. Also sollte er seine Suche in der obersten Etage beginnen. Kurz graute es ihm vor den vielen Treppenstufen, doch dann fiel sein Blick auf die hochmoderne Aufzuganlage, und er steuerte darauf zu.

Als Wilhelm die zwei nebeneinanderliegenden Aufzüge erreichte, ertönte ein leises Klingeln und die linke der beiden Türen öffnete sich. Heraus kam ein schlanker Mann in einer grauen Uniform. Er trug schwarze Lederhandschuhe und schien es eilig zu haben. Hinter ihm schob ein blonder Arzt oder Pfleger in einem weißen Kittel ein Krankenbett aus der Kabine. In dem Bett schien eine Person zu liegen, doch die Decke war bis über das Gesicht hochgezogen. Vielleicht eine Leiche, dachte Wilhelm. Der Anblick brachte wieder die Bilder von Karl in sein Bewusstsein, die er so vehement zu verdrängen versucht hatte. Erst als die Fahrstuhltür begann, sich zu schließen, hechtete er nach vorn und schlüpfte in die Kabine. Das Tastenfeld zeigte ihm, dass das Gebäude sechs Etagen hatte. Er drückte auf den Knopf mit der sechs und atmete tief durch, als der Aufzug sich in Bewegung setzte.

Als die Türen im sechsten Stockwerk aufglitten, wusste Wilhelm, dass er den richtigen Weg eingeschlagen hatte.

Vor der Aufzugtür standen drei Uniformierte, die ihr Gespräch unterbrachen und ihn fragend ansahen.

»Und Sie sind?«, fragte einer von ihnen, der seiner Uniform nach offenbar der Gestapo angehörte. Sein Tonfall verriet, dass Wilhelm in Schwierigkeiten steckte. »Was wollen Sie hier?«

Wilhelm musste improvisieren. »Guten Morgen, die Herren, Leitner mein Name, Feuerschutzpolizei.« Er tippte sich an die Mütze.

»Was Sie hier wollen, habe ich gefragt.«

»Die jährliche Überprüfung steht an. Für die Sicherheit im Brandfall. Fluchtwege, Entlüftung, Sie wissen schon.«

Der Gestapo verzog keine Miene. »Sie dürfen nicht hier sein. Können Sie sich ausweisen?«

Verdammt, das konnte er nicht. Seinen Dienstausweis hatten sie ihm in der Wache abgenommen. Wilhelm kramte in den Taschen seines Mantels und bedeutete den Männern mit einer Geste, sich zu gedulden. Er konnte das kalte Metall des Revolvers spüren, doch der würde ihm hier nicht weiterhelfen.

Plötzlich ertönte hinter den drei Uniformierten Geschrei. »Hans, sie ist weg«, rief eine Männerstimme aus dem Korridor.

Der Mann, der ihn gerade noch in die Mangel genommen hatte, wirbelte herum. »Was soll das heißen?«, brüllte er den Gang hinunter.

»Sie liegt nicht mehr in ihrem Bett! Das ist Schröder, der hier liegt. Jemand hat ihn bewusstlos geschlagen!«

Wilhelm reagierte blitzschnell. Er machte einen Schritt nach hinten, in den Fahrstuhl hinein, und drückte auf den Knopf, auf dem »EG« stand. Wilhelm hielt die Luft an und beobachtete, wie sich die Türen der Kabine wie in Zeitlupe schlossen. Wenn sich einer der Männer zu ihm umdrehen würde, dann wäre er in Schwierigkeiten. Wilhelm biss die Zähne aufeinander. Sein Sichtfeld auf die drei Gestapos wurde von Moment zu Moment schmaler. Wenn sie ihn bemerkten, könnten sie den Aufzug mit einer schnellen Bewegung noch aufhalten. Doch die Männer waren zu sehr mit der Entdeckung ihres Kollegen beschäftigt und kümmerten sich nicht um Wilhelm.

Die Türen schlossen sich und der Aufzug setzte sich in Bewegung. Wilhelm meinte zu wissen, wen er suchen musste. Der blonde Arzt, der ihm unten entgegengekommen war, hatte die Brühl befreit! Hätte er das doch bloß gleich begriffen. Die Brühl war getürmt und sie hatte einen Komplizen gehabt. Auf einmal erschien die ganze Geschichte in einem anderen Licht. Wer unschuldig war, der brauchte nicht zu fliehen. Was für einer Sache war er hier auf der Spur?

In diesem Moment heulte eine Alarmsirene auf.

Stimmen drangen von allen Seiten auf Margarete ein, wenn auch gedämpft durch die Bettdecke. Offenbar schob Fritze das Bett nun durch einen großen Raum, in dem sich viele Menschen aufhielten. Vielleicht lief er gerade durch eine Art Eingangshalle. Dann wäre der Ausgang nicht mehr weit – und damit ihre Freiheit!

Ein ohrenbetäubender Alarm ließ Margarete zusammenzucken. Das Gemurmel der vielen Menschen verstummte für einen Moment, dann riefen alle durcheinander. Offenbar begannen die Menschen um sie herum zu laufen. Ihre Schritte hallten in dem großen Raum. Es war eine Geräuschkulisse, wie Margarete sie vom Hauptbahnhof her kannte, wo Hunderte Menschen

ein und aus gingen. Das Krankenbett wurde hin- und her-
gestoßen.

»Festhalten!«, hörte sie Fritze rufen.

Das Bett setzte sich mit einem Ruck in Bewegung. Offenbar hatte Fritze die Taktik gewechselt, von vorsichtigem
Hinausschleichen hin zu einer wilden Flucht. Margarete
versuchte, ihre Finger in die Matratze zu graben, um besseren Halt zu finden. Doch bevor ihr das gelang, gab es einen
gewaltigen Aufprall. Das Krankenbett schleuderte herum,
Margarete wurde erst auf die Seite gerissen und dann aus
dem Bett geworfen. Mit einem Keuchen prallte sie auf
den gefliesten Boden. Er fühlte sich kalt an ihren nackten
Beinen an. Nach den Minuten unter der Decke wurde sie
nun vom hellen Licht geblendet, das die Eingangshalle des
Krankenhauses durchflutete. Ein lautes Stimmengewirr
drang an ihre Ohren. Was war geschehen? Panisch blickte
sie sich um und versuchte, Fritze in dem Gewimmel von
Menschen auszumachen. Sie konnte ihn nicht entdecken.
Das Krankenbett lag wenige Meter entfernt von ihr auf der
Seite. Eins der Räder, die jetzt in der Luft hingen, drehte
sich immer noch. Sie mussten gegen irgendetwas geprallt
sein oder irgendjemanden.

Dann sah Margarete etwas, das ihren Puls in die Höhe
schnellen ließ. Uniformierte, die mit gezogenen Waffen in
der Eingangshalle ausschwärmten und sich suchend um-
schauten.

Sie suchten nach ihr.

Margarete warf sich herum und kroch auf allen vieren in
Richtung des umgekippten Betts. So unpraktisch ihr Krankenhemd war, immerhin bot es ihr eine plausible Verkleidung. Schließlich war sie in einem Krankenhaus. Doch die
Gestapomänner würden sie dennoch erkennen. Sie musste

hier raus! Für den Moment bot das Krankenbett ihr einen Sichtschutz, doch in wenigen Sekunden würden ihre Verfolger sie entdecken.

Sie hatte keine Wahl.

Margarete sprang auf und lief so schnell sie konnte in die Richtung, in der sie den Ausgang vermutete. Was hatte Fritze gesagt? Wenn sie sich aus den Augen verlieren sollten, war es besser für sie, irgendwo unterzutauchen. Wie hatte er das gemeint? Sollte sie etwa das Land verlassen? Margarete war kurz davor, hysterisch loszulachen.

Endlich konnte sie vor sich eine Glastür erkennen und dahinter einen Bürgersteig und eine Straße. Der Ausgang! Sie hatte es gleich geschafft.

»Stehen bleiben!« Ein Polizist kam ihr entgegen. Er zielte mit einer Pistole auf sie und fuchtelte mit dem freien Arm in der Luft herum. Margarete spürte, dass ihr Herz einen Schlag aussetzte. Der Mann schnitt ihr den Weg ab, doch sie konnte nicht mehr stehen bleiben. Wieder rief der Uniformierte etwas, aber in Margaretes Ohren toste nur noch ein mächtiges Rauschen.

Sie schrie. Sie schloss die Augen. Und dann explodierte alles um sie herum.

Das Nächste, was sie spürte, waren Glassplitter unter ihren Handflächen. Sie lag auf rauen Pflastersteinen, neben ihr der Uniformierte. Aus seinem Hinterkopf quoll Blut. Margarete war in ihn hineingerannt und hatte sie so beide durch die Glastür nach draußen befördert. Sie blickte an sich herab. Sie blutete aus einigen kleinen Schnittwunden an Armen und Beinen, doch die würden heilen. Wichtiger war, dass sie an dem Polizisten vorbeigekommen war.

Sie stemmte sich wieder auf die Beine. Dann sah sie Fritze. Er stand etwa zwanzig Meter entfernt von ihr auf dem Bürgersteig vor dem Krankenhaus und winkte. Auf der Straße war wenig Betrieb, von den Vorgängen im Krankenhaus schienen die wenigen Passanten keine Notiz genommen zu haben. Doch Margarete wusste, dass ihre Verfolger direkt hinter ihr waren.

Mit einem Mal verstummte die Alarmglocke und eine Stimme, kalt und mechanisch, füllte die Stille. Margarete erkannte den Sprecher. Es war Schander. »Dies ist eine Nachricht für Fräulein von Brühl.«

Es schien Margarete, als würde das Chaos um sie herum kurz innehalten. Die Menschen sahen nach oben, suchten nach den Lautsprechern. Oder suchten sie nach ihr?

»Sie können sich jetzt entscheiden«, fuhr Schander fort. Seine Stimme wurde von gelegentlichem Rauschen und Kratzen unterbrochen. »Wenn Sie diese Klinik verlassen, dann bekennen Sie sich schuldig und es gibt kein Zurück mehr. Ich werde Sie jagen und zur Strecke bringen. Wenn Sie jedoch mit uns kooperieren, kann ich Ihnen garantieren, dass dieses kurze Intermezzo sich nicht negativ auf Ihre Karriere auswirken wird.«

Margarete konnte sich vor Schreck nicht rühren. Sie blickte zwischen der Eingangshalle und dem Bürgersteig vor der Klinik hin und her. Drinnen sahen sich die Menschen verdutzt an. Draußen stand Fritze auf dem Bürgersteig und winkte ihr hektisch.

»Die Entscheidung liegt bei Ihnen«, sagte Schander durch die Lautsprecher.

Margarete sah aus dem Augenwinkel, dass sich mehrere Uniformierte in geduckter Haltung auf sie zubewegten. Lang durfte sie nicht mehr zögern. Ihr Herz raste. Erneut blickte sie in die Eingangshalle zurück. Mittlerweile hatten die Menschen darin die Köpfe in Margaretes

Richtung gedreht und offenbar verstanden, dass die Durchsage ihr galt. Sie starrten sie an. In ihren Augen lagen Angst und Hass. Dann blieb Margaretes Blick an der Rezeption hängen, einem geschwungenen Empfangstresen mit einer Marmorplatte darauf. Dahinter stand Schander, in der Hand das Mikrofon, durch das er zu ihr gesprochen hatte, und lächelte sie an. Seine Augen funkelten.

Margarete traf eine Entscheidung. Sie sprang auf und lief los, weg von dem Gebäude. Instinktiv spürte sie, dass hinter ihr ebenfalls Bewegung ausbrach. Sie wurde verfolgt. Dann hörte sie Schüsse. Ein Schrei entfuhr ihr, fast wäre sie gestürzt. Doch sie ließ sich nicht beirren. Sie hatte sich entschieden, jetzt musste sie mit den Konsequenzen leben und um ihr Leben rennen.

»Ick dachte schon, du bist festgewachsen«, begrüßte Fritze sie, als sie ihn erreichte. »Steig ein!« Er riss die Fahrertür eines rostigen olivgrünen Wagens auf, und sie schwang sich hinein. Margarete ließ sich auf den Beifahrersitz fallen.

»Nüscht wie weg«, sagte Fritze, als plötzlich ein Mann vor dem Wagen auftauchte. Er war ziemlich dick, trug eine dunkle Uniform, die anders aussah als die der Gestapoleute, und zielte mit einem Revolver auf sie.

»Aussteigen!« Der Mann schoss in die Luft. Einige Passanten kreischten und liefen davon.

»Festhalten«, zischte Fritze. »Und Kopf runter!«

Die Worte waren kaum an Margaretes Ohr gedrungen, da trat Fritze mit aller Kraft auf das Gaspedal. Der Wagen machte einen Satz und es gab einen dumpfen Aufschlag, als der Mann mit dem Revolver gegen die Kühlerhaube prallte und auf den Asphalt geschleudert wurde. Mit quietschenden Reifen lenkte Fritze den Wagen auf die Straße und gab Vollgas.

Margarete blickte sich um. Der Mann lag auf der Straße und hielt sich die Hüfte. Er blickte ihnen nach. Sie hatte das ungute Gefühl, dass sie ihn schon bald wiedersehen würde.

ZWEITES KAPITEL

Leipzig, 11. Juni 1942

Liebster Anton,

erinnerst du dich an diesen Sonntag im März, an dem es so warm war, dass die Menschen auf die Straße strömten, vor den Cafés hockten und ihre blassen Gesichter in die Sonne reckten? Die Luft war kristallklar und roch schon nach Sommer. Du hattest zum ersten Mal in diesem Jahr deine dünne gelbe Jacke an. Senfgelb. An diesem Tag habe ich von dem Schatten erfahren. Auch wir saßen vor einem der Cafés. Wir teilten uns ein Stück Kirschkuchen und du konntest gar nicht mehr aufhören, von dem Lied zu erzählen, das du am Morgen geschrieben hattest. Du warst begeistert und deine Freude war ansteckend. Du hast nicht bemerkt, dass du den Kuchen ganz allein gegessen hast. Du warst viel zu sehr damit beschäftigt, Pläne zu schmieden. Ein paar Jahre als Assistenz in einem Theater arbeiten, dann ein eigenes Ensemble gründen, vielleicht in Hamburg. Als der Teller fast leer war, hast du die letzte Kirsche mit der Gabel aufgespießt und mir hingehalten. Du hast fragend die linke Augenbraue hochgezogen, wie du es immer machst, dann ist die Kirsche in deinem Mund verschwunden. Du musstest lachen, als du mein empörtes Gesicht sahst. Ich glaube, in diesem Moment habe ich den Entschluss gefasst, mein Geheimnis für mich zu behalten.

Es gab Situationen, in denen es mir schwergefallen ist. Im Sommer, es muss Ende Juli gewesen sein, wusste ich schon, dass der Schatten in meiner Brust nicht wieder weggehen würde. Wir lagen auf einer Decke am See. Du hast ein Buch gelesen, irgendeinen Groschenroman, und ich habe dich mit einem Grashalm gekitzelt. Zuerst bist du wütend geworden, doch zwei Minuten später hattest du es schon wieder vergessen. Du hast mir deinen Entschluss mitgeteilt, dass du jetzt doch bei mir einziehen wolltest. Du hast meine Tränen getrocknet, die du für Freudentränen gehalten hast, und wir lagen uns in den Armen. In diesem Moment hätte ich schreien wollen.

Verzeih mir, dass ich nichts gesagt habe. Ich wollte an dieser Stelle eigentlich schreiben, dass ich es deinetwegen getan hab. Für dich. Doch das wäre eine Lüge. Die Wahrheit ist schlicht: Ich wagte es nicht, aus Angst vor deiner Reaktion. Angst vor falschen Hoffnungen, vor deiner Wut, deiner Verzweiflung, deinen Tränen. Ich konnte dich nie gut weinen sehen.

Verzeih mir meine Feigheit. Ich wollte diesen Sommer unbeschwert mit dir verbringen, ohne die ständig lauernde Angst im Nacken. Ich wollte diesen Sommer mit all den Höhen und Tiefen erleben, die uns immer ausgemacht haben. Ich weiß, damit habe ich dir die Möglichkeit genommen, auf den Schatten zu reagieren. Verzeih mir meinen Eigensinn.

Wenn du diesen Brief liest, dann klingt er in deinen Ohren vielleicht nach Abschied. Aber es gibt noch Hoffnung in mir. Ich habe für uns ein Zimmer bestellt, im Schweizerhof in Zürich. Triff mich dort, in einer Woche. Dort wird auch ein weiteres Schreiben von mir auf dich warten.

Für immer dein

H.

Gerald Schander atmete beherrscht ein und aus, doch das Mikrofon, das er in den Händen hielt, knirschte unter dem Druck seiner Finger. Er senkte den Blick auf seine schwarzen Handschuhe und drückte noch fester zu, als könne er so die Wut aus seinem Körper herauspressen. Dann riss er mit solcher Gewalt an dem Kabel, welches das Mikrofon mit der Sprechanlage verband, dass der Stecker aus dem Gerät brach. Er schleuderte es in die Eingangshalle des Klinikums und stieß dabei einen unartikulierten Schrei aus.

Ein Name dröhnte in seinem Kopf, er übertönte das Chaos, das um ihn herum herrschte. Assistenzarzt Max Assmann. Schander musste sich an der Marmorplatte des Empfangstresens festhalten, um nicht vollends die Kontrolle über seinen Körper zu verlieren. Er war überlistet worden! Von Brühl hatte einen Komplizen und dieser Komplize hatte ihr zur Flucht verholfen.

Schander sah, wie Kommissar Ricken sich einen Weg durch das Gewühl in der Eingangshalle bahnte und auf ihn zustrebte. Wieso hatte das Schicksal ihm einen so unfähigen Mann an die Seite gestellt? Schander blickte für einen Moment zu Boden, um sich zu beruhigen.

Als er wieder aufsah, stand der Kommissar vor ihm und kratzte sich am Hinterkopf. »Tut mir leid, Herr Kriminalrat, wir wurden völlig überrumpelt. Von Brühl hatte offenbar Unterstützung.« Er machte ein zerknirschtes Gesicht.

Schander musste sich zusammenreißen, um dem Kommissar nicht hier und jetzt einen Schlag ins Gesicht zu verpassen. Stattdessen starrte er Ricken lediglich an und schüttelte den Kopf.

Der Kommissar zog entschuldigend die Schultern hoch. »Ich konnte den Wagen ziemlich gut erkennen, mit dem sie geflüchtet sind. Es war ein grüner Daimler, nicht sonderlich gut in Schuss. Es sollte ein Leichtes sein, ihn zu finden.«

Schander starrte den Kommissar noch einige Sekunden lang an, dann sagte er: »Das hätte nicht passieren dürfen.«

Ricken nickte heftig. »Ganz Ihrer Meinung, Herr Kriminalrat, es ist unverzeihlich. Ich kann mir nicht erklären, wie so viele Männer eine einzelne, unbewaffnete Frau entkommen lassen konnten.«

»Und ihren Komplizen«, ergänzte Schander.

Wieder nickte Ricken. »Ein blonder Mann um die dreißig. Ich werde sofort eine stadtweite Fahndung veranlassen.«

Schander packte dem Kommissar am Revers. »Nichts werden Sie tun«, zischte er zwischen den zusammengepressten Zähnen hindurch. »Überhaupt nichts.«

Ricken riss die Augen auf. »Ich … ich verstehe nicht. Wollen Sie denn Fräulein von Brühl nicht wieder in Gewahrsam nehmen?«

Schander ließ den Kommissar los. Er hatte sich gerade mit dem Gedanken angefreundet, dass die Explosion im Physikalischen Institut lediglich ein Zufall gewesen war. Eine Ablenkung zum denkbar ungünstigsten Zeitpunkt zwar, aber dennoch lediglich ein dummer Zufall. Doch nun wurde ihm die Sache langsam unheimlich. Offenbar hatte von Brühl mindestens einen Vertrauten, der gewusst hatte, dass sie im Universitätsklinikum unter Arrest gestanden hatte. Und er hatte sein Leben dafür aufs Spiel gesetzt, sie zu befreien. Das klang nicht mehr nach einem Zufall.

»Wir könnten die Zeitungen in die Fahndung nach von Brühl und ihrem Kompagnon einbeziehen«, schlug Ricken vor.

Schander seufzte und schüttelte den Kopf. »Zu gefährlich. Ich will nicht noch mehr Aufmerksamkeit auf uns lenken. Wenn die Zeitungen von der Sache Wind bekommen, dann wird bald das ganze Reich von den Vorkommnissen im Institut sprechen. Das ist das Letzte, was wir im Moment gebrauchen können.« Er sah zu der zersplitterten Eingangstür. »Nein, wir brauchen einen anderen Plan.«

»Na gut, dann keine Zeitung.« Ricken schnäuzte sich in ein Taschentuch. »Aber die Kripo sollten wir informieren. Mit einer gezielten Fahndung haben wir den Wagen in Nullkommanichts gefunden.«

Wieder schüttelte Schander den Kopf. »Ich will keine Kripos oder Schupos oder sonstige Möchtegern-Sherlocks in meinen Angelegenheiten herumpfuschen sehen. Nein, wir werden die Sache erst einmal für uns behalten.«

»Sie meinen …«

»Nur der engste Zirkel. Ich will, dass von Brühls Wohnung bewacht wird, genau wie das Institut. Vielleicht sind unsere beiden Geflüchteten leichtsinnig genug, sich dort noch einmal blicken zu lassen.«

Ricken nickte.

»Ich werde in der Kartei nach ihrem Komplizen suchen lassen«, fuhr Schander fort. »Vielleicht ist er schon einmal in Erscheinung getreten.«

Er konnte das Gesicht des Mannes noch deutlich vor sich sehen. Blonde fettige Haare, seitlich aus dem Gesicht gekämmt. Blaue Augen, eine platt gedrückte Nase. Vielleicht ein Boxer. Was führte dieser Mann im Schilde? Hatte er Wind von Operation Attila bekommen? Und falls ja, was hatte er nun vor? Und welche Rolle spielte Fräulein von Brühl?

Er drehte den Kopf und sah Ricken unvermittelt in die Augen. Der Kommissar zuckte zusammen. »Tun Sie es so, wie ich gesagt habe.« Schander machte mit der linken Hand eine kreisende Geste über dem Kopf. »Und sorgen Sie hier für Ordnung. Denken Sie sich irgendeine Geschichte aus, falls die Presse auftaucht. Ein falscher Feueralarm, so etwas in der Richtung.«

»Verstanden, Herr Kriminalrat.«

Der Daimler raste durch die Leipziger Innenstadt. Auf den Straßen war nicht mehr viel los, seit der Krieg die Wirtschaft im Reich mehr oder weniger lahmgelegt hatte. Jetzt, um die Mittagszeit, waren Margarete und Fritze beinahe allein unterwegs. Dennoch klammerte sie sich mit beiden Händen an die Innenverkleidung des Wagens, während sie gleichzeitig versuchte, den blutigen Krankenhauskittel abzustreifen. Fritze hatte geistesgegenwärtig ihre Kleidung und ihre Handtasche aus dem Krankenzimmer mitgenommen, nun lagen sie im Fußraum vor ihr.

Plötzlich trat Fritze auf die Bremse. Margaretes Körper hob vom Sitz ab und wurde unsanft vom Handschuhfach gebremst. »Pass doch auf«, herrschte sie ihn an, »du wirst uns noch umbringen.«

Fritze lachte auf. »*Die* werden uns umbringen, wenn ick langsamer fahr!« Sein Blick suchte den Rückspiegel.

»Was wollen die denn von uns? Was ist hier überhaupt los?« Margaretes Stimme klang laut und schrill in ihren Ohren, während sie sich den Kittel über den Kopf zog.

Fritze sah sie an. »Haste dir die Unterlagen nicht angesehen, die ick dir gegeben hab?«

»Welche Unterlagen?« Fritzes Blick war ihr nicht entgangen.

»Deine Doktorarbeit. Ick hab se dir im Institut unter die Tür durchgeschoben.«

Margarete sah ihn entgeistert an. »*Du* warst das? Was … Warum hast du nicht einfach geklopft?« Sie stöhnte bei dem Versuch, sich im Sitzen die Hose anzuziehen.

»Das spielt jetzt keine Rolle. Wichtig ist das, was in den Papieren drinne steht«, sagte er, während er das Tempo des Wagens drosselte. Sie hatten die Schluchten der Wohnhäuser mittlerweile hinter sich gelassen und waren in einem Industriegebiet angekommen, das Margarete nicht kannte. Hohe Ziegelschornsteine und endlos lange Hallen prägten die Szenerie.

Sie blickte sich um. »Warum wirst du langsamer?«

»Ick glaub mal kaum, dass wir noch verfolgt werden.« Fritze parkte den Daimler zwischen zwei sperrigen Lieferwagen, so dass er von der Straße kaum noch zu sehen war.

Für einige Augenblicke herrschte Ruhe im Wageninneren. Margarete versuchte, das Gehörte zu verarbeiten, während sie ihre Bluse zuknöpfte. »Ich brauche meine Doktorarbeit nicht zu lesen. Ich weiß, was drin steht, ich habe sie schließlich geschrieben.« Einer der Knöpfe wollte einfach nicht ins Knopfloch passen. »Was spielt das überhaupt für eine Rolle? Wir sind gerade wie Verbrecher aus der Klinik geflohen. Die Gestapo ist uns auf den Fersen und ich … ich habe keine Ahnung, wieso!« Plötzlich riss das Garn, und Margarete hielt den losen Knopf in der Hand. »Verdammt!«

Fritze seufzte, dann sah er sie durchdringend an. »Du weißt jar nüscht, wa?«

»*Was* weiß ich nicht? Sag es mir, Fritze!«

Er ließ sich mit seiner Antwort Zeit, schien über die richtigen Worte nachzudenken. »Ihr baut 'ne Bombe.«

»Eine Bombe? Was für eine Bombe denn? Wovon sprichst du?«

»Ick hatte gehofft, dass du mir das erklärst.«

»Jetzt hör mir mal zu!« Margarete warf den Knopf in den Fußraum des Daimlers. »Mein Leben ist seit gestern ein Scherbenhaufen! Die Uranmaschine liegt in Trümmern, die Gestapo hält mich fest und stellt mir Fragen ... Als hätte *ich* die Maschine in die Luft gejagt!« Sie schüttelte den Kopf. »Und jetzt wirfst du mir meine Doktorarbeit vor die Füße und erzählst mir irgendetwas von einer Bombe?« Sie presste die Lippen aufeinander, um nicht zu schreien.

Fritze legte eine Hand auf ihren Arm. »Tut mir leid, Grete. Ick weiß, dasse dir übel mitgespielt haben. Ehrlich. Ick will dir helfen.«

Margarete schnaufte. »Ich wollte doch nur das tun, was ich am besten kann, was ich gelernt habe. Ist das zu viel verlangt?« Sie schüttelte den Kopf. »Zwei Jahre lang habe ich an dieser Maschine gearbeitet, am Freitag sollte Professor Heisenberg aus Berlin kommen und sich die Ergebnisse ansehen ... Und jetzt ist alles weg.«

»Grete ...« Fritze nahm ihre Hände in seine. »Du musst mir vertrauen. Ick weiß, wir hatten so unsere Problemchen, damals in Berlin ...«

»*Du* hattest Probleme. Erst hattest du Schulden, weil du getrunken hast, und dann hattest du noch viel mehr Schulden, weil du gespielt hast.«

»Ick weiß ... Du hast ja recht. Aber ick hab mir verändert. Ick hab seit einiger Zeit Kontakt zu 'ner Gruppe, die ... unserer Regierung auf die Finger schaut.«

Margarete sah ihn an. »Du bist im Untergrund?«

»Wenn de das so nennen willst.« Dann zuckte er mit den Schultern. »Jetzt erzähl mir mal nicht, dass du mit Herrn Hitler glücklich wärst.«

»Natürlich nicht! Aber ich treffe mich nicht nachts in irgendwelchen Hinterhöfen und schmiede Attentatspläne.«

»Warum eigentlich nicht?« Fritze zwinkerte ihr zu.

Margarete sah ihn entgeistert an. Insgeheim hatte sie immer gehofft, dass der Krieg eines Tages einfach vorbei sein würde. Dass die Alliierten kämen oder die Russen oder wer auch immer und Hitler aus dem Reichstag vertreiben würden. Und dass sie selbst in Ruhe ihrer Forschung nachgehen könnte.

»Keine Angst, ick mach dir keinen Vorwurf«, sagte Fritze. »Ick weiß, das ist nicht so einfach, sein altes Leben einzutauschen gegen eins, wo man immer Angst hat. Vielleicht isses mir nur so leichtgefallen, weil mein altes Leben eh nicht so knorke war.«

Margarete sah ihn an. In diesem Moment tat er ihr leid.

»Wie auch immer.« Er zuckte mit den Schultern. »Meine Leute haben vor einigen Wochen 'nen Hinweis erhalten. Ein anonymer Informant hat uns gesteckt, dass in deinem Institut 'ne Bombe gebaut wird. Eine Kernbombe.« Das Wort »Kernbombe« sprach er langsam und betont aus.

Margarete lachte auf und hielt sich die Hand vor den Mund.

»Was findeste daran so witzig jetze?«

»Das sind doch alles Märchen«, sagte Margarete. »Es stimmt schon, eine Zeit lang dachte die Wehrmacht wirklich, sie könnte eine Waffe bauen, die auf einer nuklearen Kettenreaktion basiert. Aber die Forschungen dazu sind längst eingestellt. Es ist viel zu teuer, und man bräuchte Unmengen an hochkonzentriertem Uran. Das ist völlig unmöglich.« Sie stockte, dann sah sie Fritze direkt an. »Dachtest du wirklich, dass ich an so etwas beteiligt sein könnte?«

Er hob abwehrend die Hände. »Das hab ick nicht gesagt. Ick nehme mal an, dass die Entwicklung von dieser Waffe streng geheim ist. So geheim, dass selbst die Mitarbeiter nicht genau wissen, woran sie eigentlich arbeiten.«

»Du meinst, ich habe an einer Bombe gebaut und es nicht mal mitbekommen? Das ist absurd.«

Plötzlich wurde Fritze laut. »Ick weiß es doch auch nicht! Ick weiß nur, dass unser Informant uns diesen Tipp gegeben hat. Zusammen mit deiner Doktorarbeit.«

Margarete zuckte zusammen. »Meine Doktorarbeit? Du meinst, weil ich mich vor Jahren einmal mit der theoretischen Möglichkeit einer solchen Bombe befasst habe, bin ich jetzt federführende Kraft in der Entwicklung der Vergeltungswaffe?«

»Natürlich nicht. Ick unterstell dir jar nüscht. Aber immerhin schreibste in deiner Arbeit von der Bombe.«

»Hast du sie gelesen?«

Fritze lachte. »Die ersten paar Zeilen. Aber ick versteh nüscht davon.«

»Dachte ich mir. Wenn du sie gelesen hättest, dann wüsstest du, dass es darin um den Einsatz von Hohlladungen ging. Das ist ein Mechanismus, der vor allem in panzerbrechenden Geschossen benutzt wird. Mein Doktorvater in Berlin hatte die Idee, damit eine Kernreaktion anzutreiben, genauer gesagt eine Kernfusion. Ich habe die Berechnungen durchgeführt. Und ich kann dich beruhigen. Das Ergebnis war negativ. Man bräuchte viel zu große Mengen an Tritium, aber die gibt es nicht. Und das Reich hat auch

keine Möglichkeiten, sie herzustellen. Also: keine Bombe.«
Margarete bemerkte, dass sie die Arme vor der Brust ver-
schränkt hatte. »Es war nicht meine Idee, über dieses
Thema zu schreiben. Es wurde mir aufgezwungen. Als Frau
kannst du froh sein, wenn du überhaupt promovieren
darfst, da darfst du beim Thema nicht wählerisch sein.«

»Ick sag ja nicht, dass *du* diese Bombe baust. Aber irgendjemand scheint deine Arbeit kürzlich noch mal gelesen zu haben. Und das mit Interesse. Haste die Anmerkungen an den Seitenrändern gesehen?«

»Flüchtig.«

»Unser Mann sagt, die wären von Professor Braun.«

»Natürlich hat der Professor meine Arbeit gelesen. Sie
war Teil meiner Bewerbungsunterlagen.«

Fritze zuckte mit den Schultern. »Aber isses normal,
dass er sie dermaßen durchackert? Und findest du es nicht
auch komisch, dass er so plötzlich abgereist ist?«

»Zugegeben ...« In Margaretes Kopf kreisten die Gedanken, ohne irgendwo anzukommen. Fritzes Geschichte
war einfach zu verrückt, um wahr zu sein. Allerdings waren in den letzten vierundzwanzig Stunden eine Menge
verrückter Dinge passiert. Wenn wirklich ein Komplott im
Gange war, dann hing die Explosion vielleicht damit zusammen. Möglicherweise wollten die Verschwörer ihre
Spuren verwischen. Das würde zumindest beweisen, dass
nicht sie selbst schuld an dem Unfall war. Aber warum
sollte der Professor so etwas tun? »Das ergibt alles keinen
Sinn.«

Fritze sah sie an. »Ick versteh's ja auch nicht.«

Margarete blickte für einen Moment ins Leere. Sie
dachte an die Explosion, und an die unheimlichen Befra-
gungen im Krankenhaus. Sie war jetzt auf der Flucht, ob

sie es wollte oder nicht. An eine Rückkehr ans Institut, in ihr altes Leben war vorerst nicht zu denken. »Es scheint, als hätte ich sowieso keine Wahl mehr.«

»Dufte, dass wir uns verstehen. Wo liegt deine Arbeit jetze?«, fragte Fritze.

»In meinem Zimmer, in der Görlitzer Straße.« Sie stockte. »Versteckt.«

»Wir müssen sie holen. Vielleicht kannste aus den Anmerkungen an den Rändern irgendetwas rauslesen. Vielleicht erkennste sogar, wer sie geschrieben hat.«

»Meinst du nicht, dass die Gestapo dort nach mir suchen wird? Was ist, wenn sie mein Zimmer längst auf den Kopf gestellt haben und nun dort auf mich warten? Was, wenn sie genau in diesem Moment auf meinem Bett sitzen und meine Arbeit lesen?«

»Wir müssen es halt probieren«, sagte Fritze. »Vertrau mir, ick hab mittlerweile ein bisschen Erfahrung mit so was.«

Margarete ließ den Kopf gegen die Nackenstütze fallen und seufzte.

»Ick werd dir helfen.« Fritze legte seine Hand auf ihre. Sie fühlte sich rau an. »Ick finde die Leute, die deine Maschine in die Luft gejagt ham. Und du hilfst mir, diese Bombe zu finden, wenn es sie denn gibt.« Er hielt ihr seine Hand hin. »Hand druff?«

Margarete musste lächeln. »Du hast dich wirklich nicht verändert.« Sie schüttelte wieder den Kopf. »Also gut«, sagte sie nach einer kurzen Pause und schlug ein. »Aber vorher will ich Karl besuchen, meinen Assistenten. Er ist bei der Explosion verletzt worden, aber er ist nicht im Universitätsklinikum. Wir müssen rausfinden, in welchem Krankenhaus er liegt.«

Fritze blickte sie ernst an, dann drückte er ihre Hand fester.

Wilhelm keuchte, als er am zentralen Platz des Rundlings aus seinem Taunus stieg. Seine Hüfte war in einen dumpfen Schmerz gehüllt, dort, wo ihn der Wagen des verfluchten Möchtegern-Arztes erwischt hatte. Immerhin konnte er gehen oder zumindest humpeln. Das bedeutete, dass nichts gebrochen war. Zumindest hoffte er das.

Er drehte den Schlüssel im Schloss der Haustür, öffnete sie, indem er sich dagegenlehnte, und betrat das Treppenhaus. Wie im Schlaf schob er seine Hand durch den Schlitz des Briefkastens und suchte nach Post, jedoch ohne Erfolg. Zielstrebig ging er auf die Tür der Wohnung im Parterre zu und klingelte. Als sich nach einigen Sekunden noch nichts rührte, klingelte er erneut, diesmal energischer.

Schließlich konnte er schlurfende Schritte hinter der Tür hören, dann öffnete sie sich einen Spalt breit. Herbert sah genauso beschissen aus wie in der letzten Nacht. »Der Scotch«, sagte Wilhelm, »hast du ihn noch?«

»Ich wusste doch, dass du zur Vernunft kommst, Willi.« Herbert grinste und zeigte eine recht große Lücke in seinem Gebiss, dort, wo ihm ein Schneidezahn fehlte. »Warte, ich hole ihn.« Er verschwand im Dunkel seiner Wohnung, um wenig später mit einer verkorkten Flasche wiederzukommen. »In Eichenfässern gelagert, ein ganz feiner Tropfen.« Liebevoll strich er über das dunkelrote Etikett. Dann sah er Wilhelm an. »Was kannst du mir dafür geben?«

Wilhelm kramte in den Taschen seines Mantels. Er spürte wieder das kalte Metall des Revolvers und ein Schauer lief ihm über den Rücken. Schließlich fand er seine Geldbörse, fischte sie hervor und öffnete sie. Darin befanden sich, fein säuberlich gefaltet und verwahrt für schlechte Tage, 68 Fettmarken. Er hatte beinahe ein halbes Jahr lang gespart.

»Reicht das?«

Das faltige Gesicht seines Nachbarn verwandelte sich in eine breit grinsende Grimasse. Herbert streckte die Hände aus und nahm Wilhelm die Marken ab. Nachdem er die Anzahl überschlagen hatte, nickte er und reichte Wilhelm die Flasche. »Ich denke, wir kommen ins Geschäft. Schön, dass du zurück bist, Willi.«

Wilhelm schnaubte und machte sich an den Aufstieg in den zweiten Stock. »Leck mich, Herbert.«

Zwei Minuten später warf er die Wohnungstür hinter sich ins Schloss. Der fensterlose Korridor lag dunkel vor ihm, obwohl draußen die Sonne hoch am Himmel stand. Es war gerade erst Mittag, vielleicht zwei Uhr. Seine Hand tastete an der Wand nach dem Lichtschalter. Die nackte Glühbirne, die von der Decke hing, tauchte den Flur in ein trostloses Licht und offenbarte Unordnung und Schmutz, die sich im Laufe des vergangen Jahres in der Wohnung breitgemacht hatten.

Kurz lauschte er in die Dunkelheit, doch es gab nichts zu hören. Dann lehnte er sich an die Wohnungstür und sackte zusammen. Seine Hüfte schmerzte auf der Seite, an der ihn der Wagen getroffen hatte. Die Wunde an seiner Schulter hatte wieder begonnen zu pochen. Mit einem Mal spürte er, dass Tränen über seine Wangen liefen. Die letzten Stunden hatte er einfach nur funktioniert. Er hatte sich um seine Anstellung kümmern wollen und hatte versagt. Er hatte sich um Karl kümmern wollen und hatte versagt. Er hatte sich um die Brühl kümmern wollen und hatte versagt. Jetzt gab es nichts mehr, um das er sich kümmern konnte.

Karl war tot. Und Ida würde es nicht einmal mitbekommen. Er würde allein trauern. »Ida?«, rief er in die Wohnung, wissend, dass keine Antwort kommen würde.

Mit einem Mal verspürte er einen unbändigen Durst. Er hielt sich die Flasche vor die Augen und versuchte, das Etikett zu entziffern. Er sprach kein Englisch, doch er erkannte das Wort »Glenfarclas«. Herbert hatte die Wahrheit gesagt, es war wirklich ein guter Tropfen. Wilhelm betrachtete noch einige Sekunden lang das Etikett, dann drehte er den Korken aus der Flasche und setzte sie an den Mund. Das scharfe Brennen in seinem Hals lenkte angenehm von den Schmerzen im Rest seines Körpers ab. Sofort fühlte er, wie sich eine wohlige Wärme in seinen Eingeweiden ausbreitete. Sie überdeckte den leichten Anflug von Selbsthass, den er angesichts seines Rückfalls verspürte, mit einer dicken Schicht aus Erleichterung. Als er die Flasche absetzte, stöhnte er laut auf. Warum hatte er diesen wunderbaren Moment so lang aufgeschoben?

Wilhelm verkorkte den Whisky, dann stemmte er sich auf die Beine und zog den Mantel aus. Er stellte fest, dass er stank wie ein Wiesel. Er hatte in der Nacht keine Kraft dafür gehabt, sich zu waschen. Jetzt lenkte er seine Schritte ins Wohnzimmer. Ida lag auf dem Sofa, wie eigentlich immer, wenn er nach Hause kam. Sie schien zu schlafen, ihr Atem war flach, doch Wilhelm konnte sehen, wie sich ihr Brustkorb langsam hob und senkte. Er konnte ihr nicht erzählen, was passiert war. Sie würde es nicht verkraften. Auch wenn sie nicht reagierte, wenn er mit ihr sprach, so war er sich doch ziemlich sicher, dass sie ihn verstand. Er kniete neben ihrem Kopf nieder und gab ihr einen Kuss auf die Stirn. In seinem Hals bildete sich ein dicker Kloß.

Einen Moment noch betrachtete er ihr ernstes Gesicht, dann erhob er sich und ging im Wohnzimmer auf und ab, um nachzudenken. Die Brühl und ihr Komplize waren entkommen. Wenn sie schlau waren, dann würden sie aus der Stadt verschwinden und ihren Verfolgern keine Chance lassen, sie zu finden. Offenbar war nicht nur Wilhelm hinter ihnen her, sondern auch der halbe Polizeiapparat. Das brachte ihn auf eine Idee. Möglicherweise konnten ihm seine alten Kontakte zu den Sicherheitsbehörden nützlich werden. Er hatte im Laufe der Jahre immer wieder mit der Kripo zu tun gehabt. Nicht jedes Feuer war schließlich natürlichen Ursprungs. Wenn er Glück hatte, war die Nachricht seiner unehrenhaften Entlassung noch nicht bis zur Kripo durchgedrungen. Dann würde er vielleicht von den Kollegen dort einen Hinweis bekommen, wo er mit seiner Suche nach Fräulein Brühl beginnen sollte. Immerhin kannte er jetzt ihr Gesicht und das ihres Helfers. Und er kannte ihren Fluchtwagen, den olivgrünen Daimler. Sogar das Kennzeichen hatte er sich gemerkt, obwohl alles so schnell gegangen war.

Wilhelm zog den Korken aus der Whiskyflasche und nahm einen weiteren großen Schluck. Jeglicher Widerstand, den er beim ersten Ansetzen noch verspürt hatte, war nun verschwunden. Der Whisky schmeckte herrlich. Wilhelm nahm die Flasche mit in die Küche, wusch sich gründlich über einem Bottich und putzte sich die Zähne mit der neuen Zahnpasta, die er gekauft hatte. Sie hieß Doramed und enthielt Thorium. Auf der Packung wurden die überragenden Eigenschaften des Produkts angepriesen: »Durch ihre radioaktive Strahlung steigert sie die Abwehrkräfte von Zahn und Zahnfleisch. Die Zellen werden mit neuer Lebensenergie geladen, die Bakterien in ihrer zerstörenden Wirksamkeit gehemmt.« Das klang vielversprechend. Leider schmeckte sie ziemlich bitter.

Schließlich zog Wilhelm neue Wäsche an, säuberte notdürftig seine Uniform und zog sie über die frischen Kleider. Er würde sie noch brauchen, auch wenn er kein Recht mehr hatte, sie zu tragen.

Wilhelm schnitt einige Scheiben von dem angetrockneten Brotlaib ab, den er in der Küche gefunden hatte, und legte etwas Dauerwurst darauf. Das karge Mahl trug er ins Wohnzimmer und stellte es auf dem niedrigen Tisch ab, der vor dem Sofa stand. Vorsichtig hob er Idas Oberkörper an, um sie in eine sitzende Position zu bringen. Sie öffnete die Augen, doch in ihrem Blick war keine Spur von Erkennen, keine Freude.

»Hallo, meine Liebe«, sagte Wilhelm, dann schnitt er das Brot in kleine Stücke und führte eins davon an ihren Mund. Als seine Hand kurz vor ihrem Gesicht war, öffnete sie die Lippen, so dass er sie füttern konnte. So lief das jeden Tag ab. Zumindest, wenn er zu Hause war. Ab und an hatte Karl ihn unterstützt. Doch das war schon lange vorbei. Karl hatte jetzt sein eigenes Leben. Falsch. Er hatte sein eigenes Leben gehabt. Wilhelm presste die Lippen zusammen. Er ist tot, du Esel, merk dir das endlich! Wilhelm spürte, dass er kurz davor war, erneut in Tränen auszubrechen. Er schluckte ein paar Mal, dann fuhr er damit fort, seine Frau zu füttern.

Als Ida die beiden Wurststullen gegessen hatte, schleppte Wilhelm den Wasserbottich aus der Küche ins Wohnzimmer und wusch auch sie. Er nahm sich sogar noch die Zeit, ihre Haare zu kämmen und zu etwas zusammenzustecken, dass der Frisur nahekam, die sie früher immer getragen hatte. Dann ging er ins Schlafzimmer und wühlte eine

Weile im Kleiderschrank herum, bis er gefunden hatte, was er suchte. Das hübsche hellblaue Kleid, das sie immer so gern zu besonderen Anlässen getragen hatte. Ihr Sonntagnachmittag-Ausgehkleid hatte sie es genannt.

Nun, was jetzt folgen sollte, würde wohl kein Sonntagsspaziergang werden. Wilhelm sah auf seine Taschenuhr. Sie zeigte viertel vor drei. Um drei Uhr sollte die Leichenschauhalle öffnen.

»Das ... das glaube ich nicht!« Margarete stemmte sich mit beiden Armen gegen das Handschuhfach vor ihr. Die Nachricht von Karls Tod hatte sie wie eine Dampflok getroffen. Sie fühlte sich taub, benommen. Und gleichzeitig musste sie irgendwohin mit ihrer Wut, mit all diesen Emotionen, die sie bisher so sorgsam zu kontrollieren versucht hatte. Die Verkleidung des Daimlers knackte unter dem Druck ihrer Handballen. Margarete öffnete den Mund und stieß einen unartikulierten Klagelaut aus, dann hustete sie laut, beugte sich vornüber und fing an zu keuchen.

»Tut mir leid, Grete.« Fritze legte ihr eine Hand auf die Schulter.

»Fass mich nicht an!« Sie wand sich unter seiner Berührung, dann schlug sie seine Hand weg. »Fass mich ja nicht an!«

Fritze zog seine Hand zurück und machte eine beschwichtigende Geste. »Ist ja jut, alles jut.«

»Nichts ist gut!«, schrie Margarete. »Du hast ja keine Ahnung!«

Fritzes Blick wurde ernst. »Du scheinst ihn sehr gemocht zu haben.«

Margarete kniff die Augen zusammen und suchte nach Worten. Sie wollte Fritze sagen, was sie für Karl empfunden hatte. Sie wollte ihm von dem Kind erzählen, das in ihrem Bauch wuchs. Aber sie konnte nicht, und vielleicht war es auch besser so. Sie spürte, wie ihr die Tränen in die Augen stiegen, und bedeckte ihr Gesicht mit den Händen. Sie wollte nicht das heulende Weib sein, das die Kontrolle verlor, weil ihr Beschützer von ihr gegangen war. Sie wollte stark sein.

Nach einigen Minuten hatte sie sich wieder etwas beruhigt und Fritze ließ den Daimler an, ohne weiter nachzufragen. Die Sonne hatte ihren höchsten Punkt bereits überschritten, es mochte vielleicht zwei Uhr am Mittag sein. Fritze steuerte den Wagen durch die immer noch wenig befahrenen Straßen von Leipzig.

»Ick versteh's nicht. Keine Polente zu sehen. Überhaupt keine! Als würden se uns gar nicht suchen.« Er sah Margarete an. »Vielleicht haben wir ja doch den richtigen Riecher gehabt!«

Margarete reagierte nicht. Wie versteinert saß sie auf dem Beifahrersitz und sah hinaus. Die Szenerie der Stadt zog an ihr vorbei, ohne wirklich an sie heranzudringen. Sie wollte es einfach nicht glauben. Der einzige Mann, den sie ansatzweise in ihr Herz gelassen hatte, der Vater des Kindes, das sie trug, war tot. Wieso war ihr dieses kleine Glück nicht vergönnt? Unwillkürlich legte sie die Hand auf ihren Bauch. Sie spürte nichts. Natürlich nicht. Was hatte sie erwartet? Der Embryo konnte noch nicht besonders groß sein. Margarete wusste nicht genau, wie schnell er wuchs, doch sie stellte ihn sich etwa so groß vor, wie ihr Daumen war. Es waren jetzt vier Wochen und drei Tage. In acht Monaten würde es so weit sein, zum Jahreswechsel, oder vielleicht erst im neuen Jahr. Ob der Krieg dann vorbei sein würde? Der Gedanke an jenen Abend vor vier Wochen trieb Margarete erneut die Tränen in die Augen. Karl war so aufgeregt gewesen. So tollpatschig und unbeholfen, aber gleichzeitig so … so verliebt. Genau wie sie.

»Gleich sind wir da.« Fritze riss sie unsanft aus ihren Gedanken. »Ick nehm ma an, dass deene Bude bewacht wird. Allet andre wär wirklich fahrlässig.«

»Und wie sollen wir dann hineinkommen?«

»Am besten springst du gleich an der nächsten Ecke raus. Ick werd im Schneckentempo an deinem Haus vorbeiju-ckeln. Wenn wir Glück haben, kann ick so die Aufmerksam-keit von den Polizisten auf mir lenken. Wenn die Luft rein ist, schlüpfste schnell in deine Butze und holst die Unter-lagen.« Er trommelte mit den Fingern auf dem Lenkrad. »Aber lass dir nicht zu viel Zeit. Wenn die Bullen merken, dass ick sie nur ablenke, wird es gefährlich da drinne!«

Margarete war zu sehr mit ihren eigenen Gedanken be-schäftigt, um zu widersprechen. Wenige Sekunden später stand sie auf dem Bürgersteig und sah dem grünen Daimler nach, der um die Ecke in die Görlitzer Straße einbog, in der ihre Wohnung lag. Sie lief ihm hinterher und lugte um die Häuserecke. Fritze fuhr langsam die Straße entlang. Und tatsächlich, als er das Haus passierte, in dem sie wohnte, scherte ein schwarzer Wagen aus der Reihe geparkter Fahr-zeuge aus und folgte dem Daimler. Fritze schien Gas zu ge-ben, der Daimler wurde schneller und schneller, dann bog er um die nächste Ecke, den Verfolger im Schlepptau. Dann waren beide Fahrzeuge aus ihrem Blickfeld verschwunden.

Jetzt oder nie, dachte sie und wollte sich gerade in Bewe-gung setzen, als ein Mann sie von hinten ansprach. »Fräu-lein Brühl! Sie habe ich ja lang nicht mehr hier gesehen.«

Margaretes Herz setzte für einen Moment aus. Das war nicht Teil des Plans gewesen! Für eine Sekunde dachte sie an Flucht, doch dann drehte sie sich langsam um. Die Stimme gehörte zu Herrn Machwitz, ihrem Nachbarn aus dem ersten Stock. Er war etwa vierzig Jahre alt, trug einen dünnen Schnauzbart, einen zerbeulten Hut und ein Monokel und war immer schon schrecklich nett zu ihr gewesen. Zu nett für ihren Geschmack.

»Ich arbeite viel zur Zeit.« Margarete wollte ihm gerade den Rücken zukehren, als er mit zwei schnellen Schritten an ihre Seite sprang und ihr seinen Arm anbot.

»Sie sind auch auf dem Heimweg? Ich werde Sie begleiten.«

Margarete winkte ab. »Das ist doch nicht nötig.«

»O doch, ich bestehe darauf.« Machwitz grinste verschmitzt und rückte seinen Hut zurecht.

Margarete kochte innerlich. Warum behandelten Männer sie ständig wie ein hilfloses Kind? Glaubte Machwitz ernsthaft, dass sie den Weg zu ihrer Wohnung nicht allein schaffen würde? Im Gegenteil, er würde sie nur aufhalten! Doch sie hatte keine Wahl, wenn sie nicht zu viel Aufmerksamkeit erregen wollte. Sie ergriff seinen Arm und ließ sich von ihm in die Görlitzer Straße führen. Ihr Herz schlug schneller. Sie fürchtete schon, dass vor dem Haus Polizisten stehen könnten und dass Machwitz sie geradewegs in ihre Arme führen würde. Doch als sie die Straße vor sich liegen sah, schien alles ruhig zu sein. Eine alte Frau, die eine weiße Haube trug, goss auf der gegenüberliegenden Straßenseite gerade einen Holzeimer mit Dreckwasser in den Rinnstein, ansonsten war niemand zu sehen.

Schnellen Schritts gingen sie die Görlitzer Straße entlang. »Ich habe in der Zeitung von dem Brand in der Universität gelesen«, sagte Machwitz. »Arbeiten Sie nicht dort? Angeblich soll das Feuer ja noch immer nicht gelöscht sein.« Er kniff die Augen zusammen und sah sie an. »Sind Sie deswegen so zerkratzt im Gesicht? Ich hoffe, Ihnen ist nichts zugestoßen?«

Margarete erschrak und betastete mit den Fingern ihre Stirn. Machwitz hatte recht, ihre Haut war übersät von kleinen Schnitten, die wohl von der zersplitterten Glastür des Krankenhauses herrührten. »Ich war nicht im Institut, als es geschah«, log sie und fürchtete dabei, rot anzulaufen.

Doch Machwitz schien ihr gar nicht richtig zuzuhören. »Die Zeitung schreibt von einem Anschlag«, fuhr er fort. »Unfassbar, was diesen Teufeln alles einfällt, um das Reich zu schwächen.«

Margarete ging nicht darauf ein. Sie bekam es langsam mit der Angst zu tun. Sie musste unbedingt selbst sehen, was genau die Zeitungen schrieben. Vielleicht war ein Foto von ihr abgedruckt und es wurde öffentlich nach ihr gefahndet! Sie sah sich um. Hatte die Frau mit der Haube gerade zu ihr herübergeschaut? Margarete senkte den Kopf und beschleunigte ihre Schritte.

»Sie haben es aber ganz schön eilig heute«, sagte Machwitz schmunzelnd. »Sie sind wohl noch verabredet später?«

»Ich bin nur sehr müde.«

»Aber Fräulein Brühl, es ist doch gerade erst zweie durch!« Machwitz sah sie von der Seite an. Als sie nicht antwortete, gab er ein meckerndes Geräusch von sich.

Margarete war es egal. Sollte er denken, was er wollte. Sie blickte noch einmal über ihre Schulter zurück, doch die Frau mit der Haube war verschwunden. Schließlich erreichten sie die Eingangstür. Nachdem Machwitz aufgeschlossen hatte, entwand Margarete sich aus seinem Griff und lief voran, die Treppenstufen hinauf.

»Vielleicht darf ich Sie ja einmal zum Essen ausführen!«, rief er ihr hinterher, doch das hörte sie kaum noch.

An der Wohnungstür angekommen, zögerte sie. Was, wenn die Gestapo in der Wohnung auf sie wartete? Sie schüttelte den Kopf. Das hatte Fritze in seinem tollen Plan natürlich nicht bedacht. Aber nun hatte sie keine Wahl mehr und außerdem keine Zeit für lange Überlegungen. Wie lang würde Fritze die Polizisten hinhalten können? Sie betätigte die Klingel und rannte so leise wie möglich die Stufen zur nächsten Etage hinauf. Von dort aus lauschte sie. Ihr Puls klopfte in ihren Ohren.

Nichts geschah. Margarete konnte in einer der Nachbarwohnungen jemanden husten hören, weiter oben schrie ein Kleinkind. Frau Lorenz ging jedoch nicht an die Tür und auch sonst niemand. Zögernd schlich sie die Treppe wieder hinunter und trat an die Wohnungstür heran. Sie lauschte erneut, doch aus der Wohnung drangen noch immer keine Geräusche. Sie wollte gerade ihren Schlüssel aus der Handtasche fischen, als ihr auffiel, dass die Tür gar nicht geschlossen war. Sie war lediglich angelehnt! Ein ungutes Gefühl beschlich sie und nistete sich in der Magengegend ein. Nach kurzem Zögern legte sie eine Hand an die Tür und drückte sie auf. Die Scharniere quietschten. Margarete biss die Zähne aufeinander. Sie wagte es nicht zu atmen.

Der Anblick des Korridors war ein Schock. Die wuchtige Anrichte, in der Frau Lorenz Bettwäsche und Tischtücher verwahrte, war umgerissen und zerschlagen worden. Das Möbelstück lag quer im Flur, das Holz zersplittert. Die alte Fotografie von Herrn Lorenz in Paradeuniform, die gleich neben der Garderobe gehangen hatte, lag auf dem Dielenboden. Das Glas war zersprungen.

Auch das Esszimmer war verwüstet. Kommoden und Schränke waren aufgerissen oder umgestürzt worden. Überall lag zerbrochenes Geschirr. Margarete schloss die Wohnungstür hinter sich und stürmte durch den Flur, kletterte über die umgestürzte Anrichte und steuerte auf ihr eigenes Zimmer zu. Sie musste sich beeilen. Vielleicht hatte sie Glück und die Polizisten hatten die Doktorarbeit nicht gefunden. Wie gut, dass sie die Mappe in letzter Sekunde noch unter ihrem Schrank versteckt hatte! Sie riss die Tür zu ihrem Zimmer auf und stöhnte, als sie sah, dass dort ein ähnliches Chaos herrschte. Die Türen des Kleiderschranks waren aufgerissen, der Inhalt lag verstreut auf dem Boden. Die Matratze ihres Betts hatte jemand aufgeschlitzt. Inmitten des Zimmers lag der Standspiegel. Das Glas war an mehreren Stellen zersplittert. Das Fenster stand offen, eine leichte Brise ließ die Gardinen ins Zimmer flattern. Auf dem Fensterbrett sah sie die Rose liegen, die Karl ihr geschenkt hatte.

Margarete stieg über den Spiegel hinweg und trat ans Fenster. Sie nahm die Rose und führte sie an ihre Nase. Sie duftete immer noch, obwohl sie schon ziemlich vertrocknet war. Vorsichtig legte Margarete sie in ihre Handtasche. Dann kniete sie sich vor den Kleiderschrank und tastete mit der Hand nach der Mappe mit ihrer Doktorarbeit. Doch sie konnte nichts finden. Sie bückte sich weiter nach unten, um mit ihrem Arm noch tiefer unter den Schrank reichen zu können. Doch es war vergeblich. Die Arbeit war verschwunden!

»Suchen Sie das hier?«, hörte sie plötzlich die Stimme von Frau Lorenz.

Margarete schreckte hoch, so dass ihr Arm schmerzhaft gegen die Unterseite des Schranks prallte. Sie stöhnte auf und zog ihre Hand darunter hervor, dann drehte sie sich zur Tür um.

Frau Lorenz stand im Türrahmen und hielt Margarete triumphierend die braune Mappe mit der Doktorarbeit entgegen. Ihr Mund war zu einem Grinsen verzogen, doch ihre Augen sahen aus, als habe sie stundenlang geweint. »Was haben Sie sich nur dabei gedacht?«, fragte sie schließlich und schüttelte den Kopf dabei. »Was sind Sie nur für eine abscheuliche Person!«

Margarete erhob sich. »Ich … ich kann das alles erklären.«

»So?« Frau Lorenz hob das Kinn. »Das kann ich mir denken. Sie hatten immer schon ein loses Mundwerk. Immer am Schnattern. Aber diesmal sind sie zu weit gegangen. Schauen Sie nur, was die Gestapo mit meiner Wohnung gemacht hat!«

»Es tut mir furchtbar leid …«, begann Margarete, doch sie wurde von ihrer Vermieterin unterbrochen.

»Nein, mein Fräulein, sparen Sie sich Ihre Worte. Denken Sie, ich kann nicht lesen? Denken Sie, ich kann nicht eins und eins zusammenzählen? In der Zeitung steht, dass es gestern Abend einen Unfall gegeben hat, in der Universität. Am selben Tag, an dem sie hier in aller Hektik eine mysteriöse Mappe unter ihrem Schrank verstecken. Denken Sie, ich bekomme so etwas nicht mit?« Sie stemmte die Hände in die Hüften. »Mir entgeht nichts, was in dieser Wohnung passiert! Ich weiß auch, dass Sie vor vier Wochen Herrenbesuch hatten! Unerlaubten Herrenbesuch, wohlgemerkt. Sie denken vielleicht, dass Sie im Schleichen eine ganz Große sind, wie Winnetou, was? Aber da irren Sie sich. Ich saß kerzengerade im Bett, so laut sind Sie gewesen!«

Margarete hatte unbewusst den Mund geöffnet, war aber zu perplex, um zu antworten.

»Als dann die Gestapo an die Tür geklopft und meine Wohnung verwüstet hat, da ist mir alles klar geworden. *Sie* haben diesen Unfall zu verantworten, habe ich recht?«

Margarete entschied, dass es sinnlos war, ihre Vermieterin von der Wahrheit überzeugen zu wollen. Stattdessen fragte sie geradeheraus: »Wieso haben Sie die Mappe nicht der Gestapo übergeben?«

»Das hätte ich am liebsten, das können Sie mir glauben! Aber wie hätte das ausgesehen? Immerhin habe ich es nicht gleich gemeldet, als ich die Mappe in die Hände bekam.« Frau Lorenz verzog den Mund. »Die Gestapo hätte denken können, ich wollte etwas verbergen! Am Ende hätten mich die Herren mitgenommen, nur weil *Sie* Dreck am Stecken haben. Sie elende Verräterin! Aber jetzt sieht die Sache anders aus. Wenn ich Sie ausliefere, wird man mir sicher glauben. Sie werden jetzt schön hierbleiben, während ich die Polizei rufe.« Sie machte einen Schritt auf Margarete zu, die instinktiv zurückwich. »Und dann werde ich Sie persönlich übergeben.«

Margarete wollte gerade etwas erwidern, als sie aus dem Treppenhaus Schritte hörte. Schwere Stiefel, die im Laufschritt die Treppe hochkamen.

Der Taunus stand schon seit einigen Minuten vor der Polizeiwache im Stadtteil Reudnitz, doch Wilhelm fühlte sich außerstande, auszusteigen. Stumm betrachtete er das Treiben draußen auf der Straße. Zerlumpte Kinder spielten Fangen. Der Milchmann schob einen Karren mit Flaschen über den Bürgersteig und wurde von vorbeieilenden Passanten herzlich gegrüßt. Das Leben ging seinen gewohnten Gang, als gäbe es keinen Krieg und keinen Tod.

Wilhelm sah hinüber zu Ida, die auf dem Beifahrersitz saß. Ihr Blick war starr nach vorn gerichtet. Ob die Szene, die sich hinter der Windschutzscheibe abspielte, an sie herandrang? »Ich weiß nicht, ob es dir guttut, Liebes, aber ich denke, ich werde dich mit reinnehmen.« Er legte seine Hand auf ihre. Sie war eiskalt. Ächzend lehnte er sich zu ihr hinüber, öffnete das Handschuhfach und zog die Whiskyflasche daraus hervor.

Wenig später standen sie Hand in Hand vor der Eingangstür der Wache. Nach kurzem Zögern betraten sie das Gebäude. »Wilhelm, schön dich zu sehen«, begrüßte ihn ein schon leicht betagter, gebeugt gehender Uniformierter mit unsicherem Blick. Wilhelm atmete auf. Er hatte gehofft, ihn zu treffen. Martin Sellering war Kriminalkommissar und ein alter Freund. Auch Ida hatte ihn gemocht, er hatte sie häufig zum Essen besucht. Doch die Treffen hatten aufgehört, nachdem sie in ihren derzeitigen Zustand verfallen war. Unbeholfen versuchte Sellering nun, ihre Hand zu schütteln, ließ dann aber schnell wieder von ihr ab und fuhr sich mit beiden Händen durchs Gesicht. »Ida, du bist hier, das ist … wunderbar.« Er zwang seinen Körper in eine straffere Haltung und wandte sich Wilhelm zu. »Was kann ich für euch tun?«

»Ich will zu meinem Sohn.«

»Wieso, hat Karl etwas ausgefressen? Wohl einen über den Durst getrunken?« Sellering lachte. »Die Besuchszeit beginnt erst um drei Uhr, aber ich kann da sicherlich etwas für euch tun.«

»Er sitzt nicht in einer eurer Zellen«, fuhr Wilhelm ihn an. »Er ist unten.«

»Unten? Wie meinst du das?«

»In der Kühlkammer.«

Sellerings Augen weiteten sich. Er rang um Worte. »Ach, unten ... Bist du sicher? Was ist denn passiert, Wilhelm?«

»Das werde ich noch herausfinden.«

»Aber ... Bist du sicher, dass er ...« Sellering stockte.

»Er ist tot, Martin. Ich habe es gesehen. Und mir wurde gesagt, dass um fünfzehn Uhr die Besuchszeit beginnt und ... und dass er hier liegt, bei euch. Deswegen komme ich zu dir.«

Sellering starrte ihn noch einige Augenblicke lang an. »Alles klar, Wilhelm. Gib mir eine Sekunde, ich schaue kurz in die Bücher.«

Wilhelm hatte sich mit Ida auf einer Holzbank im Eingangsbereich der Wache niedergelassen und studierte die Musterung der Fliesen am Boden, als Sellering wenig später zurückkam. Sein Gesicht war aschfahl. »Es tut mir sehr leid, ich hatte ja keine Ahnung ...«

»Spar dir deine Worte. Es ist, wie es ist. Bring uns einfach zu ihm.« Wilhelm versuchte, seine Emotionen im Zaum zu halten, auch wenn es ihm schwerfiel.

Sellering nickte. »Selbstverständlich.« Dann fiel sein Blick auf Ida, und er stockte. »Bist du sicher, dass ...«

»Sie kommt mit. Karl ist auch ihr Sohn.«

»Natürlich. Eigentlich muss immer ein Arzt dabei sein, wenn Angehörige ...«, begann er, doch er beendete den Satz nicht.

Als Sellering einige Momente später im Kellergeschoss des Gebäudes die schwere Metalltür zum Obduktionsraum öffnete, schlug Wilhelm ein stechender Geruch entgegen, eine Mischung aus Kräuterschnaps und Erbrochenem. Die Luft war kühl und feucht. Er spürte, wie sich in seinem Hals ein dicker Kloß bildete, der sich nicht herunterschlucken ließ. Er drückte Idas Hand fester und folgte Sellering in den schummrig beleuchteten niedrigen Raum.

Ein einzelner Rolltisch aus Metall stand in der Mitte, darum verteilt einige Wägelchen mit Werkzeugen und Geräten. Auf dem Tisch waren unter einem weißen Tuch die ungefähren Umrisse eines menschlichen Körpers erkennbar. Wilhelm spürte, dass sich Tränen in seinen Augen sammelten.

Sellering blieb unschlüssig an der Tür stehen. Als Wilhelm zu ihm zurückschaute, senkte er den Blick. »Ich lasse euch dann mal allein.«

Als Sellering verschwunden war, trat Wilhelm an den Wagen heran und zog Ida mit sich. Das weiße Tuch war makellos sauber. Wilhelm betrachtete die Umrisse, die sich darunter abzeichneten. Der Kopf war durch das Tuch erkennbar, deutlich stach die Nase hervor. Der restliche Körper wirkte merkwürdig flach. Karl war immer schon ein schmales Hemd gewesen.

Er atmete noch einmal tief ein und aus, dann zog er das Laken mit einem Ruck zur Seite. Was er sah, löste eine solche Flut von Gefühlen in ihm aus, dass keines von ihnen die Oberhand gewinnen konnte. Er verzog das Gesicht zu einer Grimasse, hielt sich den Bauch, wand sich. Er wollte schreien, fluchen, weinen. Doch aus seinem Mund drang nur ein klägliches Röcheln.

Karls Gesicht sah aus, als schliefe er. Es war unberührt, unbeschadet, blass, makellos schön und rein. Doch sein Oberkörper war zermalmt. Wirre Bilder drangen in Wilhelms Geist, die wie aus einem bösen Traum zu kommen schienen. Plötzlich lag die Halle wieder vor seinen Augen, die Trümmer, das Feuer, dieses merkwürdige, unnatürliche Licht, der Geruch.

Karl war tot.

Es war wirklich passiert. In einem Winkel seines Verstands, das merkte Wilhelm jetzt, hatte er die Hoffnung gehegt, dass alles nur ein böser Traum gewesen war, eine Wahnvorstellung. Doch es war die Wahrheit. Er sackte zusammen, griff nach Idas Schultern, klammerte sich an ihr fest. »Ida, oh, Ida …«

Einige Minuten verstrichen, ehe er sich wieder ein wenig beruhigt hatte. Er wischte sich das Gesicht mit den Ärmeln seiner Uniform ab. Dann fiel sein Blick auf seine Frau. Ida stand dort, vor der Leiche ihres gemeinsamen Sohns, in ihrem hübschen hellblauen Kleid, und sie verzog keine Miene.

»Was ist nur los mit dir?«, heulte Wilhelm auf. »Siehst du nicht, was passiert ist?« Er packte sie an den Schultern und schüttelte sie. »Er ist auch *dein* Sohn! Er ist auch *dein* Sohn!« Wieder brach er in heftiges Schluchzen aus und fiel seiner Frau um den Hals. »Es tut mir leid, Liebes. Es tut mir so leid.«

Als sie wenig später den Obduktionsraum verließen, erwartete Sellering sie mit mitfühlender Miene.

»Hatte er etwas in den Taschen?«, fragte Wilhelm.

Sellering verzog das Gesicht. »Du weißt, dass ich dir das nicht sagen darf.«

»Er ist mein Sohn, Martin.«

Sellering atmete tief ein und seufzte. Dann öffnete er eine Tür und verschwand in einem dunklen Büro. Wenig später kam er mit einer Papiertüte in der Hand zurück. »Weil wir Kollegen sind, Wilhelm. Und Freunde.« Sein Blick huschte zu Ida.

Wilhelm nickte und atmete innerlich auf. Offenbar hatte sich die Nachricht von seiner unehrenhaften Entlassung noch nicht herumgesprochen.

Sellering öffnete die Tüte und kramte darin herum. Ein Schlüsselbund kam zum Vorschein, außerdem Karls Portemonnaie und ein in schwarzes Leder gebundenes Notizbuch.

Wilhelm nahm es Sellering aus der Hand, der für einen Moment empört schaute, jedoch nicht protestierte. Ziellos blätterte Wilhelm in dem schmalen Buch herum. Es schien sich um eine unzusammenhängende Liste von Terminen und Adressen zu handeln. Einer der letzten Einträge jagte Wilhelm einen Schauer über den Rücken. »Dr. Margarete von Brühl, Görlitzer Str. 17«, stand dort in Karls schwungvoller Handschrift.

Sellering hatte ihm offenbar über die Schulter geschaut. »Von Brühl … Sie wird verdächtigt, für die Explosion verantwortlich zu sein. Soweit ich weiß, wird sie zurzeit im Universitätsklinikum festgehalten.«

Wilhelm klappte das Notizbuch zu und reichte es Sellering. »Danke.«

»Kannte Karl diese Person?«

»Sie war seine Vorgesetzte.«

»Ach, richtig.« Sellering sah auf den Boden. »Wilhelm, es gibt da noch eine Sache … Vielleicht ist sie gar nicht von Bedeutung.« Sellering runzelte die Stirn und machte dann eine wegwischende Handbewegung. »Wahrscheinlich sollte ich dir gar nicht davon erzählen.«

»Raus mit der Sprache.«

Sellering wand sich. »Es ist jetzt bestimmt schon ein halbes Jahr her, deswegen … Vermutlich ist es gar nichts.«

»Nun stottere hier nicht so rum, Mann!« Wilhelm sah

Ida entschuldigend an und streichelte ihre Hand mit seinem Daumen. Hatte er ihr nicht versprochen, sich in Zukunft zu beherrschen? »Tut mir leid, Martin. Was wolltest du mir sagen?«

»Karl wurde vor etwa einem halben Jahr nachts aufgegriffen, in einer Bar, in der sich Homosexuelle treffen. Er hat mich angefleht, dir nichts davon zu sagen. Tut mir leid, Wilhelm ... Er war dort mit einem älteren Herren, für dessen Freilassung er mich geradezu bekniet hat. Braun war sein Name. Professor Braun.«

Wilhelm reagierte nicht. Er musste das Gehörte erst verarbeiten. Außerdem wollte er nicht, dass Ida einen weiteren seiner Wutanfälle ertragen musste.

»Wahrscheinlich tut das alles gar nichts zur Sache«, fuhr Sellering fort und drückte Wilhelm einen zusammengefalteten Zettel in die Hand. »Ich wollte nur, dass du es weißt.«

Margarete blickte sich in ihrem Zimmer um, während die Stiefelschritte aus dem Treppenhaus immer lauter wurden. Wenn die Gestapo sie hier entdeckte, wäre ihr Schicksal besiegelt. Sie musste raus aus dieser Wohnung!

Ihr Blick fiel auf das Fenster, das zum Innenhof hinausging. Sie war geübt im Klettern, mit ihrem Onkel war sie früher oft in der Sächsischen Schweiz unterwegs gewesen. Doch ein kurzer Blick aus dem Fenster machte ihr klar, dass dies selbst für sie kein geeigneter Fluchtweg war. Die Fassade des Wohnhauses war glatt verputzt, ohne Vorsprünge oder Mulden, in denen Hände und Füße Halt finden konnten.

Frau Lorenz stand kopfschüttelnd im Türrahmen, die Hände immer noch in die Hüften gestemmt. »Was haben Sie sich nur dabei gedacht?«

Die Schritte aus dem Treppenhaus kamen immer näher. Bald würden die Männer die Wohnung erreichen.

Margarete rannte auf ihre Vermieterin zu, packte sie am Arm und zog sie in das Zimmer hinein. Dann schloss sie die Tür hinter ihr.

Frau Lorenz japste und wollte zu einer Schimpftirade ansetzen, doch Margaretes eiskalter Blick ließ sie verstummen. Auf das Gesicht ihrer Vermieterin stahl sich ein ängstlicher Ausdruck. Sie presste die braune Mappe mit beiden Armen an die Brust. »Was soll das werden?«

»Keinen Mucks!« Margarete legte einen Finger auf ihre Lippen und blieb vor der Zimmertür stehen. »Ich werde Ihnen sagen, wie dies hier ablaufen wird. Da Sie mir ja so oder so nicht glauben wollen, bleibt mir leider keine andere Wahl. Sie werden jetzt zu diesen Polizisten rausgehen und ihnen sagen, dass niemand in dieser Wohnung ist und auch niemand hier war, außer Ihnen.«

Frau Lorenz kniff die Augen zusammen. »Warum sollte ich das tun? Ein Wort von mir und Sie landen am Galgen, Sie … Sie Flittchen!«

Beide schraken zusammen, als jemand laut an die Wohnungstür klopfte. »Aufmachen! Gestapo!«, brüllte eine Männerstimme.

Frau Lorenz wollte sich an Margarete vorbeidrängen, doch diese hielt sie zurück. »Sie könnten mich verpfeifen, da haben Sie völlig recht«, flüsterte sie, »aber wer sagt Ihnen, dass ich Sie nicht ebenso an den Galgen bringen kann?«

Frau Lorenz trat einen Schritt zurück und sah sie mit großen Augen an. »Was sagen Sie da? Sie wollen *mir* etwas anhängen? Das ist doch …«

»Sie haben es eben selbst gesagt. Sie haben Ihren mysteriösen Fund nicht gemeldet. Wer weiß, vielleicht hätte die

Explosion verhindert werden können, wenn Sie die Mappe sofort zur Polizei gebracht hätten.«

Frau Lorenz klappte das Kinn herunter.

»Sie sagen doch, dass Sie die Arbeit gelesen hätten«, fuhr Margarete fort. »Haben Sie nicht die Anschlagspläne darin gefunden? Sie stehen doch ganz vorne drin. Unmöglich, das zu übersehen.« Margarete zeigte mit dem Finger auf ihre Vermieterin und schüttelte den Kopf. »Und *Sie* haben es nicht gemeldet.«

Wieder klopfte es an der Tür. »Aufmachen, oder wir treten die Tür ein!«

»Das ist ungeheuerlich …«, begann Frau Lorenz erneut, doch Margarete unterbrach sie.

»Ich kann mich im Übrigen noch sehr gut an einen Abend erinnern, an dem Sie mir im Cognac-Rausch von meinem Vormieter erzählten.«

Frau Lorenz japste.

»Ein *so* netter junger Mann. Er hat Sie an Ihre Söhne erinnert, hab ich recht? Aber, ach … Ist er nicht auf der Flucht gewesen? Er hat sich vor dem Kriegsdienst gedrückt. War es nicht so? Und Sie haben ihn hier versteckt!«

»Das wagen Sie nicht.« Der Kopf der Vermieterin hatte sich tiefrot gefärbt.

»Glauben Sie mir, ich habe nichts mehr zu verlieren«, erwiderte Margarete.

In diesem Moment ertönte ein furchtbares Poltern aus dem Flur. Offenbar ließen die Gestapos ihrer Drohung Taten folgen und machten sich an der Tür zu schaffen.

Frau Lorenz starrte Margarete noch einige Sekunden an, dann sagte sie: »Also schön«, und machte Anstalten, die Tür zu öffnen.

»Halt!«, zischte Margarete. »Die Mappe, her damit!«

Frau Lorenz zog die Augenbrauen zusammen, doch dann reichte sie Margarete die Doktorarbeit. Sie atmete noch einmal tief ein und aus, dann öffnete sie die Zimmertür und rief: »Meine Herren, so warten Sie doch, eine alte Frau ist nun mal kein D-Zug!«

Margarete schloss die Tür hinter ihr. Jetzt konnte sie nur noch warten und hoffen, dass ihre Drohungen Wirkung zeigen würden. Sie legte ein Ohr an die Tür und lauschte.

»Ich komme ja, ich komme ja«, hörte sie Frau Lorenz rufen, dann quietschten die Scharniere der Wohnungstür.

»Das wurde aber auch Zeit«, sagte eine Männerstimme. »Uns wurde gemeldet, dass eine Frau das Haus betreten hat, die zur Fahndung ausgeschrieben ist.«

Margarete hielt den Atem an. Ihr Leben hing nun davon ab, was Frau Lorenz entgegnen würde. Hoffentlich behielt die Frau die Nerven.

»Eine Frau? Sie meinen meine Untermieterin, die Ihre Kollegen vorhin schon gesucht haben?«

Margarete spürte, wie ihre Zähne knirschten. Was tat Frau Lorenz denn da?

»Fräulein von Brühl ist nicht hier. Das habe ich Ihren Kollegen auch schon gesagt. Und überhaupt, reicht es Ihnen nicht, was Sie mit meiner Wohnung gemacht haben?« Frau Lorenz' Stimme hatte den zeternden Ton angenommen, den Margarete nur allzu gut von ihr kannte.

»Ich habe meine Befehle«, sagte die Männerstimme. »Wir müssen die Wohnung durchsuchen.« Schritte ertönten. Offenbar kamen die Gestapos nun den Flur entlang.

Margarete keuchte. Hektisch sah sie sich in ihrem Zimmer um. Sie musste sich verstecken. Nur wo?

»Passen Sie doch auf!«, schrie Frau Lorenz im Flur, doch die Schritte kamen nun immer näher.

Margaretes Blick fiel auf den Kleiderschrank. Vielleicht konnte sie dort hineinschlüpfen, auch wenn es ein sehr naheliegendes Versteck war.

In diesem Moment öffnete sich die Zimmertür.

Margarete machte einen Satz zur Seite und presste sich gegen die danebenliegende Wand. Die Tür schwang auf und blieb kurz vor ihrer Nasenspitze stehen, so dass sie Margarete verdeckte. Sie wagte es nicht zu atmen.

Der Mann, der in den Raum getreten war und nun auf der anderen Seite der Tür stand, keuchte ein wenig. Offenbar war er nicht allzu gut in Form und verarbeitete noch die Anstrengung des Aufstiegs durch das Treppenhaus.

Die Sekunden vergingen quälend langsam. Der Polizist schien sich in Margaretes Zimmer umzusehen. Die Dielen knarrten unter seinen Stiefeln.

Immer noch hielt Margarete die Luft an.

Und dann ging er.

»Sind Sie nun zufrieden?«, fragte Frau Lorenz, als der Mann wieder in den Flur trat.

»Es scheint niemand hier zu sein«, sagte er, dann entfernten sich die Schritte.

»Einen schönen Tag noch, die Herren.«

Margarete konnte hören, wie die Scharniere der Wohnungstür erneut quietschten und die Tür schließlich ins Schloss fiel. Erleichtert atmete sie auf.

»Wollen Sie den ganzen Tag in ihrem Versteck verbringen?«, erklang die Stimme ihrer Vermieterin.

Margarete trat hervor.

Frau Lorenz stand auf der Schwelle und sah sie mit hochgezogenen Augenbrauen an. »Und nun hauen Sie schon ab, ehe ich es mir anders überlege.«

Margarete sprang auf ihre Vermieterin zu und fiel ihr um den Hals. »Danke!«, rief sie und drückte ihr einen Kuss auf die Wange. Dann öffnete sie langsam und vorsichtig die Wohnungstür und steckte den Kopf ins Treppenhaus. Alles war still. Auf Zehenspitzen trat sie hinaus und schlich die Treppe hinunter. Die Haustür im Erdgeschoss stand offen, dahinter lag die Straße. Immer noch war niemand zu sehen oder zu hören.

Plötzlich schoss der grüne Daimler in Margaretes Sichtfeld. Sie huschte aus dem Haus und lief auf den Wagen zu. Es musste verdächtig aussehen, wie sie sich bewegte, aber sie konnte sich nicht dazu zwingen, langsamer zu gehen.

Als Fritze sie kommen sah, hielt er an und ließ sie einsteigen.

Triumphierend wedelte sie mit der braunen Mappe. »Ich habe sie! Und nun sieh zu, dass wir hier wegkommen!«

»Wird jemacht, Chef«, entgegnete Fritze und drückte auf das Gaspedal. In gemäßigtem Tempo lenkte er den Wagen über wenig befahrene Straßen aus der Stadt hinaus.

Margarete spürte, dass sie zitterte. Wie hatten sie nur so unvorsichtig sein können, einfach an den Ort zurückzukehren, an dem die Gestapo sie als Erstes vermuten würde? Das Chaos der letzten Stunden hatte sie wohl fahrlässig werden lassen. Margarete nahm sich vor, Fritzes Pläne in Zukunft ausgiebig zu hinterfragen. Er war offenbar immer noch derselbe Hallodri, der er damals in Berlin gewesen war, und tat stets das, was ihm als Erstes in den Sinn kam, ohne über die Konsequenzen nachzudenken.

Sie begann damit, erneut die Dokumente aus der Mappe zu studieren. Es bestand kein Zweifel, dass dies ihre Doktorarbeit war. Auf einigen Seiten entdeckte sie handschriftliche Anmerkungen. »Hier gibt es noch Verbesserungspotenzial«, stand an einer Stelle. An einer anderen prangte der Kommentar »Dimension des Uranbehälters überprüfen«. Die Schrift kam Margarete bekannt vor. Konnte es die Hand des Professors sein, die diese Anmerkungen verfasst hatte? Sie ließ die Seiten durch die Finger laufen. Ganz hinten lag ein loser Zettel in der Mappe, der aus dünnerem Papier bestand als die anderen Blätter. Jemand hatte einige Sätze mit einer Schreibmaschine draufgetippt. »Insgesamt kann festgehalten werden, dass die hier dargelegten Pläne für eine Verschmelzungsbombe auf Grundlage einer Hohlladung eine kostengünstige, leicht zu realisierende Alternative zu bisher erdachten atomaren Waffen darstellen«, las sie. »Insbesondere wird der Bedarf an spaltbarem Material auf ein Minimum reduziert, was die Fertigung einer Vielzahl von Sprengkörpern auch im derzeitigen Kriegszustand in den Bereich des Möglichen verschiebt.«

Margarete sah von den Papieren auf und legte die Stirn in Falten. Über das Problem des Tritiums, das nötig war, um die Kernfusion überhaupt in Gang zu bringen, stand dort nichts. Hatte der mysteriöse Verfasser einen anderen Weg gefunden, die Reaktion anzuheizen? Sie wandte sich Fritze zu. »Ich glaube, wir müssen doch noch einmal ins Institut.«

Fritze schüttelte den Kopf und seufzte. »Ick hatte gefürchtet, dass du das sagst.«

Gerald Schander saß auf dem Rücksitz einer schwarzen Limousine, in der er sich zur Villa Sack chauffieren ließ. Er hatte den ängstlichen Blick des Fahrers im Rückspiegel bemerkt, ihm aber keine Beachtung geschenkt. Er wusste, dass seine Untergebenen ihn fürchteten, und er genoss dieses Wissen. Furcht bedeutete Ohnmacht. Und ohnmächtige Untergebene gaben keine Widerworte.

Der Wagen bog in die Karl-Heine-Straße ein, und der graue klobige Bau mit dem Mansardendach, in den die Leipziger Gestapo vor einigen Jahren eingezogen war, rückte in Schanders Blickfeld. Der Name »Villa Sack« hatte sich gehalten, obwohl die gleichnamige Industriellenfamilie längst ausgezogen war. Sie hatte sich ein neues, größeres Anwesen im Westen der Stadt gebaut, das näher an ihren Produktionsstätten lag. Sack hatte sein Vermögen mit Pflügen und Drillmaschinen gemacht, und wie man hörte, liefen die Geschäfte besser denn je. Die Zwangsarbeiter, die die Familie seit Kurzem beschäftigte, gaben konkurrenzlos günstige Arbeitskräfte ab.

Nachdem der Wagen vor der Villa gehalten hatte, stieg Schander aus, ohne den Fahrer noch eines Blicks zu würdigen. Mit schnellen Schritten eilte er auf den Eingang zu, wo er von zwei salutierenden Polizisten empfangen wurde. Er ging an ihnen vorbei, passierte den Windfang mit dem Pförtnerbüdchen auf der rechten Seite und schritt über das Mosaik, das den Boden der Empfangshalle zierte. Es zeigte ein riesiges Hakenkreuz auf rotem Grund. Zielstrebig steuerte er die Treppe an, die in einem weiten Bogen in die oberen Etagen führte. Immer wieder kamen ihm Uniformierte entgegen, die Haltung annahmen und salutierten, als sie ihn kommen sahen.

Im ersten Stock angekommen, überquerte Schander einen breiten Flur und riss die Tür zum Vorzimmer seines Büros auf. Seine Sekretärin Frau Uhlig stieß einen spitzen Schrei aus und ließ einen Stift fallen, als Schander den Raum betrat.

»Nun erschrecken Sie mich doch nicht so, um Himmels willen!«, rief sie ihm empört entgegen.

Schander konnte sich ein Lächeln nicht verkneifen. Frau Uhlig, eine dralle Vierzigjährige mit einer strengen Frisur, war die einzige Person in der Villa Sack, die sich traute, so mit ihm zu reden. Und sie war mit Sicherheit die einzige Person auf der Welt, der Schander ein solches Verhalten auch gestattete.

»Nun führen Sie sich mal nicht so auf.« Er zog die Tür hinter sich zu. Es wäre ihm unangenehm gewesen, wenn ihre Unterhaltung von jemandem auf dem Flur mit angehört worden wäre.

Frau Uhlig erhob sich und kam auf ihn zu. »Sie haben es ganz schön eilig heute.«

Schander zuckte mit den Schultern. »Das Leben eines Kriminalrats ist geprägt von Hektik und Herausforderungen.«

»Sie haben sich Ihren Beruf schließlich selbst ausgesucht.« Sie trat hinter ihn und nahm ihm den Mantel ab.

»Ausgesucht ... Ich weiß nicht. Eine solche Anstellung sucht man sich nicht aus. Man wird dazu berufen.«

»Lirum, larum.« Frau Uhlig hängte seinen Mantel an den hölzernen Garderobenständer, der in der Ecke des Raums stand. »Darf ich Ihnen eine Tasse Kaffee machen? Kein Zucker, keine Milch, schwarz wie der Stiefel eines Oberfeldwebels?«

»Danke. Bringen Sie ihn in mein Büro. Ich habe Arbeit für Sie.« Schander öffnete die mit Schnitzereien verzierte Tür zu seinem Arbeitszimmer. Er spürte, wie die Anspannung von ihm abfiel. Hier, im Zentrum seiner Macht, fühlte er sich am wohlsten. Mehr als einhundert Männer standen unter seinem Befehl, und auch über die Beamten der Kriminal- und Schutzpolizei konnte er verfügen, wenn er die richtigen Hebel betätigte. Die Reichsführung hatte vor politischen Gegnern eine vielfach größere Angst als vor Mördern oder Vergewaltigern. Wenn Schander Verstärkung von den anderen Wachen anforderte, dann wurde sie ihm stets bewilligt. Nur in diesem Fall würde ihm seine Macht nichts nutzen. Seine eigene Mission war so geheim, dass lediglich eine Handvoll seiner treuesten Männer eingeweiht war. Und er hatte nicht vor, daran etwas zu ändern.

Stöhnend ließ sich Schander in den Sessel hinter seinem Schreibtisch fallen. Mit den Zeigefingern, die immer noch in seinen schwarzen Lederhandschuhen steckten, strich er über die blanke Tischplatte. Dann führte er sie vor die Augen und betrachtete das Leder. Es war kein Staubkorn darauf zu sehen. Zufrieden zog er die Handschuhe aus und warf sie auf die hölzerne Oberfläche. Dann massierte er seine vernarbten Finger und wartete darauf, dass Frau Uhlig mit dem Kaffee kam.

»Ich möchte mal wissen, was heute los ist«, zeterte sie, als sie mit einem klappernden Tablett den Raum betrat. »Es geht hier zu wie im Taubenschlag.«

Schander blickte sie fragend an.

Frau Uhlig stellte das Tablett auf dem Schreibtisch ab und goss ihm einen Kaffee ein. Dann reichte sie ihm die filigrane Tasse aus Porzellan. »Nicht, dass mit mir jemand sprechen würde. Ich bin ja lediglich die Schreiberin, ich gehöre hier nur zur Einrichtung, so wie diese Kaffeekanne hier.«

»Sie sind viel mehr als eine Schreiberin.« Schander blinzelte ihr zu. »Sie können mir einen großen Gefallen tun. Sie haben doch zeichnerisches Talent, richtig?«

Frau Uhlig nickte.

»Ich werde Ihnen gleich einen Mann beschreiben. Sie wissen ja, dass ich mir Details außerordentlich gut merken kann. Sie werden, basierend auf meiner Beschreibung, eine Porträtzeichnung anfertigen. Und wenn Sie damit fertig sind, werden Sie dieses Porträt mit sämtlichen Kriminellen des letzten Jahres vergleichen, die wir in den Akten haben. Egal, ob Schwarzbrenner, Kinderschänder oder Kommunist.«

»Aber, das müssen ja Tausende sein!« Frau Uhlig riss die Augen auf.

»Nehmen Sie sich ein paar von den anderen Damen zu Hilfe«, antwortete Schander. »Und erstatten Sie mir sofort Bericht, wenn Sie eine Übereinstimmung finden. Und nur mir! Ich werde die Stadt verlassen, aber ich schreibe Ihnen eine Nummer auf, unter der Sie mich erreichen können.«

»Verstanden, Herr Kriminalrat«, sagte Frau Uhlig und salutierte. Dann lehnte sie sich weit zurück und täuschte ein lautstarkes Niesen vor.

Schander prustete vor Lachen, als er diese nahezu perfekte Imitation von Kommissar Ricken erblickte. Kaffeetropfen besprenkelten die Oberfläche des Schreibtischs. Schanders Lachen erstarb. »Machen Sie hier sauber, bevor Sie anfangen.«

Frau Uhlig sah ihn erschrocken an und verließ den Raum.

Schander nahm die Handschuhe vom Schreibtisch und zog sie wieder an. Dann warf er einen Blick auf seine Taschenuhr. Es wurde Zeit. Er spürte, wie sich die Haare in seinem Nacken aufrichteten. Morgen früh, bei Sonnenaufgang, würde sich zeigen, ob Operation Attila von Erfolg gekrönt sein würde.

Wilhelm setzte die Whiskyflasche an und nahm einen weiteren großen Schluck. Er saß auf dem Teppich im Wohnzimmer seiner Wohnung. Mit dem Rücken lehnte er am Sofa, auf dem Ida lag und schlief.

Sellerings Worte hallten in seinem Kopf nach. Was hatte es mit dieser verrückten Geschichte auf sich? Sein Sohn war kein Homosexueller! Das war nur etwas für Schriftsteller oder für Leute vom Theater vielleicht. Auf der anderen Seite hatte Karl immer eine gewisse Weiblichkeit an sich gehabt. Er war schrecklich sentimental gewesen. Ida und Wilhelm hatten ihn irgendwann nicht mehr in die Kirche mitgenommen, weil er bei den Liedern immer laut zu weinen angefangen hatte. Aber dann war da Fräulein von Brühl. Hatte Karl nicht ganz begeistert von ihr erzählt? Hatte er nicht verliebt geklungen? Oder war das am Ende nur eine Geschichte gewesen, um Ida und ihn auf eine falsche Fährte zu locken?

Er faltete den Zettel auseinander, den Sellering ihm in die Hand gedrückt hatte. »Prof. Dr. Hans Braun, Märkische Str. 3a« stand darauf. Was sollte er nun mit dieser Information anfangen? Jedenfalls war Braun nicht verhaftet worden, als er in jener Nacht in der Bar aufgegriffen worden war. Sellering hatte gemeint, jemand habe wohl seine Hand schützend über den Professor gehalten. »Mach keinen Scheiß«, hatte Sellering ihm zugeraunt und Wilhelm hatte genickt. Aber Gewissheit musste er doch haben. Er würde bei Braun klingeln und ihn zur Rede stellen. Der Mann war es ihm schuldig, die Wahrheit über Karl mit ihm zu teilen.

Es klingelte an der Tür. Wilhelm stöhnte auf und nahm einen weiteren Schluck aus der Flasche. Erst als es erneut klingelte, erhob er sich, stellte den Whisky auf den Beistelltisch, der neben dem Sofa stand, schlurfte zur Tür und öffnete sie. Er bekam einen Hustenanfall, als er seine Schwägerin Anna erblickte.

Sie funkelte ihn an. »Hast du getrunken?«

»Natürlich nicht, ich trinke nicht mehr, das weißt du doch.«

»Deine Fahne ist nicht zu überriechen.« Sie drängelte sich an ihm vorbei in den Flur. »Ich bin gekommen, um Ida mitzunehmen.«

»Du willst *was?*«

Anna drehte sich zu ihm um. »Ich will und ich werde meine Schwester mitnehmen. Das hier ist kein Platz für sie.« Sie machte eine unbestimmte Geste in seine Richtung.

Wilhelm sah sich um. Zugegeben, die Wohnung hatte schon besser ausgesehen. Vielleicht hatte er es mit der Reinlichkeit zuletzt nicht mehr so genau genommen. Um ehrlich zu sein, hatte er sich einen Dreck darum geschert.

Anna ließ ihn im Flur stehen und ging ins Wohnzimmer. »Hab ich es doch gewusst!«

Jetzt fiel Wilhelm die Whiskyflasche wieder ein. Er hätte sie verstecken sollen, bevor er zur Tür gegangen war. Wobei, wieso eigentlich? Das hier war immer noch sein Zuhause, hier brauchte er sich vor niemandem zu rechtfertigen! Und schon gar nicht vor Anna, dieser Schreckschraube. Er folgte ihr ins Wohnzimmer, wo sie auf ihn wartete und ihm vorwurfsvoll die Flasche entgegenhielt.

»Nennst du *das* etwa Aufhören?«

»Ich bin ein erwachsener Mann, Anna. Erzähl mir nicht, was ich tun oder lassen soll.« Es war eine lahme Erwiderung, wie Wilhelm bewusst war. Der Selbsthass, den er so erfolgreich mit dem Schnaps heruntergespült hatte, kam mit einem Mal zurück und mit ihm die Enttäuschung, dass er es schon wieder nicht geschafft hatte, sich zu beherrschen.

»Auf jeden Fall will ich nicht, dass Ida *dem hier* weiter ausgesetzt ist. Ich nehme sie mit zu uns. Da ist sie in guten Händen.«

Wilhelm lachte auf. »Bei euch? Ihr wolltet doch noch nicht mal für eure eigenen Kinder sorgen!«

»Was willst du damit sagen?«

»Habt ihr sie etwa nicht aufs Land geschickt, damit ihr eure Ruhe habt?«

»Da hört sich ja wohl alles auf!« Anna machte einen Schritt auf ihn zu. »Die Kinderlandverschickung ist eine vernünftige Sache. Die Stadt ist kein Ort für Kinder in Kriegszeiten. Denk doch nur an das, was in Köln passiert ist. Hast du es nicht in der *Wochenschau* gesehen? All die Bomben!«

Wilhelm schüttelte den Kopf. »Ida bleibt bei mir. Du nimmst mir meine Frau nicht weg.«

Seine Beharrlichkeit schien Eindruck auf Anna zu machen. Für einen Moment wirkte sie verunsichert. »Und was ist dein Plan? Soll sie weiter so vor sich hin vegetieren? Du lässt sie viel zu oft allein!«

»Sie kann gut auch mal ein paar Stunden für sich sein«, sagte Wilhelm. »Außerdem wird sich das jetzt alles ändern.«

»Was soll das heißen? Haben sie dich bei der Feuerwehr endlich rausgeworfen?«

»Natürlich nicht.« Wilhelm strich sich mit der Hand über seine Uniform.

»Wenn Ida nicht zu uns kommt, dann bring sie wenigstens nach Sonnenstein.«

»Was soll das sein?«

»Eine ganz reizende Anlage in Pirna. Nicht allzu weit von hier und malerisch gelegen. Das Tor zur Sächsischen Schweiz, klingt das nicht toll? Die Einrichtung ist in einem alten Schloss untergebracht, sehr herrschaftlich. Dort kümmert man sich um Leute wie sie.« Anna nickte in Richtung Ida.

Wilhelm spürte Wut in sich aufsteigen. »Du willst sie den Quacksalbern ausliefern? Hast du gehört, wie Goebbels über Leute wie sie spricht? Für die Nazis ist sie nicht mal ein richtiger Mensch!«

»Was willst du denn von mir hören? Du kannst sie nicht versorgen, ich soll sie nicht versorgen. Allein kann sie sich nicht mal ernähren. Sie würde sich zu Tode hungern. Von Körperpflege ganz zu schweigen.« Anna schien den Tränen nah. Einige Sekunden lang betrachtete sie Wilhelms Whiskyflasche, dann zog sie den Korken heraus, setzte die Flasche an den Mund und nahm einen tiefen Schluck. Angewidert verzog sie das Gesicht.

Wilhelm lachte, dann ging er auf Anna zu und legte einen Arm um ihre Schultern. »Komm mal mit, ich möchte dir etwas zeigen.«

Er führte sie ans Fenster, von wo aus man einen guten Blick über den kreisrunden Platz im Zentrum des Rundlings hatte. Mit dem Finger zeigte er auf eine Litfaßsäule, die keine zehn Meter von Wilhelms Wagen entfernt stand. Beim Aussteigen hatte er zwei Männer beobachtet, die ein Plakat aufhängten. Mit dicken Pinseln hatten sie Leim auf das bunte Papier geschmiert. Darauf war ein Mann in einem weißen Kittel zu sehen, offenbar ein Arzt. Vor ihm saß ein merkwürdig dreinschauender Typ auf einem einfachen Holzstuhl. Das Gesicht des Sitzenden war schief, irgendetwas stimmte nicht mit ihm. Über der Zeichnung prangte in roten Lettern ein Schriftzug: »60 000 Reichsmark kostet dieser Erbkranke die Volksgemeinschaft auf Lebenszeit. Volksgenosse, das ist auch dein Geld!«

»Siehst du das?« Wilhelm tippte mit dem Finger an die Glasscheibe. »So denken die Nazis über Ida. Solange ich lebe, werde ich mit allem, was ich habe, verhindern, dass sie denen in die Hände fällt. Das verspreche ich dir.«

Margarete war noch immer in die Lektüre ihrer Doktorarbeit vertieft, während Fritze den grünen Daimler wieder in die Stadt lenkte. Die Sonne stand schon tief am Himmel, aber eine gute Stunde würden sie noch Tageslicht haben.

Fritze blickte sie fragend an. »Verstehste das ganze Gewäsch?«

»Natürlich, ich habe es schließlich geschrieben. Allerdings ist es völlig veraltet. Vor zwei Jahren, als ich die Arbeit abgegeben habe, war der Plan, eine deutsche Atombombe zu bauen, noch real. Aber es war vielen Physikern damals schon klar, dass dafür viel zu viel angereichertes Uran nötig wäre. Deswegen entwickelte mein Doktorvater damals die Idee, Hohlladungen zu verwenden.«

»Hohlladungen?« Fritze pfiff durch die Zähne. »Die kenn ick von woandersher. Die werden an der Front eingesetzt, um die Panzerung der Tanks kaputt zu kriegen, stimmt's oder hab ick recht?«

»Genau. Durch die spezielle Bauart und die Anordnung des Sprengstoffs entsteht bei der Detonation eine Art Metallstrahl, der enormen Druck ausübt und die Panzerung durchbricht.«

»Du meinst, das Metall wird geschmolzen?«

»Tatsächlich nicht. Der Druck in der Hohlladung ist so riesig, dass das Metall kalt verformt wird. In meiner Doktorarbeit sollte ich erörtern, inwiefern dieser Druck genutzt werden kann, um die Kernreaktion in einer Atombombe auszulösen.«

»Du klingst, als glaubste nicht dran.«

»Meine Ergebnisse sprachen eindeutig dagegen. Aber wer auch immer meine Arbeit in die Hände bekommen hat, ist wohl anderer Meinung. Ich frage mich, wer dahintersteckt. Die Forschung zu Atomwaffen ist längst eingestellt worden. Hitler hat sich stattdessen für die V2-Rakete entschieden. Und ich bin heilfroh darüber!«

»Obwohl sie dir damit doch den Wind aus den Segeln genommen haben ...«

Margarete seufzte. »Ich wollte mit der Sache nie etwas zu tun haben. Ich habe nur über dieses Thema geschrieben, weil ich keine andere Wahl hatte.« Sie sah Fritze an. »Du weißt ja, wie ich über den Krieg denke.«

Fritze lachte. »O ja, da haben wir trefflich drüber gestritten. Wobei der Krieg wohl schneller um wär, wenn eine Seite diese Bombe hätte, meinste nicht auch?«

»Das will ich mir gar nicht vorstellen. Die Durchschlagskraft einer solchen Waffe wäre unvorstellbar.« Sie hielt Fritze die Vorderseite der Mappe entgegen, auf die der geheimnisvolle Autor die Worte »Die Erde, ein glühender Stern« geschrieben hatte. »Ich frage mich, was es mit diesem Titel auf sich hat.«

Einige Minuten lang hingen sie beide ihren Gedanken nach, dann fragte Fritze: »Dieser Professor Braun, was ist denn das für einer?«

»Er ist ein brillanter Physiker. Er vereint theoretisches Wissen mit Intuition und praktischen Fähigkeiten.«

»Mit anderen Worten: Er wär der perfekte Mann für die Entwicklung von so 'ner Bombe?«

»Ausgeschlossen. Er verabscheut Gewalt, er ist schon immer ein Kriegsgegner gewesen. Wenn du mich fragst, ist er auch ein Gegner des Regimes, aber darüber haben wir natürlich nie gesprochen. Alles Politische ist auf der Arbeit immer tabu gewesen. Aber ich kann mich erinnern, dass er mir am Tag nach Hitlers Entscheidung, die Atomwaffenforschung einzustellen, in seinem Büro ein Glas Cognac angeboten hat.«

Fritze lachte auf. »Ick dachte, du trinkst nicht?«

»Ich habe abgelehnt.« Margarete verdrehte die Augen. »Der Punkt ist jedoch: Ich kann mir nicht vorstellen, wieso Braun in solch ein Projekt involviert sein sollte. Die Idee ist absurd.«

»Wo war denn dein Professor eigentlich gestern?«

»Du meinst, während des Unfalls?«

»Wenn es ein Unfall war …«

Margarete nickte langsam. Wenn es ein Unfall war … Die Worte hallten in ihren Gedanken nach. Die Idee, dass jemand ihre Maschine sabotiert haben sollte, erschien ihr nach wie vor abwegig. Auf der anderen Seite würde sie das zumindest von dem Vorwurf freisprechen, die Explosion durch einen Konstruktionsfehler fahrlässig selbst herbeigeführt zu haben. »Ich weiß nicht, wo er war«, sagte sie schließlich. »Er ist am Vortag abgereist, glaube ich. Ich habe mich gewundert, dass er so plötzlich aufbrach. Und das, obwohl wir mit der Uranmaschine gerade vor einem Durchbruch standen und Ergebnisse liefern mussten.«

»Das ist in der Tat ein merkwürdiger Zufall.« Mittlerweile befanden sie sich in der Nähe des Universitätsgeländes. »Ick denk mir, wir sollten den Rest zu Fuß gehen und die Scheese hier stehen lassen.«

Margarete nickte. »Vielleicht finden wir einen Platz, an dem der Wagen nicht gleich jedem ins Auge fällt.«

Fritze lenkte den Daimler auf einen Hinterhof, der von einer Schreinerei als Holzlager genutzt wurde. Der Betrieb schien geschlossen zu haben, so dass sie den Wagen hier einigermaßen unauffällig abstellen konnten. Margarete begutachtete sich im Rückspiegel. Sie hatte versucht, ihre Frisur zu verändern, indem sie sich den Pony in die Stirn gekämmt hatte. Außerdem trug sie ihr Halstuch nun über dem Haar. Sie kam sich vor wie ein altes Mütterchen. Fritze wiederum hatte sich einen Hut aufgesetzt. Sonderlich überzeugt war Margarete nicht von ihrer Tarnung, aber es würde reichen müssen.

Sie verließen den Innenhof zu Fuß und bogen in die Linnéstraße ein. Kurze Zeit später sahen sie das Gebäude des Physikalischen Instituts vor sich liegen. Immer noch herrschte auf dem Gelände der Ausnahmezustand. Margarete konnte mehrere Löschfahrzeuge vor und neben dem Gebäude erkennen. Von der Laborhalle, die hinter dem eigentlichen Institutsgebäude lag, schien eine dicke schwarze Rauchsäule aufzusteigen.

»Das brennt ja immer noch«, sagte Fritze.

Margarete nickte nur. »Uranbrände sind schwer zu löschen.« Im Institut hatte es in den letzten Jahren mehrere kleinere Unfälle mit Uran gegeben. Das Metallpulver hat die unangenehme Eigenschaft, sich unter Druck oder bei Erschütterungen selbst zu entzünden. Löschversuche mit Wasser machten die entstehenden Brände nur noch schlimmer.

Mittlerweile waren sie so nah an das Institutsgebäude herangekommen, dass sie vor dem Haupteingang zwei

Gestapomänner erkennen konnten. Sie waren in ein Gespräch vertieft, dennoch erschien es aussichtslos, an ihnen vorbei zu schleichen.

»Gibt's noch 'nen anderen Eingang?«

»Ich dachte mir, dass du das fragen würdest.« Margarete lächelte. »Aber dieses mal stürmen wir nicht einfach drauflos, verstanden? Wir brauchen einen Plan.«

Fritze wandte ihr den Kopf zu, sagte jedoch nichts.

Mittlerweile stand die Sonne knapp über dem Horizont und tauchte die Linnéstraße in kupferfarbenes Licht. Margarete ging voran und führte Fritze auf den Friedhof, der gegenüber vom Institutsgebäude lag. Er war von einer etwa zwei Meter hohen Mauer umschlossen, so dass die beiden Polizisten sie hoffentlich nicht sehen würden. Margarete spähte zum Institut hinüber. Das Gebäude hatte drei Stockwerke, wobei ihr Blick auf das Erdgeschoss von der Friedhofsmauer verdeckt wurde. Alle Fenster waren dunkel, obwohl die Vorhänge teilweise nicht zugezogen waren. Offenbar hielt sich niemand in dem Gebäude auf. Wahrscheinlich hatte die Gestapo das Institut geräumt und verhörte Margaretes Kollegen just in diesem Moment. Ihre ehemaligen Kollegen, korrigierte sie sich in Gedanken.

Fritze tippte ihr auf die Schulter. »Wo müssen wir denn lang jetze? Oder willste hier den ganzen Tag übern Friedhof spazieren?«

Margarete sah ihn genervt an, dann ging sie weiter die Friedhofsmauer entlang. »Wir müssen links am Gebäude vorbeigehen. Da vorn gibt es ein kleines Tor, das auf die Linnéstraße führt. Da müssen wir durch und dann über die Straße. Bleibt nur zu hoffen, dass die Gestapos uns nicht sehen.«

Margaretes Blick blieb an einem Mülleimer hängen, der neben einer Parkbank stand. Sie zuckte zusammen, als sie bemerkte, dass dies die Bank war, auf der sie mit Karl vor zwei Tagen gesessen hatte. Hier hatte er ihr die Rose geschenkt, die sie jetzt in ihrer Handtasche verwahrte. Margarete spürte, dass ihr Gesicht zu glühen begann. Entschlossen ging sie zu dem Mülleimer und wühlte darin herum, bis sie fand, was sie gesucht hatte. Sie hielt Fritze eine leere Flasche hin.

Fritze sah sie fragend an.

»Drei, zwei, eins«, zählte sie, dann warf sie die Flasche so weit sie konnte über die Friedhofsmauer, in die Richtung, aus der sie gekommen waren. Sekunden später hörte sie, wie sie auf der Straße zerschellte. Hoffentlich würde das die Gestapos ablenken.

»Los, los, los!« Geduckt liefen sie durch das Friedhofstor und über die mittlerweile im Halbdunkel liegende Linnéstraße. Margarete konnte sehen, dass die beiden Polizisten nicht mehr vor dem Eingang des Gebäudes standen. Aber wohin sie gegangen waren, erkannte sie nicht. Lauf einfach weiter, rief sie sich in Gedanken zu, jetzt kannst du eh nicht mehr zurück.

Wenig später hatten sie das Institutsgelände erreicht und verschwanden hinter einer Ecke des Hauptgebäudes. Margarete bedeutete Fritze mit einer Kopfbewegung, ihr zu folgen. Rund um den Bau lag eine Rasenfläche, auf der einzelne dunkle Büsche standen. Irgendwo hier musste es doch sein …

Margarete strahlte, als sie endlich das Kellerfenster entdeckte, das sie gesucht hatte. Es lag im hinteren Teil des Gebäudes, verdeckt von einer Brombeerhecke, so dass es von der Straße nicht einsehbar war. Als sie mit dem Fuß leicht dagegendrückte, schwang es auf und machte den Blick frei auf einen im Dunklen liegenden Kellerraum.

Margarete nickte zufrieden. Ihr Erinnerungsvermögen hatte sie nicht getrogen, sie hatte das Fenster tatsächlich wiedergefunden. Vor einigen Wochen hatte sie es entdeckt, als sie wieder einmal am Schreibtisch sitzend die Zeit vergessen hatte. Irgendwann hatte sie auf die Uhr gesehen, da war es schon nach elf Uhr abends gewesen, und das Institut menschenleer. Als Margarete das Gebäude dann ebenfalls hatte verlassen wollen, hatte sie feststellen müssen, dass sie eingeschlossen worden war. Sie hatte damals noch keinen Generalschlüssel gehabt, und es hatte mehr als eine Stunde gedauert, bis sie im Keller eben dieses Fenster fand, vor dem sie jetzt standen. Es war das einzige, an dem die Verriegelung defekt war. In jener Nacht war sie auf diesem Wege aus dem Institut gekommen. Heute würde sie hier einbrechen.

»Wir sollten hinne machen.« Fritze sah sich nervös um. »Wenn's ganz dumm kommt, ham'se Patrouillen eingerichtet.«

»Mir nach.« Margarete kniete sich vor das auf Bodenhöhe angebrachte Fenster und ließ sich leichtfüßig hinab. Ihre Schuhe erzeugten ein knirschendes Geräusch auf dem Boden. In der Luft hing ein muffiger Geruch, der sie daran erinnerte, dass in diesen Kellerräumen das Archiv des Instituts beheimatet war. Hinter ihr ließ sich Fritze schnaufend in den Keller fallen und drückte das Fenster hinter sich zu. Dann zog er eine Taschenlampe hervor und schaltete sie ein. Gespenstisch zuckte der grelle Lichtkegel über die staubigen Regale, die gefüllt waren mit endlosen Reihen von Aktenordnern.

»Wo fangen wir an?«

Margarete schüttelte den Kopf. »Hier brauchen wir nicht zu suchen. Jeder Institutsmitarbeiter hat Zugriff auf das Archiv. Aber das, was wir suchen, soll offenbar niemand sehen. Ich würde sagen, wir sollten zuerst im Büro von Professor Braun prüfen, ob seine Handschrift mit der auf meiner Arbeit übereinstimmt.«

»Und wo liegt das Büro?«

Margarete zeigte mit dem Zeigefinger zur Decke. »Im zweiten Stock.«

Völlig überzeugt hatte Anna nicht gewirkt, als sie gegangen war. Doch zumindest war es Wilhelm gelungen, seine Schwägerin zu vertrösten. Sie wolle sich nun selbst informieren, wie die Zustände in dieser Klinik waren, hatte sie gesagt, und Wilhelm hatte ihr dabei viel Glück gewünscht. Dann hatte er die Whiskyflasche in einen Stoffbeutel gesteckt, Ida geweckt und sie zu seinem Wagen geführt.

Nun saß sie neben ihm auf dem Beifahrersitz und er streichelte ihre Hand. »Was soll ich nur tun?«, murmelte er mehr zu sich selbst als zu seiner Frau. Er erwartete keine Antwort. Sein Blick fiel auf das Handschuhfach des Wagens. Darin lag der Revolver. Einen Moment lang überlegte er, ob er ihn lieber in der Wohnung lassen sollte, doch dann startete er den Motor und fuhr los.

Die Märkische Straße lag in einem Viertel, in dem viergeschossige Bauten aus der Gründerzeit dominierten. Eine wohlhabende Gegend, dachte Wilhelm. Die Menschen, die es sich leisten konnten, hier zu wohnen, mussten sich wohl keine Sorgen über Lebensmittelmarken machen.

Er parkte den Taunus etwas abseits des Hauses mit der Nummer 3a und beobachtete das Geschehen auf der Straße. Die wenigen Menschen, die auf den Bürgersteigen unterwegs waren, kamen ihm auffallend alt vor. Offenbar musste man lang leben, um sich ein solches Viertel leisten zu können. Lang leben und viel verdienen. Oder reich geboren sein. Die luxuriösen Fahrzeuge, die auf beiden Seiten der Straße parkten, sprachen für sich.

Ida war schon wieder eingenickt, ihr Kopf war zur Seite gekippt und ruhte auf ihrer Schulter.

Wilhelm drehte sich um und griff nach dem Stoffbeutel, den er auf die Rückbank geworfen hatte. Er zog die Whiskyflasche daraus hervor und nahm einen tiefen Schluck. Mittlerweile spürte er die Wirkung des Alkohols. Sie beruhigte seinen Herzschlag und verminderte das Zittern, das seine Hände seit dem Abschied von Karl heimgesucht hatte. Mit dem Handrücken wischte er sich den Mund ab, dann verkorkte er die Flasche wieder und verstaute sie im Beutel.

Ein weiterer Blick auf das geschlossene Handschuhfach. Dann sah er Ida an. Nein, er würde den Revolver nicht brauchen. Er wollte ja niemanden umbringen, verdammt! Er wollte sich lediglich ein wenig umhören.

Wilhelm öffnete die Fahrertür und stieg aus dem Wagen. Ida beachtete ihn nicht. Er ließ die Tür zufallen und machte sich auf den Weg zum Haus des Professors. Während er ging, dachte er darüber nach, was ihn dort wohl erwarten würde. Ob Braun um diese Uhrzeit zu Hause war? Was sollte er sagen, wenn der Professor ihm die Tür öffnete? Entschuldigen Sie die Frage, aber hatten Sie eventuell eine Affäre mit meinem Sohn? Wilhelm schüttelte den Kopf und verwarf den Gedanken. Er würde improvisieren, darin war er immer am besten gewesen.

»Prof. Dr. Braun« stand am polierten Klingelschild der Nummer 3a. Wilhelm fiel auf, dass erstaunlich viele Akademiker in dem Haus wohnten. Dr. Kühn, Prof. Walther, Dr. Klingbeil ... Er stellte sich vor, wie die feinen Herren abends beisammensaßen und über das Weltgeschehen diskutierten, dabei Cognacgläser schwenkten und Dinge sagten wie: »Hört, hört!« oder »Ich stimme Ihnen da voll und ganz zu, werter Kollege«. Passte Karl in solch ein Umfeld? Vielleicht schon, schließlich war auch er ein eher vergeistigter Mensch gewesen. Wilhelm war mit seinen Versuchen, aus seinem Sohn einen zupackenden, mit beiden Beinen im Leben stehenden Mann zu machen, stets gescheitert. Karl hatte sich geweigert, mit ihm den Motor des Taunus zu warten, und das Fußballtraining hatte er meistens geschwänzt. Dass er die Anstellung im Physikalischen Institut angenommen hatte, um dort an irgendwelchen Maschinen zu werkeln, war für Wilhelm einem Schlag ins Gesicht gleichgekommen. Er hatte es erst nicht glauben wollen, dann war er beleidigt gewesen, dass Karl nun offenbar doch einen Weg einschlug, auf dem er Wilhelm nie hatte folgen wollen. Ob der Professor hinter diesem plötzlichen Sinneswandel steckte?

Wilhelm nahm aus dem Augenwinkel eine Bewegung wahr. Die Haustür öffnete sich und ein sehr beleibter Schutzpolizist kam heraus. Er nickte Wilhelm zum Gruß zu, dann zündete er sich eine Zigarette an und blinzelte in die schon tief stehende Sonne.

Wilhelm klopfte seine Uniform ab und rückte seine Mütze zurecht. »Heil Hitler.«

Der Mann drehte sich zu Wilhelm um und musterte ihn. »Heil Hitler. Sie wünschen?«

»Ein Kollege, wie's aussieht.«

»Na ja, ein Entfernter vielleicht.« Der Polizist schmunzelte und betrachtete Wilhelms Uniform. »Wollen'se auch eine?« Er hielt Wilhelm die Zigarettenschachtel hin.

Wilhelm sah zurück zu seinem Wagen, in dem Ida saß und schlief. Immer noch hatte er Gewissensbisse, wenn er in ihrer Gegenwart rauchte. Aber das war natürlich Unsinn. Sie würde es nicht bemerken.

»Gern, haben Sie auch Feuer?« Wilhelm nutzte den Moment, in dem der Polizist seine Taschen nach dem Feuerzeug durchsuchte, um erneut das Klingelschild zu studieren. Er entschied sich für den erstbesten Namen, auf den sein Blick fiel. »Klingbeil mein Name.« Er zündete sich die Zigarette an. »Doktor Klingbeil ist mein Bruder.«

Der Schutzpolizist nickte. »Angenehm, Becker. Bin auch nur zu Besuch hier. Ich muss alle paar Tage bei meiner Mutter nach dem Rechten sehen. Unsereins kann sich ja so 'ne Gegend nicht leisten, bei dem Sold.«

Wilhelm lachte. Der Mann fing an, ihm sympathisch zu werden. »Da haben Sie wohl recht. Mit rechtschaffener Arbeit kriegt man so eine Miete nicht zusammen. Schon gar nicht im Staatsdienst. Sind Sie öfters hier?«

»Ich komme zweimal die Woche vorbei, um meiner Mutter Lebensmittel zu bringen, und die Zeitung. Vor allem muss ich mir stundenlang ihr Gezeter anhören.«

»So sind sie, die alten Leute.« Wilhelm stippte die Asche auf den Bürgersteig. »Mein Bruder ist nicht besser, was das angeht. Neulich tat er ganz verschwörerisch, er hat regelrecht angefangen zu flüstern, obwohl wir allein in der Wohnung waren. Er sagte, er hätte eine pikante Vermutung über seinen Nachbarn, Professor Braun.«

Der Polizist hob abwehrend die Hände und lachte. »Hören Sie mir auf damit, das muss ich mir auch ständig anhören!«

Wilhelm fiel in das Lachen des Polizisten mit ein, dann zog er an der Zigarette.

»Meine Mutter hat sich schrecklich ausgelassen über all den Herrenbesuch, den Braun empfängt«, fuhr der Polizist fort. »›Pfui Teufel‹, hat sie gesagt. Und sie hat tatsächlich, Sie müssen sich das vorstellen, das Wort ›Hinterlader‹ verwendet. Meine Mutter!« Er schüttelte mit dem Kopf. »Sie ist eigentlich eine wohlerzogene Dame. Hinterlistig, aber wohlerzogen.«

»Hat sie Ihnen auch von diesem jungen Mann erzählt, mit den rötlichen Haaren?« Wilhelm deutete mit den Händen Karls Haarlänge an.

»Na, Sie wollen's aber genau wissen.« Der Polizist zog eine Augenbraue hoch. »Sind doch wohl nicht eifersüchtig, was?«

Wilhelm sah den Polizisten entgeistert an, doch dann verstand er, dass sein Gegenüber einen Witz gemacht hatte. »Sie sind mir vielleicht einer. Eifersüchtig, der war gut.«

»Ich kenne keine Details über seine Liebschaften, ich hab auch nicht nachgefragt, wenn ich ehrlich bin.« Der Schupo schüttelte mit dem Kopf. »Wie auch immer, damit wird jetzt erst mal Schluss sein.«

Wilhelm sah ihn verständnislos an.

»Ham'se nicht die Zeitung gelesen? Brauns Mitarbeiterin hat die halbe Universität hochgejagt. Hat sich wohl mit den Kommunisten eingelassen.« Der Polizist warf den Zigarettenstummel auf den Boden und zerdrückte ihn mit seinem Stiefel. »Und Braun ist verschwunden. Wer weiß, vielleicht steckt er auch mit drin.«

»Ist ja ungeheuerlich, das höre ich zum ersten Mal«, sagte Wilhelm. »Was für eine Mitarbeiterin war das denn?«

»Von Brühl heißt die. Auch so eine Dame aus der besseren Gesellschaft.« Er sah sich um und fügte hinzu: »Wahrscheinlich wohnt die ebenfalls in so einer Luxusbude.«

»Und sie ist Kommunistin?«

»Wenn ich's Ihnen doch sage! Wenn man so reich ist, kann man es sich wohl leisten, Kommunist zu sein. Es heißt, dass die Rote Kapelle hinter der Sache steckt.«

»Die Rote Kapelle, das ist ja …«, begann Wilhelm, doch er wusste nicht, wie er den Satz beenden sollte.

Der Polizist rückte seine Mütze zurecht. »War nett, mit Ihnen zu plaudern. Aber jetzt will ich Sie nicht weiter aufhalten. Ich wünsche Ihnen einen angenehmen Besuch bei Ihrem Bruder.« Er zwinkerte Wilhelm zu.

»Danke«, sagte Wilhelm und sah dem Mann hinterher. Als er um eine Ecke gebogen war, machte Wilhelm sich auf den Weg zurück zu seinem Wagen.

»Na denn …« Fritze machte eine Kopfbewegung zur steilen Kellertreppe hin.

Als Margarete einen Fuß auf die unterste Holzstufe setzte, gab diese ein Quietschen von sich, das sie zurückschrecken ließ. Einen Moment lang verharrte sie in Schockstarre und lauschte ins Dunkel hinein. Von draußen drangen Geräusche an ihr Ohr. Männer, die sich gegenseitig etwas zuschrien, das Dröhnen der Motoren der Löschfahrzeuge. Doch im Institutsgebäude war alles ruhig, so schien es.

Margarete wagte einen neuen Anlauf, wobei sie diesmal die unterste Stufe übersprang. Fritze machte es ihr nach, und wenig später standen sie im Erdgeschoss.

»Mach die Taschenlampe aus«, zischte Margarete, als ihr klar wurde, dass man den hellen Lichtkegel möglicherweise von draußen sehen konnte. Fritze gehorchte, mit dem Ergebnis, dass sie nun im Dunkeln standen. Nur sehr langsam zeichneten sich die Umrisse der Räumlichkeiten ab, die Margarete so gut kannte.

Fritze blickte sich um. »Wo müssen wir lang?«

»Hier links die Treppe hoch.«

»Welche Treppe?«

»Na hier!«

»Ick sehe nichts.«

Margarete konnte seine Schritte einige Meter hinter sich hören. »Nimm meine Hand!«

Fritze kam schlurfend näher, und schließlich spürte Margarete seine tastenden Finger. Entschlossen griff sie nach seiner Hand, ein wenig fester, als nötig gewesen wäre, und zog ihn mit sich. Sie wollte vermeiden, dass aus dieser Hilfestellung eine irgendwie geartete romantische Situation entstehen konnte. Sie war sich noch nicht sicher, wie Fritze zu ihr stand. Er war sehr gekränkt gewesen, als sie ihn damals in Berlin verlassen hatte. Sie ertappte sich bei dem verrückten Gedanken, dass die ganze Geschichte von der Bombe am Ende nur ein von Fritze erdachter Vorwand sein könnte, um ihr nah zu kommen. Doch so verrückt konnte wohl nicht einmal Fritze sein.

Nachdem sie die Treppe in den zweiten Stock hinter sich gebracht hatten, wandten sie sich nach rechts und begaben sich in einen fensterlosen Korridor. »Ich denke, du kannst die Taschenlampe wieder anmachen, hier wird uns keiner sehen, es gibt keine Fenster.«

Fritze reagierte prompt. Links und rechts des Gangs wurden zwei Reihen von Türen sichtbar.

»Es ist die zweite Tür auf der linken Seite«, flüsterte Margarete. Sie schlich vorwärts, bis sie schließlich die Hand auf die Türklinke zu Brauns Büro legen konnte. Sie drückte sie hinunter und stieß einen leisen Fluch aus. »Es ist abgeschlossen. Natürlich!«

»Lass mich mal.« Fritze schob sich an ihr vorbei und hielt ihr die Taschenlampe hin. »Du musst mir leuchten.«

Margarete beobachtete ihn dabei, wie er aus einer Jackentasche ein kleines Lederetui hervorzog. Als er es öffnete, kamen einige schlanke Metallwerkzeuge zum Vorschein. Einen Moment lang pulte er mit einem davon im Schloss der Bürotür herum, dann sprang sie mit einem leisen Klicken auf. Fritze machte eine einladende Handbewegung. »Nach Ihnen.«

Margarete schlich an ihm vorbei, wobei sie darauf achtete, die Taschenlampe nur auf den Boden zu richten, damit man den Lichtkegel von draußen nicht erkennen konnte. Das Büro des Professors sah so aus, wie sie es von ihrem letzten Besuch in Erinnerung hatte. Mit einem Mal bekam sie Gewissensbisse. Durfte sie wirklich das Büro ihres Vorgesetzten durchsuchen? Was, wenn jemand davon Wind bekäme? Sie würde ihre Anstellung verlieren. Sie biss sich auf die Unterlippe. Was war sie doch für eine dumme Gans! Ihre Anstellung war sie ohnehin schon los. Schlimmer noch, sie wurde von der Gestapo gesucht! All das war so schnell über sie gekommen, dass sie es noch gar nicht realisiert hatte.

Margarete inspizierte Brauns Schreibtisch, fand jedoch lediglich das für ihn übliche Durcheinander von Schreibutensilien, Zetteln und Mappen vor. Sie begutachtete einige der Papiere genauer; keines allerdings schien eine Verbindung zu ihrer Doktorarbeit aufzuweisen.

Sie zog die Mappe mit ihrer Doktorarbeit hervor und hielt sie neben einige handschriftliche Notizen des Professors. »Die Schriften stimmen tatsächlich überein.«

Fritze zuckte mit den Schultern und sah sie an. »Siehste!«

Die Schubladen des Schreibtischs ließen sich leicht öffnen, enthielten aber lediglich Büroutensilien. Denk nach, trieb Margarete sich in Gedanken an. Wo versteckte der Professor die Papiere, die nicht jeder sehen sollte? Sie blickte sich im Zimmer um, musterte die zwei wuchtigen Aktenschränke, das Rokoko-Sofa an der Wand, darüber das hässliche alte Ölgemälde.

Da durchzuckte sie eine Erinnerung. Natürlich, das Gemälde! Dahinter verbarg sich der Tresor, den der Professor bei ihrem letzten Besuch geöffnet hatte. Sie legte die Taschenlampe so auf dem Schreibtisch ab, dass das Licht auf das Gemälde strahlte, und ging darauf zu. »Ich glaube, ich weiß, wo wir suchen müssen.«

»Ein versteckter Tresor?«

»Ganz genau.« Sie stieg auf das Sofa und nahm das Bild von der Wand. Dahinter kam die metallene Tresortür zum Vorschein.

»Jetzt sag bloß, du kennst die Kombination?«

Margarete drehte sich zu ihm um. »Nein, wie kommst du darauf?«

Plötzlich flammte die Deckenbeleuchtung des Büros auf. »Was ist hier los?«, brüllte eine männliche Stimme hinter ihnen.

Margarete schrie auf. Ein Polizist in einer grauen Uniform stand in der Tür und nestelte an dem ledernen Holster herum, das er am Gürtel trug. Er war etwa fünfzig Jahre alt, trug einen massigen Bauch vor sich her und schwitzte stark. Seine Augen waren aufgerissen, offenbar war er von der unerwarteten Begegnung genauso überrascht wie sie selbst.

Margarete konnte sich vor Angst nicht rühren, doch Fritze reagierte blitzschnell. Er schnappte sich die Taschenlampe, die nach wie vor auf dem Schreibtisch lag, und stürmte damit auf den Mann zu. Er holte aus und wollte seinem Gegner die Lampe über den Kopf ziehen, doch im letzten Moment duckte sich dieser, so dass Fritze in ihn hineinkrachte, woraufhin beide zu Boden gingen. »Kümmer dich um den Tresor, ick versorge unsern Kollegen hier«, rief er Margarete zu.

Sie musste sich mit aller Kraft von dem Anblick der beiden sich über den Boden wälzenden Männer losreißen. Schließlich wendete sie sich wieder dem Drehschloss des Tresors zu. Sie stellte fest, dass sie sich mit dieser Art von Schloss überhaupt nicht auskannte. Wie viele Ziffern hatten die Codes üblicherweise? Hatte Braun den Tresor in ihrer Gegenwart geöffnet? Erinnere dich!, schrie sie in Gedanken.

Hinter sich hörte sie Fritze fluchen, dann ertönte ein unterdrückter Schrei.

Margarete drehte unschlüssig an dem Schloss und stellte die 25 ein. Nichts geschah. Es war aussichtslos, so würde sie den Tresor nie öffnen können. Er war ja schließlich gerade für diesen Zweck gebaut. Unbefugte, die die Kombination nicht kannten, sollten abgehalten werden.

Sie war unbefugt. Und sie kannte die Kombination nicht. Dann löste sich ein Schuss.

Panisch wirbelte Margarete herum. Vor ihrem geistigen Auge sah sie Fritze blutüberströmt am Boden liegen, doch tatsächlich schien der Schuss ins Leere gegangen zu sein. Putz bröckelte von der Decke. Die beiden Kämpfenden ließen immer noch nicht voneinander ab. Margarete konnte erkennen, dass der Polizist seine Pistole zwar offenbar aus dem Holster hatte ziehen können, allerdings drückte Fritze die Hand, in der der Uniformierte die Waffe hielt, mit aller Macht auf den Boden. In diesem Moment gab er dem Polizisten eine Kopfnuss. Ein dumpfer Schlag ertönte. »Grete, mach hinne!«

»Wie denn? Ich kenne die Kombination nicht!«

»Nee, du sollst dem Kerl hier seine Knarre abnehmen!«

Margarete spürte, wie ihr Herz raste. Mit wackligen Knien stieg sie von dem Sofa und ging auf den am Boden liegenden Polizisten zu, der zwar von Fritze gehalten wurde, sich jedoch heftig wehrte. An Fritzes Armen traten Muskelstränge hervor, Schweißperlen standen auf seiner Stirn. Er schmetterte die Hand des Polizisten wieder und wieder auf den Dielenboden, doch er konnte ihn nicht dazu bringen, die Waffe loszulassen. Der Mann starrte Margarete wutentbrannt an und presste die Lippen zu einem Strich zusammen.

»Tritt ihm auf die Hand!«, rief Fritze.

Margarete starrte wieder auf die Waffe. Sie bewegte sich ganz leicht in den Fingern des Polizisten. Mit einem Mal wurde ihr klar, dass der Mann versuchte, die Pistole auf sie zu richten. Mit einem Sprung brachte sie sich aus der Schusslinie, dann gab es einen erneuten Knall, gefolgt von einem hohen metallischen Klirren. Margarete zögerte nicht weiter und sprang mit beiden Füßen auf die Hand des Polizisten.

Der Mann schrie auf und ließ die Pistole los.

Margarete warf sich auf den Boden und griff nach der Waffe. Dann richtete sie sie auf den Polizisten. Die Pistole zitterte in ihren Händen.

Fritze nutzte das Überraschungsmoment, ließ den Polizisten los und begann mit beiden Fäusten auf dessen Gesicht einzuprügeln. Nach wenigen Schlägen lag der Mann regungslos auf dem Rücken. Keuchend kam Fritze auf die Beine, massierte seine Hände und wischte sich mit dem

Ärmel den Schweiß von der Stirn. »Das war knapp jewesen«, sagte er mit einem schiefen Lächeln. Dann wandte sich sein Blick einem Detail zu, das hinter Margarete zu liegen schien, und sein Lächeln wurde zu einem breiten Grinsen. »Guck mal einer an, da hat die Flitzpiepe uns doch tatsächlich 'nen Gefallen getan!«

Margarete drehte sich um. Erst konnte sie nicht erkennen, worauf Fritze angespielt hatte, doch dann sah sie es. Der Tresor sah auf einmal völlig verbeult aus, offenbar hatte der zweite Schuss, den der Gestapo abgefeuert hatte, die metallene Tür getroffen.

Fritze ging an ihr vorbei. »Lass mich mal schauen. Vielleicht krieg ick das Ding auf. Du behältst derweil unseren Kollegen hier im Blick, falls er aufmucken will.«

Margarete schluckte. Zögerlich machte sie einen Schritt auf den am Boden liegenden Mann zu. Sie wollte sein Gesicht sehen. Sie wollte sehen, ob er atmete. Plötzlich fiel ihr auf, dass sie die Waffe gesenkt hatte. Wenn der Gestapo jetzt aufsprang, würde sie sich vor Schreck in den Fuß schießen! Sie hob die Waffe wieder und beugte sich ein wenig vor. Der Brustkorb des Mannes hob und senkte sich. Er lebte.

Sie versuchte, ihre Atmung zu beruhigen. Alles ist gut, sagte sie sich, gleich wird Fritze den Tresor geöffnet haben und dann verschwinden wir von hier. Dieser Mann wird all das verschlafen, und wenn seine Schicht vorbei ist, wird er nach Hause fahren, seinen Kindern einen Gutenachtkuss geben und sich im Bett an seine Frau kuscheln. Und sich hoffentlich nicht an unsere Gesichter erinnern. Sie ahnte, dass das wohl eine illusorische Hoffnung war.

»Jawoll!«, rief Fritze hinter ihr.

Margarete wirbelte herum.

Fritze stand mit einem Werkzeug, das aussah wie ein kleines Brecheisen, vor dem Tresor. Die Tür war aufgeschwungen, er hatte es tatsächlich geschafft. Triumphierend hielt er ihr einige braune Mappen entgegen.

Plötzlich nahm Fritzes Gesicht einen panischen Ausdruck an. »Pass uff, hinter dir!«

Margarete zuckte zusammen, doch irgendwie schaffte sie es, sich umzudrehen und die Waffe hochzureißen. Der Gestapomann kam mit ausgestreckten Armen auf sie zu. Sekunden später hatte er sie gepackt und verdrehte ihre Hand.

Sie jaulte auf.

»Niet ihn um!«, rief Fritze hinter ihr.

Margarete erstarrte. Vor Angst konnte sie keinen Finger rühren. Sie spürte den heißen Atem des Gestapos im Gesicht, sie sah seine zusammengekniffenen Augen, die sie hasserfüllt anstarrten, sie hörte ihre Handgelenke knirschen, doch sie konnte den Abzug der Pistole einfach nicht betätigen.

Plötzlich flog Fritze von der Seite in ihr Blickfeld. Er warf sich auf den Polizisten, der Margaretes Arm losließ und auf den Boden prallte. Wieder entbrannte ein wilder Kampf, doch diesmal war er schnell vorbei. Fritze saß rittlings auf dem Gestapo und ließ etwas aus seiner linken Hand gleiten, das klirrend auf den Boden fiel. Es war das Werkzeug, mit dem er den Tresor geöffnet hatte.

»Der schläft 'ne Weile«, sagte er, dann sah er Margarete an. »Das war schon wieder knapp gewesen. Zu knapp, für meinen Geschmack. Nächstes Mal drückste ab, wenn ick das sag!« Er bückte sich und hob die Pistole des Polizisten auf.

Margarete starrte ihn mit offenem Mund an.

Wilhelm ließ den Kopf auf das Lenkrad des Taunus sinken.

Was sollte er mit den neuen Informationen anfangen? Wenn stimmte, was der Polizist ihm gesagt hatte, dann war von Brühl nur ein Teil einer größeren Gruppe von Verschwörern. Vermutlich war sie längst untergetaucht, vielleicht schon außer Landes. Die Rote Kapelle, das war ein Name, den Wilhelm schon oft gehört hatte. Er war eine Art Oberbegriff für alle möglichen Gruppen, die sich dem Regime widersetzten. Bisher hatte er insgeheim mit ihnen sympathisiert.

Doch jetzt hatten sie seinen Sohn auf dem Gewissen.

Aber welche Rolle spielte Professor Braun? Dass er offenbar verschwunden war, machte ihn verdächtig. Auch die Gerüchte, von denen Sellering ihm erzählt hatte, schienen wahr zu sein. Wie sollte er all diese losen Fäden entwirren?

Wilhelm entschied sich dazu, zunächst weitere Informationen einzuholen, und fuhr zu einem Büdchen, in dem er bei einem mürrischen Greis die Neue Leipziger Tageszeitung und zwei Semmeln kaufte. Als er das Geschäft schon beinahe verlassen hatte, kehrte er noch einmal um und kaufte eine Packung Zigaretten. Dann setzte er sich unter einer Straßenlaterne auf eine Bank, las den Artikel über die Explosion im Physikalischen Institut und rauchte drei Glimmstängel hintereinander. Der Zeitungsbericht enthielt keine neuen Informationen, der Polizist hatte das Wichtigste richtig wiedergegeben.

Als Wilhelm sich wieder auf den Fahrersitz des Taunus fallen ließ, merkte er, dass seine Uniform nach kaltem Rauch stank. Sofort meinte er, Idas Missbilligung spüren zu können. Abwehrend hob er die Hände. »Das ist nun wirklich nicht der richtige Moment, um aufzuhören!« Er verspürte ein leichtes Dröhnen in seinem Kopf. Die Wirkung des Alkohols ließ langsam nach und machte Platz für die ersten Katererscheinungen. Wilhelm fingerte die Whiskyflasche aus dem Beutel und kämpfte mit einem weiteren Schluck gegen die Kopfschmerzen an.

In diesem Moment fuhr ein Leiterwagen der Feuerschutzpolizei vorbei. Wilhelm erschrak und versuchte, in seinem Sitz abzutauchen. Wenn seine ehemaligen Kollegen ihn in seiner alten Uniform sahen, konnte es übel ausgehen. Er hatte schließlich kein Recht mehr, sie zu tragen. Mehr noch, er machte sich strafbar damit. Amtsanmaßung, lautete der Fachterminus.

Wilhelm sank tiefer in den Fahrersitz und schloss die Augen. Er fühlte sich unendlich müde. Dann fiel ihm mit einem Mal ein Spruch ein, den er geschworen hatte, nie zu vergessen. »Wer die Spannung verliert, der stirbt«, murmelte er. Einen Moment lang knetete er mit den Händen sein Gesicht, dann ließ er den Motor an und fädelte sich hinter dem Leiterwagen in den Verkehr ein. Er hatte Mühe, die Gänge zu wechseln, er war langsam wirklich zu betrunken, um Auto zu fahren.

Das Feuerwehrfahrzeug fuhr in Richtung Innenstadt und bog schließlich in die Linnéstraße ein. Nach etwa zweihundert Metern bremste es und verschwand in einer Hofeinfahrt. Wilhelm hielt an und sah sich um. Linkerhand lag eine lange Mauer, dahinter vermutlich eine Art Park. Auf der anderen Straßenseite sah er ein großes Gebäude. Sein Blick fiel auf einen Schriftzug, der über dem Eingang des Hauses angebracht war. »Physikalisches Institut« stand da in altdeutschen Lettern aus Metall.

Wilhelm schluckte. Hier war es geschehen. Offenbar waren seine ehemaligen Kollegen immer noch mit der

Brandbekämpfung beschäftigt. Ohne ihn waren sie wohl nicht mal mehr in der Lage, ein verdammtes Feuer zu löschen. Einen Moment lang verspürte er den Drang, auszusteigen und ihnen Beine zu machen. Aber das wäre Wahnsinn. Er hatte sich schon genug blamiert.

Abermals zog er die Whiskyflasche hervor. Er hatte zu viel getrunken, so viel war klar. Aber was spielte das jetzt noch für eine Rolle? Keine hundert Meter entfernt löschten die Männer seines Zugs den Brand, der seinen Sohn das Leben gekostet hatte. Und Wilhelm konnte nur aus der Ferne zusehen.

Er führte die Flasche an den Mund und trank. Der Alkohol brannte in seiner Kehle. Wilhelm verschluckte sich und hustete so stark, dass er die Windschutzscheibe mit Whiskytropfen besprenkelte. Was sollte das alles? Was konnte er allein ausrichten gegen die Rote Kapelle? Das alles war wohl mindestens eine Nummer zu groß für ihn. Er würde sich auf die Polizei verlassen müssen oder auf die Gestapo, so schwer ihm das fiel. Eines Tages würde er vielleicht in der Zeitung lesen, dass man von Brühl und ihren Kompagnon gefasst hatte. Und dann würde er vielleicht Frieden finden.

Er sah Ida an. Wann hatte er sie zuletzt gefüttert? Er hatte die Semmeln, die er gekauft hatte, auf der Bank liegen lassen, nachdem er die Zeitung gelesen hatte. Tränen stiegen in seine Augen. Er hatte es nicht geschafft, für Karl da zu sein. Jetzt musste er wenigstens für Ida da sein. Er würde sie zu seinen Eltern bringen, aufs Land. Dann würde er die Wohnung kündigen und ihr folgen. Wilhelm startete den Taunus.

Sein Blick fiel auf ein Auto, das ihm auf der Straße entgegenkam.

Es war ein grüner Daimler.

Das Nummernschild passte.

Der Teufel sollte ihn holen.

Wilhelm verstaute die Whiskyflasche im Fußraum vor sich und legte den ersten Gang ein.

Margarete saß auf dem Beifahrersitz des Daimlers und starrte auf ihre Hände, die immer noch zitterten. Wieder und wieder kniff sie die Finger zusammen, doch das Zittern wollte nicht verschwinden. Sie sah das Gesicht des Polizisten vor sich, der zweifellos entschlossen gewesen war, alles zu tun, um sie festzunehmen. Vermutlich hätte er nicht gezögert, sie beide umzubringen. Dennoch hatte sie nicht auf den Mann schießen können. Wieder dachte sie daran, dass er vielleicht Familie hatte. Menschen, die ihn liebten, die ihn brauchten.

Fritze steuerte den Wagen durch das nächtliche Leipzig. Die schwüle Sommerhitze hatte sich in einem gewaltigen Gewitter entladen, das so plötzlich gekommen war, dass Margarete aufgeschrien hatte, als die ersten großen Regentropfen auf die Windschutzscheibe gedonnert waren. Immer noch goss es in Strömen, und der Staub der vergangenen heißen Junitage verschwand in den Gullys. Fritze fuhr mit niedriger Geschwindigkeit in Richtung des Industriegebiets, das ihnen schon am Nachmittag einen Unterschlupf geboten hatte.

»Und, was ist nun? Passt die Schrift?«

Margarete seufzte. »Gib mir einen Moment! Ich bin noch ganz durcheinander.«

»Das ist nun mal so im Krieg.«

Margarete massierte einige Sekunden lang ihre Hände, dann schlug sie die oberste der Mappen auf, die sie aus

Brauns Tresor entwendet hatten. Auf den ersten Blick sah sie, dass die Handschrift des Professors haargenau mit der übereinstimmte, die die Ränder ihrer Doktorarbeit zierte. Sie hatte sich nicht geirrt.

»Sag jetzt nicht, er isses nicht«, sagte Fritze.

»Er isses«, äffte Margarete ihn nach. »Trotzdem. Wir hätten niemals bei Professor Braun einbrechen dürfen. Der Polizist wird sich an unsere Gesichter erinnern, und alle werden davon überzeugt sein, dass *wir* die Verräter sind!«

»Glaub mir, Grete, über den Punkt sind wir lange weg.«

»Aber ich *bin* keine Verräterin!«, schrie Margarete. »Ich habe in meinem Leben nie etwas Unrechtes getan!«

»Manchmal kannste es dir halt nicht aussuchen.«

Margarete schwieg und brütete vor sich hin. Die vergangenen Stunden kamen ihr mehr denn je wie ein böser Traum vor. Nur wollte es ihr einfach nicht gelingen aufzuwachen. An eine Rückkehr in ihr altes Leben war nicht zu denken. Die Gestapo verdächtigte sie, für die Explosion im Institut verantwortlich zu sein. Die einzige Möglichkeit, diesen Verdacht zu entkräften, war, die wahren Verantwortlichen zu finden. Wenn es sie denn überhaupt gab. Allerdings gab es auch noch eine andere Möglichkeit. Eine, die Margarete noch mehr zu schaffen machte. Vielleicht hatte sie bei der Konstruktion der Uranmaschine *doch* einen Fehler gemacht. Vielleicht hatte ihr Versagen Karl das Leben gekostet. Tatsache war, dass sie schlicht und ergreifend nicht wusste, was geschehen war. Sie wusste lediglich, dass sie alles tun würde, um es herauszufinden.

Sie betrachtete den Inhalt der Mappe, die auf ihrem Schoß lag. Es handelte sich um einen Bericht zur Arbeit an der Uranmaschine, handschriftlich verfasst. Margarete lächelte, als sie las, dass Braun mit ihren Fortschritten höchst zufrieden gewesen war. Er hatte sogar mehrfach ihren engagierten Einsatz und ihr Durchhaltevermögen erwähnt. Doch von der Bombe, von der Fritze gesprochen hatte, war kein Wort zu finden.

Sie klappte die Mappe wieder zu und zog die nächste aus dem Stapel auf ihrem Schoß hervor. Auch in dieser fanden sich handschriftliche Aufzeichnungen des Professors. Es schien sich um organisatorische Notizen zu handeln, die den Betrieb des Instituts betrafen. Bedarfsmeldungen für Nachschublieferungen, Termine für Bewerbungsgespräche, alles in chaotischer Reihenfolge, ganz so, wie sie es von Braun gewohnt war.

Zwischen der zweiten und dritten Mappe entdeckte sie die Fotografie eines jungen Mannes, der lachend in einem Ruderboot saß. Margarete drehte das Bild um, doch es war nicht beschriftet.

Fritze sah vom Fahrersitz herüber. »Hat Braun 'nen Sohn?«

»Nicht, dass ich wüsste. Er hat nicht viel über sich gesprochen. Eigentlich weiß ich kaum etwas über ihn.«

Nachdenklich schlug sie die dritte Mappe auf. Ein Telegramm fiel ihr entgegen. »Operation Attila, Testphase, Truppenübungsplatz Ohrdruf, 24. Juni, Testbeginn: 6:00 h.«

»Ha! Glaubste mir jetze?« Fritze hatte offenbar mitgelesen.

»Operation Attila, was soll das sein?«

»Das ist die Bombe. Ick sag's dir!«

»Und wo liegt Ohrdruf?«

»Gar nicht so weit von hier. In drei Stunden können wir da sein.« Er blickte über seine Schulter zurück und steuerte den Daimler an einem parkenden Lastwagen vorbei.

»Wieso kennst du einen Truppenübungsplatz in Ohrdruf?«, fragte Margarete.

»Schon mal was von der Wehrpflicht gehört?«

»Ich dachte, dafür wärst du zu alt. Wurde die nicht erst vor ein paar Jahren wieder eingeführt?«

»Ha! Zu alt ... Ick sag mal so: Ick hatte Glück gehabt. Weil ick vor 1914 geboren bin, ham'se mich nur zur Kurzausbildung geholt. Zwei Monate Drill, zwei Monate Faschistenärsche, die mich durch die Gegend gescheucht haben.« Er stockte.

Margarete konnte sehen, wie es in ihm arbeitete.

»Hat jereicht«, sagte er, dann verfiel er in Schweigen.

Margaretes Blick verfolgte die beiden Streifen trüben Lichts, die die Scheinwerfer in die sintflutartigen Regenfälle zeichneten, die sich vor ihnen auf die Straße ergossen. Dann sah sie auf die Uhr am Armaturenbrett. Sie zeigte kurz vor zwölf Uhr an. Margarete musste an ihren Kollegen Grambow denken, der ihr vor einigen Tagen prophezeit hatte, dass sie für alle Zeiten nur das Fräulein Brühl bleiben würde. Einen Moment lang hatte sie das Gefühl, laut loslachen zu müssen, so belanglos kam ihr dieser Konflikt nun vor.

Ein ohrenbetäubender Knall durchbrach ihre Gedanken.

Margarete wurde nach vorn geschleudert. Unwillkürlich legte sie einen Arm vor ihren Bauch. Der andere Arm schleuderte nach vorn, in dem verzweifelten Versuch, sich abzustützen.

»Scheiße!«, brüllte Fritze. »Was war das denn? Hat uns einer jerammt?« Er umklammerte das Lenkrad, um den Wagen auf der Straße zu halten. Dann trat er auf das Gaspedal. Der Daimler machte einen Satz und beschleunigte mit quietschenden Reifen.

Margarete sah sich um. Hinter ihnen stand ein schwarzer Wagen halb auf der Straße, halb auf dem Bürgersteig. Durch den Regen konnte sie nicht viel erkennen, doch sie meinte, im Schein der Innenbeleuchtung zwei Personen sitzen zu sehen. Der Fahrer schien eine Uniform zu tragen, aber auf dem Beifahrersitz saß jemand, der offenbar in hellblaue Kleidung gehüllt war.

»Da steht ein schwarzer Wagen hinter uns. Zwei Personen sitzen drin. Ich kann sie allerdings nicht richtig erkennen.«

»Also, eins sag ick dir: Hier können wir nicht bleiben!« Er sah sie an. »Ick fahr jetze nach Ohrdruf. Und wenn du aus dieser bekloppten Geschichte heil rauskommen willst, dann solltest mitkommen.«

Der Gedanke, mitten in der Nacht mit Fritze über Land zu einem ihr völlig unbekannten Truppenübungsplatz zu fahren, um dort nach einer vermutlich nicht existierenden Bombe zu suchen, kam Margarete völlig verrückt vor. Doch welche andere Möglichkeit hatte sie noch? Möglicherweise hatte Fritze recht, und alles hing miteinander zusammen. Wenn es auch nur die kleinste Chance gab, ihren Ruf wiederherzustellen und die Männer zu finden, die ihre Maschine sabotiert hatten, dann würde sie diese Chance nutzen. »Also, auf nach Ohrdruf.«

Fritze strahlte und zwinkerte ihr zu.

Die Rücklichter des Daimlers entfernten sich und verschwammen im Regen zu roten Flecken. Wilhelm keuchte und tastete mit der Hand seine Stirn ab. Als er sie vor die Augen führte, klebte Blut daran.

Es war alles so verdammt schnell gegangen.

Wilhelm hatte nicht gezögert, als er von Brühl und ihren

Kompagnon vor dem Institut in dem grünen Daimler er-
späht hatte. Er hatte ihnen ein wenig Vorsprung gewährt
und dann die Verfolgung aufgenommen. Kurz darauf war
ein furchtbares Unwetter über Leipzig hereingebrochen
und hatte ihm die Sicht genommen. Angetrunken, wie er
war, hatte es eine Weile gedauert, bis er den Hebel gefunden hatte, der den Scheibenwischer in Gang setzte. Und
auch, als die abgenutzten Wischer ihr Werk begannen,
hatte Wilhelm Mühe gehabt, den Daimler nicht aus den
Augen zu verlieren. Mittlerweile war es Nacht geworden
und er hatte es nicht gewagt, die Scheinwerfer einzuschalten.

Immer weiter war die Fahrt gegangen, hinaus aus der
Innenstadt, in östlicher Richtung. Schließlich hatte Wilhelm beobachtet, wie der Daimler in einem verlassenen
Industriegebiet erst langsamer wurde und dann stehen
blieb. Er hatte vorgehabt, mit etwa hundert Metern Abstand ebenfalls zu halten, doch in diesem Moment hatte
Ida auf dem Beifahrersitz angefangen, würgende Geräusche von sich zu geben. Wilhelm war herumgewirbelt
und hatte einen Moment lang Panik verspürt. Er hatte
Ida schon viel zu lang nicht mehr gefüttert! Jetzt schien
er die Rechnung dafür zu bekommen, ihr Magen rebel-
lierte.

Er hatte versucht, den Stoffbeutel auf Idas Schoß zu legen, um ihr Kleid zu schützen. Gleichzeitig wollte er bremsen, doch die Whiskyflasche, die er achtlos im Fußraum
abgestellt hatte, hatte sich unter dem Bremspedal ver-
klemmt. Immer lauter war Idas Würgen geworden, Wilhelm hatte geschrien, der Wagen war immer weiter gerollt
und schließlich war er dem grünen Daimler aufs Heck gefahren. Es hatte einen ziemlich heftigen Aufprall gegeben,

Brühls Kompagnon hatte den Wagen angelassen und war davongerast.

Jetzt saß Wilhelm kopfschüttelnd auf dem Fahrersitz und sah zu, wie die Rücklichter des Daimlers immer kleiner wurden. Einige Sekunden lang folgte sein Blick der Bewegung der Scheibenwischer auf der Windschutzscheibe. Quietschend kämpften die beiden Arme gegen die Regenmassen an, die noch immer vom dunklen Nachthimmel stürzten.

Er schaute zu Ida hinüber. Sie schien sich wieder beruhigt zu haben, hatte sich wohl lediglich verschluckt. Ihr lockiges, leicht ergrautes Haar war ihr ins Gesicht gefallen, ansonsten schien sie wohlauf zu sein. Ihre Augen waren geschlossen, ihr Atem ging ruhig. Sie war nicht einmal aufgewacht. Manchmal beneidete er sie um ihren Gleichmut.

Er riss die Wagentür auf und stieg aus. Der Regen durchnässte ihn binnen Sekunden. Nervös wühlte er in der rechten Manteltasche und fingerte die Packung Zigaretten hervor, die er am Nachmittag gekauft hatte. Mit zitternden Fingern gelang es ihm schließlich, eine Zigarette herauszufischen, dann beugte er sich nach vorn, um den kostbaren Glimmstängel vor dem Regen zu schützen. Fluchend versuchte er, ihn anzuzünden. Als er dann endlich den ersten Zug nehmen konnte, schmeckte er widerlich bitter. Er spuckte aus und ging um den Wagen herum. Von außen waren keine größeren Schäden sichtbar. Lediglich die Stoßstange war an der Stelle, die den grünen Daimler gerammt hatte, leicht verbogen, der Lack war zudem abgeplatzt.

Noch einmal sah er dem Daimler hinterher, der gerade um eine Ecke bog und verschwand.

Jetzt musste er sich entscheiden.

Sollte er diesen Wahnsinn wirklich weiter vorantreiben? Was konnte er schon ausrichten? Er war Feuerwehrmann, verflucht noch mal! Kein Ermittler und erst recht kein Geheimagent. Sollte doch die Gestapo die beiden jagen. Mit einem Mal wurde Wilhelm klar, dass er gar nicht wusste, wohin von Brühl und ihr Helfer unterwegs waren. Was sollte er der Gestapo sagen? Dass er von Brühl gesehen hatte? Und dann? In welcher Richtung sollten die Beamten suchen?

Nein, dachte Wilhelm, wenn er verhindern wollte, dass die beiden untertauchten, dann musste er selbst die Verfolgung aufnehmen. Er warf den Zigarettenstummel auf die nasse Straße. Die Glut erlosch augenblicklich.

Entschlossen stapfte er zum Wagen zurück.

Truppenübungsplatz Ohrdruf, 24. Juni 1942

Die Uhr auf dem Armaturenbrett des Daimlers zeigte kurz nach fünf Uhr morgens an, als Fritze von der Landstraße abfuhr und in einen sandigen Waldweg einbog. Ihre Verfolger hatten sich nicht mehr blicken lassen, dennoch waren sie die meiste Zeit schweigend und in klammer Erwartung eines weiteren Aufpralls durch die Dunkelheit gefahren. Mittlerweile herrschte tiefblaue Dämmerstimmung.

»Was ist los?«, fragte Margarete.

»Wir sind da.«

Fritze lenkte den Wagen etwa zwanzig Meter weit durch einen finsteren Eichenwald. Aus dem Fenster konnte Margarete dichten Farn sehen, der den Waldboden bedeckte. Es regnete immer noch in Strömen. Schließlich brachte

Fritze den Daimler vor einem etwa zwei Meter hohen ver-
schlossenen Tor aus Drahtzaun zum Stehen. Die Scheinwerfer beleuchteten ein Metallschild. »Truppenübungsplatz. Schießübungen! Lebensgefahr!«

»Weiter geht's nicht.« Fritze stellte den Motor ab, und
die Scheinwerfer erloschen. Für einen Moment war nur
noch das Rauschen des Regens zu hören. Der Wald lag finster vor ihnen, Sterne und Mond wurden von dunklen Wol-
ken verdeckt. Margarete fühlte sich unwohl. Sie mochte
es sich nicht eingestehen, doch sie verspürte Angst. Was
dachten sie sich dabei, hier mitten in der Nacht einzubre-
chen?

Fritze öffnete die Fahrertür und stieg aus. »Kommste?«

Margarete atmete noch einmal tief ein und aus, dann
folgte sie ihm. Bereits nach wenigen Schritten war sie vom
Regen völlig durchnässt. Ihre Kleider klebten kalt auf ihrer Haut. Sie spürte, wie Wasser in ihre leichten Sommer-
schuhe drang.

»Wir müssen so dreihundert Meter gehen, über den
Hügel da.« Fritze zeigte mit dem Arm in Richtung des
Zauns. »Darf ick?«, fragte er, als sie schließlich direkt vor
der Absperrung standen. Er bückte sich und formte mit
den Händen eine Art Steigbügel. Margarete schnaubte
und ignorierte sein Angebot. Geschickt kletterte sie am
Gitter hoch, schwang ein Bein über die Oberseite der Absperrung und ließ sich auf der anderen Seite wieder hinabgleiten.

Fritze folgte ihr mit deutlich mehr Mühe.

Gemeinsam setzten sie ihren Weg fort. Margarete hatte
Mühe, in der Dunkelheit den Weg zu erkennen. »Machst
du kein Licht?«

Er schüttelte den Kopf. »Zu jefährlich.«

Schweigend setzten sie einen Fuß vor den anderen, begleitet nur vom monotonen Rauschen des Regens. Der Waldweg verlief in einem weiten Bogen einen flachen Hügel hinauf.

Margarete fuhr erschrocken zusammen, als etwas neben ihr knackte.

»Tschuldige«, raunte Fritze herüber. »Ein Ast.«

Mit tastenden Schritten setzte Margarete ihren Weg fort. Der Schrei eines Vogels ließ sie zusammenzucken. Die dunklen Stämme der Bäume wirkten bedrohlich.

Schließlich erreichten sie die Hügelkuppe. Margarete bemerkte, dass das allumfassende Schwarz endlich einem dunklen Blau wich. Es dämmerte, und der Regen hatte endlich aufgehört. Von einer Aussicht war jedoch nicht zu reden. Vor ihnen lagen nur Bäume und Gestrüpp.

»Ein paar Meter weiter war früher 'ne Geschützstellung. Von dort aus haben wir 'nen guten Blick«, sagte Fritze und ging voran. Margarete folgte ihm und nahm unwillkürlich eine gebückte Haltung ein. Die besseren Lichtverhältnisse machten es nicht nur ihnen leichter, sich zu orientieren. Sie würden es auch den Wachleuten, wenn es denn welche gab, erleichtern, sie zu entdecken.

Einige Minuten später tauchte vor ihnen ein graues Gebilde aus Beton auf. Mehrere Stufen führten hinab zu einem Eingang, in dem Fritze verschwand, ohne sich umzuschauen. Margarete folgte ihm. Im Inneren des Bunkers war die Luft feucht und kühl. Margarete konnte auf dem Boden einige Zigarettenkippen und Patronenhülsen erkennen, ansonsten lag der Raum im Dunkeln. Vor ihnen war lediglich ein schmales horizontales Band des petrolfarbenen Himmels zu sehen. Dies war offenbar die Stelle, an der sich die Schützen positionieren konnten. Vorsichtig gingen sie darauf zu. Am Horizont begann das Dunkelblau langsam in verschiedene Grünschattierungen überzugehen. Die schweren Regenwolken zogen nach und nach davon. Ein neuer Tag begann.

Margaretes Blick fiel auf eine riesige offene Wiese, die in einem weiten Tal lag. Auf der gegenüberliegenden Hügelkette konnte sie eine Art Burg erkennen. Sie musste mindestens fünf Kilometer entfernt liegen, und doch erkannte Margarete die Silhouette sofort.

»Das gibt es doch nicht«, sagte sie und zeigte auf die Wehranlage. »Das ist die Mühlburg, da war ich früher oft mit meinem Onkel und meiner Tante. Sie wohnen gar nicht weit von hier. Ich wusste nicht, dass es hier einen Truppenübungsplatz gibt.«

»Willkommen in Ohrdruf«, raunte Fritze ihr zu und zog einen Feldstecher hervor. Ruhig ließ er den Blick über das Gelände schweifen.

»Kannst du etwas erkennen?«, fragte Margarete.

»Hetz mich nicht.«

Margarete meinte, ein Geräusch gehört zu haben, und blickte über die Schulter zurück zum Eingang der Geschützstellung. War dort nicht eine Bewegung gewesen?

»Ick seh was«, sagte Fritze. »Ziemlich genau in der Mitte des Platzes steht was. Ein Holzgerüst, würd ick sagen.«

»Gib her!« Margarete stupste ihn am Arm.

Er reichte ihr das Fernglas und sie spähte hindurch. Zunächst fiel es ihr schwer, etwas zu erkennen. Vor ihr lag lediglich eine unscharfe graue Fläche. Erst nach und nach gelang es ihr, das Fernglas scharf zu stellen. Grasbüschel und staubige Wege formten sich vor ihren Augen.

»Ich kann nichts sehen. Da ist nur Wiese, so weit das Auge gucken kann.«

»Mehr rechts«, sagte Fritze.

Margarete schwenkte das Fernglas weiter, bis sie schließlich den Aufbau fand, den er beschrieben hatte. Er bestand aus mehreren Holzbalken, die ein wuchtiges Gerüst bildeten, und befand sich auf einem Verhau aus groben Latten. Er erinnerte sie an einen Galgen, den sie einmal in der *Wochenschau* gesehen hatte. In der Mitte schien etwas zu hängen, das aussah wie eine Art Milchkanne. Sollte das die mysteriöse Bombe sein? Es war zu dunkel, um Details zu erkennen.

»Was sagste?«

Margarete schüttelte den Kopf. »Ich weiß nicht. Irgendetwas ist da, aber ich kann es nicht deutlich genug erkennen.«

»Ist das die Bombe?«

Sie schnaubte. »Das könnte alles Mögliche sein.«

Er riss ihr den Feldstecher aus der Hand.

Der Horizont wurde immer heller, zeigte erste Anzeichen von Rot und Orange.

»Da ist noch mehr«, sagte Fritze. »Ick sehe … Menschen. Da kauern Menschen. Sie sind … festgebunden, glaub ick.«

»Gib her.« Margarete schnappte sich das Fernglas und sah erneut hindurch. Tatsächlich, dort waren Menschen. Margarete spürte, wie ihr Magen sich verkrampfte. In regelmäßigen Abständen von vielleicht fünfzig Metern waren Holzpfähle in die Erde gerammt worden, an denen jeweils eine Person kauerte. Die Menschen trugen gestreifte Kleidung und schienen zu schlafen. Nein, einer von ihnen bewegte sich. Margarete konnte erkennen, dass er den Kopf hin und her warf. Er schien gefesselt zu sein und versuchte, sich zu befreien.

Dann verstand sie.

»Wenn hier tatsächlich eine Bombe getestet werden soll, dann sind diese armen Menschen dort die Versuchskaninchen. Vielleicht will die Wehrmacht wissen, wie groß der Radius der Vernichtung ist.« Sie riss an Fritzes Ärmel. »Wir müssen da runter!«

Wilhelm trommelte mit den Fingern auf das Lenkrad. Wo war der verfluchte grüne Daimler? Er hatte von Brühl und ihren Kompagnon aus Leipzig hinaus verfolgt, dann über scheinbar endlose Landstraßen in Richtung Nordwesten. Der Regen hatte es ihm schwergemacht, die Straße zu erkennen, zumal er sich nicht getraut hatte, die Scheinwerfer seines Wagens einzuschalten. Mehr als einmal war er von der Fahrbahn abgekommen, und die Räder des Taunus hatten Dreck und Steine aufspritzen lassen.

Und dann war der Daimler plötzlich verschwunden.

Links und rechts der Landstraße lag dunkler Wald, seit vielen Minuten schon. Hatten die Verschwörer ihn bemerkt und ebenfalls die Scheinwerfer abgestellt? Vielleicht hatten sie stark beschleunigt, ohne dass Wilhelm es bemerkt hatte. Oder sie waren irgendwo abgebogen und warteten nun im Wald darauf, dass er an ihnen vorbeifuhr.

Wilhelm schaltete die Scheinwerfer an, drosselte die Geschwindigkeit und wendete den Taunus. Langsam fuhr er den Weg zurück, den er gekommen war. Irgendwo musste es eine Abzweigung geben, die er übersehen hatte.

Und tatsächlich, nach einigen hundert Metern sah er rechterhand einen schmalen Pfad, gerade breit genug für einen Wagen. Wilhelm grinste, als er die frischen Reifenspuren im aufgeweichten Waldboden entdeckte. Er lenkte den Taunus auf den Waldweg und hatte Sorge, dass die Reifen auf dem matschigen Untergrund durchdrehen könnten, doch sein Wagen ließ ihn nicht im Stich. Einige Sekunden lang folgte er dem Weg und spähte in den Wald, der vor ihm lag.

Dann sah er den grünen Daimler. Er stand seitlich vor einem Gittertor in einem hohen Zaun, der links und rechts im Wald verschwand. Offenbar waren Brühl und ihr Begleiter hinübergeklettert und dem Weg auf der anderen Seite weiter gefolgt. Wilhelm zögerte nur für den Bruchteil einer Sekunde, dann drückte er das Gaspedal durch und raste auf das Tor zu. Krachend durchbrach er die nicht sonderlich stabil gebaute Absperrung. Die Stoßstange würde er ohnehin ausbessern müssen, wenn das hier vorbei war.

Er drosselte die Geschwindigkeit und lenkte den Taunus weiter den Weg entlang. Nun konnte es jeden Moment so weit sein. Er würde den Mördern seines Sohns gegenüberstehen. Mit der rechten Hand griff er über Ida hinweg, öffnete das Handschuhfach und kramte den Revolver hervor. Er musste vorbereitet sein.

Plötzlich sackte der Wagen ab und kam zum Stehen. Wilhelm drückte auf das Gaspedal, hörte jedoch nur, wie die Reifen durchdrehten. Der Taunus hatte sich wohl in einer vom Regen aufgeweichten Kuhle festgefahren.

Auch gut.

Dann würde er die letzten Meter eben zu Fuß gehen.

Wilhelm wendete sich Ida zu. Sie schlief. Sanft streichelte er ihre Wange, dann stieg er aus und zündete sich eine Zigarette an. Ein Blick auf seine Taschenuhr verriet ihm, dass es halb sechs Uhr am Morgen war. In diesem Moment verstummte das Geräusch des Regens und machte einer allumfassenden Stille Platz. Wilhelm lauschte in den

Wald hinein, konnte jedoch nur seine eigenen Atemzüge hören. Sein Mantel war durchnässt, er fröstelte, doch es machte ihm nichts aus.

Wilhelm fühlte sich nun ganz klar. Er musste diese Sache zu Ende bringen.

Fritze packte Margaretes Arm. »Wir können jetze nicht einfach da runterrennen! Willste uns umbringen?«

Margarete riss sich los, starrte ihn an und rang nach Worten. Natürlich hatte er recht. Wenn dort unten tatsächlich der Test einer neuartigen Bombe stattfinden sollte, dann wäre es Wahnsinn, den schützenden Schießstand zu verlassen. Ganz zu schweigen davon, dass sie vermutlich von den Männern entdeckt werden würden, die sicherlich genau wie sie irgendwo Unterschlupf gesucht hatten, um die Detonation abzuwarten.

Sie trat wieder an die schmale Schießscharte und forderte Fritze mit einem Schnippen ihres Fingers auf, ihr das Fernglas zu reichen. Er drückte es ihr kopfschüttelnd in die Hand und sie hob es vor das Gesicht. Die Orangetöne am Horizont wurden nach und nach immer heller. Bald würde die Sonne aufgehen. Die Sicht auf den Truppenübungsplatz, der vor ihnen lag, verbesserte sich immer weiter. Sie ließ das Fernglas sinken und blickte sich um. Es war seltsam, dass sie so einfach auf das Gelände gekommen waren. Sicherlich gab es irgendwo Wachleute, die patrouillierten.

»Gib's mir noch mal«, sagte Fritze und Margarete reichte ihm das Fernglas.

Ein Geräusch hinter ihr ließ sie herumwirbeln. Irgendetwas war dort draußen. Margarete spürte, wie sich ein Kloß in ihrem Hals bildete. Durch den schmalen Durchgang konnte sie lediglich Bäume sehen. Alles schien ruhig zu sein, und doch hatte sie das Gefühl, als beobachtete sie jemand.

Eine plötzliche Bewegung ließ sie zusammenfahren. Als sie genauer hinsah, erkannte sie eine Amsel, die auf den Treppenstufen, die zum Schießstand hinabführten, auf und ab sprang. Friedlich sang sie ihr Lied, wohl in der Hoffnung auf eine späte Liaison. Margarete spürte, wie ihr Herz raste. Wie lang konnte sie das alles noch aushalten? Sie war ja schon so weit, dass sie wegen einer Amsel beinahe einen Herzinfarkt bekam. Wann würde sie ihr altes Leben zurückbekommen? Sie schüttelte den Kopf, so dämlich kam ihr diese Frage vor. Natürlich würde sie es *nie* zurückbekommen! Alles, was sie in den letzten Tagen verloren hatte, war endgültig fort. Karl würde nicht wiederauferstehen und die Maschine würde nicht wieder repariert werden können. Und wenn doch, dann würde es ohne ihre Mithilfe geschehen. Ihr wurde klar, dass es bei der Reise nach Ohrdruf mehr um ihre persönliche Würde ging als um irgendetwas anderes. Sie wollte wissen, wieso das alles geschehen war. Und denen einen Strich durch die Rechnung machen, die dafür verantwortlich waren. Ohrdruf war der einzige Strohhalm, an den sie sich klammern konnte.

»Da sind Menschen«, rief Fritze hinter ihr.

Margarete drehte sich um und trat neben ihn.

Fritze lehnte sich nach vorn, in dem verzweifelten Versuch, dadurch seinen Blick durch den Feldstecher noch zu verbessern.

»Kannst du sie erkennen?«

Er gab ein Brummen von sich. »Manche von denen tragen Uniform, könnten Leute von der Wehrmacht sein. Wobei …« Er verstummte. »Da ist auch einer von der Jestapo, der trägt 'ne andere Uniform. Was hat denn der hier zu suchen?«

Margarete zupfte an seinem Ärmel. »Lass mich auch mal schauen.«

Widerwillig reichte er ihr das Fernglas und rieb sich die Hände. Die Luft war kalt und feucht, obwohl bereits die ersten Sonnenstrahlen über die gegenüberliegende Hügelkette lugten.

Margarete blickte durch den Feldstecher, konnte jedoch keine Menschen erkennen, abgesehen von den zusammengesunkenen Figuren, die an den Pfählen lehnten.

»Weiter rechts«, dirigierte Fritze sie, »vor dem Bunker.«

Margarete schwenkte das Fernglas nach rechts und erstarrte. Einen der Männer hatte sie am Vortag im Krankenhaus kennengelernt. Es war Kriminalrat Schander von der Gestapo. Ein eisiger Schauer lief ihr den Rücken hinunter. Schander hatte ihr Angst eingejagt, als er sie im Krankenhaus verhört hatte, und er sorgte auch jetzt für ein Gefühl der Beklemmung in ihrer Brust.

»Und? Siehste sie?«, fragte Fritze.

»Allerdings. Einer von denen war bei mir im Krankenhaus. Er ist tatsächlich von der Gestapo. Ich glaube, er heißt Schander.«

»Glaubste mir jetze?«

Sie zuckte mit den Schultern und spähte weiter durch das Fernglas.

Schander schien bestens gelaunt zu sein. Er stand in einem Kreis mit einigen Soldaten und plauderte. Margarete wünschte sich, hören zu können, was er sagte. Oder wenigstens von seinen Lippen abzulesen. Jetzt klopfte er einem der Männer auf die Schulter. Offenbar lief für ihn alles nach Plan. Dann drehten sich die Uniformierten um.

Ein weiterer Mann kam in einem mühsamen Laufschritt auf sie zu. Er trug keine Uniform, sondern einen braunen Anzug.

Margarete kniff die Augen zusammen.

Sie sah den bunten Seidenschal im Licht der ersten Sonnenstrahlen leuchten.

Dann erkannte sie den Mann. Es war Professor Braun.

»Ich fasse es nicht.« Margarete beobachtete weiterhin die Männer, die nun eilig auf einen Bunker zugingen, der zur Hälfte in der Erde vergraben war. »Professor Braun ist tatsächlich hier. Er scheint sich blendend mit Schander und den Soldaten zu verstehen.«

»Hab ick's doch gesagt«, sagte Fritze triumphierend. »Braun steckt mittendrin.«

»Aber mittendrin in *was*?« Margarete merkte, dass sie wütend wurde. Sie war sich nur nicht sicher, auf wen. Plötzlich hörte sie hinter sich wieder etwas. Schritte auf dem sandigen Boden. Sie ließ das Fernglas sinken und wirbelte herum.

Im Eingang des Bunkers stand ein kräftiger Mann in einer dunklen Uniform. Er hielt eine Pistole in der Hand und richtete sie auf Margarete. »Hab ich euch endlich.« Seine Stimme zitterte, genau wie die Waffe in seiner Hand. Margarete konnte sehen, dass Tränen über sein Gesicht liefen. »Ihr Schweine«, stieß er hervor, doch seine Stimme versagte. »Ihr … ihr habt meinen Sohn umgebracht!« Er machte einen Schritt auf sie zu. Er hinkte.

»Moment mal, janz ruhig, Keule.« Fritze machte einen Schritt auf den Mann zu. »Wir haben niemanden umgebracht.«

»Bleib, wo du bist, oder ich leg dich auf der Stelle um!« Der Mann schwenkte die Pistole in Fritzes Richtung.

Fritze hob beschwichtigend die Hände. »Kein Grund, hier so rumzukrakeelen, du wirst uns noch alle ins Grab bringen, wenn du die Wehrmacht auf uns aufmerksam machst.«

»Das spielt keine Rolle mehr«, sagte der Mann mit brechender Stimme. »Mein Leben ist eh im Eimer.«

In Margaretes Kopf ratterten die Gedanken. Der Mann, der vor ihnen stand, war offensichtlich nicht ganz bei Trost. Aber er kam ihr bekannt vor. Hatte er nicht versucht, sie vor dem Krankenhaus abzufangen, als Fritze sie befreit hatte? Sie hatten ihn mit dem Daimler gerammt, was seinen hinkenden Gang erklären würde. Sie hob die Hände und fragte mit ruhiger Stimme: »Wovon sprechen Sie? Wen sollen wir umgebracht haben? Wie hieß ihr Sohn denn?«

Der Mann drehte sich zu ihr um und richtete die Waffe auf sie. »Karl! Sein Name ist Karl.«

Margarete erstarrte. Konnte dieser Mann tatsächlich Karls Vater sein? Er sah ihm überhaupt nicht ähnlich. Karls grazile Figur, seine roten Locken, nichts davon fand sich bei dem Mann, der sie mit einer Waffe bedrohte, wieder. Doch wieso sollte er lügen? Und war es nicht ganz logisch, dass er sie verdächtigte? Immerhin war sie bei der Explosion anwesend gewesen und trug die Verantwortung für das Experiment. Und sie war aus dem Krankenhaus geflohen wie … nun, wie eine Mörderin.

»Wir haben mit seinem Tod nichts zu tun.« Margarete wunderte sich über den empörten Ton in ihrer Stimme.

»Ach ja?« Der Mann wischte sich mit dem Rücken seiner freien Hand über die Nase. »Das sehen aber eine Menge Leute anders! Karl war …«

Plötzlich tauchte ein gleißender Blitz die Welt in reines Weiß. Das Licht war so hell, dass Margarete das Gefühl hatte, ihre Augäpfel würden platzen. Von einem Moment auf den nächsten konnte sie an dem Mann mit der Waffe vorbeisehen, in den Wald hinein, bis in die dunkelsten Nischen des Unterholzes, bis in die letzten Winkel der Welt.

Dann wurde sie von den Füßen gerissen und nach vorn geschleudert. Ein ohrenbetäubender Krach ertönte, ein gewaltiger Knall, dicht gefolgt von einem markerschütternden Dröhnen. Sie prallte auf den sandigen Betonboden, spürte brennende Schmerzen an Händen und Knien. Instinktiv hatte sie die Augen geschlossen, doch immer noch war alles, was sie sah, dieses gleißende Weiß, heller als die Sonne. Ein plötzlich auftretender Luftstoß zerrte an ihren Haaren. In ihren Ohren blieb lediglich ein schrilles Fiepen zurück.

In all dem Durcheinander, in all ihrer Panik war ein einziger Gedanke vollkommen präsent in ihrem Kopf.

Fritze hatte recht gehabt.

»Sie können die Augen jetzt öffnen«, sagte Professor Braun.

Schander atmete erleichtert auf und senkte die Hände, die er sich fest auf das Gesicht gepresst hatte. Obwohl er seine Augen geschlossen hatte, war der helle Blitz der Detonation an seine Netzhaut gedrungen und hallte in bunten Flecken darauf nach. Noch immer spürte er die Wucht der gewaltigen Detonation in der Magengegend. Vor dem Bunker, auf dem weiten Feld des Truppenübungsplatzes hatte sich eine riesige Rauchsäule gebildet. Kilometerhoch, wie es schien.

In Schanders Gesicht manifestierte sich ein breites Grinsen. Sie hatten es geschafft.

Er hatte es geschafft.

Aus der Ferne hörte er Braun über Messwerte und technische Details der Bombe referieren, doch die Stimme des Professors hätte auch von einem anderen Planeten kommen können. Was zählte, war, dass die Bombe funktionierte! Wie konnte eine so gewaltige Explosion durch einen so winzigen Sprengkörper verursacht werden? Die Macht der Atome war für Schander etwas Unbegreifbares. Doch die Macht, die diese Atome ihm verleihen würden, die war sehr real.

»Sie sind ein Genie.« Er unterbrach Braun in seinen Ausführungen und begann, in die Hände zu klatschen. Nach und nach fielen die anderen anwesenden Männer in seinen Applaus mit ein. Der Professor blickte zu Boden und hob abwehrend die Arme, die Anerkennung schien ihm unangenehm zu sein. Schander machte zwei Schritte auf ihn zu, griff seine Hand und schüttelte sie heftig. »Wir werden Geschichte schreiben, Braun. Ist Ihnen das klar?«

Der Professor blickte ihn an. Sein Gesicht spiegelte eine wilde Mischung von Gefühlen wider. »Danke.« Seine Augen blickten sorgenvoll, doch seine Mundwinkel zuckten leicht nach oben und verrieten seinen Stolz. »Ich weiß Ihre Anerkennung zu schätzen.«

»Und bei *meiner* Anerkennung wird es nicht bleiben.« Er klopfte Braun auf die Schulter. »Der Führer wird hocherfreut sein. Wer weiß, vielleicht ist für Sie ein Karrieresprung drin.« Dass er gedachte, den Großteil der Anerkennung selbst einzustreichen, verschwieg Schander.

»Aber eines müssen sie mir noch erklären.« Brauns Gesicht bebte. »Wieso mussten Sie diese Versuchspersonen aus den Lagern heranschaffen? Das war völlig unnötig! Sie hätten Tiere nehmen können oder Strohpuppen, mein Gott!«

Schander wollte gerade zu einer Antwort ansetzen, als General Winkler, ein bulliger, großer Mann mit vernarbtem Gesicht, zu ihnen trat und ihm die Hand reichte. »Gratuliere, Gerald. Mann, war das ein Wumms!«

Schander zuckte zurück. Winklers feuchte Aussprache drohte einen feinen Regen von Speicheltropfen auf seinem Gesicht niedergehen zu lassen. »Danke, Hartmut.« Er wandte sich an Braun. »Darf ich Ihnen General Winkler vorstellen? Er hatte die Idee mit den Lagerinsassen an den Holzpfählen. Ohne ihn hätte es Operation Attila nie gegeben.«

Braun ließ sich von Winkler die Hand schütteln, dann sah er zu Boden.

»Erzählen Sie ihm von der geheimen Sitzung mit dem Führer«, forderte Schander den General auf.

Winkler grinste. »Sie hätten dabei sein sollen!« Seine Stimme wurde lauter. Er genoss es sichtlich, im Mittelpunkt des Interesses zu stehen. »Ich war zu einer Sitzung in der Kaiser-Wilhelm-Gesellschaft in Berlin eingeladen. Der Führer war anwesend, außerdem die gesamte Führung der Wehrmacht und einige Forscher. Es ging um die Vergeltungswaffe. Verschiedene Szenarien wurden besprochen und auf ihre Durchführbarkeit hin überprüft. Der Führer war damals schon ganz versessen auf die V2-Rakete, die ihm Wernher von Braun versprochen hatte. Das ist diese Rakete, die eines Tages vom Boden des Reichs aus London erreichen soll.« Winkler lachte. »Bis jetzt sind alle Tests der V2 grandios fehlgeschlagen. Trotzdem wollte der Führer die Rakete unbedingt haben. Doch dann …« Er machte eine Kunstpause und blickte in die Gesichter seiner Zuhörer.

»Dann kam Heisenberg«, sagte Schander.

»Ganz genau!« Winkler lachte wieder. »Professor Heisenberg forschte an der Kernspaltung.«

»Das tut er noch immer«, warf Braun ein.

Winkler warf ihm einen mürrischen Blick zu. »Das tut er noch immer, ganz richtig, aber die militärische Nutzbarmachung dieser Technik hat er nach der Sitzung in Berlin an den Nagel gehängt. Wenn Sie mich fragen, dann war das von Anfang an sein Plan. Sie hätten ihn erleben sollen! Erst hat er die Atombombe in den höchsten Tönen gelobt, hat von ihrer überragenden Durchschlagskraft gesprochen, von ihrer einfachen Bauweise, der leichten Transportierbarkeit ... Aber dann stellte er lapidar fest, dass der Bau unter den aktuellen Gegebenheiten unmöglich sei. Das Deutsche Reich verfüge nicht über genügend Uran. Außerdem könne niemand abschätzen, welche Folgen der Einsatz dieser Höllenwaffe habe. Es wirkte wirklich so, als wollte er den Führer davon abhalten, seine Forschung zu unterstützen.«

»Was auch geklappt hat«, sagte Schander.

»Und wie«, bestätigte Winkler. »Die V2 machte das Rennen, so wie es alle erwartet hatten. Nach der Sitzung kam der Führer auf mich und einige Kameraden von der Wehrmacht zu und meinte, er wolle nicht dafür verantwortlich sein, dass sich die Erde unter seiner Führung in einen glühenden Stern verwandele. Ist das zu fassen?« Winkler brüllte beinahe vor Lachen. »Ein glühender Stern!«

»Und doch haben wir Heisenbergs Werk vollendet, ob er es nun wollte oder nicht«, sagte Schander. »Die Atombombe ist jetzt eine Realität. Sie wird dem Reich gute Dienste erweisen. Und das haben wir vor allem auch Ihrer Arbeit zu verdanken, Braun.«

Der Professor setzte ein schiefes Lächeln auf, dann wurde er von einem heftigen Hustenanfall geschüttelt. Mit zitternden Fingern nestelte er ein Stofftaschentuch hervor und wischte sich den Mund ab.

Schander wurde langsam ärgerlich. Wie konnte Braun es wagen, ihm diesen Moment des Triumphs zu verweigern? »Wie weit ist die Produktion der anderen Bomben fortgeschritten?«

Braun verzog nachdenklich das Gesicht. »Fünf weitere Prototypen lagern mehr oder weniger einsatzbereit in Haigerloch. Wir sollten sie verwenden, um zunächst weitere Tests durchzuführen. Wir müssen sicherstellen, dass der Fertigungsablauf ...«

»Vergessen Sie das«, unterbrach ihn Schander. Er konnte sich keine weitere Verzögerung leisten. Morgen schon wurde Hitler in Stuttgart zu einem Festakt erwartet. Das Örtchen Haigerloch, wo die Bomben im Geheimen montiert wurden, lag nur eine knappe Stunde von dort entfernt. Winkler hatte ihm versichert, dass er seine Kontakte nutzen würde, um Hitler zu einer Präsentation ihrer Waffe zu laden. Die Gelegenheit war günstig. Zudem machten die unvorhergesehenen Ereignisse in Leipzig Schander mehr zu schaffen, als er sich eingestehen wollte. Noch war die Situation zwar unter Kontrolle, aber mit von Brühl und ihrem Komplizen waren plötzlich zwei Protagonisten aufgetaucht, die er nicht einschätzen konnte. »Noch heute werden die Bomben verladen und nach Stuttgart gebracht, wo der Führer morgen seine Rede halten wird.«

»Das können Sie nicht machen«, widersprach Braun. »Wir müssen sichergehen, dass unser Bauplan ausreichende Fehlertoleranzen aufweist und die Fertigung reibungslos funktioniert. Wir brauchen weitere Tests!«

Schander schüttelte den Kopf. »Wir werden ihm die Bombe morgen präsentieren. Ende der Diskussion.« Dann erhob er seine Stimme und wandte sich an die anwesenden Männer, die teils in Uniformen von Wehrmacht und Gestapo gekleidet waren, teils aber auch in teuren Anzügen steckten: »Ich danke Ihnen allen für Ihre Unterstützung! Jedem Einzelnen von Ihnen.« Er ließ den Blick über die Gesichter der Anwesenden schweifen. »Ich werde in dreißig Minuten mit einigen Männern nach Haigerloch aufbrechen. Morgen werde ich dem Führer unser Produkt überreichen. Und dann werden wir alle die Früchte unserer Bemühungen ernten!«

Das Fiepen füllte jeden Winkel ihres Kopfs aus. Es nahm ihr die Sicht, es überlagerte die Schmerzen an Händen und Knien. Der schrille Ton ließ ihren Schädel vibrieren. Margarete spürte, dass jemand an ihrer Schulter rüttelte. Eine Stimme drang aus der Ferne an sie heran. Rief dort jemand ihren Namen? Sie konnte sich kaum an ihn erinnern. Und wo war sie überhaupt?

»Grete! Grete!«

Jetzt konnte sie die Worte verstehen. Zusammen mit ihrem Gehör kehrte auch ihr Schmerzempfinden zurück. Ihre Hände pochten, sie musste gestürzt sein. Aber wieso?

»Margarete, wach auf!«

Wieder diese Stimme. Sie versuchte, die Augen zu öffnen. Oder waren sie schon offen?

»Bleibste wohl da stehen!«, schrie die Stimme.

Warum brüllte man sie an?

Nach und nach tauchten Schemen vor Margaretes Augen auf. Ein paar Meter von ihr entfernt stand jemand. Mit einem Mal erinnerte sie sich an den Mann, der plötzlich aufgetaucht war.

Karls Vater.

Das war es! Er hatte plötzlich hinter ihnen gestanden und sie mit einer Waffe bedroht. Aber was war danach passiert? Sie musste sich konzentrieren. Mühsam versuchte sie, ihre Arme zu bewegen. Bei jeder Anspannung ihrer Muskeln wurde sie von Schmerzen durchflutet. Doch langsam wurde ihr Blick klarer.

Und dann war sie plötzlich wieder Teil dieser Welt. Mit einem Schlag kehrte ihr Sehvermögen zurück, die kalte Morgenluft strömte in ihre Lungen. Sie hörte Fritze neben sich schimpfen. Sie sah Karls Vater vor sich stehen. Er hatte die Hände über den Kopf gehoben und die Augen vor Angst aufgerissen. Immer noch liefen Tränen über sein Gesicht. Margarete blickte zu Fritze hinüber und sah, dass er zwei Waffen in den Händen hielt. Die eine hatte er dem Polizisten aus dem Institut abgenommen. Doch wie hatte er es geschafft, dem Fremden die Pistole zu entreißen?

Mühsam rappelte Margarete sich auf, rieb sich die Augen und schluckte mehrmals, um den bitteren Geschmack aus ihrem Mund loszuwerden. »Was … was ist passiert?«

»Ick hatte gehofft, du könntest mir das erklären.« Fritze blickte zu ihr hinunter, wobei er die Waffen weiterhin auf den Eindringling gerichtet hielt. »Das war 'ne verflucht große Explosion gewesen. Schätze, du bist mir 'ne Entschuldigung schuldig.«

»Eine Entschuldigung?«

»Dafür, dass du mir nicht geglaubt hast.«

»Dir nicht geglaubt?«

Fritze schüttelte den Kopf. »Ick seh schon, du brauchst noch 'ne Minute.« Er wandte sich wieder dem Mann zu, der mittlerweile den Kopf gesenkt hatte und seine Schuhe zu betrachten schien. »Dann zu dir, Kollege.«

Der Mann spuckte auf den sandigen Boden. »Was?«

»Wie kommste dazu, uns zu folgen?«

Der Mann ließ seinen Blick zwischen Fritze und Marga-rete hin und her schweifen. Er schien nachzudenken, wirkte verunsichert. »Ihr habt diese Höllenmaschine in die Luft gejagt! Karl ist bei der Explosion gestorben. Ich habe es gesehen. Ich war dort.«

»Du hast gesehen, wie wir die Maschine gesprengt ha-ben?« Fritze lachte auf. »Das ist doch völlig meschugge.«

Der Mann blickte zu Boden. »Ich habe nicht gesehen, *wie* ihr es gemacht habt.«

»Sondern?«

»Ich habe gesehen, dass *sie* dort war.« Er nickte in Mar-garetes Richtung. »Und dass sie inhaftiert wurde.«

»Und das sagt dir, dass sie deinen Sohnemann auf dem Gewissen hat?« Fritze schüttelte den Kopf.

Der Mann schwieg. Er schien um Worte zu ringen. »Ihr seid getürmt, aus dem Krankenhaus.«

Fritze legte die Stirn in Falten. »Da warste auch?«

»Ihr habt mich über den Haufen gefahren!«

»Nicht so laut, du Flitzpiepe, wir sind hier nicht al-leine!«, herrschte Fritze ihn an.

»In der Zeitung steht, dass ihr zur Roten Kapelle ge-hört.«

»Haben die ein Foto von uns gebracht?«

Karls Vater schüttelte den Kopf. »Nur von ihr. Aber sie wissen, dass ihr zu zweit seid. Ganz Leipzig weiß das. Wahrscheinlich das ganze Reich.«

Margarete schluckte. Jetzt war es also offiziell. Ihr Foto war in der Zeitung abgedruckt worden, sie galt nun als Ver-räterin. Das letzte Fünkchen Hoffnung auf eine Rückkehr in ihr altes Leben löste sich in einem kleinen Rauchwölkchen auf. Sie hievte sich in eine sitzende Position. »Es ist wahr. Ich war im Labor, als der Unfall geschah.«

Karls Vater veränderte seine Haltung, plötzlich schien sein Körper unter Hochspannung zu stehen.

»Aber ich habe die Explosion nicht verursacht«, fuhr Margarete fort. »Es wäre verrückt gewesen, das zu tun. Ich hätte mich selbst in Lebensgefahr gebracht und nebenbei meine Karriere in den Sand gesetzt.« Sie erhob sich und streckte Karls Vater die Hand entgegen. »Ich habe mich noch nicht vorgestellt. Mein Name ist Margarete von Brühl. Ich habe mit Ihrem Sohn zusammengearbeitet. Die Explosion habe ich wie durch ein Wunder überlebt, aber all meine Forschungsergebnisse sind zunichte.«

Karls Vater legte die Stirn in Falten und blickte ihr lang in die Augen, machte jedoch keine Anstalten, den Handschlag zu erwidern. »Ihre Karriere interessiert mich nicht, Fräulein. Mein Sohn ist tot!«

»Ich weiß.« Margarete senkte den Kopf. »Es ... es tut mir leid, das war unangebracht von mir. Sie müssen wissen, dass Karls Tod auch für mich ein großer Verlust ist.« Sie spürte, dass sich ihre Augen mit Tränen füllten, und sah zu Fritze hinüber, doch er erwiderte ihren Blick nicht.

»Und wer ist er?« Karls Vater zeigte mit dem Finger auf Fritze.

»Er ist ein alter Freund«, sagte Margarete. »Er hat gesehen, dass ich im Krankenhaus festgehalten wurde, und hat mich befreit.«

»Er arbeitet nicht im Institut?«

»Nein, er ...« Margarete sah auffordernd zu Fritze hinüber.

»Ick bin ... Das war reiner Zufall gewesen. Mein Name ist Fritze Kowalski. Ick war gerade im Krankenhaus, um meine kranke Mutter zu besuchen, und dann seh ick, wie die Gestapo Grete über den Flur schiebt. Wir sind alte Freunde. Ick musste helfen.«

Karls Vater fuhr sich mit einer Hand durch das schüttere Haar. »Ich werde nicht schlau aus euch. Was wird hier eigentlich gespielt? Wo sind wir hier? Und was war das eben für ein Riesenknall?«

Wieder blickte Margarete zu Fritze hinüber, doch der zuckte nur mit den Schultern. Sie seufzte, dann wandte sie sich wieder an Karls Vater. »Wir wissen auch nicht viel. Noch nicht. Wir denken, dass wir einer Verschwörung auf der Spur sind.«

»Einer Verschwörung? Davon stand nichts in der Zeitung.«

»Natürlich nicht. Offenbar wurde am Institut im Geheimen an einer Waffe geforscht. Das Resultat dieser Forschungen haben wir gerade erlebt.«

»Eine Waffe? Aber ... wer könnte so etwas tun?« Karls Vater rieb sich das Kinn.

»Vermutlich dieselben Typen, die auch deinen Sohnemann aufm Gewissen haben«, sagte Fritze.

Gerald Schander warf einen letzten Blick durch die Schießscharte des Bunkers auf das weite Feld des Truppenübungsplatzes. In der Ferne konnte er den riesigen Krater erkennen, den die Explosion zurückgelassen hatte. Immer noch lagen Rauch und Staub in der Luft. Dabei hatte die Bombe so winzig ausgesehen! Es war kaum zu glauben. Der Führer würde hocherfreut sein. Mit dieser Waffe würde der Rest des Kriegs ein Kinderspiel sein, so viel war sicher. Und mit dem Endsieg würden viele von Schanders Unterstützern, die meisten von ihnen Großindustrielle, unermesslich reich werden. Die neue Weltordnung würde für sie das Ende der ausländischen Konkurrenz bedeuten und grenzenlose neue Absatzmärkte. Schander selbst jedoch war nicht an Geld interessiert. Ihn lockte die Macht, die ihm sein Geschenk an Hitler einbringen würde. Ein Platz neben dem Führer. Er sah sich auf der Tribüne vor dem Leipziger Völkerschlachtdenkmal sitzen, wo Zigtausende Bürger ihm zujubelten.

Ein Soldat trat von hinten an ihn heran. »Ein Gespräch für Herrn Kriminalrat Schander!«

Schander drehte sich um und nickte, dann folgte er dem Soldaten in einen kleinen fensterlosen Raum, in dem ein Fernsprecher auf einem groben Holztisch stand. Er wartete, bis der Soldat das Zimmer verlassen und die Tür hinter sich geschlossen hatte, dann nahm er den Hörer und meldete sich: »Schander.«

Die schneidende Stimme von Frau Uhlig drang an sein Ohr. »Herr Kriminalrat, ich habe gute Neuigkeiten für Sie. Wir haben Ihren Verdächtigen identifiziert. Es hat uns eine ganz schöne Mühe gemacht, das will ich Ihnen sagen. Frau Becker, Fräulein Weber und Fräulein Kühne haben mit mir die ganze Nacht in der Villa verbracht. Sie glauben ja nicht, wie viele Akten wir durchgesehen haben!«

»Kommen Sie zum Punkt«, sagte Schander.

»Also, zuerst sind wir mindestens fünf Stunden lang die Akten aus Leipzig durchgegangen. Leider ergebnislos. Mal waren die Männer zu klein, mal passte die Nase nicht, Sie sagten ja, dass der Mann eine Boxernase hatte, mal stimmte das Alter nicht mit Ihrer Beschreibung überein.«

Schander seufzte. »Das ist ja alles hochinteressant, aber bitte sagen Sie mir einfach, was Sie herausgefunden haben. Ich bin sehr in Eile. Überlassen Sie den Klatsch den Waschweibern in der Villa.«

»Sicher, ich komme gleich dazu.«

Schander spürte, wie sich seine Gesichtsmuskulatur verhärtete. Wenn Frau Uhlig ins Reden kam, dann war sie kaum aufzuhalten. Zudem hatte sie die unausstehliche Angewohnheit, seine herablassenden Kommentare völlig zu ignorieren.

»Abends um neune kam Fräulein Unger hereingeschneit, um sich zu verabschieden. Sie hatte ebenfalls noch einen Extraauftrag bekommen und hatte Überstunden gemacht, genau wie wir. Und als sie fragte, was wir da machten, habe ich ihr von dem blonden Mann mit der Boxernase erzählt, den wir in den Akten suchten. Und raten Sie mal, was Fräulein Unger gesagt hat?«

»Sie kannte ihn?«

»Quatsch«, erwiderte Frau Uhlig. »Aber sie hatte am Nachmittag mit Kommissar Ricken gesprochen.«

Ricken, dachte Schander. Der Mann konnte einfach nichts für sich behalten. Er würde dem Kommissar gleich nach dem Telefonat den Kopf zurechtrücken, so viel stand fest.

»Und Kommissar Ricken hatte ihr gesagt, dass der Mann, den sie suchen, aus Berlin kommt!«, rief Frau Uhlig aufgeregt.

»Wie kommen Sie darauf?«

»Na, Kommissar Ricken hat es doch gesagt!«

»Und wie zur Hölle kommt Ricken darauf?«

»Er hat den Mann gehört, also, wie er geredet hat. Berlinerisch.«

Schander zog eine Augenbraue hoch. »Interessant.«

Frau Uhlig plapperte weiter. »Also haben wir Ihren Auftrag weitergegeben, nach Berlin. Und soll ich Ihnen was sagen? Die Berliner haben Ihren Mann gefunden!«

»Name?«, fragte Schander.

»Friedrich Kowalski, geboren am 17. Juli 1910 in Berlin-Wedding. Er ist durch verschiedene kleinkriminelle Aktivitäten aufgefallen, hat wohl Geld gebraucht für seine Spielsucht. Die Kollegen in Berlin haben ihn eine Zeit lang überwacht, weil sie Verbindungen zum kommunistischen Untergrund vermuteten. Wechselnde Liebschaften. Ein Fräulein Hansen, ein Fräulein von Brühl, ein Fräulein Langer. Der Vater war ...«

»Fräulein von Brühl?«, unterbrach Schander seine Sekretärin.

»Ganz richtig. Das ist aber schon eine Weile her. Im Sommer 40 war das.«

Schander lächelte. »Danke, Frau Uhlig, das war ... tatsächlich gute Arbeit.«

»Soll ich Kowalski zur Fahndung ausschreiben lassen?«

Schander stockte. Konnte er es wagen, nach Kowalski fahnden zu lassen? Er war hin- und hergerissen. Auf der einen Seite würde es ihn sehr beruhigen, wenn er Kowalski und auch von Brühl hinter Schloss und Riegel wüsste. Auf der anderen Seite wollte er nicht riskieren, dass die beiden Kommunisten in ihrer Panik Informationen über Operation Attila verrieten. Wenn sie von der Kripo inhaftiert wurden, konnten sie ihr Wissen gegen ihn verwenden. Wenn sie denn überhaupt Bescheid wussten! Es war eine verflixte Angelegenheit. Dann kam ihm ein anderer Gedanke. Wenn Kowalski und von Brühl sich schon aus Berlin kannten, wenn sie ein Paar gewesen waren, dann war es durchaus möglich, dass Kowalski immer noch an der Physikerin interessiert war. Vielleicht hatte er sie nur deswegen befreit, und die beiden hatten von Operation Attila nicht den blassesten Schimmer.

»Nein, keine Fahndung«, entschied er schließlich und legte ohne Verabschiedung auf. Er verließ den kleinen Raum, in dem der Fernsprecher stand, und steuerte auf den Abort zu, um sich vor der langen Fahrt nach Haigerloch zu erleichtern. Als er die morsche Tür aufstieß, schlug ihm ein widerlicher Geruch entgegen, der ihn beinahe von seinem Vorhaben abgebracht hätte. Doch dann sah er Professor Braun über ein Waschbecken gebeugt stehen. Sein Oberkörper wurde von heftigen Zuckungen geschüttelt. Schander staunte, als ihm klar wurde, dass Braun hemmungslos weinte. Er ging zu einem Waschbecken neben dem des Professors. »Haltung, Braun.« Mit eingeübten Bewegungen streifte er seine Lederhandschuhe ab und legte sie auf den Rand des Beckens. Im Waschbecken, über das sich der Professor beugte, klebten Spritzer von Blut. »Geht es Ihnen gut?«

Braun hustete und spuckte in das Becken vor ihm. In der Hand hielt er einen gefalteten Zettel. »Es ist nichts.«

Schander nickte und ging zu einem der Pissoirs, um sich zu erleichtern. »Sie sollten einen Arzt aufsuchen.«

»Es ist nichts«, wiederholte Braun.

»Sind Sie sicher? Sie wirken ... derangiert.«

Einige Sekunden lang schwieg der Professor, dann sagte er: »Es ist nur ... Diese Bombe, sie macht mir Angst.«

Schander lachte auf. »Aber sie ist doch Ihr Werk! Sie sollten stolz sein auf das, was Sie erreicht haben!«

»Geben Sie mir noch ein paar Tage Zeit. Ich will sichergehen, dass auch die anderen Prototypen voll funktionsfähig sind.«

»Haben Sie vorhin nicht aufgepasst? Die Bombe funktioniert einwandfrei! Fragen Sie doch die Häftlinge aus dem KZ, die Winkler für uns aufgetrieben hat!« Schander dachte an das strahlende Gesicht, das Winkler aufgesetzt hatte, als er ihm von seiner Idee mit den Lagerinsassen erzählte. Häftlinge als lebende Messinstrumente für die Durchschlagskraft einer Bombe einzusetzen, darauf musste man erst einmal kommen.

»Ja, *dieser* Prototyp hat funktioniert«, sagte Braun, »Aber wir sollten sichergehen, dass auch die anderen …«

»Schlagen Sie sich das aus dem Kopf.« Schander drehte sich zu Braun um und knöpfte seine Hose zu. »Die Bomben werden morgen an Hitler übergeben, Ende der Diskussion.« Sein Blick fiel auf Brauns Gesicht. Tränen glänzten auf den Wangen des Professors.

Vor Sewastopol, Halbinsel Krim,
16. Juni 1942

Mein Herz,
nicht zu beschreiben sind meine Empfindungen. Ich wusste ja nicht! Ich konnte ja nicht wissen. Mehr als alles andere tobt in mir der Wunsch, dich zu sehen und in die Arme zu schließen. Mein Fronturlaub beginnt schon morgen, ich werde nach Zürich eilen und die Konditoreien leer kaufen, und wir werden Kirschkuchen essen. Und einen Arzt finden, der dir hilft.
Ich eile, mein Herz!
Anton

Als er die Tränen in den Augen der jungen Frau gesehen hatte, war Wilhelm ein Licht aufgegangen. Margarete von Brühl hatte Karl geliebt. Und Karl? Als er Ida bei seinem letzten Besuch von seiner Vorgesetzten erzählt hatte, hatte er ebenfalls verliebt geklungen. Aber vielleicht war das auch nur ein Ablenkungsmanöver gewesen. Wenn Karl sich tatsächlich mit diesem Professor eingelassen hatte ... Eine Idee durchzuckte Wilhelm. Was, wenn von Brühl über den Professor und Karl Bescheid gewusst hatte? Vielleicht hatte sie zufällig ein Gespräch belauscht, war eifersüchtig geworden und hatte daraufhin die Maschine sabotiert, um Karl zu töten. Nur, warum hatte sie sich selbst dann nicht in Sicherheit gebracht?

Wilhelm saß mit dem Rücken an eine Wand des Bunkers gelehnt und versuchte sich einen Reim auf die Geschehnisse zu machen. Von Brühl kam ihm schlau vor, sie schien aus gutem Hause zu sein und hatte sicherlich eine hervorragende Ausbildung genossen. Karls Tod schien ihr ebenso nahezugehen, wie ihm selbst. Wilhelm traute ihr eigentlich keinen Mord zu. Aber wieso hätte sie ins Visier der Ermittler geraten sollen, wenn sie nichts mit der Explosion zu tun hatte? Und wieso gab sie sich mit diesem Kowalski ab? Wilhelm waren von Brühls Hilfe suchende Blicke in seine Richtung nicht entgangen. Die beiden verschwiegen ihm etwas. Überhaupt kam ihm Kowalski alles andere als vertrauenswürdig vor. Er musste ihn im Auge behalten.

Im Moment hatte er ohnehin keine Wahl. Seine Pistole hatte Kowalski ihm abgenommen, als er, geblendet von der Explosion, im Eingang des Bunkers in die Knie gegangen war. Er war diesem merkwürdigen Zweiergespann ausgeliefert. Da spielte es nun auch keine Rolle, ob er ihrer Geschichte Glauben schenkte oder nicht. Er konnte nur abwarten und auf eine günstigere Situation hoffen. Vielleicht würde es ihm in einem Moment, in dem Kowalski unachtsam war, gelingen, seine Waffe wiederzuerlangen. Und dann würde er dem ungehobelten Berliner einige Fragen stellen.

Kowalski spähte mit seinem Fernglas durch die Schießscharte auf den Truppenübungsplatz. Von Brühl richtete
eine der beiden Waffen auf Wilhelm, blickte ihn aber immer wieder mitleidig an. Hatte sie Schuldgefühle?

»Sie fahren!« Kowalski wirbelte herum und ließ das
Fernglas sinken. »Ein ganzer Konvoi von Militärfahrzeu-
gen verlässt gerade das Gelände. Ick denk mal, die Luft ist
rein.«

Von Brühl sah nun ebenfalls durch die Schießscharte
nach draußen. »Die scheinen es ganz schön eilig zu haben.«

»Wie auch immer, ick geh mir das Ganze mal anschauen.« Kowalski zog seine Pistole aus dem Hosenbund,
dann richtete er sie auf Wilhelm. »Und du gehst vor, Kollege.«

Wilhelm erhob sich und machte eine besänftigende
Geste. »Schon gut.«

»Moment noch.« Von Brühl trat ihm entgegen. »Ich bin
mir nicht sicher, ob es eine gute Idee ist, dort hinunterzu-
gehen.«

»Was willste damit sagen?« Kowalski verschränkte die
Arme vor der Brust.

»Dass es möglicherweise gefährlich ist. Wenn wir gerade
Zeugen einer atomaren Explosion geworden sind, dann
könnte dort unten eine nicht unerhebliche Menge radioak-
tiven Materials freigesetzt worden sein. Ich wünschte, ich
hätte meine Messgeräte dabei.«

»Was kann schon so gefährlich daran sein?«, fragte Wilhelm. »In meiner Zahnpasta ist auch Radioaktivität drin.
Wenn sie es dir im Geschäft verkaufen, kann es doch wohl
so schlimm nicht sein.«

»So isses«, stimmte Kowalski ihm zu und gab ihm ein
Zeichen, aus dem Bunker zu treten.

Von Brühl sah nicht überzeugt aus, doch schließlich zuckte sie mit den Schultern. »Aber fasst besser nichts an!«

Mit schmerzenden Knien trat Wilhelm aus dem Bunker. Die Sonne war mittlerweile aufgegangen und wärmte sein Gesicht. Er war froh, den feuchten Raum verlassen zu können. Lediglich die Helligkeit machte ihm zu schaffen. Allmählich ließ die Wirkung des Alkohols nach und machte einem dumpfen Katergefühl Platz. Er stolperte um den niedrigen Bau herum und machte sich an den Abstieg ins Tal.

»Nicht so schnell«, zischte Kowalski hinter ihm. »Und keine Tricks, oder ick schieß dir in den Rücken.«

Wilhelm zuckte mit den Schultern.

Ein schmaler Pfad führte von dem Schießstand hinab in Richtung Wiese. Der Wald um sie herum lichtete sich langsam, bis er schließlich hinter ihnen verschwand und Wilhelm den Truppenübungsplatz in Gänze vor sich liegen sah.

Es bot sich ihm ein Bild der Verwüstung. Wo zuvor wohl eine trockene Wiese gewesen war, konnte er einen nahezu kreisrunden Krater erkennen. Er hatte einen Durchmesser von sicherlich fünfzig Metern und war so tief, dass Wilhelm den Grund von seiner Position aus nicht sehen konnte. Um den Krater herum war der Boden im Umkreis von weiteren hundert Metern verkohlt. Ein Geruch von Sprengstoff lag in der Luft, außerdem eine Wolke aus feinem Staub, der in Wilhelms Augen brannte.

»Wahnsinn«, sagte von Brühl hinter ihm. »Von dem Holzgerüst, in dem die Bombe aufgehängt war, ist nichts übrig geblieben.«

»Was hat das zu bedeuten?«, fragte Kowalski.

»Was meinst du?«, fragte von Brühl mit gereizt klingender Stimme zurück.

»Du weißt, was ick meine. Isses das, was wir in den Plänen gesehen haben?«

Wilhelm drehte sich zu den beiden um und sah, wie von Brühl die Schultern hob und wieder fallen ließ.

»Von dem eigentlichen Sprengkörper scheint nichts übrig geblieben zu sein. Ich wüsste nicht, wie ich von dem Krater Rückschlüsse auf die Bauart der Bombe ziehen sollte«, sagte sie. »Ein Geigerzähler würde mir helfen, aber der steht in Leipzig im Institut.«

»Auf jeden Fall gab es einen ganz schönen Wumms«, versuchte Wilhelm in das Gespräch einzusteigen.

Kowalski sah ihn an. »Du hältst dich da raus.«

Wilhelm ließ den Blick über das Gelände wandern. In einigen Metern Entfernung entdeckte er die Überreste eines Holzpfahls, an dessen Fuß ein Häufchen verbrannter Lumpen zu liegen schien. »Was ist denn das da?« Er ging auf seine Entdeckung zu. Kowalski und von Brühl folgten ihm.

Als Wilhelm sich dem Pfahl näherte, konnte er erkennen, dass er völlig verkohlt war. An einigen Stellen glühte das Holz noch. Am Fuße des Pfahls lag ein undefinierbarer Haufen. Wilhelm trat näher heran – und erstarrte. Aus dem Haufen grinste ihn ein menschlicher Schädel an. Er war schwarz verkohlt, Haut und Fleisch waren verschwunden, die Augen nur noch leere Höhlen. Wilhelm hatte schon viele verbrannte Menschen gesehen, das war Teil seines Berufs gewesen, doch dieser hier war regelrecht verglüht. Der Schädel lag in einem Durcheinander aus Knochen und Kleidungsresten. Obwohl auch der Anzug der Leiche stark verbrannt war, konnte Wilhelm doch erkennen, dass er früher einmal schwarz-weiß gestreift gewesen sein musste. Er spürte, wie sich ein Kloß in seinem Hals bildete. Dieser Mann war ein Häftling gewesen. Ein Lagerinsasse. »Hat dieser Mensch noch gelebt, als die Bombe hochging?« Wilhelm konnte den Blick nicht von der Leiche abwenden.

»Keine Ahnung«, sagte Kowalski.

Von Brühl seufzte. »Vermutlich waren sie so etwas wie Versuchspersonen. Ich nehme an, dass man so den Wirkungsradius der Bombe abschätzen wollte.«

»Also, diesen Kollegen hier hat die Wirkung auf jeden Fall erreicht.« Kowalski stieß mit dem Fuß gegen die verkohlten Knochen.

Wilhelm rempelte ihn zur Seite. »Was ist los mit dir? Das ist ein Mensch! Ein echter Mensch wie du und ich!«

»Reg dich ab, Alter! Der hat's hinter sich.« Kowalski sah ihn herausfordernd an.

Wilhelm entging nicht, dass Kowalskis Waffe immer noch im Bund seiner Hose steckte. »Du meinst, er kann sich nicht mehr wehren? Und deswegen kannst du mit ihm machen, was du willst?« Er hob drohend die Arme.

»Ick hab ihn auf jeden Fall nicht protestieren gehört«, gab Kowalski zurück.

»Und *du* willst Kommunist sein?« Wilhelm ging einen Schritt auf Kowalski zu. »Wenn du so denkst, bist du nicht besser als die Nazis!«

»Sag das noch mal.«

»Du bist nicht besser als sie!«

Kowalski wollte gerade die Pistole aus dem Hosenbund ziehen, als Wilhelm sich schon auf ihn stürzte und mit sich zu Boden riss.

»Hört sofort auf, ihr Idioten!« Margarete trommelte mit den Fäusten abwechselnd auf Fritze und Karls Vater ein. Die beiden Männer hatten sich in eine enge Umklammerung begeben und wälzten sich über den verkohlten Boden, ohne dass einer der Kontrahenten die Oberhand gewinnen konnte. »Ihr benehmt euch wie die ersten Menschen!«

Margaretes Blick fiel auf etwas, das zwischen den verbrannten Grasbüscheln lag. Etwas Glänzendes. Sie machte einen Schritt darauf zu und erkannte, dass es sich um die Pistole handelte, die Fritze Karls Vater abgenommen hatte. Sie hatte sich offenbar während des Kampfs aus seinem Hosenbund gelöst und war auf dem geschwärzten Boden liegen geblieben. Margarete zögerte nur kurz, ehe sie sich bückte und die Waffe aus dem Staub hob. Mit gerunzelter Stirn strich sie mit den Fingern über den Lauf und wischte die Asche beiseite.

»Letzte Warnung!« Sie richtete die Waffe auf die beiden Kämpfenden. »Hört sofort auf!«

»Erschieß das Arschloch«, rief Fritze, bevor ihn ein Schlag ins Gesicht traf. Karls Vater befreite sich aus der Umklammerung und stolperte einige Schritte zurück. Fritze blieb auf dem Boden liegen und hob den Kopf. Beide sahen sie Margarete an.

Sie richtete die Pistole auf Fritze. Mit der freien Hand zog sie die zweite Waffe aus ihrem Hosenbund und zielte damit auf Karls Vater.

Er lächelte breit, während Fritze ungläubig die Augen aufriss, als er die Pistole sah. »Grete, was ist los? Haste nicht gesehen, dass er angefangen hat?«

»Du hast dich aufgeführt wie ein Idiot«, erwiderte Margarete. »Dieser Mann hat gerade seinen Sohn verloren. Zeig ein bisschen Respekt!«

Fritze war zu erstaunt, um zu antworten. Er starrte Margarete lediglich mit offenem Mund an.

Karls Vater machte einen Schritt auf sie zu. »Danke«, sagte er und streckte ihr die rechte Hand entgegen. Margarete ließ die Waffen jedoch nicht sinken und nickte lediglich.

»Mein Name ist Wilhelm Leitner.« Er deutete auf die Pistole. »Fürs nächste Mal: Sie müssen die Waffe erst entsichern, wenn Sie schießen wollen. Der kleine Hebel oben am Ende.« Er grinste verschmitzt.

Margarete musste ebenfalls lächeln. »Ehe ich diese Waffe benutze, gehen Hitler und Churchill zusammen ein Bier trinken.« Ihr entfuhr ein helles Lachen. Wie lang hatte sie nicht mehr gelacht? Ihr Blick fiel auf Fritze, der auf dem Boden saß und sie zornig anstarrte.

»Wenn ihr dann so weit seid, würd ick gerne diesen scheußlichen Ort verlassen.« Fritze rappelte sich auf und klopfte seine Hosenbeine ab, worauf eine Wolke aus weißer Asche aufstieg.

»Moment noch«, sagte Margarete. »Bevor wir irgendwo hingehen, möchte ich, dass wir uns über unsere Motive austauschen.« Ihr Blick fiel auf Fritze. »Wie zivilisierte Menschen.«

Leitner nickte. »Nur zu gern.«

»Wenn ich Sie richtig verstanden habe, suchen Sie nach denjenigen, die die Uranmaschine sabotiert haben«, sagte Margarete.

Er nickte.

»Das tun wir auch«, fuhr sie fort. »Ich will ehrlich mit Ihnen sein. Wir vermuten, dass es innerhalb der Wehrmacht oder der Gestapo eine Gruppe von Verschwörern gibt, die im Geheimen die Entwicklung einer neuartigen

Bombe vorantreibt, die auf der Zertrümmerung von Atomkernen basiert.«

Ein lautes Stöhnen von Fritze unterbrach sie in ihren Ausführungen. Sie blickte zu ihm hinüber und schüttelte mit dem Kopf, dann fuhr sie fort. »Es würde zu weit führen, jetzt in die Details zu gehen, aber lassen Sie es mich so sagen: Wenn diese Bombe gebaut wird, dann wird sie den Krieg beenden, und zwar im Sinne Hitlers. Die Welt wäre dann ein anderer Ort. Ein düsterer Ort.«

»Wenn diese Bombe gebaut wird«, äffte Fritze sie nach. »Guck dich mal um, Grete! Die Bombe wurde gebaut und du stehst mitten auf dem Beweis!«

»Wir sind Zeugen einer großen Explosion geworden.« Margarete verschränkte die Arme vor dem Körper. »Aber das heißt noch lange nicht, dass die Bombe auf einer atomaren Spaltung basiert.«

»Für so einen Krater wären Tonnen von Dynamit nötig!«, ereiferte sich Fritze. »Du hast doch selbst gesehen, wie klein die Bombe war. Die hat höchstens fuffzich Kilo gewogen!«

Margarete schwieg. Fritze hatte recht. Die Bombe hatte tatsächlich klein ausgesehen. Ungefähr so klein wie die Entwürfe, die sie in ihrer Doktorarbeit angefertigt hatte. Hatte Professor Braun ihre Ideen weiterentwickelt? Und hatte er einen Weg gefunden, um die Probleme, die sie damals für unlösbar gehalten hatte, zu umgehen? Wenn ja, dann stand die Welt tatsächlich vor dem Abgrund. Einem atomar bewaffneten Deutschen Reich würden weder die Alliierten noch die Sowjets Widerstand leisten können.

Leitner unterbrach ihre Gedanken. »Wer sagt mir, dass ihr beide nicht trotzdem an der Explosion im Institut schuld seid? Vielleicht hat das eine nichts mit dem anderen zu tun.«

»Das will ick dir sagen«, fuhr Fritze ihn an, doch Margarete brachte ihn mit einer Geste zum Schweigen.

»Ich weiß nicht, wie jemand auf diese Idee kommen könnte«, sagte sie. »Ich habe bei der Explosion beinahe selbst mein Leben verloren. Außerdem war ich die verantwortliche Wissenschaftlerin bei der Entwicklung der Maschine. Das Projekt stand kurz vor einem Durchbruch. Am Freitag sollte Professor Heisenberg aus Berlin anreisen, um sich die Ergebnisse anzusehen. Ich war kurz davor, mir meine ersten Lorbeeren zu verdienen. All das hat sich zusammen mit der Maschine in Luft aufgelöst.«

Zu gern hätte sie Leitner auch von ihrer Beziehung zu Karl erzählt. Und von dem Kind in ihrem Bauch. Leitners Enkelkind. Das hätte ihn sicherlich überzeugt. Aber sie wollte nicht riskieren, Fritze vor den Kopf zu stoßen. »Mir ist klar, dass das keine Beweise sind«, fuhr sie fort, »aber ich bitte Sie dennoch, mir zu glauben.«

Leitner sah sie an, öffnete den Mund, schloss ihn allerdings wieder, ohne etwas gesagt zu haben.

Fritze baute sich vor ihm auf. »Und du? Was hast du hier zu suchen? Wer sagt uns, dass du nicht mit denen unter einer Decke steckst, die dit hier angerichtet haben?«

Leitner legte die Stirn in Falten und schien nachzudenken. »Ich habe bei der Explosion dieser ... Maschine meinen Sohn verloren. Und ich werde diejenigen finden, die dafür verantwortlich sind. Meine erste Idee war, dass Sie zwei darin verwickelt sein könnten. Und dann kam einfach eins zum anderen ...« Er hob entschuldigend die Hände. »Ich ... Im Moment weiß ich einfach nicht mehr, was ich glauben soll.«

»Wir werden Ihnen den Beweis liefern, dass nicht *wir* die Verursacher der Explosion im Institut waren.« Margarete nickte Leitner zu. »Dafür müssen wir aber mehr über die Entwicklung dieser Bombe herausfinden. Ich glaube, dass beide Ereignisse miteinander zusammenhängen. Zumal Professor Braun in beide Entwicklungen involviert zu sein scheint.«

Auf Leitners Gesicht manifestierte sich ein Ausdruck der Überraschung.

»Toll«, rief Fritze plötzlich aus und starrte an ihnen vorbei in die Ferne. Dann sah er fragend in die Runde. »Jetzt, wo wir uns alle so jut kennengelernt haben, können wir dann endlich raus aus der Sonne?«

»Und wohin?«, fragte Leitner.

»Zurück nach Leipzig«, sagte Fritze. »Irgendwo muss diese Bombe ja zusammengeschustert worden sein. Wahrscheinlich hat Professor Braun eine geheime Werkstatt, in der er dran gearbeitet hat. Wenn wir die Werkstatt finden, dann finden wir auch den Beweis für die Bombe.«

Leitner nickte langsam. »Klingt überzeugend.« Dann sah er Margarete fragend an.

Sie spürte, wie eine Gänsehaut ihre Arme überzog. Sie fürchtete sich davor, nach Leipzig zurückzukehren. Mehrmals waren sie nur ganz knapp der Verhaftung entgangen oder Schlimmerem. Sie wussten ja noch nicht einmal, mit wem sie es eigentlich zu tun hatten! Offenbar war Professor Braun in die Verschwörung involviert, aber wer war dieser Gestapomann, dieser Schander? Wie mächtig war er? Hatte er den gesamten Polizeiapparat auf seiner Seite? Wenn sie jetzt einfach zurück nach Leipzig gingen, dann würden sie vermutlich direkt in seine Falle tappen.

»Ich habe eine bessere Idee«, sagte sie schließlich. »Zuerst sollten wir überprüfen, ob die Soldaten etwas in ihrem Bunker zurückgelassen haben, das uns auf die Spur der Bombe bringt. Wenn wir dort keine Hinweise finden, fahren wir zu einem Mann, der uns sicherlich weiterhelfen kann.«

Der zornige Ausdruck in Kowalskis Gesicht ließ Wilhelm insgeheim schmunzeln. Es lief gar nicht so schlecht für ihn. Kowalski und von Brühl schienen sich nicht einig zu sein, was sie mit ihm machen sollten. Und das gab ihm selbst Zeit, sie ein wenig auszuhorchen und sich einen Reim auf ihre haarsträubende Geschichte zu machen. Irgendwann würde sich einer von beiden verplappern. Vielleicht würde es ihm auch gelingen, an eine der Pistolen zu gelangen. Von Brühl schien nicht damit umgehen zu können, und sie hatte Kowalski seine Waffe nach der Prügelei nicht zurückgegeben. Vielleicht würde Wilhelm einen Weg finden, Kowalski weiter zu reizen und so einen Keil zwischen die beiden zu treiben.

Immer wieder dachte er über die Rolle von Professor Braun nach. Von Brühl hatte gesagt, dass er sowohl an der Entwicklung der Uranmaschine als auch der neuartigen Bombe beteiligt war. Wilhelm musste irgendwie an diesen Professor herankommen. Nur so würde er Gewissheit über Karl erlangen.

»Abmarsch!« Kowalski machte eine wedelnde Handbewegung in Richtung des Bunkers, der in der Ferne zu sehen war.

Wilhelm setzte sich in Bewegung und stolperte über die Wiese. Kaninchenbauten und Grasbüschel ließen ihn immer wieder aus dem Tritt kommen. Zudem meldete sich sein Kater in Form eines äußerst unangenehmen Stechens in der Schläfengegend. Kowalski und von Brühl gingen hinter ihm. Als Wilhelm den Kopf zu ihnen umdrehte, hatten sie die Blicke voneinander abgewendet und schienen vor sich hin zu schmollen.

»Was soll denn eigentlich an dieser neuen Bombe so besonders sein?«, fragte Wilhelm über die Schulter hinweg. »Ein großes Loch kann man auch mit einer ganz normalen Bombe in den Boden sprengen. Haben Sie die Bilder aus Köln nicht gesehen?«

»Der Preis«, sagte von Brühl. »Der Preis ist ein völlig anderer. Wenn diese Leute tatsächlich einen Weg gefunden haben, das Hohlladungsprinzip auf Kernsprengköpfe zu übertragen, dann wäre eine solche Bombe in der Herstellung unfassbar günstig. Es bräuchte nur eine sehr geringe Menge spaltbaren Materials, vermutlich Uran. Wenn überhaupt! Vielleicht funktioniert sie auch schon mit ein paar Gramm Schwerem Wasser.«

»Schwerem Wasser?«, wiederholte Kowalski, doch von Brühl ging nicht auf ihn ein.

»Die Bombe wäre klein, leicht und einfach zu produzieren«, fuhr sie mit ihren Erklärungen fort. »Und sie hätte die Sprengkraft von Tausenden Kilogramm Dynamit.«

Eine Zeit lang stapften sie schweigend über den Truppenübungsplatz, dann sagte Wilhelm: »Sie haben vorhin von einer Verschwörung gesprochen. Wenn diese Waffe so stark ist, wieso wird sie dann im Geheimen entwickelt? Das würde doch eine tolle Propaganda abgeben!«

»Die Forschung an Kernwaffen wurde vor einigen Monaten offiziell eingestellt.« Von Brühl gesellte sich an seine Seite. »Sie wurden als zu teuer angesehen und es gab zu viele technische Probleme.«

»Offenbar waren nicht alle dieser Ansicht«, gab Wilhelm zu bedenken. »Wer ist dieser Professor Braun, von dem Sie vorhin sprachen?«

Kowalski drängte sich zwischen von Brühl und ihn. »Du stellst zu viele Fragen.«

Schweigend legten sie die letzten Meter bis zu der weitläufigen Bunkeranlage zurück, die in den Boden eingelassen zu sein schien und nur etwa einen Meter hoch war. Einige Stufen führten zum Eingang hinab. Kowalski ging voran und schaltete eine Taschenlampe an. Wilhelm folgte ihm, ganz hinten ging von Brühl. Sie traten in einen großen niedrigen Raum. Die Wände bestanden aus rohem Beton, lediglich durch eine Reihe von Schießscharten fiel Licht hinein. Bis auf einige Holztische war der Raum völlig leer. Wilhelm konnte im Halbdunkel einige Stahltüren erkennen, die offenbar in andere Bereiche des Bunkers führten.

»Die haben ordentlich aufjeräumt«, sagte Kowalski.

Zu dritt durchkämmten sie das Gebäude, ohne jedoch auch nur den Hauch eines Hinweises auf die Soldaten oder ihre Machenschaften zu finden. Kowalski und von Brühl warfen sich unschlüssige Blicke zu.

»Ick geh mal draußen schauen, ob ick Spuren von ihren Fahrzeugen finde.« Kowalski nickte von Brühl zu. »Pass mir gut auf unsern Herrn Papa auf.«

Als er verschwunden war, sahen Wilhelm und von Brühl sich eine Zeit lang fragend an. Wilhelm brach als Erster das Schweigen. »Kann ich kurz auf die Toilette gehen?«

»Natürlich.« Von Brühl folgte ihm durch eine der Stahltüren und den dahinter liegenden kurzen Korridor.

Wilhelm betrat den Waschraum, der von einer grellen Leuchtstoffröhre erhellt wurde. Linkerhand waren drei

Waschbecken an der Wand montiert, rechts fanden sich zwei Pissoirs und eine abschließbare Kabine. Er ging auf eins der Pissoirs zu und sah zurück zum Eingang.

Von Brühl, die in der Tür stand und ihn beobachtet hatte, wandte sich von ihm ab, blieb aber, wo sie war.

Wilhelm öffnete seine Hose und erleichterte sich. Das Plätschern im Urinal erschien ihm unnatürlich laut zu sein. »Sie haben vorhin über Professor Braun gesprochen. Hat er mit Ihnen zusammengearbeitet?«, fragte er, ohne sich umzudrehen.

»Er leitet das Physikalische Institut. Er ist also mein Vorgesetzter. Das heißt, er war es … Ich denke nicht, dass ich, nach allem, was geschehen ist, dorthin zurückkehren kann.«

»Das kommt mir bekannt vor.« Wilhelm schwieg einen Moment lang und lauschte dem Plätschern. »Was ist Braun für ein Mann? Trauen Sie ihm die Entwicklung dieser Bombe zu?«

»Wenn Sie mich fragen, ob ich es seinem Intellekt zutraue, dann ja, unbedingt.« Von Brühl trat von einem Fuß auf den anderen. Unter ihren Sohlen knirschte Sand auf Beton. »Aber er würde so etwas nie machen. Er war heilfroh, als die Wehrmacht sich dazu entschieden hatte, die Forschung an den Kernwaffen einzustellen. Er ist Pazifist, wie ich.«

»Und wie steht es mit der Explosion in Leipzig? Könnte er Ihre Maschine sabotiert haben?«

Von Brühl lachte auf. »Die Idee ist völlig abwegig. Die Uranmaschine war, wie sagt man, unser bestes Pferd im Stall. Wir standen kurz vor einem Durchbruch, der uns möglicherweise weltberühmt gemacht hätte!«

Wilhelm wurde hellhörig. »Hatten Sie Konkurrenten?«

»Natürlich forschen noch einige andere Gruppen an verschiedenen Typen von Uranbrennern, zum Beispiel in Berlin. Aber wir teilen unsere Ergebnisse, wir sind keine Gegner.«

»Und aus dem Ausland?« Wilhelm sah zu von Brühl hinüber.

Sie schüttelte den Kopf. »Darüber weiß ich nichts. Denkbar wäre es natürlich. Sicherlich haben die Sowjets auch ein Atomprogramm und die Amerikaner bestimmt ebenfalls.«

Wilhelm hatte seine Blase geleert und knöpfte seine Hose wieder zu. Dann ging er zu den niedrig hängenden Waschbecken und wusch sich die Hände. Er ließ das kalte Wasser über seine Handgelenke laufen, dann formte er mit seinen Händen eine Schüssel und wusch sich auch das Gesicht. Für einen kurzen Moment verschwanden die Kopfschmerzen, die ihn geplagt hatten. Von Brühls Offenheit erstaunte ihn. Sie schien ihm zu vertrauen. Oder war sie einfach eine verdammt gute Schauspielerin?

Als er den Wasserhahn wieder abstellte, fiel sein Blick auf etwas, das auf dem Waschbecken nebenan lag. Es war ein Paar schwarzer Lederhandschuhe. Wilhelm hob sie auf und verglich ihre Größe mit seinen eigenen Händen. Sie schienen etwas zu klein zu sein, doch sie gefielen ihm. Er ließ sie in die Tasche seiner Jacke gleiten. »Ist Ihnen an Professor Braun jemals etwas … Seltsames aufgefallen?«

Sie runzelte die Stirn. »Was meinen Sie?«

»Nun, wie soll ich sagen, hatte er jemals …«

In diesem Moment tauchte Kowalski im Korridor hinter von Brühl auf. »Stör ick?« Er gab von Brühl mit einem düsteren Blick zu verstehen, was er davon hielt, dass sie mit Wilhelm redete.

»Hast du etwas gefunden?«, fragte sie.

Kowalski schüttelte den Kopf. »Die Spuren verlieren sich auf der Landstraße. Sie sind in südlicher Richtung abgehauen, aber mehr konnte ick beim besten Willen nicht erkennen.«

Von Brühl schaute zerknirscht drein. »In südlicher Richtung, das kann alles Mögliche bedeuten.«

Kowalski nickte.

»Ich sage euch, was wir machen«, verkündete sie. »Wir fahren zu meinem Onkel!«

Kowalski starrte sie an, als habe sie ihm gerade verkündet, dass ihr nächstes Ziel der Mond sei.

»Wie lang wird die Fahrt nach Haigerloch dauern?« Schander fixierte den Gestapobeamten, der seine Limousine steuerte, im Rückspiegel. Sie hatten das Übungsgelände der Wehrmacht vor etwa zwanzig Minuten verlassen und fuhren nun auf einer Landstraße durch dichten Nadelwald.

Der Fahrer wackelte mit dem Kopf nach links und rechts. »Die Autobahn in Richtung Stuttgart ist weitgehend fertiggestellt. An einigen Stellen werden wir allerdings über die Dörfer fahren müssen.«

»Wie lang?«, wiederholte Schander seine Frage.

Der Fahrer ließ zischend die Luft zwischen den Zähnen entweichen, dann blickte er auf die Uhr am Armaturenbrett. »Wir werden vor dem Abendessen dort eintreffen.«

Schander spürte, wie Zorn in ihm aufstieg. Wieso konnte der Mann nicht einfach seine Frage beantworten? Er lehnte den Oberkörper ein Stück zur Seite, um von der Rückbank aus selbst einen Blick auf die Uhr werfen zu können. Sie zeigte halb acht. Die Rede des Führers würde um elf Uhr am Morgen des nächsten Tags stattfinden, danach war die Vorführung der Bombe auf einem Feld außerhalb Stuttgarts geplant. In etwa dreißig Stunden würde die Operation abgeschlossen sein.

Schander spürte, wie ihm der Schweiß auf die Stirn trat. Eine Welle der Aufregung ergriff ihn. Er tastete nach dem Fensteröffner und kurbelte die Scheibe herunter. Dann hob er seine linke Hand und streckte sie aus dem Wagen, um sein Handgelenk zu kühlen. Der Fahrtwind umspielte seine Finger und stillte das immerwährende Jucken, das die Narben verursachten.

Mit einem Mal zuckte er zusammen. Seine Hand war ... nackt! Er musterte das rötliche Narbengewebe und die Verwachsungen, die er für gewöhnlich unter seinen schwarzen Lederhandschuhen versteckte. Doch die Handschuhe waren nicht da. Er hatte sie vergessen. Sofort sah er es vor sich, das Waschbecken in der Bunkeranlage. Er hatte seine Handschuhe ausgezogen, als er den Abort aufgesucht hatte, und dann hatte er sie auf dem Waschbecken liegen lassen. Der verdammte Professor Braun mit seinem weinerlichen Gehabe hatte ihn dermaßen abgelenkt, dass er einfach nicht mehr an sie gedacht hatte.

Für einen Moment verspürte er den Drang, dem Fahrer den Befehl zum Umkehren zu geben. Doch konnte er sich das leisten? Die Zeit spielte gegen ihn. Er wollte nicht riskieren, den morgigen Termin zu verpassen. Und wenn man dem Professor Glauben schenken konnte, waren die Vorbereitungen an den Bomben durchaus umfangreich. Nein, er durfte keine Zeit verlieren. Und wie würde es aussehen, wenn er den ganzen Konvoi, bestehend aus seiner Limousine, mehreren Kastenwagen von Hanomag und einem Lastwagen für den Transport der Bomben, zur Umkehr zwang? Und das nur, weil er seine Handschuhe vergessen hatte? Er biss sich auf die Unterlippe. So ein Lapsus war ihm noch nie passiert. Waren das die ersten Auswirkungen des Schlafmangels, dem er ausgesetzt war? Er spürte, wie sich seine Nackenhaare aufstellten.

»Was soll uns dieser Ausflug zu deinem Onkel bringen?« Fritze gestikulierte heftig, während sie den Weg vom Bunker durch den Wald zurück zu ihren Autos gingen. »Wir wissen ja nicht mal, ob wir ihm vertrauen können.«

»Du kennst ihn nicht«, entgegnete Margarete. Sie dachte an den Streit, den sie vor einigen Tagen mit ihrem Onkel gehabt hatte. Nach all den Ereignissen, die auf sie eingestürzt waren, wirkte er geradezu lächerlich. »Onkel Albrecht ist wie eine Art ... Vater für mich. Und er hat Kontakte in die höchsten Kreise. Er weiß, was im Reich vor sich geht.«

»Genau das macht mir Sorgen«, erwiderte Fritze.

»Wieso Sorgen?«, fragte Margarete. »Wenn jemand weiß, was Schander treibt, dann er. Und wenn er es nicht weiß, dann kennt er zumindest jemanden, der es weiß. Du wirst sehen, Albrecht kann uns helfen.«

Leitner stolperte etwas abseits neben ihnen her, die Hände in den Hosentaschen vergraben. »Wo wohnt denn Ihr Onkel?«

»Nicht weit von hier. Er besitzt ein Anwesen einige Kilometer nördlich von hier, malerisch an einem See gelegen.«

»Ein Anwesen ...«, ätzte Fritze. Margarete konnte hören, dass er zornig wurde.

Leitner zuckte mit den Schultern. »Wenn Sie meinen, dass er uns helfen kann, dann sollten wir es versuchen.« Hinter Fritzes Rücken zwinkerte er ihr zu.

Margarete konnte ein Lächeln nicht unterdrücken, auch wenn sie Fritze allein schon an der Körperhaltung ansah, dass er es hasste, von seinem Kontrahenten überstimmt zu werden.

»Was hat der hier überhaupt mitzureden?« Fritze zeigte mit dem Finger auf den untersetzten Mann in der Feuerwehruniform.

»Er hat ein Recht zu erfahren, was hier los ist, genau wie wir«, entgegnete Margarete, »Ende der Diskussion.« Überrascht nahm sie den entschlossenen Tonfall in ihrer Stimme wahr. Warum war es ihr früher so schwergefallen, sich Fritze gegenüber durchzusetzen? Und warum war es jetzt ganz anders? Möglicherweise spielten die beiden Pistolen dabei eine Rolle, die sie in den Taschen ihres Mantels verstaut hatte.

Nach einigen Minuten tauchte vor ihnen auf dem matschigen Waldweg ein großer schwarzer Wagen auf. Er hatte sich tief in den Schlamm eingegraben, die durchdrehenden Reifen hatten den Matsch gleichmäßig auf den Seitenfenstern verteilt. Margarete erschrak, als sie bemerkte, dass auf dem Beifahrersitz eine etwa fünfzigjährige Frau saß. Sie hatte lockige graue Haare und trug ein hübsches hellblaues Kleid. Obwohl ihre Augen geöffnet waren, schien sie die drei sich nähernden Personen nicht zu bemerken.

»Ist das deine Scheese?«, fragte Fritze.

Leitner kratzte sich am Hinterkopf. »Ja. Hat sich festgefahren.«

»Und die Trulla, die da sitzt, ist das deine ...«

»Meine Frau.« Leitner trat an den Wagen heran. »Wir müssen die Karre irgendwie aus diesem Matschloch rausbekommen.« Er sah Fritze an. »Sie schieben, während ich Gas gebe.«

Fritze prustete. »Das kannste mal schön vergessen! Das Ding sieht eh so aus, als würd es nicht mehr weit fahren.« Er zeigte auf den völlig verbeulten Kühlergrill. Dann hob er die Hände und zog die Augenbrauen hoch. »Wenn ihr wollt, dass wir zusammen zu Gretes Onkel fahren, dann nehmen wir meinen Wagen.«

Leitner starrte ihn einige Sekunden lang an, dann zuckte er mit den Schultern. »Meinetwegen. Geht ruhig vor. Ich komme gleich mit Ida nach.«

Fritze hatte sich in der Zwischenzeit zum Fenster auf der Beifahrerseite hinuntergebeugt und musterte Leitners Frau. »Geht es ihr jut? Ist sie blind?« Langsam bewegte er seine Hand vor ihrem Gesicht hin und her.

»Nein.« Leitner schob ihn zur Seite. Mit der Hand auf dem Türgriff blickte er Fritze und Margarete an. »Nun geht schon vor, wir kommen gleich.«

Margarete schob Fritze mit beiden Händen vor sich her, bis er schließlich aufgab und freiwillig mit ihr den Waldweg entlang ging. Sie blickte sich noch einmal um und bekam gerade noch mit, wie Leitner sich ins Wageninnere beugte und seiner Frau einen Kuss auf die Stirn gab. »Was hältst du von ihm?«, fragte sie an Fritze gewandt.

Er sah sie mit funkelnden Augen an. »Ach, jetzt interessiert es dich auf einmal, was ick denke?«

»Sei nicht kindisch.«

»Ick trau ihm nicht übern Weg.« Er trat gegen einen Ast, der auf dem Weg gelegen hatte und nun raschelnd ins Gebüsch flog.

»Du hast noch nie irgendjemandem vertraut.«

Fritze lächelte sie an. »Dir vertrau ick. Das hab ick immer jemacht.«

Margarete schnaubte. »Warum eigentlich? Warum hast

du nie Angst davor gehabt, dass ich dich bei der Gestapo anschwärze?«

»Das könnteste nicht.« Fritze schüttelte den Kopf. »Dafür biste viel zu ... aufrecht.« Er legte einen Arm um ihre Schultern.

Margarete spürte, wie ihr ein Schauer über den Rücken lief. Es war ein angenehmes Gefühl. Erinnerungen an ihre gemeinsame Zeit in Berlin tauchten in ihrem Kopf auf. Fritze hatte sie durch die Bars und Tanzsalons geschleift und ihr gezeigt, dass das Leben nicht nur aus Arbeit bestand. Es waren vergnügliche Monate gewesen. Jetzt war sie ihm dankbar dafür, auch wenn sich damals alles in ihr dagegen gewehrt hatte.

»Ich nehme das als Kompliment.« Sie lächelte ihn an. »Und Leitner hältst du nicht für aufrecht?«

»Er wollte uns umbringen, schon vergessen?«

»Wäre das nicht eine sehr aufrechte Tat gewesen? Immerhin dachte er, wir hätten seinen Sohn ermordet.«

Fritze schwieg einige Sekunden lang. Dann sagte er: »Dann hätte er zur Polente gehen sollen.«

Margarete verdrehte die Augen. »Wärst du zur Polizei gegangen?«

»Das ist was anderes.«

Vor ihnen tauchte der Zaun mit dem Tor auf, über das sie wenige Stunden zuvor geklettert waren. Es war völlig verbogen und hing schief in den Angeln.

»Er muss wirklich wütend gewesen sein«, sagte Fritze und Margarete meinte, eine Spur von Anerkennung in seiner Stimme wahrzunehmen.

Kurz darauf kamen sie bei Fritzes Daimler an. Margarete spürte, wie ihr Magen knurrte. Sie hatte schon seit Ewigkeiten nichts mehr gegessen. Bei Onkel Albrecht und Tante

Martha würde es sicherlich ein opulentes Frühstück geben. Hoffentlich würden Karls Vater und Fritze sich bis dahin nicht an die Gurgel gegangen sein.

»Willste mir nicht meine Knarre wiedergeben?«, fragte Fritze und riss sie aus ihren Gedanken.

Margarete schüttelte mit dem Kopf. »Ich glaube, bei mir ist sie besser aufgehoben. Ich will nicht, dass ihr bei meinem Onkel ein Blutbad anrichtet.«

Fritze schnaubte, gab sich aber mit der Antwort zufrieden. »Was brauchen die denn so lang?« Er stützte sich mit den Armen auf der Kühlerhaube des Daimlers ab.

»Weißt du was? Ich werde mal nachschauen. Vielleicht brauchen sie Hilfe«, sagte Margarete. »Du bleibst hier beim Wagen, ich bin gleich zurück.«

Fritze hob die Arme über den Kopf und ließ sie fallen. »Wie immer es euch beliebt, Majestät.«

Margarete machte sich auf den Weg zurück zu Leitner und seiner Frau. Mittlerweile kam ihr der Weg beinahe vertraut vor. Der Himmel war nun endgültig aufgeklart, einzelne Sonnenstrahlen fielen durch das grüne Blätterdach.

Sie fand Leitner neben dem Beifahrersitz seines Wagens hockend vor. Er streichelte die Hände seiner Frau und sprach leise zu ihr. Margarete fiel auf, dass sie nicht auf seine Worte reagierte. Sie starrte immer noch geradeaus, als würde sie ihn gar nicht wahrnehmen. Margarete fragte sich, ob die beiden wohl Streit hatten. Langsam näherte sie sich der Szenerie, bis sie Leitners Worte verstehen konnte.

»Alles wird wieder werden wie früher, Ida«, sagte er. »Das verspreche ich dir. Ich weiß, dass es dir gerade nicht gut geht, aber zusammen stehen wir das durch. Ich muss das hier zu Ende bringen. Ich muss wissen, wer Karl das angetan hat.«

Margarete räusperte sich und Leitner drehte den Kopf zu ihr um. »Geht es Ihrer Frau gut?«

Leitner schüttelte den Kopf. Er sah bedrückt aus. Eigentlich wirkte er völlig niedergeschlagen. »Nein, es geht ihr nicht gut.« Er sah zu Boden. »Ida ist ... Es geht ihr nicht gut.«

Margarete fragte sich, ob Leitner weinte. Dieser bullige, einschüchternde Mann hatte offenbar einen weichen Kern. »Was fehlt ihr denn?«

Leitner seufzte. »Akinetischer Mutismus, sagen die Ärzte. Keiner weiß, woher es kommt, aber es ist nun mal da. Ida kann ... Sie rührt sich nicht. Ich füttere sie, ich wasche sie, ich führe sie an der Hand, wenn sie das Bett verlassen will.«

Margarete war bestürzt. Es musste furchtbar sein, einen geliebten Menschen so zu erleben. Und dann auch noch den einzigen Sohn zu verlieren. »Wenn wir bei meinem Onkel angekommen sind, kann sie sich erst mal ausruhen. Was sagen Sie dazu, Herr Leitner?«

»Danke, das ist sehr freundlich von Ihnen. Aber nennen Sie mich bitte Wilhelm oder Willi. Sonst habe ich das Gefühl, mit meinem Vorgesetzten zu reden.« Er lächelte.

»In Ordnung, dann bestehe ich aber auf Margarete.«

Wilhelm nickte. »Ich möchte Ihrem Onkel nicht zur Last fallen. Kennen Sie vielleicht eine Pension auf dem Weg? Dann könnte Ida dort ein wenig zu Kräften kommen und ich kann vielleicht einen Bauern finden, der mit seinem Trecker meinen Wagen aus diesem Schlamassel befreit.«

»Abgemacht«, sagte Margarete. »Gar nicht weit vom Anwesen meines Onkels gibt es einen kleinen Ort, eigentlich sind es nur ein paar Häuser und Höfe an der Straße. Dort gibt es eine ältere Dame, die ein paar Zimmer vermietet. Bei ihr hat mein Onkel ab und an Gäste untergebracht, wenn die Gästezimmer in seinem Haus nicht ausreichten.«

»Schön.« Wilhelm erhob sich. Er reichte seiner Frau eine Hand und griff ihr mit der anderen unter die Arme. Ida erhob sich langsam aus dem Sitz. Wilhelm führte sie um den Wagen herum und öffnete den Kofferraum. Eine Zeit lang wühlte er darin herum und brachte schließlich einen Ledergürtel zum Vorschein, an dem allerlei Utensilien und Werkzeuge baumelten. »Wer weiß, wofür der noch gut ist.«

Gemeinsam machten sie sich auf den Weg zurück zu Fritzes Daimler. Sie benötigten für dieselbe Strecke mehr als doppelt so lang, da Ida sehr schwach zu sein schien und nur zaghaft einen Fuß vor den anderen setzte. Margarete konnte sehen, wie sich Schweißperlen auf Wilhelms Stirn bildeten. Er schien seine Frau mehr oder weniger zu tragen. Margaretes Mitleid verwandelte sich allmählich in Respekt für diesen Mann, der sich so liebevoll um seine kranke Frau kümmerte.

»Mit diesem Klotz am Bein werden wir diese Sache nie durchstehen«, rief Fritze ihnen entgegen, als sie beim Daimler ankamen.

»Wenn du damit Frau Leitner meinst, dann muss ich dir sagen, dass wir auf deine Meinung verzichten.« Margarete riss die Beifahrertür auf.

Fritze machte eine besänftigende Geste. »Ist ja jut, reg dich ab. Ick mein ja nur … Wir sind offiziell gesuchte Verbrecher und wir verfolgen eine Bande von Soldaten und Gestapoleuten. Das kommt mir nicht so vor, als wär das eine Geschichte für 'ne ältere Dame. Aber meine Ansichten scheinen ja hier ja nüscht mehr zu zählen.«

»Da hast du verdammt recht«, erwiderte Margarete und schlug die Beifahrertür zu.

Wilhelm saß missmutig auf dem Rücksitz des Daimlers und betrachtete die vorbeiziehende Landschaft. Er wurde immer noch nicht schlau aus seinen beiden Begleitern. Immerhin hatte er Margarete ein wenig zum Reden gebracht. Sie schien ihm zu vertrauen und er war versucht, diese Empfindung zu erwidern. Das galt jedoch nicht für Kowalski. War er tatsächlich nur zur richtigen Zeit am richtigen Ort gewesen, um Margarete aus dem Krankenhaus zu befreien? Wilhelm bezweifelte es. Nein, Kowalski verschwieg ihm etwas. Mehr noch, er schien auch seiner Begleiterin gegenüber Geheimnisse zu haben.

Margarete räusperte sich und drehte sich auf ihrem Sitz nach hinten um. »Es tut mir sehr leid, ich habe mich gar nicht vorgestellt«, sagte sie zu Ida. »Mein Name ist Dr. Margarete von Brühl, ich war eine Kollegin Ihres Sohns – und eine Freundin.«

Idas Gesicht blieb ohne Regung, doch Margarete ließ sich nicht entmutigen. »Karl hat mir bei den Messungen an der Uranmaschine geholfen. Er war ein sehr begabter junger Mann. Sie können stolz auf ihn sein.«

Während Margarete weiter auf Ida einredete, musste Wilhelm an Karl denken. Daran, wie er bei ihrem letzten Aufeinandertreffen mit seiner Mutter gesprochen hatte. Margarete war ihm in gewisser Weise ähnlich, sie hatte dieselbe offene Art wie er. Es gab nicht viele Menschen, die mit Idas Zustand so unbeschwert umgehen konnten und sich nicht von ihrem stoischen Schweigen entmutigen ließen.

»Was fehlt ihr denn?«, schaltete Kowalski sich in das Gespräch ein.

Wilhelm blickte weiter aus dem Fenster. »Sie spricht nicht. Schon seit einem Jahr.«

»Aber wieso? Was ist passiert?«

»Nichts ist passiert«, sagte Wilhelm. »Sie hat einfach aufgehört zu sprechen.«

»Einfach so?«

»Du hast mich verstanden«, erwiderte Wilhelm. »Ich kam eines Abends von der Arbeit und fand sie auf dem Sofa sitzend vor. Ich sprach sie an, fragte sie etwas … Ob sie Kartoffeln bekommen hatte, bei der Ausgabe, glaube ich. Aber sie antwortete nicht. Es war, als könne sie mich nicht mehr hören, nicht sehen.« Er schluckte schwer. »Und so ist es auch heute noch.«

Margarete schüttelte den Kopf. »Was haben die Ärzte gesagt? Kann man denn nichts dagegen tun?«

Wilhelm seufzte, antwortete jedoch nicht auf die Frage. Sein Blick wanderte über die ledernen Polster des Daimler. Der Innenraum war ein heilloses Durcheinander von Papiertüten, Glasflaschen und Essensresten. Als er den Fußraum vor seinem Sitz inspizierte, fiel sein Blick auf ein schmales rotes Buch, das unter den Fahrersitz gerutscht war. Er zog es mit dem Fuß zu sich heran und versuchte, den Titel zu entziffern. Erstaunt stellte er fest, dass es sich um ein Wörterbuch handelte: Russisch-Deutsch, Deutsch-Russisch.

Mit einem Mal begann Ida, auf ihrem Platz neben Wilhelm hin und her zu rucken. Ihr Körper wurde von plötzlichen Muskelkontraktionen geschüttelt, ihr Kopf fiel erst nach rechts, dann nach links und schließlich nach vorn auf die Brust.

Wilhelm legte einen Arm um ihre Schultern. »Ida, was ist los mit dir?«

Aus ihrem Mund tropfte ein schmaler Faden zähflüssiger Speichel hinab.

»Kann man ihr helfen?«, fragte Margarete.

»Es ist nichts«, sagte Wilhelm und kramte ein zerknülltes Stofftaschentuch hervor, mit dem er Idas Mund sorgsam abwischte.

Kowalski, der das Geschehen im Rückspiegel beobachtete, schrie auf. »Kotzt die jetzt meinen Wagen voll? Ist das euer Ernst?«

»Halt dich da raus!«, fuhr Margarete ihn an. »Fahr lieber ein bisschen schneller. Wir kommen gleich in eine kleine Ortschaft mit einer Pension. Dort kann sich Ida ein wenig ausruhen. Wir beide fahren zu meinem Onkel und schauen, ob er uns helfen kann. Danach treffen wir uns in der Pension wieder. Lasst uns die Daumen drücken, dass er etwas weiß.«

Niemand widersprach ihr.

Im Auto machte sich ein stechender Geruch nach Erbrochenem breit.

Wilhelm und Ida waren kaum aus dem Wagen ausgestiegen, als Fritze den Kopf drehte und Margarete einen Blick zuwarf, der Bände sprach.

»Was?«, fragte sie.

»Das frag ich dich«, erwiderte Fritze. »Was soll das hier? Warum haben wir diesen alten Zausel und seine bekloppte Frau dabei?«

Margarete schüttelte langsam den Kopf. »Hast du eigentlich keinen Funken Anstand in dir?«

Fritze seufzte, zog die Schultern hoch und ließ sie wieder fallen. Dann steuerte er den Daimler wieder auf die Straße.

»Es ist nicht mehr weit«, sagte Margarete. »Gleich hinter dem Ortsausgangsschild führt rechts eine schmale Straße zum Anwesen meines Onkels.«

»Und du bist sicher, dass das 'ne jute Idee ist?«

Margarete seufzte. »Wie gesagt, mein Onkel hat Kontakte. Er wird wissen, was zu tun ist. Er kann seine Freunde bei der Wehrmacht oder in der Partei anrufen.«

»Und denn?«

»Dann wissen wir zumindest, was vor sich geht! Vielleicht gibt es ja wirklich ein geheimes Forschungsprojekt, von der Wehrmacht finanziert und vom Führer befohlen. Aber wenn du mich fragst, dann ist irgendetwas anderes im Gange. Ich glaube nicht, dass der Test, den wir eben gesehen haben, offiziell war. Warum sollte die Partei die Entwicklung einer solchen Waffe verheimlichen, wo sie doch sonst jede neue Kanone in die Zeitungen bringt?« Sie schüttelte mit dem Kopf. »Ich glaube, die Partei weiß gar nichts von der Bombe. Und wenn es so ist, dann haben wir ein Druckmittel gegen Schander in der Hand.«

Fritze nickte und fuhr, Margaretes Anweisungen folgend, durch den kleinen Ort hindurch. Etwa hundert Meter hinter dem Ortsausgang bogen sie von der Landstraße ab, um in einen asphaltierten Weg einzufahren. Links und rechts der Fahrbahn verliefen etwa hüfthohe Hecken, dahinter lagen weite Rasenflächen, die sanfte Hügel bedeckten. Nach einigen Minuten erreichten sie schließlich ein schmiedeeisernes Tor, das offen stand. Fritze lenkte den Wagen hindurch.

Der Anblick des Anwesens ließ Margaretes Herz höher schlagen. Sie war zu Hause! Ihr Vater, der Kriegsheld, hatte sich nie sonderlich für sie interessiert. Er hatte nur seine alten Geschichten im Kopf gehabt, Geschichten von Schlachten und vom Tod, die er mit seinen Kameraden von damals vor dem Kamin austauschte. Margaretes Brüder hingen ihm an den Lippen, wenn er vom Krieg erzählte, von Schützengräben und Giftgasschwaden. Doch Margarete machten die Geschichten Angst, sie verschwand meistens zu ihrer Mutter in die Küche. Ihr Vater war ihr immer fremd geblieben. Als sie vierzehn Jahre alt war, starb ihre Mutter. Ihr Vater hatte nach wie vor kein großes Interesse an ihr und nach dem Vorfall mit ihrem Bruder und seinen Freunden stimmte er dem Wunsch ihres Patenonkels zu, sie zu ihm und seiner Frau zu geben, die kinderlos geblieben waren.

Für Margarete war der Umzug eine Erlösung. Ihre neuen Ersatzeltern kümmerten sich liebevoll um sie. Ihre Patentante Martha entfachte in ihr die Leidenschaft für Literatur und Onkel Albrecht war es gewesen, der schließlich ihre mathematische Begabung erkannt hatte und ihr den Studienplatz für Physik an der Universität in Berlin verschaffte. Sie hatte den beiden viel zu verdanken.

Fritze verrenkte den Hals und stieß einen anerkennenden Pfiff aus. »Schicke Bude!«

Margarete folgte seinem Blick und lächelte. Neben dem zweigeschossigen Haupthaus standen rund um einen kiesbedeckten Platz mehrere Nebengebäude, aus grob behauenem Sandstein gemauert und teils von Weinranken bewachsen. Alles wirkte gepflegt und zeugte sowohl vom Reichtum als auch vom Geschmack der Bewohner.

»Es ist hinreißend, nicht wahr?« Margarete strahlte. »Fahr da vorn zu der Treppe. Da kannst du das Auto abstellen. Der Bedienstete wird es dann in die Garage fahren.«

»Ick wusste ja schon immer, dass du was Besseres bist«, sagte Fritze, »aber, dass du mit so 'nem großen goldenen Löffel im Mund geboren bist ...«

Margarete winkte ab. »Ich bin nicht hier geboren. Und jetzt Ruhe! Mein Onkel sagt immer: Über Geld spricht man nicht, Geld hat man.«

Sie öffnete die Beifahrertür und erhob sich aus ihrem Sitz, doch Fritze blieb im Wagen zurück.

»Was ist?«, fragte sie.

»Weißte was? Ick warte hier.«

»Wieso das denn? Willst du dir das Frühstück entgehen lassen?«

»Ick hab keinen Hunger.«

Margarete erkannte, dass dies sein letztes Wort war, zuckte mit den Schultern und ließ die Tür des Daimlers zufallen. Sie erklomm die breite Freitreppe, die zu einem grün gestrichenen Eingangsportal führte, indem sie immer zwei Stufen auf einmal nahm. Neben der Tür prangte der Name »Vogt« auf einem Messingschild, daneben befand sich ein Klingelknopf, den sie mehrmals hintereinander rhythmisch drückte.

Wenige Augenblicke später öffnete sich die Tür und Lulu, die beleibte Haushälterin, spähte hinaus. Margarete fiel ihr lachend um den Hals und drückte sie fest an sich. »Wie schön, dich zu sehen!« Sie griff ihre fleischigen Schultern und strahlte sie an. »Sind Onkel Albrecht und Tante Martha zu Hause?«

»Fräulein Margarete, das ist ja eine Überraschung«, brachte Lulu erstaunt hervor. »Ja, sie sind da, aber noch oben in ihren Zimmern. Es ist noch nicht mal neune.«

»Ich werde sie überraschen!« Margarete lief an der Haushälterin vorbei ins Vestibül. Dort streifte sie ihre

Schuhe ab und schlenzte sie achtlos in Richtung Schuhschrank. Verwundert registrierte sie, dass die Wanderstie-
fel ihres Onkels davorstanden. Sie waren mit feuchtem
Matsch beschmiert. »War Onkel Albrecht so früh schon
draußen?«

Die Haushälterin schüttelte den Kopf. »Nein, um diese
Uhrzeit verlässt der Herr nie das Haus. Vielleicht hat einer
der Diener aus Versehen die falschen Schuhe benutzt?«
Sie runzelte die Stirn und bückte sich, um die Stiefel aufzuheben.

»Oder Onkel Albrecht hat angefangen zu schlafwan-
deln.« Margarete lächelte bei dem Gedanken. »Ich frage
ihn!«, rief sie und stürzte auf die pompöse Treppe zu, die
ins Obergeschoss führte.

»Warten Sie, Fräulein Margarete, die Herrschaften schlafen noch!«, rief Lulu ihr hinterher, doch Margarete hatte
die Treppe schon erreicht und eilte hinauf. Sie folgte dem
geschwungenen Treppenlauf und wäre, als sie oben ankam, um ein Haar mit ihrem Onkel zusammengestoßen,
der sich wohl über den Trubel im Erdgeschoss gewundert
hatte und nun im Morgenrock am oberen Ende der Treppe
stand.

»Nanu, Grete, was verschafft mir die Ehre?« Er rieb sich
die Augen.

Margarete fiel ihm um den Hals. Der Streit, den sie vor
einigen Tagen in Leipzig gehabt hatten, schien ewig her zu
sein. Sie fühlte sich geborgen in dem Haus, in dem sie so
viele Jahre gelebt hatte. »Onkel Albrecht, es ist so schön,
dich zu sehen. Du glaubst nicht, wie es mir ergangen ist.«

Albrecht versuchte zunächst, sich ihres Ansturms zu er-
wehren, gab jedoch schnell auf und ließ sich von ihr auf die
Wange küssen. »Nun, eins nach dem anderen.« Er klopfte

ihr beschwichtigend auf den Rücken. »Jetzt komm erst mal an. Wir wollen uns von Lulu etwas zum Frühstück machen lassen.«

»Ein Frühstück wäre wunderbar, ich sterbe vor Hunger.«

»Lulu, haben Sie gehört?«, rief Albrecht die Treppe hinunter.

»Geben Sie mir noch zehn Minuten, Herr Vogt, dann sind die Eier fertig. Ich stelle sogleich den Herd an.« Die Haushälterin verschwand in der Küche.

Albrecht sah Margarete an. »Ich gehe mich kurz umziehen. Warum hilfst du Lulu nicht in der Küche?«

Bevor Margarete etwas erwidern konnte, drehte er sich um und verschwand in seinem Schlafzimmer. Margarete ging die Treppe hinunter und gesellte sich zu der Haushälterin, die in einem Topf Wasser aufsetzte und damit fortfuhr, den Tisch im Esszimmer zu decken.

Wenige Minuten später betrat Tante Martha den Raum. »Hab ich doch richtig gehört«, sagte sie im Flüsterton.

Margarete wollte aufspringen und ihr um den Hals fallen, doch Martha hob abwehrend die Hände und hielt sich einen Finger vor die Lippen. »Warum bist du hier?«

Margarete runzelte die Stirn. Tante Martha sah ängstlich aus. Was ging hier vor sich?

»Ich ...«, begann sie, doch Martha unterbrach sie.

»Es ist gerade ein schlechter Zeitpunkt«, flüsterte sie. »Ich glaube, es ist besser, wenn du schnell wieder verschwindest.«

»Ich verstehe nicht.« Margarete sah Lulu hilfesuchend an.

Die Haushälterin hatte ihr den Rücken zugewandt und betrachtete den Topf mit kochendem Wasser, in dem die Frühstückseier klackernd umherhüpften.

»Albrecht ist gerade sehr beschäftigt«, sagte Tante Martha und blickte zum Küchentisch.

Margarete folgte ihrem Blick. Auf dem Tisch stand eine hübsche Vase mit einigen Lilien, daneben lagen eine Packung Zigaretten und eine Zeitung. Worauf wollte Martha hinaus? Margarete konnte sich keinen Reim auf ihr Verhalten machen.

In diesem Moment betrat Onkel Albrecht die Küche, legte Martha von hinten die Arme um die Taille und gab ihr einen Kuss auf die Wange. »Da bin ich. Und nun mal raus mit der Sprache, Grete. Was ist so wichtig, dass du hier in aller Herrgottsfrühe auftauchst?«

»Ich … ich meine, wir …«, begann Margarete, doch sie wurde von Albrecht unterbrochen.

»Wie wäre es, wenn wir uns erst mal an den Tisch setzen? Mir knurrt der Magen.«

Margarete schüttelte energisch den Kopf. »Das muss warten. Ich habe heute Morgen etwas Unglaubliches gesehen und ich muss unbedingt deine Meinung dazu hören.«

Albrecht verschränkte die Arme vor dem Körper. »Was hast du gesehen?«

»Den Test einer Bombe!«

Albrecht legte den Kopf in den Nacken. Dann sah er Margarete an. »Einer Bombe?«

»Ja!«, rief sie. »Es scheint sich um eine Kernwaffe zu handeln. So wie in meiner Doktorarbeit. Du erinnerst dich? Wir waren heute Morgen auf einem Truppenübungsplatz, nicht weit von hier, in Ohrdruf. Ich glaube, es gibt eine Verschwörung innerhalb der Wehrmacht.«

»Eine Verschwörung?«, wiederholte er. »Was meinst du damit?«

»Am Institut in Leipzig werden heimlich Waffen entwickelt! Zumindest glaube ich das. Wir haben die Baupläne für eine Bombe gesehen, die auf den Überlegungen aus meiner Doktorarbeit basiert. Ich hätte es nicht für möglich gehalten, aber …«

Ihr Onkel schüttelte den Kopf. »Wovon redest du denn, Mädchen?«

»Es ist wahr! Es gab einen Test, keine drei Stunden ist das her!«

Albrecht zog eine Augenbraue hoch. »Und du meinst, so eine Waffe ließe sich so ganz im Geheimen entwickeln und bauen? Die Pläne für den Bau einer Kernwaffe wurden offiziell zu den Akten gelegt. Hitler war dagegen. Das weißt du doch!«

»Ja, natürlich weiß ich das«, erwiderte Margarete. »Es haben sich offenbar aber nicht alle daran gehalten. Wir haben Professor Braun bei dem Test heute Morgen beobachtet. Er scheint in die Verschwörung verstrickt zu sein. Und Teile der Wehrmacht und der Gestapo wissen vermutlich auch Bescheid. Sagt dir der Name Gerald Schander etwas?«

Das Gesicht ihres Onkels verfinsterte sich. »Ja, allerdings.«

»Er hat mich im Krankenhaus einsperren lassen, nachdem die Uranmaschine explodiert war. Und auf dem Testgelände ist er heute Morgen auch wieder aufgetaucht. Wir vermuten, dass er einer der Drahtzieher der Verschwörung ist. Wir brauchen deine Hilfe, um ihn aufzuhalten.«

Ihr Onkel nickte. »Das ist sehr bedauerlich.«

Margarete sah, wie Albrecht in die Tasche seiner Weste griff, um etwas herauszuholen.

Sie war zu überrascht, um zu reagieren.

»Geht es ihr gut?« Die Betreiberin der Pension, eine dürre und große Dame um die fünfzig mit streng nach hinten gekämmten grau melierten Haaren, starrte Ida mit eng beieinanderstehenden zusammengekniffenen Augen an.

Wilhelm seufzte. Er konnte diese Frage nicht mehr hören. »Den Umständen entsprechend«, sagte er, während er das Formular ausfüllte, das die Dame ihm unter die Nase gehalten hatte. Name, Adresse, Beruf ... Wilhelm schrieb »Oberwachtmeister bei der Feuerschutzpolizei«, auch wenn das nicht mehr den Tatsachen entsprach. Aber da er immer noch seine alte Uniform trug, war es die naheliegende Antwort. Außerdem würde sie ihm einen vertrauenswürdigen Schein verleihen.

»Und sie bleiben nur eine Nacht?«, fragte die Vermieterin.

Wilhelm nickte.

»Ich darf um Vorkasse bitten.«

Er kramte in den Taschen seines Mantels und legte einige zerknüllte Scheine auf den Esstisch, um den sie saßen. Die leicht vergilbte Häkeldecke, die darauf lag, wies einige Kaffeeflecken auf.

Wenig später führte die Frau sie eine steile Treppe in den ersten Stock des alten Fachwerkhauses hinauf, die zu einem dunklen Flur führte. Das Zimmer entpuppte sich als winzige Kammer, die sich unter der Dachschräge befand und zur Hälfte von einem muffig riechenden Bett eingenommen wurde.

»Wasser gibt es hinter dem Haus«, sagte die Vermieterin, dann fiel ihr Blick wieder auf Ida. »Sind Sie sicher, dass Ihre Frau keinen Arzt braucht?«

»Sie können das ganz meine Sorge sein lassen«, erwiderte Wilhelm. In ihm wuchs die Angst, dass die Frau den

Notarzt rufen würde. Er zwang ein Lächeln in sein Gesicht.

Die Vermieterin kniff die Augen zusammen, dann stahl sie sich mit einem kurzen Nicken davon.

Wilhelm führte Ida zum Bett, half ihr dabei, sich hinzulegen, und deckte sie zu. Wenige Sekunden später konnte er hören, wie ihr Atem lang und gleichmäßig wurde. Sie hatte schon immer die Gabe gehabt, augenblicklich einzuschlafen, wenn sich die Gelegenheit ergab. Und nach dieser Nacht konnte er ihre Müdigkeit nur zu gut nachvollziehen.

Er selbst fühlte sich zu aufgewühlt, um zu schlafen. Er blickte sich in der Kammer um und fand schließlich eine Uhr, die neben der Tür an der Wand hing. Sie zeigte neun Uhr an. Zu früh, um die Vermieterin nach einem Schluck Cognac oder Ähnlichem zu fragen. Wilhelm verspürte einen furchtbaren Durst. Mit einem Mal fiel ihm der Whisky ein, den er von seinem Nachbarn gekauft hatte. Er lag noch immer im Handschuhfach seines Wagens und der steckte in Ohrdruf im Schlamm fest. Unerreichbar für ihn. Wie hatte er die Flasche nur vergessen können?

Schließlich öffnete er das Fenster, zog einen Stuhl heran, setzte sich darauf und zündete sich eine Zigarette an. Sein Blick fiel auf die Straße, die sich durch den kleinen Ort zog, der im Grunde nicht mehr als eine Ansammlung von Bauernhöfen war. Es war keine Menschenseele zu sehen. Irgendwo in der Nähe krähte ein Hahn.

Dann kamen, gänzlich ohne Vorwarnung, die Tränen. Er war zu durcheinander, um wirklich benennen zu können, warum er weinte, doch er schluchzte laut, bis die Ärmel, mit denen er sich das Gesicht abwischte, völlig durchnässt waren. Was war nur los mit ihm? So viel wie in den vergangenen Tagen hatte er in den letzten zehn Jahren nicht geweint. Er hatte immer versucht, stark zu sein. Stark für Ida, stark für Karl. Sie hatten es ihm beide nicht gerade gedankt, hatten ihn einen Klotz genannt. Doch er war immer davon überzeugt gewesen, dass er sie beschützen konnte, beschützen musste.

Er hatte versagt.

Wilhelm schnippte den Zigarettenstummel aus dem Fenster auf die Straße, dann wischte er sich das Gesicht mit der vergilbten Gardine trocken und verließ das Zimmer, um Wasser für Ida zu holen.

Als er in den Garten trat, spürte er die warmen Strahlen der Morgensonne auf seinem Gesicht. Vögel zwitscherten und im hohen Gras zirpten Grillen. Offenbar hatte die Vermieterin keine Zeit oder keine Lust, sich um den Garten zu kümmern. Büsche und Bäume wucherten wild durcheinander und kämpften um einen Platz an der Sonne.

Es dauerte einige Minuten, bis Wilhelm den Brunnen gefunden hatte. Er stellte einen Stahleimer unter den Ausfluss der Handpumpe und begann, den Hebel auf und ab zu bewegen. Was sollte er nun tun? Er war ausgezogen, um die Mörder seines Sohns zu finden. Hatte er sie gefunden? Das wusste er nicht. Sicher, Kowalski kam ihm verdächtig vor. Aber beweisen konnte er ihm nichts. Und er schien zu gerissen zu sein, als dass er sich einfach irgendwann verplappern würde. Es war absurd, ihm zu folgen und darauf zu warten. Außerdem konnte er Ida nicht weiter in diese Sache mit hineinziehen. Es schien ihr sehr schlecht zu gehen. Sie brauchte Ruhe. Sie brauchte ihre Routinen.

Nein, er konnte sich dieser merkwürdigen Gesellschaft nicht länger anschließen. Er würde Ida zu seinen Eltern bringen, wie er es vorgehabt hatte. Dazu würde er allerdings seinen Wagen brauchen. Wilhelm beschloss, die Vermieterin nach einem Bauern zu fragen, der einen Trecker besaß. Vielleicht konnte er ihn mit ein paar Reichsmark dazu bringen, seinen Taunus aus dem Dreck zu ziehen.

Und dann würde er zur Polizei gehen. Oder nein, er würde *zuallererst* zur Polizei gehen. Jetzt wusste er ja noch, wo sich Kowalski und von Brühl aufhielten. Sollten sich die Beamten mit ihnen beschäftigen. Wenn sie herausfanden, dass sie für die Explosion im Institut verantwortlich waren, würde Wilhelm davon in der Zeitung lesen. Er wusste, dass ihm dies nicht die volle Genugtuung verschaffen würde, doch er würde sich damit begnügen. Immerhin wüsste er dann, dass Ida in Sicherheit war. Vorausgesetzt, die Beamten würden ihm glauben, dass er mit der ganzen Geschichte nichts zu tun hatte. Aber da würde er sich schon rausreden können.

Wilhelm spürte, dass er nasse Füße bekam. Er blickte hinab und stellte fest, dass der Stahleimer längst bis zum Rand gefüllt war und mit jedem Hinabdrücken des Hebels Wasser über den Rand auf seine Schuhe lief. Fluchend kippte er etwas Wasser ab und trug den Eimer ins Haus.

Margarete entfuhr ein spitzer Schrei.

Albrecht richtete eine Pistole auf sie! »Verzeih mir diese Unannehmlichkeit, meine Kleine, aber ich sehe, dass auch du bewaffnet bist.« Er deutete auf Margaretes Mantel, in dessen Taschen sich die beiden Waffen befanden.

Margarete sah an sich hinab und erkannte, dass die Pistolen für das geübte Auge durch den Stoff zu erkennen waren. Verwirrt sah sie sich in der Küche um. Tante Martha wandte sich ab, legte die Hände vor das Gesicht und schluchzte. Lulu, die Haushälterin, stand regungslos vor dem Herd und starrte in den Topf, in dem die Frühstücks-eier immer noch vor sich hin klackerten.

»Es tut mir sehr leid, Grete«, sagte Albrecht. »Aber du hast deine Nase in Angelegenheiten gesteckt, die dich nichts angehen. Ich muss dich bitten, die Hände zu he-ben.«

Margarete war wie versteinert, sie traute sich kaum zu atmen. »Aber ... was ist denn nur los?«

Albrecht seufzte. »Vielleicht hätte ich dich warnen sol-len. Ich verstehe noch nicht genau, wie du in diese Angele-genheit verwickelt werden konntest.« Er nickte in Rich-tung Fenster. »Ich nehme an, dass *er* damit zu tun hat.«

Margarete zuckte zusammen. Sie stürzte auf das Fenster zu. Ihr Blick fiel auf den kiesbedeckten Platz vor dem An-wesen. Der grüne Daimler glänzte in der Sonne. Fritze stand an einer Seite des Wagens und hatte die Hände auf das Dach gelegt. Zwei Uniformierte standen hinter ihm und brüllten ihn an. Margarete konnte erkennen, dass Fritze ein hochrotes Gesicht hatte. Er schien außer sich zu sein. In diesem Moment rammte einer der Uniformierten sein Gewehr gegen Fritzes Hinterkopf. Margarete schrie auf, als er zusammensackte.

»Ich glaube nicht, dass dein Begleiter dir noch eine große Hilfe sein wird«, sagte Albrecht hinter ihr.

Margarete wirbelte herum. »Was geht hier vor sich?«

Albrecht zuckte mit den Schultern. »Was soll ich sagen? Ich bin in die Pläne von Gerald Schander eingeweiht. Mehr noch, ich unterstütze ihn bei der Ausführung, hauptsäch-lich mit Geld und Kontakten in die Stahlindustrie. Wenn die Produktion der Bombe erst anläuft, werden wir Hun-derte von Arbeitern benötigen. Was sage ich ... Tausende!

Es wird eine Menge Geld zu verdienen geben.« Albrecht grinste. »Am Anfang hielt ich Geralds Idee für ein Hirngespinst. Ich kannte mich ja schon ein wenig auf diesem Gebiet aus, dank dir.«

Margarete stöhnte auf.

»Deine Doktorarbeit hat sich als eine gute Grundlage erwiesen für die Entwicklung der Waffe. Danke dafür.« Er nickte ihr zu. »Den Professor von unserer Operation zu überzeugen war nicht so einfach wie gedacht, aber letztlich hat doch jeder seinen Preis. Und nach dem, was ich heute Morgen gesehen habe ...«

Margarete riss die Augen auf. »Du hast es gesehen?«

»Ja, richtig«, fuhr Albrecht fort. »Ich war ebenfalls in Ohrdruf. Ich habe die Bombe gesehen und ihre Durchschlagskraft hat mir schlicht den Atem geraubt. Schander und ich werden die Welt verändern. Niemand wird das Deutsche Reich aufhalten, wenn es diese Waffe besitzt. Aber zuerst müssen wir die Heeresleitung von unserem Produkt überzeugen. Das wird morgen geschehen. Ich habe keine Ahnung, wie ihr von unseren Plänen erfahren habt. Aber wir haben alle Zeit der Welt, um das herauszufinden.«

Mit einem Mal spürte Margarete, wie nackte Wut von ihr Besitz ergriff. »All die Jahre hast du dich als feiner Gentleman ausgegeben, der sich aus der Politik raushält«, brüllte sie, »aber jetzt zeigst du dein wahres Gesicht!« Tränen verschleierten ihre Sicht. Sie tastete in ihrer Manteltasche nach einer der Pistolen, fand sie schließlich, erinnerte sich an Wilhelms Worte und entsicherte die Waffe.

Albrecht brach in Gelächter aus. Er hielt sich den Bauch, dann wischte er sich theatralisch eine Träne aus dem Augenwinkel. »Grete, du glaubst doch wohl nicht, dass es hier um Politik geht? Nein, meine Liebe, im Krieg geht es nur um eines: um Geld.«

Plötzlich spürte Margarete, wie sie grob von hinten gepackt wurde. Ein eiserner Griff schloss sich um ihre Arme. Unwillkürlich spannte sie sämtliche Muskeln an und versuchte, sich aus der Umklammerung zu entwinden, doch sie hatte keine Chance. Sie spürte, wie jemand von hinten in die Taschen ihres Mantels griff und die Pistolen herausnahm.

»Seid sanft mit ihr«, sagte ihr Onkel zu den Männern, die sich von hinten genähert hatten und sie festhielten. »Bringt ihren Begleiter auf die Wache. Ich werde mich selbst um meine Nichte kümmern. Ihr könnt sie oben in das Zimmer am Ende des Flurs bringen. Und Sie«, wandte er sich an Lulu, »glauben Sie nicht, dass die Eier jetzt hart genug gekocht sind? Sie wissen, ich mag sie nur, wenn der Dotter noch weich ist.«

Margaretes Denken setzte aus, als die beiden uniformierten Männer hinter ihr begannen, sie die Treppe hinaufzudrängen. Sie warf Onkel Albrecht einen halb wütenden, halb fragenden Blick zu. Er erwiderte ihn mit zusammengepressten Lippen. Sein Gesicht war völlig ausdruckslos.

Erst nachdem sich die fein gearbeitete, weiß lackierte Tür hinter ihr geschlossen und sie gehört hatte, wie der Schlüssel sich im Schloss drehte, realisierte Margarete, dass sie in ihrem alten Jugendzimmer gefangen war. Vor dem Fenster, das auf den weitläufigen Garten hinausblickte, stand immer noch ihr alter Schreibtisch. Darauf lagen die Folianten, in denen sie gepresste Blumen gesammelt hatte, fein säuberlich mit lateinischen und deutschen Namen beschriftet.

Sie blickte sich um. Nichts hatte sich verändert. Zwar

hatte sich auf den Regalen eine Staubschicht gesammelt, doch noch immer fanden sich dort die Bücher, die sie als Jugendliche gelesen hatte. In einer Ecke stand ihr altes Puppenhaus. Onkel Albrecht hatte einen ganzen langen Herbst damit verbracht, es anzufertigen. Er hatte versucht, es geheim zu halten, aber natürlich hatte Margarete es herausgefunden. An Heiligabend hatte sie trotzdem überrascht getan und Freudentränen geweint, als sie es unter dem Weihnachtsbaum stehen sah. Sie war schon ein wenig zu alt dafür gewesen, viel zu alt eigentlich, und sie hatte sich daher ein wenig geschämt, als ihre Freundinnen es entdeckt hatten. Aber sie hatte es geliebt, mit ihren Puppen eine nachmittägliche Teerunde abzuhalten.

Nichts hatte sich seitdem verändert. Sie war immer noch ein kleines Mädchen, das wurde ihr nun schlagartig klar. Immer noch eine dumme Gans, die abhängig war von anderen und nicht auf sich aufpassen konnte. Jetzt saß sie hier, eingesperrt in ihrem alten Zimmer, wie ein Kind, das nicht hören wollte. Wie hatte sie ihrem Onkel vertrauen können? Wieso hatte sie nicht auf Fritze gehört? Sie hockte sich auf das Schaffell, das in der Mitte des Raums lag, zog die Knie an den Körper und weinte bitterlich.

Der Konvoi rauschte über Landstraßen in Richtung Südwesten, um schließlich auf eine der neu gebauten Autobahnen zu wechseln. Schander konnte ein Lächeln nicht unterdrücken. Die ökonomischen und militärischen Möglichkeiten, die der Führer dem Reich mit dem Bau dieser mehrspurigen Straßen geschenkt hatte, waren unbezahlbar. Dank des massiven Einsatzes von Kriegs- und Strafgefangenen war der Bau zudem verhältnismäßig günstig gewesen. Ein genialer Schachzug.

Dennoch würde die Fahrt ins hinter Stuttgart gelegene Haigerloch noch mehr als sechs Stunden dauern. Professor Braun hatte darauf bestanden, das Labor an diesem abgelegenen Ort einzurichten. Die Entwicklung der Bomben in Leipzig war ihm nicht geheuer gewesen. Schander hatte sich zunächst gegen seine Bitten gewehrt, irgendwann aber nachgegeben. Nach der ungeklärten Explosion im Physikalischen Institut war er nun froh darüber, dass die Bomben weit weg lagerten, in einem Dorf, das von neugierigen Journalisten oder Staatsdienern nicht gefunden werden würde. Doch nun zog sich die Fahrt endlos hin, und Schander wünschte sich, er hätte einen nicht ganz so abgelegenen Ort für die Entwicklung der Waffen finden können.

Der Fahrer der Limousine kurbelte sein Fenster herunter und blickte nach links aus dem Wagen. Schander folgte seinem Blick. Einer der Hanomags war langsamer geworden und hatte sich direkt neben der Limousine eingeordnet. Ein Soldat brüllte aus dem Fenster des Hanomags etwas zu ihnen herüber, doch Schander konnte die Worte nicht verstehen.

»Was ist los?«, fragte er seinen Fahrer.

»Wir haben gerade einen Funkspruch erhalten, von einem Herrn Vogt.«

Schander kniff die Augen zusammen. »Was will er?«

»Er will mit Ihnen reden.«

Schander seufzte. »Geben Sie den Befehl zum Halten.«

Wenig später hatte der Konvoi auf dem Standstreifen der Autobahn haltgemacht. Schander stieg aus der Limousine und ging auf den Hanomag zu, in dem sich das portable Funkgerät befand. Die Sonne stand mittlerweile hoch am Himmel und der Asphalt unter ihm strahlte schon jetzt eine unangenehme Hitze ab.

Kommissar Ricken kam ihm winkend entgegen. Er schwitzte stark und wischte sich mit dem Ärmel seiner Uniform über das Gesicht. »Es ist Vogt. Er will mit Ihnen sprechen, Herr Kriminalrat!«

»Natürlich will er das.« Schander ging an Kommissar Ricken vorbei. Ein Wehrmachtssoldat reichte ihm den Hörer des Funkgerätes, der an einen überdimensionierten Telefonhörer erinnerte und mit dem Funkgerät durch ein geringeltes Kabel verbunden war. »Hier Schander, kommen!«

Für einen Moment war lediglich Rauschen zu hören, dann drang eine verzerrte Stimme an sein Ohr: »Hier Vogt. Kommen.«

»Ich höre, Vogt. Kommen.«

»Ich habe einen Mann in Gewahrsam genommen. Friedrich Kowalski. Er scheint über unsere Operation Bescheid zu wissen. Kommen.«

Schander spürte, wie sich seine Nackenhaare aufrichteten. Also war es wahr. Er hatte stets befürchtet, dass ihr Treiben eines Tages entdeckt werden könnte. Aber jetzt, so kurz vor dem Ziel, durfte das einfach nicht mehr passieren.

»Beschreiben Sie ihn. Kommen«, bellte er in den Hörer.

»Groß, kräftig, blond, etwa dreißig Jahre alt, Boxernase. Kommen.«

Schander biss die Zähne aufeinander. Kein Zweifel, das war der Mann, das war Kowalski. »Wie viel weiß er?«

»Zu viel, fürchte ich. Er hat den Test in Ohrdruf beobachtet. Kommen.«

Schander schüttelte den Kopf. Wie konnte das sein? Woher wusste Kowalski von dem Test? Gab es eine undichte Stelle im Netzwerk seiner Unterstützer? Unwillkürlich ließ Schander den Blick über die Männer schweifen, die sich auf dem Standstreifen die Beine vertraten. Was sollte er nun tun? Konnte er die Sache auf sich beruhen lassen und einfach an seinem Plan festhalten? Wie sollte er sicher sein, dass Kowalski keine Komplizen hatte, die ihm in Haigerloch einen Strich durch die Rechnung machen wollten? »Ist eine Frau bei ihm? Kommen!«

Für einen Moment war nur statisches Rauschen zu hören, dann antwortete Vogt: »Nein, er ist allein.«

Schander legte die Stirn in Falten. Das war nicht gut. Wenn Kowalski von der Bombe wusste, dann war es wahrscheinlich, dass auch von Brühl in die Angelegenheit eingeweiht war. Und wenn sie nicht in Vogts Gewalt war, dann hieß das, dass sie noch irgendwo frei herumlief. Schander seufzte. Er musste Kowalski selbst verhören, sonst würde er keine Ruhe finden.

»Ich mache mich sofort auf den Weg zu Ihnen«, rief er in den Hörer. »Behalten Sie Kowalski gut im Auge, aber lassen Sie ihn heil. Ich muss wissen, was er weiß. Kommen.«

»Verstanden. Vogt, Ende.«

Schander reichte den Hörer an Ricken, der ihn an einen der Soldaten weiterreichte. »Geben Sie das Zeichen zur Weiterfahrt.«

»Verstanden, Herr Kriminalrat.«

»Vogt wohnt nicht weit von Ohrdruf entfernt. Ich werde zurückfahren und Sie werden mich begleiten. Ich muss sichergehen, dass dieser Kowalski keine Helfer hat, die uns gefährlich werden können.« Er blickte zu Braun hinüber, der einige Meter entfernt an die Leitplanke gelehnt stand und sich mit einem Taschentuch die Stirn abtupfte. »Sie, Professor, werden weiter nach Haigerloch fahren. Das Verladen der Prototypen muss planmäßig ablaufen, sonst schaffen wir es nicht rechtzeitig nach Stuttgart. Ich werde im Verlauf des Abends nachkommen, wenn ich diese Sache bei Vogt geklärt habe.«

Braun nickte. »Wie Sie meinen.«

Erst als Schander wieder auf dem Rücksitz seiner Limousine saß, fiel ihm auf, dass er Vogt nicht gefragt hatte, wie es dazu gekommen war, dass er Kowalski aufgegriffen hatte. Was hatte Kowalski bei Vogt gewollt? Schander wurde das Gefühl nicht los, dass er etwas übersehen hatte. Es war ein Gefühl, das er verabscheute.

Margarete kauerte inmitten ihres alten Jugendzimmers auf dem Schaffell. Ihre Schultern bebten unter tiefen Schluchzern, ihre Hoffnungen hatten sich zerschlagen. Onkel Albrecht, einer der wenigen Menschen, denen sie stets vertraut hatte, hatte sich gegen sie gewandt. Was würde nun aus Fritze werden? Die Gestapo machte mit Gefangenen kurzen Prozess, das wusste jeder. Und ihr selbst würde es kaum besser ergehen als ihm.

Margarete stellte sich vor, wie sich die Tür öffnen und Schander den Raum betreten würde. Wie er sie ausfragen würde. Diese Gestapoleute wussten, wie man Gefangene dazu brachte, ihnen alles zu verraten, was sie hören wollten. Sogar Sachen, die gar nicht stimmten. Alles würde sie ihnen erzählen, einfach, damit die Befragung endete.

Was hatte sie sich nur dabei gedacht, Fritze auf seinem wahnsinnigen Feldzug zu begleiten? Was konnte sie schon ausrichten? Sie war doch nur ein dummes kleines Mädchen, das in ihrem alten Kinderzimmer saß und das Schaffell, auf dem es vor fünfzehn Jahren schon gelegen hatte, mit seinen Tränen tränkte.

Ein Geräusch drang dumpf durch die Tür. Margarete

schreckte auf. Schritte! Da waren Schritte auf dem Flur. Sie erstarrte. Konnte es schon so weit sein? Wurde sie jetzt abgeholt? Sie wagte nicht zu atmen.

Ein Flüstern erklang hinter der Tür. »Fräulein Margarete?«

Sie atmete auf. Es war die Haushälterin! Margarete sprang auf, eilte zur Tür und hockte sich davor auf den Boden. »Lulu«, flüsterte sie, »wie schön es ist, deine Stimme zu hören!«

»Was haben Sie nur getan, Fräulein?«

Margarete schluckte. »Es tut mir alles so leid, ich wollte niemandem Kummer machen.«

»Dafür ist es nun zu spät. Herr Vogt ist schrecklich wütend. Ich habe ihn noch nie so erlebt.«

Margarete sah sich im Zimmer um. »Was soll ich tun?«

»Sagen Sie ihm, was er hören will. Sonst wird es böse enden. Glauben Sie mir, ich weiß, wovon ich rede.«

»Wie meinst du das?«

Lulu zögerte. »Das Bild, das Sie von Ihrem Onkel haben, entspricht nur zum Teil der Wahrheit.« Wieder entstand eine Pause. »Er kann sehr ... bestimmend sein.«

»Hat er dir wehgetan?«

Lulu antwortete nicht.

»Sag schon, hat er dir wehgetan?«, wiederholte Margarete ihre Frage.

»Manches Mal.«

Margarete wurde übel. Ihr Onkel war immer so herzlich zu ihr gewesen, so gut gelaunt und hilfsbereit! Hatte sie sich so in ihm getäuscht? Mit einem Mal bekam sie Angst. »Du musst mich hier rausholen!«

Lulu seufzte. »Ich wage es nicht. Ich bin alt, Fräulein Margarete. Ich habe mich mit meinem Leben arrangiert.

Ich will es nicht verlieren. Ich brauche diese Anstellung. Es tut mir leid.«

Margarete stöhnte auf. »Du musst nur die Tür aufschließen, das ist alles«, flüsterte sie. »Ich komme dann schon zurecht.«

»Die Männer werden Sie erschießen, Fräulein Margarete!«

Margarete hörte mit Entsetzen, dass sich erneut Schritte näherten. Plötzlich schrie Lulu auf der anderen Seite der Tür auf.

»Hab ich dich erwischt«, donnerte die Stimme von Onkel Albrecht. »Sieh zu, dass du Land gewinnst, du fette Kuh!«

»Ja, Herr«, antwortete Lulu kleinlaut.

»Lass sie in Ruhe!« Margarete brüllte durch die verschlossene Tür, doch die Schritte entfernten sich wieder, ohne dass ihr jemand antwortete.

Margarete hob den Kopf. Ihr Blick fiel auf das große Fenster, durch das man auf den Garten blicken konnte. Ein Entschluss reifte in ihr. Sie würde sich nicht einsperren lassen wie ein Kind. Nicht dieses Mal.

Wilhelm wrang den Lappen über dem Eimer aus. Das lauwarme Wasser rann über seine Finger und ließ ihm einen wohligen Schauer über den Rücken laufen. Ida saß neben ihm auf einem Holzstuhl, den Blick starr geradeaus gerichtet. Ihr himmelblaues Kleid lag auf dem Bett, Wilhelm hatte es ihr mit einiger Mühe ausgezogen. Er nahm das nur noch münzgroße Stück Kernseife zur Hand und seifte den Lappen ein. Dann fuhr er damit fort, seine Frau zu waschen.

»Es fühlt sich beinahe an wie Urlaub, oder was meinst du?« Wilhelm lachte. »Zugegeben, bei der Unterkunft hätte ein wenig mehr Recherche im Vorfeld wohl gutgetan, aber insgesamt haben wir es hier doch ganz fein. Ich bin gespannt auf das Mittagessen.«

Er tauchte den Lappen in den Wasserbottich.

»Ich wünschte, du könntest Kowalski und Fräulein von Brühl kennenlernen. Ich würde zu gern wissen, was du von ihnen hältst. Du hattest immer so ein gutes Gespür für Menschen.«

Wilhelm hob Idas Arm und wusch ihre Achsel.

»Ich bin mir einfach nicht sicher, ob ich ihnen vertrauen kann. Immerhin ist Margarete aus dem Polizeigewahrsam geflohen, das heißt schon was. Und diese Verschwörungsgeschichte, von der sie die ganze Zeit reden ... Einen richtigen Beweis dafür habe ich noch nicht gesehen.« Er seufzte und sah Ida an. »Ich glaube, es ist Zeit für uns, nach Hause zu fahren.«

Ida gab ihm keine Antwort, natürlich nicht. Doch es tat ihm gut, mit seiner Frau zu sprechen. Die Gedanken in seinem Kopf, die bis vor wenigen Minuten noch kreuz und quer geschossen waren, schienen sich nach und nach zu ordnen. Wieder wrang er den Lappen aus. Das Wasser war mittlerweile merklich abgekühlt, und Ida war längst sauber. Er sah, dass sich eine Gänsehaut auf ihren Armen bildete. Es war wohl besser, sie abzutrocknen und wieder anzuziehen, sonst würde sie sich noch erkälten.

Als Ida wieder in ihrem Kleid auf der Bettkante saß, spürte Wilhelm, dass er einen Bärenhunger hatte. Er hatte seit Ewigkeiten nichts gegessen. Ida musste es genauso gehen. Die Vermieterin hatte ihnen ein Mittagessen versprochen, aber bis dahin mussten sie sich wohl noch einige Stunden gedulden. »Ich gehe in den Ort und besorge uns etwas zum Frühstücken.« Er strich Ida über die Wange.

Nebenbei würde er nach einem Bauern mit Trecker Ausschau halten. Und nach einer Polizeistation. Oder zumindest nach einem Postamt. Oder einem Telefon.

Pfeifend verließ er den Raum, stieg die steile Treppe hinab und tippte sich zum Gruß an die Stirn, als die Vermieterin ihn fragend ansah. »Ich würde gern ein paar Kleinigkeiten einkaufen. Gibt es hier in der Nähe einen Laden oder einen Bäcker?«

Die Vermieterin sah ihn mit gerunzelter Stirn an. »Sind Sie sicher, dass Sie Ihre Frau so einfach …?«

Wilhelm hob beschwichtigend die Hände. »Keine Sorge, ich habe alles im Griff. Es geht ihr gut.«

Die Vermieterin erschien nicht überzeugt, sagte dann aber: »Wenn Sie vor dem Haus links die Straße runtergehen, kommen Sie nach zwei Minuten an eine Kreuzung. Dort biegen Sie wieder links ab. Dann kommen Sie zu einem Lädchen, die haben alles Mögliche.«

Wilhelm zwinkerte der Frau zu. »Die Firma dankt.« Er befand sich schon auf dem Weg zur Haustür, als er sich noch einmal umdrehte. »Könnte ich vielleicht Ihr Telefon benutzen?«

Die Vermieterin kniff die Augen zusammen. »Wir besitzen kein Telefon. Niemand in Petriroda hat ein Telefon.«

Wilhelm nickte. »Gibt es vielleicht einen Ort, von dem aus ich telegrafieren kann?«

»Gehen Sie doch zur Wache.«

Wilhelm zog eine Augenbraue hoch. »Es gibt eine Polizeiwache hier in …?«

»Petriroda«, ergänzte die Vermieterin. »Ja, die gibt es. Dort schiebt der alte Rödiger Dienst und wartet darauf, dass sein Sohn in seine Fußstapfen tritt. Das ganze Dorf weiß, dass der Junior in die Stadt ziehen will, wenn er alt

genug ist. Nur der alte Rödiger sieht es nicht kommen.«
Sie schüttelte den Kopf. »Ein Jammer ist das.«

Wilhelm hörte von draußen das Heulen einer Sirene, die
rasch näher kam. Er zuckte zusammen. Hatte die Vermieterin doch den Notarzt gerufen, um Ida abholen zu lassen?
Er starrte zu der dürren Frau hinüber. Sie blickte zurück.
Die Sirene kam immer näher, wurde lauter und lauter.
Schließlich hörte Wilhelm den Wagen am Haus vorbeifahren, und das Geräusch der Sirene wurde leiser, bis es
schließlich ganz verstummte.

Wilhelm entspannte sich. »Können Sie mir den Weg zu
diesem Rödiger beschreiben?«

Die Vermieterin nickte. »Sicher.«

»Sie kennen nicht zufällig auch einen Bauern oder jemanden, der einen großen Trecker besitzt?«

Die Vermieterin legte den Kopf schief. »Na, Sie haben
aber eine Menge Wünsche.«

Margarete kletterte auf den klobigen Schreibtisch aus Eichenholz. Die inneren Flügel des Kastenfensters vor ihr
waren geöffnet. Auf der weiß lackierten Fensterbank lagen
einige tote Insekten.

Ihr Blick fiel in den Garten. Die Sonne stand mittlerweile hoch am Himmel, es musste etwa elf Uhr sein. Vor
dem Fenster führte ein schmaler Kiesweg vorbei, dahinter
lag eine Rasenfläche mit einigen Blumenrabatten, noch
weiter hinten standen einige Apfel- und Pflaumenbäume.
Eine etwa zwei Meter hohe Mauer aus Natursteinen bildete die Grundstücksgrenze. Margarete runzelte die Stirn.
Der Abstieg an der Hauswand würde kein Problem darstellen. Die Steine waren so grob behauen, dass sie genügend Halt finden sollte. Der Fluchtweg durch den Garten

machte ihr schon größere Sorgen. Wenn sie es auf diesem Weg versuchen wollte, wäre sie die meiste Zeit ohne Deckung. Es war riskant. Doch was war die Alternative? Das kurze Gespräch mit der Haushälterin hatte ihr klargemacht, dass sie von ihrem Onkel keine Nachsicht erwarten konnte.

Margarete kletterte in den Fensterkasten und öffnete die außen liegenden Fensterflügel. Warme Sommerluft strömte ihr entgegen und brachte den Duft von frisch gemähtem Rasen an ihre Nase. Vorsichtig lehnte sie sich nach vorn und atmete erleichtert auf, als sie an der etwa acht Meter hohen Hauswand das vorfand, was sie sich erhofft hatte. Die Wand war überwuchert von alten Weinranken. Sie waren im Laufe der Jahre zu stark verholzten Ästen herangewachsen und hatten sich fest in die grob behauenen Steine der Fassade gekrallt. Sie würden den Abstieg zu einem Kinderspiel machen.

Noch einmal blickte sie sich prüfend um. Im Garten war niemand zu sehen. Jetzt oder nie, dachte sie, drehte sich um und senkte vorsichtig tastend den ersten Fuß aus dem Fenster. Schnell fand sie Halt in einer Astgabel. Mit den Händen krallte sie sich am Fensterrahmen fest, dann wagte sie es, den zweiten Fuß ebenfalls abzusenken. Auch für ihn fand sie schnell eine sichere Position. Der Anfang war geschafft. Nun musste sie einfach einen Schritt nach dem anderen setzen. Sie konnte kaum glauben, wie leicht ihr die Flucht fiel. Ein Lächeln stahl sich in ihr Gesicht.

Dann hörte sie plötzlich Schritte auf dem unter ihr liegenden Kiesweg. Wer auch immer dort unten entlangging, würde sie entdecken und Alarm schlagen! Margarete wagte nicht zu atmen. Sie lauschte. Das Knirschen des Kieses kam immer näher. Jetzt musste sich die Person direkt unter ihr befinden. Gleich würde sie stehen bleiben und Margarete auffordern herunterzukommen. Oder sie einfach sofort erschießen.

Sie schloss die Augen.

Die Schritte verstummten. Die Person war direkt unter ihr stehen geblieben! Immer noch hielt sie die Luft an. Schließlich wagte sie es, die Augen zu öffnen. Stand unten vielleicht jemand, der eine Waffe auf sie richtete und nur darauf wartete, dass sie eine falsche Bewegung machte? Sie wagte es nicht, nach unten zu sehen, sondern hielt den Blick fest auf die direkt vor ihr liegende Fassade und die Weinranken gerichtet.

Plötzlich stieg ihr ein vertrauter Geruch in die Nase. Es roch verbrannt. Zigarettenrauch! Langsam senkte sie ihren Blick, sodass sie zwischen ihrem Körper und der Mauer nach unten sehen konnte. Tatsächlich! Etwa fünf Meter unter ihr stand ein Uniformierter und rauchte eine Zigarette. Er trug eine Mütze und hatte ein Gewehr geschultert. Sein Blick ging in den Garten hinaus. Er hatte sie offenbar noch nicht bemerkt.

Margarete entspannte sich ein wenig, jedoch nur für einen Moment. Dann fiel ihr Blick auf ihre Hände und ihr wurde bewusst, dass sie sich mit aller Kraft an den knorrigen Stämmen der Weinpflanze festkrallte. Wie lang würde sie sich noch so halten können? Sie traute sich nicht, mehr Gewicht auf ihre Füße zu verlagern. Wer wusste schon, ob die Stämme stark genug waren, um ihr ganzes Gewicht zu tragen?

Sie versuchte, ruhig zu atmen. Sie durfte jetzt nicht in Panik geraten. Wie lang brauchte man, um eine Zigarette zu rauchen? Vielleicht fünf Minuten? Margarete hatte nie geraucht, aber Fritze war Kettenraucher gewesen, als sie sich damals kennengelernt hatten, vor einer gefühlten Ewigkeit. Margarete fiel auf, dass sie ihn in den letzten Tagen nicht rauchen gesehen hatte. Offenbar hatte er sich doch verändert.

In diesem Moment spürte sie etwas. Zuerst war es nur ein leichte Kribbeln in der Nase, dann ein Jucken. Zwei Sekunden später war sie sich sicher, dass sie würde niesen müssen, wenn sie nicht etwas unternahm. Sie verzog das Gesicht, zog die Nasenspitze hoch und wieder runter, doch das Jucken verging nicht. Ihre Augen tränten. Sie würde eine ihrer Hände brauchen, um sich die Nase zuzuhalten. Aber würde sie sich nur mit der anderen Hand halten können? Sie musste es probieren und zwar schnell. Ein Niesen würde sie verraten!

Sie spannte jeden Muskel an, krallte sich mit der rechten Hand noch fester an den Stamm der Weinranke und löste langsam die linke. Es funktionierte! Schnell führte sie die Hand an die Nase und hielt sie zu. Das Jucken und Kribbeln wurde erst schwächer, doch dann kam es mit einem Mal zurück und Margarete konnte das Niesen nicht mehr unterdrücken. Als es heraus war, erstarrte sie. Gleich würde der Soldat unter ihr sie anbrüllen und auffordern herunterzukommen. Oder er würde sie einfach erschießen.

Margarete presste die Augen zu.

Doch alles, was sie hörte, waren Schritte. Schritte auf dem Kiesweg, die sich langsam entfernten. Sie war so mit sich selbst beschäftigt gewesen, dass sie gar nicht bemerkt hatte, dass der Uniformierte seine Zigarette auf den Rasen geschnippt und den Weg zurück ins Haus angetreten war. Erleichtert atmete sie auf.

Jetzt musste sie sich beeilen! Noch so eine Begegnung

würden ihre Nerven nicht überstehen. Tastend senkte sie einen Fuß nach dem anderen hinab und überwand so einige Höhenmeter. Auf Höhe der ersten Etage erreichte sie ein geöffnetes Fenster. Sie erschrak. Wenn von drinnen jemand aus dem Fenster sah, würde man sie bemerken. Doch es war zu spät, sie war schon direkt neben der Öffnung. Vorsichtig lugte sie hinein. Vor ihr lag das Arbeitszimmer ihres Onkels.

Kowalski schrie auf, als der Schlagstock ihn in die Kniekehlen traf. Reflexhaft winkelte er die Beine an, sodass sein Körper für einen Moment frei in der Luft baumelte, lediglich gehalten von den Fesseln, die seine Handgelenke mit zwei Eisenringen an der Decke verbanden. Sein Rücken war schweißnass und gezeichnet von roten Striemen, die zeigten, an welchen Stellen der Knüppel bereits zugeschlagen hatte.

Schander sah dem Schauspiel unbeeindruckt zu. »Noch mal. Fester!«

Rödiger junior, der junge Schupo, der den Schlagstock hielt, sah ihn mit großen Augen an und zögerte. Seine Hände zitterten. Der andere Polizist am Ort, der Vater des Jungen, saß mit Ricken im Nachbarraum und sprach leise.

»Noch mal!«, zischte Schander und verengte die Augen zu Schlitzen.

Der junge Rödiger drehte sich um und versuchte mit dem Schlagstock, ein weiteres Mal Kowalskis Kniekehlen zu treffen. Im letzten Moment jedoch wand sich der Gefangene ein Stück zur Seite, sodass der Knüppel auf seinem nackten Gesäß niederging. Ein klatschendes Geräusch ertönte. Wieder brüllte Kowalski vor Schmerzen.

Schander fingerte seine Taschenuhr aus der Manteltasche. Das hier dauerte viel zu lang. Kowalski hatte bisher nichts Brauchbares von sich gegeben, obwohl er schon eine halbe Stunde lang von dem Schupo geschlagen wurde. »Noch mal von vorn.« Er steckte die Uhr zurück in die Tasche. »Was wissen Sie über die Vorgänge in Ohrdruf?«

»Das hab ick Ihnen doch schon gesagt«, stöhnte Kowalski. »Ick weiß nüscht! Wovon schwafeln Sie eigentlich?«

Schander drehte den Kopf von einer Seite zur anderen und lauschte dem Knacken seiner Nackenwirbel. Die langen Autofahrten bekamen seinem Rücken nicht. »In welcher Verbindung stehen Sie zu Fräulein von Brühl?«

»In keiner! Sie ist eine jute Freundin von mir, das ist alles!«

»Wer unterstützt Sie? Mit wem arbeiten Sie zusammen? Mit der Roten Kapelle?«

»Rote Kapelle? Ick weiß nicht, was das sein soll!«

Schander seufzte. Dann nickte er dem Schupo zu, der erneut seinen Schlagstock auf den Gefangenen hinabsausen ließ. Kowalskis Schreie nahm er kaum zur Kenntnis. Er war zu sehr mit seinen Gedanken beschäftigt. Wer war dieser Kowalski? Mit wem arbeitete er zusammen? Kowalski verschwieg ihm etwas. Und Schander musste sich beeilen, es herauszufinden, sonst würde der Zeitplan nicht einzuhalten sein. Er musste um jeden Preis rechtzeitig in Haigerloch ankommen, um den Transport der Bomben zu beaufsichtigen. Er trat näher an Kowalski heran. »Was wissen Sie über den Unfall am Physikalischen Institut in Leipzig?«

Kowalski hing zusammengesunken an den beiden Ringen, seine Arme waren durchgestreckt, seine Knie leicht angewinkelt. Die Frage beantwortete er nicht.

Schanders Blick schweifte über den Körper des Gefangenen. Über den Schultern und an den Oberarmen zeichneten
sich dicke Muskelstränge ab, Kowalski schien körperlicher
Arbeit nachzugehen oder regelmäßigen Leibesertüchtigun-
gen. Schander selbst war nie stark gewesen. Im Gegenteil.
Nach dem Tod seiner Eltern war er in ein Waisenheim gekommen, danach in ein anderes und dann in ein drittes. Und
immer war er der Kleinste und Schwächste der Jungen gewesen. Typen wie Kowalski waren es gewesen, die ihm diese
Zeit zur Hölle gemacht hatten. Immer wenn er eine Einrichtung verlassen hatte, hatte er die Hoffnung gehabt, dass es
in der nächsten vielleicht nicht ganz so schlimm werden
würde. Doch er war stets enttäuscht worden. Das neue Heim
hatte sich lediglich als nächster Kreis der Hölle herausge-
stellt.

Schander griff nach dem Schlagstock, den der junge Rödiger in den Händen hielt. Der Mann gab ihn bereitwillig
heraus und trat einen Schritt zurück. »Ich habe gefragt:
Was weißt du über die Explosion in Leipzig, du Ratte!«
Schander zog Kowalski den Knüppel über den Nacken.

Der nackte Mann jaulte auf. Er versuchte, sich von
Schander wegzubewegen, konnte sich jedoch nur wenige
Zentimeter weit rühren, ehe die Fesseln an seinen Hand-
gelenken ihn zurückzogen.

Schander stellte sich dicht hinter den Gefangenen und
flüsterte ihm ins Ohr: »Hör zu, Junge, du wirst in diesem
Keller sterben, wenn du mir nicht sagst, was ich von dir
wissen will. Glaub mir das.«

Kowalski warf den Kopf zur Seite, in seinen Augen
glänzte Panik. »Ach, das meinen Sie, die Explosion …
Wieso hamse das nicht gleich gesagt?«

Schander trat einen Schritt zurück. »Erzählen Sie!«

Kowalski zögerte einen Moment lang, als überlege er, wie viel er preisgeben musste, um sich der unangenehmen Situation zu entziehen, ohne zu viel zu verraten. »Also, die Maschine ... Das war ick gewesen.«

»Na also«, sagte Schander. »Geben Sie mir ein paar Details. Wie haben Sie es angestellt?«

»Ick hab ein paar Tage lang das Labor ausgespäht, bis ick wusste, wann die Physiker da Schicht machen. Und dann hab ick irgendwann einfach die Tür aufgemacht und bin rein. Bin in das Becken gestiegen und hab ein paar von den Schrauben an dem runden Ding gelöst.«

»Sie lügen«, sagte Schander. »Die Spurensicherung hat keine Einbruchsspuren gefunden.«

»Ick hab die Tür ja nicht aufgebrochen. Ick hab 'nen Dietrich genommen!«

Schander stutzte. Waren die Physiker wirklich so dämlich gewesen, die Tür zu ihrem Allerheiligsten mit einem derart simplen Schloss auszustatten? Zuzutrauen war es ihnen. Professor Braun hatte im Laufe ihrer Zusammenarbeit mehr als einmal bewiesen, dass das Klischee vom weltfremden Theoretiker in vollem Umfang auf ihn zutraf. »Wieso haben Sie die Maschine sabotiert?«

Kowalski schwieg, bis Schander erneut mit dem Schlagstock ausholte. Dann rief er schnell: »Ick wollte, dass Grete zurück mit mir nach Berlin geht! Nur darum ging es!«

Schander riss die Augen auf. Die ganze Aufregung wegen einer verkorksten Liebesgeschichte? Das konnte doch wohl nicht wahr sein. »War Ihnen nicht klar, dass Sie Ihre Geliebte mit Ihrem Plan in Lebensgefahr bringen würden?«

Kowalski senkte den Kopf. »Ick dachte, Sie hätte an dem Tag frei gehabt ...«

Schander sah zur Decke. Dieser Kowalski schien wirklich unglaublich dämlich zu sein. Oder er erzählte Märchen. »Also noch mal«, sagte er schließlich. »Was wollten Sie heute Morgen in Ohrdruf?«

Kaum hatte Wilhelm die Pension verlassen, da hatte er schon den Weg vergessen, den die Vermieterin ihm beschrieben hatte. Er war sich erst recht sicher, dass er sich nach links wenden musste, danach jedoch war seine Erinnerung ausgesprochen vage. Doch der Ort war so klein, dass er eigentlich kaum in die falsche Richtung gehen konnte.

Die Sonne stand schon hoch am Himmel, es mochte vielleicht halb elf sein, die Luft war angenehm warm, am Himmel zogen Schäfchenwolken vorbei. Lächelnd schlenderte Wilhelm die Straße entlang. Anderen Fußgängern nickte er freundlich zu. Schließlich erreichte er eine Kreuzung und blickte sich ratlos um. In keiner der Richtungen konnte er einen Laden erkennen. Was hatte die Frau aus der Pension noch gesagt? Schulterzuckend wandte er sich nach rechts, nur um fünf Gehminuten später festzustellen, dass er den Ortsausgang erreicht hatte, ohne auf eine Einkaufsmöglichkeit gestoßen zu sein. Vor ihm lagen lediglich trockene Felder und eine marode Landstraße. Er kehrte um und überquerte die Kreuzung nun geradeaus. Wenig später erkannte er auf der linken Seite eine Hakenkreuzfahne, und da fiel es ihm wieder ein. Die Vermieterin hatte von einer Polizeiwache gesprochen. Kurz dahinter sollte der Laden liegen. Erleichtert schritt Wilhelm weiter.

Als er auf Höhe der Wache war, hörte er gedämpfte Stimmen. Sie schienen aus einem der Kellerfenster zu kommen, die eine Handbreit über dem Bürgersteig lagen. Eins der Fenster war nicht richtig verschlossen, durch den schmalen Spalt drangen nun deutlich vernehmbare Schreie nach draußen.

Wilhelm blieb stehen. Die Stimme kam ihm bekannt vor. Im nächsten Moment bekam er es mit der Angst zu tun. Durfte er sich hier einmischen? Er musste es um jeden Preis vermeiden, Aufmerksamkeit zu erregen. Immerhin war er mit zwei von der Polizei gesuchten Personen unterwegs gewesen. Er blickte sich nervös um, konnte jedoch weit und breit niemanden auf der Straße entdecken. Schließlich lehnte er sich neben dem Kellerfenster an die Wand und klaubte die Zigarettenpackung aus seiner Manteltasche. Das musste als Tarnung erst einmal ausreichen. Gespannt lauschte er.

Da war es wieder! Deutlich erkannte er mehrere Männerstimmen. Die eine hatte einen rauen Befehlston, eine andere war eher weinerlich. Wilhelm konnte sich die Szenerie gut vorstellen. Er hatte selbst einige Male Verhören der verschiedenen Polizeiorgane beiwohnen müssen. Fälle von Brandstiftung, in denen er wichtige Details vom Tatort beisteuern konnte. Er wusste, dass Verhöre, die im Keller stattfanden, zumeist nicht spurlos an den Beschuldigten vorrübergingen.

Wieder heulte der Mann auf.

Wilhelm hielt den Atem an.

»Ick kann euch nicht mehr sagen, weil ick nicht mehr weiß!«, brüllte die Stimme. Nun sprach ein anderer Mann, doch seine Stimme war so leise, dass Wilhelm ihn nicht verstehen konnte. Dann sagte der Mann, der offenbar verhört wurde: »Irgendjemand musste halt was tun.«

Wilhelm ging in die Hocke und tat so, als würde er etwas

auf dem Bürgersteig suchen. Dabei hielt er sein Ohr dicht an den Fensterspalt. »Geben Sie auch zu, Mitglied der Roten Kapelle zu sein beziehungsweise in ihrem Auftrag zu handeln?« Eine kurze Pause entstand, dann hörte Wilhelm einen dumpfen Schlag und einen markerschütternden Schrei. »Ja, ja, ick gebe es zu!« Der Mann weinte. »Nur hört endlich auf!«

Ein anderer Mann, offenbar einer der Polizisten, sagte im Befehlston: »Nehmen Sie das ins Protokoll auf, Rödiger: Der Beschuldigte Kowalski gibt zu, im Auftrag der Roten Kapelle gehandelt zu haben, als er Fräulein von Brühl aus dem Universitätsklinikum in Leipzig befreite.«

Wilhelm stöhnte auf. Kowalski! Deswegen war ihm die Stimme so bekannt vorgekommen! Er blickte sich hektisch um, zog an seiner Zigarette und lauschte weiter.

»Wer ist noch in Ihre verschwörerischen Tätigkeiten eingebunden?«, fragte der Polizist.

»Was willste?« Kowalski schien nicht zu verstehen. »Kannste nicht sprechen wie unsereiner?«

Wieder ertönte ein dumpfer Schlag und Kowalski schrie auf.

Die Stimme des Polizisten wurde lauter. »Ob Sie Komplizen haben, Sie dummer Hund!«

»Nee!«, brüllte Kowalski. »Ick bin alleine.«

»Was ist mit Fräulein von Brühl?«

»Sie weiß nüscht. Jar nüscht!«

»Der verkauft uns doch für dumm«, murmelte eine andere Stimme, offenbar ein weiterer Polizist. Die Stimme, die das Verhör geführt hatte, sagte: »Wir sind hier erst mal fertig. Wegtreten!«

Wenig später meinte Wilhelm, eine Tür ins Schloss fallen zu hören. Er lauschte noch einen Moment, doch es war nichts mehr zu hören. Kowalski hatte offenbar dichtgehalten. Wie auch immer er in diese missliche Lage gekommen war, er hatte versucht, Margarete und ihn aus der Schusslinie zu bringen. Vor wenigen Minuten noch war es Wilhelms Plan gewesen, Kowalski und sie in ebendieser Polizeiwache zu verpfeifen. Jetzt, wo er aus erster Hand erfahren hatte, wie es Kowalski im Polizeigewahrsam erging, tat er Wilhelm leid. Es war nicht richtig, einen Mann so zu quälen.

Wilhelm sah sich ein weiteres Mal um. Er war immer noch völlig allein auf der Dorfstraße. Er hockte sich direkt vor das Kellerfenster und drückte es auf. Seine Augen mussten sich erst an das dämmrige Licht dort unten gewöhnen, doch nach und nach bildeten sich Konturen heraus. Und dann sah er ihn: Kowalski stand nackt mit dem Gesicht zu einer der Kellerwände. Nein, er stand nicht, er hing gefesselt an zwei Eisenringe, die knapp unter der Decke aus der Wand ragten.

Außer Kowalski schien niemand im Raum zu sein.

Wilhelm fasste einen Entschluss.

Er betrachtete das Kellerfenster. Es war nicht sonderlich groß, aber er sollte hindurchpassen, wenn er den Bauch einzog. Er setzte sich davor auf den Hosenboden und steckte die Beine durch das Fenster. Mit den Händen schob er seinen Körper auf die Öffnung zu, bis seine Beine frei in der Luft baumelten. Nun war er mit der Hüfte auf Höhe des Fensters. Noch ein kleines Stück, dann würde die Schwerkraft den Rest erledigen und er würde ganz von selbst in den Kellerraum rutschen.

Doch es ging nicht weiter. Er steckte fest.

Wilhelms Augen weiteten sich in Panik. Sein Hinterkopf lag auf dem Bürgersteig. Hektisch blickte er von links nach rechts. Immer noch war niemand zu sehen. Aber es war nur eine Frage der Zeit, bis ein Passant vorbeikommen und ihn dort liegen sehen würde. Oder, noch schlimmer: bis einer der Polizisten wieder den Kellerraum betreten und Wilhelms Beine durch das Fenster baumeln sehen würde.

Er musste sich etwas einfallen lassen.

Eine Legion von Ameisen krabbelte über seine Arme und biss in seine Haut, als versuchte sie, sich Zutritt zu seinem Körper zu verschaffen. Fritzes Blick wanderte hinauf zu den beiden Eisenringen, an die seine Handgelenke gefesselt waren. Seine Arme waren dadurch stramm nach oben verdreht, nach und nach floss das Blut aus ihnen heraus. Doch das Kribbeln wurde schwächer. Fritze war in einen unruhigen Dämmerzustand gefallen, nachdem die Polizisten den Raum verlassen hatten.

Er hatte sich ganz gut geschlagen, wie er fand. Er hatte der Versuchung widerstanden, den Gestapoleuten alles zu verraten, was er wusste, hatte ihnen aber gleichzeitig genug Futter gegeben, dass sie sich gut fühlen konnten. Das würde ihm Zeit verschaffen. Die Frage war nur, was er mit dieser Zeit anfangen sollte. Die Fesseln an seinen Händen waren fachgerecht geknotet, ohne Hilfe würde er sie nicht lösen können. Nein, er musste sich an den Gedanken gewöhnen, dass dieser Keller die letzte Station seines Abenteuers darstellen würde.

Wieso hatte er nur auf Margarete gehört? Er hatte von Anfang an ein schlechtes Gefühl bei dem Gedanken gehabt, ihren Onkel in die Sache mit reinzuziehen. Er hatte es geahnt! Und doch hatte er sich ihrem Drängen gefügt. Er hatte aber auch keine Wahl gehabt. Er brauchte Margaretes Expertise. Er musste sie dazu bringen, ihm zu vertrauen. Bis hierher war ihm das ganz gut gelungen. Seit er Margarete aus dem Universitätsklinikum befreit hatte, schien sie ihn regelrecht anzuhimmeln. Auch wenn sie das natürlich niemals zugeben würde. Margarete war immer schon schüchtern gewesen. Aber Fritze bemerkte es dennoch, er registrierte die scheuen Blicke, die sie ihm zuwarf, wenn sie dachte, er würde es nicht mitbekommen.

Ja, Margarete war schon etwas Besonderes. Ihre burschikose Art, ihr Dickkopf … Gleichzeitig war sie so verletzlich und zart. Sie konnte einem Mann den Kopf verdrehen. Als sie ihn vor zwei Jahren verlassen hatte, war er außer sich vor Wut und Schmerz gewesen. Das war jedoch lange her. Er hatte seitdem viele andere Mädchen gehabt. Nein, er war nicht zu Margarete zurückgekehrt, um sie für sich zu gewinnen. Er brauchte sie lediglich, um Schander und die Bomben dingfest zu machen. Deswegen hatte er die Uranmaschine zerstören müssen. Er hatte herausgefunden, dass Margaretes Projekt kurz vor dem Durchbruch stand, und er kannte sein Mädchen. Ihm war klar gewesen, dass ihr Ehrgeiz es ihr verbieten würde, sich irgendeinem anderen Thema zu widmen als der Uranmaschine. Er musste ihr Projekt sabotieren. Dass er dabei beinahe auch Margarete in die Luft gejagt hatte, das war natürlich nicht geplant gewesen. Um ihren Assistenten, diesen Leitner, tat es Fritze dagegen nicht leid. Im Gegenteil. Während er das Institut in Leipzig auskundschaftete, hatte er durchaus mitbekommen, wie Leitner und Margarete sich heiße Blicke zuwarfen. Nein, es war gut, dass dieses rothaarige Jungchen aus dem Weg war.

Ein schabendes Geräusch ließ Fritze hochschrecken. Er hielt den Atem an und lauschte. Da war es schon wieder!

Ein Geräusch, als würden Stiefel über einen sandigen Boden schlurfen. Fritze kniff die Augen zusammen, um die blitzenden Sterne zu verscheuchen, die eine nahende Ohnmacht ankündigten, und zwang sich, seine Beinmuskulatur anzuspannen. Er war groß genug, dass seine Füße gerade so auf den Boden reichten, wenn er sich anstrengte. Er musste lediglich die Beine so weit ausstrecken, wie es ging. Seine Knie schmerzten, kurz wurde ihm schwarz vor Augen, doch schließlich spürte er den sandigen Betonboden unter den nackten Zehenspitzen. Langsam, Stück für Stück, drehte er sich um die eigene Achse. Er hatte den Eindruck, als würde er jeden der unzähligen Stockschläge erneut spüren, doch das Geräusch hatte ihn elektrisiert. Es musste ungefähr aus der Richtung des Fensters kommen. Hoffnung keimte in ihm auf.

Als er sich weit genug gedreht hatte, sah er den Urheber des Geräuschs. Es war der dicke Feuerschutzpolizist – Leitner! Der Vater des Rotschopfs, den er um die Ecke gebracht hatte. Ein flaues Gefühl machte sich in Fritzes Magengegend breit. Leitner musste sein Geständnis mit angehört haben! Der Mann wusste, dass er seinen Sohn auf dem Gewissen hatte. Und er kam sicherlich nicht, um ihn zu befreien. Eher wollte er ihn wohl mit eigenen Händen zur Rechenschaft ziehen. Für eine Sekunde überfiel Fritze die verrückte Idee, die Gestapoleute um Hilfe anzurufen. Beinahe hätte er laut aufgelacht, so absurd war der Gedanke.

Sein Blick war immer noch auf Leitner gerichtet, der mit den Füßen voran durch das niedrige Fenster rutschte, das etwa einen halben Meter unter der Decke des Kellerraums lag und auf Höhe des Bordsteins ins Freie mündete. Leitner rutschte hin und her, doch er kam nicht weiter voran. Offenbar war der Fettsack stecken geblieben. Jetzt musste Fritze tatsächlich grinsen. Er stellte sich vor, wie die Gestapomänner nach ihrer Pause hereinkommen würden, Leitner erblickten und ihn sodann ebenfalls an die Decke fesselten. Es wäre Fritze ganz recht gewesen. Leitner hatte ihm von Anfang an misstraut. Mehr noch, er hatte Grete gegen ihn aufgebracht. Seit der dicke Feuerwehrmann mit an Bord war, war alles schiefgegangen. Er musste ihn loswerden, so viel war klar.

Er beobachtete Leitner dabei, wie er mit dem Rumpf hin und her wackelte. Schließlich streckte er die Arme aus und bohrte seine Finger zwischen den Fensterrahmen und seinen Körper. Fritze hörte, wie Leitner aufstöhnte, offenbar bereitete ihm die Prozedur Schmerzen. Schließlich fand er mit den Fingerspitzen Halt an den Kanten des Fensterrahmens. Mit den Füßen presste er sich von der Kellerwand ab, mit den Armen und Händen zog er an dem Fensterrahmen. Zunächst schien es, als würde Leitners Anstrengung keinen Erfolg haben, doch dann geriet sein Körper plötzlich ins Rutschen. Sein Bauch passierte das Fenster, und plötzlich war der Widerstand verschwunden. Mit den Armen rudernd fiel Leitner in den Keller und schlug unsanft mit den Knien auf den Boden.

Fritze beobachtete Leitner, der einige Sekunden lang in einer kauernden Position verharrte. Offenbar musste er nach der Anstrengung erst wieder zu Atem kommen. Dann jedoch rappelte er sich hoch und wandte sich ihm zu. Der Moment der Wahrheit, dachte Fritze. Gleich würde er erfahren, was Leitner von dem Verhör mitbekommen hatte. Wenn er wusste, dass Fritze schuld war am Tod seines Sohns, dann war es jetzt wohl um ihn geschehen.

Leitner kam zögernd auf ihn zu. Sein Blick war nicht einzuordnen, seine Augen waren aufgerissen, sein Mund war zu einem schmalen Strich zusammengepresst. Er machte einige Schritte auf Fritze zu, bis er dicht vor ihm stand. Dann ging er um Fritze herum.

Fritze versuchte, sich zu drehen, um zu sehen, was Leitner vorhatte, doch seine Beine waren zu geschwächt, um Schritt zu halten. Er konnte nicht verhindern, dass Leitner hinter ihn trat. Er bringt mich um, dachte Fritze. Das Schwein ist in den Keller geklettert, um mich um die Ecke zu bringen, ehe die Gestapo ihm zuvorkommt. In diesem Moment spürte Fritze, wie sich eine nasse warme Hand über seinen Mund legte. Instinktiv begann er zu schreien, doch die Laute drangen nur als leises Wimmern durch Leitners kräftige Hand. Fritze warf sich erst nach links, dann nach rechts, doch er konnte sich nicht losreißen.

»Ruhe!«, zischte Leitner, doch Fritze hörte nicht auf zu zappeln. »Halt's Maul! Ich bin's, Wilhelm!«

Fritze verstand nicht. Natürlich war das Wilhelm! Hielt er ihn für völlig bescheuert?

Leitner wartete einen Moment, dann fragte er: »Wenn ich meine Hand jetzt wegnehme, kann ich mich darauf verlassen, dass du dich ruhig verhältst?«

Fritze nickte.

Leitner lockerte seinen Griff. »Ich werde dich losbinden.«

Fritze riss die Augen auf. Hieß das, dass Leitner nicht das ganze Verhör mitbekommen hatte? Einige Sekunden lang konnte er Leitner hinter sich ächzen hören, dann lösten sich plötzlich die Fesseln, mit denen seine Handgelenke an die Decke gebunden waren, und Fritze sackte zusammen. Hart schlug er mit den Händen auf den rauen

Boden, seine Arme und Beine glühten vor Schmerzen. Die Ameisen kehrten zurück und führten ihr gefräßiges Werk fort. Tränen schossen ihm in die Augen.

Er zuckte zusammen, als Leitner ihm eine Hand auf die Schulter legte. Nur mit größter Mühe gelang es ihm, den Kopf zu drehen und dem dicken Feuerwehrmann ins Gesicht zu sehen.

Leitner lächelte. »Du hast dich gut gehalten, Mann. Die haben dich ganz schön hart rangenommen, aber du hast weder Margarete noch mich verraten. Dafür schulde ich dir Dank.« Er reichte Fritze die Hand hin.

Fritze konnte sein Glück kaum fassen. Leitner hatte tatsächlich nichts von seinen Machenschaften in Leipzig mitbekommen! Er wälzte sich in eine sitzende Position und hob zitternd seine Rechte.

Leitner ergriff und schüttelte sie feierlich. »Die Rote Kapelle, was?« Er zwinkerte Fritze zu. »Ich wusste doch, dass mehr in dir steckt, als man auf den ersten Blick sieht. Ich glaube, wir haben die gleichen Prinzipien. Nur scheinst du wesentlich mutiger zu sein als ich.«

Nun war es an Fritze zu lächeln. Leitner war tatsächlich noch dümmer, als er gedacht hatte. Der Trottel schien ihn für eine Art Helden zu halten! Nun, er würde ihn in diesem Glauben lassen. Zumindest so lang, bis er ihn aus dem Weg geräumt hatte.

In diesem Moment drang aus dem Nebenraum ein schallendes Lachen an ihre Ohren. Fritze spürte, wie sich alle Muskeln in seinem Körper anspannten. Er rechnete damit, dass im nächsten Moment die Tür aufschwingen würde. Doch nichts geschah. Er blickte Leitner an. »Wir sollten dringend Land jewinnen!«

Margarete konnte ihre Neugier nicht beherrschen. Vorsichtig ließ sie sich durch das offen stehende Fenster ins Arbeitszimmer ihres Onkels gleiten und setzte ihre Füße auf das Fischgrätenparkett.

Der Raum lag vor ihr, wie sie ihn in Erinnerung hatte. Etwa in der Mitte des Zimmers stand ein wuchtiger Schreibtisch, der zur Tür hin ausgerichtet war. Dahinter ein großer Ledersessel, davor zwei kleinere Stühle. Die Wände waren von dunklen Schränken verdeckt, in einer Ecke standen auf einem kleinen Beistelltischchen mehrere Flaschen Spirituosen und einige Kristallgläser. Die Bankerlampe mit dem grünen Schirm, die auf dem Schreibtisch thronte, war ausgeschaltet, die Zimmertür geschlossen.

Sie musste sich beeilen. Wer wusste schon, wann ihr Onkel oder einer seiner Mitarbeiter den Raum wieder betreten würde? Zielstrebig schritt sie auf den Schreibtisch zu. Auf der Tischplatte lagen die beiden Pistolen, die die Wachmänner ihr abgenommen hatten. Sie griff danach, entsicherte eine der Waffen probehalber, sicherte sie wieder und steckte sie in ihre Manteltaschen. Sie hatte die Schwere der Waffen vermisst. Jetzt fühlte sie sich wieder sicherer. Margarete schüttelte den Kopf. Sie war wirklich eine großartige Pazifistin!

Ein Geräusch hinter der Tür ließ sie aufschrecken. Für einen Moment hielt sie die Luft an. Jeder Muskel ihres Körpers war angespannt und bereit zur Flucht.

Doch nichts geschah.

Margarete entspannte sich wieder, blickte auf den Schreibtisch und überflog die Papiere, die in unordentlichen Haufen darauf lagen. Sie erkannte, dass es sich dabei um allerlei Abrechnungen und Bilanzen handelte. Es war nichts dabei, dass sie in irgendeiner Weise mit dem Bau der Bombe oder der Verschwörung in Verbindung bringen konnte. Hektisch suchte sie weiter und entdeckte, dass der Schreibtisch über mehrere Schubladen verfügte. Sie versuchte, sie aufzuziehen, stellte jedoch fest, dass sie sich nicht öffnen ließen. Erst dann entdeckte sie das fein gearbeitete Schloss. Der Schlüssel fehlte.

»Was ist hier los?« Eine Männerstimme vor der Tür.

Margarete schreckte zusammen, bekam sich jedoch schnell wieder unter Kontrolle, zog eine der Waffen aus ihrer Manteltasche und blickte zur Tür. Im Türrahmen stand ihr Onkel. Seine Augen waren aufgerissen, auf der Stirn zeichneten sich mehrere Adern ab. »Mach die Tür zu«, sagte Margarete mit ruhiger Stimme. »Und dann: Hände hoch!«

Ihr Onkel gehorchte, schob die Zimmertür hinter sich mit dem Fuß zu und hob die Hände. »Grete, was ist in dich gefahren? Du wirst dich noch verletzen.«

»Glaub mir, ich weiß, wie man dieses Ding benutzt.« Sie entsicherte die Waffe. »Sag mir, was hier vor sich geht.«

»Was meinst du damit?«

»Die Verschwörung«, sagte sie genervt, »wer ist daran beteiligt und was ist das Ziel?«

Ihr Onkel schüttelte den Kopf. »Schlag dir das aus dem Kopf. Da sind Männer am Werk, die wissen, was sie tun.«

»Ich weiß auch, was ich tu. Endlich.«

»Das bezweifle ich.«

Margarete spürte, wie Zorn in ihr aufstieg. »Albrecht, ich warne dich ein letztes Mal. Sag mir, was du weißt.«

»Na schön. Wenn du dein junges Leben wegschmeißen willst, bitte schön. Vor einem halben Jahr hat Kriminalrat

Gerald Schander von der Gestapo in Leipzig Wind bekommen von einer geheimen Sitzung des Heereswaffenamts. Auf dieser Sitzung sprach auch Professor Heisenberg, den du vermutlich kennst.«

Margarete nickte.

»Dieser Heisenberg schilderte seine Fortschritte bei der Zertrümmerung der Atome und sprach auch von der Möglichkeit, dieses physikalische Phänomen für eine Bombe mit einer bislang unerreichten Sprengkraft nutzbar zu machen. Allerdings stellte er sich dabei so dämlich an, dass die Heeresführung ihn für einen Idioten hielt. Es wurde beschlossen, dass der Etat für die Entwicklung neuartiger Waffen lieber in die Entwicklung einer neuartigen Rakete gesteckt werden sollte. Damit waren die Pläne für die Atombombe vom Tisch.«

»Das weiß ich alles«, sagte Margarete. »Heisenberg kam nach der Sitzung ins Institut und sagte, dass wir uns nun endlich wieder in Ruhe der Forschung widmen könnten.«

Ihr Onkel schnaubte. »Schander war jedoch von der Idee einer Atombombe begeistert. Er las alle möglichen Veröffentlichungen und nahm schließlich Kontakt zu Professor Braun auf. Auch Braun hielt den Bau der Bombe nach wie vor für möglich. Aber er hatte ethische Bedenken. Schander konnte ihn jedoch letztlich überzeugen.« Albrecht lächelte. »Braun erarbeitete im Geheimen die Pläne für einen Prototypen, basierend auf deiner Doktorarbeit. Finanziert wurde das Ganze von einer Gruppe mächtiger Männer, die Vertrauen in Schander setzen und den Krieg endlich für das Reich entscheiden wollen. Einer dieser Männer steht jetzt vor dir.«

»Ich kann es immer noch nicht glauben«, setzte Margarete an, doch in diesem Moment machte Albrecht einen Satz auf sie zu.

Margarete erstarrte. Sollte sie wirklich auf ihren Onkel schießen? Er hatte sich furchtbar tief in verabscheuungswürdige Geschäfte verstrickt, das war schon richtig. Aber er war immer noch ihr Onkel … War es ihr Recht, sich als Richterin aufzuspielen?

Während sie überlegte, kam Albrecht mit großen Schritten auf sie zugerannt. Gleich würde er sie erreichen. Sie musste sich entscheiden!

Plötzlich strauchelte Albrecht. Er schien über irgendetwas gestolpert zu sein, riss die Arme in die Höhe, ruderte, um das Gleichgewicht zu halten, schaffte es jedoch nicht und stürzte. Seine Stirn schlug hart gegen die Kante des Schreibtischs. Es gab ein dumpfes Geräusch, dann sackte Albrecht zusammen und blieb regungslos auf dem Boden liegen.

Margarete starrte ihren Onkel an. Ihre Hände zitterten so stark, dass sie die Waffe kaum noch festhalten konnte. Um ein Haar hätte sie Albrecht erschossen. Was für eine Ironie, dass das Schicksal ihr zuvorgekommen war! Sie lauschte, ob jemand im Haus Notiz von dem Unfall genommen hatte und im Arbeitszimmer nachsehen würde, doch sie konnte kein Geräusch ausmachen. Zitternd sicherte sie die Waffe und steckte sie zurück in ihre Manteltasche. Dann ging sie um den Schreibtisch herum und hockte sich neben ihren Onkel.

Er schien bewusstlos zu sein.

Mit zitternden Händen durchsuchte sie die Taschen seiner Weste. Sie stöhnte erleichtert auf, als sie das Klimpern eines Schlüsselbunds hörte. Sie zog ihn hervor und ging zurück zu den Schubladen am Schreibtisch. Nach einigen

Versuchen fand sie endlich einen Schlüssel, der passte. Mit einem leisen Klicken öffnete sich die Schublade und ein schmales Büchlein kam zum Vorschein, das in schwarzes Leder eingefasst war.

Hastig blätterte sie durch die handschriftlichen Aufzeichnungen ihres Onkels, bis sie endlich fand, wonach sie suchte.

Margarete lächelte.

Noch war nicht alles verloren.

DRITTES KAPITEL

Gerald Schander stellte die Kaffeetasse ab. »Wir sind noch nicht fertig mit ihm.« Er blickte zu der geschlossenen Tür, die in den Raum führte, in dem Kowalski gefesselt von der Decke hing.

Ricken nickte und biss in eine Wurststulle.

Die beiden Schupos, der alte Rödiger und sein Sohn, sahen sich an. Schließlich erhob der Senior die Stimme: »Ich glaube, lange hält er nicht mehr durch.«

»Kein Wunder, bei euren Holzfällermethoden!«, fuhr Schander ihn an. Gefangene mit Schlagstöcken zu malträtieren kam ihm archaisch vor. In Leipzig hatte die Gestapo feinere Mittel, um Häftlinge zum Reden zu bringen. Sie hinterließen weniger Spuren, waren aber umso schmerzhafter.

Rödiger zog den Kopf ein. »Ich meine ja nur, wir sollten ihm noch ein paar Minuten geben, um sich zu erholen.«

»Vielleicht sollte ich ihn abholen lassen und in Leipzig verhören.« Schander schüttelte den Kopf.

Die beiden Rödigers schauten sich erneut an. Sie sahen so aus, als wäre es ihnen ganz recht, das Problem loszuwerden, das nebenan auf sie wartete. Vermutlich gab es in so einem Kaff normalerweise wenig zu tun. Schander verwarf den Gedanken wieder. Er konnte sich keinen Umweg über Leipzig erlauben. Nicht jetzt, wo er so kurz vor der Vollendung seines Plans stand. Er sah auf seine Taschenuhr. »Eine Runde drehen wir noch mit ihm. Dann muss ich abreisen. Ich hole ihn in ein paar Tagen ab. Passt auf, dass er das noch erlebt!«

Schander funkelte die Männer einige Sekunden lang an, dann drehte er sich um und ging auf die Tür zum Verhörraum zu. Als er bemerkte, dass ihm keiner der Männer folgte, hielt er inne und drehte sich um. »Darf ich bitten?«

Die Schupos sahen verlegen auf ihre Füße.

»Was ist?«, fragte Schander. Langsam verlor er die Geduld.

Schließlich erhob der Junior die Stimme. »Es ist gleich zwölf. Um die Zeit sind wir immer bei Mutter zum Essen. Sie wird sich wundern, wenn wir nicht kommen!«

Schander blickte die Männer mit offenem Mund an. Was bildeten diese Würmer sich ein? Mittagessen? Was glaubten sie, wer er war? Entweder waren diese Dorfpolizisten strohdumm oder tollkühn. »Aufstehen!«, brüllte er. Etwas an seinem Gesichtsausdruck schien die Schupos in Angst zu versetzen. Sie sprangen auf, wobei einer der Stühle krachend hintenüber fiel. Ricken biss noch einmal in seine Stulle und erhob sich ebenfalls.

Schander drehte sich um und öffnete die Tür zum Verhörraum.

Der Raum war leer.

Dort, wo vor einigen Minuten noch Kowalski gehangen hatte, lagen nun seine Fesseln auf dem Boden. Das Fenster, das zur Straße hinausging, stand offen. Es war nicht vergittert. Für einen Moment hatte Schander das Gefühl, den Boden unter den Füßen zu verlieren. Kowalski war getürmt! Wie hatte er das geschafft? Es gab nur zwei Möglichkeiten. Entweder hatte Rödiger senior, der ihn gefesselt hatte, bei der Arbeit geschlampt oder Kowalski hatte Hilfe gehabt. Hatte von Brühl ihn befreit? Oder gab es etwa noch mehr Komplizen? Waren vielleicht noch weitere Mitglieder der Roten Kapelle in der Nähe?

Ricken war hinter Schander in den Raum gekommen und hatte die Fesseln vom Boden aufgehoben. Jetzt sah er Schander an. »Das ist schlecht, oder? Was, wenn er irgendwem von den Bomben erzählt?«

Schander erstarrte. »Wovon reden Sie, Ricken?«

Die beiden Rödigers warfen sich einen fragenden Blick zu.

»Na, von Ihren Bomben. Von den Atombomben, die Sie dem Führer schenken wollen!«

Schander seufzte. Dann zog er seine Pistole, drehte sich zu den Rödigers um und schoss beiden in die Brust. Vater und Sohn brachen beinahe lautlos zusammen und rührten sich nicht mehr.

Ricken stand mit offenem Mund da und starrte die Leichen an. »Wieso haben Sie das getan?«

»Sie sollten nicht über unsere Operation sprechen, Ricken. Zu niemandem. Es ist essenziell, dass wir den Kreis der Mitwisser klein halten. Ich hoffe, Sie haben das jetzt endlich begriffen. Die beiden da …«, er zeigte auf die toten Schupos, »gehen auf Ihre Rechnung.« Schander wusste, dass das lediglich ein vorgeschobener Grund war. Schon seine Fragen während des Verhörs hätten die beiden neugierig machen können. Die Wahrheit war, dass er einfach nicht gewusst hatte, wohin er mit seiner Wut sollte. Die beiden Männer waren einfach zur falschen Zeit am falschen Ort gewesen.

Ricken antwortete nicht, sondern sah ihn für einige Sekunden mit aufgerissenen Augen an und brach dann in einen heftigen Niesanfall aus.

Schander verließ kopfschüttelnd den Raum. Sein Verstand raste. Kowalski wieder einzufangen würde ihn wertvolle Zeit kosten, wenn es ihm überhaupt gelänge. Bis Verstärkung in diesem Kaff angekommen wäre, würde sicherlich eine Stunde vergehen. Bis dahin konnte Kowalski längst über alle Berge sein. Nein, er musste seine Taktik ändern.

»Ricken, geben Sie eine Fahndung nach Kowalski und von Brühl raus, an alle Organe. Kripo, Schupo, Gestapo ... Ich will, dass sie gefunden werden, schnellstmöglich. Und veranlassen Sie, dass ihre Gesichter in jeder Zeitung im Reich auftauchen.«

»Was soll ich der Journaille denn sagen, warum wir sie suchen?«

»Sagen Sie, dass Kowalski und von Brühl der Roten Kapelle angehören und für die Sabotage an der Uranmaschine verantwortlich sind. Das haben die Zeitungen ohnehin schon vermutet. Nun wissen wir, dass es wahr ist.«

»Wird gemacht, Herr Kriminalrat.«

»Und veranlassen Sie Straßensperren. Ich will, dass niemand ohne mein Wissen von hier nach Haigerloch gelangt. Wer weiß, vielleicht ist Kowalski so wahnsinnig, dass er denkt, mir dort in die Quere kommen zu können.«

In diesem Moment kam ihm ein Gedanke. Sein Fahrer war in der Limousine sitzen geblieben, als sie hier angekommen waren. Der Wagen stand direkt vor der Wache. Vielleicht hatte der Mann etwas beobachtet. Schander nahm die Treppe nach oben und trat aus der Polizeiwache ins Freie. Das Sonnenlicht blendete ihn, doch er sah auf den ersten Blick, dass etwas nicht stimmte.

Sein Wagen war verschwunden.

»Ich will gar nicht wissen, wo du das gelernt hast.« Wilhelm beobachtete, wie Fritze nackt und blutend den Anlasser der schwarzen Limousine kurzzuschließen versuchte, die direkt vor der Polizeiwache stand. Zuvor hatte der Berliner das Fenster auf der Fahrerseite eingeschlagen.

»Und ick wills dir nicht erzählen«, antwortete Fritze, der mit den Händen unter dem Lenkrad des Wagens hantierte.

»Beeil dich!« Wilhelm blickte sich um. Es waren keine zwei Minuten vergangen, seit sie aus dem Keller der Wache geklettert waren. Dennoch ahnte er, dass es nicht mehr lang dauern konnte, bis die Polizisten bemerkten, dass ihr Gefangener entkommen war. Sein Blick fiel auf Fritzes nackten Rücken, der in der Mittagssonne glänzte. Er war überzogen von roten blutigen Striemen und violetten Prellungen und sah aus wie ein abstraktes Gemälde, gezeichnet mit Peitsche und Schlagstock. Es erinnerte ihn an ein Plakat, das er vor einigen Jahren gesehen hatte. Es hatte für eine Kunstausstellung geworben. Der Titel hatte sich in Wilhelms Gedächtnis eingebrannt: Entartete Kunst. Wieder blickte er zu der Polizeiwache hinüber. »Dauert das noch lang?«

»Je mehr du redest, desto länger dauert es.« Fritze murmelte einige Flüche, die Wilhelm nicht verstand, und dann sprang der Wagen plötzlich an. Triumphierend reckte er die Faust in die Höhe.

»Weg hier«, mahnte Wilhelm. Die Zeit drängte. Sie mussten Ida aus der Pension abholen und dann schnellstmöglich Margarete in Sicherheit bringen. Fritze meinte, dass sie wohl immer noch bei ihrem Onkel festgehalten wurde. Offenbar wollte der Onkel verhindern, dass sie den Staatsorganen in die Hände fiel. Immerhin sprach das für ein gewisses Maß an Verbundenheit. Doch wenn Margaretes Onkel die Nachricht von Fritzes Flucht erreichte, dann würde es Margarete schlecht ergehen, so viel war klar. Außerdem wären ihre Bewacher dann gewarnt und sie würden mit einem Befreiungsversuch rechnen.

Wenig später hielten sie vor der Pension, in der Wilhelm und Ida untergekommen waren.

»Mach hinne«, sagte Fritze. »Vermutlich haben sie in der Wache längst geschnackelt, dass ick weg bin. In fünf Minuten ist das janze Dorf voll mit Uniformen.«

»Worauf du dich verlassen kannst.« Wilhelm stieg aus dem Wagen, schritt die Stufen zur Eingangstür hinauf und steckte den Schlüssel, den die Vermieterin ihm bei ihrer Ankunft gegeben hatte, ins Schloss. Er hatte sich vorgenommen, Ida aus ihrem Zimmer zu holen und die Pension zu verlassen, ohne sich von der Vermieterin zu verabschieden. Je weniger die alte Dame von ihnen zu sehen bekam, desto besser. Sicherlich würde sie im Laufe der nächsten Stunden verhört werden.

Mit vorsichtigen Schritten betrat Wilhelm den Flur. Der Geruch von Kohl drang an seine Nase und erinnerte ihn daran, dass er immer noch Hunger hatte. Von irgendwoher hörte er das rhythmische Klacken einer Standuhr. Die Vermieterin war nirgends zu sehen. Langsam, einen Schritt nach dem anderen, schlich er auf die Treppe zu, die in den ersten Stock führte, wo das Zimmer lag, das er gemietet hatte. Sein Blick fiel auf das Muster des dicken Teppichs, der auf dem Dielenboden lag. Es gefiel ihm, obwohl es lediglich aus abstrakten Formen und Linien bestand. Sie erinnerten ihn an Blumen …

Das Quietschen einer losen Diele ließ ihn aus seinen Gedanken hochschrecken.

Wilhelm erstarrte. Hatte die Vermieterin ihn gehört? Das Haus lag völlig still da, abgesehen von dem regelmäßigen Geräusch der Standuhr. Wilhelm atmete tief ein, dann setzte er seinen Weg zur Treppe fort. Er durfte nicht trödeln!

Wenige Sekunden später hatte er die Treppe erreicht und erklomm sie mit federnden Schritten. Dann wandte er sich nach rechts und öffnete die Tür zu ihrem Zimmer. Sein Blick fiel auf Ida, die in ihrem himmelblauen Kleid kerzengerade auf dem Bett saß. Hatte er sie so zurückgelassen? Wilhelm war sich nicht mehr sicher. Ihm war, als habe er sie hingelegt, als er gegangen war. Hatte Ida sich etwa selbstständig erhoben und hingesetzt? Das konnte nicht sein. Wilhelm ging auf seine Frau zu, griff ihr unter die Arme und bedeutete ihr so aufzustehen. Er blickte sich noch einmal im Zimmer um und entdeckte den Gürtel mit den Feuerwehrutensilien, den er aus Leipzig mitgebracht hatte, sowie die schwarzen Lederhandschuhe, die er in Ohrdruf gefunden hatte. Er klemmte sich beides unter den Arm und führte Ida aus dem Zimmer.

Auf der Treppe angekommen, konnte er die Stimme der Vermieterin hören. »Ich glaube, er hat die Frau entführt!«, sagte sie in einem aufgeregten Tonfall. »Sie hätten sie sehen sollen, die Arme steht völlig neben sich. Vielleicht hat er sie unter Drogen gesetzt.«

Wilhelm spürte, wie sein Herz zu rasen begann. Mit wem sprach die Frau? Hatte sie die Polizei gerufen? Einen Moment lang wartete er darauf, dass ihr Gesprächspartner antwortete, doch stattdessen ertönte wieder die Stimme der Vermieterin. »Ja, tun Sie das. Ich habe in der örtlichen Wache niemanden erreicht, deswegen melde ich mich bei Ihnen. Kommen Sie, so schnell es geht!«

Jetzt verstand er. Sie telefonierte! Also gab es doch ein Telefon im Haus! Die Vermieterin hatte jemanden darüber informiert, dass er mit Ida hier abgestiegen war. Und nun war die Polizei vermutlich schon auf dem Weg hierher! Entschlossen griff er nach Idas Arm und führte sie die Treppe hinunter. Als sie den Flur im Erdgeschoss erreichten, schoss die Vermieterin aus der Küche hinaus und versperrte ihnen den Weg. Sie zwang ein Lächeln auf ihre Lippen und wischte sich mit der Hand eine Strähne aus dem Gesicht.

»Ah, da sind Sie ja, Herr Leitner, wie schön. Ich habe es mir anders überlegt und doch schon mit dem Kochen begonnen. Warum nehmen Sie nicht schon einmal im Esszimmer Platz? Es ist nur ein Eintopf, aber immerhin ist er mit Liebe zubereitet.«

Wilhelm rang nach Worten. Was sollte er der Frau erzählen? »Wir ... Meiner Frau geht es nicht gut. Ich fürchte, wir müssen abreisen. Die Miete können Sie natürlich behalten. Eine schöne Pension haben Sie hier, wirklich, ich werde Sie weiterempfehlen.« Er führte Ida in Richtung der Haustür.

Die Augen der Vermieterin weiteten sich. Auch sie suchte offensichtlich nach den passenden Worten. »Sind Sie sicher? Soll ich nicht lieber einen Arzt rufen? Kommen Sie, setzen Sie sich an den Tisch, essen Sie etwas. Ich rufe derweil Doktor Platschek an, er wohnt gleich um die Ecke.« Sie machte einen Schritt auf die Haustür zu.

»Nein«, sagte Wilhelm bestimmt. »Wir fahren jetzt. Komm, Ida!« Er zog seine Frau mit sich auf die Tür zu, bevor die Vermieterin sich ihnen in den Weg stellen konnte. »Ich wünsche Ihnen noch einen schönen Tag.« Er öffnete die Tür und sah die schwarze Limousine auf der Straße in der Sonne funkeln. Entschlossen ging er mit Ida darauf zu. Am Wagen angekommen, drehte er sich noch einmal um. Die Vermieterin stand mit verschränkten Armen in der Eingangstür und beobachtete sie.

Verdammt, dachte Wilhelm, jetzt hat sie unseren Wagen gesehen. Wenn die Polizei eintrifft, wird sie ihr mit Freude davon berichten. Dann zuckte er zusammen. Sie hatte auch Fritze gesehen! Ein nackter Mann am Steuer einer Limousine. Die Polizisten müssten nur eins und eins zusammenzählen, um herauszufinden, dass es sich dabei um den entflohenen Gefangenen handelte. Und Wilhelm stieg zu ihm in den Wagen! Sein Magen verkrampfte sich, als er sich erinnerte, dass er beim Eintreffen in der Pension seinen Namen und seine Adresse angegeben hatte. Aber jetzt gab es kein Zurück mehr. Er öffnete die rückwärtige Tür der Limousine und schob Ida auf den Sitz. Dann schwang er sich selbst auf den Beifahrersitz und schlug die Tür zu.

»Wer ist die Alte?«, fragte Fritze.

»Frag nicht«, antwortete Wilhelm. »Fahr einfach, schnell!« Die Gedanken rasten in seinem Kopf. Die Polizei würde nun auch hinter ihm her sein! Hatte er nicht vorgehabt, mit Ida zu seinen Eltern aufs Land zu ziehen? Es war alles so schnell gegangen, eines hatte zum anderen geführt … Und jetzt saß er hier mit einem Mann, den er kaum kannte, und verhalf ihm zur Flucht vor der Gestapo.

Fritze drückte das Gaspedal durch und der Wagen fuhr mit quietschenden Reifen an.

»Wohin fahren wir?«, fragte Wilhelm.

»Wir holen Grete.«

»Und wie sollen wir das anstellen? Hast du einen Plan?«

Fritze zuckte mit den Schultern. »Den überleg ick mir auf dem Weg.«

Sie rasten los und passierten nach wenigen Sekunden das Ortsausgangsschild. Kurze Zeit später erblickte Wilhelm auf der rechten Seite einen asphaltierten Weg, der von Hecken gesäumt war.

»Hier isses.« Fritze drosselte die Geschwindigkeit.

»Und du willst da einfach so hineinspazieren? Meinst du nicht, dass Gretes Onkel mittlerweile von deinem Ausbruch weiß?« Wilhelm konnte nicht fassen, wie naiv Fritze war. Er würde sich geradewegs wieder in Gefangenschaft bringen.

»Mach dir keine Sorgen, Alter. Ick hab alles unter Kontrolle.«

»Nichts hast du unter Kontrolle!«, brüllte Wilhelm. »Schau dich doch an! Du sitzt hier nackt in einem gestohlenen Wagen und blutest die Polster voll!«

Fritze lächelte. »Janz ruhig. Dreh dich doch einfach mal um und kiek dir an, wer da kommt.«

Wilhelm funkelte ihn böse an, drehte dann aber den Kopf und sah aus dem Wagen. Ein erstauntes Keuchen entfuhr ihm. Dort vorn kam Margarete gerannt! Sie lief schnurstracks über die Weide, die neben der Straße lag. In diesem Moment erblickte sie die schwarze Limousine, riss die Hände in die Luft und winkte ihnen.

Fritze gab Gas und fuhr ihr entgegen. Wenige Sekunden später hatte sie den Wagen erreicht, öffnete die Tür hinten links und warf sich auf die Rückbank. »Ihr kommt gerade recht! Fahr los!«

Margarete wurde in den Sitz gedrückt, als Fritze das Gaspedal bis zum Anschlag durchdrückte und die schwarze Limousine mit quietschenden Reifen über die Landstraße flog. Erst jetzt spürte sie, wie ihr Herz raste. Ein heftiges

Ziehen im Unterleib brachte sie dazu, alle Muskeln anzuspannen. Ihr Atem ging stoßweise und sie legte eine Hand
auf ihren Bauch, der sich hart anfühlte.

Neben ihr saß Wilhelms Frau Ida, den Blick starr geradeaus gerichtet, wie immer. Sie wirkte erfrischt, offenbar
ging es ihr ein wenig besser. Plötzlich bemerkte Margarete,
dass Fritze splitternackt auf dem Fahrersitz saß. Sein breiter Nacken und seine Schultern lugten hinter dem Sitz
hervor. Sie konnte rote Striemen darauf erkennen, die teilweise aufgeplatzt waren und nässten.

Wilhelm drehte sich auf dem Beifahrersitz nach hinten
um und sah sie mit besorgter Miene an. »Geht es dir gut?«
Als sie nicht gleich antwortete, fragte er: »Ich nehme an,
dass man dich nicht einfach so hat gehen lassen?« Es war
mehr eine Feststellung als eine Frage.

Margarete schüttelte den Kopf. »Wichtig ist nur, dass
wir zusammen sind und frei. Wir haben nicht viel Zeit.«

»Wie meinst du das?«, fragte Wilhelm. »Wofür haben
wir nicht viel Zeit?«

Margarete antwortete nicht, sondern beugte sich nach
vorn und befühlte mit einem Finger Fritzes zerschunde-
nen Körper. Heftig zuckte er zusammen, so dass der Wagen
einen Ausreißer zur Seite machte.

»Pass doch auf!«, schnauzte er sie an.

»Mein Gott, Fritze, was ist passiert? Wieso bist du …?«

»Frag nicht«, antwortete er. »Wichtig ist nur, dass wir
zusammen sind und frei.« Er lächelte sie im Rückspiegel
an.

»Ich bin so froh dich zu sehen.« Margarete fiel ihm von
hinten um den Hals.

Fritze zuckte vor Schmerz zusammen. »Nicht so heftig!«

Wilhelm schien die Geduld zu verlieren. Er sah sie böse an und fragte: »Wofür haben wir keine Zeit?«

Margarete drehte sich zu ihm um. »Morgen soll die Bombe an Hitler übergeben werden, in Stuttgart. Dann ist alles aus.«

»Einen gewissen Vorsprung haben wir«, sagte Fritze. »Bis Schander bemerkt hat, dass du getürmt bist, vergeht schon mal ein wenig Zeit.«

»Und dann wird er sich fragen, wie er nach Stuttgart kommen soll«, ergänzte Wilhelm.

»Wieso das?«, fragte Margarete.

»Weil wir seinen Wagen geklaut haben.« Wilhelm grinste und hielt eine in Leder gebundene Mappe in die Höhe, die er im Handschuhfach gefunden hatte. »Hier steht sein Name drauf. Und innen drin liegt eine Straßen-karte. Ich habe gerade einen Blick hineingeworfen. Drei Orte sind mit Kreuzen markiert. Ohrdruf, wo wir gerade herkommen, dann ein Feld westlich von Stuttgart und Haigerloch, südlich von dort.« Er sah die anderen an und schüttelte den Kopf. »Von Haigerloch habe ich noch nie gehört.«

Margarete blätterte in dem Notizbuch ihres Patenon-kels, das sie aus der Schublade seines Schreibtischs ent-wendet hatte. Die wichtigste Information hatte sie auf den eng mit schwarzer Tinte beschriebenen Seiten schnell ge-funden. »In Haigerloch werden die Bomben gebaut«, sagte sie. »Es ist ein winziges Dörfchen in Württemberg. Die Kaiser-Wilhelm-Gesellschaft hat dort vor einiger Zeit ei-nen Keller gemietet, eine Art Stollen. Er soll als Labor fun-gieren, falls die Einrichtungen in Berlin und Leipzig eines Tages zu nah an der Frontlinie liegen sollten.«

»Solche Pläne gibt es?«, fragte Wilhelm ungläubig. »Es

klingt fast so, als sähe die Führung ihren Untergang schon kommen.«

»Sie wollen vorbereitet sein«, sagte Margarete. »Jedenfalls wusste ich bis heute nicht, dass der Stollen in Haigerloch schon in Benutzung ist. Jetzt wird mir klar, warum.«

»Und was hat es mit dem Kreuz bei Stuttgart auf sich?«, fragte Fritze.

»Hitler wird morgen früh eine Rede in Stuttgart halten. Offenbar hat Schander über Kontakte einen Termin mit ihm arrangiert. Hitler wird nach der Rede auf einen Acker im Westen von Stuttgart gefahren werden ...«

»Und dort wird er sehen, was wir heute Morgen gesehen haben«, vollendete Wilhelm ihren Satz.

Margarete nickte. »Morgen Mittag um 12 Uhr soll die Bombe dort präsentiert werden. Das ist es, was Schander und Professor Braun wollen. Sie wollen die Bombe dem Führer zu Füßen legen. Damit er den Auftrag geben kann, sie in großem Maßstab zu produzieren und gegen seine Feinde einzusetzen.«

Wilhelm schüttelte bedächtig den Kopf. »Das wäre das Ende der Welt.«

»Zumindest das Ende der Welt, wie wir sie kennen«, ergänzte Margarete.

»Das Gute ist, wir haben 'nen kleinen Vorsprung. Mit dieser Karre sind wir flott unterwegs. Ick würd vorschlagen, dass wir so schnell wie möglich nach Haigerloch fahren, um das Labor zu zerstören und die Bomben gleich mit.«

»Ich weiß nicht«, erwiderte Margarete. »Schander und seine Komplizen scheinen bei ihrem Vorgehen sehr darauf bedacht zu sein, keine Aufmerksamkeit auf sich zu ziehen. Offenbar sind ihre Handlungen nicht von der Führung abgesegnet. Wenn wir publik machen, dass sie im Geheimen an den Plänen des Reichs vorbeiarbeiten, würde man sie wegen Hochverrats verurteilen!«

Fritze schüttelte den Kopf. »Dein Plan ist also, zur Polizei zu gehen und Schander anzuzeigen? Willste mich auf den Arm nehmen?«

»Kannst du nicht deinen Freunden aus dem Untergrund Bescheid geben?«, fragte Wilhelm an Fritze gewandt. »Denen fällt doch bestimmt etwas ein.«

Margarete beobachtete durch den Rückspiegel Fritzes Gesicht. Er schien nachzudenken. »Das ist nicht so einfach, wie ihr denkt! Ick hab kaum Kontakt zu meinen Leuten. Jede Kontaktaufnahme kann Menschen das Leben kosten.«

»Aber sie werden doch irgendeinen Plan verfolgt haben, als sie dich geschickt haben, um mich aus dem Krankenhaus zu befreien?« Margarete sah ihm durch den Rückspiegel in die Augen.

»Ja, sicher«, gab er zurück. Einige Sekunden vergingen, ehe er sagte: »Ist ja jut, ick werd schauen, was ick tun kann.«

»Aber zuerst sollten wir dir ein paar Klamotten organisieren«, sagte Margarete und grinste.

»Und wir sollten den Wagen wechseln«, gab Wilhelm zu Bedenken. »Sie werden mit Sicherheit nach diesem hier fahnden. Ich glaube nicht, dass wir damit weit kommen würden, auch wenn es wirklich ein tolles Gefährt ist.«

»Da sachste wat«, stimmte Fritze ihm zu.

Die Landschaft sauste an ihnen vorbei, während der graue Ford, gegen den sie Schanders Limousine vor etwa einer halben Stunde eingetauscht hatten, über die Autobahn flog. Wilhelm schmunzelte bei dem Gedanken an die ahnungslosen Leute, die statt ihres recht preiswerten Wagens plötzlich die Luxuskarosse der Gestapo auf ihrer Einfahrt vorfinden würden. Er sah zu Fritze hinüber, der mittlerweile in etwas eng sitzenden Klamotten steckte, die Margarete von einer Wäscheleine gestohlen hatte.

Seit diesem kurzen Halt waren sie gut vorangekommen, auch wenn über die ideale Route nach Haigerloch eine hitzige Diskussion entbrannt war. Margarete hatte darauf bestanden, die Autobahn zu meiden, aus Angst vor möglichen Kontrollen durch die Gestapo. Fritze hatte ihr widersprochen und darauf hingewiesen, dass sie es sich nicht leisten konnten, noch mehr Zeit zu verlieren. Wenn sie zu spät in Haigerloch ankommen würden und die Bomben sich bereits auf dem Weg nach Stuttgart befänden, wäre alles umsonst gewesen. Schließlich hatte Wilhelm ihm zugestimmt.

»Verfluchter Mist, verdammter!«, begann Fritze plötzlich neben ihm zu schimpfen. »Ick tret das Gaspedal voll durch, aber ick hab das Gefühl, dass wir immer langsamer werden.«

Wilhelm beugte sich zur Seite und sah auf das Armaturenbrett. Schnell hatte er das Problem erkannt. Der Tank war leer.

Fluchend lenkte Fritze den Wagen auf den Seitenstreifen, wo er nach einigen Metern stotternd zum Stehen kam. Mit einem Seufzer ließ er den Kopf auf das Lenkrad sinken. »Ick glaub, im Kofferraum liegt ein Kanister. Ick schnapp ihn mir und laufe damit die Straße zurück. Wir sind vor ein paar Minuten an 'nem Ort vorbeigekommen. In 'ner halben Stunde bin ick zurück.«

»Bist du wahnsinnig?«, erwiderte Wilhelm. »Dein Gesicht ist mittlerweile vermutlich in jeder Zeitung! Wir kön-

nen nicht durch die Gegend laufen, als wäre nichts geschehen!«

»Haste 'ne bessere Idee?«

Wilhelm drehte sich zur Rückbank um, um Margarete
nach ihrer Meinung zu fragen, doch sie schien zu schlafen.
»*Ich* gehe. Schau dich doch an, du bist völlig zerschunden.
Ich glaube nicht, dass du einen vollen Benzinkanister bis
hierher schleppen kannst.«

Fritzes Gesicht lief rot an. »Unterschätz mich niemals,
hörste?« Drohend hob er einen Finger.

Kurze Zeit später sah Wilhelm ihm hinterher, wie er am
Rande der Reichsautobahn in die Richtung ging, aus der
sie gekommen waren. Ein Schluchzen ließ ihn zusammenfahren. Er drehte sich um und sah, dass Margarete auf der
Rückbank bitterlich weinte. In den Händen hielt sie eine
vertrocknete Rose.

»Was ist los?«, fragte er, doch anstatt zu antworten, öffnete sie die Tür des Wagens, stürzte hinaus und lief über
den Seitenstreifen auf die dahinter liegende Wiese.

Wilhelm blickte zu Ida, die hinter ihm auf der Rückbank
saß. Sie schien zu schlafen. Seufzend öffnete er die Beifahrertür und wuchtete seinen Körper aus dem Wagen. Er entdeckte Margarete schließlich unter einem Apfelbaum sitzend, der keine hundert Meter von der Autobahn entfernt
stand. Ihr Blick verlor sich in der Ferne hinter den Weizen-
feldern. Wilhelm war sich unsicher, ob er sich zu ihr gesel-
len sollte. Tröstende Worte waren noch nie seine Stärke
gewesen. Wenn Karl einmal traurig nach Hause gekommen war, hatte er sich ganz von selbst jedes Mal an Ida gewandt. Wilhelm war das ganz recht gewesen. Er sah zurück
zu dem grauen Ford, zu seiner Frau. Diesmal würde sie ihn
nicht vor der unangenehmen Situation bewahren können.

Er trat neben Margarete. »Dieser Platz hätte Karl gefallen. Schön schattig, mit Blick ins Grüne.« Wilhelm spürte, wie die Emotionen sich daran machten, ihn zu überrollen. Seine Mundwinkel zuckten, er kniff die Augen zusammen. Er sah hinüber zu der jungen Frau, die nicht auf seine Worte reagierte und mit verschlossener Miene weiter in die Ferne starrte. Zwischen ihren Fingern rollte sie die vertrocknete Rose hin und her.

»Was ist das?« Er hockte sich neben sie. Als sie nicht reagierte, legte er ihr behutsam eine Hand auf die Schulter. »Margarete, ich weiß, es ist schwer ... Nein, eigentlich kann ich mir gar nicht vorstellen, wie schwer es für dich sein muss.« Er sah zu Boden und schüttelte den Kopf. »Aber glaub mir, es wird besser, wenn du darüber redest.« Seine Worte hörten sich falsch an. Wenn er ehrlich war, war er ganz und gar nicht von ihnen überzeugt. Er hatte seine Kämpfe immer am liebsten allein ausgefochten.

Doch Margarete hob den Kopf und sah ihn an. »Die Rose hat Karl mir an unserem letzten Abend geschenkt.« Sie schluckte schwer. »Es ist, als wäre es gestern gewesen. Und doch ...« Sie brach wieder in Schluchzen aus.

»Erzähl mir davon«, sagte Wilhelm, als sie sich ein wenig beruhigt hatte. Ächzend ließ er sich neben ihr auf der Wiese nieder. »Nur wenn du magst, natürlich.«

Sie blickte ihm direkt in die Augen und ein Lächeln stahl sich für einen Moment in ihr Gesicht. »Wir trafen uns am Hauptbahnhof und gingen ins Kino. Er hatte sich fein rausgeputzt, ich hätte ihn fast nicht wiedererkannt.« Sie lachte auf und hielt sich eine Hand vor den Mund. »Er war so furchtbar aufgeregt, sprang wie ein Flummi über den Gehsteig und sang die Lieder aus dem Film nach, den wir gesehen hatten. Später hielt er mir dann plötzlich

diese Rose vor das Gesicht. Sie hat in seinen Händen ge-
zittert, so aufgeregt war er.« Sie ließ die Blume sinken und
sah wieder in die Ferne. »Ich kann nicht aufhören, an ihn
zu denken. Ich glaube, ich habe ihn geliebt. Aber ich habe
mir so viel Glück wohl selbst nicht gegönnt. Ich habe es
ihm nie wirklich gesagt.« Sie schüttelte den Kopf und
schniefte.

Eine kurze Pause entstand. »Am meisten schmerzt es
mich, dass er wohl nie ein vernünftiges Begräbnis bekommen wird«, sagte Wilhelm schließlich. Wieder musste er
die Augen zusammenkneifen, um die Tränen zu unterdrücken. »Ich fürchte, in Leipzig werden wir uns so schnell
nicht blicken lassen können. Er ist ganz allein.«

Margarete hielt ihm die getrocknete Rose vor das Gesicht. »Wir könnten die hier begraben«, sagte sie. »Unsere
eigene kleine Trauerfeier.«

»Würde dir das gefallen?«, fragte Wilhelm.

Margarete nickte. Eine einzelne Träne hinterließ eine
glänzende Bahn auf ihrer Wange.

Sie standen auf und Wilhelm begann die Grasnarbe mit
seinen bloßen Händen aufzureißen. Darunter kam dunkle
feuchte Erde zum Vorschein. Mit den Fingernägeln grub er
tiefer, bis er ein Loch von etwa einem zwanzig Zentime-
tern Tiefe ausgehoben hatte. Dann stand er auf und sah
Margarete fragend an.

Sie nickte und legte die Rose behutsam in die Kuhle. Danach schaufelten sie das Loch mit den Händen zu. Schweigend standen sie vor dem Grab. Dann spürte Wilhelm auf
einmal, dass Margarete seine Hand ergriff. Sanft drückte
er zu und genoss den gemeinsamen Moment. Aus dem Augenwinkel fiel ihm auf, dass sie die andere Hand auf ihren
Bauch gelegt hatte. »Wie lang weißt du es schon?«

Sie sah ihn mit großen Augen an. »Erst seit zwei Tagen. Ich bin mir sicher, dass es ein Junge wird. Er soll Karl heißen.«

Wilhelm lächelte. Plötzlich erschien ihm das Gerücht, sein Sohn solle ein Homosexueller gewesen sein, absurd. Was hatte sich Sellering nur dabei gedacht, ihm diesen Floh ins Ohr zu setzen? Wenn er je wieder nach Leipzig kommen würde, dann würde er ihm ordentlich die Leviten lesen.

»Magst du mir von Ida erzählen?«, fragte Margarete. »Schließlich wird sie Karls Oma sein, wenn er auf die Welt kommt.«

Wilhelm dachte einen Moment lang nach. »Ida ...«, begann er, doch dann verfiel er in Schweigen und blickte auf die hügelige Landschaft hinaus.

Nach einigen Minuten konnte Fritze endlich die Dächer der Ortschaft hinter der Böschung ausmachen, die sie vor Kurzem passiert hatten. Für einen Moment beschlich ihn ein mulmiges Gefühl. Leitner hatte natürlich recht gehabt, es war tatsächlich ein riskantes Unterfangen, den Ort zu betreten. Aber Fritze hatte keine andere Möglichkeit gesehen. Schließlich brauchten sie Sprit, um weiterfahren zu können. Außerdem hatte er Leitner und seine ständigen Bedenken satt. Der Fettwanst schien ihn für einen hirnlosen Idioten zu halten und für einen Schwächling obendrein. Fritze hasste es, wenn man ihn nicht ernst nahm. Sicherlich, beim Kartenspielen in Berlin war es immer ein Vorteil gewesen, dass seine Gegner ihn unterschätzt hatten. Sie hatten sich von seiner ungeschliffenen Sprache und seiner schiefen Visage ablenken lassen und ihm so immer wieder zu guten Gewinnen verholfen. Aber innerlich nagte die Verachtung stetig an Fritzes Ego. Letzten Endes hatte er einen riesigen Berg Schulden angehäuft und sich nach anderen Einnahmequellen umsehen müssen.

Der leere Kanister klapperte gegen sein linkes Bein, als er die Straße hinabging, die in die Ortschaft führte. Ein etwa zwei Meter langes Stück Gummischlauch war um den Behälter gewickelt. Damit sollte es kein Problem sein, einige Liter Benzin von einem parkenden Auto zu stehlen.

Aber vorher hatte er noch ein anderes Ziel.

Pfeifend passierte er das Ortseingangsschild. Die Straße lag menschenleer vor ihm. Kein Wunder. Die Sonne stand beinahe senkrecht am Himmel, vermutlich saßen die meisten Bewohner gerade am Esstisch zusammen. Oder sie hielten ein Nickerchen oder verkrochen sich in den Schatten ihrer Häuser, um der brennenden Sonne zu entgehen. Das viel zu enge Hemd, das Margarete ihm besorgt hatte, klebte nass an seinem Körper. Er blieb kurz stehen, um es aufzuknöpfen, dann setzte er seinen Weg fort. Der Gedanke an Margarete erregte ihn. Als sie vor etwa einer Stunde seine Schultern berührt hatte, um seine Wunden zu befühlen, war ihm klar geworden, dass er sie immer noch begehrte. Und sie schien ähnlich zu empfinden, da war er sich sicher. Gleichzeitig schien sie jedoch immer noch an diesem Karl zu hängen, mit dem er sie im Institut beobachtet hatte. Diese gefühlsduseligen Weiber! Leitner schien sie ständig an ihren Schwarm zu erinnern. Fritze würde auch dagegen etwas unternehmen müssen.

Einige Minuten später fand er endlich, wonach er gesucht hatte. Das Postamt lag im Schatten einer großen Robinie und es hatte zu Fritzes Erleichterung geöffnet. Er stellte den Kanister eines Fuße des Baumes ab und betrat das Gebäude. Er spürte, dass eine gewisse Aufregung von ihm Besitz ergriff. Nein, es war keine Angst. Doch ein leichtes Drücken in der Magengegend konnte er nicht leugnen.

Hinter dem einzigen Schalter döste ein alter, rotgesichtiger Mann mit dicker Brille vor sich hin. Fritze trat vor die Scheibe, die ihn von der Kundschaft trennte, und betätigte die Klingel, die auf dem Tresen stand.

Von dem hellen Ton geweckt, schreckte der Postbeamte aus seinem Schlaf hoch. »Sie wünschen?« Er schob seine Brille mit einem dicken Zeigefinger hoch.

»Ein Telegramm, bitte.«

»Sehr gern.« Der Mann reichte Fritze ein Formular. »Einen Stift finden Sie zu Ihrer Rechten.«

Fritze begann, das Formular auszufüllen, wobei er das Feld, das für den Namen des Absenders vorgesehen war, frei ließ. Als Text schrieb er: »Haigerloch, Württemberg. Eilt.« Dann kritzelte er die Adresse des Empfängers in das entsprechende Kästchen.

Als er dem Postbeamten das Formular zurückreichen wollte, musste er feststellen, dass dieser schon wieder eingeschlafen war. Erneut hämmerte Fritze auf die Klingel, woraufhin der Mann dermaßen zusammenzuckte, dass er um ein Haar von seinem Stuhl gefallen wäre. Der Alte nahm Fritze das Formular ab und zog die Augenbrauen hoch. »Oh, ins Ausland? Haben Sie genügend Kleingeld dabei? Ich kann nämlich nicht wechseln.«

Fritze legte die Münzen passend auf den Tresen und nickte dem Mann zu. Dann verließ er das Postamt, griff sich den Kanister und ging die Straße zurück. Während er Ausschau nach einem günstig gelegenen Wagen hielt, dachte er darüber nach, wie er Leitner loswerden konnte, ohne dass Margarete davon Wind bekommen würde.

Margarete erwachte auf der Rückbank des Ford und stellte erstaunt fest, dass sie ihren Kopf auf Idas Schulter gelegt hatte, die neben ihr saß. Margarete richtete sich auf und blickte hinaus. Wie lang hatte sie geschlafen? Die Sonne stand schon tief im Westen, immer wieder verschwand sie hinter den Hügeln und Wäldern, die die Landschaft präg-ten. Margarete musste den Kopf drehen, um den oberen Rand der tiefroten Scheibe knapp über dem Horizont glim-men zu sehen.

Sie betrachtete Wilhelms Frau, die neben ihr saß und wie immer teilnahmslos wirkte. Ob sie wahrnahm, was um sie herum geschah? Mit einem Mal wurde Margarete be-wusst, dass sie nichts über diese Frau wusste, abgesehen von dem, was offensichtlich war. Wie war sie in diesen traurigen Zustand geraten? Wilhelm hatte geschwiegen, als sie ihn danach gefragt hatte. Margarete mochte sich nicht vorstellen, wie er sich fühlen musste. Es tat ihr leid, ihn so unglücklich zu sehen. Obwohl sie ihn erst wenige Stunden lang kannte, hatte sie das Gefühl, eng mit ihm verbunden zu sein. Sie streckte ihre Hand aus und griff nach Idas. Sanft umfasste sie ihre Finger. Sie fühlten sich weich und warm an.

Margarete schloss die Augen. Wieder tauchten die Bil-der von jenem Abend auf, den sie mit Karl verbracht hatte. Sie sah sein aufgeregtes, fast ängstliches Gesicht vor sich. Die zitternde Rose in seiner Hand. Sein Lachen, als sie bei ihrem ersten Treffen im Restaurant aus Versehen ein Glas Wein umgeworfen hatte. Und seine schreckgeweiteten Au-gen, als ihm bewusst geworden war, dass er sie auslachte.

Wie er vor Scham rot angelaufen war. Sie hatte wieder den Duft seiner Haare in der Nase. Und sie spürte seine Lippen auf ihrer Haut. Doch er war fort, für immer. Sie hatte ihre Chance nicht genutzt.

»Was ist das da vorn?«, rief Wilhelm vom Beifahrersitz aus.

Margarete öffnete die Augen. Die Dämmerung war mittlerweile deutlich vorangeschritten. Fritze hatte die Scheinwerfer des Ford eingeschaltet. In der Ferne vor ihnen leuchtete eine Vielzahl von Lichtern auf. Margarete konnte nicht erkennen, worum es sich dabei handelte. Stauten sich andere Fahrzeuge auf der Fahrbahn vor ihnen? Vielleicht hatte es einen Unfall gegeben.

»Was soll ick tun?«, fragte Fritze, der das Lenkrad umklammerte.

»Halt an«, stieß Wilhelm hervor. »Wir können nicht wissen, was dort vorn los ist.«

»Aber wir müssen weiter«, wandte Margarete ein. »Wir haben schon zu viel Zeit vertrödelt. Wenn wir zu spät nach Haigerloch kommen, war alles umsonst. Wir müssen vor Schander und seinen Leuten dort sein!«

Fritze zuckte mit den Schultern. »Ick fahr erst mal näher ran. Dann können wir uns 'nen Überblick verschaffen.«

»Schalt wenigstens die Scheinwerfer aus«, sagte Wilhelm.

Fritze reagierte prompt. Die Straße vor ihnen versank im Halbdunkel. Es gab keine Laternen weit und breit, lediglich die Lichter in der Ferne dienten noch als Orientierung.

Margarete beugte sich nach vorn und kniff die Augen zusammen. Einige der leuchtenden Punkte sahen aus, als bewegten sie sich. Andere waren starr und schienen sich auf verschiedenen Höhen zu befinden. Das war sicherlich kein Stau. Es sah eher aus wie ein Gebäude. Ein Gebäude auf der Straße?

»Es ist eine Straßensperre.« Wilhelm packte Fritze an der Schulter. »Wir müssen sofort umdrehen.«

»Keine Chance«, entgegnete Fritze. »Schaut mal nach hinten.«

Margarete wirbelte herum und sah durch die Rückscheibe. Entsetzt schrie sie auf. Hinter ihren Wagen hatten sich mehrere Militärfahrzeuge geschoben. Auf den Kühlerhauben konnte sie deutlich das schwarze Kreuz der Wehrmacht erkennen. Das Innere der Fahrzeuge lag im Dunkeln, doch es war offensichtlich, dass sie ihnen den Weg zurück abschneiden wollten.

»Verflucht!«, brüllte Wilhelm. »Das hätten wir uns denken können. Ich habe gleich gesagt, dass wir die Autobahn nicht nehmen sollten.«

»Was soll ick tun? Was soll ick tun?« Fritze schien in Panik zu geraten.

Fieberhaft suchte Margarete nach einem Ausweg. Die andere Spur der Autobahn war durch Leitplanken abgetrennt. Dorthin konnten sie nicht ausweichen. Zu ihrer Rechten konnte sie zunächst nur Schwärze sehen, doch dann erkannte sie, dass es hinter der Fahrbahnbegrenzung steil hinab ging. Sie überquerten eine Brücke. Eine hohe Brücke.

»Wir können nur weiter geradeaus«, rief sie nach vorn. »Rechts geht es ins Bodenlose, auf die andere Spur kommen wir nicht und der Weg zurück wird uns versperrt.«

Wilhelm wischte sich mit dem Handrücken über die Stirn. »Wir müssen die Absperrung durchbrechen. Gib Gas!«

Fritze gehorchte. Der Ford machte einen Satz nach vorn und raste auf die Absperrung zu, die sich in der Mitte der riesigen Brücke zu befinden schien. Weit unten sah Margarete etwas funkeln. Ein Fluss! Sie hatte sich für Geografie nie sonderlich interessiert, deswegen konnte sie ihn nicht benennen. Doch es musste ein größerer Strom sein, wenn er ein solches Bauwerk nötig machte.

Nach und nach schälte sich die Straßensperre aus der Dunkelheit. Links und rechts der Fahrbahn standen schlanke Wachtürme, auf deren Dächern Suchscheinwerfer montiert waren. Die Straße selbst war durch Panzerfahrzeuge versperrt, die Margarete nur aus der *Wochenschau* im Kino kannte. Zwischen den Fahrzeugen sah sie Schatten hin und her huschen. Sie konnte sie nicht zählen, doch sie schätzte, dass dort vorn mindestens zwanzig Männer auf sie warteten. Sie schüttelte den Kopf. »Wir werden an den Panzern zerschellen!«

»Fahr weiter!«, rief Wilhelm. »Eine andere Möglichkeit haben wir nicht.«

Der Ford raste auf die Absperrung zu. Jetzt konnte Margarete auch auf den Türmen Männer stehen sehen. Sie hielten Gewehre in den Händen. Das würde nicht gut ausgehen.

Fünfzig Meter trennten sie noch von den Barrikade. Wilhelm murmelte leise vor sich hin. Margarete bemerkte, dass sie immer noch Idas Hand hielt, und griff fester zu. Mit der Linken krallte sie sich in das Polster der Rückbank.

Vierzig Meter.

Dreißig.

Plötzlich schrie Fritze auf und trat auf die Bremse. Ein ohrenbetäubendes Quietschen ertönte, als die Reifen blockierten und der Ford mit einer leichten Drehung zum Ste-

hen kam. Nur wenige Meter trennten sie von den gepanzerten Fahrzeugen, die die Autobahn versperrten.

»Was soll der Mist?« Wilhelm packte Fritze bei den
Schultern. »Willst du uns alle umbringen?«

Margarete zischte. »Ruhe jetzt! Wenn wir eine Chance
haben wollen, dann müssen wir uns unauffällig verhalten.«

»Dafür isses jetzt wohl zu spät«, sagte Fritze.

Margarete sah, wie Soldaten den Wagen umstellten.
Hinter ihnen kamen die Fahrzeuge zum Stehen, die sie
verfolgt hatten.

Ein Klopfen an der Scheibe. Fritze kurbelte das Fenster
herunter. »Sie wünschen?«

Eine wütende Stimme brüllte: »Alle aussteigen! Sie stehen unter Arrest! Raus aus dem Wagen!«

»Melden Sie dem Herrn Kriminalrat, dass wir die Gesuchten in Gewahrsam genommen haben.« Der Anführer der
kleinen Gruppe von Soldaten, ein schlanker Mann mit hellen, wachen Augen, sprach zu einem Untergebenen, der
salutierte und zu einem der Wachtürme ging.

Wilhelm verschaffte sich einen Überblick über die Situation. Fritze, Margarete und er waren aus dem Ford ausgestiegen und nachdem einer der Soldaten vergeblich Ida
angebrüllt hatte, hatte Wilhelm es irgendwie geschafft,
ihm zu vermitteln, dass sie den Wagen nicht eigenständig
verlassen konnte. Schließlich hatte man ihm erlaubt, sie
von der Rückbank zu heben. Nun standen sie mitten auf
der Fahrbahn, auf der gigantischen Brücke, und viele Meter unter ihnen rauschte der Fluss. Vielleicht war es der
Main, dachte Wilhelm. Der musste irgendwo in dieser Gegend entlangfließen. Die Sonne war mittlerweile unterge-

gangen, die Szenerie wurde von den grellen Scheinwerfern auf den Türmen und den Dächern der Panzerfahrzeuge in ein gespenstisches Licht getaucht. Drei Soldaten zielten immer noch mit Gewehren auf sie. Es war aussichtslos.

Doch aufgeben wollte Wilhelm noch nicht. »Wie kommen Sie dazu, uns festzuhalten?«, ranzte er den Soldaten an, der die Befehle erteilte. »Wir sind unbescholtene Bürger. Sehen Sie nicht, dass wir Frauen dabeihaben?«

Der Soldat zog spöttisch eine Augenbraue hoch. »Unbescholten? Ihnen wird Hochverrat vorgeworfen. Dazu Spionage, Mord und Flucht aus einem Gefängnis der Gestapo.«

Wilhelm stampfte mit dem Fuß auf den Boden. »Das ist unerhört! Sie müssen uns verwechseln! Wir sind lediglich unterwegs, um meine Schwester in Stuttgart zu besuchen. Ich, meine Frau«, er nickte in Idas Richtung, »meine Tochter und mein Schwiegersohn.« Er blickte Fritze an, der zögerlich einen Arm um Margaretes Schultern legte.

»Genug Theater«, sagte der Kommandant. »Abführen!«

Die Soldaten machten einen Schritt auf sie zu und drängten sie in Richtung der Panzerfahrzeuge, die die Fahrbahn versperrten. Der Kommandant ging voran, die Bewaffneten folgten ihnen mit den Gewehren im Anschlag. Wilhelm fasste Idas Hand. Sie fühlte sich warm an. Er drehte den Kopf zu ihr um und murmelte: »Es tut mir so leid, Schatz.« Wilhelms Brust schnürte sich zusammen. Wieso hatte er sie in diesen Albtraum mit hineingezogen? Er hätte sie zu seinen Eltern aufs Land bringen sollen, als er noch die Gelegenheit dazu gehabt hatte. Nun würden sie alle ihre letzten Tage in einem Gestapoknast verbringen.

»Ich mache Ihnen ein Angebot!«, rief Margarete plötzlich und blieb so abrupt stehen, dass der Soldat hinter ihr beinahe in sie hineingelaufen wäre. Der Kommandant, der vor ihnen ging, wirbelte herum und sah sie fragend an.

»Ich werde ein umfassendes Geständnis ablegen.« Margaretes Stimme klang fest. »Ich persönlich habe die Uranmaschine in Leipzig sabotiert. Ich habe Unterlagen von Professor Braun entwendet. Ich bin verantwortlich für den Tod von Karl Leitner.« Sie machte eine kurze Pause und blickte von einem zum anderen. »Lassen Sie die anderen gehen, dann werde ich Ihnen eine umfassende Liste von Mitgliedern der Roten Kapelle geben, mit denen ich zusammenarbeite. Lassen Sie meine Begleiter gehen und ich werde bedingungslos mit Ihnen kooperieren.«

Fritze sah sie entsetzt an. »Grete, was zum Teufel ...« Er konnte seinen Satz nicht beenden. Ein ohrenbetäubendes Heulen brach los, so laut, dass Wilhelm unwillkürlich die Hände auf die Ohren presste. Eine Alarmsirene! Auf der Brücke machte sich mit einem Mal Hektik breit. Die Soldaten, die sie soeben noch mit ihren Waffen bedroht hatten, sahen sich an und richteten dann den Blick auf ihren Kommandanten. Der blickte in den nachtschwarzen Himmel und brüllte einige Befehle, die Wilhelm nicht verstand. Zwei der Soldaten rissen ihre Gewehre hoch und drängten die Gefangenen weiter in Richtung der Fahrzeuge vor ihnen, während die anderen in verschiedene Richtungen davonliefen.

Ein weiteres Geräusch drang an Wilhelms Ohren. Es rief in seinem Kopf das Bild eines Wespennests hervor, das er einmal in der Laube seiner Eltern gesehen hatte. Ein vielstimmiges Summen und Brummen, das immer lauter wurde. Wie ein Schlag traf ihn die Erkenntnis. Bomber! Die Engländer kamen!

Wilhelm sah sich um. In Margaretes Augen blitzte Panik auf. Sie suchte seinen Blick. Fritze beäugte argwöhnisch die beiden Soldaten, die ihre Gewehre um einige Zentimeter hatten sinken lassen und den Nachthimmel absuchten. Nur Ida erschien völlig unbeeindruckt. Aus verschiedenen Richtungen schallten gebrüllte Befehle über die Szenerie. Die beiden Soldaten, die sie mit ihren Waffen bedroht hatten, reagierten sofort. Sie ließen ihre Gefangenen stehen und liefen in Richtung der Panzerfahrzeuge, die vor ihnen auf der Fahrbahn standen.

Erst jetzt dämmerte Wilhelm, in welcher Gefahr sie sich befanden. Die Dunkelheit verschluckte zwar die umgebende Landschaft, doch ihm war klar, dass unter ihnen ein tiefes Tal lag, das von der Autobahnbrücke überspannt wurde. Wenn die Bomber tatsächlich die Brücke als Ziel gewählt hatten, hatte das Bauwerk keine Chance, den Angriff zu überstehen. Sie mussten weg von hier!

Margarete blickte zwischen Fritze und Wilhelm hin und her. Wieso waren alle derart in Panik geraten?

Plötzlich erhellte ein roter Blitz die Nacht. Ihm folgte ein brachiales Getöse, ein furchtbarer Knall. Eine Welle aus Druck und Hitze erfasste sie. Ohne darüber nachzudenken, wirbelte sie herum. Hinter ihnen, in der Richtung, aus der sie gekommen waren, stand die Welt in Flammen. Einige der Fahrzeuge, die sie kurz zuvor noch verfolgt hatten, lagen auf der Fahrbahn verteilt wie Spielzeugautos, die der Wind umgeworfen hatte. In der Brücke klaffte ein Krater, in den ohne Probleme mehrere der Wagen gepasst hätten. Entsetzt sah sie zu, wie der Ford, mit dem sie bis hierhergefahren waren, im Zeitlupentempo nach hinten kippte und schließlich in dem Loch verschwand.

Ein Schatten lief schreiend auf Margarete zu. Erst als er den Lichtkegel eines Scheinwerfers erreichte, erkannte sie entsetzt, dass der Schatten ein Soldat war und dass dem Soldaten ein Arm fehlte. Blut spritzte stoßweise aus seiner Schulter, obwohl er mit der verbliebenen Hand versuchte, die Wunde abzudecken. Sein Gesicht war eine Grimasse aus Schmerz und nackter Panik.

»Grete!«, brüllte eine Stimme hinter Margarete. »Wir müssen weg hier!« Eine weitere heftige Detonation warf sie von den Füßen. Hart prallte sie auf den Asphalt. Als sie sich mühsam hochrappelte, sah sie, dass einer der Wachtürme eingestürzt war. Flammen züngelten aus den Ruinen. Die Scheinwerfer, die sich auf dem Dach befunden hatten, waren erloschen. Aus dem Augenwinkel sah Margarete Lichter, die sich von ihr wegbewegten. Die Fahrzeuge, die die Straße versperrt hatten, fuhren davon! Offenbar hatten die Soldaten den Befehl erhalten, die Brücke zu räumen. Oder sie nahmen einfach Reißaus. Aber wenn alle Fahrzeuge weg waren, wie sollten sie dann von hier entkommen? Zu Fuß würden sie es niemals auf die andere Seite des Flusses schaffen.

»Da vorn!« Fritze deutete auf ein einzeln stehendes wuchtiges Fahrzeug, das in der Nähe der brennenden Überreste des Wachturms stand. Ohne sich noch einmal umzublicken, lief er los. Margarete folgte ihm und sah, wie Wilhelm einen Arm um Idas Hüfte legte und sie sanft, aber bestimmt in Richtung des Wagens schob. Sie hatten sich dem Fahrzeug auf zwanzig Meter genähert, als Fritze zu Boden ging. Margarete schrie auf. War er von einer Kugel getroffen worden? Sie lief auf ihn zu, doch er hob den Kopf und machte mit der Hand eine abwehrende Bewegung. »Lauf zum Wagen, ick komm sofort!«

Plötzlich bemerkte sie, wie ein Schatten aus den Ruinen des Wachturms kroch und sich zur Fahrertür des Fahrzeugs schleppte. Ein Junge in Uniform, keine sechzehn Jahre alt, öffnete die Tür, stemmte sich mühsam auf den hoch gelegenen Sitz und startete den Motor. In seinem Blick lag die nackte Angst. Die blonden Haare, zu einem Mittelscheitel gekämmt, fielen ihm nass ins Gesicht.

»Nein!«, brüllte Margarete. »Warte! Nimm uns mit!«

Der junge Soldat drehte den Kopf in ihre Richtung, offenbar hatte er sie gehört. Margarete begann wild mit den Armen zu rudern, während sie weiter auf den Wagen zulief. Doch der Junge warf die Fahrertür zu. Die Scheinwerfer flammten auf. Er würde sie im Stich lassen!

Margarete beschleunigte ihre Schritte, rannte so schnell sie konnte zu dem Wagen und versuchte, die Fahrertür zu öffnen. Verschlossen! Der Junge auf dem Fahrersitz machte einen entschuldigenden Gesichtsausdruck und schüttelte den Kopf, dann wendete er den Blick ab und fuhr los.

Er durfte nicht entkommen! Dieser Wagen war ihre einzige Möglichkeit, die Brücke lebend zu verlassen. Margarete lief los. Zum Glück war das Fahrzeug schwer gepanzert und nahm nur langsam Geschwindigkeit auf. Es gelang ihr, daran vorbeizulaufen und einige Meter Abstand zu gewinnen. Schließlich blieb sie vor dem Wagen stehen und drehte sich um. Wenn der Junge seinen Plan durchziehen wollte, musste er sie überfahren. Langsam rollte das Panzerfahrzeug auf sie zu. Margarete sah in das Gesicht des Jungen, das von den verbliebenen Scheinwerfern auf der Brücke fahl erleuchtet wurde. Seine Augen waren geweitet, sein Mund öffnete und schloss sich. Er schien etwas zu brüllen, doch Margarete konnte ihn nicht hören. Immer weitere Bomben schlugen auf der Brücke ein. Die Luft war heiß und voller Rauch. In den kurzen Momenten zwischen den Detonationen, in denen eigentlich Stille herrschen sollte, erfüllte ein ohrenbetäubendes Pfeifen ihr Bewusstsein.

Immer näher kam der Wagen. Margarete hatte den Eindruck, die Welt um sie herum habe sich verlangsamt. Plötzlich schien sie alles völlig klar zu sehen. Sie beobachtete, wie der Dreck unter den Reifen des Wagens hervorspritzte. Sie sah, wie eine weitere Bombe in die Brücke einschlug, wie Betonplatten und Metallteile in Parabelbögen durch die Luft flogen und die Flammen sich durch die Sauerstoffmoleküle der Luft fraßen. Sie spürte die Überlagerung der Sinusschwingungen, denen die Brücke ausgesetzt war. Die Grundgleichungen der Physik manifestierten sich vor ihren Augen. Fühlte sich so Sterben an?

Sie hob die Arme und schloss die Augen, spürte, wie ihr Brustkorb sich mit jedem Atemzug weitete und zusammenzog. Gleich musste das Fahrzeug sie erfassen.

Doch nichts geschah. Margarete riss die Augen auf. Der Wagen war keinen halben Meter vor ihr zum Stehen gekommen. Immer noch starrte der Junge sie mit weit aufgerissenen Augen an. Doch sein Mund war geschlossen. Er sah traurig aus.

Plötzlich knallte ein Schuss. Margarete löste sich aus ihrer Erstarrung und sah Fritze, der mit einem Gewehr im Anschlag neben der Fahrertür stand. Der Schuss hatte dem Schloss gegolten. Mit einer ruppigen Bewegung warf er die Tür auf. »Komm raus da, Junge! Dann passiert dir nichts!«

Doch der junge Soldat reagierte nicht. Mit weit aufgerissenen Augen starrte er Margarete an. Den Rest der Welt schien er nicht wahrzunehmen.

»Raus da!« Fritze schlug mit seinem Gewehr nach dem Jungen.

Margarete lief auf ihn zu. »Fritze, nicht!«, schrie sie, doch ehe sie ihn erreicht hatte, löste sich ein weiterer Schuss aus der Waffe. Der Junge fiel seitlich aus der Fahrertür und blieb in einer verdrehten Haltung auf dem Asphalt liegen. Margarete schrie auf und prügelte mit den Fäusten auf Fritze ein. »Wieso hast du das getan?«

Fritze drehte sich zu ihr um und blickte sie ernst an. »Entweder er oder wir.«

Eine gewaltige Detonation ließ die Brücke unter Wilhelms Füßen erbeben. Die Vibrationen waren so heftig, dass er Mühe hatte, sich auf den Beinen zu halten. Instinktiv schlang er seine Arme um Ida, teils, um sie vor herumfliegenden Splittern zu schützen, teils, um selbst nicht zu Boden zu gehen. Einen Moment lang drückte er ihren Kopf an seine Brust.

Um sie herum tobte das Inferno. Die Flugzeuge, die über ihren Köpfen ihre Bahnen zogen, die herabfallenden Bomben, die Explosionen, all das erzeugte einen dröhnenden Lärm, der ihm beinahe den Verstand raubte. Überall auf der Brücke loderten Flammen, dunkler Rauch stieg auf. Finstere Krater und Spalten taten sich an mehreren Stellen der Fahrbahn auf.

Er legte seine Hände um Idas Gesicht und sah sie an. Ihre Haare klebten an ihrer Stirn, auf einer Wange prangte ein blutiger Kratzer. Ihr Gesicht war jedoch nach wie vor ausdruckslos, sie schien von ihrer Umgebung keine Notiz zu nehmen. In diesem Moment beneidete Wilhelm sie. Vielleicht war es eine Gabe, dieser Welt den Rücken zukehren zu können.

Wieder erbebte die Brücke unter dem Einschlag einer Bombe. Heulend pfiffen Splitter und Betonbrocken durch die Luft. Es war nur eine Frage der Zeit, bis einer der Sprengkörper ganz in ihrer Nähe niederging oder die Brücke so stark beschädigte, dass das ganze Bauwerk einstürzen und vom Fluss davongerissen würde. Sie mussten weiter!

Wilhelm blickte sich um. Einige Meter entfernt entdeckte er einen Wehrmachtssoldaten auf dem Asphalt. Der Mann rührte sich nicht. Die beiden Wachtürme, die links und rechts der Fahrbahn errichtet worden waren, lagen in Trümmern. Wo waren Margarete und Fritze? Wilhelm hatte noch sehen können, dass sie vorausgelaufen waren, auf das andere Ufer zu. Doch er konnte sie in dem Inferno nicht entdecken. Etwa hundert Meter entfernt erspähte er die Rücklichter eines Fahrzeugs, die sich schnell entfernten. Wilhelm blickte zurück in die Richtung, aus der sie gekommen waren, und erschauderte. Keine fünfzig Meter von ihnen entfernt endete die Fahrbahn im Nichts. Eine gezackte Kante markierte die Stelle, an der die Brücke offenbar eingestürzt war. Sie hatten keine Wahl, es gab nur einen Weg, weiter geradeaus.

Wilhelm legte seinen Arm um Ida und zog sie mit sich, weg von dem Abgrund, der sich hinter ihnen auftat. »Fritze! Margarete! Wo seid ihr?« Er brüllte in die Nacht, doch seine Stimme ging im Lärm des Bombenhagels unter. Wo zur Hölle steckten die beiden? Eine Bewegung ganz am Rande seines Sichtfelds ließ ihn aufschrecken. Dort winkte jemand! Das mussten Margarete und Fritze sein. »Gleich ist es vorbei, Liebling«, sagte er zu Ida, wohlwissend, dass seine Worte nicht bei ihr ankommen konnten. »Gleich ist es vorbei«, wiederholte er dennoch, vielleicht, um sich selbst Mut zu machen. Er beschleunigte seine Schritte, und nach einigen Sekunden konnte er die Personen erkennen. Es war tatsächlich Margarete, die winkte. Sie stand neben einem gepanzerten Fahrzeug und schwenkte beide Arme über ihrem Kopf. Fritze saß schon auf dem Fahrersitz und gestikulierte ebenfalls heftig. Wir kommen, dachte Wilhelm, wir kommen!

Dann explodierte die Welt um ihn herum. Eine entsetzliche Druckwelle erfasste ihn und ließ seine Trommelfelle klirren. Schmerzen durchzuckten seine rechte Wade und ließen ihn zu Boden gehen. Instinktiv schloss er die Augen und spürte, wie Trümmerteile auf ihn niederprasselten. Das ist das Ende, dachte er, eine Bombe musste direkt neben ihnen niedergegangen sein. Sein nächster Gedanke galt Ida. Er riss die Augen auf und warf den Kopf herum, um nach ihr zu sehen. Der Anblick, der sich ihm bot, würde ihn bis zu seinem letzten Atemzug begleiten. Ida stand, eine Hand an ihr Kinn gelegt, neben ihm, den Blick eisern geradeaus gerichtet. Ihr hellblaues Kleid, übersät mit Brandflecken, flatterte leicht im Luftstrom, den die lodernden Flammen verursachten, und zeichnete sich scharf gegen den rot glühenden Hintergrund ab. Sie wirkte unerschütterlich, unbezwingbar.

Wilhelm versuchte, wieder auf die Beine zu kommen, schrie jedoch vor Schmerzen auf, als er versuchte, sein rechtes Bein zu belasten. Er blickte an sich hinab und sah, dass sein Hosenbein zerfetzt war. Blut quoll aus den Rissen im Stoff hervor, irgendetwas hatte ihn getroffen. Nur mühsam gelang es ihm, sich aufzurichten. Wieder legte er den Arm um Ida, dann machte er einen Schritt nach vorn. Der Schmerz in seinem Bein ließ ihn aufheulen. Es war aussichtslos, er würde es nicht schaffen, das Fahrzeug zu erreichen. Er blieb stehen, ließ Ida los und riss beide Arme in die Luft. »Ihr müsst Ida hier rausholen! Ich bin getroffen!«, brüllte er. Doch er begriff, dass seine Worte nicht bei Margarete und Fritze ankommen würden. Offenbar verstanden sie auch sein Winken nicht, denn sie machten keine Anstalten, ihnen entgegenzukommen.

Einige derbe Flüche drangen über Wilhelms Lippen, dann griff er um Idas Taille und zog sie weiter mit sich. Die Schmerzen in seinem Bein ließen ihm die Tränen in die Augen schießen, doch er würde nicht aufgeben. »Tut mir leid, Liebling. Ich weiß, ich hab dir versprochen, nicht mehr zu fluchen.«

Langsam, quälend langsam kamen sie voran. Wilhelm sah, dass Margarete sich nun Fritze zugewandt hatte und auf ihn einredete. Mit einem Mal rollte das Fahrzeug an. Wilhelm spürte, wie sich eine riesige Pranke um seinen Magen schloss. Er will uns zurücklassen, dachte er, das Arschloch lässt uns hier im Stich! Unter Schmerzen setzte er weiter einen Fuß vor den anderen und beobachtete dabei, wie Margarete neben dem Wagen herlief und Fritze mit ihren Fäusten traktierte. Sie war wirklich eine tapfere Frau. Und tatsächlich, sie hatte Erfolg! Der Wagen blieb stehen und Margarete wandte sich wieder Wilhelm und Ida zu. Sie brüllte etwas in die Nacht, das Wilhelm nicht verstand. Sie waren noch etwa hundert Meter entfernt, doch der Lärm um sie herum verschluckte alle anderen Geräusche.

Ein weiterer heftiger Schmerz ließ ihn in die Knie gehen. Glühende Nadeln stachen in sein verletztes Bein. Als er an sich herabblickte, erkannte er, dass er in eine Spalte getreten war, die sich im Asphalt der Fahrbahn gebildet hatte. Sein Fuß steckte in einem unnatürlichen Winkel in dem Riss fest und ließ sich nicht bewegen. Wilhelm spürte, wie ihm der Schweiß von der Stirn in die Augen tropfte, die Hitze um ihn herum wurde langsam unerträglich. Wie lang würde die Brücke dem Bombardement noch standhalten? Er sah wieder zu Margarete, versuchte ihr mit Gesten mitzuteilen, dass er nicht weiterlaufen konnte.

Diesmal verstand sie ihn. Sie drehte sich noch einmal zu Fritze um und schien ihn anzuschreien, dann lief sie auf Wilhelm und Ida zu. Wenige Sekunden später kam sie keuchend bei ihnen an. »Wir müssen weg von hier, die Brücke wird einstürzen!«

»Ich stecke fest!«, brüllte Wilhelm. »Nimm Ida mit und lauf zum Wagen, ich komme nach!«

»Bist du sicher?« In Margaretes Augen lagen Zweifel.

»Verdammt, ja! Los doch!«

Margarete nickte ihm zu. Dann nahm sie Idas Hand und führte sie in Richtung des Wagens. Fritze war mittlerweile ausgestiegen und blickte gen Himmel. Immer noch lag das Dröhnen der Flieger über ihnen in der Luft.

Wilhelm wandte sich wieder seinem Fuß zu. Die Sohle seines Stiefels hatte sich tief in der Spalte im Asphalt verkantet. Er musste ihn aus diesem verfluchten Riss ziehen, koste es, was es wolle! Doch es ging nicht, der Stiefel steckte fest. Keuchend vor Schmerzen ging er in die Knie und machte sich daran, die Schnürsenkel zu lösen.

Ein schriller Pfeifton kündigte den Aufprall einer weiteren Fliegerbombe an. Instinktiv zog Wilhelm den Kopf ein, kurz bevor eine rot glühende Explosion etwa fünfzig Meter hinter ihm erneut einen Regen aus Dreck und Geröll auf ihn niedergehen ließ. Er musste sich beeilen! Noch nie waren ihm seine Finger so dick und ungelenk vorgekommen wie in diesem Moment. Nachdem er endlich eines der losen Enden seines Schnürsenkels zu fassen bekommen hatte, zog er daran. Doch anstatt sich zu lösen, zog sich die Schleife zu einem festen Knoten zusammen. »Himmelherrgott, verdammtes Scheißschnürband!«, brüllte er, während er versuchte, den Knoten mit den Fingernägeln zu lösen. Dann kam ihm eine Idee. Er trug noch immer seine Uniform! Und an seinem Gürtel hing ein Messer! Warum war er nicht gleich darauf gekommen? Mit einem schnellen Griff zog er es hervor und durchtrennte das Schnürband.

Wilhelm hob den Kopf und blickte in die Richtung, in die Margarete und Ida gelaufen waren. Sie hatten das wartende Fahrzeug beinahe erreicht. Schnaufend zog er seinen Fuß aus dem fest sitzenden Stiefel, dann stemmte er sich auf die Beine und humpelte auf den Wagen zu.

Professor Dr. Hans Braun hatte eine Entscheidung getroffen.

Lächelnd sah er aus dem Fenster des Hanomags. Die Kolonne von Fahrzeugen erreichte das Örtchen Haigerloch. Die Sonne stand noch etwa eine Handbreit über dem Horizont, dennoch lag die Straße hier im Schatten. Der Ort schmiegte sich in ein enges, gewundenes Tal. Braun hob den Blick und sah zum Schloss und der dazugehörigen Kirche hinauf, die hoch über den restlichen Häusern auf einer Felsspitze thronten. Die Gebäude waren weiß getüncht und machten einen herrschaftlichen Eindruck. Der ganze Ort wirkte, als wäre er einem Märchen entsprungen. Ein herrliches Fleckchen Erde und ein perfektes Versteck für eines der am besten gehüteten Geheimnisse des Reiches.

Die gewundene Straße, die durch Haigerloch führte, war so eng und kurvig, dass der Lkw außerhalb des Ortes halten mussten. Der Hanomag passierte die Felsspitze, auf der hoch oben die Schlosskirche stand, und bog direkt dahinter links in die Pfluggasse ein. Vor dem Schwanenwirt, einem Gasthaus, das in einem großen Gebäude mit spitzem Giebel untergebracht war, hielt er an. Zwei Gestapomänner, die vor der Wirtschaft gewartet hatten, kamen auf das Fahrzeug zu. Sie blickten ernst und trugen Gewehre. Vor dem Hanomag blieben sie stehen. Einer der beiden öffnete die Tür des Wagens und half Braun beim Aussteigen.

»Danke, danke, es geht schon.« Braun wehrte den Uniformierten ab und setzte seinen Hut auf, den er während der Fahrt auf dem Schoß behalten hatte. Er blickte nach oben. Es war jedes Mal wieder ein herrlicher Anblick. Die gigantische helle Wand aus Muschelkalk und weit darüber, hoch oben auf dem Felsen, die Kirche. In dem tiefen Tal war die Luft empfindlich kühl. Braun legte sich seinen bunten Schal um, dann blickte er zu den beiden Uniformierten.

»Hatten Sie eine angenehme Fahrt, Professor?«, fragte einer der Gestapomänner.

Braun nickte. »Ja, alles fein. Lassen Sie mich nur gleich an die Arbeit gehen.«

Der Uniformierte salutierte, drehte sich zackig um und ging dann auf ein Holztor zu, das etwa dreißig Meter unterhalb der Schlosskirche in den Berg führte. Es stand offen, so dass Braun den dahinter liegenden Raum erkennen konnte, der in den Muschelkalk geschlagen worden war. Er diente als Umkleide- und Lagerbereich. Außerdem standen hier an regnerischen Tagen häufig Soldaten und Gestapoleute, die ihre Zigaretten im Trockenen rauchen wollten. Braun hatte sich oft über den Rauch beschwert, der in den dahinter liegenden Stollen zog, jedoch ohne Erfolg.

Sie durchquerten den Raum und gingen durch eine Tür auf der rechten Seite. Nun kamen sie in den eigentlichen Laborbereich. Ein etwa sechs Meter breiter Stollen war in den Berg getrieben worden. Die Wände liefen nach oben hin aufeinander zu, abgestützt von starken Holzbalken. Nach etwa zwanzig Metern endete der Stollen an einer grob behauenen Wand. Braun zog den Mantel enger um die Schultern. Die Luft im Berg war noch einmal deutlich kälter als draußen. Einst hatte der Keller dem Schwanenwirt von gegenüber als Bierlager gedient, doch der Mann war vor einiger Zeit mitsamt seiner Familie verschwunden. Was für ein praktischer Zufall, dachte Braun. So konnte sich die Gestapo hier unbemerkt einnisten und ihr kleines Geheimlabor errichten.

»Wir haben alles nach Ihren Wünschen vorbereitet, Herr Professor.« Der Mann, der vorangegangen war, deutete auf eine lange Werkbank, die an der linken Wand des Stollens stand. Auf ihr thronten, ordentlich in Reih und Glied angeordnet, fünf tonnenförmige Stahlzylinder. Da stand sie nun, die Vergeltungswaffe. Bereit zum Einsatz, zumindest beinahe.

»Ausgezeichnet«, sagte Braun. »Kriminalrat Schander wird sehr zufrieden sein.«

»Benötigen Sie noch etwas?«

»Nein danke. Es wird einige Stunden dauern, die Bomben transportbereit zu machen.« Braun setzte ein Lächeln auf. »Wir wollen ja schließlich nicht, dass sie schon auf der Autobahn in die Luft gehen!«

Der Gestapomann verzog keine Miene, salutierte und entfernte sich schließlich in Richtung des Vorzimmers.

Braun trat an die Werkbank und stützte sich mit beiden Händen darauf ab. »Nun ist es also so weit«, sagte er leise zu sich selbst und atmete tief ein. Für einen Moment dachte er an Anton und an den Sommer, den er mit ihm verbracht hatte, bevor er an die Ostfront musste.

Er dachte an Kirschkuchen.

Einige Sekunden lang gönnte er sich dieses Bad in seinen Erinnerungen. Dann tastete er mit der Hand nach der Fahrkarte in seiner Manteltasche, die er vor einigen Tagen in Leipzig gekauft hatte. Wenn alles gut ging, würde er Anton in zwei Tagen in die Arme schließen können.

Es konnte gelingen. Er musste lediglich schnell sein.

Margarete schob Ida vor sich her, immer weiter auf das gepanzerte Fahrzeug zu, an dessen Fahrertür Fritze lehnte. Während um sie herum die Welt unterzugehen schien, betrachtete er kopfschüttelnd, wie sie sich mit Wilhelms Frau abmühte. Es schien ihn nicht zu kümmern. Margarete war außer sich vor Wut. »Was ist mit dir los? Kannst du nicht helfen?«, fuhr sie ihn an, als sie den Wagen erreichten.

Fritze zuckte mit den Schultern, sagte jedoch nichts und nahm auf dem Fahrersitz Platz. Margarete stampfte mit einem Fuß auf den Asphalt, öffnete die Tür hinten links und schob Ida auf die Rückbank. Dann blickte sie zurück. Wilhelm war noch etwa dreißig Meter von ihnen entfernt. Er schien sich kaum auf den Beinen halten zu können, humpelte stark und zog den rechten Fuß nach. Margarete sah noch einmal zu Fritze, der mit den Fingern auf das Steuerrad des Fahrzeugs trommelte. Verflucht sei er, dachte sie, machte kehrt und lief Wilhelm entgegen.

Sie war keine zehn Meter weit gekommen, als ein tiefes Grollen ertönte, das ihr das Blut in den Adern gefrieren ließ. Sie konnte sehen, dass Wilhelm stehen blieb und sich umdrehte, um zurückzuschauen. Und dann erkannte sie es: Hinter ihm, etwa hundert Meter entfernt, verschwand der Straßenbelag im Nichts. Margarete beobachtete, wie ein Panzerfahrzeug, beinahe so groß wie ein Lkw, erst langsam kippte und dann mit einem Mal in den Abgrund rutschte. Die Brücke stürzte ein!

Wilhelm drehte sich wieder zu ihr um und gab ihr mit Gesten zu verstehen, dass sie umkehren solle. Er wollte, dass sie ihn hier zurückließ! Margarete blickte über ihre Schulter. Der Wagen stand nach wie vor an seinem Platz, Fritze schien von der neuen Bedrohung noch nichts gemerkt zu haben. Sie spürte den Drang wegzulaufen, sich in Sicherheit zu bringen. Doch sie konnte Wilhelm nicht einfach seinem Schicksal überlassen. »Verdammt will ich sein«, flüsterte sie zu sich, dann lief sie los.

Wilhelm humpelte weiter auf sie zu und schien etwas zu brüllen, doch sie konnte ihn nicht verstehen. Hinter ihm verschwanden die Reste eines eingestürzten Wachturms in der Tiefe. Näher und näher kam der Abgrund, fraß sich durch den Asphalt auf sie zu. Endlich erreichte sie Wilhelm, der immer noch brüllte, sich dann aber bereitwillig stützen ließ. Gemeinsam trabten sie auf das wartende Fahrzeug zu. Das Dröhnen in ihrem Rücken nahm zu, wurde immer lauter und verschluckte neben den Fahrzeugen und der Straße auch jedes andere Geräusch. Margarete spürte, dass sie einer Panik nahe war. Ihr Puls hämmerte in den Schläfen. Den auf sie zurasenden Abgrund hinter ihr zu wissen, ihn aber nicht sehen zu können, war noch schlimmer, als ihn vor Augen zu haben.

Endlich schien auch Fritze bemerkt zu haben, was hinter ihnen vorging. Er ließ den Wagen an, die Scheinwerfer leuchteten auf. Dann stieg er aus und öffnete die Türen des Fahrzeugs, um ihnen das Einsteigen zu erleichtern.

Margarete wagte es nicht, ihren Kopf zu drehen. Sie wollte nicht wissen, wie nah der klaffende Abgrund ihnen bereits gekommen war. Doch das Donnern wurde immer lauter. Noch zehn Meter bis zum Wagen, noch fünf … Schließlich erreichten sie das Fahrzeug und sprangen hinein. »Los, los, los!«, Margarete gestikulierte heftig in Richtung des rettenden Ufers.

»Worauf du dich verlassen kannst.« Fritze trat auf das Gaspedal. Der Motor heulte auf, und der Wagen rollte an. »Wir hätten längst weg sein können.« Fritze blickte hektisch in den Rückspiegel.

Margarete biss die Zähne aufeinander und stützte sich mit den Armen auf dem Handschuhfach ab. Sie musste ihre Hände unter Kontrolle halten, sonst würde sie Fritze eine Ohrfeige geben. »Wenn du mir geholfen hättest, wären wir schneller gewesen.« Sie blickte über ihre Schulter zurück. Die Aussicht, die sich ihr bot, verschlug ihr den Atem. Keine zehn Meter hinter ihnen stürzte die Straße ins Bodenlose. Gerade konnte sie noch sehen, wie der Junge, den Fritze erschossen hatte, in den Abgrund rutschte. Als letztes verschwand seine blasse Hand aus ihrem Sichtfeld. »Fahr schneller!«, brüllte sie.

»Ick trete das Pedal bis zum Anschlag durch!« Immer noch waren Fritzes Augen fest auf den Anblick der Apokalypse gerichtet, der sich ihm im Rückspiegel bot.

Margarete konnte das Bild des nahenden Unheils nicht länger ertragen und drehte sich wieder nach vorn zur Windschutzscheibe um. Was sie dort sah, ließ sie vor Schreck aufschreien. »Achtung! Fritze! Ein Auto!«

Fritze riss sich endlich vom Anblick der einstürzenden

Brücke los und wandte seine Aufmerksamkeit wieder der Straße vor ihnen zu. Seine Augen weiteten sich, als er das Fahrzeug sah, das quer vor ihnen auf der Fahrbahn stand. Er riss das Lenkrad nach rechts herum, woraufhin erst die Reifen quietschten und dann die rechte Seite des Fahrzeugs von der Straße abhob. Margarete wurde in den Sitz gepresst, um kurz darauf in der Luft zu schweben. Dann krachte der Wagen wieder auf die Fahrbahn. Mit einem metallischen Geräusch riss der Seitenspiegel ab. Sie hatten das im Weg stehende Fahrzeug nur um wenige Zentimeter verfehlt. Doch nun kam ihnen auf der rechten Seite die Leitplanke, die die Fahrbahn von dem Abgrund dahinter trennte, gefährlich nahe. Wieder kurbelte Fritze am Lenkrad, doch er konnte nicht verhindern, dass sie an der metallenen Barriere entlangschrammten. Funken stoben auf und Margarete stieß sich den Kopf am Seitenfenster, als sie vom Aufprall zur Seite geschleudert wurde. Ihre Schreie übertönten das Dröhnen der einstürzenden Brücke. Doch die Leitplanke hielt.

Margarete wagte es nicht zurückzuschauen. Sie spürte, wie ihre Beine verkrampften, im verzweifelten Versuch, sich irgendwie im Fußraum abzustützen. Auf Fritzes Stirn hatten sich Schweißperlen gebildet. Der Motor des Wagens gab einen ungesund klingenden Heulton von sich, dessen Frequenz beständig stieg. Der Weg vor ihnen war nun frei, in etwa hundert Metern konnte Margarete die Stelle erkennen, an der die Brücke endete und sie endlich wieder festen Boden unter den Füßen haben würden. Das Donnern der Verwüstung hinter ihnen, das Heulen des Motors und die Schreie der Insassen vermischten sich zu einer ohrenbetäubenden Kakophonie.

Und dann hatten sie es geschafft. Der Wagen flog über eine flache Schwelle und Fritze nahm den Fuß vom Gaspedal. Nach und nach sank ihre Geschwindigkeit, bis sie ein zügiges Reisetempo erreicht hatte. Links und rechts der Fahrbahn sauste nun dichter Laubwald vorbei. Margarete blickte über ihre Schulter und sah gerade noch, wie das letzte Stück der Brücke im tiefen Tal des Flusses verschwand. Für einige Sekunden sagte niemand ein Wort, lediglich keuchende Atemgeräusche waren zu hören.

»So, das war's.« Wilhelm brach das Schweigen. Er saß auf der Rückbank und hielt Ida in einer festen Umklammerung. »Für Ida und mich endet hier der Weg. Und ich würde euch dringend raten, ebenfalls das Weite zu suchen.«

»Tu dir keinen Zwang an.« Fritze funkelte Wilhelm durch den Rückspiegel an. »Der Krieg ist kein Ort für Angsthasen.«

»Hast du nicht gesehen, was gerade passiert ist? Wenn der Luftangriff nicht gewesen wäre, dann säßen wir jetzt alle in Handschellen auf der Ladefläche eines Transporters, auf dem Weg ins Lager! Und auch so hätten wir beinahe das Zeitliche gesegnet!«

»Aber jetzt sitzen wir hier und sind wohlauf.« Fritze blickte zu Margarete hinüber. »Was ist mit dir? Willste auch stiften gehen?«

»Ich ...«, begann sie, doch dann wusste sie nicht weiter. Der Schreck, den die Straßensperre und die einstürzende Brücke ihr eingejagt hatten, saß tief in ihren Knochen. Aber konnten sie jetzt einfach aufgeben und den Nazis die Bombe überlassen? In ihrem Kopf erschien die Ansicht einer Weltkarte, wie sie sie aus der *Wochenschau* kannte. Nach und nach färbten sich alle Kontinente rot ein. Blutrot, wie die Hakenkreuzfahne. Nein, eine solche Welt durfte es nicht geben! »Ich kann jetzt nicht aufgeben«, sagte sie an Wilhelm gewandt. »Aber ich verstehe, dass du Ida nicht mehr weiter in diese Sache mit hineinziehen möchtest. Wir werden euch am nächsten Bahnhof absetzen, wenn du das willst.«

»Am nächsten Bahnhof?«, rief Wilhelm mit sich überschlagender Stimme. »Was meinst du, wie wir da hinkommen sollen? Hier wimmelt es doch überall von Polizei und Gestapo und Soldaten! Wir haben keine Chance! Vielleicht sollten wir uns in die Wälder schlagen und dann ...«

Ein Geräusch, das sich von hinten näherte, unterbrach ihn. Margarete drehte sich um und sah durch die Rückscheibe.

Drei Scheinwerfer sausten auf sie zu.

Motorräder! Wilhelm beobachtete die drei Lichtkegel, die hinter ihnen her waren. Sie kamen rasch näher und er fragte sich, ob die Fahrer bewaffnet waren. Doch schon zersplitterte die Heckscheibe vor seinen Augen in tausend Teile. Glassplitter flogen im Wageninneren umher. Wilhelm hatte das Gefühl, als habe ihn etwas sehr Schnelles nur um Zentimeter verfehlt. In der Ferne hörte er das Rattern einer Maschinenpistole.

»Alle runter!« Wilhelm warf sich auf Ida, um sie aus der Schusslinie zu bringen. Ein stechender Schmerz erinnerte ihn an die Wunde, die er sich am rechten Bein zugezogen hatte. Er würde sie sich genauer anschauen müssen, aber dafür mussten sie zunächst ihren Verfolgern entkommen.

Wieder traf eine Salve ihr Fahrzeug. Wilhelm presste Ida flach auf die Rückbank und legte sich auf sie, damit sie nicht auf die Idee kam, sich wieder aufzurichten. »Fahr schneller!«, brüllte er Fritze an.

»Das sagt sich so leicht!« Fritze lugte mit eingezogenem Kopf nur noch knapp über das Lenkrad. Er konnte die Straße kaum noch erkennen, traute sich aber offenbar nicht, den Kopf zu heben, aus Angst, von einer Kugel getroffen zu werden.

»Wir müssen sie irgendwie abschütteln!«, rief Wilhelm, auch wenn er selbst nicht wusste, wie das gelingen sollte. Aus dem Augenwinkel beobachtete er, wie die Bäume, die links und rechts der Fahrbahn standen, am Fenster vorbeiflogen. In diesem Moment schob sich eins der Motorräder auf der linken Seite neben ihren Wagen. Die Maschine war grau lackiert und verfügte über einen Beiwagen. Die beiden Fahrer trugen graue Stahlhelme und eng anliegende Fliegerbrillen. Wilhelm keuchte auf, als er beobachtete, wie der Mann, der im Beiwagen saß, seine Maschinenpistole hob und zu ihnen herübergrinste. »Achtung, Fritze! Links von dir!«

Fritzes Kopf fuhr herum. Als er das Motorrad sah und erkannte, dass der Soldat sich darauf vorbereitete, das Feuer auf sie zu eröffnen, reagierte er blitzschnell. Er riss das Lenkrad nach links herum. Kreischend traf Metall auf Metall, und Stück für Stück drängten sie das Motorrad zur Seite, immer weiter auf die Mittelleitplanke zu. Der Fahrer schien Fritzes Plan zu durchschauen, denn er verringerte die Geschwindigkeit seiner Maschine und versuchte so, der drohenden Kollision mit der Leitplanke zu entgehen.

Doch es war zu spät. Fritze schlug noch stärker nach links ein, drängte das Motorrad weiter zur Seite, bis es schließlich an der Leitplanke entlangschabte. Funken stoben auf und Wilhelm konnte hören, wie der Fahrer vor Schreck aufschrie. Dann schien irgendeine Verbindung in seiner Maschine nachzugeben, der Beiwagen trennte sich von dem Zweirad, der Fahrer verlor durch den plötzlichen Impuls die Kontrolle über sein Gefährt und verriss das Steuer. Wilhelm stockte der Atem, als beide Männer mit der Maschine in die Luft geschleudert wurden und aus seinem Blickfeld verschwanden. Vorn auf dem Fahrersitz brach Fritze in Siegesgeheul aus. Von Margarete, die neben ihm im Fußraum vor dem Beifahrersitz kauerte, war nichts zu hören.

Eine weitere Salve aus einer Maschinenpistole ließ Fritze verstummen. Wilhelm konnte hören, wie die Schüsse in die Karosserie ihres Wagens einschlugen. Immerhin sitzen wir in einem Militärfahrzeug, dachte er, das wird hoffentlich einiges aushalten. Der nächste Feuerstoß ließ seine Hoffnung zerplatzen. Ein kreischendes Geräusch erklang und ihr Wagen geriet ins Schlingern.

»Scheiße noch eins!«, brüllte Fritze. »Sie haben die Hinterreifen erwischt!«

Wilhelm suchte seinen Blick im Rückspiegel. »Und jetzt?«

»Jetzt ist die wilde Fahrt vorbei.«

Wilhelm spürte, wie ihr Gefährt an Geschwindigkeit verlor. Gleichzeitig wurde das Heulen der Motorräder hinter ihnen immer lauter. Sie schlossen auf! Wilhelm lehnte sich nach vorn. »Margarete, du hast doch noch die Pistolen oder? Du musst auf die Fahrer zielen, wenn sie näher kommen!«

»Ich kann nicht aufstehen«, antwortete sie.

»Du musst!«, rief Fritze.

Wilhelm beobachtete, wie Margarete vorsichtig den Kopf hob. Ihre Augen waren schreckgeweitet, doch in ihrer Rechten hielt sie den Revolver, den sie ihm abgenommen hatte. Es fühlte sich an, als sei es Jahre her, dabei war all das im Laufe eines Tages geschehen. Sie blickte ihn an, dann huschte ein unsicheres Lächeln über ihr Gesicht, als sie die Waffe entsicherte.

Wilhelm nickte ihr zu.

Margarete erhob sich und stützte sich auf dem Beifahrersitz ab. Sie zielte mit dem Revolver durch die Heckscheibe auf ihre Verfolger, doch in diesem Moment knatterte wieder eine der Maschinenpistolen los. Margarete schrie vor Schreck auf und zog sich wieder in ihre Deckung zurück. Ihr Wagen kam nur noch mühsam voran, die platten Hinterräder verursachten ein grauenvolles Quietschen auf dem Asphalt.

»Grete, nun schieß endlich!«, rief Fritze.

Margarete hob erneut den Kopf, diesmal Zentimeter für Zentimeter. Sie kniff die Augen zusammen und richtete ihre Waffe über Wilhelms Kopf hinweg. Er konnte sehen, wie ihre Arme zitterten. Margarete kniff die Augen zusammen und verzog das Gesicht, dann drückte sie dreimal ab. Wilhelm sah, wie sie die Waffe verzog. Sie hatte offenbar keine Erfahrung mit dem Rückstoß von Handfeuerwaffen.

»Haste sie erwischt?«, fragte Fritze.

»Ich weiß nicht«, erwiderte Margarete, bevor eine erneute Maschinenpistolensalve sie wieder in ihre Deckung scheuchte. Wilhelm konnte einige dumpfe Einschläge hören und dann ging plötzlich der Motor aus.

»Mist, verdammter!« Fritze schlug wütend auf das Lenkrad ein. Langsam rollte ihr Fahrzeug aus und kam zum Stehen. Wilhelm konnte die Angst in Margaretes Augen sehen, die sich wieder in den Fußraum vor ihrem Sitz zurückgezogen hatte.

Die Motorengeräusche der Motorräder waren ebenfalls verstummt. »Kommen Sie mit erhobenen Händen aus dem Fahrzeug!«, brüllte einer der Männer. »Widerstand wird nicht geduldet!«

Wo hatte er das bloß schon einmal erlebt? Fritze rollte mit den Augen, als er mit erhobenen Händen aus dem Wagen stieg. Mit einem kurzen Kopfschütteln gab er Margarete zu verstehen, dass sie nicht auf die Idee kommen solle, ihre Waffen gegen die Soldaten einzusetzen.

»Legen Sie die Pistole auf den Boden!«, brüllte einer der Soldaten, der mit seiner Maschinenpistole im Anschlag im Scheinwerferlicht der Motorräder stand.

»Beide?«, fragte Margarete mit tonloser Stimme, was Fritze dazu brachte, schnaubend aufzulachen.

Der Soldat zögerte, vermutlich dachte er darüber nach, ob er zum Narren gehalten werden sollte. »Ja, beide.«

Margarete gehorchte, legte die Waffen neben sich auf den Asphalt und schob sie mit dem Fuß in Richtung des Soldaten. Dann hob auch sie die Hände.

»Meine Frau kann nicht allein aussteigen«, sagte Wilhelm. »Ich muss ihr helfen!«

Der Soldat schüttelte den Kopf. »Sie soll sitzen bleiben. Sie werden gleich abgeholt.«

Tatsächlich hörte Fritze aus der Ferne ein weiteres Motorengeräusch und wenige Augenblicke später rollte ein Lastwagen heran, dessen Ladefläche mit einer Plane verdeckt war. Der Wagen hielt neben ihnen und ein Uniformierter sprang aus dem Fahrerhaus. Er lief um das Fahrzeug herum, öffnete die Heckklappe und klappte eine Art Trittleiter aus. Zwei der Soldaten kamen auf sie zu und durchsuchten sie. Bis auf Wilhelm, der seinen Gürtel mit dem Messer daran abgeben musste, trug jedoch keiner von ihnen etwas bei sich, das in den Augen der Soldaten eine Bedrohung darstellte.

Einige Minuten später saßen Fritze, Margarete, Wilhelm und Ida auf der Ladefläche des Lastwagens und wurden von der Federung des Fahrzeugs durchgerüttelt. Die Soldaten hatten ihre Beine an den Knöcheln verschnürt und sie dann mit den Händen an vier Stahlstreben gefesselt. Die Heckklappe war lediglich einen halben Meter hoch, so dass Fritze aus dem fahrenden Wagen heraus die Motorräder sehen konnte, die ihnen folgten. Eine Flucht schien aussichtslos. Selbst wenn es ihm gelänge, die Fesseln zu lösen, so würde er kaum unbeschadet aus dem fahrenden Lastwagen springen können. Und sollte es ihm doch glücken, würden die Soldaten auf den Motorrädern ihn bemerken.

Er sah seine Gefährten an, die ihm gegenübersaßen. Margaretes Gesicht war völlig ausdruckslos. Sie starrte an ihm vorbei die graue Plane an, die über der Ladefläche gespannt war. Sie schien sich ihrem Schicksal ergeben zu haben und glich damit Ida, die sich im Grunde so verhielt, wie sie es immer tat: Sie hockte stumm da. Wilhelms Kopf ruhte auf der Schulter seiner Frau. Er wurde von Schluchzern geschüttelt und murmelte Wörter zu Ida, die Fritze nicht verstand. Gott sei Dank, dass er sich das Gejammer nicht anhören musste. Nein, seine Gefährten würden ihm keine Hilfe sein. Er musste sich auf das Telegramm verlassen, das er versendet hatte. Wenn es zugestellt worden war und der Empfänger es sich nicht anders überlegt hatte, dann gab es vielleicht noch eine Chance, heil aus dieser Sache herauszukommen.

Doch Fritze hatte nicht vor, tatenlos auf seine Rettung

zu warten. Er hatte bemerkt, dass der Lack an der Stahl-
strebe, an die er gefesselt war, stellenweise rau und rissig
war. Wenn er den Strick lang genug über eine dieser rauen
Stellen rieb, würde es ihm vielleicht gelingen, ihn zu
durchtrennen. Nur was er mit seiner Freiheit dann anfangen sollte, darüber war er sich noch nicht im Klaren.

Wilhelm war in eine Art Dämmerzustand gefallen. Die
Strapazen der letzten Tage, der Schlafmangel, die Wunde
an seinem Bein und die ausweglose Situation, in der er
sich sah, hatten seine Glieder und seinen Geist ermatten
lassen. Das Schaukeln des Wagens hatte ihn in einen unruhigen Schlaf gewiegt.

Sein Kopf ruhte auf Idas Schulter, als er erwachte. Der
Lastwagen hatte gehalten. Wilhelm konnte hören, wie Türen geöffnet und zugeschlagen wurden und die Soldaten
sich einander Befehle zuriefen. Sofort war die Anspannung zurück. Was würden die Männer mit ihnen anstellen? Er musste ihnen irgendwie zu verstehen geben, dass
er unbeabsichtigt in diese Situation geraten war. Dass es
ihm nie darum gegangen war, der Wehrmacht im Weg zu
stehen. Der Gedanke, dass Ida nun für seine Fehler büßen
musste, machte ihn wahnsinnig.

Er schreckte hoch, als einer der Männer die Heckklappe
des Lastwagens öffnete. Wilhelm blickte hinaus auf einige
Fachwerkhäuser mit spitzen Giebeln. Dahinter ragten
hohe Felswände auf. Sie schienen sich in einem engen Tal
zu befinden.

»Aussteigen!« Der Soldat, der die Klappe geöffnet hatte,
richtete seine Maschinenpistole auf sie.

»Wir sind gefesselt, du Flitzpiepe.« Fritze schüttelte theatralisch den Kopf. In seinem Gesicht prangte ein breites

Grinsen. »Keine Haare auf dem Kopp, aber 'nen Kamm in der Tasche, wa?«

Wilhelm schüttelte den Kopf. Wie konnte Fritze in dieser Situation nur derart abgebrüht reagieren? Doch der Kommentar schien zu wirken. Der Soldat blickte sie verunsichert an, dann rief er zwei seiner Kameraden herbei und wies sie an, die Fesseln zu lösen. Während einer der beiden sich an Wilhelms Fesseln zu schaffen machte, beugte sich der andere über Fritze. Plötzlich fiel der Mann hintenüber und Fritze sprang auf. Er hechtete auf das Heck des Wagens zu und wollte gerade an dem dort stehen Soldaten vorbeientkommen, als dieser ausholte und ihm mit dem Lauf seiner Maschinenpistole in den Nacken schlug. Wie ein Sack Kartoffeln klatschte Fritze auf den Boden und rührte sich nicht mehr.

»Sind hier noch mehr Übermütige unter euch?«, fragte der Soldat.

Wilhelm reagierte nicht. Er sah zu Margarete hinüber, doch sie starrte nur vor sich hin.

»Ich möchte wirklich wissen, warum wir diese Zecken überhaupt den ganzen Weg hierhergeschleppt haben«, sagte der Soldat, der Fritze zu Fall gebracht hatte.

Die beiden anderen Männer pflichteten ihm nickend bei. »Runter jetzt vom Wagen!«, wies einer von ihnen Wilhelm an.

Wilhelm erhob sich, dann half er Ida auf und ging mit ihr zum Heck des Lastwagens. Schwankend stieg er die kurze Leiter hinab. Dann griff er um Idas Taille und hob sie von der Ladefläche. Sein ganzer Körper schmerzte, weil er sich mit den Fesseln nicht hatte rühren können. Schließlich folgte ihnen auch Margarete, die immer noch kein Wort sagte und starr geradeaus blickte. Wilhelm warf ihr einen aufmunternden Blick zu, doch sie reagierte nicht.

»Wir erschießen sie auf der Stelle.« Der Soldat, der sie unten in Empfang nahm, schien in der Hierarchie über den beiden anderen zu stehen. »Bringt die Gefangenen zum Schwanenwirt und stellt sie an die Wand!«

Wilhelm spürte, wie sich seine Muskeln anspannten. Der Gedanke, einfach die Beine in die Hand zu nehmen und Reißaus zu nehmen, kam ihm in den Sinn. Doch das wäre Wahnsinn! Er würde keine fünf Meter weit kommen, ehe die Soldaten ihn erschossen hätten. Und was würde dann aus Ida werden? Nein, er musste etwas anderes versuchen. »Rauchen Sie?«, fragte er den Soldaten, der vor ihm stand.«

»Sag bloß, eine Ratte wie du kann sich Zigaretten leisten?« Der Mann musterte Wilhelm von Kopf bis Fuß.

Wilhelm fuhr mit den Händen an seinem Körper hinab und machte den Soldaten so auf seine Uniform aufmerksam. »Ich bin Staatsdiener, genau wie Sie.«

Der Soldat gluckste. »Dann sind Sie aber ordentlich vom rechten Weg abgekommen, Mann!«

»Unglückliche Umstände.« Wilhelm hielt dem Soldaten die Zigarettenpackung entgegen. Mit spitzen Fingern griff der Mann zu. »Leider haben Ihre Männer mir mein Feuerzeug abgenommen«, sagte Wilhelm.

Der Soldat dachte einen Moment nach, dann zog er ein Feuerzeug aus seiner Uniform hervor und entzündete seine Zigarette. Danach steckte er auch Wilhelms Glimmstängel an.

»Hören Sie«, fuhr Wilhelm fort, »das alles hier ist ein riesiges Missverständnis. Dieser Mann da …«, er zeigte auf Fritze, der immer noch am Boden lag, »… er hat uns entführt.«

Der Soldat nickte. »Sie meinen, Sie sind in Wahrheit völlig zu Unrecht auf die Fahndungsliste geraten?«

»Richtig«, sagte Wilhelm. »Ganz genau. Es ist alles ein Missverständnis.«

»Na«, sagte der Soldat und legte Wilhelm lächelnd eine Hand auf die Schulter. »Dann ist es ja gut, dass sich letzten Endes noch alles aufgeklärt hat.«

Wilhelm spürte, wie sein Herz einen Satz machte. Er griff nach Idas Hand und drückte sie. Alles würde gut werden.

Plötzlich erstarb das Lächeln im Gesicht des Soldaten und er wandte sich an die beiden anderen Uniformierten. »Abführen!« Die Männer richteten ihre Maschinenpistolen auf sie und drängten sie vom Wagen weg, auf ein großes Fachwerkhaus zu. Der Vorgesetzte trat gegen Fritzes reglosen Körper, um ihn zum Aufstehen aufzufordern.

Wilhelm keuchte auf. »Das können Sie nicht machen! Wir sind unbescholtene Bürger!«

Doch die Soldaten ließen sich von seinen Worten nicht beeindrucken. Schweigend folgten sie Wilhelm, Ida und Margarete. »In einer Reihe aufstellen! Umdrehen!«, brüllte einer von ihnen, als sie das Haus erreicht hatten.

»Schwanenwirt« stand in goldenen Lettern über dem Eingang.

Wilhelm drehte sich zu den Soldaten um und griff erneut nach Idas Hand. Sein Blick fiel auf eine hohe Wand aus hellem Felsgestein, die auf der anderen Straßenseite in die Höhe ragte. Hoch oben, vielleicht dreißig Meter über ihren Köpfen, thronte eine weiße Kirche mit spitz zulaufenden Fenstern. Über allem hing die Sichel des Mondes. Der Anblick war atemberaubend, beinahe übernatürlich. Wilhelm spürte, wie seine Augen feucht wurden. Er sah zu

Ida hinüber, deren Augen halb geschlossen waren. »Es tut mir so leid, mein Liebes. Ich hätte dir das nicht antun dürfen«, stammelte er, dann versagte seine Stimme. Er wandte den Kopf zu Margarete, doch sie starrte weiterhin stumm geradeaus. Wilhelm folgte ihrem Blick und entdeckte ein breites Holztor, das unterhalb der Kirche in den Fels zu führen schien.

Schließlich stolperte auch Fritze zu ihnen hin. Er zwinkerte Wilhelm zu und warf Margarete eine Kusshand entgegen. Wilhelm spürte, wie ihn erneut die Wut packte. Was bildete sich dieser verfluchte Geck ein? War das alles nur ein Spiel für ihn?

Die drei Wehrmachtssoldaten stellten sich mit einigen Metern Abstand vor ihnen auf. »Anlegen!«, brüllte der Vorgesetzte und die Soldaten hoben ihre Maschinenpistolen.

Wilhelm drückte Idas Hand noch fester. Plötzlich zuckte er zusammen. Er hatte etwas gespürt! Waren das nur seine überreizten Nerven gewesen oder hatte Ida tatsächlich gerade seinen Händedruck erwidert? Entgeistert blickte er sie an, doch er konnte in ihrem Gesicht keine Veränderung ausmachen. Nach wie vor blickte sie teilnahmslos geradeaus.

»Auf mein Kommando!«, brüllte der Soldat.

Wilhelm schloss die Augen. Wenigstens würde er nicht allein gehen. Er würde mit Ida vereint sein, wo auch immer das sein würde. Und er würde Karl wiedersehen, wenn es denn so etwas wie ein Wiedersehen gab. Wilhelm war nie ein Kirchgänger gewesen, doch in diesem Moment kam ihm der Gedanke irgendwie tröstlich vor. Gleich würde es so weit sein. Er atmete tief ein und hielt die Luft an.

»Stopp! Hört auf, ihr Affen!«, brüllte plötzlich eine Männerstimme.

Wilhelm riss die Augen auf. Zwei Männer in grauen Uniformen waren zu den Soldaten gestoßen. Gestapoleute! Was hatten die hier zu suchen?

»Schander will sie lebend«, sagte einer der Männer. »Er wird im Laufe der nächsten Stunde hier ankommen und wünscht die Gefangenen zu verhören. An eurer Stelle würde ich ihn nicht verärgern.«

Die Wehrmachtssoldaten sahen sich an, dann zuckte ihr Vorgesetzter mit den Schultern und ging in Richtung des Lastwagens zurück, worauf die beiden anderen ihm folgten.

Die Gestapoleute blickten zu den Gefangenen hinüber. »Los, Abmarsch! Wir werden im Schwanenwirt auf den Herrn Kriminalrat warten.«

Eine halbe Stunde später saß Margarete still im Schankraum des Gasthofs und starrte in den kalten Kamin. Der Raum war in schummriges Licht getaucht, das von tief hängenden Lampen ausging. Tische und Stühle waren aus Eichenholz gefertigt, den Boden bedeckten quietschende Dielen. Die Einrichtung wäre Margarete gemütlich vorgekommen, hätte sie sie in anderer Verfassung erblickt. Jetzt erschien ihr der Raum trostlos und verlassen.

Als die Soldaten sie vor einigen Stunden auf die Ladefläche des Lastwagens gescheucht hatten, war ihr klar geworden, dass sie aus dieser Geschichte nicht heil herauskommen würde. Jede ihrer Entscheidungen, so richtig jede einzelne zunächst gewirkt hatte, hatte sie nur tiefer ins Unheil gestürzt. Sie hatte sich auf ihren Onkel verlassen und auf Fritze, doch keiner von beiden hatte sie davor be-

wahren können, jetzt hier zu sitzen und auf die Vollstre-
ckung eines Urteils zu warten, das wohl längst gesprochen
war. Im Gegenteil! Es wurde Zeit, sich einzugestehen, dass
ihre Mühen umsonst gewesen waren. Hitler würde seine
Bombe bekommen, die Welt stand vor dem Abgrund. Auch
der Anblick des Eingangs zum unterirdischen Labor, das
gegenüber vom Gasthaus in den Fels gehauen war, hatte
ihr keine Hoffnung gemacht. Sie waren weit gekommen,
doch an dieser Stelle war Schluss.

Das Quietschen der Eingangstür ließ sie aufschrecken.
Auch die beiden Gestapomänner, die sie bewachten, blickten auf. »Ist er da?«, fragte einer von ihnen.

Der Mann, der in der Tür stand, nickte. Margarete
meinte, Angst in seinem Gesicht zu erkennen. Der Polizist
postierte sich neben dem Eingang und legte die Hand zum
Salut an die Stirn. Einige Sekunden verstrichen, in denen
Margarete den Rufen und Motorengeräuschen lauschte,
die von draußen hereindrangen.

Plötzlich stand Schander in der Tür. Sein langer grauer
Mantel wehte im Wind, seine Mütze hatte er tief ins Gesicht gezogen. Seine Hände leuchteten rot, als habe er sie
in eiskaltes Wasser getaucht. Er würdigte die Gefangenen
keines Blicks, sondern wandte sich dem Polizisten zu, der
neben der Tür salutierte. »Läuft alles nach Plan?«

»Wir haben die vier gesuchten Personen aufgegriffen,
wie Sie befohlen haben, Herr Kriminalrat.«

»Gut«, sagte Schander. Er ging weiter in den Schankraum hinein, zog einen Holzstuhl heran und setzte sich
rittlings darauf. Langsam ließ er den Blick über Wilhelm
und Ida, Fritze und Margarete schweifen. Ein Lächeln
stahl sich auf sein Gesicht. »Sieh an, sieh an! Vereint in
Glückseligkeit, wie ich sehe.«

Ein weiterer Mann betrat die Gaststube. Seine Haare schauten wirr unter seiner Gestapomütze hervor und klebten ihm nass auf der Stirn. »Schlechte Nachrichten, Herr Kriminalrat ...«, begann der Mann, doch er verstummte, als Schander den Blick auf ihn richtete. Auffordernd sah der Neuankömmling den Polizisten an, der sich neben der Tür postiert hatte. Dieser zuckte zunächst mit den Schultern, sackte dann jedoch merklich zusammen und wandte sich an Schander. »Es ist ... etwas Unvorhergesehenes passiert.«

Schander schwieg.

»Professor Braun ist verschwunden«, brachte der Geheimpolizist hervor und wurde bei jedem Wort kleiner.

Schander sagte immer noch kein Wort. Einige Sekunden verstrichen. Dann zog er plötzlich seine Pistole aus dem Holster und schoss dem Mann in die Brust. Mit einem überraschten Aufschrei wirbelte der Getroffene nach hinten, schlug gegen den Türrahmen und blieb dann auf der Schwelle liegen. Der Neuankömmling hatte Augen und Mund aufgerissen, sagte jedoch nichts. Schander erhob sich langsam und blickte für einen Moment an die Decke. Dann stieß er einen unartikulierten Schrei aus, der die anwesenden Uniformierten zusammenzucken ließ, und verfiel in einen unruhigen Trab, immer im Kreis um den Stuhl herum, auf dem er gesessen hatte. »Bin ich nur von Idioten umgeben?«, brüllte er. »Was fällt diesem Kretin ein?« Schnaufend stützte er sich mit den Händen auf der Rückenlehne des Stuhls ab und betrachtete seine Stiefel. Dann wandte er sich an den Neuankömmling: »Ricken, Sie bewachen die Gefangenen hier.«

Der Mann salutierte. »Verstanden, Herr Kriminalrat.«

Dann drehte sich Schander zu Margarete um. »Fräulein

von Brühl, Ihre Situation hat sich gerade zum Besseren gewendet, wie es scheint. Eine Beförderung, wenn man so will. Sie werden mich hinüber in den Keller begleiten und das Werk des Professors vollenden. Wie ich unterrichtet wurde, verstehen Sie sich ja ausgezeichnet auf diese Art von Arbeit, habe ich recht?«

Margarete brauchte einige Augenblicke, um ihre Überraschung zu überwinden. »Ich …«

»Sie brauchen mir nicht zu danken. Diese Beförderung haben Sie ganz allein Ihrem feinen Herrn Professor zu verdanken. Offenbar war er dem Druck des bevorstehenden Ruhms nicht gewachsen. Sie dagegen können eine neue berufliche Perspektive ganz gut gebrauchen, oder irre ich mich?«

»Sie meinen …«

»Ich habe nie ganz verstanden, warum Sie sich überhaupt mit diesem Kowalski abgeben«, unterbrach Schander sie erneut und schüttelte den Kopf. »Immerhin hat er ihr Lebenswerk vernichtet. Und Ihren Assistenten, aber der war vermutlich ohnehin ersetzbar.«

Margarete riss die Augen auf. Wovon sprach Schander da? Sie sah zu Fritze hinüber, der den Kopf gesenkt hatte. Wilhelm war von seinem Platz aufgesprungen, die Hände zu Fäusten geballt.

Schander lachte in sich hinein. »Ach, das wussten Sie nicht? Nun, leider kann ich Ihnen keine Zeit einräumen, diese Angelegenheit angemessen zu diskutieren. Fräulein von Brühl, Sie begleiten mich nun bitte nach drüben, in den Berg.«

In diesem Moment drangen Schreie von draußen in die Gaststube hinein. Schander wirbelte herum und zog seine Waffe.

Neben dem Geschrei konnte Margarete noch ein weiteres Geräusch ausmachen.

Schüsse!

Schander lief mit gezogener Waffe auf den Ausgang zu. Das mussten Kowalskis Freunde aus dem Untergrund sein! Er hatte schon mehrmals mit Leuten zu tun gehabt, die von sich behauptet hatten, der Roten Kapelle anzugehören, und er hatte nichts als Mitleid für sie übrig. Sie waren schlecht bewaffnet und noch schlechter ausgebildet. Trainierten Männern der Geheimen Staatspolizei oder Soldaten der Wehrmacht hatten sie nichts entgegenzusetzen. Schander ging im Kopf durch, wie viele Männer er vor Ort befehligte. Insgesamt kam er auf sechs Soldaten und acht Gestapoleute. Nein, sagte er sich, jetzt waren es nur noch sieben.

Schander presste sich rechts von der Tür gegen die Wand der Gaststube und lugte hinaus. In der Dunkelheit konnte er nur vage Schemen erkennen. Hier und da leuchtete Mündungsfeuer auf, es hatte sich ein heftiges Feuergefecht entwickelt. Ricken stand ihm gegenüber auf der anderen Seite der Tür. Er hatte seine Waffe gezogen und wartete auf ein Zeichen. Schander nickte ihm zu und sie stürmten hinaus, um hinter einem Kastenwagen in Deckung zu gehen.

Jetzt konnte Schander besser sehen. Mehrere Männer lagen auf dem Boden verstreut. Einige Gestapos schienen sich gerade in das unterirdische Labor zurückzuziehen, das auf der anderen Straßenseite in den Fels gehauen worden war. Dann erblickte er die Angreifer. Sie waren gekleidet wie Zivilisten. Doch etwas an ihren Bewegungen machte ihn stutzig. Sie schienen koordiniert vorzurücken, gaben sich gegenseitig Deckung und hielten die Köpfe unten. Kein Zweifel, diese Männer hatten ein militärisches Training hinter sich gebracht. War die Rote Kapelle mittlerweile so gut organisiert, dass sie ihre Männer derart ausbilden konnte? In diesem Moment hörte Schander einen von ihnen einen Befehl brüllen. Die Worte ließen ein heftiges Kribbeln in seinen Händen ausbrechen. Der Mann sprach Russisch!

Was ging hier vor sich? Für einen Moment versuchte er sich einzureden, dass die Angreifer lediglich eine andere Sprache verwendeten, um ihre Gegner zu verwirren, doch eine andere Erklärung war deutlich naheliegender. Diese Männer waren sowjetische Soldaten! Das erklärte auch ihr koordiniertes Vorgehen. Schander ertappte sich dabei, wie er mit offenem Mund den Kopf schüttelte. Wie kamen die Sowjets in dieses verfluchte Dorf in einem Tal, das normalerweise fernab jeglicher Aufmerksamkeit lag? Wie hatten sie unbemerkt die Frontlinie passiert? Und vor allem: Was wollten sie hier? Hatten sie von der Bombe erfahren? Das war unmöglich.

Ein Knall und ein grelles Flackern direkt vor ihm ließen ihn aus seinen Gedanken aufschrecken. Schander taumelte zurück. Sie standen unter Beschuss! Wild gestikulierend gab er Ricken zu verstehen, dass sie ihre Deckung wechseln mussten. Vielleicht würde es ihnen gelingen, in eins der Häuser zu kommen. Auf sein Signal hin liefen sie los, verließen ihre Deckung und eilten auf das benachbart stehende Gebäude zu.

Ein sengender Schmerz in seinem linken Bein ließ Schander straucheln. Für einige Schritte konnte er sich noch auf den Beinen halten, dann stürzte er und schlug hart auf das Kopfsteinpflaster. Er war getroffen! Beim Fallen hatte er zudem seine Pistole verloren. Keuchend stützte er sich auf die Ellbogen und sah sich um. Dort lag sie, etwa zwei Meter entfernt von ihm. Das konnte er schaffen! Kriechend bewegte er sich auf seine Waffe zu, doch dann drückte etwas Schweres ihn so heftig auf den Boden, dass es ihm die Luft aus den Lungen drückte. Es war der Stiefel eines der Angreifer. Schander konnte hören, wie der Mann über ihm russische Worte brüllte.

Wieso russisch?, fragte er sich erneut, dann traf ihn etwas mit Wucht am Hinterkopf und die Welt versank in Schwärze.

Fritze hatte auf seinem Platz ausgeharrt und gelauscht, was auf der Straße vor dem Schwanenwirt geschah. Als das Schießen aufgehört hatte, erhob er sich und strich sich die Haare aus dem Gesicht. Er merkte, dass sein Herz schneller schlug. Alles war genau so gekommen, wie er es geplant hatte. Jetzt musste er nur noch den Lohn für seine Mühen entgegennehmen. »Ihr wartet hier«, wies er Wilhelm und Margarete an, die immer noch auf ihren Stühlen kauerten. Wilhelm hielt Idas Hand umklammert, Margarete starrte in den Kamin, in dem einige verkohlte Scheite an ein vergangenes Feuer erinnerten.

Als keiner von beiden reagierte, ging Fritze zur Tür und spähte hinaus. Sofort wurden mehrere Waffen auf ihn gerichtet. Ein Mann brüllte ihn auf Russisch an. Seine Augen funkelten bedrohlich, deswegen hob Fritze die Hände über den Kopf und rief: »Ya Kowalski!« Er hatte versucht, sich in den vergangenen Wochen ein paar Brocken Russisch anzueignen. Jetzt würde er sehen, wie weit er damit kam.

Der Mann, der ihn angebrüllt hatte, senkte die Waffe und rief über die Straße: »Ey, Oleg! Wot eto nasch tschelowek!«

Genau, dachte Fritze, geh und hol Oleg, du russischer Hurensohn. Auf seinem Gesicht lag ein freundliches Lächeln, doch auf seinen Armen hatte sich eine Gänsehaut ausgebreitet. Das lag zum Teil daran, dass es in dem engen Tal wegen des sternklaren Himmels mittlerweile empfindlich kalt geworden war. Der wahre Grund aber war, dass der Name Oleg ihn mit Angst erfüllte.

Einige Sekunden später trat ein Mann aus dem Schatten. Als er näher kam, erkannte Fritze das Gesicht. Er war sich sicher, dass ihn dieses Gesicht für alle Zeiten in seinen Träumen verfolgen würde. Diese Augen, irgendetwas stimmte nicht mit diesen Augen. Sie schienen in zwei verschiedene Richtungen zu blicken. Die dunklen Haare trug der Mann kurz geschoren, eine lange Narbe zog sich über seine linke Schläfe. Kein Zweifel, es war Oleg. Derselbe Oleg, der ihn in Berlin beinahe in der Spree ertränkt hatte. Der Oleg, der für die Männer arbeitete, denen Fritze Geld schuldete. Viel Geld. Am Ende war seine Spielsucht außer Kontrolle gewesen, das hatte er mittlerweile eingesehen. Und als er nichts mehr hatte, das er noch eintauschen konnte, hatten seine Gläubiger Oleg auf ihn gehetzt. Und Oleg hatte ihm ein Angebot gemacht.

Fritze trat aus dem Gasthof und begrüßte den Russen mit offenen Armen. »Oleg, alte Kanaille, auf dich ist Verlass!«

Oleg riss Augen und Mund auf und zeigte mit dem Finger auf Fritze. »Kowalski, du dämlicher Hund, du lebst! Wer hätte das gedacht?«, rief er mit starkem russischem Akzent und kam auf Fritze zu. »Danke für deine Nachricht. Hast Wort gehalten.« Er klopfte Fritze auf die Schulter. Dann wurde er plötzlich ernst. »Hast du gesehen, was wir mit den verfluchten Hansis gemacht haben?« Einige

Sekunden lang starrte er Fritze fragend an, dann fuhr er sich mit dem Finger über den Hals und brach in Gelächter aus.

Fritze schluckte. Oleg litt unter unvorhersehbaren Stimmungsschwankungen, man konnte sich bei ihm nie sicher sein. Doch im Moment schien er gute Laune zu haben. »Sind sie alle tot?«

»Fast alle. Zwei haben wir lebend gefangen.« Oleg drehte sich in die Richtung, aus der er gekommen war. »Ey, Jaro! Wos'mi etich dwuch gestapowskich swinej!«

Ein weiterer Russe trat hervor. Er scheuchte den schwer humpelnden und benommen wirkenden Schander und einen anderen Gestapo mit vorgehaltener Waffe vor sich her. Der Mann war dabei gewesen, als Schander ihn gefoltert hatte. Nun, das hätte er sich besser vorher überlegen sollen. »Was machen wir mit ihnen?«

»Lass das meine Sorge sein«, erwiderte Oleg. Mit einem Mal war jegliche Freude aus seinem Gesicht verschwunden.

Fritze spürte, dass etwas nicht in Ordnung war.

Oleg kniff ein Auge zu. »Der Gestapoarsch hat mir gesagt, dass unser Plan nicht klappt, Kowalski. Er sagt, der Professor ist geflohen. Diese Männer haben ihr Leben riskiert, um hierherzukommen. Mehr als einmal! Keine Hilfe von der Armee, nur ein paar Männer, allein hinter der feindlichen Linie. Und jetzt ist der Plan kaputt? Sag, dass das nicht wahr ist!«

»Stimmt, der Professor ist verduftet, ick hörte davon«, erwiderte Fritze. »Aber glücklicherweise hatte ick mal wieder den richtigen Riecher. Ick hab dir doch gesagt, dass Fräulein von Brühl uns noch von Nutzen sein würde!«

Plötzlich brach Oleg wieder in Gelächter aus. »Und ich

dachte, du bist nur scharf auf die Kleine!« Er wedelte mit dem Zeigefinger durch die Luft. »Hol dein Mädchen, Kowalski! Sie soll die Bomben sicher machen, damit wir sie auf den Wagen laden können.« Oleg wandte sich dem Schwanenhof zu und lachte. »Und solange machen wir ein groooßes Feuer! Ich friere mir den Arsch ab in diesem verdammten Tal!«

Wilhelm streichelte Ida über den Rücken und sprach beruhigend auf sie ein. Als die Schießerei begonnen hatte, war sie in ein heftiges Keuchen ausgebrochen, und auch jetzt noch ging ihr Atem rasselnd und unregelmäßig. Sie spürt, dass etwas nicht stimmt, dachte Wilhelm. Immer noch hallten Schanders Worte in seinen Ohren nach. Fritze war es gewesen, der die Maschine sabotiert hatte! Er war schuld an Karls Tod! Die ganze Zeit über hatte Wilhelm den Mörder seines Sohns gesucht, dabei hatte sich der Verantwortliche direkt vor ihm befunden.

Die Tür zur Straße öffnete sich und die beiden Gestapomänner traten mit gesenkten Köpfen ein. Schander humpelte stark und blutete aus einer Wunde am Bein. Hinter ihm kam Fritze, in der Hand eine Maschinenpistole.

Wilhelm sprang auf und lief auf Fritze zu. »Was ist hier los?«

Fritze riss die Maschinenpistole hoch, die er in den Händen hielt. »Bleib, wo du bist!«

Wilhelm blieb stehen und starrte Fritze an. »Was bist du nur für ein Mensch?« Er spürte, wie sein Gesicht rot anlief. Auch die Waffe in Fritzes Händen würde ihn nicht aufhalten können, auf den Mörder loszugehen, wenn ihn nicht jemand zurückhielt.

Schander riss den Kopf hoch und lachte auf. »Ich glaube, Sie sind nicht ganz im Bilde, Herr …«

»Leitner«, antwortete Wilhelm wahrheitsgemäß und biss sich auf die Zunge, als das Wort seinen Mund verlassen hatte. Wieso konnte er nicht ein Mal die Klappe halten?

»Angenehm, mein Name ist Schander, Kriminalrat. Das hier ist Kommissar Ricken. Wie es aussieht, werden wir die uns noch verbleibende Zeit gemeinsam verbringen.«

Wilhelm schüttelte den Kopf. »Ich verstehe nicht …«

»Ihr Kompagnon ist nicht der Mann, für den er sich ausgibt, Herr Leitner.« Schander zuckte mit den Schultern. »Er ist ein Reichsverräter, wie er im Buche steht. Und ein Opportunist noch dazu!«

»Halt's Maul!«, schnauzte Fritze den Gestapomann an.

Wilhelm spürte Wut in sich aufkommen. »Was ist hier los, Fritze? Ich verlange eine Erklärung!«

»Erklär's dir selbst!« Fritze war in der Tür stehen geblieben und ließ seinen Blick durch den Raum schweifen. »Ihr alle werdet schön hier warten, während ick mit meinen Männern die Bomben verlade.« Sein Blick blieb an Margarete haften. »Grete, komm her!«

Margarete hob langsam den Kopf, die Geschehnisse der letzten Minuten schienen nicht an sie herangedrungen zu sein. Als sie Fritze sah, der mit der Maschinenpistole in der Luft gestikulierte, senkte sie den Kopf wieder und verfiel in die gleichmütige Pose, in der sie schon die letzten Stunden verbracht hatte.

»Was willst du denn mit den Bomben?«, fragte Wilhelm. »Ich dachte, du wolltest sie zerstören?«

Schander schüttelte den Kopf und grinste. »Er ist mit den Sowjets im Bunde. Sie sollen die Bombe bekommen.«

Die Erkenntnis traf Wilhelm wie ein Schlag in den Bauch. Das russische Wörterbuch in Fritzes Wagen! Er hatte sich gewundert, als er es gefunden hatte, sich aber weiter nichts dabei gedacht. Wie naiv er doch gewesen war!

Fritze ignorierte ihre Unterhaltung und ging auf Margarete zu. Er packte sie am Arm und zog sie von ihrem Stuhl. Sie leistete keinen Widerstand.

»Lass sie in Ruhe!«, brüllte Wilhelm, doch er verstummte, als Fritze die Waffe auf ihn richtete.

»Ihr passiert schon nüscht«, gab er zurück und lächelte. »Ick würd doch meiner kleinen Grete nichts tun.« Dabei kniff er ihr in den Hintern. Wieder reagierte Margarete nicht.

»Du Schwein!« Wilhelm rannte auf Fritze zu.

Die Maschinenpistole ratterte los, das Geräusch war in der niedrigen Schankstube ohrenbetäubend laut. Wilhelm prallte zurück. Einen Moment lang war er davon überzeugt, dass die Kugeln ihn durchsiebt hatten. Doch als er an sich herabschaute, sah er die Einschusslöcher auf den Holzdielen vor ihm. Wilhelm bekam Angst. Dieser Wahnsinnige würde ihn tatsächlich erschießen! Er würde ihn umbringen, so wie er Karl umgebracht hatte. Was würde dann aus Ida werden?

»Margarete will nichts von dir wissen, Fritze!«, rief Wilhelm. »Sie kann dich nicht ausstehen. Du magst vielleicht ihren Freund umgebracht haben, aber sie wirst du nie bekommen!«

Fritze sah ihn mit unbewegtem Gesicht an.

»Weißt du nicht, dass sie ein Kind bekommt?«, schleuderte Wilhelm ihm entgegen.

Fritzes Augen weiteten sich vor Erstaunen.

»Ja, ganz richtig«, fuhr Wilhelm fort. »Sie bekommt ein Kind. Und willst du wissen, von wem? Von meinem Sohn! Von Karl!«

Margarete war zusammengezuckt, als Wilhelm von dem Kind in ihrem Bauch gesprochen hatte. Sie hatte die letzten Minuten versucht zu verarbeiten, was Schander zu ihr gesagt hatte. Fritze hatte die Uranmaschine sabotiert! Er hatte die Explosion verursacht, die Karl das Leben gekostet hatte! Sie hatte den ganzen Weg zurückgelegt, um Fritze bei einer Mission zu helfen, über deren wahres Ziel er sie im Unklaren gelassen hatte. Dabei war *er* es die ganze Zeit gewesen, den sie gesucht hatte!

Dann fiel ihr noch etwas anderes ein. Sie hatte Fritze kurz vor der Explosion getroffen, direkt vor dem Institut! Wieso hatte sie nicht früher daran gedacht? Da musste er die Maschine bereits manipuliert haben. Sie spürte den Drang, ihn anzuschreien, ihn zu ohrfeigen, irgendetwas zu tun. Doch sein wütender Blick und die Maschinenpistole in seiner Hand überzeugten sie davon, dass dies nicht der richtige Zeitpunkt war, ihn für seine Taten zur Rede zu stellen. Warum hatte Wilhelm ihm sagen müssen, dass sie ein Kind von Karl erwartete? Sie hatte in Berlin oft erlebt, wie aufbrausend Fritze sein konnte. Nun rechnete sie damit, dass er völlig durchdrehen würde.

Doch Fritze sagte nichts, packte sie nur wieder am Arm und zog sie mit sich zur Tür. Er öffnete sie und drehte sich noch einmal um. »Ick überlasse euch Oleg. Soll er seinen Spaß mit euch haben.« Dann stieß er Margarete nach draußen und schlug die Tür hinter sich zu.

Auf der Straße wurden sie von mehreren bewaffneten Männern erwartet, die sie grimmig anstarrten. Einer von ihnen, ein Dunkelhaariger mit einer hässlichen Narbe am Kopf, kam grinsend auf sie zu. »Ist das die Kleine? Sie sieht nicht sonderlich schlau aus. Der Professor wäre mir lieber gewesen!«

»Sie kennt sich aus.« Fritze zog Margarete mit sich auf ein großes Holztor zu, das auf der anderen Straßenseite in eine steile Felswand zu führen schien. Das Labor! Es musste in den Berg gesprengt worden sein, wo es vor eventuellen Fliegerangriffen geschützt war. Der perfekte Ort für sensible Forschungen.

»Viel Spaß da drin!« Der Mann mit der Narbe lachte. »Aber halte sie nicht zu sehr von der Arbeit ab, wir haben es eilig!«

Fritze blieb stehen und drehte sich um. »Oleg, tu mir den Gefallen und kümmere dich um die Leute da drinne.« Er zeigte auf das Gasthaus. »Ick will nicht, dass sie uns in die Quere kommen.«

»Mach dir darüber keine Sorgen, Kowalski!«

Fritze öffnete das Holztor und führte Margarete in den Berg hinein. Im ersten Moment konnte sie in der Dunkelheit kaum etwas sehen, doch nach und nach erkannte sie, dass sie in einem kleinen Raum standen, an dessen Wand eine hölzerne Bank angebracht war. Auf der rechten Seite gab es eine Tür, auf die Fritze sie nun zuschob. Sie betraten einen länglichen Stollen. Dies musste das eigentliche Labor sein. Es war etwa zwanzig Meter lang und vielleicht fünf Meter breit. Die linke Seite wurde von einer langen Werkbank beansprucht, weiter hinten gab es eine kreisförmige Vertiefung, die Margarete an das Labor in Leipzig erinnerte. Offenbar hatte der Professor geplant, auch hier Versuche mit einer Uranmaschine durchzuführen. Möglicherweise war dieser Ort als Ausweichlabor gedacht, falls die Lage in Leipzig zu unsicher wurde.

Fritze ließ ihren Arm los. »Da stehen die Dinger.«

Margarete folgte seinem Blick und entdeckte fünf Metallzylinder, die auf der Werkbank standen. Sie sahen aus wie der, den sie auf dem Truppenübungsplatz in Ohrdruf gesehen hatten. Margarete spürte, wie eine elektrisierende Anspannung von ihr Besitz ergriff. Es war tatsächlich alles wahr! »Was soll ich damit tun?«

»Du sollst sie für den Transport bereit machen«, sagte Fritze. »Oleg würde es nicht witzig finden, wenn ihm die Dinger während der Fahrt um die Ohren fliegen.«

»Ich weiß nicht, wie sie konstruiert sind. Ich könnte uns alle aus Versehen in die Luft sprengen!«

»Das kriegste schon raus. Nur beeil dich bitte, Oleg is' nicht für seine Geduld bekannt.«

Margarete ging auf die Bomben zu und betrachtete einen der Zylinder genauer. Er war weniger als einen halben Meter hoch. An einer Seite erkannte sie eine Abdeckung, die mit vier Schrauben an der Außenhülle befestigt war. Margarete ließ ihren Blick über die Werkbank schweifen und fand, was sie suchte. In einer offenen Werkzeugkiste lag eine Auswahl von Schraubenziehern. Mit zitternden Fingern löste sie die vier Schrauben und öffnete die Abdeckung. Möglicherweise bin ich jetzt schon völlig verstrahlt, dachte sie. Ich werde sterben wie Marie Curie, mit entzündeten Fingern. Sie sah in die Öffnung und erblickte ein Gewirr von Kabeln. Dieser Aufbau hatte nichts mit dem zu tun, den sie in ihrer Doktorarbeit entwickelt hatte. Offenbar hatte Professor Braun ihn deutlich überarbeitet oder er hatte einen ganz neuen Ansatz verfolgt.

»Ich dachte, wir hätten diese Bomben gesucht, um sie

unschädlich zu machen.« Margarete richtete sich auf und wandte sich Fritze zu. »Du hast mich belogen.«

»Stimmt«, gab Fritze zurück. »Aber das musste nicht persönlich nehmen. Alle Männer lügen. Alle Weiber auch, im Übrigen.«

Margarete schüttelte den Kopf. »Wir können das alles jetzt und hier beenden! Wenn wir die Bomben zerstören, dann retten wir unzählige Menschenleben!«

»Aber unsere Leben wären dann im Handumdrehen vorbei, nämlich genau in dem Moment, in dem Oleg merkt, dass wir ihn belogen haben.« Er sah sie durchdringend an. Seine Augen waren kalt. »Mach die Bomben bereit für den Transport, Grete.«

Sie seufzte und drehte sich wieder zur Werkbank um. »Das wird eine Weile dauern.« Mit gerunzelter Stirn betrachtete sie die Kabel im Inneren der Bombe.

Plötzlich spürte sie, dass Fritze dicht hinter sie getreten war, und erstarrte. Sie konnte seinen Atem in ihrem Nacken spüren.

War dies der Moment, auf den er gewartet hatte? Fritze sog den Duft von Gretes Haar ein. Er hatte sich so sehr nach ihr gesehnt, all die Jahre über, seit sie ihn damals in Berlin sitzen gelassen hatte. Als er sie dann in Leipzig wiedergetroffen hatte, hatte er es nicht gewagt, sich ihr allzu stürmisch zu nähern. Er hatte sie schließlich gebraucht, um die Bomben zu finden. Ohne sie hätte er Olegs Auftrag niemals ausführen können. Aber jetzt … jetzt war doch alles klar! Sie hatten die Bomben unter ihre Kontrolle gebracht und die Nazis waren tot oder gefangen.

Und Grete war in seiner Hand. Der Gedanke erregte ihn und er legte seine Hände um ihre Taille. Er dachte an das

Baby, das in ihrem Bauch heranwuchs. Einen Moment lang war er gekränkt gewesen, als Wilhelm ihm von dem Kind erzählt hatte. Dann jedoch hatte er entschieden, dass es ihm gleichgültig war. Er hatte ohnehin nie wirklich daran geglaubt, Grete noch einmal für sich gewinnen zu können. Insgeheim hatte er lediglich auf eine Situation gehofft, in der sie ihm ausgeliefert sein würde.

So wie jetzt.

»Was machst du?«, fuhr sie ihn an. »Ich muss mich konzentrieren! Ich arbeite an einer offenen Bombe, verstehst du das?«

Fritze konnte die Angst in ihrer Stimme hören.

Das gefiel ihm.

O ja, dachte er, dies ist der Moment.

Gerald Schander starrte mit versteinerter Miene auf die Tür der Gaststube. Die Russen hatten sich nicht einmal die Mühe gegeben, sie zu verriegeln. Ganz so, als wollten sie, dass jemand herauskäme. Vermutlich standen sie mit ihren Waffen im Anschlag auf der Straße, die Tür im Visier. Schander konnte die Unterhaltung der Männer hören, doch er verstand kein Russisch. Einer von ihnen hatte von einem Feuer gesprochen, aber Schander nahm an, dass das ein Scherz gewesen war. Die Russen mussten völlig wahnsinnig sein, wenn sie das Risiko eingehen wollten, in diesem engen Talkessel einen Brand zu legen.

Kommissar Ricken trat an seine Seite. »Was sollen wir tun, Herr Kriminalrat?«

Schander drehte sich zu seinem Assistenten um und musterte ihn. Er suchte nach den passenden Worten, wollte einen abfälligen Kommentar abgeben zu Rickens dämlicher Frage, doch ihm fiel keiner ein. Stattdessen wandte er sich wieder von ihm ab und starrte weiter die Tür an. Irgendeinen Ausweg musste es doch geben! Einen Moment lang überlegte er, ob er mit den Russen in Verhandlung treten konnte. Doch ihm wurde schnell klar, dass er absolut nichts anzubieten hatte. Er hatte hoch gespielt und verloren. Dieser verfluchte Kowalski war ihm die ganze Zeit schon einen Schritt voraus gewesen. Er hätte ihn nicht derart unterschätzen dürfen! Der nah geglaubte Triumph hatte ihn unaufmerksam werden lassen. Und nun war alles fort.

Mit einem Mal spürte Schander Wut in sich aufsteigen. Nein, so durfte es nicht enden! »Ricken, gehen Sie raus und sagen Sie den Russen, dass ich verhandeln will!«

Der Kommissar reagierte nicht.

Schander drehte ihm den Kopf zu und starrte ihn an. »Gehen Sie raus und sagen Sie es ihnen!«

Ricken trat einen Schritt zurück und sah unsicher zu Leitner und seiner offenbar geistesgestörten Frau.

Mit einer plötzlichen Bewegung griff Schander nach einem der Holzstühle, die im Schankraum verteilt standen, und schleuderte ihn auf seinen Assistenten. Ricken versuchte, zur Seite auszuweichen, doch der Stuhl traf ihn an der Schulter und ließ ihn vor Schmerz aufschreien. »Ich habe Ihnen einen Befehl gegeben, Ricken!« Schander machte einen Schritt auf den Kommissar zu. »Was ist mit Ihnen? Wollen Sie nicht wenigstens einen Ihrer verdammten Niesanfälle bekommen, Sie jämmerliche Kreatur?«

»Gehen Sie doch selbst!«, rief Leitner, der neben seiner Frau auf einer Bank an der Rückwand der Gaststube saß.

»Was haben Sie da gerade gesagt?«, zischte Schander. »Sie wissen wohl nicht, mit wem …«

In diesem Moment ertönte ein Klirren hinter ihm. Er wirbelte herum und tat vor Schreck einen Satz zurück. Vor ihm loderten Flammen empor. Die Russen hatten offenbar zwei Brandflaschen durch die Scheiben der Gaststube geworfen. Schnell breitete sich das Feuer auf dem hölzernen Dielenboden aus.

»Verflucht noch eins!«, brüllte jemand hinter ihm, doch Schander registrierte es kaum. Er stand wie erstarrt und konnte den Blick nicht von den züngelnden Flammen abwenden. Schon spürte er die Hitze, die sein Gesicht streichelte, und Bilder tauchten vor seinen Augen auf. Diese schrecklichen Bilder aus seiner Kindheit. Der Kohlenofen, das Inferno um ihn herum, das vergitterte Fenster, die Monster in der Dunkelheit. Ihm war, als könne er wieder ihre Stimmen hören. »Da hast du's nun, du Ochse! Verbrennen wirst du, so wie du uns verbrannt hast!«

Dann griffen die Flammen auf einen der Tische über, und Schander erwachte aus seiner Trance. »Ricken!« Er blickte sich nach seinem Assistenten um. Was er sah, ließ ihn keuchen. Der Kommissar kam auf ihn zugerannt, in der Hand hielt er den Stuhl, den Schander auf ihn geworfen hatte.

»Lass mich los!« Margarete versucht sich aus Fritzes Griff zu winden. »Ich kann so nicht arbeiten.«

»Ist ja gut«, sagte er, ließ seine Hände aber auf ihren Hüften ruhen. Sein Kopf berührte leicht ihre Schulter.

Margarete erschauderte. Fritzes feuchter Atem auf ihrer Haut war ihr ein Gräuel und machte es ihr unmöglich, sich zu konzentrieren. In ihrem Kopf ging alles durcheinander. Sie versuchte, den Aufbau der Bombe zu verstehen, die vor ihr stand, gleichzeitig suchte sie fieberhaft nach einem

Ausweg aus dieser demütigenden Situation. Wahrscheinlich war es das Beste, einfach zu tun, was er von ihr verlangte. Dann würde er hoffentlich mit den Russen von hier verschwinden und sie in Ruhe lassen.

»Was haste nur gegen mich?«, fragte Fritze.

»Du störst mich bei der Arbeit! Willst du, dass wir beide in die Luft fliegen, weil ich aus Versehen die falschen Drähte miteinander verbinde?«

»Na schön«, maulte er und ließ von ihr ab.

»Hilf mir lieber dabei, dieses Ding auf die Seite zu legen«, sagte sie. »Ich brauche mehr Licht.«

Fritze trat neben sie und umfasste die Bombe mit beiden Händen. Gemeinsam drehten sie den Metallzylinder in die Waagerechte und legten ihn behutsam auf die Werkbank.

Margarete bückte sich über die Öffnung an der Seite des Sprengkörpers. Nach und nach fand sie sich besser zurecht. Letztlich musste diese Bombe funktionieren wie jede andere auch. Irgendwo befand sich ein Zünder, der den Sprengmechanismus in Gang setzte. Lediglich die Art der Sprengung und die damit verbundene Wirkung unterschieden sich je nach Typ. In diesem Moment fiel ihr Blick auf ein kleines rundes Bauteil. Das musste der Zünder sein! Eine kleine Drei war darauf gedruckt. Margarete kannte diese Ausführung. Es war ein mechanischer Zeitzünder, im Grunde ähnlich einer Eieruhr. Drei Minuten, nachdem die Kontakte geschlossen wurden, würde er die Bombe zur Detonation bringen. Jetzt sah sie auch ein loses Drahtende. Sobald dieser Draht mit dem Zünder verbunden war, sollte man sich schleunigst in Deckung begeben. War es das, was der Professor gemeint hatte? War das die gefährliche Verbindung, die sie für den Transport sichern sollte?

Plötzlich trat Fritze wieder an sie heran. »Lass gut sein«, flüsterte er in ihr Ohr. »Das hat Zeit. Oleg und seine Mischpoke sind draußen gut beschäftigt.« Er legte eine Hand auf ihre Brust.

Margarete erstarrte. Was passierte hier? Sie spürte, wie Panik sie überkam. Krampfhaft versuchte sie, weiter zu atmen, doch es gelang ihr nicht. Ihr Blick war immer noch starr auf das Innere der Bombe gerichtet, doch ihre Gedanken fokussierten sich ganz auf die Hand, die sie berührte. Sie wollte das nicht! »Lass mich ... los«, presste sie zwischen ihren geschlossenen Zähnen hervor.

»Nun zier dich mal nicht so.« Er fuhr mit seiner anderen Hand an ihrer Hüfte hinab.

Margarete hatte das Gefühl, gleich verrückt zu werden. Fritzes Hände auf ihrem Körper ließen Übelkeit in ihr hochsteigen. Mit einem Mal waren die Bilder wieder da, die Erinnerungen an jenen Tag, als die Freunde ihres Bruders über sie hergefallen waren. Er lag schon so viele Jahre zurück und dennoch hatte sich der Gedanke daran in ihr Gehirn gebrannt.

»Lass mich los!« Sie warf sich zur Seite.

»He!«, rief Fritze, doch für einen Moment taumelte er zurück.

Margarete wandte sich wieder der Bombe zu. Mit zitternden Fingern verband sie das lose Drahtende mit dem Kontakt am Zünder der Bombe.

Wilhelm hatte dem Wortwechsel der beiden Gestapoleute fassungslos zugehört. Was spielten ihre persönlichen Feindschaften jetzt noch für eine Rolle? In dem Moment, als die beiden Brandflaschen durch die Fenster geflogen waren, hatte Wilhelm gewusst, dass sie alle in unmittelbarer Lebensgefahr schwebten. Das Gasthaus, in dem sie sich befanden, war alt. Es würde brennen wie Zunder. Fieberhaft hatte er nach einem Ausweg gesucht, doch die Tür und die Fenster, die zur Straße hinausgingen, kamen für eine Flucht nicht infrage. Die Männer, die draußen die Kontrolle übernommen hatten, würden sie nicht entkommen lassen. Die anderen Wände des Schankraums hatten keine Fenster und so war ihm als einziger Ausweg die Treppe ins Auge gefallen, die ins Obergeschoss führte.

Wilhelm verzog das Gesicht bei dem Gedanken, ins obere Stockwerk fliehen zu müssen. Schon bei der Jugendfeuerwehr hatte er gelernt, dass man bei einem Hausbrand niemals nach oben fliehen durfte. Der Rauch und die giftigen Gase würden mit der heißen Luft nach oben getragen werden und die oberen Etagen zu einer tödlichen Falle machen. Doch ihm blieb keine Wahl, hier im Schankraum konnte er keine Minute länger bleiben. Die Flammen griffen bereits wütend nach den Möbelstücken und auch auf den Dielen breiteten sie sich in Windeseile aus.

Ohne den beiden uniformierten Streithähnen noch weiter Beachtung zu schenken, legte Wilhelm den Arm um Idas Schultern und zog sie mit sich, die Treppe hinauf. Die Wunde an seinem Bein, die er sich auf der Brücke zugezogen hatte, pochte wie wild. Irgendwann würde er einen Arzt brauchen. Doch jetzt galt es erst mal, die nächsten Minuten zu überleben. Am oberen Ende der Treppe angekommen, erwartete ihn ein kurzer Gang mit Türen zu beiden Seiten. Blindlings entschied Wilhelm sich für die erste Tür auf der rechten Seite, in der Hoffnung, dass das dahinter liegende Zimmer ein Fenster besaß, das auf die hinter dem Gasthof liegende Seite zeigte. Er drückte die Klinke hinunter, doch die Tür ließ sich nicht öffnen. Kurzentschlossen zog Wilhelm Ida mit sich und probierte es mit der nächsten Tür auf der rechten Seite. Ebenfalls verschlossen.

Er blickte zurück. Es war schwierig, in dem dunklen Flur etwas zu erkennen, doch er war sich sicher, dass bereits dicke Rauchschwaden die Treppe heraufzogen. Er musste sich beeilen! Schnaufend nahm er einige Schritte Anlauf und warf sich mit der Schulter gegen die Tür. Das Holz ächzte, gab jedoch nicht nach. Stattdessen krümmte Wilhelm sich vor Schmerzen. Er hatte für einen Moment vergessen, wie viele Blessuren er sich in den vergangenen Tagen bereits zugezogen hatte. Jede körperliche Anstrengung erinnerte ihn wieder daran. Doch es gab keinen anderen Weg! Die Zimmer zur Straße hinaus würden ihnen keinen Fluchtweg bieten.

Wilhelm biss die Zähne zusammen und nahm erneut Anlauf. Mit aller Kraft warf er sich gegen die Tür. Krachend splitterte das Holz um das Schloss herum und Wilhelm stürzte mit dem Kopf voran in ein kleines dunkles Zimmer, in dem ein Bett und ein Schrank standen. Zu seiner Erleichterung verfügte es außerdem über ein Fenster, das von dünnen Leinenvorhängen verdeckt war. Außerdem stand in einer Ecke ein Waschzuber, der zur Hälfte mit Wasser gefüllt war.

Hastig zog Wilhelm seine Frau in das Zimmer hinein und schloss die Tür hinter ihr. Dann schritt er zum Fenster und riss einen der Vorhänge von der Stange. Er knüllte den Stoff zu einem Bündel und tauchte es in den Waschzuber, bis es gut durchnässt war. Dann formte er daraus eine lange Wurst und legte sie vor die Türschwelle, um die Tür gegen den heraufziehenden Rauch abzudichten. Als er mit seinem Werk zufrieden war, trat er erneut ans Fenster und lugte hinaus. Der Boden war nicht allzu tief, vielleicht drei

Meter. Es musste ihm gelingen, Ida von hier aus abzuseilen und danach sich selbst zu retten. Instinktiv tastete er an seinen Gürtel, doch sein Griff ging ins Leere. Natürlich! Er hatte seine Feuerwehrausrüstung in dem Wagen zurücklassen müssen, mit dem sie in die Straßensperre auf der Brücke geraten waren. Kein Seil, kein Notnagel, keine Handschuhe, kein Beil. Er würde sich etwas anderes einfallen lassen müssen.

In diesem Moment erblickte Wilhelm zwei Schatten, die etwas abseits des Hauses unter Bäumen standen. »Verdammter Mist«, murmelte er, als er erkannte, dass es sich dabei um zwei bewaffnete Männer handelte, die den Gasthof beobachteten.

Wilhelm drehte sich zu Ida um. »Tut mir leid, Schatz, aber diesmal war der Fluch wirklich gerechtfertigt.«

Der Stuhl traf ihn an der Schläfe, und die Welt schien sich in ihre Bestandteile aufzulösen. Gerald Schander taumelte, versuchte, sich mit aller Macht auf den Beinen zu halten, sank dennoch auf die Knie und kippte zur Seite. Er sah Ricken über sich stehen, mit dem Stuhl in der Hand, und schaffte es mit letzter Kraft, einen Arm zu heben, um ihn schützend vor sein Gesicht zu halten. Er rechnete jeden Moment mit einem erneuten Schlag, doch Ricken ließ den Stuhl sinken und starrte ihn lediglich an.

»Hören Sie«, sagte Schander, »ich habe es nicht so gemeint.« Mühsam hievte er seinen Oberkörper in eine aufrechte Position. »Sie haben mir stets gute Dienste geleistet. Ich war vielleicht nicht immer gut darin, Ihnen das zu sagen.«

Ricken atmete schwer und schien über seine Worte nachzudenken. Schander blickte an ihm vorbei. Auf der

Straße konnte er die Russen lachen hören, sie schienen sich köstlich zu amüsieren. Er sah, wie sich die Flammen von den Fenstern aus immer weiter in die Gaststube hinein ausbreiteten. Bestürzt stellte er fest, dass nahezu alles hier aus Holz zu bestehen schien. Unwillkürlich wich er einige Zentimeter zurück. Er musste hier raus, nur wie?

Ricken funkelte ihn weiterhin an. »Seit ich bei der Gestapo bin, haben Sie mich wie einen Hund behandelt.«

Einen derart unfähigen Hund hätte ich längst erschossen, dachte Schander, doch er setzte ein Lächeln auf. »Das verstehen Sie falsch, Ricken. Als Leiter einer solchen Behörde muss ich lediglich dafür sorgen, dass die Hierarchie gewahrt bleibt.«

»Ihre Hierarchie gilt jetzt nicht mehr, nicht hier.« Ricken machte einen Schritt auf ihn zu. In seinen Augen brannte die nackte Wut. Langsam hob er den Stuhl, den er immer noch in seinen Händen hielt, über den Kopf.

Schander hielt sich beide Arme schützend vor das Gesicht. Gleich würde das Möbelstück auf ihn hinabsausen. Ricken würde ihn bewusstlos schlagen und hier zurücklassen!

Doch plötzlich hielt der Kommissar inne, blickte an Schander vorbei, lehnte sich ein wenig zurück und brach in ein heftiges Niesen aus. Klappernd fiel der Stuhl zu Boden.

Schander zögerte keinen Augenblick. Unter Schmerzen sprang er auf und warf sich auf seinen Assistenten.

Margarete schrie auf, als Fritze sie grob an den Armen packte und zu sich herumwirbelte. Er hielt sie fest, während er seine Lippen auf ihre presste. Sie fühlten sich rau an, aufgesprungen. Sein Atem roch faulig.

»Ick wette, dein Karl hat es dir nie so richtig besorgen können.« Er blickte sie an. In seinen Augen lag ein Ausdruck, den sie nicht deuten konnte. Schweißperlen glänzten auf seiner Stirn. Plötzlich packte er sie an der Taille und hob sie auf die Werkbank. Er presste sein Becken zwischen ihre Beine und hielt ihren Kopf umklammert, dann führte er seine Lippen wieder an ihre.

Margarete war starr vor Schreck. Jede Faser ihres Körpers wollte sich gegen Fritzes ungestümen Vorstoß wehren, doch sie konnte keinen Muskel rühren. Mit einem Mal drang das Ticken des Zeitzünders an ihre Ohren. Es kam ihr entsetzlich laut vor, so laut, dass Fritze es unmöglich überhören konnte. Drei Minuten! Sie spürte, wie Fritzes Zunge über ihr Gesicht fuhr. Sie stöhnte laut auf, um das Geräusch der Mechanik zu übertönen, die sie in Gang gesetzt hatte.

»Ick wusste doch, dass es dir gefällt«, sagte er und grinste.

Margarete hätte am liebsten geschrien. Stattdessen ließ sie seine Annäherungsversuche über sich ergehen. Drei Minuten, dann würde alles vorbei sein. Die Bomben wären zerstört und Fritze würde ihr nichts mehr antun können. Alles würde ein Ende finden.

Sie schloss die Augen und zählte die Sekunden. Einundzwanzig, zweiundzwanzig, dreiundzwanzig … Sie spürte Fritzes Erektion durch den Stoff seiner Hose. Jetzt griff er nach ihren Oberschenkeln, spreizte sie weiter auseinander. Er stöhnte und Margarete tat es ihm gleich, während sie im Kopf weiter die Sekunden zählte.

Siebenundzwanzig, achtundzwanzig … Wie viel Zeit war schon vergangen? Wie lang würde es noch dauern, bis der Zünder die Explosion auslöste? Sie konnte Fritzes Berührungen nicht mehr viel länger ertragen. Mit einem Mal hatte sie das Gefühl, über ihrem eigenen Körper zu schweben. Sie beobachtete, wie Fritze ihre Bluse öffnete, nach ihren Brüsten griff. Sie sah, wie sie selbst den Kopf in den Nacken warf und ihn an sich zog. Sie betrachtete den schlanken Stahlzylinder, der neben ihr auf der Werkbank lag, sah in sein Innerstes, tauchte ein in das Gewirr aus Drähten und Kabeln, das Geräusch des Mechanik, die seelenlos die Minuten bis zur Detonation herabzählte ...

Und dann endete das Ticken. Der Zeitzünder hatte seine Routine beendet, die drei Minuten waren um. Margarete hielt die Luft an und presste die Augen zu. Für einen Moment erstarben alle Geräusche um sie herum. Gleich würde es vorbei sein, gleich würde dieser Albtraum enden!

Doch nichts geschah. Keine Explosion. Margarete war plötzlich wieder in ihrem Körper, spürte Fritzes Hände auf ihrer Haut.

Die Bombe war nicht detoniert.

Sie hatte irgendetwas falsch gemacht!

In diesem Moment spürte sie, wie Fritze ihren Gürtel öffnete.

Mit einem wütenden Schrei stürzte sich Schander auf seinen Assistenten, der gebeugt vor ihm stand und sich die Seele aus dem Leib nieste. Krachend gingen sie beide zu Boden, Schander obenauf. Sofort versuchte er, seine Knie auf Rickens Armen zu drücken, um jegliche Gegenwehr zu verhindern, dann schlug er ihm mit der Faust ins Gesicht. Seine Knöchel schmerzten, als sie auf Rickens Kiefer trafen, er vermisste seine Handschuhe. Wie hatte er sie nur vergessen können? Trotz der Schmerzen hieb er wieder und wieder auf Ricken ein, bis er spürte, dass der Körper des Kommissars erschlaffte.

Keuchend betrachtete Schander seine Finger. Sie schienen im Schein der Flammen zu pulsieren, das rote Narbengewebe juckte und brannte. Er wandte den Kopf und spürte, wie ihm das Herz in die Hose sackte, als er die Feuersbrunst erblickte, die in der Gaststube wütete. Wie sollte er dieses Haus verlassen? Er konnte nicht einfach auf die Straße rennen, dort würden die Russen ihn erwarten und abknallen wie einen Köter. Suchend blickte er sich um. Leitner und seine Frau konnte er nicht mehr entdecken. Wo waren sie hin? Dann fiel sein Blick auf die Treppe, die ins Obergeschoss führte. Er musste dort hinaufgelangen! Zumindest würde ihm das einige Minuten zum Nachdenken verschaffen.

In diesem Moment spürte er, dass Ricken sich wieder rührte. Schander blickte hinab und sah mit Bestürzung, dass der Kommissar lachte. Blut triefte aus seinen Mundwinkeln, seine Zähne glänzten rot, doch aus seinem Mund drang ein schallendes Wiehern.

»Was?«, schnauzte Schander ihn an, doch Ricken lachte einfach weiter. Kalte Wut stieg in Schander auf. Machte dieser Wurm sich etwa über ihn lustig?

»Sie sollten sich sehen«, presste Ricken hervor. »Gefangen wie eine Ratte, zitternd wie ein kleines Kind!«

Schander kniff die Augen zusammen. Statt noch etwas zu erwidern, legte er die Hände um Rickens Hals und drückte zu. Er spürte, wie der Kehlkopf des Kommissars hoch und runter hüpfte, immer noch lachte er ihn aus. Schander verstärkte seinen Griff und genoss den Anblick von Rickens Gesicht. Nach und nach wurde es immer dunkler und die Augen begannen aus den Höhlen hervorzuquellen. Ihm würde das Lachen schon noch vergehen!

Währenddessen wurde die Hitze um Schander herum immer unerträglicher. Die Flammen waren nun keinen Meter mehr von ihm entfernt, doch er würde Ricken nicht loslassen. Schander hatte den Kommissar immer gehasst, das wurde ihm nun klar. Eine solche Anhäufung von Inkompetenz, Angst und Zweifeln hätte es in der Gestapo niemals geben dürfen. Er spürte, wie seine Hände verkrampften, doch er ließ nicht ab vom Hals seines Assistenten.

Ein plötzlicher Flammenregen, ausgelöst von einem umkippenden Stuhl, ließ Schander aufschreien. Instinktiv riss er die Hände vor das Gesicht, um sich vor den herumwirbelnden Funken zu schützen. Mit einem Mal spürte er eine Bewegung unter sich und plötzlich lag er selbst auf dem Rücken. Ricken stand über ihm und lachte schallend. Rote Male zeichneten sich an seinem Hals ab. In den Händen hielt er einen brennenden Teppich, den er irgendwie zu sich herangezogen haben musste.

Schander öffnete den Mund, konnte jedoch vor Schreck keinen Laut von sich geben. Er spürte, dass jeder Muskel seines Körpers in vollkommener Anspannung erstarrt war. Das ist die Panik, dachte er noch, und dann ließ Ricken den brennenden Teppich auf ihn fallen. Schander heulte auf, wand sich auf die Seite, rollte über den Boden und versuchte, die züngelnden Flammen von seinem Körper fernzuhalten. Aus dem Augenwinkel sah er, wie Ricken gemessenen Schrittes durch die Feuersbrunst auf die Tür der Schankstube zuging. Als er sie erreicht hatte, drehte er sich noch einmal um und nickte ihm zu. Dann öffnete er die Tür und trat hinaus. Das Rattern der Maschinenpistolen ließ Schander zusammenschrecken. Er hatte geglaubt, dass ihm Rickens Ableben Genugtuung verschaffen würde, doch er fühlte nur eine tiefe Leere.

Dann blickte er an seinem Körper herab. Nein, das durfte nicht sein! Seine Hose war in Brand geraten. Hektisch warf er den Kopf erst nach links, dann nach rechts. Feuer überall! Die ganze Schankstube war ein Meer aus zuckenden Flammen. Die Treppe! Instinktiv robbte er auf dem Rücken liegend in den hinteren Bereich des Raums, dorthin, wo er den Weg nach oben vermutete. Schmerzen durchzuckten seine Finger, als er wieder und wieder die glühenden Dielen berührte. Erst jetzt bemerkte er, dass er schrie. Nein, er schrie nicht, er brüllte wie ein Schwein auf dem Weg zur Schlachtbank. Flammen züngelten auf seinen Beinen, seinen Armen, sein Körper stand in Flammen!

Und dann sah er die Treppe. Nein, er sah den Ort, wo die Treppe einmal gewesen war. Nun klaffte dort ein schwarzes Loch und gab den Blick ins Obergeschoss frei. Der Aufgang war eingestürzt. Es gab keinen Weg hinaus.

Für einen kurzen Moment klammerte er sich an den Gedanken, doch durch die Tür der Gaststube auf die Straße zu laufen und mit den Russen zu verhandeln oder sich wenigstens erschießen zu lassen. Alles war besser, als in dieser Hölle bei lebendigem Leibe zu verbrennen. Doch dann hörte er, wie seine Haare sich knisternd in Rauch auflösten, und er schloss die Augen.

Schüsse gellten durch die Nacht und übertönten das Tosen des Feuers unter ihnen. Wilhelm warf sich auf den Boden. Was war dort unten los? Hatten die Gestapoleute die Flucht nach vorn gewagt? Vorsichtig erhob er sich wieder und spähte aus dem Fenster. Die Schatten waren verschwunden! Wilhelm ließ den Blick über das Gelände hinter dem Haus schweifen, doch er konnte die beiden Männer nicht entdecken.

Das war ihre Chance. Wilhelm wusste, dass das Feuer in wenigen Minuten auch die obere Etage des Hauses erfassen würde. Es wurde Zeit, dass sie hier rauskamen! Fieberhaft sah er sich in dem engen Zimmer nach etwas um, das er als Seil verwenden konnte, um Ida aus dem Fenster herunterzulassen. Doch natürlich wies die Ausstattung eines Gästezimmers im Württembergischen kein Seil auf.

Sein Blick wanderte erneut zur Tür. Noch war kein Rauch zu sehen, offenbar hielt seine improvisierte Abdichtung stand. Dann kam ihm eine Idee. Mit großen Schritten lief er zur Tür und hob den feuchten Lappen auf, den er in die Türritze gestopft hatte. Dann ging er zum Fenster zurück und riss den zweiten Vorhang herunter. Eilig verknotete er die beiden Stoffbahnen. Sie würden mit Mühe bis auf den Boden reichen, wenn er Ida aus dem Fenster hinabließ, doch er würde auch noch Material für die Schlinge benötigen. Verdammt, er hatte keine andere Wahl, er musste es versuchen.

Wilhelm erstarrte, als er deutlich den Geruch des Feuers vernahm. Jetzt, da die Tür nicht mehr abgedichtet war, drang der Rauch in das Zimmer. Er musste sich beeilen! Er lief zu Ida und knotete das eine Ende des Vorhangs um ihre Taille. Dann schob er sie an das Fenster heran. Doch woran sollte er das andere Ende des improvisierten Seiles befestigen? Wilhelm fluchte leise vor sich hin. Er hätte seinen Notnagel nicht zurücklassen dürfen! Erneut sah er sich in dem kleinen Raum um. Das Bett, dachte er, er könnte die Vorhänge an ein Bein des Betts knoten und sich dann darauf stellen. Das sollte das nötige Gegengewicht bilden, um Ida herablassen zu können, hoffte er. Er sank auf die Knie und knüpfte den Knoten, dann erhob er sich wieder und blickte Ida an. Sie starrte an ihm vorbei, ins Nichts, ganz so wie immer. Doch ihr Brustkorb hob und senkte sich in einem wahnwitzig schnellen Rhythmus. Die Luft wurde immer schlechter, er musste sie hier herausbringen!

Wilhelm küsste seine Frau auf die Wange, dann griff er mit den Armen um ihre Taille und hob sie auf die Fensterbank. Er langte an ihr vorbei, um die Fensterflügel nach außen aufzustoßen, dann schob er das Bett unter das Fenster und stieg darauf. Die Matratze gab unter ihm nach und machte es ihm schwer, das Gleichgewicht zu halten. Doch es gab jetzt kein Zurück mehr. Mit dem rechten Arm griff er unter Idas Kniekehlen und hob ihre Beine über das Fensterbrett, bis sie aus dem geöffneten Fenster in die Nacht baumelten und Ida ihm den Rücken zukehrte. Jetzt würde es auf seine Kraft ankommen. Er durfte unter keinen Umständen die Vorhänge loslassen, während Ida in der Luft war. Er wollte sich nicht ausmalen, welche Folgen der Sturz für sie haben würde. Wenn er doch bloß seine Handschuhe dabeihätte, dachte er. In diesem Moment fielen ihm die schwarzen Lederhandschuhe ein, die er in Ohrdruf gefunden hatte. Er hatte sie in seine Manteltasche gestopft und nicht weiter darüber nachgedacht. Nun wühlte er mit beiden Händen in seinen Taschen und tatsächlich, er hatte sie immer noch bei sich!

Mit zitternden Händen streifte er sich die Handschuhe über. Sie waren ihm etwas zu klein, aber sie würden ihren Zweck erfüllen. Wilhelm atmete noch einmal tief ein, dann griff er mit beiden Händen den Vorhang und lehnte sich mit der Schulter gegen Idas Rücken. Er spürte, wie ihr Körper langsam nach vorn rutschte, auf den Abgrund zu, und plötzlich glitt sie über die Kante in die Tiefe. Wilhelm wurde von dem schlagartigen Ruck nach vorn geschleudert, doch es gelang ihm, sich mit der Schulter am Fensterrahmen abzustützen und Idas Sturz zu bremsen. Der Stoff knarzte bedenklich, und Wilhelm beeilte sich, Ida Stück für Stück herabzulassen, ehe das Gewebe nachgeben und reißen würde. Zentimeter für Zentimeter ließ er das improvisierte Seil durch seine Hände gleiten.

Doch dann spürte er, dass es nicht weiterging. Die Vorhänge waren zu kurz! Sie hingen straff gespannt aus dem Fenster, was nur bedeuten konnte, dass Ida immer noch in der Luft baumelte. Wilhelm beugte sich nach vorn, um zu überprüfen, in welcher Höhe Ida hing, doch er spürte, wie das Bett unter ihm vom Boden abhob, wenn er sein Gewicht zu weit nach vorn verlagerte. Natürlich, er selbst fungierte ja als Gegengewicht, um Ida zu halten! Fieberhaft ging er im Kopf seine Möglichkeiten durch. Er konnte die Vorhänge durchtrennen, doch dann würde Ida in die Tiefe stürzen und er selbst würde keine Möglichkeit mehr haben hinabzuklettern.

Dann kam ihm eine andere Idee. Sie war riskant, aber sie war der beste Gedanke, den er hatte, und der einzige. Erneut griff er mit beiden Händen nach dem improvisierten Seil, ging in die Knie und schwang sich mit einer unbeholfenen Bewegung über die Fensterbank. Er spürte, wie das Bett vom Boden abhob und die Vorhänge weiter aus dem Fenster rutschten. Für eine Sekunde fiel er mitsamt dem Seil in die Tiefe. Dann ertönte über ihm ein lautes Krachen und sein Sturz kam zu einem jähen Ende. Das Bett hatte sich im Fensterrahmen verkeilt. So weit, so gut, dachte Wilhelm und blickte nach unten. Ida baumelte etwa zwei Meter unter ihm, und vielleicht einen halben Meter über dem Boden. Er löste seinen Griff ein wenig und glitt an den Vorhängen hinab.

Über seinem Kopf ertönte ein schnalzendes Geräusch. Ehe die Erkenntnis, dass der Stoff über ihm gerissen war, an seinen Verstand gelangte, stürzte er mitsamt den Vorhängen in die Tiefe. Er sah, wie Ida auf dem Boden landete, und ihm wurde klar, dass er auf sie stürzen würde. Einen Augenblick später prallte er hart auf ihrem Rücken auf. Sein Kinn schlug auf ihren Hinterkopf. Pfeifend leerten sich seine Lungen, dann wurde ihm schwarz vor Augen.

Tränen schossen in Margaretes Augen. Doch es waren keine Tränen der Trauer. Nein, sie war wütend. Fritze zog ihre Hose herunter und machte sich an ihrer Unterwäsche zu schaffen. Sie spürte die kalte Luft des Kellers an ihren nackten Beinen. Sie spürte das raue Holz der Werkbank an ihren Kniekehlen.

Sie spürte, wie sehr sie Fritze in diesem Moment hasste.

Ihr Schlüpfer fiel zu Boden. Fritze packte sie an der Hüfte und zog sie näher zu sich heran. Sie versuchte, sich dagegen zu wehren, doch er war stärker als sie. Dann öffnete er seinen Gürtel. Sein Gesicht war rot angelaufen, seine Nasenflügel hoben und senkten sich hektisch.

Margarete riss den Kopf herum. Sie musste die Augen abwenden von diesem Tier, das über sie herfiel. Ihr Blick fiel auf die offene Werkzeugkiste, die direkt neben ihr stand.

»Keine Angst, es wird dir gefallen«, keuchte Fritze.

Margarete konnte hören, wie seine Hose auf den Boden rutschte. Seine Gürtelschnalle klapperte, als sie auf den Fels schlug. Ohne noch länger zu zögern, griff sie nach einem Schraubenzieher, packte ihn ganz fest, holte mit ihrem Arm aus und rammte ihn in Fritzes Oberkörper, knapp unter seiner rechten Schulter.

Fritze erstarrte, sein Gesicht war schlagartig erblasst, die Augen weit aufgerissen. Auch sein Mund stand offen, doch es kam kein Ton heraus. Margarete hielt den Griff des Schraubenziehers immer noch umklammert. Dann taumelte Fritze zurück, und die improvisierte Waffe glitt aus seinem Körper. Zitternd betrachtete Margarete das metallene Werkzeug in ihrer Hand. Tiefrotes Blut glitzerte auf der Klinge. Sie hatte es tatsächlich getan. Einen Moment lang sah sie in Fritzes Augen. Sie war sich nicht sicher, ob er sie erkannte. Er schien durch sie hindurchzublicken, während sich sein Hemd auf der einen Seite rot verfärbte.

Dann ging ein Ruck durch seinen Körper und mit einem Schrei stürzte er sich wieder auf sie. Er wollte ihre Arme packen, doch seine Bewegungen waren fahrig, unkontrolliert, langsam. Wieder stach sie mit dem Werkzeug zu und noch mal und noch mal.

Dann kippte Fritze nach hinten um und rührte sich nicht mehr.

Klappernd fiel der Schraubenzieher zu Boden.

»Wer die Spannung verliert, der stirbt«, zischte Wilhelm mit zusammengepressten Zähnen. »Wer die Spannung verliert, der stirbt!« Immer und immer wieder sagte er sich den Satz vor, den er seit so vielen Jahren mit sich trug.

Sein Körper war ein Sammelsurium von Schmerzen, die sich gegenseitig überlagerten und ihn umhüllten wie eine eiserne Jungfrau. Nein, er durfte jetzt nicht aufgeben. Er musste noch einmal aufstehen, er musste Ida in Sicherheit bringen! Er stützte sich zunächst auf die Ellbogen, dann spannte er seine Arme an, um seinen Oberkörper nach oben zu drücken. Als es ihm schließlich gelang, ließ er sich zur Seite fallen und rollte vom Körper seiner Frau herunter. Sie lag auf dem Bauch, ihr hellblaues Kleid war schmutzig, ihr Gesicht zu ihm gedreht, ihre Augen geschlossen.

»O Gott, o Gott, was hab ich getan, ich Idiot?«, schalt er sich selbst und drehte Ida auf den Rücken. »Mein Schatz, geht es dir gut?«

Ida reagierte nicht. Wilhelm war starr vor Schreck. Sanft legte er einen Finger auf ihre Oberlippe. Er spürte einen leichten Luftzug, sie atmete! Mit einem Mal fielen ihm die Männer wieder ein, die das Gasthaus bewachten. Keuchend hob er Ida hoch und trug sie auf den Armen in die Richtung einiger anderer Häuser, deren Schatten er in der Dunkelheit erkennen konnte. Hinter einem baufälligen Schuppen ging ihm die Kraft aus. Er ließ sich auf die Knie sinken und legte Ida auf einer Rasenfläche ab.

Wilhelm setzte sich neben ihrem Kopf mit dem Rücken gegen die Holzwand des Schuppens und lauschte seinem rasselnden Atem. Erst jetzt bemerkte er die Anstrengung der vergangenen Minuten und die Schmerzen, die seinen Körper durchströmten. Nein, weiter würde er nicht laufen können. Wenn er Glück hatte, dann würden die Männer ihr Verschwinden nicht bemerken und davon ausgehen, dass sie mitsamt dem Gasthof verbrannt waren. Aber was würde aus Margarete werden? Würde Fritze sie einfach gehen lassen, wenn sie ihre Aufgabe erfüllt hatte?

Mit einem Mal verspürte er das starke Verlangen zu rauchen. Als er in den Taschen seines Mantels nach seinen Zigaretten suchte, fiel ihm auf, dass er immer noch die Handschuhe trug. Er zog sie von seinen Händen und warf sie in die Dunkelheit, dann griff er erneut in seine Manteltasche. Das Erste, das er in die Finger bekam, war seine

Taschenuhr. Er zog sie hervor, klappte sie auf und betrachtete die verblichene Fotografie von Ida und ihm. Sie lächelten verhalten in die Kamera. Wilhelm konnte sich noch an den Tag erinnern, an dem das Bild aufgenommen worden war. Es war kurz vor ihrer Hochzeit gewesen.

Seufzend klappte er die Uhr zu, zog die Zigarettenpackung hervor und zündete sich einen Glimmstängel an. In der Ferne hörte er das Rauschen des Feuers. Bald würde das, was von dem Gasthof übrig war, in sich zusammenstürzen. Dann legte er den Kopf in den Nacken und blickte in den Nachthimmel. Er war sternenklar.

»Willi, du rauchst doch nicht etwa schon wieder?«

Wilhelm zuckte vor Schreck zusammen, als er die Worte vernahm. Er kannte diese Stimme, auch wenn er sie seit langer Zeit nicht mehr gehört hatte. Mit offenem Mund drehte er den Kopf zur Seite und starrte Ida an.

Mit Zornesfalten auf der Stirn starrte sie zurück. Sie lag immer noch auf dem Rücken, hatte sich keinen Zentimeter weit bewegt, doch ihre Augen fixierten ihn.

Wilhelm fing an zu stammeln. »Ich ... Scheiße, ich wusste ja nicht ... Ich konnte ja nicht ... Es ... es tut mir leid.«

Ida verdrehte die Augen. »Wie oft habe ich dir schon gesagt, was ich von dieser verdammten Flucherei halte?« Sie hätte wohl noch mehr sagen wollen, doch Wilhelm beugte sich zu ihr hinunter und küsste sie auf den Mund. Als er sich von ihr löste, hatte er das Gefühl, als träume er. Für einen Moment glaubte er, dass er vielleicht doch zu viel von dem giftigen Kohlenmonoxid in dem brennenden Gasthof eingeatmet hatte. Doch dann sprang er auf, kniete sich neben seine Frau und lachte. Sie sah ihn an und auch auf ihrem Gesicht zeichnete sich ein Lächeln ab.

Wie war das möglich? Hatte der Sturz aus dem Fenster Idas Oberstübchen wieder geradegerückt? War sie so aus ihrem Schlaf erwacht? Oder hatte sie irgendwo im Unterbewusstsein bemerkt, wie sehr Wilhelm sich für ihre kleine Familie eingesetzt hatte? Hatte seine Liebe sie aufgeweckt? Er beugte sich zu ihr hinunter, um sie erneut zu küssen.

Ein Knacken irgendwo hinter Wilhelm ließ ihn zusammenschrecken. »Wot oni«, hörte er jemanden sagen, dann traten zwei Männer aus dem Schatten. Sie hielten Maschinenpistolen in den Händen.

Margarete konnte den Blick nicht von Fritzes Körper abwenden. Er lag auf dem Bauch, die Hose war ihm bis zu den Knöcheln heruntergerutscht. Die Arme hatte er in ihre Richtung ausgestreckt, als wolle er immer noch nach ihr greifen. Eine tiefrote Blutlache breitete sich um ihn herum auf dem Boden des Stollens aus.

Margarete atmete tief ein. Erst jetzt bemerkte sie, dass sie wohl sekundenlang die Luft angehalten hatte. Wie lang saß sie schon hier und starrte? Plötzlich brach ihr der Schweiß aus. Vor dem Stollen auf der Straße tummelten sich immer noch die russisch sprechenden Männer mit den Maschinenpistolen. Was würden sie mit ihr anstellen, wenn sie bemerkten, dass sie Fritze getötet hatte?

Sie ließ sich von der Werkbank gleiten und zog ihre Hose hoch. Hektisch fuhr sie mit ihren Händen über den Stoff, um den Staub abzustreifen. Ihr Blick eilte durch den Stollen, auf der Suche nach irgendetwas, das ihr helfen würde, diesen Ort unbemerkt zu verlassen. An den Bomben auf der Werkbank kam sie zum Halten. Der Sprengkörper, den sie aktiviert hatte, war nicht explodiert. Zum Glück, dachte sie jetzt. Aber es blieb die Frage, wieso er nicht ausgelöst hatte. Sie wollte es jetzt genau wissen, sorgte sich jedoch wegen der Strahlung, die möglicherweise von den Bomben ausging. Doch schließlich überwog ihre Neugier. Hätte Marie Curie ihre Nobelpreise bekommen, wenn sie vor dem Unbekannten zurückgeschreckt wäre? Entschlossen trat Margarete wieder an die Werkbank heran und begutachtete die geöffnete Bombe. Nach einigen Sekunden entdeckte sie weitere Schrauben, die sie nach und nach löste. Schließlich konnte sie die Einheit, an der der Zünder befestigt war, komplett ausbauen. Irgendwo mussten doch der Behälter für das radioaktive Material sein und irgendeine Art von Sprengladung, die den Metallstrahl erzeugen konnte, der die Kernreaktion auslösen würde. Aber sie fand nichts dergleichen. Der Stahlzylinder schien im Wesentlichen leer zu sein.

Dann kam ihr eine Idee. Sie lief die lange Werkbank auf und ab und durchsuchte das darauf verteilte Instrumentarium. Schließlich fand sie, was sie brauchte: ein Zählrohr. Wenn diese Bomben irgendeine Art spaltbares Material enthielten, dann müsste es mit dem Messgerät zu erkennen sein. Margarete trug das Zählrohr und das Gerät, das über ein langes Kabel die Stromversorgung gewährleistete, zu den Bomben. Mit dem Zählrohr in der Hand schaltete sie den Apparat ein. Zunächst entfernte sie sich einige Schritte von den Bomben und hielt das Zählrohr in die entgegengesetzte Richtung. Einzelne unregelmäßige Knacklaute aus dem Lautsprecher, der an dem Versorgungsgerät angebracht war, zeigten ihr die Hintergrundstrahlung an. Sie schien ein wenig höher zu sein als in ihrem Labor in Leipzig, aber das war kein Wunder. Immerhin befand sie sich in einer Höhle in einem Berg! Wenig Luftaustausch bedeutete eine hohe Radonkonzentration in der Luft, und wer wusste schon, welche strahlenden Elemente in dem sie umgebenen Gestein vorkamen?

Dann wollen wir doch mal sehen, dachte sie, als sie langsam auf die Bomben zuging. Wie eine Pistole streckte sie das Zählrohr in Richtung der Sprengkörper und setzte einen Fuß vor den anderen.

Doch nichts geschah. Das Knacken des Lautsprechers veränderte sich nicht merklich, sondern verblieb in seinem unregelmäßigen Rhythmus. Keine erhöhte Strahlung. Auch als Margarete das Zählrohr in die geöffnete Bombe einführte, gab es keine Veränderung. Es war schlicht und einfach kein strahlendes Material vorhanden. Kein Tritium, kein Uran.

Mit einem Mal wurde ihr alles klar. Die Erkenntnis kam so unvermittelt, dass sie beinahe schmerzte. Es gab gar keine Bombe, es hatte sie nie gegeben! Deswegen hatte der Zeitzünder nicht ausgelöst! Es gab schlicht nichts auszulösen. Professor Braun hatte sie alle getäuscht. Deswegen war er auch geflohen! Auf einmal passte alles zusammen. Aber wieso hatte der Professor sich überhaupt in diese Sache hineinziehen lassen? Und was hatten sie in Ohrdruf gesehen? Es war doch wirklich eine riesige Explosion gewesen! Und die Bombe hatte ausgesehen wie die, vor der Margarete jetzt stand. Sie versuchte, sich die Situation noch einmal genau vor Augen zu führen. Der Truppenübungsplatz in der Morgendämmerung, die feuchte Luft nach dem Gewitter in der Nacht, die weite Fläche zwischen den Hügeln, der Aufbau aus Holz in der Mitte, der aussah wie ein Galgen, die regelmäßig verteilten Pfosten mit den Gefangenen ...

Dann wurde es ihr klar. Der Holzaufbau, natürlich! Wenn die Bombe gar nicht funktionstüchtig war, dann hatte Professor Braun etwas anderes benötigt, das die Explosion auslösen konnte. Und unter dem Podest aus Holzlatten hätte er tonnenweise Dynamit verstecken können. Dann noch etwas Magnesium für den grellen Lichtblitz, und fertig wäre die imposante Sprengwirkung, die sie in Ohrdruf bestaunt hatten.

Nun, möglich war das alles. Aber war es auch wirklich so passiert? Margarete wusste es nicht. Immerhin waren die Bomben, die vor ihr lagen, offensichtlich Attrappen. Ihre frühere Forschung würde nicht zu einer verheerenden Waffe führen, die Hunderttausende das Leben kosten würde.

Doch ihr fehlte immer noch ein Plan, um dieses Kellerloch lebend zu verlassen. Dann fiel ihr Blick auf den Alarmknopf über der Werkbank. Eine Idee keimte in ihr, und ihre Hoffnung wuchs ein wenig. Es würde wehtun und es würde wahrscheinlich nicht klappen, doch sie musste es versuchen.

»Davay!«, brüllte einer der Männer und fuchtelte mit der Maschinenpistole in Wilhelms Richtung.

Instinktiv griff Wilhelm nach Idas Hand. »Sie ist verletzt!«, brachte er hervor. »Sie braucht Hilfe, einen Arzt. Doktor!«

Der Mann kam auf ihn zu und zog ihn auf die Füße. »Davay!«, brüllte er erneut und rammte Wilhelm die Waffe vor die Brust.

Wilhelm machte eine abwehrende Geste, bückte sich und ergriff Idas Schultern. Unter Schmerzen zog er sie zu sich nach oben und nahm sie in den Arm. Dann legte er den Arm um ihre Taille. »Wohin?«, fragte er den Mann, der ihn angebrüllt hatte.

Der Russe zeigte mit der Pistole in Richtung des Gasthofs. Schweigend stolperte Wilhelm den Weg entlang, den sie gerade gekommen waren. Dabei redete er leise auf Ida ein. »Mach dir keine Sorgen, mein Liebling, es wird alles gut werden. Irgendjemand wird das Feuer sehen und Hilfe holen, ganz bestimmt.« Doch er glaubte selbst nicht an seine Worte. Die Russen würden sie erschießen, sobald sie hatten, was sie wollten.

Schließlich kamen sie zu der Straße, die zum Gasthof führte. Rechterhand konnte Wilhelm das brennende Gebäude sehen. Mittlerweile stand selbst der Dachstuhl in Flammen. Die Felswand auf der linken Seite der Straße flackerte im rötlichen Schein des Feuers. Das Holztor, das in den Berg führte, war verschlossen. Wieder dachte er an Margarete, die irgendwo dort drinnen gerade an den Bomben arbeitete. All diese Gefahren hatten sie überwunden, um jetzt mit anzusehen, wie diese schreckliche Waffe den Sowjets in die Hände fiel.

Während Wilhelm noch darüber nachdachte, ob das wenigstens besser war, als Hitler die Bombe zu überlassen, fiel sein Blick auf einen Körper, der einige Meter vor dem Gasthof auf der Straße lag. Es war der Gestapomann, der Schander begleitet hatte. Offenbar hatte er tatsächlich versucht, durch die Vordertür aus dem brennenden Haus zu fliehen. Er war nicht weit gekommen.

Auf der Straße verteilt stand etwa ein Dutzend Männer und starrte in das Feuer. Einer von ihnen, ein Kerl mit kurz geschorenen Haaren, drehte sich zu ihnen um. »Ah, ich sehe, ihr wolltet uns verlassen?«, fragte er in gebrochenem Deutsch und schüttelte bedauernd den Kopf. »Tut mir leid, das kann ich euch nicht erlauben. Euer Platz ist da drin!« Er deutete mit der Hand auf die Tür des brennenden Gasthofs.

Wilhelm spürte, wie sich seine Muskeln versteiften. Das konnte dieser verrückte Russe doch unmöglich ernst meinen! Keine zehn Pferde würden ihn dazu bringen, Ida in dieses flammende Inferno zu führen.

»Ihr wollt nicht?«, fragte der Mann, der offenbar der Anführer der Russen war. »Nun, ihr müsst aber. Sonst wir werden euch erschießen!«

»Ihr müsst uns nicht erschießen.« Wilhelm räusperte sich. »Wir werden niemandem erzählen, was hier passiert ist. Das verspreche ich.«

Der Mann mit den kurz geschorenen Haaren lachte auf. »Das kannst du der Babuschka erzählen.« Er deutete mit der Waffe auf Ida. »Aber nicht mir.« Dann verzog sich sein Gesicht plötzlich zu einer zornigen Grimasse. »Los jetzt!«

Wilhelm blieb stehen. Er konnte vor Angst keinen Finger rühren.

In diesem Moment heulte eine Alarmsirene los. Die Russen schreckten zusammen und warfen sich ratlose Blicke zu. Dann begannen sie, wild durcheinanderzuschreien.

Margarete! Irgendetwas musste in dem Labor vorgefallen sein.

Einer der Männer kam auf den Anführer zu und redete auf ihn ein. Der Angesprochene lachte gellend auf. »Eine tolle Idee, ganz toll! Die kleine Schlampe will uns Angst machen! Sie hat den Strahlungsalarm ausgelöst. Aber Oleg ist nicht dumm!« Er drehte sich um und starrte in Richtung Tor, das in den Berg führte. Immer noch schallte die ohrenbetäubende Sirene durch das enge Tal.

Wilhelm folgte seinem Blick und erkannte, dass sich das Tor öffnete. Margarete trat daraus hervor und blieb vor dem schwarzen Loch in der Felswand stehen. Das flackernde Licht des Feuers auf der anderen Seite der Straße tauchte sie in dunkles Rot. Wilhelm keuchte auf, als die Details des Anblicks in sein Bewusstsein sickerten. Nicht nur der Widerschein des Feuers färbte Margaretes Haut rot. Sie war über und über mit Blut besudelt! Ihre Haare hingen in Strähnen herab, ihr Gesicht schien eine einzige offene Wunde zu sein. Sie zog einen leblosen Körper hinter sich her, auch er war blutüberströmt. Das war Fritze! Hatte es doch einen Unfall gegeben? Hatte die mysteriöse Strahlung, von der Margarete gesprochen hatte, die beiden so verunstaltet?

Entsetzen machte sich unter den Männern breit, die Margarete anstarrten. Wilhelm beobachtete, wie sie mit großen Augen ihren Anführer ansahen.

Dann schrie Margarete plötzlich auf und warf sich vornüber auf die Knie. Ihr Oberkörper bäumte sich auf und es sah aus, als müsse sie würgen. Röhrende Geräusche drangen aus ihrer Kehle. Wilhelm spürte, wie sich eine Gänsehaut auf seinen Armen ausbreitete. Die Strahlung! Irgendetwas war mit den Bomben geschehen, und nun war die Radioaktivität ausgetreten, von der Margarete ihm in Ohrdruf erzählt hatte.

Plötzlich sprang Margarete wieder auf die Füße und rannte auf die Russen zu. Blut quoll aus ihrem Mund hervor, ihre Augen waren geweitet. Voller Angst schreckten die Männer vor ihr zurück. Einige schrien unartikuliert, andere brüllten zornige Worte. Und dann stürmten alle, wie auf einen geheimen Befehl hin, auf die Fahrzeuge zu, mit denen sie gekommen waren.

»Wo wollt ihr hin?«, brüllte ihr Anführer, dann verfiel er ins Russische. Er schien seine Männer zu verfluchen und ihnen den Tod zu wünschen, er schoss mit seinem Gewehr in die Luft, um sie zur Vernunft zu bringen. Doch es nützte nichts. Schließlich schrie er wütend auf und folgte ihnen zu den Wagen.

Wilhelm stürzte auf Margarete zu und riss Ida an der Hand hinter sich her. Von Weitem drangen Motorengeräusche an seine Ohren. Die Russen nahmen tatsächlich Reißaus. »Margarete, geht es dir gut?«, fragte er atemlos, als er sie erreicht hatte. Aus der Nähe sah sie noch entsetzlicher aus. Ihr Gesicht und ihre Bluse waren blutverschmiert, auf ihrem Kopf sah Wilhelm kahle Stellen. Es war ein Anblick, den er nie vergessen würde. Doch dann lächelte Margarete plötzlich. »Es geht mir gut. Keine Strahlung. Aber jetzt sollten wir schleunigst von hier verschwinden.«

»Was ist denn bloß passiert?«, fragte Wilhelm.

»Ich habe mir auf die Zunge gebissen«, antwortete Margarete, dann rannte sie voran.

Wilhelm folgte ihr so schnell er konnte. Er hielt Idas Hand fest umschlossen und sie erwiderte seinen Händedruck. »Aber warum ist dein Gesicht so zerschunden?«, fragte er Margarete.

»Ich habe es mit Schleifpapier und einer Zange bearbeitet. Aber das sind nur Kratzer.«

Wilhelm schüttelte den Kopf. »Und was ist mit deinen Haaren passiert?«

Ida knuffte ihm mit dem Ellbogen in die Seite. »Sie hat sie sich abgeschnitten, du dummer Hund!«

Wilhelm konnte nicht anders, als laut loszulachen.

Gedämpfte Gespräche erfüllten die Lobby des Schweizerhofs. Kellner im Frack schenkten den letzten Frühstücksgästen Kaffee nach und ein älterer Herr redete im Ton unterdrückter Wut auf die Dame an der Rezeption ein, während Anton Stieglitz in einem der ledernen Loungesessel saß und den Blick durch die Eingangshalle des Hotels schweifen ließ.

Wann würde Hans endlich ankommen?

Anton hatte den Brief seines Geliebten wieder und wieder gelesen, hatte seinen Worten erst keinen Glauben geschenkt, hatte alles für einen seiner geschmacklosen Scherze gehalten. Warum hätte Hans ihm seine Krankheit verschweigen sollen? Und warum hatte er sein Schweigen nun gebrochen? Stand es wirklich so schlecht um ihn?

Wieder kramte er das mittlerweile völlig zerknitterte Blatt Papier hervor, strich es auf dem Oberschenkel glatt und begann zu lesen: »*Liebster Anton, erinnerst du dich an diesen Sonntag im März, an dem es so warm war, dass die Menschen auf die Straße strömten, vor den Cafés hockten und ihre blassen Gesichter in die Sonne reckten? Die Luft war kristallklar und roch schon nach Sommer. Du hattest zum ersten Mal in diesem Jahr deine dünne gelbe Jacke an. Senfgelb. An diesem Tag habe ich von dem Schatten erfahren.*«

Anton ließ den Brief sinken. Er spürte, dass Tränen über sein Gesicht liefen, und konnte nicht weiterlesen.

Wo blieb Hans? Anton wünschte sich nichts mehr, als ihn in den Arm zu nehmen, seinem Atem zu lauschen, seine Wärme zu spüren. Mit Grauen dachte er an die Wochen, die er an der Front auf der Krim zugebracht hatte.

Die ganze Zeit über war der Wunsch, Hans wiederzusehen, seine Motivation gewesen, am Leben zu bleiben. Und nun?

Wieder nahm er den Brief zur Hand, überflog die Zeilen flüchtig, ohne jedes schmerzhafte Wort zu lesen. Erst am letzten Absatz blieb sein Blick hängen, am Wort Hoffnung, das Hans mit einem besonders schwungvollen H geschmückt hatte. *»Wenn du diesen Brief liest, dann klingt er in deinen Ohren vielleicht nach Abschied. Aber es gibt noch Hoffnung in mir. Ich habe für uns ein Zimmer bestellt, im Schweizerhof in Zürich. Triff mich dort, in einer Woche. Dort wird auch ein weiteres Schreiben von mir auf dich warten.«*

Anton seufzte und blickte hinüber zur Rezeption, an der noch immer der ältere Herr stand. Er hatte sich offenbar ein wenig beruhigt und starrte durch die großen Fenster der Eingangshalle auf die dahinter liegende Straße. Die Empfangsdame stand hinter dem Tresen und schien abzuwarten. Vielleicht hatte der Gast nach ihrem Vorgesetzten gefragt, der sich nun der Sache annehmen würde. Anton faltete den Brief zweimal in der Mitte und steckte ihn wieder ein. Dann erhob er sich und ging auf die Rezeption zu.

Erleichtert lächelte die Angestellte ihn an. »Sie wünschen?«

»Ich …«, begann Anton und räusperte sich, »Hier sollte ein Brief für mich liegen.«

»Wenn Sie mir Ihren Namen verraten, kann ich gern für Sie nachschauen.«

»Anton Stieglitz.«

»Ich sehe gleich mal nach.« Die Empfangsdame wandte ihm den Rücken zu, um in einem Regal einige Briefe durchzusehen. Kurze Zeit später drehte sie sich wieder zu ihm und reichte ihm einen Umschlag. »Kann ich sonst noch etwas für Sie tun?«

»Danke, nein. Einen schönen Tag noch!« Anton schlich wieder zurück zu dem Sessel, in dem er gesessen hatte. Er spürte, dass er weiche Knie hatte. »Anton Stieglitz, Hotel Schweizerhof«, stand auf dem Briefumschlag. Ein Absender war nicht vermerkt, doch das verschnörkelte H im Wort »Hotel« verriet Anton, dass der Brief von Hans war.

Er ließ sich wieder in dem Sessel nieder und wendete den Umschlag einige Male in den Händen. Dann riss er ihn auf, zog den Brief hervor und faltete ihn auf. *»Liebster Anton, du bist heil in Zürich angekommen und das erfüllt mein Herz mit Glück. Warte noch einige Tage auf mich, hörst du? Und dann geh zum Bankhaus Nölling, dort habe ich ein Konto mit der Nummer 17436. Löse es für mich auf und nimm das Geld. Kehre nicht nach Deutschland zurück, hörst du? Geh nicht zurück in den Krieg. Nutze das Geld, um von hier zu verschwinden. Für immer dein, Hans.«*

Anton ließ den Brief sinken und blickte sich in der Lobby um. Der ältere Herr an der Rezeption redete nun wütend auf einen Mann im Frack ein, der sich schützend vor die Empfangsdame gestellt hatte und immer wieder verständnisvoll nickte. Dann winkte Anton einen der Kellner heran. »Könnte ich noch eine Tasse Kaffee bekommen?«

»Sehr wohl, der Herr«, antwortete der Angestellte und wandte sich zum Gehen.

»Und ... Entschuldigung?«, rief Anton ihm hinterher. Der Kellner drehte sich wieder zu ihm um und sah ihn fragend an.

»Ein Stück Kirschkuchen«, sagte Anton. »Haben Sie den?«

Schnaufend rollte der Zug in den Bahnhof von Mühlhausen ein, das früher einmal Mulhouse geheißen hatte. Von hier aus waren es noch drei Stunden bis zum Zürcher Hauptbahnhof.

Mit beiden Armen hielt Professor Hans Braun, allein in einem Abteil sitzend, den Aktenkoffer auf dem Schoß umklammert, den Schander ihm vor einer Woche in Leipzig überreicht hatte. Es war der letzte Teil des Geldes, das er für die Entwicklung der Bombe erhalten hatte. Die früheren Tranchen lagen in Zürich auf einem Nummernkonto. Braun hatte das Geld nicht benötigt. Wofür auch? Er hatte schließlich nie vorgehabt, eine Bombe zu entwickeln. Lediglich die Kosten für die zwei Tonnen Dynamit und die Arbeiter, die es in Ohrdruf drapiert hatten, hatte er begleichen müssen. Vielleicht würde Anton den Rest benutzen können, um sich ein schönes Leben zu machen. Er könnte einen Flug in die USA buchen und sich dort ein Haus am Strand kaufen. Das wäre doch ein schönes Leben.

Braun spürte, dass ihn ein weiterer Hustenanfall überkommen würde, und zog rasch ein zerknülltes Stofftaschentuch aus einer Tasche seines Anzugs hervor. Ein stechender Schmerz fuhr durch seine Brust, als er in das Tuch hustete. Er ersparte sich den Anblick und stopfte es schnell wieder in seine Tasche.

Vor dem Fenster zog das Bahnhofsschild vorbei. Mülhausen. Es war der letzte Bahnhof auf Reichsgebiet. Die Nazis hatten überall in den besetzten Gebieten die deutsche Schreibweise durchgesetzt. Der nächste Halt würde Basel sein, in der Schweiz. Dann würde er ein freier Mann sein. Braun spürte, dass er sich nach Zürich sehnte und nach dem jungen Mann, der dort auf ihn wartete. Das Kribbeln in seinem Bauch war kaum auszuhalten.

Mit einem Ruck kam der Zug zum Stehen, Braun wurde auf seinem Sitz ein Stück nach vorn geschaukelt. Mit einem Mal war die Anspannung da. Er wusste, dass es Grenzkontrollen gab, aber sie waren löchrig. Wenn er Glück hatte, dann würde niemand nach ihm suchen. Schander würde andere Sorgen haben, als ihn zu jagen. Braun stellte sich vor, wie der Kriminalrat die angebliche Wunderwaffe ohne seine Hilfe nach Stuttgart schaffte, Hitler zur Präsentation auf den Acker lockte ... und dann nichts geschah. Der Gedanke ließ ihn schmunzeln.

Er schreckte auf, als die Tür seines Abteils aufgeschoben wurde. Instinktiv umklammerte er den Koffer auf seinem Schoß noch fester. Für einen Moment war er sich sicher, dass ein Gestapobeamter hereinkommen würde, der ihn festnahm. Doch in der Tür des Abteils stand lediglich eine junge Frau, die ihm lächelnd zunickte. An der Hand zog sie ein kleines Mädchen hinter sich her.

Braun grüßte auf Französisch: »Bonjour.«

Die junge Frau schien für einen Sekundenbruchteil innezuhalten. Ihr Lächeln erstarb. »Sie sind Deutscher?«, fragte sie mit einem deutlichen französischen Akzent. Dann setzte sie sich ihm gegenüber auf die gepolsterte Sitzbank. Das kleine Mädchen lümmelte sich neben sie und starrte mit großen Augen zu ihm herüber.

Braun nickte. »Auf der Reise nach Zürich.«

Die Frau antwortete nicht und ließ den Blick aus dem Fenster schweifen und Braun tat es ihr gleich. Auf dem Bahnsteig eilten Menschen hin und her, Gepäck wurde auf Wagen transportiert und ein Junge bot seine Dienste als

Schuhputzer an. Weit und breit konnte er keine Uniformen entdecken.

»Bist du ein Nazi?«, fragte das Mädchen unvermittelt, woraufhin seine Mutter sie auf Französisch anzischte. Die Augen der Kleinen blieben jedoch starr auf ihn gerichtet.

»Nein.« Braun schüttelte den Kopf. »Nein, bin ich nicht.«

Die Augen des Mädchens wurden noch größer. »Dann bist du auf der Flucht?«

Braun sah sich verschwörerisch um, dann legte er einen Finger auf die Lippen und beugte sich vor. »Aber erzähl es bloß keinem.« Er zwinkerte dem Mädchen zu und es zwinkerte kichernd zurück.

»Warum musst du fliehen?«

Die junge Frau wandte sich ihrer Tochter zu. »Lass den Herrn in Ruhe, Claudette. Er möchte sicherlich nicht behelligt werden.«

»Lassen Sie nur«, sagte Braun. »Ich möchte mich gern unterhalten.« Er sah das Mädchen an. »In Deutschland ist kein Platz mehr für mich. Ich habe Befehle verweigert und meine Vorgesetzten an der Nase herumgeführt.« Er kniff sich mit der Hand an die Nase und verzog das Gesicht scherzhaft zu einer schmerzverzerrten Grimasse.

Das Mädchen lachte auf. »Aber warum hast du das denn gemacht? Ich bekomme immer Ärger, wenn ich nicht mache, was Maman mir sagt.« Vorwurfsvoll sah sie ihre Mutter an, die mit den Augen rollte.

Braun überlegte. »Manchmal muss man tun, was man selbst für richtig hält. Nicht das, was von einem verlangt wird.« Er beugte sich zu dem Mädchen hinüber und ergänzte: »Das gilt aber nicht für Hausaufgaben.«

Nun lächelte die Mutter, während das Mädchen schnaubte. Dann kniff es die Augen zusammen und fragte: »Wo ist deine Frau?«

»Ich war nie verheiratet. Vielleicht ist das der Grund, warum ich mich entschieden habe, meine Hausaufgaben nicht mehr zu machen.« Wieder ließ Braun den Blick über den Bahnsteig schweifen, in Sorge, gleich eine Gruppe Gestapoleute in den Zug steigen zu sehen. Er spürte seinen Herzschlag in der Brust. Wann würde der Zug endlich den Bahnhof verlassen?

Das Mädchen starrte ihn an und schien über seine Worte nachzudenken. »Und wo willst du jetzt hin?«

»Ich reise nach Zürich. Dort werde ich erwartet.« Braun spürte, dass seine Stimme brüchig wurde. Er blickte zur Mutter des Mädchens, die ihn musterte.

Endlich hörte Braun das Pfeifsignal des Schaffners und der Zug fuhr an. Langsam zog der Bahnsteig hinter dem Fenster vorbei. Taschentücher wurden zum Abschied geschwenkt. Braun winkte den unbekannten Menschen auf der Plattform, er spürte, wie seine Augen feucht wurden, dann ließ er sich müde in seinen Sitz sinken. Er hatte es geschafft!

»Wir fahren auch nach Zürich«, sagte das Mädchen. »Meine Oma geht mit mir in den Zoo!«

Die Mutter fasste sie am Arm. »Lass bitte den Herrn in Ruhe, Claudette! Du siehst doch, dass er müde ist.«

»Lassen Sie nur«, begann Braun, doch dann wurde die Tür des Abteils erneut aufgeschoben. Mit einem Mal drang der Lärm des fahrenden Zugs viel lauter an seine Ohren. Er drehte den Kopf und erstarrte, als er einen Mann in der grauen Uniform der Gestapo in der Tür des Abteils stehen sah.

»Professor Braun, es ist gut, Sie zu sehen«, sagte der Mann in freundlichem Plauderton. »Würden Sie mir bitte folgen? Wir benötigen Ihre Hilfe bei einer Angelegenheit.«

Braun schluckte. Das war es nun also. Er blickte die junge Frau an, die ihm gegenübersaß. In ihren Augen spiegelte sich Entsetzen. Dann drehte sie den Kopf zum Fenster. Das Mädchen blickte interessiert zwischen ihm und dem Gestapomann hin und her.

Braun räusperte sich, hob seinen Hut und sagte: »Ich wünsche Ihnen noch eine angenehme Reise.« Dann lächelte er dem kleinen Mädchen zu. »Bon Voyage.« Er erhob sich und stellte seinen Koffer auf das Sitzpolster. »Jetzt musst du leider wieder selbst auf dein Gepäck achtgeben, kleine Dame«, sagte er, dann folgte er dem Gestapo hinaus auf den Gang.

Taucha bei Leipzig, 14. Mai 1943

Margarete schloss die Augen und sog die warme Frühlingsluft ein. Sie duftete nach frischem Gras, nach den ersten Blüten und dem Pferdestall des Nachbarn. Margarete lebte nun schon beinahe ein ganzes Jahr bei Wilhelms Eltern, einem rüstigen Paar mit faltigen Gesichtern. Wilhelm war überzeugt gewesen, dass dies der richtige Ort sei, um ein Kind zu bekommen und den Krieg zu überdauern. Und er hatte recht behalten, auch wenn der Krieg immer noch andauerte.

Lautes Gelächter erscholl und Margarete öffnete die Augen. Sie beobachtete, wie Ida die kleine Marie hoch in die Luft hob. Ihr Gesicht strahlte. Das Sonnenlicht, das durch den Kirschbaum fiel, warf flirrende Muster auf ihr hellblaues Kleid. Sie reichte das Kind an Wilhelm weiter, der es behutsam nahm und an seiner Brust wiegte.

Wie klein Marie gewesen war, als sie auf die Welt gekommen war! Wilhelm und Ida hatten Margarete bei der Geburt begleitet und als Wilhelm ihr das kleine Bündel Mensch schließlich gereicht hatte, da hatte sie es Karl nennen wollen. Insgeheim hatte sie immer gedacht, dass es ein Junge werden würde. Doch dann war es anders gekommen und so hatte sie sich für Marie entschieden.

»Wieso Marie?«, hatte Wilhelm sie gefragt.

Margarete hatte gelächelt. »Der Name schenkt mir Hoffnung. Und davon kann man nie genug haben.«

* * *

Hinter der Geschichte

Im April 1942 ereignete sich in dem Leipziger Atomlabor tatsächlich ein folgenschwerer Unfall. Die Uranmaschine explodierte, setzte das Labor in Brand und widersetzte sich den verzweifelten Löschversuchen. Als Grund für den Störfall wird ein Konstruktionsfehler angenommen. Der Nachweis der Neutronenvermehrung – und damit der Nutzbarmachung der atomaren Kettenreaktion – war jedoch zuvor schon gelungen.

Wie weit die Pläne für den Bau einer Atombombe im nationalsozialistischen Deutschland gediehen waren, ist Gegenstand hitziger Diskussionen und Legendenbildungen. Als sicher kann gelten, dass einige Physiker*innen die Möglichkeit einer solchen Bombe erkannten. Inwiefern sie die Forschung daran forcierten oder bewusst verlangsamten, darüber wurde auch nach dem Krieg noch viel gestritten. In den USA sorgte die Angst vor einer möglichen deutschen Bombe dafür, dass das Manhattan Project mit aller Macht vorangetrieben wurde.

Am 6. und 9. August 1945 erfolgten die Atombombenabwürfe auf Hiroshima und Nagasaki. Die deutschen Wissenschaftler Otto Hahn, Werner Heisenberg und Karl Wirtz verfolgten die Nachrichten darüber in britischer Gefangenschaft. Ihre Reaktionen wurden von den diensthabenden Offizieren abgehört und dokumentiert. Sie zeigten eine Mischung aus Unglaube, Erschütterung und der Freude darüber, die Bombe nicht selbst entwickelt zu haben.

Danksagung

Ich danke Christian, Dries, Maike, Isa, Florian, Ksenia, Lena, Golrokh, meinen Eltern, Lilith, Elisabeth, Carsten, Norbert, Tine, Anke Fischer, Maike Frie, Dirk Meynecke und Reinhard Rohn, ohne die dieser Erstling nie begonnen, beendet und veröffentlicht worden wäre.

Michael Jensen
Blutgold
Syndicat Berlin
Kriminalroman
462 Seiten. Broschur
ISBN 978-3-7466-3794-5
Auch als E-Book lieferbar

Legendär und kriminell

Berlin nach dem Ersten Weltkrieg. Glücksspiel, illegale Wetten, kleinere Diebstähle – so sehen die Geschäfte der Brüder Sass aus. Doch dann gerät ihre ganze Familie ins Visier der Polizei, als Rosa Luxemburg und Karl Liebknecht ermordet werden. Die Ermittlungen drohen für sie in einer Katastrophe zu enden. Bis ihre verschollen geglaubte Tante Antonia auftaucht und das Heft in die Hand nimmt. Mir ihrer Hilfe gelingt es den Brüdern Sass nicht nur, vorerst den Kopf aus der Schlinge zu ziehen – ihnen steht auch ein einzigartiger krimineller Aufstieg bevor, der nicht nur die Polizei, sondern auch mächtige Neider auf den Plan ruft.

Packend und nach wahren Begebenheiten erzählt – wie die Verbrecherbande Sass ganz Berlin in Aufruhr versetzt

Regelmäßige Informationen erhalten Sie über unseren Newsletter.
Jetzt anmelden unter: www.aufbau-verlage.de/newsletter

atb aufbau taschenbuch

Herbert Beckmann
Der Amerikaner
1957 – Tod in Berlin
Kriminalroman
416 Seiten. Broschur
ISBN 978-3-7466-3871-3
Auch als E-Book lieferbar

Ein junger Kommissar
im Berlin der Swinging Fifties

Im September 1957, kurz nach der Eröffnung der neuen Kongresshalle, wird ein amerikanischer Journalist ermordet. Besonders brisant: Der Ermordete, der in Deutschland geboren ist, hatte auf Einladung der deutschen Regierung an den Feierlichkeiten teilgenommen. Der junge, ungestüme Kommissar Jo Sturm wird auf den Fall angesetzt. Doch leider behindert sein Vorgesetzter seine Arbeit ständig. Und dann scheint sich auch noch die CIA brennend für seine Ermittlungen zu interessieren.

Ein packender Kriminalroman in Zeiten des Kalten Krieges

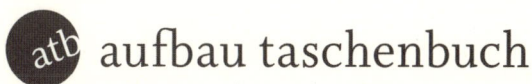

aufbau taschenbuch